ELIZABETH GEORGE

Née aux États-Unis dans l'Ohio, Elizabeth George est diplômée de littérature anglaise et de psychopédagogie. Elle a enseigné l'anglais pendant treize ans avant de publier *Enquête dans le brouillard*, qui obtient le grand prix de Littérature policière en 1988 et l'impose d'emblée comme un grand nom du roman à l'anglaise. Intronisé dans ce premier livre, le duo explosif composé de l'éminent membre de Scotland Yard, Thomas Lynley, et de son acolyte, l'opiniâtre Barbara Havers, évolue au fil d'une dizaine d'ouvrages ultérieurs, parmi lesquels *Le lieu du crime* (1992), *Pour solde de tout compte* (1994), *Le visage de l'ennemi* (1996), *Une patience d'ange* (1999) et *Un petit reconstituant* (recueil de trois nouvelles paru en 2000). Fidèles à la tradition britannique, dont Elizabeth George est imprégnée depuis son adolescence, ils déploient une véritable fresque romanesque où l'atmosphère, les décors, les intrigues secondaires et les ressorts psychologiques prennent un relief saisissant. L'incontestable talent de cette écrivain qui refuse de voir une différence entre le « roman à énigme » et le « vrai roman » lui a valu un succès mondial, notamment en Angleterre, où elle compte parmi les auteurs les plus vendus.
Elizabeth George vit à Huntington Beach, près de Los Angeles, où elle anime des ateliers d'écriture.

LES REINES DU CRIME

DU MÊME AUTEUR
CHEZ POCKET

Enquête dans le brouillard
Le lieu du crime
Cérémonies barbares
Une douce vengeance
Pour solde de tout compte
Mal d'enfant
Un goût de cendres
Le visage de l'ennemi
Le meurtre de la falaise
Une patience d'ange
Un petit reconstituant
Mémoire infidèle
Un nid de mensonges

Dans la collection
« Langues pour Tous »

Troubles de voisinage
(Good Fences Aren't Always Enough - Edition bilingue)

ELIZABETH GEORGE

LES REINES DU CRIME

Traductions par Dominique Wattwiller,
Yann Charlès-Farou, Jacques Martinache
et Jean-Charles Provost

PRESSES DE LA CITÉ

Titre original :
CRIME FROM THE MIND OF A WOMAN

ISBN : 2-266-14699-8

SOMMAIRE

INTRODUCTION

Elizabeth George

Qu'il s'agisse d'un roman à énigme ou à suspense, de l'étude psychologique de personnages victimes d'un événement traumatisant, de la version romancée d'un fait divers célèbre, d'une intrigue de tribunal, d'un exposé, d'un récit de procédure policière ou du compte rendu sans fard d'un délit authentique, la question reste la même. Pourquoi le crime ? Que les protagonistes soient des agents du FBI, des policiers et des policières, des experts en police scientifique, des journalistes, des militaires, M. ou Mme Tout-le-monde, des « privés » ou la vieille dame de la maison d'à côté, la question reste la même. Pourquoi le crime ? Qu'il s'agisse de meurtres en série ou d'un meurtre isolé, de carnage, de vol, d'enlèvement, de cambriolage, d'extorsion ou de chantage, la question est toujours : pourquoi le crime ? Pourquoi cette fascination pour le crime, et pourquoi surtout chez les romancières ?

Il y a, me semble-t-il, plusieurs réponses à cette question.

Ecrire sur le crime est une pratique presque aussi

ancienne que l'écriture elle-même et fait en conséquence partie de notre tradition littéraire. Les premières affaires criminelles, c'est en effet dans la Bible qu'on les trouve. Aveuglé par la jalousie, Caïn tue Abel ; le même sentiment pousse les frères de Joseph à conspirer contre lui, à le vendre comme esclave en Egypte et à faire croire à leur père anéanti qu'il est mort ; mû par la luxure et l'envie, David envoie le mari de Bethsabée au combat afin de garder la belle pour lui ; malades de désir frustré, deux vieillards pourtant respectables font un faux témoignage contre la vertueuse Suzanne, la condamnant à mort à moins qu'un témoin ne s'avance et n'apporte la preuve qu'ils ont menti ; les pères commettent l'inceste avec leurs filles ; entre frères, on se tue, on se bat, on se ment, on se nuit par tous les moyens ; les femmes réclament la tête des hommes sur un plateau ; Judith décapite Holopherne ; Judas trahit Jésus de Nazareth ; le roi Hérode fait assassiner les premiers-nés des Hébreux... Ce qui se passe dans l'Ancien et le Nouveau Testament n'est pas très joli, mais c'est à cette source que nous nous abreuvons dès l'enfance.

Le crime, c'est l'humanité flirtant avec la destruction, l'humanité in extremis ; mais c'est surtout l'humanité sortant de la norme. Pour un Caïn, il existe des millions de frères qui ont vécu en bonne intelligence à travers les siècles. Pour un David, des millions d'hommes qui se sont détournés de la femme qu'ils convoitaient quand ils ont appris qu'elle appartenait à un autre. Ce qui rend le crime si fascinant, c'est qu'il échappe à la norme. Normalement, en effet, les gens ne commettent pas de crime.

J'aimerais croire que, si les voitures ralentissent sur l'autoroute lorsqu'un accident s'est produit, c'est parce que les conducteurs comprennent qu'il leur faut redoubler de prudence : chacun voit les gyrophares clignoter, la fumée, les ambulances, les voitures des pompiers, et appuie sur le frein de façon à ne pas finir comme les malheureux qu'on désincarcère des carcasses broyées. Mais généralement ce n'est pas pour cela que les automobilistes lèvent le pied. S'ils roulent plus lentement, c'est que, poussés par la curiosité, ils veulent voir. Pourquoi ? Parce qu'un accident sur l'autoroute constitue une anomalie et que les anomalies suscitent notre intérêt. Elles nous ont toujours intéressés et nous intéresseront toujours.

Les meurtres font la une. Les enlèvements, les disparitions, les émeutes, les accidents de voiture mortels, les avions qui s'écrasent, les attentats terroristes, les vols à main armée, les snipers qui tirent sur les passants... Tous ces événements qui font intrusion dans notre vie quotidienne nous amènent à prendre conscience de la fragilité de notre existence et, dans le même temps, aiguisent notre désir de savoir. Nous retenons tous notre souffle dans l'attente du verdict qui va être rendu dans l'affaire O.J. Simpson, parce que ce qui s'est passé dans Bundy Drive résulte d'un déchaînement de passions abjectes, et que les passions abjectes du double meurtrier réveillent celles qui sommeillent en chacun de nous. Le sang versé réclame du sang en châtiment. Tout crime doit être puni de façon adéquate. Le crime est aussi vieux que l'humanité. Mais la sensation aussi. Et la vengeance également.

La littérature policière nous procure une satisfaction qui nous est souvent refusée dans la réalité.

Dans la vie, nous ne saurons jamais qui a vraiment tué Nicole et Ron ; nous nous bornons à supposer l'existence d'un second tireur sur le talus herbeux ; nous devons nous contenter de nous poser des questions sur la femme du Dr Shepherd et sur la faculté de Jeffrey MacDonald à dire la vérité ou à se mentir. Le tueur de la Green River disparaît dans la boue primitive d'où il a surgi, le tueur du Zodiac l'y rejoint, et nous restons seuls avec nos questions : qui étaient ces gens et pourquoi ont-ils commis un meurtre ? Dans la littérature policière, c'est différent : les tueurs comparaissent devant la justice. Qu'elle soit réelle, poétique ou psychologique, les assassins affrontent la justice. Ils sont démasqués, et la normalité est rétablie. Ce qui procure une satisfaction énorme au lecteur, satisfaction nettement plus grande que celle que lui procurent enquête criminelle et châtiment dans une affaire de meurtre bien réelle.

Pour l'écrivain qui souhaite étudier des personnages, la survenue brutale d'un crime dans un paysage par ailleurs tranquille agit comme un formidable catalyseur. Le crime place tout le monde dans un creuset : les enquêteurs, le meurtrier, les victimes, et tous ceux qui gravitent autour d'eux. Au sein de ce creuset qui abrite les actes les plus monstrueux, le courage des individus est mis à l'épreuve. C'est lorsque les convictions, la paix, la santé mentale, le mode de vie des personnages sont mis en question que leur pathologie se révèle. Et ce sont ces pathologies individuelles et les relations conflictuelles qu'elles entretiennent entre elles qui forment la matière du drame et de la catharsis.

Certaines des œuvres les plus marquantes de

l'histoire de notre littérature ont un crime abominable pour toile de fond. Le fantastique combat de Hamlet pour faire taire sa conscience et jouer le rôle de Némésis n'aurait pu avoir lieu si son père n'avait pas été empoisonné. Œdipe n'aurait pu accomplir son destin s'il n'avait d'abord tué le roi Laïos sur la route de Thèbes. Médée ne pourrait être considérée comme elle l'est à Corinthe — une femme bannie qu'un Créon au fait de ses talents de magicienne s'apprête à chasser de la ville — si sa réputation de « cerveau » de l'assassinat du roi Pélias ne l'avait précédée. Les gens qui ont l'habitude de lire ne sauraient donc s'étonner que le crime continue non seulement de fasciner les écrivains mais aussi de servir de colonne vertébrale à une bonne partie de leur prose.

Le rôle du crime en littérature est double. Pour commencer, il structure le récit, lui fournit un fil conducteur : le crime doit faire l'objet d'une enquête et être élucidé quels que soient les rebondissements, les tours et les détours de l'intrigue. Mais ensuite, et c'est peut-être encore plus important, le crime constitue l'ossature de l'histoire que l'auteur entend raconter. Sur ce squelette, l'auteur greffe les éléments de son choix. Il peut ne donner à voir que les os et « filer » jusqu'à son terme, sans heurts et sans dévier, une histoire dénuée d'enjolivements, réduite à sa plus simple expression. Ou bien il peut habiller le squelette, ajouter les muscles, les tissus, les veines, les organes et le sang que sont les éléments de la narration comme les thèmes, l'étude des personnages, les symboles littéraires, les sous-intrigues, etc., ainsi que les éléments qui appartiennent spécifiquement au domaine policier comme les indices, les fausses pistes, le suspense, et certains procédés et figures propres aux romans à énigme : la chambre hermétiquement close, le lieu évident, les faux indices semés par le véritable tueur, l'idée fixe, etc. Ainsi ses personnages peuvent-ils marcher main dans la main jusqu'à une inéluctable conclusion ou se laisser distraire en route par les multiples possibilités que leur offrent une intrigue plus étoffée et une structure plus complexe.

Pourquoi l'écrivain songerait-il dans ce cas à toucher à quoi que ce soit d'autre ? Franchement, je ne vois pas. Car, tant que l'auteur fait sien le principe selon lequel la seule règle est l'absence de règles, tout est possible dans ce domaine.

Ces considérations ne nous apprennent toujours pas pourquoi la littérature policière fascine tant les femmes, question que les journalistes me posent avec une navrante régularité.

L'âge d'or du roman à énigme en Grande-Bretagne et dans le Commonwealth, qui va des années 1920 aux années 1950, est dominé par les femmes. Leurs noms forment en effet un panthéon que tous les auteurs actuels aimeraient pouvoir rejoindre. Agatha Christie, Dorothy L. Sayers, Ngaio Marsh, Margery Allingham... Il n'est pas difficile de comprendre pourquoi, tout au long du vingtième siècle, les romancières ont essayé de rallier cette compagnie choisie : quand une femme réussissait à percer dans un domaine littéraire, d'autres lui emboîtaient immédiatement le pas. Cette fascination pour la littérature policière peut donc s'expliquer facilement : les femmes choisissaient d'écrire des histoires de crime parce que c'était un exercice auquel elles excellaient. Le succès remporté par une femme engendre chez une autre le désir de réussir.

C'est également vrai aux Etats-Unis. A cette différence près que l'âge d'or du policier est là-bas dominé par les hommes, les femmes ne s'y étant aventurées que tardivement. Lorsqu'on pense à l'âge d'or, en Amérique, on pense à Dashiell Hammett et Raymond Chandler, aux récits à la première personne où évoluent des privés coriaces qui fument, boivent du bourbon, logent dans des appartements sordides et n'utilisent pour parler des femmes que des termes méprisants comme « pépées » ou « gonzesses ». Ces privés ont le coup de poing facile, un calibre dont ils n'hésitent pas à se servir, et ils roulent sans complexe les mécaniques. Solitaires, ils entendent bien le rester.

Pour percer dans ce monde essentiellement masculin, il fallait aux femmes du cran et de la ténacité. Certaines choisirent d'écrire des romans à énigme plus délicats afin d'offrir aux lectrices qu'elles cherchaient à séduire quelque chose de plus conforme à leur sensibilité. D'autres décidèrent de marcher carrément sur les plates-bandes de leurs confrères, donnant naissance à des « privées » aussi dures à cuire que les hommes qu'elles cherchaient à évincer. Sue Grafton et Sara Paretsky ayant prouvé de manière irréfutable qu'une détective privée pouvait être acceptée par un public composé à la fois d'hommes et de femmes, nombreuses furent les romancières qui se mirent à suivre leurs traces. Le lectorat américain s'étant ainsi développé, les femmes trouvèrent là un autre débouché à leurs énergies créatrices.

La littérature policière offre aux écrivains un terrain aussi vaste et diversifié que le crime lui-même parce qu'elle n'obéit pas à des règles strictes, et que les rares règles existantes ne sont là que pour qu'on les transgresse. (Il n'est que de voir le tollé que suscita *Le Meurtre de Roger Ackroyd* à sa sortie en 1926.) L'auteur est libre de décrire le paysage de son choix et de le peupler de limiers de toutes sortes : enfants, adolescents, vieilles dames, animaux, invalides, agoraphobes, enseignants, médecins, astronautes... La littérature policière reposant sur ce principe de base, la vraie question ne devrait plus être pourquoi il y a tant de femmes qui écrivent des histoires policières mais pourquoi tout le monde ne se met pas à en écrire.

Ce recueil ne prétend pas répondre à cette question. Il a pour but de présenter au lecteur, pour son plaisir, un siècle de nouvelles policières et de suspense écrites par des femmes. Comme vous pourrez le constater, il rassemble des noms étroitement liés au domaine policier — Dorothy L. Sayers, Minette Walters, Sue Grafton, notamment —, mais également des noms qui n'y sont normalement pas associés, comme ceux de Nadine Gordimer et de Joyce Carol Oates. Je me suis efforcée de choisir des romancières aussi différentes que possible car cette diversité reflète ma conception profonde de la littérature policière, à savoir qu'écrire des romans policiers n'est pas nécessairement se cantonner dans un genre. Ce n'est pas le domaine réservé d'une poignée de praticiens moyennement talentueux. Et, plus important encore, c'est une chose qui peut résister, résistera et a déjà résisté à l'épreuve du temps.

L'une des choses qui m'irritent le plus en tant qu'auteur, c'est le nombre de gens qui s'obstinent à considérer l'écriture de romans policiers comme une forme mineure d'entreprise littéraire. Au fil des années, j'ai eu avec les uns et les autres de multiples conversations qui reflétaient cet étrange point de vue. Lors d'un séminaire, un participant me confia qu'il allait écrire un roman policier pour s'entraîner et qu'il s'attaquerait ensuite à la rédaction d'un « vrai roman ». (« Comme si vous passiez de la confection d'une omelette à celle d'une pièce montée ? » lui demandai-je innocemment.) Une journaliste allemande voulut savoir un jour ce que je pensais du fait qu'on ne parlait pas de mes romans dans un journal intellectuel dont je n'avais jamais entendu prononcer le nom. (« Ma foi, je n'en sais rien. Sans doute que ce journal n'a aucun impact sur les ventes », lui dis-je.) Plusieurs personnes se sont levées à la fin de mes exposés pour me demander pourquoi un auteur comme moi n'écrivait pas de romans sérieux. (« Je considère la littérature policière comme quelque chose de sérieux », fut ma réponse.) Certains lecteurs et certains critiques semblent croire que la littérature policière n'est pas une chose à prendre au sérieux.

C'est malheureux. Car, s'il est vrai que la littérature policière est parfois stéréotypée et sans grand intérêt, on peut en dire autant de tout ce qui se publie. Certains livres sont bons, d'autres médiocres, et d'autres franchement mauvais. Mais ce qui se passe en réalité, c'est qu'une bonne partie de la littérature policière a réalisé le rêve de la fiction dite « littérature » : elle a résisté avec succès à l'épreuve du temps. Pour un sir Arthur Conan Doyle — dont le Sherlock Holmes suscite encore, un siècle après sa création, l'intérêt et l'enthousiasme —, il existe des milliers d'auteurs dont l'œuvre dite littéraire a sombré dans l'oubli le plus complet. Si on me donne le choix entre porter l'étiquette d'écrivain « littéraire » en disparaissant dix ans après avoir raccroché les gants, et être cataloguée comme un « simple auteur de romans policiers » dont les romans et les nouvelles seront encore lus dans cent ans, je sais bien ce que je choisis, et je suppose que les autres écrivains — pourvu qu'ils soient dotés d'un minimum de bon sens — feront le même choix.

En ce qui me concerne, la littérature est ce qui dure. De son vivant, personne n'aurait accusé William Shakespeare d'écrire de la grande littérature. C'était un auteur dramatique populaire qui peuplait ses pièces de personnages à l'éducation et à l'expérience suffisamment variées pour qu'un vaste public pût s'y identifier. Charles Dickens écrivait des feuilletons pour les journaux, les rédigeant aussi vite que possible de façon à subvenir aux besoins de sa pléthorique famille. Quant à Arthur Conan Doyle, jeune ophtalmologue qui venait d'ouvrir son cabinet, il écrivait des romans à énigme pour passer le temps en attendant le client. Aucun de ces écrivains ne se souciait d'immortalité. Aucun d'eux n'écrivait en se demandant si son œuvre serait considérée comme de la littérature, de la fiction commerciale ou de la camelote. Chacun d'eux ne songeait qu'à raconter une histoire, à bien la raconter et à la proposer au public. Pour le reste, en hommes pleins de sagesse, ils s'en remettaient au temps.

Les femmes qui ont écrit les nouvelles rassemblées dans ce recueil illustrent cette philosophie. Laquelle consiste à écrire ce qu'on veut et à l'écrire bien. Certaines, qui ont œuvré dans ce sens et sont mortes aujourd'hui, ont atteint une forme d'immortalité. Les autres, qui sont encore sur terre et continuent d'écrire, attendent de voir le sort que leur réservera le temps. Toutes ont en commun le désir d'explorer l'humanité saisie dans un moment d'abîme. L'abîme, c'est le crime. Le comportement des personnages face à l'abîme constitue la substance de la nouvelle.

UN JURY DE BONNE COMPOSITION

Susan Glaspell

Susan Keating Glaspell (1876-1948) est née à Davenport, dans l'Iowa. Après des études supérieures, elle a travaillé comme journaliste avant de se consacrer entièrement à la littérature à partir de 1901. Son premier roman, *The Glory of the Conquered*, parut en 1909 et son premier recueil de nouvelles, *Lifted Masks*, en 1912. Mais c'est en qualité d'auteur dramatique qu'elle connut la gloire, notamment avec *Alison's House* (1930), qui s'inspire de la vie d'Emily Dickinson et pour lequel elle reçut un prix Pulitzer controversé.

De 1914 à 1921, elle fut membre d'une petite communauté de passionnés de théâtre fondée par son mari, George Cram Cook. Parmi les membres de cette communauté, il faut citer Edna St Vincent Millay, Djuna Barnes, Edna Ferber, John Reed et l'écrivain qui devait devenir l'auteur dramatique américain le plus célèbre de son temps : Eugene O'Neill.

Après avoir écrit à ses débuts des nouvelles à l'eau de rose, Glaspell, sous l'influence du socialisme, de son mari et de Floyd Dell, adopta une approche plus naturaliste. Un de ses thèmes de prédilection est la révolte des femmes contre la domination des hommes un peu simplets. L'une de ses pièces — pièce en un acte de 1916 — servit de base à sa nouvelle la plus connue : « Un jury de bonne composition » (1917). Cette histoire policière — à la manière de son temps, qui voulait que les limiers amateurs soient plus fins et plus perspicaces que les professionnels — se distingue par sa grande originalité, « l'enquête » servant à faire passer un message.

Lorsque Martha Hale ouvrit la double porte, elle reçut une bouffée de vent du nord, fit demi-tour et courut à l'intérieur chercher sa grande écharpe de laine. Tandis qu'elle s'empressait de la nouer autour de sa tête, elle examina sa cuisine d'un air scandalisé. Ce n'était pas un événement banal qui l'appelait loin de chez elle ; c'était même fort loin du train-train de la vie dans le comté de Dickson. Mais cela ne l'empêcha pas de constater que la pièce n'était pas en état d'être abandonnée : elle s'apprêtait à faire son pain, la moitié de la farine était tamisée, l'autre non.

Elle détestait les choses faites à moitié, mais elle se trouvait occupée à préparer sa pâte quand l'attelage venu de la ville s'était arrêté pour prendre M. Hale ; le shérif leur avait crié que son épouse souhaitait que Mme Hale vienne aussi, ajoutant avec une petite grimace que son épouse devait avoir un peu peur et aurait bien aimé qu'une autre femme l'accompagne. Elle avait alors tout laissé en plan.

— Martha ! s'exclama son mari sur un ton impatient. Ne fais pas attendre les gens par ce froid.

De nouveau elle ouvrit la double porte, et cette fois elle rejoignit les trois hommes et la femme qui l'attendaient dans le grand buggy.

Après avoir ramené ses jupes autour de ses jambes, elle jeta un coup d'œil à la femme assise près d'elle sur le siège arrière. Elle avait rencontré Mme Peters un an plus tôt à la foire du comté, et dans son souvenir ce n'était pas quelqu'un qui avait l'allure d'une épouse de shérif. Elle était petite, menue et dotée d'une voix fluette. Mme Gorman, l'épouse du shérif Gorman, le prédécesseur de Peters, avait une voix qui semblait prêter main-forte à la loi. Toutefois, si Mme Peters ne ressemblait pas à une épouse de shérif, son mari, lui, avait le physique de l'emploi. C'était exactement le genre d'homme capable de se faire élire shérif. Robuste, il avait une grosse voix et se montrait extrêmement aimable avec les citoyens respectueux de la loi, comme pour bien montrer qu'il connaissait la différence entre les criminels et les autres. Mme Hale eut soudain un coup au cœur en songeant que cet homme si avenant et si sympathique se rendait chez les Wright en qualité de shérif.

— La campagne n'est pas très joyeuse à cette époque de l'année, risqua finalement Mme Peters comme si elle se sentait obligée de parler.

Mme Hale lui répondit à peine car ils avaient gravi une petite colline et distinguaient maintenant la ferme des Wright. Cette vue ne lui donnait guère envie de bavarder. L'endroit avait l'air particulièrement isolé en cette matinée glaciale de mars. Cela avait toujours été un endroit isolé. La ferme était nichée au creux d'un vallon, et les peupliers qui l'entouraient n'avaient rien de gai. Les hommes regardaient la maison tout en parlant de ce qui était arrivé. Penché hors du buggy, le procureur ne cessait d'observer la bâtisse tandis qu'ils s'approchaient.

— Je suis contente que vous soyez venue avec moi, dit nerveusement Mme Peters alors que les deux femmes s'apprêtaient à suivre les hommes dans la cuisine.

Même après qu'elle eut posé le pied sur le perron et mis la main sur la poignée, Martha Hale eut l'impression qu'elle ne pourrait franchir le seuil. Et la raison pour laquelle il lui semblait qu'elle n'y parviendrait pas, c'était tout simplement qu'elle ne l'avait jamais fait auparavant. A maintes reprises elle s'était dit : « Je devrais aller rendre visite à Minnie Foster » — elle l'appelait toujours ainsi bien que cette dernière fût mariée depuis vingt ans et se nommât Wright. Et puis il y avait toujours quelque chose à faire, et Minnie Foster lui sortait de l'esprit. Et maintenant, elle était là.

Les hommes avancèrent vers la cuisinière. Les femmes restèrent côte à côte près de la porte. Le jeune Henderson, le procureur du comté, se retourna pour inviter ces dames à se rapprocher du feu.

Mme Peters fit un pas en avant puis s'immobilisa.

— Je n'ai pas froid, dit-elle.

Les deux femmes restèrent donc près de la porte, sans même examiner les lieux dans un premier temps.

Les hommes bavardèrent un instant, se félicitant que le shérif ait envoyé son adjoint ce matin-là faire du feu à leur intention, puis le shérif Peters recula, déboutonna son manteau, posa les mains à plat sur la table de la cuisine comme pour indiquer qu'il allait passer aux choses sérieuses.

— Voyons, monsieur Hale, déclara-t-il d'une voix presque officielle. Avant que nous déplacions des objets, dites à M. Henderson ce que vous avez vu quand vous êtes arrivé ici hier matin.

Le procureur examinait la cuisine.

— Au fait, demanda-t-il en se tournant vers le shérif, y a-t-il eu des choses de déplacées ? Ou sont-elles dans l'état où vous les avez laissées hier ?

Le regard de Peters passa du placard à l'évier, de l'évier à un petit rocking-chair usé qui jouxtait la table de la cuisine.

— Rien n'a bougé.

— On aurait dû laisser quelqu'un ici hier, dit le procureur.

— Oh, hier, répondit le shérif. Hier, il a fallu que j'envoie Frank au Morris Center chercher ce type qui avait perdu les pédales. Alors permettez-moi de vous dire que j'ai eu autre chose à penser. Je savais que vous pourriez rentrer d'Omaha aujourd'hui, George, et du moment que j'avais tout inspecté ici moi-même...

— Bien, l'interrompit le procureur afin de couper court, ne voulant pas s'appesantir sur les événements de la veille. Racontez-nous ce qui s'est passé quand vous êtes arrivé hier matin, monsieur Hale.

Mme Hale, qui était toujours appuyée contre le battant de la porte, éprouva l'angoisse de la mère dont l'enfant s'apprête à dire ce qu'il pense. Lewis se perdait en digressions et mélangeait tout quand il racontait une histoire. Elle espéra qu'il réussirait à exposer les faits sans dévier et sans faire non plus de remarques inutiles risquant de nuire à Minnie Foster. Il ne commença pas tout de suite, et elle remarqua qu'il avait l'air bizarre, comme si le fait de se retrouver dans cette cuisine et d'avoir à narrer ce qu'il avait vu la veille le rendait malade.

— Oui, monsieur Hale ? le relança le procureur.

— Harry et moi, on était partis en ville avec un chargement de pommes de terre, commença l'époux de Mme Hale.

Harry était le fils aîné de Mme Hale. Il n'était pas là pour la simple et bonne raison que, comme les pommes de terre n'avaient pas été livrées la veille, il effectuait la livraison en ce moment même ; c'est pourquoi le shérif ne l'avait pas trouvé lorsqu'il s'était arrêté pour dire qu'il voulait que M. Hale l'accompagne chez les Wright afin de raconter son histoire au procureur sur place, ce qui serait plus pratique. En plus du reste, Mme Hale était inquiète à l'idée que Harry n'était peut-être pas assez chaudement vêtu ; ils ne s'étaient pas rendu compte à quel point le vent du nord était mordant.

— On est arrivés par là, indiqua Hale avec un mouvement de la main vers la route qu'ils venaient d'emprunter, et, comme on approchait, tout d'un coup j'ai dit à Harry : « Je vais voir si je peux pas convaincre John Wright de se faire installer le téléphone. » Voyez-vous, expliqua-t-il à Henderson, si je ne trouve pas un autre volontaire, il faudra que je fasse une croix dessus parce que la compagnie refuse de le poser pour un seul utilisateur, ou alors à un prix ahurissant. J'en avais déjà touché un mot à Wright mais il m'avait envoyé sur les roses, prétendant que de toute façon les gens parlaient déjà beaucoup trop, que tout ce qu'il voulait, c'était du calme — vous savez sûrement combien lui-même était bavard. Mais je me suis dit que si je lui en reparlais en présence de sa femme, si je lui disais que toutes les femmes raffolent du téléphone et que sur cette portion de route isolée ce serait une bonne chose d'en faire mettre un... « Voilà les arguments que je compte lui présenter », j'ai dit à Harry. En réalité, j'ignorais si l'avis de sa femme comptait tant que ça pour John...

Et voilà ! Voilà qu'il disait des choses qu'il aurait mieux fait de garder pour lui. Mme Hale essaya d'attirer l'attention de son mari, mais fort heureusement le procureur interrompit le récit à cet instant même :

— Nous verrons ça tout à l'heure, monsieur Hale. Ce n'est pas que je n'aie pas envie d'en parler, mais pour l'instant je préférerais que vous en veniez au fait.

Lorsque M. Hale reprit la parole, ce fut d'un ton circonspect :

— Je n'ai rien vu, rien entendu. J'ai frappé à la porte. Pas un bruit à l'intérieur. Je savais qu'ils étaient levés — il était huit heures passées. Alors j'ai frappé de nouveau, plus fort, et j'ai cru entendre quelqu'un qui disait : « Entrez. » Je n'en suis pas sûr, notez bien, même encore maintenant. Quoi qu'il en soit, j'ai ouvert, fit-il en désignant de la main la porte près de laquelle se tenaient les deux femmes. Et là, dans ce rocking-chair… Mme Wright était assise.

Tout le monde braqua les yeux sur le rocking-chair. Mme Hale se dit que ce fauteuil ne ressemblait pas du tout à Minnie Foster, pas à la Minnie Foster qu'elle avait connue vingt ans plus tôt. Il était d'un rouge fané, un des barreaux du dossier manquait et l'assise était affaissée.

— Comment l'avez-vous trouvée ? s'enquit le procureur. Quelle tête faisait-elle ?

— Eh bien, répondit Hale, une tête bizarre.

— Comment ça, bizarre ?

Alors qu'il posait la question, le procureur sortit un calepin et un crayon. La vue de ce crayon ne fut pas du goût de Mme Hale. Elle avait l'œil rivé sur son mari, comme pour l'empêcher de faire des remarques intempestives qui seraient consignées dans ce calepin et pourraient nuire à Minnie Foster.

Hale tourna sa langue dans sa bouche, l'air gêné lui aussi par la vue du crayon.

— Eh bien, comme si elle ne savait pas ce qu'elle allait faire ensuite. Et épuisée.

— Comment a-t-elle réagi en vous voyant ?

— Je ne crois pas qu'elle m'ait remarqué. Je lui ai dit : « Comment ça va, madame Wright ? Il fait froid, pas vrai ? » Et elle : « Vraiment ? » Et elle a continué à plisser son tablier. Evidemment, moi, j'étais étonné. Elle ne m'a pas proposé de m'approcher de la cuisinière ni de m'asseoir. Elle est restée dans son fauteuil sans même me regarder. Alors j'ai dit : « Je voudrais voir John. » Et elle, ben, elle a... ri. Enfin, je crois qu'elle a ri. Comme je pensais à Harry et à l'attelage dehors, je lui ai dit d'un ton un peu plus vif : « Je peux voir John ? — Non », a-t-elle fait d'une voix éteinte. « Il est pas là ? » je lui ai demandé. Alors elle m'a regardé. « Si, si, il est à la maison. — Ben alors pourquoi je peux pas le voir ? » La moutarde commençait à me monter au nez, vous comprenez. « Parce qu'il est mort », m'a-t-elle dit d'une voix morne en continuant de plisser son tablier. « Mort ? » J'arrivais pas à assimiler, moi. Elle s'est contentée de hocher la tête sans se troubler le moins du monde, tout en se balançant d'avant en arrière. « Et où il est ? » j'ai demandé, ne sachant que dire d'autre. Elle a tendu le doigt vers le plafond, comme ça, dit-il en montrant la pièce du haut. Je me suis levé, me disant que j'allais monter voir. En fait, je savais vraiment pas quoi faire. Je faisais les cent pas, et tout d'un coup je lui ai dit : « De quoi il est mort ? — On lui a passé une corde autour du cou », qu'elle m'a répondu en continuant de tripoter son tablier.

Hale cessa de parler, les yeux braqués sur le rocking-chair comme s'il voyait toujours la femme qui y était assise la veille. Personne ne souffla mot ; c'était comme si tout le monde revivait la scène.

— Qu'avez-vous fait ensuite ? demanda le procureur, rompant enfin le silence.

— Je suis sorti, j'ai appelé Harry. Je me suis dit que j'aurais peut-être besoin... d'aide. Harry est entré, on est montés...

Sa voix ne fut plus qu'un chuchotement :

— ... et il était là, allongé sur...

— Je crois que vous feriez mieux de nous raconter la suite en haut, l'interrompit le procureur, comme ça vous pourrez nous montrer...

— Ma première pensée a été de retirer cette corde.

Hale se tut un instant, le visage agité de tressaillements.

— Mais Harry s'est approché et il a dit : « Non, non, il est mort, faut toucher à rien. » Alors on est redescendus. Elle était toujours assise à la même place. « Est-ce que vous avez prévenu quelqu'un ? » lui ai-je demandé. « Non », m'a-t-elle répondu, comme quelqu'un qui ne se sent pas concerné. « Qui a fait ça, madame Wright ? » a dit Harry, très terre à terre. Elle a cessé de tripoter son tablier. « Je sais pas », qu'elle a fait. « Comment ça, vous savez pas ? Vous ne dormiez pas près de lui ? — Si. — Quelqu'un lui a passé une corde autour du cou et l'a étranglé, et ça ne vous a pas réveillée ? » a insisté Harry. « Non, non, je me suis pas réveillée. » Sans doute qu'on devait avoir l'air sidérés parce que au bout d'une minute elle a ajouté : « J'ai un sommeil de plomb. » Harry allait lui poser d'autres questions, mais je lui ai dit que ça ne nous regardait peut-être pas, qu'on devrait la laisser raconter son histoire au coroner ou au shérif. Alors Harry s'est précipité à High Road chez les Rivers, qui ont le téléphone.

— Qu'est-ce qu'elle a fait quand elle a su que vous aviez envoyé chercher le coroner ?

Le procureur, crayon en main, s'apprêtait à noter.

— Elle a changé de siège, répondit Hale en désignant une petite chaise, et elle s'est assise, les mains jointes, le nez baissé. Je me suis senti obligé de lui faire un brin de conversation et je lui ai expliqué que j'étais venu voir si John ne voulait pas se faire installer le téléphone. Là, elle s'est mise à rire, puis elle s'est arrêtée brusquement et quand elle m'a regardé elle avait l'air... terrifiée.

Au bruit du crayon sur le papier, Hale leva les yeux.

— Je sais pas, c'est peut-être pas le terme exact, s'empressa-t-il de dire. Enfin bref, Harry est revenu, le Dr Lloyd est arrivé, ensuite vous, monsieur Peters. Et c'est tout : vous en savez autant que moi.

Il lâcha ces mots avec soulagement, remua comme pour se détendre. Tout le monde s'ébroua. Le procureur se dirigea vers la porte donnant sur l'escalier.

— On va d'abord monter, puis on visitera la grange.

Il marqua une pause, jeta un coup d'œil à la cuisine.

— Vous êtes sûr qu'il n'y avait rien d'important dans cette pièce ? demanda-t-il au shérif. Rien qui puisse nous donner une idée d'un mobile ?

A son tour, le shérif parcourut la pièce du regard.

— Rien, rien que les choses banales qu'on trouve dans une cuisine, dit-il avec un petit rire, l'air de considérer ustensiles et appareils ménagers comme insignifiants.

Le procureur regardait l'armoire, un meuble bâtard, mi-buffet, mi-placard, dont la partie supérieure était encastrée dans le mur et dont la partie inférieure n'était qu'un vieux buffet de cuisine à l'ancienne. Intrigué par sa bizarrerie, il prit une chaise, ouvrit la partie haute et jeta un coup d'œil.

Au bout d'un moment il retira sa main, toute collante.

— Eh bien c'est du propre, déclara-t-il avec ressentiment.

Les deux femmes s'étaient approchées ; l'épouse du shérif prit la parole :

— Oh, ses fruits, dit-elle en cherchant du regard appui et compréhension auprès de Mme Hale.

Elle se tourna vers le procureur et lui expliqua :

— Quand le thermomètre est brutalement descendu, la nuit dernière, elle s'en est inquiétée. Elle avait peur que le feu ne s'éteigne et que ses bocaux n'éclatent.

Le mari de Mme Peters partit d'un grand rire.

— Cette femme est vraiment incroyable ! Soupçonnée de meurtre, elle se fait du mauvais sang pour ses conserves !

Le jeune procureur pinça les lèvres.

— Lorsqu'on en aura fini avec elle, elle aura des raisons autrement sérieuses de se faire du souci.

— Oh, fit le mari de Mme Hale avec une bonhomie pleine de condescendance, les femmes ont l'habitude de s'inquiéter pour des riens.

Les deux femmes se rapprochèrent imperceptiblement l'une de l'autre. Aucune d'elles ne souffla mot. Le procureur parut soudain se rappeler les bonnes manières et penser à l'avenir.

— Peut-être, dit-il avec une galanterie d'homme politique, mais qui sait ce que nous ferions sans ces dames ?

Les femmes restèrent muettes, ne se laissèrent pas fléchir. Il s'approcha de l'évier, commença à se laver les mains. Voulant s'essuyer avec le torchon, il le tourna en tous sens afin d'y trouver un endroit propre.

— Un torchon sale ! Elle n'était pas très douée, comme maîtresse de maison... Qu'en pensez-vous, mesdames ?

Il donna un coup de pied dans des casseroles sales qui traînaient sous l'évier.

— Il y a beaucoup de travail à la ferme, dit Mme Hale d'un ton rogue.

— Oh ça, je n'en doute pas. Et pourtant... ajouta-t-il en s'inclinant légèrement vers elle, je suis sûr qu'il y a des fermes où on ne voit pas de torchons dans un si triste état.

— Les torchons, ça se salit drôlement vite. Les mains des hommes ne sont pas toujours aussi propres qu'elles devraient l'être.

— Entre femmes on se serre les coudes, je vois, répondit-il en éclatant de rire.

Puis, retrouvant son sérieux, il lui adressa un regard incisif.

— Mais Mme Wright et vous étiez voisines. Je suppose que vous étiez amies, aussi.

Martha Hale fit non de la tête.

— Je ne l'ai pas vue beaucoup ces dernières années. Je n'ai pas mis les pieds dans cette maison depuis plus d'un an.

— Et pourquoi ? Vous ne l'aimiez pas ?

— Si, si, répondit-elle vivement. Mais, quand on est femme de fermier, monsieur Henderson, ce n'est pas le travail qui manque. Et puis...

Elle jeta un coup d'œil autour d'elle.

— Oui ? l'encouragea-t-il.

— Je n'ai jamais trouvé que c'était très gai ici, dit-elle plus pour elle que pour lui.

— Non, concéda-t-il. Je ne pense pas qu'on pourrait qualifier cet endroit de gai. Je ne pense pas qu'on puisse dire qu'elle savait rendre un intérieur agréable.

— Wright non plus, marmonna Martha.

— Ils ne s'entendaient pas ? demanda-t-il aussitôt.

— Non, répondit-elle d'un ton ferme.

Elle se détourna, ajoutant :

— Mais je ne pense pas que la présence d'un homme comme John Wright dans une maison soit de nature à l'égayer.

— On reparlera de cela plus tard, madame Hale. J'ai hâte de voir comment ça se présente là-haut.

Il s'approcha de la porte donnant sur l'escalier, suivi des deux hommes.

— Je suppose que Mme Peters peut aller et venir à sa guise au rez-de-chaussée ? s'enquit le shérif. Mme Wright l'a chargée de lui rapporter des vêtements, voyez-vous, et quelques bricoles. Nous sommes partis en coup de vent, hier.

Le procureur regarda les deux femmes qu'il laissait seules au milieu des ustensiles de cuisine.

— Oui, dit-il, les yeux fixés sur la femme du fermier. Mme Peters est des nôtres. Ouvrez l'œil, madame Peters, vous pourriez mettre la main sur un élément qui nous serait utile. Un indice concernant le mobile, par exemple. Voilà qui nous aiderait.

M. Hale se frotta la joue tel un comique qui s'apprête à lâcher une plaisanterie.

— Mais est-ce que ces dames reconnaîtraient un indice si elles en voyaient un ?

Et sur cette saillie, il suivit les autres dans l'escalier.

Les femmes restèrent immobiles et silencieuses, écoutant les pas résonner dans l'escalier puis dans la pièce au-dessus. Puis Mme Hale commença à remettre de l'ordre dans les casseroles sales que le procureur avait dérangées en les poussant d'un pied dédaigneux.

— Ça ne me plairait pas du tout que des hommes viennent fouiner dans ma cuisine et tout critiquer.

— Ils ne font que leur devoir, commenta timidement la femme du shérif.

— Le devoir, c'est une chose, mais l'adjoint du shérif qui est venu allumer le feu aurait pu s'occuper de ça... rétorqua Mme Hale en désignant le torchon. J'aurais dû le voir tout de suite, et le camoufler ! C'est moche de la critiquer alors qu'elle a été obligée de partir en catastrophe.

Elle jeta un coup d'œil autour d'elle. La cuisine était loin d'être rangée. Son regard fut attiré par un pot de sucre posé sur une étagère. Le couvercle en avait été enlevé, et à côté il y avait un sac en papier à moitié plein.

Mme Hale s'en approcha.

— Elle était en train de verser du sucre là-dedans, dit-elle lentement.

Elle songea à la farine qu'elle-même avait laissée à moitié tamisée. On l'avait interrompue dans son travail, et elle avait laissé les choses en plan. Qu'est-ce qui avait interrompu Minnie Foster ? Pourquoi avait-elle laissé cette tâche inachevée ? Elle fit un geste comme pour finir de remplir le sac : les choses inachevées l'agaçaient. Puis, levant les yeux, elle vit que Mme Peters l'observait. Elle ne voulait pas que cette dernière ait le même sentiment qu'elle, d'une tâche commencée et laissée en suspens. Alors elle s'abstint.

— Quel dommage pour ses fruits, dit-elle en s'approchant du placard que le procureur avait ouvert.

Elle monta sur la chaise en murmurant :

— Je me demande s'ils sont tous gâtés.

C'était un triste spectacle.

— Tiens, dit-elle, voilà un bocal qui en a réchappé.

Elle le tendit vers la lumière. Des cerises.

— C'est le seul qui soit intact.

Elle redescendit en soupirant de son perchoir, s'approcha de l'évier, essuya le bocal.

— Elle va être drôlement contrariée après tout le mal qu'elle s'est donné cet été. Je me souviens de l'après-midi où j'ai mis mes cerises en bocal, l'an dernier.

Elle posa le bocal sur la table et fit mine de s'installer dans le rocking-chair. Toutefois, elle resta debout. Quelque chose l'empêchait de s'asseoir. Elle se redressa, recula, se détourna, regarda, et ce fut comme si elle voyait la femme qui était assise en train de faire des plis avec son tablier.

La voix ténue de l'épouse du shérif interrompit ses réflexions :

— Il faut que j'aille chercher ses affaires dans l'armoire de la grande pièce.

Elle ouvrit la porte donnant sur cette pièce, fit un pas en avant, recula.

— Vous venez avec moi, madame Hale ? demanda-t-elle d'un ton nerveux. Je pourrais avoir besoin d'un coup de main.

Elles ne s'absentèrent pas longtemps, il ne faisait pas bon s'attarder dans la glacière qu'était cette pièce hermétiquement fermée.

— Oh là là ! s'exclama Mme Peters en laissant tomber son chargement sur la table et en se précipitant vers la cuisinière.

Mme Hale examina les vêtements qu'avait réclamés la femme que l'on avait emmenée en ville.

— Quel radin, ce Wright ! lança-t-elle, tendant à bout de bras une jupe noire élimée qui avait été maintes fois reprisée. C'est peut-être pour ça qu'elle restait cloîtrée. Elle se disait sans doute qu'elle ne pouvait pas tenir son rang, et puis on ne s'amuse pas quand on est aussi mal vêtue. Dans le temps, lorsqu'elle était jeune fille et qu'elle faisait partie de la chorale, elle portait de jolies choses, elle était pleine de vie. Mais cela remonte à quoi... vingt ans...

Non sans une certaine tendresse, elle plia avec soin les vêtements rapiécés et les empila sur un coin de la table. Elle regarda Mme Peters et lut dans son regard quelque chose qui l'irrita.

« Elle s'en moque, pensa-t-elle. Ça ne lui fait ni chaud ni froid de savoir que Minnie Foster portait de jolis vêtements quand elle était jeune fille. »

Puis elle la regarda de nouveau et ne fut plus si sûre ; en fait, elle n'avait jamais su avec certitude à quoi s'en tenir avec Mme Peters. Sous ses airs timides, cette dernière avait l'air perspicace.

— C'est tout ce que vous deviez emporter ? demanda Mme Hale.

— Non, répliqua la femme du shérif, elle m'a dit aussi qu'elle voulait un tablier. C'est drôle de réclamer un tablier, ajouta-t-elle de son petit ton nerveux, je ne vois pas comment elle pourrait se salir en prison. Mais c'est peut-être pour se sentir plus à l'aise. Quand on a l'habitude d'en porter... Elle m'a dit qu'ils étaient dans le tiroir du bas de ce placard... Oui, en effet. Et elle veut aussi son châle, qui est toujours accroché à une patère à la porte de l'escalier.

Mme Peters prit le petit châle gris qui se trouvait derrière la porte et resta une minute à l'observer.

Soudain Mme Hale fit un pas vers elle.

— Madame Peters !

— Oui, madame Hale ?

— Vous croyez que c'est elle... qui a fait ça ?

La peur voila aussitôt le regard de Mme Peters.

— Oh, je ne sais pas, dit-elle d'une voix à peine audible.

— Eh bien moi, je ne crois pas, affirma vigoureusement Mme Hale. Vous vous rendez compte, elle demande un tablier, elle réclame son petit châle, elle se préoccupe de savoir si ses conserves…

— Mon mari dit…

On entendit des pas dans la pièce du dessus. Mme Peters s'arrêta avant de poursuivre à voix très basse :

— Mon mari dit que ça ne se présente pas bien pour elle. M. Henderson peut être affreusement sarcastique quand il veut, et il va tourner ses propos en ridicule. Jamais il ne voudra croire qu'elle ne s'est pas réveillée.

L'espace d'un moment, Mme Hale garda le silence, puis elle marmonna :

— John Wright ne s'est pas réveillé lui non plus lorsqu'on lui a noué cette corde autour du cou.

— C'est étrange, souffla Mme Peters, cette façon de tuer un homme. Ça paraît incroyable.

Elle se mit à rire et, s'entendant, cessa immédiatement.

— C'est aussi l'avis de mon mari, déclara Mme Hale d'une voix parfaitement naturelle. D'autant qu'il y avait une arme dans la maison. C'est ça qu'il n'arrive pas à comprendre.

— M. Henderson nous a dit en sortant qu'un mobile les aiderait bien à élucider l'affaire. Quelque chose qui trahirait de la colère ou une réaction brutale.

— Je ne vois aucune manifestation de colère dans cette pièce, dit Mme Hale. Je ne…

Elle s'arrêta. C'était comme si son esprit achoppait sur quelque chose. Son attention avait été attirée par un torchon posé au milieu de la table de la cuisine. Elle s'approcha lentement. Une moitié du torchon était propre, l'autre sale. Elle tourna les yeux, presque à contrecœur, vers le pot de sucre et le sac en papier à moitié vide. Les tâches commencées et laissées en suspens.

Au bout d'un moment, elle recula et dit :

— Je me demande dans quel état se trouve la pièce du haut. J'espère qu'il y a moins de fouillis qu'ici. Vous savez, ce n'est pas très correct de venir fouiner comme ça chez les gens ; on l'enferme en prison et on vient inspecter son intérieur pour essayer de « faire parler » sa maison et d'y trouver des indices qu'on retournera contre elle !

— Mais, objecta la femme du shérif, la loi est la loi.

— Je suppose que oui, répondit sèchement Mme Hale.

Elle se tourna vers la cuisinière, fit une remarque au sujet du feu qui était vraiment poussif. Elle s'escrima dessus un instant et, en se redressant, déclara d'un ton agressif :

— La loi est la loi, et une cuisinière qui fonctionne mal est une cuisinière qui fonctionne mal. Comment voulez-vous cuisiner avec un truc comme ça ? dit-elle en désignant le fourneau du bout du tisonnier.

Elle ouvrit la porte du four et, alors qu'elle s'apprêtait à en critiquer l'état, elle imagina ce que cela avait dû être, année après année, de se bagarrer avec cet appareil. Elle songea à Minnie Foster qui avait essayé de faire des gâteaux dans ce four, elle songea qu'elle n'était jamais allée lui rendre visite...

Elle sursauta en entendant Mme Peters dire :

— On finit par se décourager, dans ces conditions.

Le regard de l'épouse du shérif était passé de la

cuisinière à l'évier, au seau d'eau qu'on avait rapporté du dehors. Les deux femmes restèrent plantées là en silence. Au-dessus d'elles retentissaient les pas des hommes qui cherchaient des indices contre celle qui avait trimé dans cette cuisine. La femme du shérif avait maintenant l'air de quelqu'un qui voit des choses, par-delà les apparences. Aussi, quand Mme Hale lui adressa de nouveau la parole, ce fut d'un ton aimable :

— Vous feriez mieux de vous découvrir un peu, madame Peters. Sinon vous aurez froid en sortant.

Mme Peters se dirigea vers le fond de la pièce pour suspendre l'étole de fourrure qu'elle portait.

— Ah, tiens, elle faisait un patchwork ! s'exclama-t-elle peu après en brandissant une corbeille à ouvrage pleine de morceaux de tissu.

Mme Hale étala des blocs sur la table.

— Le motif de la cabane en rondins, dit-elle en assemblant plusieurs morceaux d'étoffe. C'est joli, n'est-ce pas ?

Elles étaient tellement absorbées par le quilt qu'elles n'entendirent pas les pas résonner dans l'escalier. Au moment où la porte s'ouvrait, Mme Hale disait :

— Selon vous, elle allait le quilter ou le nouer ?

Le shérif leva les bras au ciel.

— Ces dames se demandent si elle allait le quilter ou le nouer !

Il y eut un rire — « Ah, les femmes... ! —, des mains se tendirent vers la cuisinière, et le procureur dit d'un ton vif :

— Bon, maintenant passons à la grange, il faut tirer ça au clair.

— Je ne vois pas ce qu'il y a de bizarre là-dedans, dit Mme Hale avec ressentiment après que la porte d'entrée se fut refermée sur les trois hommes. Je ne vois pas ce qu'il y a de mal à se préoccuper de petites choses pendant que ces messieurs font la chasse aux indices. Je ne vois vraiment pas ce qu'il y a de risible.

— C'est parce qu'ils ont des problèmes beaucoup plus importants en tête, répondit la femme du shérif.

Elles se penchèrent de nouveau sur les blocs du quilt. Mme Hale examinait les coutures régulières. Elle pensait à celle qui avait exécuté ce travail d'assemblage lorsqu'elle entendit la femme du shérif dire d'une voix étrange :

— Regardez celui-là.

Martha Hale se tourna pour prendre le morceau d'étoffe que lui tendait Mme Peters.

— Regardez, reprit cette dernière, troublée. Autant les autres sont joliment et régulièrement cousus, autant celui-là... On dirait qu'elle avait l'esprit ailleurs !

Leurs regards se croisèrent, quelque chose passa entre elles ; puis, au prix d'un grand effort, elles détournèrent les yeux. Mme Hale resta un moment assise, les mains sur ce bloc si différent des autres. Puis elle tira sur un nœud et défit les fils.

— Madame Hale, que faites-vous ? demanda la femme du shérif, étonnée.

— Je défais un ou deux points qui ne sont pas très réguliers, répliqua Mme Hale sans s'émouvoir.

— Nous sommes censées ne toucher à rien, fit remarquer Mme Peters, l'air un peu désemparée.

— Je finis juste ce côté, répondit Mme Hale d'une voix toujours aussi neutre.

Elle enfila une aiguille et se mit à recoudre ce qui avait été cousu en dépit du bon sens. L'espace d'un moment, elle s'activa en silence. Puis la petite voix timide se fit entendre :

— Madame Hale !

— Oui, madame Peters ?

— A votre avis, qu'est-ce qui la rendait si... nerveuse ?

— Je n'en sais rien, répondit Mme Hale comme s'il s'agissait d'une question sans intérêt. Qui nous dit qu'elle était nerveuse, pour commencer ? Quand je suis fatiguée, il m'arrive de coudre de travers.

Elle coupa un fil et du coin de l'œil regarda Mme Peters. Le petit visage de la femme du shérif semblait avoir rétréci. Elle avait encore l'air de voir des choses. Toutefois, elle dit de sa voix ténue :

— Il faut que j'emballe ces vêtements. Ils auront peut-être fini plus tôt qu'on ne pense. Je me demande où je pourrais trouver du papier et de la ficelle...

— Dans ce placard peut-être, suggéra Mme Hale après avoir jeté un coup d'œil autour d'elle.

Il restait encore un morceau mal cousu qui n'avait pas été défait. Pendant que Mme Peters tournait le dos, Martha Hale l'examina et compara les points avec ceux des autres blocs, qui étaient impeccables. La différence était sidérante. Celui qu'elle avait dans les mains lui donnait un drôle de sentiment ; c'était comme si elle pouvait entrevoir les pensées de la femme qui l'avait sans doute pris pour essayer de se calmer.

La voix de Mme Peters l'arracha à ses réflexions :

— Tiens, une cage à oiseaux. Elle avait un oiseau, madame Hale ?

— Ça alors, je n'en sais rien, répondit celle-ci en regardant la cage que tenait Mme Peters. Je ne suis pas venue ici depuis tellement longtemps.

Elle poussa un soupir avant d'ajouter :

— L'an dernier, il y a un homme qui est passé dans la région pour vendre des canaris à un prix défiant toute concurrence, mais j'ignore si elle en a acheté un. Peut-être que oui. Elle-même chantait très bien.

Mme Peters balaya la cuisine du regard.

— Ça fait bizarre d'imaginer un oiseau ici, dit-elle.

Elle eut un petit rire.

— Mais elle devait en avoir un, sinon pourquoi cette cage ? Je me demande où il est passé.

— Sans doute que le chat l'a mangé, suggéra Mme Hale en reprenant sa couture.

— Non, elle n'avait pas de chat. Elle n'est pas à l'aise avec les chats ; elle en a peur. Quand ils l'ont amenée chez nous hier, mon chat est entré dans la pièce, ça l'a mise dans tous ses états et elle m'a demandé de le faire sortir.

— Ma sœur Bessie réagissait exactement comme ça, dit Mme Hale.

La femme du shérif ne répondit pas. Mme Hale se tourna et vit que Mme Peters examinait la cage.

— Regardez la porte, dit-elle lentement. Elle est cassée. Une charnière a été arrachée.

Mme Hale s'approcha.

— On dirait que quelqu'un l'a... malmenée.

De nouveau leurs regards se croisèrent, étonnés, interrogateurs, inquiets. L'espace d'un moment, ni l'une ni l'autre ne parla ni ne bougea. Puis, se détournant, Mme Hale dit d'un ton brusque :

— J'espère qu'ils vont se dépêcher de mettre la main sur ces indices. Je n'aime pas du tout cet endroit.

— Je suis drôlement contente que vous soyez venue avec moi, madame Hale.

Mme Peters posa la cage sur la table et s'assit.

— Je me sentirais vraiment seule sans vous.

— Ça ne m'étonne pas, dit Mme Hale.

Elle prit son ouvrage, le laissa tomber sur ses genoux et murmura :

— Vous voulez que je vous dise, je regrette de ne pas être passée la voir à l'occasion quand elle était là. J'aurais dû venir.

— Avec tout le travail que vous aviez à faire. La maison, les enfants...

— J'aurais pu me débrouiller, rétorqua Mme Hale d'un ton sec. Si je ne suis pas venue, c'est parce que l'endroit me semblait lugubre ; or c'est pour cela que j'aurais dû venir.

Elle jeta un coup d'œil autour d'elle.

— Je n'ai jamais aimé cet endroit. Peut-être parce qu'il est au fond d'un vallon et qu'on ne voit pas la route. C'est un endroit isolé, ça l'a toujours été. Je regrette de ne pas être venue rendre visite à Minnie Foster. Je me rends compte maintenant...

Elle ne termina pas sa phrase.

— Il ne faut pas vous faire de reproches, lui conseilla Mme Peters. On ne sait jamais très bien comment vivent les autres tant qu'il ne s'est rien passé.

— L'absence d'enfants, cela donne moins de travail, c'est sûr, reprit Mme Hale après un silence. Mais la maison est bien calme... et Wright qui était dehors toute la journée... et pas d'une compagnie agréable quand il rentrait. Vous connaissiez John Wright ?

— De vue. Je l'ai aperçu en ville. On dit que c'était quelqu'un de bien.

— Oui... Il ne buvait pas, il tenait sa parole, il payait ses dettes. Mais c'était un homme dur, madame Peters. Passer ses journées avec lui...

Mme Hale secoua la tête en frissonnant légèrement.

— ... ça devait vous faire l'effet d'une bise qui vous perce jusqu'à la moelle.

Elle jeta un coup d'œil à la cage sur la table et ajouta presque avec amertume :

— Pas étonnant qu'elle ait voulu avoir un oiseau !

Soudain elle se pencha, regardant attentivement la cage.

— Mais qu'a-t-il bien pu lui arriver, à votre avis ?

— Je l'ignore, répondit Mme Peters. Il est peut-être tombé malade et il est mort.

Mais à peine avait-elle prononcé ces mots qu'elle tendit la main vers la charnière brisée. Les deux femmes l'observèrent, comme fascinées.

— Vous ne la connaissiez pas ? demanda Mme Hale d'un ton de voix plus doux.

— Pas avant de l'avoir vue hier, dit la femme du shérif.

— Tout bien considéré, elle ressemblait assez à un oiseau. Elle était jolie, mais timide et hésitante. Comme elle a changé !...

Cette pensée absorba Mme Hale un long moment. Finalement, comme soulagée de se consacrer de nouveau au quotidien, elle s'écria :

— Mais, au fait, pourquoi ne lui apporteriez-vous pas son quilt ? Cela la distrairait.

— C'est une excellente idée ! acquiesça la femme du shérif, réjouie à l'idée de faire une bonne action. Je ne vois pas ce qu'il y a de mal à cela. Voyons, qu'est-ce que j'emporte ? Je me demande où ses morceaux de tissu et son matériel sont rangés.

Elles se tournèrent vers la corbeille à ouvrage.

— Voilà du rouge, dit Mme Hale en sortant un coupon de tissu.

Sous le tissu se trouvait une boîte.

— Peut-être que ses ciseaux sont là-dedans, avec ses affaires.

Elle tendit la boîte à bout de bras.

— Comme elle est jolie ! C'est sûrement un objet qu'elle avait lorsqu'elle était jeune fille.

Elle la garda en main un moment puis avec un petit soupir l'ouvrit. Elle porta aussitôt la main à son nez.

— Mais...

Mme Peters s'approcha puis se détourna.

— Il y a quelque chose enveloppé dans ce morceau de soie, dit Mme Hale, tremblante.

— Ce ne sont pas ses ciseaux, répondit Mme Peters d'une voix étranglée.

D'une main mal assurée, Mme Hale souleva le morceau de soie.

— Oh, madame Peters ! s'écria-t-elle. C'est...

Mme Peters se pencha.

— L'oiseau, chuchota-t-elle.

— Madame Peters ! s'écria encore Mme Hale. Regardez son cou ! Il est tout tordu !

Elle éloigna la boîte d'elle. La femme du shérif se pencha de nouveau.

— On lui a tordu le cou, dit-elle d'une voix lente et basse.

De nouveau leurs regards se croisèrent, avec une lueur de compréhension et d'horreur. Mme Peters examina l'oiseau mort, puis la porte de la cage. Une fois encore elles se regardèrent. Juste à ce moment-là on entendit du bruit à la porte.

Mme Hale glissa la boîte sous les morceaux de tissu dans la corbeille et se laissa tomber sur la chaise la plus proche. Mme Peters resta debout, les deux mains sur la table. Le procureur et le shérif entrèrent.

— Eh bien, mesdames, dit le procureur du ton de celui qui délaisse les choses sérieuses pour passer aux futilités, qu'en pensez-vous finalement ? Est-ce qu'elle allait le quilter ou le nouer ?

— Nous pensons, commença la femme du shérif d'une voix un peu chevrotante, qu'elle allait le nouer.

Il était trop préoccupé pour remarquer l'altération de sa voix.

— Très intéressant, dit-il avec indulgence.

Puis, apercevant la cage :

— L'oiseau s'est envolé ?

— On pense que le chat l'a croqué, répondit Mme Hale d'une voix étonnamment calme.

Il faisait les cent pas, comme s'il réfléchissait.

— Ah bon, parce qu'il y a un chat ? demanda-t-il d'un ton absent.

Mme Hale jeta un regard à la femme du shérif.

— Plus maintenant, dit Mme Peters. Ce sont des animaux superstitieux : ils abandonnent les lieux.

Elle se laissa tomber dans le fauteuil.

Le procureur ne fit pas attention à elle.

— Aucune trace d'effraction, dit-il à Peters, reprenant leur discussion interrompue. C'est de la corde leur appartenant qui a été utilisée. Remontons, réexaminons tout. C'est forcément quelqu'un qui savait...

La porte donnant sur l'escalier se referma derrière eux, étouffant leurs voix.

Les deux femmes restèrent assises sans bouger, sans se regarder, mais semblant guetter quelque chose. Lorsqu'elles se remirent à parler, ce fut comme si elles avaient peur de ce qu'elles disaient mais ne pouvaient s'empêcher de le dire.

— Elle aimait cet oiseau, chuchota Martha Hale. Elle allait l'enterrer dans cette jolie boîte.

— Quand j'étais petite, répondit Mme Peters dans un souffle, j'avais un chaton. Figurez-vous qu'un beau jour un gamin a pris une hache et, avant que j'aie le temps de faire quoi que ce soit...

Elle se couvrit le visage un instant.

— Si on ne m'avait pas retenue, je l'aurais...

Elle s'interrompit, jeta un regard à l'étage où l'on entendait des pas et termina tout bas :

— ... je lui aurais sauté dessus.

Elles restèrent assises sans parler ni bouger.

— Je me demande ce que cela devait faire, reprit Mme Hale, de ne pas avoir d'enfants chez soi.

Elle balaya lentement la cuisine du regard, comme pour essayer de reconstituer l'atmosphère de la pièce, puis déclara :

— Je suis sûre que Wright n'aimait pas cet oiseau, ce truc qui chantait. Minnie Foster chantait, dans le temps. Il a tué ça aussi.

Sa voix se serra.

Mme Peters bougea, mal à l'aise.

— Evidemment, on ne sait pas qui a tué l'oiseau.

— Je connaissais John Wright, répondit Mme Hale.

— C'est abominable, ce qui s'est passé dans cette maison cette nuit-là, dit la femme du shérif. Tuer un homme dans son sommeil, lui nouer autour du cou une corde pour l'étrangler...

Mme Hale désigna de la main la cage.

— Son cou. On l'a étouffé.

— On ne sait pas qui l'a tué, chuchota Mme Peters, on ne le sait pas.

Mme Hale n'avait pas bougé.

— Imaginez des années et des années sans rien, dit-elle, puis un oiseau qui chante pour vous... Le silence a dû être épouvantable après la mort de l'oiseau.

C'était comme si quelque chose en elle avait parlé qui trouvait un écho chez Mme Peters.

— Je sais ce qu'est le silence, dit cette dernière d'une voix étrange et monotone. Quand nous étions dans le Dakota, mon premier enfant est mort à l'âge de deux ans... Je n'en avais pas d'autre à l'époque...

Mme Hale s'agita, émue.

— Vous croyez qu'ils vont bientôt en avoir fini avec la recherche des indices ?

— Je sais ce qu'est le silence, répéta Mme Peters.

Puis, comme se ressaisissant :

— La loi doit punir le crime, madame Hale, dit-elle de sa petite voix étranglée.

— Quel dommage que vous n'ayez pas vu Minnie Foster lorsqu'elle portait une robe blanche avec des rubans bleus et qu'elle chantait dans la chorale !

L'image de la jeune fille, le fait qu'elle avait vécu près d'elle pendant vingt ans et qu'elle l'avait laissée dépérir de solitude, tout cela lui fut soudain insupportable.

— Comme je regrette de ne pas être venue la voir de temps en temps ! s'écria-t-elle. L'abandonner ainsi, c'était un crime ! Un crime ! Qui va me punir ?

— Voyons, calmez-vous, dit Mme Peters en jetant un coup d'œil terrifié vers l'escalier.

— J'aurais dû me douter qu'elle avait besoin d'aide, poursuivit Mme Hale. Tout ça est vraiment étrange, madame Peters. On est si proches géographiquement et si loin les uns des autres. On a pourtant tous le même train-train, avec juste des petites différences d'un foyer à l'autre. Si tel n'était pas le cas, pourquoi vous et moi nous comprendrions-nous ? Pourquoi saurions-nous ce que nous savons à cette minute ?

Elle se passa la main sur les yeux, puis, désignant le bocal de fruits sur la table, ajouta :

— A votre place, je ne lui dirais pas que ses fruits sont gâtés ! Dites-lui que tout va très bien et apportez-lui ça pour le lui prouver.

Elle se détourna.

Mme Peters tendit la main pour s'emparer du bocal comme si elle était contente de le prendre, comme si le fait de toucher un objet familier, d'avoir quelque chose à faire pouvait la distraire de ses pensées. Elle se leva, chercha dans quoi l'envelopper, prit un jupon sur la pile de vêtements qu'elle avait rapportés de la grande pièce et en enveloppa le bocal.

— Ah là là, lança-t-elle d'une voix haut perchée qui sonnait faux, heureusement que les messieurs ne peuvent nous entendre ! Faire une montagne d'une chose aussi insignifiante qu'un canari mort ! Comme si ça pouvait avoir un rapport avec... Voilà qui les ferait bien rire, vous ne croyez pas ?

On entendit des pas dans l'escalier.

— Peut-être, marmonna Mme Hale, mais peut-être que non.

— Non, Peters, lança le procureur d'une voix incisive, c'est parfaitement clair, seul le mobile manque. Mais vous savez comment sont les jurés quand il s'agit d'une femme... Si on avait quelque chose de concret à leur montrer, un élément sur lequel s'appuyer pour bâtir une histoire, quelque chose qui permettrait d'établir un lien avec cette façon invraisemblable de s'y prendre...

Mme Hale glissa un regard furtif à Mme Peters, qui la fixait. Elles s'empressèrent vivement de détourner les yeux. La porte s'ouvrit et M. Hale entra.

— L'attelage attend, dit-il, il fait rudement froid dehors.

— Je vais rester un moment, annonça soudain le procureur. Vous n'aurez qu'à envoyer Frank me chercher, dit-il au shérif. Je veux tout réexaminer, je ne suis pas satisfait, je suis sûr qu'on doit pouvoir faire mieux.

De nouveau, l'espace d'un bref instant, les regards des deux femmes se croisèrent.

Le shérif s'approcha de la table.

— Vous voulez peut-être voir ce que Mme Peters emporte ?

Le procureur prit le tablier et rit.

— Rien de bien important, j'imagine.

La main de Mme Hale était posée sur la corbeille à ouvrage dans laquelle était camouflée la boîte. Elle avait le sentiment qu'elle aurait dû retirer sa main, mais elle en était incapable. Il prit un des blocs qu'elle avait entassés pour recouvrir la boîte. Une lueur farouche brillait dans les yeux de Mme Hale. Elle se disait que, s'il s'emparait de la corbeille, elle la lui arracherait des mains.

Mais il ne s'en saisit pas. Avec un nouveau rire, il se détourna en disant :

— Non, inutile de contrôler les faits et gestes de Mme Peters. Quand on est femme de shérif, on est mariée à la loi. Vous avez déjà pensé à ça, madame Peters ?

Celle-ci se tenait près de la table. Mme Hale lui jeta un regard, mais elle ne put voir son visage. Mme Peters s'était elle aussi détournée. Lorsqu'elle parla, ce fut d'une voix étouffée.

— Pas en ces termes, dit-elle.

— Mariée à la loi ! répéta en riant le mari de Mme Peters.

Il s'approcha de la porte donnant sur la grande pièce et dit au procureur :

— Je voudrais juste que vous veniez une minute, George. Il faudrait qu'on jette un coup d'œil à ces fenêtres.

— Oh, les fenêtres... fit le procureur d'un ton désabusé.

— On n'en a pas pour longtemps, monsieur Hale, dit le shérif au fermier qui attendait toujours près de la porte d'entrée.

Hale sortit s'occuper des chevaux. Le shérif suivit le procureur dans la pièce d'à côté. De nouveau, les deux femmes restèrent seules dans la cuisine.

Martha Hale bondit, regardant sa compagne. Tout d'abord elle ne put voir ses yeux, car la femme du shérif n'avait pas bougé depuis qu'elle s'était tournée en entendant le procureur dire qu'elle était mariée à la loi. Mme Hale la fit se retourner. Sentant le regard de Martha sur elle, Mme Peters leva la tête, et leurs yeux se croisèrent. Elles échangèrent un regard brûlant où il n'était question ni de fuite ni de fléchissement. Des yeux, Martha Hale désigna la corbeille où était caché l'objet qui devait à coup sûr faire condamner celle qui n'était pas là et qui pourtant ne les avait pas quittées pendant près d'une heure.

Mme Peters resta immobile quelques secondes. Puis elle passa à l'action. Se précipitant, elle écarta les morceaux de tissu, prit la boîte et essaya de la mettre dans son minuscule sac à main. Elle était trop grande. D'un geste vif, elle l'ouvrit, fit mine d'en sortir l'oiseau. Mais, soudain, ses nerfs craquèrent — elle ne put se résoudre à le toucher. Elle resta plantée là, impuissante.

On entendit le bruit de la poignée de la porte. Martha Hale arracha la boîte des doigts de l'épouse du shérif et la fourra dans la poche de son manteau au moment précis où le shérif et le procureur pénétraient dans la cuisine.

— Eh bien, Henry, dit en plaisantant le procureur, on a au moins découvert qu'elle n'allait pas le quilter mais plutôt le... Comment dites-vous, mesdames ?

La main de Mme Hale était plaquée contre la poche de son manteau.

— Le nouer, monsieur Henderson.

L'HOMME QUI SAVAIT COMMENT FAIRE

Dorothy L. Sayers

Dorothy Leigh Sayers (1893-1957) est l'une des plus remarquables figures de l'histoire du roman policier. Née à Oxford, elle fut professeur de langue, lectrice, rédactrice publicitaire avant de devenir écrivain à plein temps. Dans *Lord Peter et l'inconnu* (1923), elle introduit l'un des plus célèbres gentlemen détectives de la littérature, lord Peter Wimsey, un personnage quelque peu wodehousien, aux manières et au parler affectés, aux tendances « crétines », qui prendra de l'épaisseur et de la profondeur au fil de sa carrière. Dans *Lord Peter détective* (1930), Wimsey fait la connaissance de la romancière Harriet Vane, qu'il sauve d'une inculpation de meurtre et qu'il courtise ensuite — au mépris des règles interdisant les histoires d'amour dans les romans policiers de l'âge d'or — pendant plusieurs ouvrages, notamment dans *Gaudy Night* (1935), et qu'il épouse finalement dans *Busman's Honeymoon* (1937), dernier roman policier totalement de la main de Sayers. *Au crépuscule de l'empire*, œuvre inachevée, fut terminé beaucoup plus tard, avec une fidélité exemplaire, par Jill Paton Walsh et publié sous leurs deux noms en 1998.

Sayers, qui devint une figure de proue féministe dans les années 1970 — en partie en raison de l'indépendance dont elle fit preuve dans sa vie, en partie en raison de son personnage, Harriet Vane —, a fait l'objet de plus d'ouvrages biographiques et d'analyses critiques que tout autre auteur de l'âge d'or du roman à énigme. Elle a toutefois délaissé ce genre dans la dernière partie de sa vie pour se consacrer à d'autres activités littéraires, notamment des pièces religieuses très bien accueillies et une traduction de Dante.

Bien que Dorothy L. Sayers ait écrit un certain nombre de nouvelles mettant en scène lord Peter Wimsey, les meilleures n'ont généralement pas de héros détective récurrent. « L'homme qui savait comment faire » lui fournit l'occasion de commenter avec esprit sa spécialité policière en développant une situation qui aurait pu emprunter le titre d'une autre de ses meilleures nouvelles, « Suspicion ».

« L'homme qui savait comment faire » est le genre de nouvelle policière convenant parfaitement à une adaptation radiophonique. On en tira d'ailleurs une dramatique mémorable, *Suspense*, avec Charles Laughton dans le rôle de Pender et Hans Conreid dans le rôle-titre.

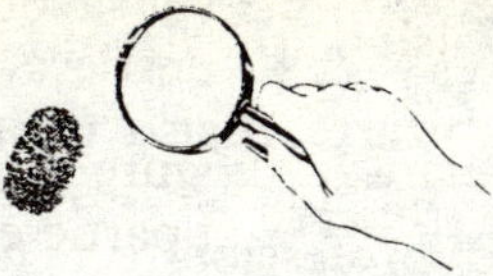

Pour la vingtième fois depuis que le train avait quitté Carlisle, Pender leva les yeux de *Meurtre au presbytère* et surprit le regard de l'homme assis en face de lui.

Il plissa le front : c'était agaçant d'être lorgné ainsi, et toujours avec ce petit sourire sardonique. Plus agaçant encore de se laisser troubler par ce sourire et ce regard insistant. Pender se força à reprendre sa lecture, résolu à se concentrer sur l'énigme du pasteur assassiné dans la bibliothèque.

Mais l'intrigue était du genre académique, regroupant tous les événements palpitants dans le premier chapitre puis s'étirant ensuite en une longue série de déductions jusqu'à la solution scientifique finale. Deux fois Pender était revenu en arrière pour vérifier des points qui lui avaient échappé à la première lecture. Il se rendit compte qu'il ne s'intéressait pas du tout au pasteur occis mais devenait de plus en plus conscient du visage de l'autre homme. Un visage étrange, pensa-t-il.

Les traits de l'inconnu n'avaient rien de particulièrement remarquable, c'était leur expression qui intimidait Pender. Il avait un visage secret, celui d'un homme qui en savait long sur autrui. La bouche était un peu tordue et légèrement rentrée aux commissures, comme s'il savourait un amusement caché. Les yeux, derrière un pince-nez, avaient un éclat bizarre, mais c'était peut-être dû à la lumière qui se reflétait sur les verres. Pender se demanda quelle profession cet homme pouvait exercer. Vêtu d'un costume d'intérieur sombre, d'un imperméable et d'un chapeau mou miteux, il devait avoir une quarantaine d'années.

Toussotant sans raison, Pender se carra de nouveau dans son coin et tint le roman policier devant son visage, comme une barrière. Subterfuge plus qu'inutile : il eut le sentiment que l'homme l'avait percé à jour et s'en divertissait en secret. Pender avait envie de remuer mais il sentait obscurément que cela constituerait une sorte de victoire pour l'inconnu. Dans son embarras, il se tenait si raide que toute attention pour son livre devint physiquement impossible.

Il n'y avait pas d'arrêt avant Rugby et il était peu probable qu'un autre voyageur entre dans le compartiment pour rompre cette désagréable *solitude à deux* [1]. Pender aurait naturellement pu sortir dans le couloir et ne pas revenir, mais c'eût été reconnaître sa défaite. Abaissant *Meurtre au presbytère*, il sentit de nouveau sur lui le regard de l'homme.

— Ça commence à vous sembler long ? demanda l'inconnu.

— Les voyages de nuit sont toujours un peu ennuyeux, répondit Pender, mi-soulagé, mi-réticent. Voulez-vous un livre ?

Il prit dans son sac *L'Agrafe révélatrice*, le tendit d'un geste plein d'espoir. L'homme jeta un coup d'œil au titre, secoua la tête.

1. En français dans le texte. *(N.d.T.)*

— Merci beaucoup, je ne lis jamais de romans policiers. Ils sont tellement... médiocres, vous ne trouvez pas ?

— Les personnages manquent d'épaisseur et d'intérêt, reconnut Pender, mais pour lire dans le train...

— Je ne parle pas de ça. Je me fiche de l'intérêt. Mais tous ces assassins sont d'une telle incompétence ! Ils m'assomment.

— Oh ! je ne sais pas. En tout cas, ils sont généralement plus imaginatifs et ingénieux que les meurtriers de la vie réelle.

— Que les meurtriers de la vie réelle qui se font prendre, oui, convint l'homme.

— Certains se débrouillent quand même pas mal avant de se faire pincer, objecta Pender. Crippen, par exemple. Il n'aurait jamais été découvert s'il n'avait pas perdu la tête et ne s'était pas enfui en Amérique. George Joseph Smith a liquidé au moins deux de ses femmes avec brio avant que le sort et *News of the World* ne s'en mêlent.

— Oui, mais regardez cette maladresse : les complications, les mensonges, tout ce bric-à-brac. Absolument inutile.

— Allons, protesta Pender, on ne peut espérer commettre un meurtre et s'en sortir aussi facilement qu'on écosse des petits pois.

— Ah, vous croyez ? dit l'homme.

Pender attendit qu'il développe mais rien ne vint. L'inconnu se renversa en arrière, adressa son sourire énigmatique au plafond du compartiment, comme s'il estimait que la conversation ne méritait pas d'être poursuivie. Pender se surprit à examiner les mains de son compagnon de voyage. Elles étaient blanches, avec des doigts étonnamment longs. Il les regarda tambouriner doucement sur le genou de leur propriétaire, tourna une page avec détermination, puis reposa son livre et dit :

— Si c'est si facile, comment procéderiez-vous, vous ?

— Moi ? dit l'homme.

La lumière jouant sur les verres du pince-nez privait son regard d'expression, mais sa voix était légèrement moqueuse.

— C'est différent. Moi, je n'aurais pas à réfléchir.

— Pourquoi ?

— Parce que je sais comment faire.

— Vraiment ? grommela Pender d'un ton revêche.

— Oh oui ! C'est tout simple.

— Comment pouvez-vous en être si sûr ? Vous n'avez pas essayé, je suppose ?

— Pas la peine d'essayer, ma méthode est infaillible. C'est ce qui fait la beauté de la chose.

— Facile à dire, répliqua Pender. Et quelle est cette méthode infaillible ?

— Vous ne vous attendez quand même pas à ce que je vous la révèle ? répondit l'homme en plongeant à nouveau les yeux dans ceux de Pender. Ce ne serait pas sans danger. Vous avez l'air inoffensif, mais Crippen avait l'air plus inoffensif que quiconque. On ne peut confier à personne un pouvoir aussi absolu sur la vie des autres.

— Balivernes ! s'exclama Pender. Jamais il ne me viendrait à l'idée de tuer qui que ce soit.

— Oh si ! Si vous étiez vraiment sûr de le faire en toute impunité. Tout le monde le ferait. Pourquoi pensez-vous que l'Eglise et la loi ont édifié toutes ces barrières artificielles autour du meurtre ? Parce que tout le monde s'adonnerait au crime, un acte aussi naturel que respirer.

— C'est ridicule ! s'échauffa Pender.

— Vous le pensez vraiment ? C'est ce que répondraient la plupart des gens. Mais je ne leur ferais pas confiance. Pas alors qu'on peut acheter du sulfate de thanatol pour trois pence chez n'importe quel pharmacien.

— Du sulfate de quoi ?

— Ah ! Vous vous imaginez que cela m'a échappé. C'est un mélange de ce produit et d'un ou deux autres, aussi ordinaires et bon marché. Pour neuf pence, vous pouvez préparer assez de poison pour trucider tous les membres du Cabinet. Mais il ne serait pas raisonnable de les supprimer en même temps. Cela pourrait paraître bizarre s'ils mouraient tous le même jour dans leur bain.

— Pourquoi dans leur bain ?

— C'est l'eau chaude qui fait agir le produit, voyez-vous. Entre quelques heures et quelques jours après son administration. La réaction chimique est impossible à déceler par analyse. Apparemment, la mort serait due à une crise cardiaque.

Pender le considéra avec gêne. Il n'aimait pas ce sourire : il n'était pas seulement moqueur, il était suffisant, presque jubilatoire, triomphant ! Il n'arrivait pas à trouver le qualificatif adéquat.

— Vous savez, poursuivit l'homme en tirant de sa poche une pipe qu'il entreprit de bourrer, c'est vraiment curieux le nombre de gens qu'on retrouve morts dans leur bain. Ce doit être un accident très fréquent. D'une fréquence tentante. Le meurtre a quelque chose de fascinant. On doit prendre le pli... Enfin, j'imagine.

— Sûrement, lâcha Pender.

— J'en suis persuadé. Non, jamais je ne confierais la formule à qui que ce soit, pas même à un vertueux jeune homme comme vous.

Les longs doigts blancs enfoncèrent fermement le tabac dans le fourneau et craquèrent une allumette.

— Mais vous ? repartit Pender avec irritation. (Personne n'aime se faire traiter de « vertueux jeune homme ».) Si personne n'est digne de confiance...

— Moi non plus, hein ? Oui, c'est vrai, mais on n'y peut plus rien, maintenant. Je connais la chose, je ne peux pas revenir au moment où je l'ignorais. C'est regrettable, mais c'est comme ça. En tout cas, vous avez la satisfaction de savoir que rien de déplaisant ne risque de m'arriver à moi. Bon sang ! Déjà Rugby. Je vous quitte ici. J'ai une affaire à régler dans cette ville.

L'homme se leva, se secoua, boutonna son imperméable et rabattit le chapeau miteux sur le pince-nez énigmatique. Le train ralentit et s'arrêta. Après un rapide bonsoir assorti d'un sourire de guingois, l'homme descendit sur le quai. Pender le regarda s'éloigner à grands pas sous le crachin, au-delà du cercle lumineux d'une lampe à gaz.

— Encore un toqué, marmonna-t-il, curieusement soulagé. Dieu merci, je vais avoir le compartiment pour moi seul...

Il reprit *Meurtre au presbytère*, mais son attention ne cessait de se détourner du livre qu'il tenait à la main.

« Comment s'appelait le produit dont parlait ce type ? Sulfate de quoi ? »

Malgré tous ses efforts, il ne pouvait se le rappeler.

Ce fut dans l'après-midi du lendemain que Pender tomba sur l'entrefilet. Il avait acheté le *Standard* pour le lire pendant le déjeuner, et le mot « bain » avait accroché son œil. Sinon, il n'aurait probablement pas remarqué l'article, car il était court.

UN RICHE INDUSTRIEL MEURT DANS SA BAIGNOIRE

Mme John Brittlesea, épouse du célèbre propriétaire de la manufacture Brittlesea de Rugby, a fait ce matin une tragique découverte. S'apercevant que son mari, qu'elle avait vu vivant et en parfaite santé moins d'une heure auparavant, n'était pas descendu pour le petit déjeuner, elle est allée voir dans la salle de bains, où il gisait dans la baignoire. Selon les médecins, il avait été terrassé une demi-heure plus tôt par une crise cardiaque. L'industriel décédé...

« Curieuse coïncidence, pensa Pender. A Rugby. Je crois que mon ami inconnu sera intéressé... s'il est encore là-bas, pour régler cette affaire. Je me demande quel genre d'affaire, à propos... »

C'est un phénomène étrange : une fois qu'un faisceau particulier de circonstances a attiré votre attention, il ne cesse de vous hanter. Vous avez l'appendicite : aussitôt les journaux sont remplis d'articles sur des hommes d'Etat souffrant d'appendicite, sur des gens qui en sont morts. Vous apprenez que toutes vos connaissances l'ont eue, ou connaissent des amis qui l'ont eue et qui en sont morts, ou s'en sont remis bien plus rapidement que vous. Vous ne pouvez ouvrir un magazine à grand tirage sans qu'on y mentionne son traitement comme l'une des victoires de la chirurgie moderne, ni plonger le nez dans un ouvrage scientifique sans tomber sur une comparaison de l'appendice vermiforme chez l'homme et chez le singe. Ces références à l'appendicite sont probablement toujours aussi fréquentes, mais vous ne les remarquez que lorsque le sujet vous préoccupe. En tout cas, c'était ainsi que Pender s'expliquait la fréquence extraordinaire avec laquelle les gens mouraient dans leur bain depuis quelque temps.

La chose le poursuivait. Toujours la même succession d'événements : le bain chaud, la découverte du cadavre, l'enquête du coroner. Toujours le même diagnostic : crise cardiaque due à l'immersion dans une eau trop chaude. Pender commença à penser qu'il n'était pas prudent d'entrer dans une eau trop chaude. Il réduisit chaque jour la température de son bain jusqu'à ce que celui-ci cessât presque d'être agréable.

Chaque matin, il parcourait rapidement son journal en quête de titres comportant le mot « bain » avant de s'installer pour lire les nouvelles, et il était à la fois soulagé et vaguement déçu quand une semaine s'écoulait sans bain chaud tragique.

L'une des morts soudaines survenant dans ces circonstances frappa une jeune et belle femme que son mari chimiste avait vainement essayé de pousser au divorce quelques mois plus tôt. Le coroner, soupçonnant quelque chose de louche, soumit le mari à un contre-interrogatoire serré. Il ne semblait toutefois pas possible d'aller au-delà des faits constatés par le médecin légiste. Ruminant un improbable scénario, Pender regretta, comme chaque jour de la semaine, de ne pouvoir se rappeler le nom du produit que l'homme du train avait mentionné.

L'actualité fit alors irruption dans le quartier même de Pender. Le vieux M. Skimmings, qui vivait seul avec une gouvernante dans la rue d'à côté, fut retrouvé mort dans sa salle de bains. Son cœur n'avait jamais été bien solide. La gouvernante avait confié au laitier qu'elle s'attendait à un drame de ce genre car le vieux gentleman prenait toujours son bain très chaud. Pender se rendit à l'audience du coroner.

La gouvernante fit sa déposition : M. Skimmings avait été le plus aimable des maîtres, sa disparition lui brisait le cœur. Non, elle ignorait qu'il lui avait laissé une grosse somme d'argent, mais elle reconnaissait bien là sa générosité. Le coroner conclut à une mort accidentelle.

Ce soir-là, quand Pender sortit faire sa promenade habituelle avec le chien, un sentiment de curiosité l'incita à passer devant la maison de feu Skimmings. Comme il jetait un coup d'œil aux fenêtres aveugles, la grille du jardin s'ouvrit, un homme la franchit. A la lumière du réverbère, Pender le reconnut aussitôt.

— Bonsoir !

— Oh ! c'est vous, dit l'homme. On vient voir le lieu de la tragédie, hein ? Qu'est-ce que vous en pensez, vous ?

— Pas grand-chose. Je ne le connaissais pas. Bizarre que nous nous croisions de nouveau ici.

— N'est-ce pas ? Vous habitez le quartier, je présume ?

— Oui, répondit Pender, qui regretta aussitôt sa réponse. Vous vivez dans le coin, vous aussi ?

— Moi ? Oh non ! Je n'étais ici que pour régler une petite affaire.

— La dernière fois que nous nous sommes rencontrés, vous aviez une affaire à régler à Rugby, rappela Pender.

Ils s'étaient mis à marcher ensemble et se dirigeaient lentement vers le coin où Pender devait tourner pour rentrer chez lui.

— En effet, confirma l'homme. Mes affaires m'appellent dans tout le pays. Je ne sais jamais où je serai le lendemain.

— C'est pendant votre passage à Rugby qu'on a retrouvé le vieux Brittlesea mort dans son bain, je crois, fit observer Pender d'un ton détaché.

— Oui. Curieux, ces coïncidences, dit l'homme en lui lançant un regard oblique à travers son pince-nez. Il a laissé toute sa fortunc à sa femme. Elle est riche, maintenant. Une jolie fille... beaucoup plus jeune que lui.

Au moment où ils passaient devant sa grille, Pender invita l'homme à venir prendre un verre, regrettant aussitôt après son impulsion. L'homme accepta et suivit Pender dans son bureau de célibataire.

— Etonnant, le nombre de personnes mortes dans leur bain, ces derniers temps, dit Pender en versant du soda dans les verres.

— Vous trouvez ça étonnant ? repartit l'homme, avec sa manie crispante de mettre en question tout ce qu'on lui disait. Je ne sais pas. Peut-être. Mais c'est un accident assez courant.

— Je suppose que j'y prête plus attention à cause de la conversation que nous avons eue dans le train, répliqua Pender avec un rire un peu gêné. Cela m'amène à me demander, vous savez comment l'esprit fonctionne, si quelqu'un d'autre n'aurait pas découvert ce produit dont vous aviez parlé — comment s'appelle-t-il, déjà ?

L'homme ne répondit pas à la dernière question.

— Oh ! je ne crois pas, dit-il. Je pense être seul

à savoir. J'ai découvert la chose par hasard en cherchant autre chose. Je ne puis imaginer qu'on ait fait simultanément la même découverte dans autant d'endroits différents du pays. Mais les conclusions des divers coroners prouvent que ce serait un moyen sûr de se débarrasser de quelqu'un.

— Vous êtes donc chimiste ? demanda Pender, s'accrochant à la seule phrase prometteuse d'informations.

— Je touche un peu à tout. Je suis une sorte de polyvalent. Je fais aussi des recherches, en solitaire. Je vois que vous avez là un ou deux livres intéressants.

Pender fut flatté. Pour un homme de son état — il avait été employé de banque jusqu'au jour où il avait hérité d'une petite somme —, il estimait qu'il avait élevé son niveau intellectuel et savait que sa collection d'éditions originales contemporaines aurait un jour de la valeur. Il alla à la bibliothèque vitrée, y prit quelques volumes et les tendit au visiteur.

L'homme montra qu'il savait de quoi il s'agissait et le rejoignit devant les rayonnages.

— Ces livres reflètent vos goûts personnels, je suppose ?

Il prit un roman de Henry James, jeta un coup d'œil à la page de garde.

— C'est votre nom ? E. Pender ?

Pender acquiesça, ajouta :

— Vous avez l'avantage sur moi.

— Oh ! Je fais partie du vaste clan des Smith, s'esclaffa l'homme, et je travaille pour gagner ma vie. Vous êtes joliment installé, ma foi.

Pender parla de la banque et de l'héritage.

— Très agréable, non ? commenta l'homme.

Vous n'êtes pas marié ? Non. Vous faites partie des veinards, vous ne risquez pas d'avoir besoin de sulfate de... de produits utiles dans un proche avenir. Et vous n'en aurez jamais besoin si vous vous en tenez là et restez à l'écart des femmes et de la spéculation.

Il coula à son hôte un sourire oblique. Il avait ôté son chapeau, révélant une tignasse de cheveux gris très bouclés qui le faisait paraître plus âgé qu'il ne l'avait semblé dans le train.

— Non, je ne ferai pas appel à vos services avant longtemps, dit Pender en riant. D'ailleurs, comment vous trouverais-je si j'avais besoin de vous ?

— C'est moi qui vous trouverais, assura Smith avec un curieux sourire. Cela ne pose jamais de problème. Bon, il faut que j'y aille. Merci de votre hospitalité. Je ne pense pas que nous nous reverrons... Mais c'est possible, bien sûr. Les choses tournent de manière si étrange.

Après le départ de Smith, Pender retourna à son fauteuil et prit son verre de whisky, encore presque plein.

« C'est curieux, se dit-il, je ne me rappelle pas m'en être versé autant. Je suppose que, captivé par la conversation, je l'ai fait machinalement. » Il vida lentement son verre en songeant à Smith.

Qu'est-ce qu'il faisait chez Skimmings ?

Bizarre, toute cette affaire. Si la gouvernante de Skimmings avait su, pour l'argent... Mais elle ne savait pas, et, si elle avait su, comment aurait-elle été au courant pour Smith et son sulfate de... ? Ah, il avait le nom sur le bout de la langue.

« C'est moi qui vous trouverais... » Qu'est-ce que l'homme du train avait voulu dire par là ? Et s'il avait vraiment un secret ? Non, c'était ridicule.

« Une affaire à régler » à Rugby... « Régler une petite affaire » chez Skimmings. Absurde !

« On ne peut confier à personne un pouvoir aussi absolu sur la vie des autres... On doit prendre le pli... Enfin, j'imagine. »

Folie ! Et s'il y avait quelque chose de vrai dans tout cela, l'homme était fou d'en avoir parlé. Il risquait d'être pendu si Pender allait trouver la police. L'existence même de Pender serait un danger pour lui.

Le whisky !

Plus il y réfléchissait, plus il était sûr de ne pas l'avoir versé. Smith avait dû le faire pendant qu'il avait le dos tourné. Pourquoi cette soudaine manifestation d'intérêt pour sa bibliothèque ? C'était sans rapport avec tout ce qui s'était passé avant. Maintenant que Pender y songeait, c'était un whisky bien tassé. Etait-ce un effet de son imagination ou avait-il eu un goût un peu étrange ?

Une sueur froide perla sur son front.

Un quart d'heure plus tard, après une forte dose de moutarde et d'eau, il était de nouveau en bas, glacé et frissonnant devant le feu. Il l'avait échappé belle, s'il ne se trompait pas. Il ne savait pas comment le poison faisait effet, mais il ne prendrait pas de bain chaud pendant plusieurs jours. Pour plus de sûreté.

Que le mélange de moutarde et d'eau ait été efficace ou que le bain chaud fût indispensable pour faire agir le produit, Pender était sauf, pour le moment. Mais il demeurait nerveux. Il gardait la chaîne de sécurité en permanence sur sa porte et avait recommandé à sa bonne de ne pas faire entrer d'inconnus dans la maison.

Il se fit livrer deux autres journaux du matin, ainsi que *News of the World* le dimanche, et examina attentivement leurs colonnes. Les morts dans leur bain étaient devenus une obsession pour lui. Il négligea les éditions originales et se mit à assister régulièrement aux audiences de coroner.

Trois semaines plus tard, il se retrouva à Lincoln, où un homme avait succombé à une crise cardiaque dans un hammam. Un obèse, aux habitudes sédentaires. A son verdict de mort accidentelle, le jury avait ajouté un paragraphe enjoignant à la direction de l'établissement de surveiller les clients et de ne jamais les laisser seuls dans l'étuve.

En sortant de la salle, Pender aperçut devant lui un chapeau miteux qui lui sembla familier. Il s'élança, rattrapa M. Smith au moment où il s'apprêtait à monter dans un taxi.

— Smith ! hoqueta-t-il en le saisissant par l'épaule.

— Quoi, encore vous ? Vous suivez l'affaire, hein ? Je peux vous aider ?

— Scélérat ! Vous êtes mêlé à cette histoire ! Vous avez essayé de me tuer, l'autre jour.

— Moi ? Pourquoi ferais-je une chose pareille ?

— Vous vous balancerez au bout d'une corde pour vos crimes, menaça Pender.

Un agent de police se fraya un chemin parmi la foule qui se formait autour des deux hommes.

— Hé là, qu'est-ce qui se passe ?

Smith se toucha le front avec un regard entendu.

— Ce monsieur s'imagine que je suis ici pour fomenter un mauvais coup. Voici ma carte. Le coroner me connaît. Mais ce type m'a sauté dessus, vous feriez mieux de le tenir à l'œil.

— C'est vrai, confirma un des badauds.

— Cet homme a tenté de m'assassiner, se défendit Pender.

— Calmez-vous, monsieur, répondit le policier. Il faisait trop chaud dans cette salle, ça vous a chamboulé. Tout va bien, tout va bien.

— Mais je veux porter plainte contre lui ! déclara Pender.

— A votre place, je ne ferais pas ça, conseilla le policier.

— Je vous le répète ! Cet homme, Smith, a voulu m'empoisonner. C'est un meurtrier. Il a empoisonné des tas de gens.

— Allez-y, monsieur, dit le policier à Smith en lui adressant un clin d'œil. Je m'occupe de lui.

Il empoigna fermement le bras de Pender.

— Faut vous calmer, mon garçon. Ce monsieur ne s'appelle pas du tout Smith, vous êtes un peu perturbé.

— Comment s'appelle-t-il, alors ? demanda Pender.

— C'est pas vos affaires. Laissez-le tranquille, sinon vous aurez des ennuis.

Le taxi avait démarré. Pender regarda le cercle de visages amusés qui l'entourait et renonça.

— D'accord, dit-il à l'agent. Je ne ferai pas de difficultés. Je vous suis au poste pour tout expliquer.

— Qu'est-ce que tu penses de ce type ? demanda l'inspecteur au sergent après que Pender eut quitté le poste.

— Complètement fêlé, à mon avis, répondit l'autre. Il a une de ces idées fixes dont parlent les médecins.

— Bon, on a son nom et son adresse. Autant les noter quelque part, on le reverra peut-être. Empoisonner les gens pour les faire mourir dans leur bain ! Elle est bonne, celle-là. On se demande où ils vont chercher tout ça, hein ?

Le printemps cette année-là fut exécrable, froid et brumeux. On était en mars lorsque Pender assista à une audience à Deptford, mais un épais brouillard recouvrait la rivière comme en novembre. Le froid mordait jusqu'aux os. Assis dans la petite salle lugubre, il distinguait à peine les témoins dans la lumière jaunâtre des lampes à gaz quand ils s'approchaient de la table. Tout le monde toussait, Pender aussi. Il avait des courbatures et la tête en feu, comme s'il avait attrapé la grippe.

Plissant les yeux, il crut reconnaître un visage de l'autre côté de la salle, mais le brouillard pénétrant à l'intérieur par toutes les fissures du bâtiment l'empêchait d'en être sûr. Il glissa une main sous son manteau, sentit la présence réconfortante d'un objet épais et lourd. Depuis l'incident de Lincoln, il ne sortait plus sans arme. Pas un revolver, il ne savait pas se servir d'une arme à feu. Une matraque, c'était mieux. Il avait acheté à un vieil homme poussant une charrette un long boudin rempli de sable destiné à l'origine à empêcher les courants d'air de passer sous les portes.

Après l'inéluctable verdict, le public commença à quitter la salle. Pender dut se presser pour ne pas perdre son bonhomme de vue. Il joua des coudes en marmonnant des excuses, faillit rattraper l'homme à la porte, mais une femme corpulente se mit en travers de son chemin. Il la bouscula, elle poussa un glapissement indigné. Devant, l'homme tourna la tête, et la lumière éclairant la porte fit étinceler les verres de son pince-nez.

Pender inclina son chapeau sur ses yeux et le suivit. Ses chaussures à semelles de crêpe ne faisaient aucun bruit sur le trottoir. L'homme marchait rapidement, sans jamais se retourner. Le brouillard était si dense que Pender était obligé de se maintenir à quelques mètres de lui. Où allait-il ? Vers des rues éclairées ? Prendrait-il un bus ou un tram pour rentrer chez lui ? Non, il tourna à gauche dans une ruelle en pente, où le brouillard était encore plus épais.

Pender ne voyait plus sa proie, mais il entendait des pas devant lui, toujours au même rythme. Il avait l'impression qu'ils étaient seuls au monde, poursuivi et poursuivant, assassin et vengeur. La rue prit une inclinaison plus raide, ils devaient approcher de la rivière.

Soudain les formes estompées des maisons disparurent de chaque côté. Ils étaient dans un espace découvert, avec un réverbère à peine visible au milieu. Les pas s'arrêtèrent. Pender s'approcha en silence, vit l'homme sous le réverbère, tournant les pages d'un calepin.

Quatre pas et il fut sur lui, son boudin de sable brandi.

L'homme releva la tête.

— Je t'aurai, cette fois, dit Pender.

Et il frappa de toutes ses forces.

Pender ne s'était pas trompé : il avait bien attrapé la grippe. Une semaine s'écoula avant qu'il fût de nouveau sur pied. Le temps avait changé, l'air était doux. Malgré la faiblesse laissée par la maladie, Pender avait l'impression qu'un fardeau était tombé de ses épaules. D'un pas chancelant, il se rendit dans une de ses librairies préférées du Strand et dénicha une édition originale de D.H. Lawrence à un prix qu'il savait être une excellente affaire. Ragaillardi par cette aubaine, il entra dans un petit restaurant fréquenté surtout par le monde de la presse, commanda une côtelette grillée et une chope de bière.

Deux journalistes étaient assis à la table voisine.

— Tu vas à l'enterrement de ce vieux Buckley ? demanda l'un d'eux.

— Oui, répondit l'autre. Le pauvre ! Se faire défoncer la tête comme ça. Il devait sûrement se rendre chez la veuve du bonhomme mort dans son bain pour l'interviewer. Un sale quartier. Probablement un gars de la bande à Jimmy la Carte qui lui en voulait. C'était un grand reporter, ce Bill Buckley ; on n'en retrouvera pas un comme lui de sitôt.

— Et un brave type, en plus. Doublé d'un sacré farceur. Tu te souviens de son histoire de sulfate de thanatol ?

Pender sursauta. C'était le nom qui lui échappait depuis des mois. Un étrange vertige le saisit.

— ... en te regardant, sérieux comme un pape, poursuivait le journaliste. Ça n'existait pas, bien sûr, mais il racontait cette salade aux nigauds qu'il rencontrait dans le train pour voir leur réaction. Tu ne vas pas me croire mais, un jour, un type lui a vraiment offert...

— Hé, l'interrompit son collègue. Le mec d'à côté a tourné de l'œil. Je me disais bien qu'il avait l'air tout pâle.

JE CONNAIS LE CHEMIN

Ngaio Marsh

Ngaio (prononcez « Naïo ») Marsh (1895-1982) est née en Nouvelle-Zélande, où elle vécu la majeure partie de sa vie, bien qu'elle ait suivi la mode antirégionaliste de l'époque en situant la plupart de ses romans policiers en Angleterre, pays où elle se rendit pour la première fois en 1928. Parallèlement à sa carrière lucrative de romancière, elle se consacra longtemps à son premier amour, le théâtre, comme actrice, productrice, metteur en scène, décoratrice, professeur et auteur dramatique. Pendant trente ans, à partir de 1941, elle passa plusieurs mois chaque année à mettre en scène des pièces et à participer à des tournées. Selon la tradition théâtrale, sa date de naissance officielle durant de nombreuses années, 1899, la rajeunit de quatre ans.

Son premier roman, *Et vous êtes prié d'assister au meurtre de...* (1934), a pour cadre un théâtre, comme plusieurs de ceux qui suivirent, y compris le dernier, *Une couronne de sang* (1982). Expression plus subtile de sa passion pour le théâtre, la plupart de ses meurtres sont commis pendant une représentation. Ironie de la chose, selon sa biographe

Margaret Lewis, écrivant dans le *St James Guide to Crime & Mystery Writers* (quatrième édition, 1996), Marsh ne connut pas le succès d'Agatha Christie en adaptant ses romans pour la scène parce qu'elle « perdait le sens du théâtre et cherchait à garder la forme générale de ses romans avec les interrogatoires, les questions, les réponses ».

Marsh fit preuve d'originalité en donnant la vedette à un policier à une époque où le gentleman détective amateur était roi. Mais, à vrai dire, Roderick Alleyn, de Scotland Yard, a davantage à voir, dans son style personnel et professionnel, avec le lord Peter Wimsey de Dorothy L. Sayers et l'Albert Campion de Margery Allingham qu'avec un véritable officier de police. Alleyn a également en commun avec Wimsey et Campion un mariage final ; dans son cas, avec Agatha Troy, personnage qui ressemble à Marsh elle-même et poursuit la carrière de peintre que la romancière avait envisagée au début de sa vie.

Le parcours de Marsh comme auteur de romans policiers est d'une étonnante cohérence. Dès le début, elle plaça l'énigme au centre de son œuvre et passa maître dans l'art de tromper le lecteur. Si son style et ses personnages s'enrichirent avec le temps, le schéma essentiel — crime, enquête et solution — ne varia jamais. Phénomène remarquable, ses derniers romans, écrits quand elle avait plus de quatre-vingts ans, ne souffrent d'aucun déclin ; ils figurent même parmi ses meilleurs, ce qu'on ne peut malheureusement pas dire d'auteurs à la carrière aussi longue qu'Agatha Christie et Erle Stanley Gardner.

« Je connais le chemin », une des rares nouvelles de l'auteur, est un Roderick Alleyn en miniature, illustrant à merveille l'habitude de Marsh de prendre les coulisses d'un théâtre pour décor.

A six heures et demie, le grand soir, Anthony Gill, incapable de manger, de tenir en place, de réfléchir, de parler ou d'agir de manière cohérente, quitta ses appartements pour se rendre au Jupiter Theatre. Il savait qu'il n'y aurait personne dans les loges, qu'il n'avait rien à faire là-bas, qu'il aurait mieux fait de rester tranquillement chez lui, de s'habiller, de dîner et d'arriver, disons, à huit heures moins le quart. Mais ce fut comme si quelque chose l'avait fourré dans ses vêtements et poussé dans la rue, le contraignant à traverser le West End d'un pas pressé en direction du Jupiter. Son esprit était recouvert d'une mince pellicule d'inertie. Des répliques de la pièce lui venaient à l'esprit, mais sans avoir de signification particulière. Il se surprit à répéter une phrase totalement hors de propos : « Elle avait une façon de rire qui aurait fait chavirer le cœur d'un homme. »

Piccadilly, Shaftesbury Avenue. « En route vers ma pièce, pensa-t-il en tournant dans Hawke Street. Dans une heure et vingt-neuf minutes. Un pas par seconde. Elle se rue vers moi. Première pièce de Tony. Pauvre jeune Tony Gill. Peu importe. Tu feras mieux la prochaine fois. »

Le Jupiter. En lettres de néon : JE CONNAIS LE CHEMIN *d'Anthony Gill*. Et, dans le hall, les affiches et les photos. Coralie Bourne avec H.J. Bannington, Barry George et Canning Cumberland.

Canning Cumberland. La pellicule enveloppant son esprit se déchira et la Chose surgit, le forçant à réfléchir. A quel point Cumberland serait-il mauvais s'il venait soûl ? Brillamment mauvais, disait-on. Il emploierait toutes les ficelles. Trucs d'acteur intelligent, écrasant tous les autres, se moquant de l'équilibre dramatique. « Avec M. Canning Cumberland, les dialogues insipides et les situations peu crédibles semblent presque vrais. » Que faire avec un acteur ivrogne ?

Immobile dans l'entrée, il sentait son cœur battre, ses entrailles se tordre.

Parce que la pièce était mauvaise, naturellement. A cet instant précis, et pour la première fois, il en était vraiment convaincu. Elle n'avait qu'une seule qualité, qu'elle ne tenait pas de lui. Mais d'une idée suggérée par Coralie Bourne : « Je ne crois pas que la pièce que vous m'avez envoyée plaira telle qu'elle est, mais il m'est venu une idée... » Une idée magnifique, autour de laquelle il avait récrit la pièce. Presque aussitôt, et en toute innocence, il s'était mis à penser qu'elle était de lui, même s'il avait timidement proposé à Coralie Bourne de figurer comme coauteur. Elle avait refusé sur-le-champ, catégoriquement. « Ce n'est rien du tout. Si vous devez devenir auteur dramatique, vous apprendrez à prendre vos idées un peu partout. Une situation, ce n'est rien. Songez à Shakespeare, avait-elle fait valoir d'un ton désinvolte. Des intrigues entières ! Ne soyez pas bête. » Plus tard, elle avait ajouté, avec une certaine nervosité : « N'en parlez pas, surtout. On penserait qu'il y a plus qu'il n'y paraît dans ma petite suggestion. Promettez-le-moi. » Il avait promis en se disant qu'il avait commis une faute de goût en proposant à Coralie Bourne, célèbre comédienne, d'associer son nom à celui d'un jeune inconnu. Et comme elle avait eu raison, pensa-t-il, parce que la pièce serait un four, bien sûr. Coralie regretterait d'avoir accepté de la jouer.

Planté dans le hall, il envisageait des éventualités cauchemardesques. Que faisait le public quand une première pièce était mauvaise ? Applaudissait-il un peu, suffisamment pour laisser le rideau se lever et redescendre rapidement sur des comédiens abattus ? A quel point de maigreur les applaudissements devaient-ils se réduire pour libérer l'auteur d'une montée sur scène ? Toute la troupe devait ensuite se rendre au bal des Beaux-Arts de Chelsea. Lugubre perspective. Gill pénétra dans le foyer en se disant qu'il aurait donné n'importe quoi pour empêcher la première. Les bureaux étaient éclairés et il s'arrêta, irrésolu, devant un panneau recouvert de photographies. Celle de Dendra Gay, beaucoup plus petite que les portraits des premiers rôles, semblait le regarder dans les yeux. « "Elle avait une façon de rire qui aurait fait chavirer le cœur d'un homme." Eh bien, je suis amoureux d'elle », s'avoua-t-il en détournant la tête. Un homme sortit d'un bureau.

— Monsieur Gill ? Des télégrammes pour vous.

Anthony les prit et entendit l'homme lui lancer en s'éloignant :

— Bonne chance pour ce soir, monsieur.

Dans la rue latérale, des gens faisaient la queue en attendant l'ouverture des portes.

A six heures et demie, Coralie Bourne composa le numéro de Canning Cumberland.

— C'est moi, dit-elle quand elle entendit sa voix.

— Ma chérie ! Justement je pensais à toi, clama-t-il d'une voix trop forte. Je pensais à Ben. Tu n'aurais pas dû refiler cette situation à ce jeune homme.

— Nous en avons discuté vingt fois, Cann. Pourquoi je n'aurais pas dû la donner à Tony ? Ben ne le saura pas.

Elle attendit puis ajouta d'une voix tendue :

— Ben est parti, Cann. Nous ne le reverrons jamais.

— J'ai comme un pressentiment. C'est ton mari, après tout.

— Non, Cann, non.

— Suppose qu'il vienne ? Ce serait bien de lui.

— Il ne viendra pas.

Elle l'entendit rire.

« Je suis fatiguée de toute cette histoire, pensa-t-elle soudain. Je ne la supporte plus... »

— Cann... dit-elle au téléphone.

Mais il avait raccroché.

A sept heures moins vingt, Barry George s'examinait dans le miroir de sa salle de bains. « Je suis physiquement mieux que Cann Cumberland, pensa-t-il. Mon visage est mieux dessiné, mes yeux sont plus grands, la ligne de ma mâchoire est plus ferme. Je n'ai jamais laissé tomber un metteur en scène. Je ne bois pas. Je suis meilleur acteur. » Il tourna un peu la tête, plissa les yeux pour juger de l'effet. « Dans la grande scène, c'est moi la vedette et lui le faire-valoir. C'est comme ça que la pièce a été montée et c'est ce que veut l'auteur. C'est moi que la critique devrait remarquer. »

Des critiques passées lui revinrent en mémoire.

Il vit les caractères, la taille des paragraphes : un long panégyrique de Canning Cumberland, une ligne sur lui collée à la fin comme une pièce rapportée. « Est-il cruel d'ajouter que M. Barry George trottine dans le sillage de la virtuosité de M. Cumberland avec un sérieux pathétique ? » Ou encore : « Il est un peu dur pour M. Barry George de devoir servir de repoussoir à cette brillante interprétation. » Et le pire : « M. Barry George réussit à ne pas avoir l'air d'un faire-valoir, performance qui épuise manifestement ses capacités. »

— Monstrueux ! dit-il à voix haute à son image en se concentrant sur la belle lueur d'indignation de ses yeux.

« L'alcool a eu deux effets sur Cann Cumberland », pensa-t-il. Il leva un doigt. « Jolie main expressive. Une main d'acteur... L'alcool a détruit l'intégrité artistique de Cumberland. Il l'a aussi doté d'une ruse diabolique. Soûl, il fait craquer les coutures d'une pièce, il brise son équilibre, saccage sa forme et émerge des ruines étincelant d'un sens de la scène que le public prend pour du génie. »

— Alors que moi, dit-il tout haut, je me contente de rendre à l'auteur l'hommage d'une interprétation fidèle. Pff !

Il revint dans sa chambre, finit de s'habiller, donna à son chapeau l'inclinaison adéquate. Une dernière fois, il projeta son visage vers le miroir et étudia son reflet. « Il nous a fait le coup une fois de trop, vieux. Ce soir, nous réglerons les comptes, nom d'un chien. »

Mi-satisfait, mi-gêné, car la scène sentait un peu le cabotinage, il prit sa canne d'une main, une valise contenant son costume pour le bal des Beaux-Arts de l'autre, et partit pour le théâtre.

A sept heures moins dix, H.J. Bannington fendit la queue du guichet poulailler pour gagner l'entrée des artistes, souleva son chapeau en remerciant des dames ravies qui le laissèrent passer. Il les entendit murmurer son nom, remonta d'un pas vif la ruelle, salua le concierge, traversa un hall lugubrement éclairé et se rendit sur la scène. Seule une servante était allumée. Les murs d'un décor d'intérieur s'élevaient dans la pénombre. Bob Reynolds, le régisseur, arriva côté jardin en annonçant :

— Salut, vieux, j'ai changé les loges. Tu as la troisième à droite, on y a installé tes affaires. Ça te va ?

— Au moins, c'est mieux qu'un trou sombre de la taille d'un WC mais qui ne rend pas les mêmes services, repartit H.J. d'un ton acerbe. Je suppose que le grand Cumberland garde la loge de la vedette ?

— Ben, oui, vieux.

— Et qui, je te prie, occupe celle d'à côté ? L'autre loge pourvue d'un radiateur à gaz ?

— Nous y avons mis Barry George, vieux. Tu sais comment il est.

— Je ne le sais que trop. Et le public commence à le découvrir, je le crains.

H.J. s'engagea dans le couloir des loges tandis que Reynolds retournait sur le plateau, où il rejoignit son assistant.

— Qu'est-ce qu'il a, celui-là ? bougonna l'assistant.

— Il voulait une loge avec un radiateur.

— Normal, il a débuté dans la vie en relevant des compteurs à gaz, répondit méchamment l'assistant.

A droite et à gauche du couloir, près de la scène, deux portes ornées d'une étoile à la peinture ternie se faisaient face. Celle de gauche était ouverte. H.J. passa la tête à l'intérieur, fut accueilli par une odeur de lard, de poudre et de fleurs. L'habilleuse de Coralie Bourne étendait des serviettes devant un radiateur au bourdonnement réconfortant.

— Bonsoir, Katie, mon trésor, dit le comédien. La belle n'est pas encore là ?

— Elle arrive.

H.J. retourna dans le couloir en fredonnant *Bella filia del amore* avec élégance. La loge de droite était fermée, mais il entendit l'habilleuse de Cumberland s'y affairer. Il passa à la porte suivante, s'arrêta, lut la carte, M. BARRY GEORGE, émit un sifflement moqueur, franchit la troisième porte et alluma la lumière.

Absolument pas une loge de second rôle. Pas de radiateur. Un lavabo, en revanche, et deux miroirs se faisant face. Sur la table de maquillage, on avait posé une pile de télégrammes. Sans cesser de chanter, H.J. les prit, découvrant quelques factures qu'on avait avec tact glissées dessous et une lettre à l'écriture flamboyante.

On aurait pu croire que sa voix provenait d'une machine qu'on venait arbitrairement d'éteindre tant elle s'arrêta abruptement au milieu d'une roulade. Il laissa tomber les télégrammes sur la table et ouvrit la lettre. Son visage misérablement blême se reflétait sans fin dans les deux miroirs.

A neuf heures, le téléphone sonna et Roderick Alleyn alla répondre.

— Ici, c'est Sloane 84405. Non, c'est une erreur... Non.

Il raccrocha, retourna près de sa femme et de leur invité.

— La cinquième fois en deux heures, soupira-t-il.

— Tu devrais demander un changement de numéro.

— Nous tomberions peut-être sur quelque chose de pire.

Nouvelle sonnerie.

— Ce n'est pas le 84406... maugréa Alleyn. Non, je ne peux pas porter trois grosses malles à la gare Victoria... Non, vous n'êtes pas chez Livraisons Immédiates A Toute Heure. Non.

— C'est eux, le 84406, expliqua Mme Alleyn à lord Michael Lamprey. Tous ces faux numéros, vous ne pouvez pas savoir comme c'est agaçant. Pourquoi voulez-vous devenir policier ?

— Un travail dur et monotone, prévint Alleyn.

Lord Mike étira ses jambes, examina ses chaussures d'un œil critique.

— Oh ! Je n'imagine pas un seul instant que j'aurai tout de suite droit aux tenues civiles et aux fausses moustaches. Non, non. Mais je suis en parfaite santé. Fort comme un cheval. Et pas aussi stupide que vous pourriez être enclin à le croire.

Le téléphone sonna de nouveau.

— Laissez-moi répondre, sollicita Mike en se dirigeant vers l'appareil. Allô ? dit-il d'un ton engageant.

Il écouta, tout en regardant son hôtesse.

— Je crains que... Attendez... Oui, mais...

L'air résigné puis malicieux, il reprit :

— Puis-je répéter votre commande, monsieur ? On n'est jamais assez prudent. Venir prendre une valise au 11, Harrow Gardens, Sloane Square, et la livrer immédiatement au Jupiter Theatre, pour

M. Anthony Gill. Très bien, monsieur. Merci, monsieur. Règlement à la livraison. Tout à fait.

Il reposa le combiné et adressa au couple un sourire ravi.

— Qu'est-ce que tu as fabriqué ? lui demanda Alleyn.

— Il ne voulait pas en démordre, j'ai pourtant essayé de lui dire...

— C'est peut-être urgent, fit observer Mme Alleyn.

— On ne peut plus urgent, convint Mike. Une valise pour Tony Gill, au Jupiter.

— En ce cas...

— J'étais à Eton avec lui, dit Mike, évoquant un souvenir de collège. Comme il avait quatre ans de plus que moi, Tony était un personnage important, et moi un moins que rien. Ça lui apprendra.

— Je crois que tu ferais mieux de transmettre tout de suite cette commande au bon numéro, dit Alleyn d'un ton ferme.

— Je pensais plutôt m'en charger moi-même. Ce serait une façon astucieuse de voir la pièce sans billet, non ? J'ai essayé d'avoir une place mais c'est complet.

— Si tu veux livrer cette valise, il faut te presser.

— C'est l'occasion de se déguiser. Dites, est-ce que vous me trouveriez effroyablement effronté si je... Je promets de repasser ici pour tout vous rapporter. Enfin, si...

— Insinuerais-tu par hasard que ma garde-robe ressemble plus que la tienne à celle d'un livreur ?

— Je pensais que vous auriez peut-être...

— Pour l'amour du ciel, Rory, intervint Mme Alleyn, habille-le et laisse-le partir. L'essentiel, c'est que ce pauvre homme ait sa valise.

— C'est très gentil à vous, dit Mike. Sincèrement.

Alleyn l'entraîna à l'écart, lui fit mettre un vieil imperméable taché, une casquette en toile et un cache-nez.

— Tu n'abuserais pas un idiot de village par une éclipse totale, mais file.

Il regarda la voiture de Mike s'éloigner puis revint vers sa femme.

— Que crois-tu qu'il va se passer ? lui demanda-t-elle.

— Connaissant Mike, je pense qu'il finira au premier rang de l'orchestre et soupera ensuite avec la vedette féminine. Coralie Bourne, soit dit en passant. Charmante, et de vingt ans son aînée, si bien qu'il tombera probablement amoureux d'elle.

Alleyn s'interrompit, tendit la main vers son pot à tabac.

— Je me demande ce qu'est devenu son mari, reprit-il.

— Qui était-ce ?

— Un type extraordinaire. Benjamin Vlasnov. Un caractère violent, une tête de bandit. Il a écrit deux très bonnes pièces et s'est retrouvé trois fois au poste pour voies de fait. Coralie a essayé d'obtenir le divorce, mais ça n'a pas marché. Je crois qu'il a fini par partir précipitamment pour la Russie. Elle en a bavé avec lui, conclut-il dans un bâillement.

— Livraisons Immédiates, annonça Mike d'une voix éraillée en touchant sa casquette. Une valise à prendre.

— C'est bien ici, répondit la femme qui lui avait ouvert la porte. Faites attention en la portant, les fermoirs s'ouvrent tout seuls.

— Merci, ma p'tite dame. Pas chaud, aujourd'hui, hein ?

Il porta le bagage à la voiture.

C'était un soir de printemps frisquet. Sloane Square était festonné de lambeaux de brouillard, et un halo entourait tous les réverbères. C'était le genre de nuit où certains bruits se détachaient du brouhaha londonien. Plus bas sur le fleuve, une sirène au son creux lâcha un ordre impératif ; un bugle sonna dans la caserne de Chelsea. Une nuit propice à l'aventure, pensa Mike.

Il ouvrit la portière arrière, souleva la valise. Les fermoirs s'ouvrirent, le couvercle se rabattit, libérant le contenu du bagage.

— Bon sang, marmonna Mike, qui alluma le plafonnier.

Une fausse barbe gisait sur le plancher. Broussailleuse, d'un roux resplendissant, elle était montée sur une mentonnière et assortie d'une moustache raidie. Des crochets en fil de fer permettaient de fixer le tout derrière les oreilles. Mike la posa soigneusement sur la banquette. Il ramassa ensuite un chapeau noir à large bord, un grand manteau à col de fourrure et enfin une paire de gants noirs.

Avec un sifflement songeur, le jeune lord plongea les mains dans les poches de l'imperméable d'Alleyn. Les doigts de sa main droite se refermèrent sur une carte. *Inspecteur principal Alleyn. Police judiciaire. New Scotland Yard.*

— Franchement, c'est un cadeau, jubila-t-il.

Dix minutes plus tard, une voiture s'arrêta le long du trottoir à proximité du Jupiter Theatre. Une silhouette portant une valise en descendit, remonta prestement Hawke Street et tourna dans la ruelle de l'entrée des artistes. En passant sous la lampe, elle s'arrêta, évoquant, sous sa lumière trouble, l'illustration d'un roman d'espionnage du début du vingtième siècle. Le visage était complètement dans l'ombre, caverne noire d'où sortait un carré de barbe écarlate, seule touche de couleur.

Le concierge, qui prenait l'air avec un machiniste, s'avança vers l'inconnu.

— Je peux vous renseigner ?

— J'apporte une valise pour M. Gill.

— Il est de l'autre côté. Vous pouvez me la laisser.

— Désolé, fit la voix derrière la barbe, mais j'ai promis de la remettre en main propre.

— Je regrette, monsieur, mais personne ne peut entrer sans carte.

— Il faut une carte ? Très bien, en voilà une.

L'homme tendit une main gantée de noir. A regret, le concierge quitta des yeux la barbe rousse, prit la carte et la déchiffra à la lumière.

— Ça alors ! Qu'est-ce qui se passe, chef ?

— Rien. Plus un mot.

L'homme agita la main et franchit la porte.

— Hé, vise un peu, dit le concierge, tout excité, au machiniste. Ce type est un flic en civil.

— En civil ? Avec des fringues pareilles ?

— Il est déguisé, c'est pour ça. Il s'est déguisé.

— Il est drôlement bien planqué derrière ses moustaches, si tu veux mon avis.

Sur la scène, quelqu'un déclamait d'une voix haut perchée à la prononciation parfaite :

— « J'ai toujours détesté la vue qu'on a de ces fenêtres. Mais si c'est le genre de chose que tu admires, vas-y, éteins la lumière. Regarde. »

— Attention, attention, maintenant, murmura une voix si proche de Mike qu'il sursauta.

— OK, dit une seconde voix, quelque part au-dessus de sa tête.

Sur la scène, la lumière devint bleue.

— Eteins le projo.

— Projo éteint.

Les rideaux du décor s'écartèrent, une fenêtre s'ouvrit. Un acteur apparut, se pencha vers Mike, sembla le dévisager et dit, très distinctement :

— Dieu, c'est effrayant !

Mike recula vers un couloir éclairé seulement par une porte ouverte.

— Lumières dans la salle ! ordonna la voix sèche derrière la scène.

Au moment où Mike s'engageait dans le couloir, quelqu'un franchit la porte, et il se retrouva nez à nez avec Coralie Bourne, somptueusement habillée, lourdement maquillée.

Elle se tint d'abord immobile, puis elle eut un curieux geste de la main droite, émit une sorte de petit son voilé et s'effondra aux pieds du jeune homme.

Anthony déchirait son programme en longues bandes qu'il laissait choir sur le sol de la loge. A sa droite, au-dessus et au-dessous de lui, le public, parfois riant, parfois silencieux, parfois réagissant comme un seul homme, levant les mains et les frappant l'une contre l'autre. Comme à présent, alors que, sur scène, prenant une voix étrange et comme inspiré par un diable intérieur, Canning Cumberland refermait la fenêtre et s'exclamait : « Dieu, c'est effrayant ! »

« Erreur ! Erreur ! » protesta intérieurement Anthony, qui en voulait à Barry George parce qu'il avait laissé une phrase de quatre mots l'écraser, qui en voulait au public parce qu'il aimait cela. Le rideau descendit avec un long soupir sur le deuxième acte ; un bruit semblable au crépitement d'une averse emplit le théâtre, enfla prodigieusement et se poursuivit après que les lumières se furent allumées dans la salle.

— On dirait qu'ils aiment votre pièce, fit une voix derrière lui.

C'était Gosset, le propriétaire du Jupiter, qui avait financé le spectacle.

— Il la... il la massacre, bredouilla Anthony en se tournant vers lui. Cette scène devait être pour l'autre comédien. Il la lui vole.

— Mon garçon, c'est un acteur, philosopha Gosset.

— Il est ivre. C'est intolérable.

Il sentit la main de Gosset sur son épaule.

— Les gens nous regardent, vous êtes au centre de l'attention. C'est un événement pour vous : une première pièce, et qui marche formidablement. Venez prendre un verre, je veux vous présenter...

Anthony se leva et Gosset, lui passant un bras autour des épaules, l'entraîna vers le fond de la loge.

— Désolé, je ne peux pas, murmura Anthony. Laissez-moi, je vais en coulisse.

— Vaudrait mieux pas, lui conseilla Gosset en resserrant son étreinte. Ecoutez-moi, mon garçon...

Mais Anthony se dégagea et se glissa par la porte qui menait de la loge à la scène. Dendra Gay l'attendait au pied du petit escalier raide.

— Je pensais bien que vous viendriez, dit-elle.

— Il est soûl, fulmina Anthony. Il démolit la pièce.

— Ce n'est qu'une scène, Tony. Il disparaît au début de l'acte trois. Ça marche du tonnerre.

— Ne comprenez-vous pas...

— Si. Et vous le savez. Mais vous tenez un succès, Tony chéri ! Vous pouvez l'entendre, le sentir dans vos os.

— Dendra... dit-il, hésitant.

Quelqu'un s'approcha, lui prit la main et la serra interminablement. Des machinistes attachaient des châssis avec des cordes entourées de toile. Un lustre monta dans le noir.

— Lumière ! réclama le régisseur.

Le plateau s'illumina. Une voix lointaine se mit à chantonner :

— Dernier acte, s'il vous plaît. Dernier acte.

— Mlle Bourne va bien ? s'inquiéta le régisseur.

— Ça ira, répondit une voix de femme. Elle n'entre pas en scène avant dix minutes.

— Qu'est-ce qu'elle a ? demanda Anthony.

— Tony, je dois y aller et vous aussi. Ce sera un triomphe. Soyez-en convaincu, je vous en prie.

— Dendra... commença-t-il.

Mais elle était partie.

Derrière le rideau, des cors et des flûtes annoncèrent le dernier acte.

— Dégagez la scène, s'il vous plaît.

Les machinistes disparurent.

— Lumières de la salle.

— Lumières de la salle éteintes.

— Attention.

Et, tandis qu'Anthony hésitait encore dans le coin droit, le rideau se leva. Canning Cumberland et H.J. Bannington ouvrirent le dernier acte.

Agenouillé près de Coralie Bourne, Mike entendit quelqu'un dans le couloir derrière lui. Il se retourna et vit, forme se découpant devant la scène éclairée, le comédien qui l'avait regardé par la fenêtre du décor. L'acteur eut le même geste de la main que Coralie et s'aplatit contre le mur.

Une femme en tablier sortit par la porte ouverte.

— S'il vous plaît ! l'appela Mike.

Trois choses se produisirent simultanément. La femme poussa un cri, s'agenouilla à côté de lui. Le comédien disparut par une autre porte, à droite.

La femme prit Coralie Bourne dans ses bras et lança violemment au jeune homme déguisé :

— Pourquoi êtes-vous revenu ?

La lumière s'alluma dans le couloir. Mike ôta son grand chapeau noir en disant :

— Je suis désolé.

L'habilleuse le regarda, bouche bée. Coralie Bourne poussa un gémissement crescendo, ouvrit les yeux.

— Katie ?

— Tout va bien, mon agneau. Ce n'est pas lui, la rassura l'habilleuse.

Avec un mouvement de tête, elle signifia à Mike :

— Fichez le camp.

— Oui, bien sûr, je suis navré...

Reculant dans le couloir, il se heurta au jeune assistant venu prévenir les comédiens.

— Plus que cinq minutes.

— Dis-leur qu'elle ne va pas bien, lança l'habilleuse au jeune homme qui s'éloignait. Dis-leur de retarder le lever de rideau.

— Non, déclara Coralie d'une voix forte. Je vais bien. Pas un mot de tout cela. Katie, qu'est-ce que c'était ?

Les deux femmes retournèrent dans la loge de gauche.

Mike se posta dans l'ombre d'une pile de châssis

près de l'entrée du couloir. Sur scène, les machinistes s'activaient. Tout au bout, Anthony Gill discutait avec une fille. L'assistant parlait au régisseur, qui se tourna pour crier dans le passage :

— Mlle Bourne va bien ?

L'habilleuse sortit dans le couloir et répondit :

— Ça ira. Elle n'entre en scène que dans dix minutes.

Le jeune homme se remit à chantonner :

— Dernier acte, dernier acte.

Le régisseur donna une série d'ordres. Un homme à monocle et barbe fleurie apparut un peu plus bas dans le couloir, demeura à la limite du décor, préparant son entrée, donnant de petites tapes à son costume. Il y eut un bruit de cors et de flûtes. Canning Cumberland émergea de la loge de droite. Pour gagner la scène, il passa devant Mike, laissant derrière lui une forte odeur d'alcool. Le rideau se leva.

A l'abri des regards, Mike ôta furtivement sa barbe et la glissa dans la poche de son imperméable.

L'un des machinistes qui se tenaient à proximité murmura :

— Il est bourré, le gars.

— Mais il joue bien, lui répondit un autre.

— Tu sais pourquoi ? Parce qu'il est bourré.

Dix minutes s'écoulèrent. « Cela ne se passe absolument pas comme je l'avais prévu », se dit Mike. Sur scène, la tension semblait monter. Une porte du décor s'ouvrit ; la voix de Canning Cumberland s'éleva, forte et un peu pâteuse :

— « Adieu. Ne vous donnez pas la peine de me raccompagner. Je connais le chemin. »

La porte claqua. Le comédien vint se placer à

côté de Mike. Tout près d'eux, une détonation fit trembler les châssis et la chair de Mike sur ses os. Cumberland regagna sa loge, ferma la porte à clé derrière lui. Des relents de whisky se mêlèrent à une odeur de poudre, un machiniste s'approcha d'une table à tréteaux, y posa un pistolet. L'acteur au monocle fit sa sortie, adressa quelques mots au régisseur, passa devant Mike et disparut dans le couloir.

Des odeurs, il y en avait de toutes sortes, et Mike, qui continuait à écouter la pièce, chercha machinalement à les identifier. Colle. Toile. Fards. L'assistant frappa aux portes.

— Monsieur George, s'il vous plaît... Mademoiselle Bourne, s'il vous plaît.

Coralie Bourne apparut avec son habilleuse. Mike vit la comédienne tourner la poignée d'une porte en disant quelque chose ; une voix lui fit une réponse qu'il ne parvint pas à saisir. Toujours accompagnée de Katie, elle passa devant lui. Elle hocha la tête quand les autres lui parlèrent, puis sembla se retirer en elle-même et attendit, tête baissée, de faire son entrée. Soudain elle recula, marcha d'un pas rapide vers la porte du décor, l'ouvrit et s'avança devant le public, suivie une minute plus tard par Barry George.

Odeurs. Poussière, peinture, tissu. Gaz. Une odeur de gaz de plus en plus forte.

Derrière le décor, le groupe de machinistes s'éloigna. Mike s'avança, regarda côté jardin. Bras croisés, le régisseur suivait le déroulement de la pièce. Derrière lui, les acteurs qui ne jouaient pas s'étaient regroupés. Deux habilleuses se tenaient un peu à l'écart. La voix de Coralie Bourne faisait voler les phrases dans la salle comme des oiseaux.

Mike baissa les yeux, examina le sol : aurait-il par mégarde heurté du pied un tuyau de gaz ? L'assistant passa devant lui, le regarda par-dessus son épaule et descendit le couloir en frappant aux portes.

— Rideau dans cinq minutes, s'il vous plaît. Cinq minutes.

L'acteur au maquillage de vieux suivit l'assistant en chuchotant :

— Bon sang, ça empeste le gaz.

— Ça arrive souvent, hein ? dit le jeune homme.

Ils dévisagèrent Mike, rejoignirent le groupe attendant en coulisse. Le comédien dit quelque chose au régisseur, qui inclina la tête en reniflant. Avec un geste agacé, il se tourna de nouveau vers la scène. Une cloche sonna quelque part dans les cintres, et Mike vit un machiniste grimper vers la plate-forme du rideau.

Côté jardin, le petit groupe commençait à s'agiter, jetait des coups d'œil en direction du couloir. L'assistant repartit en courant, frappa à la première porte à droite.

— Monsieur Cumberland ! Monsieur Cumberland ! On a besoin de vous pour le rideau, dit-il en secouant la poignée. Monsieur Cumberland !

Mike se rua dans le couloir où l'assistant, pris d'une quinte de toux, cognait plus fort à la porte.

— Le gaz ! Y a une fuite !

— Forcez la porte !

— Je vais chercher M. Reynolds.

Le couloir était étroit. Mike recula vers la loge d'en face pour prendre de l'élan, se lança contre la porte, l'épaule en avant. Le panneau s'écarta un peu du chambranle, et une bouffée de gaz lui emplit les poumons. Un grondement s'éleva et il pensa, en chargeant de nouveau : « Il grêle, dehors. »

— Permettez, m'sieur ?

C'était un machiniste, muni d'un marteau et d'un tournevis. L'homme glissa l'extrémité du tournevis entre la serrure et le montant de la porte, l'enfonça, fit levier. Les vis grincèrent, le bois éclata et le gaz envahit le couloir.

— Pas de fenêtres, là-dedans, hoqueta le machiniste.

Mike noua l'écharpe d'Alleyn sur sa bouche et sur son nez. Des instructions à demi oubliées d'exercice d'alerte au gaz lui revenaient en mémoire. Il regarda à l'intérieur de la loge, vit un homme affalé dans un fauteuil. Baissant la tête, Mike fonça.

Il se cogna aux meubles en ressortant à reculons, ralenti par le poids qu'il traînait. Il avait des picotements dans les bras. Une voix aiguë, insistante, résonnait dans son cerveau. Il flotta sur une courte distance et atterrit sur un sol en béton, entre quelques paires de jambes. Au loin, une voix disait :

— ... peux que vous remercier de votre indulgence envers une pièce qui, je le sais trop bien, est très imparfaite.

Puis il se remit à grêler. Un courant d'air d'une pureté céleste pénétra dans sa bouche, dans ses narines. « J'en mangerais », pensa-t-il en se redressant.

Le téléphone fit entendre son grelot.

— Et si tu ne répondais pas, cette fois ? suggéra Mme Alleyn.

— C'est peut-être le Yard, argua son mari, qui décrocha.

— Je suis bien chez l'inspecteur principal Alleyn ? Je téléphone du Jupiter Theatre pour prévenir que l'inspecteur est ici et qu'il a eu un petit problème. Il va bien, rassurez-vous, mais il vaudrait mieux que quelqu'un vienne le prendre pour le ramener chez lui. Ne vous inquiétez pas.

— Quel genre de problème ?

— Il... Euh... Il a été légèrement asphyxié.

— Asphyxié ? Bien, merci. J'arrive.

— Comme c'est contrariant pour toi, chéri, dit Mme Alleyn. De quel genre d'affaire s'agit-il ? Un suicide ?

— Usurpation d'identité, plutôt. Mike a des ennuis.

— Quels ennuis, grand Dieu ?

— Il a été asphyxié. Il va bien. Bonne nuit, chérie. Ne m'attends pas.

Quand il arriva au théâtre, la façade du bâtiment était dans l'obscurité. Il descendit la ruelle de l'entrée des artistes, se fit arrêter par le concierge.

— Yard, dit-il en montrant sa carte.

— Y en a combien comme ça ?

— L'autre travaille pour moi, répondit Alleyn avant d'entrer.

Le concierge le suivit en protestant.

A droite de l'entrée, il y avait une vaste remise à décors dont on avait ouvert les doubles portes. Mike y était assis dans un fauteuil, les lèvres très pâles. Trois hommes et deux femmes au visage maquillé se tenaient près de lui. Derrière, Reynolds, le régisseur, parlait aux machinistes et, un peu plus loin, trois hommes en tenue de soirée échangeaient des murmures. Les femmes avaient pleuré, les hommes avaient une expression de stupeur impassible.

— Je suis terriblement désolé, dit Mike. A propos, voici l'inspecteur Alleyn, lança-t-il à la cantonade.

— Je ne comprends pas, s'impatienta le plus âgé des hommes en habit, qui se tourna vers le concierge. Vous aviez dit...

— J'ai dit ce que j'ai vu sur sa carte.

— Il faut que je vous explique, intervint Mike.

— Je vous présente lord Michael Lamprey, dit Alleyn, une nouvelle recrue de nos services. Que s'est-il passé ?

— Docteur Rankin, si vous voulez bien...

Un des autres hommes en tenue de soirée s'avança.

— D'accord, Gosset. Sale affaire, inspecteur. Je disais justement qu'il faudrait prévenir la police. Par ici, je vous prie.

Alleyn franchit à la suite du médecin une porte menant à la scène faiblement éclairée. Une table à tréteaux en occupait le centre et on ne pouvait se méprendre sur la forme qui y était étendue sous un drap. L'odeur de gaz, présente partout, semblait plus forte autour de la table.

— Qui est-ce ?

— Canning Cumberland. Il s'était enfermé dans sa loge. Elle est équipée d'un radiateur à gaz. Votre jeune ami l'a traîné dehors, avec beaucoup de cran, mais c'était trop tard. J'étais devant. Gosset, le directeur, m'avait invité à souper. C'est un cas évident de suicide, comme vous le constaterez.

— J'aimerais voir la loge. Quelqu'un y est entré ?

— Certainement pas. Nous avons eu bien du mal à l'aérer. Un machiniste a coupé le gaz au compteur. Comme la loge n'a pas de fenêtre, il a fallu ouvrir les doubles portes au fond de la scène et une petite porte extérieure au bout du couloir. On doit pouvoir y aller, maintenant.

Le médecin précéda Alleyn dans le couloir.

— Ça sent encore, fit-il observer. C'est la première loge à droite. Gardez la tête baissée.

Les puissantes ampoules éclairant le miroir étaient allumées et la pièce semblait encore occupée. Alleyn s'accroupit devant le radiateur, qui se trouvait contre le mur de gauche. Le robinet du gaz était encore ouvert, l'ailette parallèle au plancher. Le dessus du radiateur, le robinet lui-même et le tapis proche étaient recouverts d'une poudre crémeuse, provenant apparemment d'une boîte posée au bout de l'étagère de la coiffeuse. A côté, des pots de fard s'alignaient sous le miroir. Il y avait ensuite un lavabo et, devant, un fauteuil renversé. Alleyn remarqua sur les poils du tapis des traces de pas conduisant à la porte, située en face. Près du lavabo, il vit une bouteille de whisky aux trois quarts vide et un verre. Ayant suffisamment inspiré de gaz, il retourna dans le couloir.

— Un cas évident de suicide, répéta le médecin dans son sillage. Ne croyez-vous pas ?

— Je vais aller jeter un coup d'œil aux autres loges.

La loge voisine était l'image inversée de celle de Cumberland, en plus petit. Les deux radiateurs étaient dos à dos. L'étagère de la coiffeuse proposait le même assortiment de fards. Le robinet du radiateur, absolument identique au premier, était ouvert lui aussi, et Alleyn, moins gêné par l'odeur, examina plus longuement l'appareil. C'était un radiateur de type assez courant, alimenté par un tuyau en métal flexible prolongé par un raccord en caoutchouc. Il y avait deux robinets : l'un sur la conduite d'où partait le tuyau, l'autre à la jonction du tuyau avec le radiateur. Alleyn dégagea le tuyau, examina le raccord en caoutchouc. Il était en bon état, s'adaptait parfaitement au tuyau et portait une légère tache rouge à son extrémité. L'inspecteur remarqua une sorte de fil rougeâtre qui y demeurait attaché, un reste d'emballage, peut-être. L'ajutage et le robinet étaient en laiton, l'ailette parallèle au sol en position ouverte. Il n'y avait pas de poudre répandue dans cette loge. Après l'avoir parcourue des yeux, Alleyn retourna à la porte et lut la carte : M. BARRY GEORGE.

Le Dr Rankin le suivit dans les loges d'en face, sur le côté droit du couloir. Elles ressemblaient à celles qu'il avait déjà visitées, mais des vêtements féminins pendaient aux patères et l'assortiment de fards y était plus fourni.

La loge de la vedette était envahie de bouquets de fleurs, dont Alleyn lut rapidement les cartes. L'une d'elles retint son attention : *En guise de merci bien insuffisant pour la remarquable idée, Anthony Gill.* Un vase de roses rouges se reflétait dans le miroir. *Pour ton plus grand triomphe, Coralie chérie, C.C.* Dans la loge de Mlle Gay, il n'y avait que deux bouquets, l'un de la direction, l'autre d'Anthony, *Avec toute mon affection.*

Dans chacune des loges, l'inspecteur défit le tuyau du radiateur et examina le raccord.

— Ils sont bons, n'est-ce pas ? dit le médecin.

— Parfaits. Ils serrent bien, c'est du caoutchouc gris de première qualité.

— Alors...

A gauche, il y avait une loge inutilisée et, en face, celle de M. H.J. Bannington. Aucune ne possédait de radiateur. La coiffeuse de Bannington était encombrée de l'habituelle série de fards, de produits pour sa barbe, de télégrammes, de lettres et de factures.

— Concernant le corps... commença le médecin.

— Nous ferons venir un fourgon du Yard.

— Mais, normalement, en cas de suicide...

— Je ne crois pas que ce soit un suicide.

— Seigneur ! Vous voulez dire que c'est un accident ?

— Pas un accident non plus, répondit Alleyn.

A minuit, les lumières brillaient dans les loges du Jupiter Theatre, et des hommes s'y affairaient avec les instruments de leur profession. Un agent gardait l'entrée des artistes, un fourgon attendait dans la cour. Le devant de la salle était faiblement éclairé et Coralie Bourne, Basil Gosset, H.J. Bannington, Dendra Gay, Anthony Gill, Reynolds, Katie l'habilleuse et l'assistant avaient pris place dans les premiers rangs et fixaient le rideau de fer. Un constable était assis derrière eux, un autre se tenait devant la porte du foyer. Autour de leurs pieds, des programmes abandonnés jonchaient le sol. *Basil Gosset présente* JE CONNAIS LE CHEMIN *d'Anthony Gill.*

Dans le bureau du directeur, Alleyn demanda à Mike :

— Tu es sûr des faits ?

— Tout à fait. J'étais tapi dans le couloir, près de l'entrée. Personne ne m'a vu parce qu'il faisait très sombre, en coulisse.

— Tu seras appelé à témoigner.

— Je sais.

— Bon. Mlle Gay et M. Gosset peuvent rentrer chez eux, Thompson. Faites venir Mlle Bourne.

Après le départ du sergent Thompson, Mike reprit :

— Je sais que je me suis conduit comme un parfait imbécile. Me servir de votre carte et tout le reste...

— L'exubérance irresponsable n'est pas très appréciée dans le service. Tu t'es comporté comme un crétin.

— Je suis un crétin, dit Mike d'un ton misérable.

Alleyn prit la barbe rousse sur le bureau de Gosset, la tendit au jeune homme.

— Mets-la.

— Mlle Bourne risque de tourner de l'œil encore une fois.

— Je ne crois pas. Le chapeau, maintenant. Oui... oui, je vois. Entrez.

Le sergent introduisit Coralie Bourne puis alla s'asseoir au bout du bureau avec son calepin.

Des larmes avaient creusé leur chemin sur le visage poudré de la comédienne, traçant dans le fard gras comme une traînée de bave d'escargot. Elle s'immobilisa juste après le seuil de la porte, posa sur Mike un regard morne.

— Il est revenu en Angleterre ? C'est lui qui vous a demandé de faire ça ? Enlevez-la, dit-elle avec un geste irrité. Elle est ridicule, cette fausse barbe. Si Cann l'avait regardée un peu plus longtemps... Qui vous a dit de faire ça ?

— P... personne, bégaya Mike en glissant le postiche dans sa poche. Enfin, Tony Gill, en fait.

— Tony ? Mais il n'était pas au courant. Jamais il n'aurait fait ça. A moins que...

— A moins que... ? répéta Alleyn.

La comédienne fronça les sourcils.

— Tony ne voulait pas que Cann joue le rôle de cette façon. Il était furieux.

— Il dit que c'était son déguisement pour le bal des Beaux-Arts de Chelsea, marmonna Mike. Je l'ai apporté ici. L'idée m'est venue de le mettre — c'était idiot, je le sais. Je ne me doutais pas de l'effet que cela aurait sur vous et sur M. Cumberland.

— Demandez à M. Gill de venir, ordonna Alleyn au sergent.

L'auteur de la pièce avait le teint blafard et l'air abasourdi.

— Je l'ai expliqué à Mike, c'était mon déguisement pour le bal. Le loueur de costumes l'avait livré chez moi cet après-midi, mais j'avais oublié de l'emporter. Dendra me l'a rappelé, j'ai téléphoné à Livraisons Immédiates — à Mike, en l'occurrence...

— Pourquoi aviez-vous choisi ce déguisement ? voulut savoir l'inspecteur.

— Je n'ai pas choisi. Je ne savais pas quoi mettre, j'étais trop énervé pour trouver une idée. Les autres m'ont dit qu'ils s'en occupaient pour moi : nous serions tous déguisés en personnages de mélodrame russe.

— Qui avait eu cette idée ?

— Eh bien... Barry George, en fait.

— Barry, intervint Coralie Bourne. C'était Barry.

— Je ne comprends pas, reprit Gill. Pourquoi ce déguisement met-il les autres dans cet état ?

— Il se trouve que c'est la réplique de la tenue que portait généralement le mari de Mlle Bourne, qui avait aussi une barbe rousse, expliqua Alleyn. C'est bien cela, mademoiselle Bourne ? Je me souviens de l'avoir vu...

— Oh ! je suis sûre que vous l'avez vu, il était connu de la police...

L'actrice craqua d'un coup, se tordit dans le fauteuil où elle s'était assise, se mit à frapper du poing l'accoudoir capitonné. Le sergent Thompson baissa les yeux vers ses notes. Mike, après un regard angoissé à Alleyn, se détourna. Anthony Gill se pencha vers sa vedette, lui posa une main sur l'épaule.

— Ne faites pas ça, dit-il d'une voix ferme. Arrêtez !

Elle se dégagea, agrippa le bord du bureau, recouvra peu à peu sa maîtrise d'elle-même.

— Je veux que vous sachiez, déclara-t-elle à l'inspecteur.

Son mari était d'une cruauté épouvantable, expliqua-t-elle, un véritable tyran, mais, quand elle avait parlé de divorce, il avait produit des preuves de sa liaison avec Cumberland. Ils croyaient qu'il ne se doutait de rien.

— Nous avons eu une scène abominable, tous les trois. Il nous a annoncé qu'il quittait le pays mais qu'il nous garderait à l'œil et que si j'essayais encore de divorcer, il reviendrait. Il était très ami avec Barry, à l'époque.

Il avait laissé en partant le premier jet d'une pièce qu'il voulait écrire pour elle et Cumberland, avec une merveilleuse scène. « Vous ne l'aurez jamais, leur avait-il lancé, parce que aucun autre auteur n'est capable de l'écrire ! » C'était, expliqua Coralie, un homme qui aimait le drame mais ne versait jamais dans le ridicule. Il était retourné en Ukraine, là où il était né, et ils n'avaient plus entendu parler de lui. Encore quelques années et elle aurait pu présumer qu'il était mort. Mais la longue attente avait éprouvé Canning Cumberland. Il buvait et, lorsqu'il touchait le fond, il imaginait que le mari de Coralie était sur le point de revenir.

— Cann était terrifié par Ben. C'était pour lui comme une créature de cauchemar.

— Cette pièce... dit Anthony Gill. Est-ce... ?

— Oui. Il y a une similarité extraordinaire entre votre pièce et la sienne. J'ai compris tout de suite que la scène centrale de Ben renforcerait considérablement votre œuvre. Cann ne voulait pas que je vous la donne. Barry était au courant, il a dit : « Pourquoi pas ? » Il voulait le rôle de Cann, il a été furieux lorsqu'il ne l'a pas obtenu. Alors quand il vous a suggéré ce déguisement...

— Comment Cumberland a-t-il réagi en te voyant ? demanda Alleyn à Mike.

— Il a eu un étrange mouvement des mains, comme si... comme s'il s'attendait que je me jette sur lui. Puis il a filé dans sa loge.

— Il a cru que Ben était revenu, dit la comédienne.

— Etes-vous restée seule un moment après avoir repris connaissance ? l'interrogea l'inspecteur.

— Moi ? Non. Non, pas du tout. Katie m'a ramenée à ma loge et ne m'a pas quittée jusqu'à ce que je retourne sur scène.

— Une dernière question. Vous rappelez-vous par hasard si le radiateur de votre loge a fonctionné de façon bizarre ?

— Oui, il a émis une sorte de *plop* qui m'a fait sursauter. J'étais nerveuse.

— Vous êtes allée directement de votre loge à la scène ?

— Oui. Avec Katie. J'ai voulu parler à Cann, j'ai essayé d'ouvrir sa porte en passant, elle était fermée à clé. « N'entre pas », a-t-il dit. J'ai répondu : « Tout va bien, ce n'était pas Ben », et je me suis préparée à entrer en scène.

— J'ai entendu Mlle Bourne, confirma Mike.

— Il devait avoir pris sa décision, à ce moment-là. Il était terriblement soûl quand il a joué sa dernière scène, dit Coralie Bourne en ramenant ses cheveux en arrière. Je peux partir, maintenant ?

— J'ai appelé un taxi. Monsieur Gill, auriez-vous l'amabilité d'aller voir s'il est arrivé ? Mademoiselle Bourne, vous pouvez l'attendre dans le foyer, si vous voulez.

— Katie peut-elle venir avec moi ?

— Certainement. Thompson va la faire venir. Vous souhaitez la présence de quelqu'un d'autre ?

— Non. Rien que cette bonne vieille Katie.

Alleyn ouvrit la porte à la comédienne, la regarda se diriger vers le foyer.

— Vérifiez ses dires auprès de l'habilleuse, Thompson, murmura-t-il, et allez me chercher M. H.J. Bannington.

Il vit Coralie Bourne s'asseoir sur la dernière marche de l'escalier et appuyer la tête contre le mur. A côté d'elle, sur un chevalet doré, une grande photo de Canning Cumberland lui adressait un sourire épanoui.

H.J. Bannington avait une tête épouvantable. En se frottant le visage, il avait étalé son maquillage. Le fard rouge de ses lèvres avait taché les poils en crêpe de la fausse barbe qu'il avait collée sur son visage. Le monocle encore vissé à son œil gauche lui donnait un air cavalier.

— Dites, j'en ai soupé, de cette soirée, se plaignit-il. On va bientôt pouvoir rentrer ?

Alleyn prononça quelques phrases apaisantes, le fit asseoir. Il vérifia ce qu'avait fait le comédien après la sortie de scène de Cumberland et constata que son récit correspondait à celui de Mike. Quand il lui demanda s'il s'était rendu dans une des autres loges, H.J. rétorqua avec aigreur qu'il savait se tenir à sa place.

— Je suis resté dans ma niche sordide et sans chauffage, merci beaucoup.

— Savez-vous si M. Barry George a suivi votre exemple ?

— Je ne saurais vous le dire. Il ne s'est pas approché de moi.

— Avez-vous une théorie sur cette malheureuse affaire, monsieur Bannington ?

— Vous voulez dire : pourquoi Cann a fait ça ? On ne doit pas dire du mal des morts, mais il était complètement soûl, je crois que ça sautait aux yeux. Plein comme une huître à la fin du deuxième acte. Demandez à l'illustre Barry George. Cann lui a volé la grande scène et l'a laissé dans un état pitoyable. Totalement impardonnable, sur le plan artistique, mais Cann était comme ça quand il avait bu.

H.J. plissa ses petits yeux mauvais et poursuivit :

— Le grand Barry George doit se sentir très mal à l'aise, maintenant. On pourrait dire qu'il a un suicide sur la conscience, non ? Qu'est-ce que vous en pensez ?

— Ce n'était pas un suicide.

Le monocle tomba de l'œil de Bannington.

— Bon Dieu, je l'avais dit à Bob Reynolds ! Je lui avais dit qu'il fallait revoir toute l'installation...

— Les tuyaux de gaz, vous voulez dire ?

— Absolument. J'étais de la partie, dans le temps. On peut dire que je suis encore dans les histoires de gaz, en un sens, ha, ha.

— Ha, ha, fit poliment Alleyn en écho.

Il se pencha en avant et ajouta :

— Ecoutez, nous ne pouvons pas trouver un expert en la matière à cette heure de la nuit et nous aurons très probablement besoin de conseils. Vous pourriez nous aider.

— Vous savez, mon vieux, j'ai plutôt envie de piquer un roupillon. Mais, naturellement...

— Je ne vous retiendrai pas longtemps.

— J'espère bien !

Barry George s'était fait un maquillage blafard pour le dernier acte. Des lèvres exsangues, des ombres sous ses pommettes et sous ses yeux avaient habilement souligné son personnage de prisonnier de guerre rapatrié mais brisé. A présent, dans la lumière crue de la lampe de bureau, il avait l'air d'une caricature de l'affliction. Il déclara aussitôt à l'inspecteur qu'il était bouleversé et horrifié. Chacun avait ses défauts, dit-il, et le pauvre vieux Cann ne faisait pas exception, mais c'était terrible, non ? de voir ce qui pouvait arriver à un homme qui dévalait la pente. Etant lui-même d'une sensibilité excessive, il ne se remettrait probablement jamais du choc affreux que cela avait été pour lui. Mais pourquoi le pauvre vieux Cann avait-il décidé de mettre fin à ses jours ?

— Mlle Bourne pense... commença Alleyn.

— Coralie ? s'esclaffa George. Elle pense, maintenant ? Ah bon.

— Elle pense que Cumberland a vu un homme qu'il a pris pour son mari. Ayant une peur maladive du retour de Vlasnov, il a presque vidé sa bouteille de whisky et s'est suicidé au gaz. Les vêtements et la barbe qui l'ont abusé, c'est vous qui les aviez commandés pour M. Gill, si je comprends bien ?

La remarque de l'inspecteur eut un effet étonnant. Barry George déversa un torrent de protestations et d'excuses. Jamais il n'avait eu l'intention de ressusciter ce pauvre vieux Ben, qui était sans doute mort maintenant, mais qui avait été un des meilleurs à de nombreux égards, voyez-vous. Ils devaient tous se rendre au bal déguisés en personnages de mélodrame. Pas un seul instant... George gesticulait, une ligne de sueur à la naissance des cheveux.

— Je ne comprends pas où vous voulez en venir ! criait-il. Qu'insinuez-vous ?

— J'insinue que Cumberland a été assassiné.

— Vous êtes fou ! Il s'était enfermé. On a dû forcer la porte, et la loge n'a pas de fenêtre. Vous êtes fou !

— Ne nous égarons pas dans ces histoires rebattues de pièces fermées à clé, répondit Alleyn d'une voix lasse. Monsieur George, vous connaissiez bien Benjamin Vlasnov. Vous voulez nous faire croire que vous avez suggéré à M. Gill de porter un manteau à col de fourrure, un grand chapeau noir, des gants noirs, une barbe rousse, et qu'il ne vous est pas venu à l'esprit que son aspect pourrait causer un choc à Mlle Bourne et à Cumberland ?

— Je n'étais pas le seul, riposta George. H.J. aussi était au courant. Et si ce déguisement avait flanqué une peur bleue à Cumberland, Coralie n'aurait pas été mécontente. Elle en avait assez de lui. De toute façon, si c'est un meurtre, le costume de Gill n'a rien à voir là-dedans.

— C'est ce que nous espérons découvrir, dit Alleyn en se levant.

Dans la loge de Barry George, le sergent-inspecteur Bailey, spécialiste en empreintes digitales, se tenait près du radiateur. Le sergent Gibson, photographe de la police, et un agent en uniforme l'observaient du seuil de la porte. Au milieu de la pièce, Barry George faisait passer son regard de l'un à l'autre en se mordant la lèvre.

— Je me demande pourquoi il veut que je voie tout ça, dit-il. Je suis épuisé. Vidé sur le plan émotif. Qu'est-ce qu'il fait, d'ailleurs ? Où est-il ?

Alleyn était dans la pièce voisine, la loge de Cumberland, avec H.J., Mike et le sergent Thompson. Elle ne sentait presque plus le gaz, et le radiateur était allumé. Thompson, assis dans le fauteuil, avait la tête renversée en arrière et les yeux clos.

— Voici ma théorie, monsieur Bannington, dit l'inspecteur. Vous et Cumberland avez fait votre sortie finale ; Mlle Bourne, M. George et Mlle Gay sont sur scène. Lord Michael se tient à l'entrée du couloir. En coulisse, les habilleuses et les machinistes suivent le déroulement de la pièce. Cumberland s'est enfermé dans sa loge. Il est dans ce fauteuil, ivre mort. Le radiateur marche à fond. Plus tôt dans la soirée, Cumberland s'est poudré le visage, et la couche de poudre qu'il a fait tomber sur le robinet du radiateur s'y trouve encore : personne n'y a touché. Maintenant, regardez...

Il tapota le mur. Le radiateur s'éteignit avec une explosion, suivie du sifflement d'une fuite de gaz. Alleyn ferma les deux robinets.

— Comme vous le voyez, j'ai laissé une parfaite empreinte sur la surface poudrée. Passons dans l'autre loge.

Barry George accueillit l'inspecteur en balbutiant :

— Mais je ne savais pas. Je n'y connais rien, à ces trucs. Rien.

— Voulez-vous refaire la démonstration pour M. Bannington, Bailey ?

Le sergent s'agenouilla. Le tuyau d'arrivée de gaz avait été détaché du robinet du radiateur. Bailey tourna le robinet du tuyau, souffla dedans.

— Une bulle d'air. Ça marche.

— Mais je n'y connais rien, au gaz, se défendit George. H.J., dis-leur...

— Un moment, réclama Alleyn.

Il écarta les serviettes suspendues au-dessus de la coiffeuse, dévoilant une feuille de papier sur laquelle était posé le raccord en caoutchouc.

— Prenez donc cette loupe, Bannington, et regardez. Vous verrez une tache rouge sur le caoutchouc. Rien qu'une trace, mais c'est incontestablement du fard. Et juste au-dessus de la tache vous verrez un poil dru. Un peu comme une sorte de matériau d'emballage, mais ce n'est pas cela. C'est un poil en crêpe, n'est-ce pas ?

La loupe oscilla au-dessus du papier.

— Laissez-moi la tenir pour vous, proposa Alleyn.

Il saisit le comédien par l'épaule et, d'un geste vif, arracha une touffe de sa fausse moustache qui tomba sur le papier.

— Identique. Même couleur rousse. Il semble fixé au raccord par de la colle gomme.

La loupe tomba. H.J. se retourna, fixa un instant Alleyn puis le frappa en plein visage. C'était un petit homme, mais ils durent s'y mettre à trois pour le maîtriser.

— D'une certaine façon, c'est pratique quand ils vous tapent dessus, fit observer le sergent Thompson une demi-heure plus tard. On peut les embarquer gentiment sans le boniment habituel :

« Voulez-vous nous suivre au poste pour faire une déclaration ? »

— Tout à fait, répondit Alleyn en se frottant la mâchoire.

— Bannington a dû pénétrer dans la loge une fois que Barry George et Mlle Bourne ont été appelés, avança Mike.

— Exactement. Il devait faire vite, pour pouvoir regagner sa loge avant le retour de l'assistant.

— Mais, attendez... Et le mobile ?

— Mon bon Mike, c'est précisément pour cette raison que nous sommes encore dans ce misérable théâtre à une heure et demie du matin. Tu découvres des aspects moins séduisants de l'enquête criminelle. Tu veux rentrer te coucher ?

— Non. Confiez-moi une autre tâche.

— Très bien. A trois mètres de l'entrée côté jardin, il y a une sorte de poubelle. Va la fouiller.

A deux heures moins dix-sept minutes, après que les loges et le couloir eurent été passés au peigne fin et qu'Alleyn eut ordonné une pause, Mike s'approcha de lui, les mains sales.

— *Eurêka*, dit-il. Enfin, j'espère.

Ils passèrent dans la loge de Bannington, où l'inspecteur étala sur la coiffeuse les morceaux de papier que Mike lui avait remis.

— On les avait enfoncés au fond de la poubelle, dit le jeune homme.

Alleyn entreprit d'assembler les morceaux. Thompson sifflotait entre ses dents ; Bailey et Gibson bavardaient à voix basse.

— Voilà, dit enfin Alleyn.

Ils firent cercle autour de lui. La lettre que H.J. Bannington avait lue à cette même table six heures et quarante-cinq minutes plus tôt était reconstituée comme un puzzle.

Cher H.J.

Après avoir pris connaissance du relevé mensuel de mon compte, je suis passé ce matin à ma banque, où on m'a montré un chèque dont la signature est incontestablement fausse. Tes talents d'histrion n'ont d'égal que ton audace de calligraphe. Mais la gloire a ses inconvénients : le caissier t'a reconnu. J'ai l'intention d'entamer des poursuites.

— Ce n'est pas signé, commenta Bailey.

— Regardez la carte du bouquet de roses dans la loge de Mlle Bourne, avec C.C. pour signature. L'écriture est aisément reconnaissable, dit Alleyn en se tournant vers Mike. Tu veux toujours devenir policier ?

— Oui.

— Dieu te vienne en aide. Passe me voir au bureau demain.

— Merci, monsieur.

Ils quittèrent le théâtre en laissant un agent en faction. La matinée était froide. Dehors, Mike leva les yeux vers la façade du Jupiter et distingua à peine les lettres de néon : JE CONNAIS LE CHEMIN *d'Anthony Gill.*

LES ESTIVANTS

Shirley Jackson

Shirley Hardie Jackson (1916-1965) a été une romancière et une nouvelliste prolifique, mais son nom reste surtout associé à une nouvelle : « The Lottery » (1948). Née à San Francisco, elle a grandi en Californie. Sa première publication importante fut une nouvelle, « My Life with R.H. Macy », publiée en 1941. Son premier roman, *The Road Through the Wall*, parut en 1948. La même année, « The Lottery » fit l'objet d'une polémique considérable dans le *New Yorker*. Dans son essai, *Biography of a Story* (1960), Shirley Jackson raconte que personne n'aimait cette nouvelle, à commencer par son agent et son éditeur. Harold Ross, le rédacteur en chef du *New Yorker*, ne la comprenait pas. Des lecteurs troublés envoyèrent des tombereaux de lettres. A cause d'elle, Jackson fut cataloguée comme spécialiste de l'épouvante et du surnaturel. En réalité, elle fut un auteur aux talents multiples, son œuvre comprenant également des livres pour enfants et deux autobiographies, écrites sur un ton enjoué et plein d'humour : *Life Among the Savages* (1953) et *Raising Demons* (1957).

Le goût de Shirley Jackson pour l'épouvante se développa assez tôt, comme en témoigne sa très courte nouvelle « Janice », publiée en 1938, dans laquelle la description de la tentative de suicide d'une étudiante se révèle irrésistiblement désinvolte. Stanley Edgar Hyman, son mari, raconte, dans l'introduction au recueil posthume *Come Along with Me* (1968), que c'est cette histoire, écrite alors qu'elle était en deuxième année à l'université, qui a conduit à leur première rencontre.

« Les estivants » est un conte subtil. Un climat de menace grandissante altère le quotidien, et l'absence de dénouement accroît l'inquiétude. Les Allison mourront-ils ? Sont-ils terrorisés par une intervention humaine ? Le lecteur se voudrait détective, mais ces pistes qu'il croit entrevoir, où le mèneront-elles ?

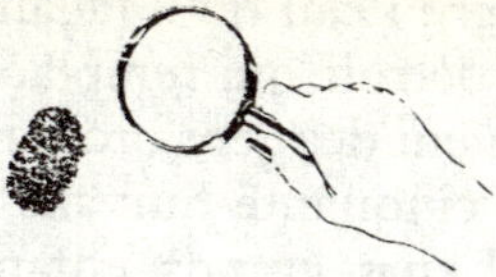

Le cottage des Allison, à dix kilomètres du village le plus proche, était juché sur une colline. Sur trois côtés, il dominait des arbres et de l'herbe tendre qui, même au cœur de l'été, était rarement desséchée. Le quatrième donnait sur le lac. De l'embarcadère en bois qu'ils devaient faire réparer, on apercevait la véranda de la façade. Ils appréciaient leur villégiature. Ils avaient hâte d'y arriver au début de l'été et en partaient à contrecœur à l'automne. Ils prenaient plaisir à l'arranger, considérant le cottage et le lac comme un agrément pour la vie qui leur restait. La maison n'avait ni chauffage ni eau courante, à l'exception du maigre filet d'eau qu'ils tiraient de la pompe du jardin. Elle n'avait pas non plus l'électricité. Depuis dix-sept étés, Janet Allison cuisinait et faisait bouillir l'eau sur un réchaud à pétrole. Chaque jour, Robert Allison rapportait de la pompe de pleins baquets d'eau et, le soir, lisait son journal à la lueur d'une lampe à pétrole. Tous deux, gens de la ville habitués au confort, s'étaient au fil du temps accommodés de leur maison de campagne. Les deux premières années, ils avaient dû essuyer des plaisanteries à son sujet. Mais, maintenant qu'ils n'avaient plus d'invités à impressionner, ils étaient contents d'y passer l'été, malgré l'eau qu'il fallait aller chercher à la pompe et le pétrole qui remplaçait l'électricité.

Les Allison étaient des gens ordinaires. Mme Allison était âgée de cinquante-huit ans ; M. Allison en avait soixante. Leurs grands enfants délaissaient maintenant le cottage pour passer leurs vacances en famille, au bord de la mer. Leurs amis étaient ou morts ou installés dans d'agréables maisons qu'ils ne quittaient plus. Ils voyaient peu leurs neveux et nièces. L'hiver, ils se disaient qu'ils pouvaient supporter leur appartement new-yorkais, en attendant l'été. L'été, ils se disaient que l'hiver était bien difficile à supporter, en attendant d'être à la campagne.

Depuis qu'ils étaient suffisamment âgés pour ne plus avoir honte de leur petit train-train, les Allison quittaient toujours leur cottage le lendemain du Labor Day [1]. Et ils étaient toujours désolés lorsque le mois de septembre et les premiers jours d'octobre étaient agréables, et quasiment d'un ennui insupportable en ville. Chaque année, ils reconnaissaient que rien ne les obligeait à rentrer à New York. Mais, jusque-là, ils n'avaient pas réussi à triompher de leur apathie coutumière en décidant de rester dans leur cottage après le Labor Day.

— Rien ne nous oblige vraiment à rentrer, dit Mme Allison à son mari, d'un ton grave, comme si c'était une nouveauté.

— Nous ferions aussi bien de profiter de la campagne le plus longtemps possible, lui répondit-il, comme si ni l'un ni l'autre n'y avait jamais songé.

Avec beaucoup de plaisir et un léger sentiment d'aventure, Mme Allison alla donc au village, le

1. La fête du Travail est fixée au premier lundi de septembre en Amérique du Nord. *(N.d.T.)*

lendemain du Labor Day, informer les habitants qu'elle connaissait que son mari et elle avaient décidé de rester au moins un mois de plus.

— Ce n'est pas comme si nous avions quelque chose qui nous oblige à rentrer, dit-elle à M. Babcock, l'épicier. Nous ferions aussi bien de profiter de la campagne tant que nous le pouvons.

— Personne n'est jamais resté au lac après le Labor Day, jusqu'à présent, répondit celui-ci.

Il remplissait un grand carton avec les provisions de Mme Allison lorsqu'il s'arrêta en examinant d'un air songeur un sac de cookies.

— Personne, répéta-t-il.

— Mais la chaleur de la ville...

Mme Allison parlait toujours de New York à M. Babcock comme s'il rêvait d'y aller.

— C'est vraiment étouffant. Vous n'avez pas idée ! Nous sommes toujours tristes quand nous devons partir d'ici.

— Déteste partir, dit M. Babcok.

L'une des manies les plus agaçantes des gens du coin que Mme Allison avait notées consistait à prendre une assertion insignifiante pour la reformuler encore plus banalement.

— Moi-même, je déteste partir, lâcha M. Babcock après réflexion.

Tous deux sourirent.

— Mais je n'ai jamais entendu parler de quelqu'un qui serait resté au lac après le Labor Day.

— Eh bien, nous allons essayer...

— Qui sait ? Jusqu'à ce que vous ayez essayé...

Comme elle le faisait chaque fois qu'elle quittait l'épicerie après une conversation peu concluante avec M. Babcock, Mme Allison décréta que, physiquement, il aurait pu servir de modèle à une statue de Daniel Webster. Mais mentalement... Il était horrible de penser à quel point la souche des Yankees de la Nouvelle-Angleterre avait pu dégénérer. Elle en dit encore plus à M. Allison en s'asseyant dans la voiture.

— Ce sont des générations de mariages consanguins. Et puis il y a aussi la terre qui est ingrate, ajouta-t-il.

Une fois toutes les deux semaines, ils partaient en expédition au village, pour acheter ce qu'on ne pouvait pas leur livrer. Ils y passaient la journée, s'arrêtant pour manger un sandwich et boire un soda chez le marchand de journaux, entassant les paquets à l'arrière de la voiture. Bien que Mme Allison fût capable de commander par téléphone les provisions qu'on lui livrait régulièrement, elle ne parvenait toujours pas à se faire une idée précise des réserves de M. Babcock. Sa commande était toujours complétée, souvent bien au-delà de leurs besoins, par des légumes du cru ou des confiseries, comme celles qui venaient d'arriver. Cette fois-ci, Mme Allison était tentée par un jeu de moules en verre pouvant aller au four. Elle l'avait trouvé par hasard à la supérette. On aurait dit qu'il attendait Mme Allison depuis toujours. Les gens du pays, avec leur méfiance instinctive à l'égard de tout ce qui ne semble pas aussi permanent que les arbres, les rochers et le ciel, venaient tout juste de commencer à utiliser les moules en aluminium à la place de ceux en fer.

Mme Allison les avait fait envelopper soigneusement afin qu'ils ne se cassent pas sur le chemin caillouteux et escarpé, pendant leur retour. Avec Albert, son plus jeune frère, M. Charley Walpole tenait la supérette, chez Johnson. Le magasin tenait ce nom de l'emplacement de l'ancienne cabane de Johnson, qui avait brûlé cinquante ans avant la naissance de Charley. Laborieusement, celui-ci dépliait des feuilles de journaux pour emballer les moules.

— J'aurais pu attendre d'être à New York pour les acheter, mais nous rentrerons plus tard cette année, dit-elle sur un ton détaché.

— J'ai entendu dire que vous alliez prolonger votre séjour, répondit Charley Walpole.

Ses vieux doigts tentaient maladroitement de séparer les feuilles une à une.

— Sais pas ce que ça vaut de rester là-haut... Pas après le Labor Day, dit-il sans un regard pour Mme Allison.

— Eh bien, vous savez, commença-t-elle comme s'il méritait une explication, il nous a semblé que tous les ans nous nous pressions de rentrer à New York, sans aucune raison. Vous savez à quoi ressemble la ville en automne...

Et elle adressa un sourire plein de confiance à M. Walpole.

De façon mécanique, il enroula la ficelle autour du paquet. « Il me fait perdre mon temps », songea Mme Allison en tournant la tête pour masquer son impatience.

— En restant après le départ des autres, j'ai l'impression d'appartenir un peu plus à la communauté.

Pour le prouver, elle sourit ostensiblement à la femme qui se tenait à l'autre bout du magasin. Son visage ne lui était pas inconnu. Elle avait dû leur vendre des baies, quelques années auparavant. Ou c'était la dame qui aidait occasionnellement à l'épicerie, probablement la tante de M. Babcock.

— Bien, dit M. Walpole en poussant le paquet au bord du comptoir pour indiquer qu'il avait terminé.

Une belle vente et un article bien enveloppé. Il était maintenant disposé à se faire payer.

— Bien, répéta-t-il. Jamais eu d'estivants au lac après le Labor Day.

Mme Allison lui tendit un billet de cinq dollars. Il lui rendit la monnaie méthodiquement, recomptant jusqu'au dernier cent.

— Jamais après le Labor Day, dit-il en hochant la tête.

Puis il se dirigea tranquillement vers deux femmes qui regardaient des robes en coton. En passant à côté d'elles pour sortir, Mme Allison entendit l'une demander :

— Pourquoi cette robe coûte un dollar et trente-neuf cents, alors que celle-là fait quatre-vingt-dix-neuf cents seulement ?

M. Allison attendait son épouse devant le magasin.

— Ce sont de braves gens, lui dit Mme Allison tandis qu'ils marchaient sur le trottoir. Ils sont si solides, si raisonnables, si honnêtes.

— Cela fait du bien de savoir qu'il reste encore des villages comme ça, déclara M. Allison.

— A New York, j'aurais payé ces moules quelques cents de moins. Mais l'échange aurait été totalement impersonnel.

— Alors, j'ai entendu dire que vous restiez au lac ? leur demanda Mme Martin, comme ils entraient chez le marchand de journaux.

— On s'est dit qu'on pourrait profiter du beau temps, cette année, répondit M. Allison.

Mme Martin était relativement nouvelle dans le

village. Originaire d'une ferme voisine, elle s'était mariée avec le propriétaire du magasin de journaux et de sandwiches. Après le décès de son mari, elle avait repris l'affaire. Elle servait des boissons sans alcool, de grosses tranches de pain avec des œufs et des oignons frits qu'elle préparait à l'arrière du magasin. Parfois, les sandwiches qu'elle servait sentaient le riche fumet du ragoût qu'elle avait mitonné pour son dîner.

— Je ne crois pas que quelqu'un soit jamais resté là-haut aussi longtemps, dit Mme Martin. Pas après le Labor Day.

— Je suppose que le Labor Day, c'est le jour de leur départ, d'habitude.

C'est ce que leur confirma plus tard M. Hall, leur plus proche voisin, devant le magasin de M. Babcock, alors qu'ils montaient en voiture pour rentrer chez eux.

— Surpris que vous restiez...

— Cela nous a paru dommage de partir si tôt, répondit M. Allison.

M. Hall vivait à moins de cinq kilomètres des Allison. Il leur fournissait du beurre et des œufs. Du haut de leur colline, ils apercevaient parfois de la lumière chez les Hall, avant qu'ils aillent se coucher, tôt dans la soirée.

— D'habitude, ils partent au moment du Labor Day.

La route du retour fut longue et pénible. La nuit tombante obligeait M. Allison à rouler prudemment sur la mauvaise route qui menait au lac. Mme Allison se cala dans son siège. Elle se relaxait après une journée passée à faire les magasins, ce qui contrastait avec leur quotidien. Avec bonheur, elle songeait à ses nouveaux moules en verre, au demi-boisseau de pommes rouges et à la boîte de punaises multicolores qui lui serviraient à fixer les nouveaux liserés des étagères de la cuisine.

— C'est bon de rentrer chez soi, murmura-t-elle lorsqu'ils furent en vue de leur cottage qui se détachait sur le ciel.

— Je suis content que nous ayons décidé de rester, convint M. Allison.

Mme Allison passa le matin suivant à laver amoureusement les moules. En toute innocence, M. Walpole n'avait pas vu que l'un d'eux était abîmé sur le bord. Elle décida d'utiliser quelques pommes rouges pour confectionner une tarte qu'elle servirait au dîner. Pendant qu'elle cuisait et que M. Allison était descendu chercher le courrier, Mme Allison sortit s'asseoir sur la petite pelouse qu'ils avaient semée en haut de la colline. Elle admirait les reflets de la lumière sur le lac, glissant du gris au bleu en fonction du passage des nuages devant le soleil.

M. Allison revint dépité. Cela l'avait toujours irrité de marcher un bon kilomètre jusqu'à la boîte aux lettres et de revenir bredouille, même s'il pensait que la marche était bonne pour sa santé. Ce matin-là, il n'y avait rien d'autre que le prospectus d'un grand magasin new-yorkais et leur journal de la côte Est, lequel arrivait de façon irrégulière. Il pouvait avoir de un à quatre jours de retard. M. Allison rentrait donc, certains matins, avec trois éditions, mais revenait aussi fréquemment les mains vides. Mme Allison, qui partageait avec son époux la contrariété de ne pas avoir reçu de lettres alors qu'ils espéraient en avoir, était plongée dans la lecture du prospectus du grand magasin. Elle se promit d'y faire un saut dès leur retour à New

York. Elle jeta un coup d'œil sur le prix des couvertures en laine. Il était si difficile, de nos jours, d'en trouver de bonne qualité, dans de jolies couleurs. Elle débattait intérieurement pour savoir si elle devait garder le prospectus comme pense-bête. Mais, après avoir songé qu'il lui fallait se lever, rentrer dans le cottage et trouver un endroit sûr pour le ranger, elle le posa à côté d'elle et resta assise, les yeux mi-clos.

— On dirait qu'il va pleuvoir, remarqua M. Allison en scrutant le ciel.

— C'est bon pour les cultures, répondit laconiquement Mme Allison.

Tous deux se mirent à rire.

Le livreur de pétrole vint le lendemain matin, pendant que M. Allison était descendu chercher le courrier. Mme Allison l'accueillit chaleureusement car leur réserve de combustible avait baissé. Il vendait du pétrole et de la glace à rafraîchir. Durant l'été, il ramassait les poubelles des estivants. Seuls ces citadins dépensiers avaient besoin d'un éboueur. Les gens du pays n'avaient pas besoin de poubelles.

— Je suis contente de vous voir, lui dit Mme Allison. Le niveau est assez bas.

D'ordinaire le livreur, dont Mme Allison ignorait le nom, utilisait un tuyau pour remplir la cuve de cent litres qui alimentait les lampes et la cuisinière. Mais ce matin-là, au lieu de sauter de son camion et de dérouler le tuyau, il la fixa de l'intérieur de la cabine avec gêne, moteur allumé.

— J'avais dans l'idée que les gens comme vous étaient partis.

— Nous restons un mois de plus, dit-elle avec gaieté. Il a fait si beau. On dirait que...

— C'est ce qu'on m'a dit. Peux pas vous livrer.

— Que voulez-vous dire ? demanda Mme Allison en haussant les sourcils. Nous venons juste de...

— Passé le Labor Day, je n'en ai plus beaucoup.

Mme Allison se rappela, comme il lui arrivait fréquemment de le faire quand elle était en désaccord avec ses voisins, que les manières de la ville ne servaient à rien avec les gens de la campagne. Impossible de rabrouer quelqu'un d'ici comme vous pourriez le faire en ville.

— Mais ne pourriez-vous pas revenir avant la fin de notre séjour ?

— Ecoutez, répondit-il en tapotant nerveusement le volant. Vous savez, il faut que je le commande, ce pétrole. Je vais le chercher à cent, cent dix kilomètres d'ici. J'ai commandé en juin dernier ce dont j'avais besoin pour l'été. Maintenant, j'en recommanderai... oh, en novembre, par là. Donc, pour maintenant, ça me semble compromis.

Pensant que l'affaire était close, il cessa de tapoter son volant et posa les mains dessus, prêt à partir.

— Vous ne pourriez pas nous en donner un petit peu ? Vous ne connaissez personne qui...

— J'sais pas comment vous pourriez en trouver par ici. J'peux pas vous en donner.

Il démarra sans laisser le temps à Mme Allison d'ajouter un mot. Puis il s'arrêta un instant et regarda par la vitre arrière de la cabine.

— De la glace ? J'ai de la glace, si vous voulez.

Mme Allison fit non de la tête. Il leur en restait et puis elle était en colère. Elle courut sur quelques mètres pour rattraper le camion en criant :

— Pouvez-vous essayer de nous en avoir un peu ? La semaine prochaine ?

— Vois pas. Passé le Labor Day, c'est très difficile.

Le camion redémarra. Mme Allison, un peu soulagée de savoir qu'elle pourrait probablement en trouver par l'intermédiaire de M. Babcock ou, au pire, chez les Hall, le regarda avec fureur.

« L'été prochain... se dit-elle, qu'il essaie seulement de venir par ici l'été prochain. »

A nouveau il n'y avait pas de lettres, rien que le journal qui semblait arriver à l'heure, envers et contre tout. A son retour, M. Allison était ouvertement fâché. Lorsque Mme Allison lui raconta sa mésaventure avec le livreur, il ne fut pas particulièrement surpris.

— Il garde tout pour faire monter les prix cet hiver, commenta-t-il. Que crois-tu qu'il soit arrivé à Anne et à Jerry ?

Leurs enfants étaient tous les deux mariés. Leur fille vivait dans l'Ouest profond, leur fils à Chicago. La lettre hebdomadaire que chacun adressait à ses parents avait du retard. Tant de retard, en fait, que le mécontentement de M. Allison devant cette absence de courrier était sur le point de se transformer en grief légitime.

— Ils savent bien que nous attendons leurs lettres. Quel manque d'égards, quel égoïsme ! Ils doivent bien le savoir !

— Chéri... dit Mme Allison sur ton apaisant.

Se mettre en colère contre Anne et Jerry ne dissiperait pas les sentiments qu'elle éprouvait à l'égard du livreur de pétrole. Quelques instants plus tard, elle reprit :

— Tes récriminations ne feront pas arriver le courrier plus vite, chéri. Je vais appeler M. Babcock et lui demander de nous envoyer un peu de pétrole, en même temps que la commande.

— Au moins une carte postale, dit M. Allison alors qu'elle partait.

Ils ne faisaient plus vraiment attention aux caprices du téléphone — comme aux autres petits désagréments dans le cottage — mais cédaient devant ses excentricités. C'était un téléphone mural, comme on en voit encore dans de rares endroits. Pour obtenir l'opératrice, Mme Allison devait d'abord actionner la manivelle latérale et laisser sonner une fois. Normalement, il fallait deux ou trois essais pour obliger l'opératrice à répondre. Elle s'approcha de l'appareil avec résignation. Elle dut s'y reprendre à trois fois avant que l'opératrice réponde, et il fallut encore plus de temps pour que M. Babcock décroche son téléphone, situé dans un coin de l'épicerie, derrière l'étal de viande. Il répondit avec une inflexion montante qui paraissait indiquer de la suspicion à l'égard de quiconque tentait de communiquer avec lui par le truchement de cet instrument peu fiable.

— C'est Mme Allison, monsieur Babcock. Je vais vous passer ma commande un jour plus tôt parce que je voudrais m'assurer que...

— Que dites-vous, madame Allison ?

Sur la pelouse, elle aperçut son mari, assis sur sa chaise, qui la regardait avec sympathie.

— Je dis, monsieur Babcock, que je vais passer ma commande plus tôt pour que vous puissiez...

— Madame Allison ? Vous allez passer la prendre ?

— Passer la prendre ?

— Que dites-vous, madame Allison ? demanda M. Babcock en haussant la voix.

— Je croyais que vous nous livreriez, comme d'habitude.

— Voilà, madame Allison... répondit M. Babcock.

Il s'arrêta. Elle attendit en regardant le ciel par-dessus la tête de son mari.

— Je voulais vous dire, reprit le commerçant, que le gars qui travaillait pour moi est retourné à l'école hier. Je n'ai plus personne pour faire les livraisons. J'emploie un livreur seulement l'été, voyez-vous.

— Je croyais que vous livriez toute l'année, répondit Mme Allison.

— Pas après le Labor Day, madame Allison, dit M. Babcock d'un ton ferme. Vous n'êtes jamais restée après le Labor Day, vous ne pouviez pas savoir, bien sûr.

— Bien sûr, répéta Mme Allison avec désespoir.

Au plus profond d'elle-même, elle se répétait, encore et encore, que les manières de la ville ne servaient à rien avec les gens du pays. Ce n'était pas la peine de s'emporter.

— Etes-vous sûr, demanda-t-elle finalement, de ne pas pouvoir envoyer la commande aujourd'hui, monsieur Babcock ?

— A vrai dire, ce n'est pas possible. Les livraisons ne rapportent rien, quand il n'y a plus personne au lac.

— Et les Hall ? demanda soudainement Mme Allison. Ils n'habitent qu'à quelques kilomètres de chez nous. M. Hall pourrait rapporter les courses en revenant.

— Hall ? John Hall ? Sa femme et lui sont partis rendre visite à des amis, madame Allison.

— Mais ils nous fournissent le beurre et les œufs... répliqua celle-ci, consternée.

— Ils sont partis hier. Ils ne devaient pas penser que des gens comme vous resteraient là-haut.

— Mais j'ai dit à M. Hall que... commença-t-elle avant de se raviser. J'enverrai demain mon mari prendre quelques provisions.

— Jusque-là, vous avez tout ce dont vous avez besoin, dit M. Babcock, satisfait.

C'était plus une affirmation qu'une question.

Après avoir raccroché, Mme Allison sortit lentement s'asseoir sur une chaise, à côté de son époux.

— Il ne livrera pas. Il faudra que tu y ailles demain. Il nous reste suffisamment de pétrole jusqu'à ton retour.

— Il aurait pu nous le dire plus tôt, dit M. Allison.

Mais la journée était trop belle pour qu'ils la passent à ressasser leurs soucis. La campagne n'avait jamais paru si engageante. La surface du lac ondoyait sous les frondaisons. On aurait dit une carte postale. Mme Allison poussa un profond soupir de contentement. Elle pouvait jouir de cette vue du lac, dominé par les vertes collines, et sentir la brise caresser les arbres.

Le lendemain matin, il faisait toujours beau. M. Allison, dûment muni de sa liste de commissions, avec PÉTROLE en tête écrit en grosses lettres, descendit le chemin qui menait au garage. Mme Allison comptait faire une nouvelle tarte dans son nouveau moule. Elle avait fait la pâte et s'apprêtait à peler les pommes quand son mari, après avoir rapidement remonté le chemin, ouvrit brusquement la porte grillagée de la cuisine.

— Cette satanée voiture ne veut pas démarrer, annonça-t-il, l'air vidé.

— Qu'est-ce qu'elle a ? demanda Mme Allison, une pomme dans une main, l'économe dans l'autre. Mardi, tout allait bien.

— Et vendredi, rien ne va, maugréa M. Allison.

— Tu peux la réparer ?

— Impossible. Je suppose que je vais devoir appeler quelqu'un.

— Qui ?

— Celui qui tient la station-service.

Il se dirigea vers le téléphone.

— Il l'a réparée une fois, l'an passé.

Légèrement inquiète, elle se remit à peler machinalement les pommes tout en écoutant son mari qui se battait avec le téléphone. Sonner, attendre, sonner, attendre, donner enfin le numéro de téléphone à l'opératrice, attendre encore, le donner une deuxième puis une troisième fois et, finalement, raccrocher brutalement.

— Personne ne répond, annonça-t-il en revenant dans la cuisine.

— Il est probablement sorti un instant, dit Mme Allison nerveusement.

Elle ne savait pas exactement ce qui la rendait si nerveuse, à moins que ce ne soit le risque que son mari ne se mette en colère.

— J'imagine qu'il est tout seul. S'il sort, il n'y a personne pour répondre.

— Ça doit être ça, répondit M. Allison sur un ton plein d'ironie.

Il s'effondra sur une chaise de la cuisine et la regarda peler les pommes. Peu après, Mme Allison lui demanda sur un ton apaisant :

— Pourquoi ne pas descendre chercher le courrier et rappeler ensuite ?

M. Allison réfléchit puis déclara :

— Oui, je crois que je ferais aussi bien.

Il se leva brusquement. Lorsqu'il atteignit la porte de la cuisine, il se retourna.

— Et s'il n'y a pas de courrier... dit-il, laissant derrière lui un silence angoissant.

Il s'engagea sur le chemin.

Mme Allison se dépêcha d'achever sa tarte. Par deux fois, elle alla à la fenêtre pour regarder le ciel et voir si des nuages s'amoncelaient. Il faisait subitement sombre dans la pièce. Elle était elle-même très tendue, comme pendant la nuée qui précède l'orage. Mais, les deux fois où elle regarda le ciel, il était clair et serein, souriant indifféremment au cottage des Allison comme au reste du monde. Quand Mme Allison, prête à enfourner la tarte, alla pour la troisième fois regarder dehors, elle aperçut son époux qui remontait le chemin. Il paraissait plus joyeux et, lorsqu'il la vit, il agita la main avec enthousiasme, brandissant une lettre.

— C'est Jerry, dit-il dès qu'il fut à portée de voix. Une lettre... enfin !

Mme Allison remarqua avec inquiétude qu'il n'était plus capable de remonter le chemin peu escarpé sans respirer bruyamment. Mais il était déjà sur le pas de la porte et lui montrait la lettre.

— Je ne l'ai pas ouverte...

Mme Allison regarda l'écriture familière de son fils avec une impatience qui la surprit. Elle n'arrivait pas à comprendre pourquoi cette lettre l'excitait autant. Hormis le fait que c'était la première qu'ils recevaient depuis un bail. Ce devait être une lettre comme elle les aimait, décrivant les activités d'Alice et des enfants, les progrès de la carrière de Jerry, le temps qu'il faisait à Chicago. Elle devait se terminer par les baisers que tous leur envoyaient. M. et Mme Allison auraient pu, s'ils l'avaient voulu, réciter des passages entiers des lettres de leurs enfants.

M. Allison ouvrit l'enveloppe posément et déplia la lettre sur la table de la cuisine. D'un même mouvement, ils se penchèrent sur l'écriture plutôt puérile et la lurent.

Chers maman et papa,

Je suis content que tout se passe bien au lac. Nous avons toujours pensé que vous reveniez trop tôt et que vous devriez rester là-haut le plus longtemps possible. Alice dit que, maintenant que vous n'êtes plus aussi jeunes qu'avant et que vous êtes moins demandés, que vous avez moins d'amis en ville, vous devriez vous amuser pendant que vous le pouvez. Puisque vous êtes tous les deux heureux là-haut, c'est une bonne idée d'y rester.

Avec inquiétude, Mme Allison jeta un coup d'œil à son mari. Il était absorbé dans sa lecture. Elle tendit le bras pour attraper l'enveloppe vide, sans savoir pourquoi. L'adresse était écrite de la main de Jerry, comme d'habitude. La lettre avait été postée à Chicago. Bien sûr qu'elle avait été oblitérée à Chicago, songea-t-elle. Pourquoi voudraient-ils qu'elle vînt d'ailleurs ? Lorsque son regard se posa à nouveau sur la lettre, son mari avait tourné la page. Elle lut la suite avec lui.

... et bien sûr, s'ils attrapent la rougeole, ils seront mieux. Alice est en pleine forme, comme toujours, et moi aussi. Dernièrement, nous avons souvent joué au bridge avec des gens que vous ne connaissez pas, les Carruthers. Ils forment un joli couple, à peu près de notre âge. Dis à papa que le vieux Dickson, celui de notre bureau de Chicago, est mort. Il demandait souvent de ses nouvelles. Amusez-vous bien au lac, et prenez tout votre temps. Nous vous embrassons tous.

Jerry

— Amusant, commenta M. Allison.

— Cela ne sonne pas comme du Jerry, dit

Mme Allison à voix basse. Il n'a jamais écrit quelque chose comme...

Elle s'arrêta.

— Comme quoi ? questionna-t-il. Jamais rien écrit comme quoi ?

Mme Allison retourna la lettre en fronçant les sourcils. Il était impossible de trouver une phrase, un mot, même, qui ne sonnait pas comme dans les autres lettres de Jerry. Peut-être était-ce à cause du retard ou du nombre inhabituel de traces de doigts sur l'enveloppe.

— Je ne sais plus, dit-elle avec impatience.

— Je vais essayer de rappeler.

Mme Allison relut la lettre deux fois, à la recherche d'une phrase qui sonnerait faux. M. Allison revint sur ces entrefaites et annonça, le plus tranquillement du monde :

— Le téléphone est mort.

— Quoi ? demanda Mme Allison en lâchant la lettre.

— Le téléphone est mort, répéta M. Allison.

Le reste de la journée passa rapidement. Après un déjeuner composé de crackers et de lait, les Allison sortirent s'asseoir sur la pelouse. L'après-midi fut écourté par l'amoncellement de nuages orageux qui venaient sur le cottage en passant au-dessus du lac. A quatre heures, il faisait nuit noire. Cependant, l'orage n'éclatait pas, comme pour savourer à l'avance le moment où il s'abattrait sur le cottage. Il y avait des éclairs de temps en temps, mais il ne pleuvait pas. Le soir venu, dans leur cottage, M. et Mme Allison s'assirent très près l'un de l'autre. Ils allumèrent la radio à piles qu'ils avaient apportée de New York. Aucune lampe n'était allumée. La seule lumière provenait des éclairs et de la petite lueur du cadran de la radio.

La structure légère du cottage n'était pas assez forte pour contenir les bruits de la ville, la musique et les voix provenant de la radio. Les Allison pouvaient entendre l'écho de leurs propos se répercuter sur le lac, les saxophones de l'orchestre de danse de New York gémir au-dessus de l'eau, et la voix monotone de la chanteuse s'envoler inexorablement dans la campagne. Même la voix du speaker, qui faisait de la réclame pour des lames de rasoir, n'avait plus rien d'humain. Elle s'échappait du cottage des Allison et y revenait, comme si le lac, les collines et les arbres n'en voulaient pas et la renvoyaient.

Entre deux publicités, Mme Allison se tourna vers son époux et lui sourit faiblement.

— Je me demande si nous ne devrions pas... ne rien faire, murmura-t-elle.

— Oui, répondit M. Allison en réfléchissant. Je crois aussi. Juste attendre.

Mme Allison retint son souffle un court instant. L'orchestre jouait une mélodie banale. M. Allison dit :

— Tu sais, on a touché à la voiture. Même moi, je m'en suis rendu compte.

Mme Allison hésita une minute avant de dire très doucement :

— Je suppose que les fils du téléphone ont été coupés.

— J'imagine.

La musique finit par s'arrêter. Ils écoutèrent attentivement le bulletin d'informations. La voix chaude du speaker annonça, le souffle court, un mariage à Hollywood, les résultats du base-ball et le taux d'inflation des denrées alimentaires prévu pour la semaine à venir. Il leur parlait, dans le cottage, exactement comme s'ils étaient encore dignes d'entendre les nouvelles d'un monde auquel ils n'étaient plus reliés que par les piles de leur radio, qui commençaient déjà à faiblir, comme s'ils faisaient encore partie, même de manière ténue, de ce monde en train de les abandonner.

Mme Allison regarda par la fenêtre la surface lisse du lac, la silhouette noire des arbres et la tempête qui menaçait.

— Je suis rassurée, pour la lettre de Jerry, dit-elle sur le ton de la conversation.

— J'ai compris quand je n'ai pas vu de lumière chez les Hall, hier soir, répondit-il.

Le vent, qui s'était brusquement levé au-dessus du lac, tournoyait autour du cottage et fouettait les fenêtres. M. et Mme Allison se rapprochèrent involontairement. Quand le premier coup de tonnerre retentit, M. Allison chercha la main de son épouse et la prit dans la sienne. Et, tandis que les éclairs zébraient le ciel et que la radio crachotait, les deux petits vieux se blottirent l'un contre l'autre dans leur cottage et attendirent.

LE MATIN DE LA SAINT-PATRICK

Charlotte Armstrong

Charlotte Armstrong (1905-1969) est l'un des brillants écrivains qui font mentir l'affirmation révisionniste selon laquelle les Américaines auteurs de romans policiers dans les années 1950 et 1960 étaient piétinées et méprisées, victimes de la suprématie masculine. Les Mystery Writers of America lui décernèrent un Edgar pour *A Dram of Poison* (1956), et ses deux titres publiés en 1967, *The Gift Shop* et *Lemon in the Basket*, furent tous deux nommés « meilleurs romans » cette même année. Une fois parvenue au sommet de sa réputation, elle ne fut même pas détrônée par Cornell Woolrich, célèbre auteur de purs romans à suspense.

Après deux pièces qui, bien que montées à New York, firent un bide et trois romans policiers où figurait un personnage du nom de MacDougall Duff, Armstrong, native du Michigan, éveilla l'intérêt des lecteurs et des critiques avec *The Unsuspected* (1946), lequel donna lieu à une violente polémique. Auteur traditionaliste du classique *Murder for Pleasure* (1941), Howard Haycraft admirait les points forts du roman tout en prétendant qu'il aurait été encore meilleur si Armstrong avait dissimulé l'identité du méchant, respectant ainsi la grande tradition du *whodunnit*, au lieu de mettre le lecteur dans la confidence. Le roman fut porté à l'écran en 1947 et le script rédigé par Armstrong, qui écrivit ensuite *Merci pour le chocolat* (1948), *Mischief* (1950), *The Black-Eyed Stranger* (1951) et bien d'autres romans jusqu'à *The Protégé* (1970), publié à titre posthume.

Charlotte Armstrong était aussi douée pour les nouvelles que pour les romans. « Le matin de la Saint-Patrick » constitue un excellent exemple de son talent pour faire monter l'angoisse du lecteur et de son sens aigu des relations entre les individus. La nouvelle montre également ses affinités avec Woolrich, dans l'utilisation originale qu'elle fait de l'une des situations favorites de cet écrivain (la disparition de la dame), et avec le théâtre (le personnage principal est un auteur dramatique et la nouvelle pourrait parfaitement être adaptée pour la scène).

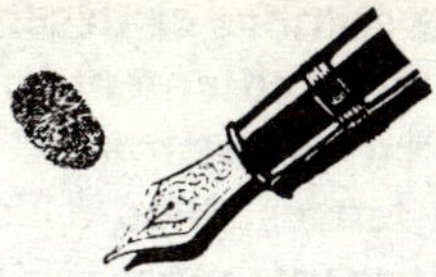

Avec un mélange de satisfaction et d'appréhension, il mit soigneusement tous les papiers en ordre. Il glissa un exemplaire du manuscrit dans une enveloppe et rédigea l'adresse. Il rangea les autres exemplaires dans une valise vide. Puis il appela une compagnie aérienne et eut de la chance. Une place pour New York sur un vol du matin. Le matin, quel matin ? Le matin de la Saint-Patrick.

Il avait perdu contact avec le monde. Mais là, il s'étira, inspira à fond, cligna des paupières et s'efforça de reprendre pied dans ce qu'on appelle la réalité.

Voyons. Il s'appelait Mitchel Brown, il était auteur dramatique (du moins avec l'aide de Dieu le deviendrait-il), il avait fini de réviser son manuscrit chez lui à Los Angeles. Waouh ! Fini !

Il était une heure et quart du matin et on était donc le 17 mars. Il se trouvait dans son appartement du rez-de-chaussée, un vrai foutoir : enfumé, sale, sens dessus dessous... Mais chaque chose en son temps. Il avait le dos en compote, ses yeux le brûlaient, la tête lui tournait. Il lui faudrait nettoyer l'appartement, manger, dormir, prendre un bain, se raser, s'habiller, faire sa valise. Mais pour commencer...

Il colla une rangée de timbres sur l'enveloppe et

sortit. La rue était sombre et déserte. De rares voitures stationnaient placidement au bord des trottoirs. Le manuscrit atterrit avec un bruit sourd dans la boîte aux lettres, bien à l'abri dans le sein de la poste. Maintenant, même si lui, l'avion et les autres exemplaires périssaient...

Mitch rit, tourna au coin, se sentant soudain vidé, déprimé, abandonné.

Le Parrakeet Bar & Grill, comme il le constata avec soulagement, était encore ouvert. Il entra dans l'établissement. Le bar occupait tout un pan de mur, et le grill, qui se composait de huit box, l'autre panneau. La pièce étroite et obscure semblait vide. Mitch s'avança, en quête d'un tabouret.

— Salut, Toby. C'est pas la grande foule, on dirait.

— Bonsoir, monsieur Brown.

Le barman paraissait heureux de le voir. C'était un petit homme avec une crête de cheveux foncés, un menton bleu et des reflets bleutés dans le blanc de l'œil.

— A cette heure, on ne se bouscule pas en semaine.

— Le cuisinier est parti, hein ? dit Mitch.

La cuisine n'était pas le point fort de l'établissement.

— C'est exact, monsieur Brown. Si vous voulez manger, va falloir aller ailleurs.

— Je me contenterai de boire, alors, répondit Mitch avec un soupir. Je peux toujours rentrer chez moi me faire des œufs brouillés. Ce ne serait pas la première fois.

Toby se tourna vers ses bouteilles. Lorsqu'il pivota avec la boisson habituelle de Mitch, il dit d'un ton geignard :

— En fait, va falloir que je ferme assez rapidement, et je sais pas quoi faire.

— Comment ça, vous ne savez pas quoi faire ?

— Regardez-la.

Le regard de Toby se porta par-dessus l'épaule gauche de Mitch.

Celui-ci jeta un coup d'œil derrière lui et ne fut pas peu surpris de voir qu'il y avait une femme assise dans l'un des box. Plus exactement effondrée, car sa tête blonde était posée sur la nappe à carreaux rouges et blancs. Mitch se tourna vers le barman en haussant des sourcils interrogateurs.

— Elle s'est endormie, fit Toby dans un chuchotement rauque. Ecoutez, j'ai pas envie d'appeler les flics. Un truc comme ça, c'est jamais bon pour la maison. Mais j'ai un gosse malade, ma femme est crevée et je voulais rentrer chez moi.

— Vous avez essayé le café noir ?

— Evidemment que j'ai essayé, dit Toby en haussant les épaules de désespoir.

— Comment a-t-elle réussi à se mettre dans cet état-là ?

— Pas chez moi, s'empressa de dire Toby. Franchement, je comprends pas. Le problème, c'est que c'est pas une clocharde. Ça se voit. Alors qu'est-ce qu'il faut que je fasse ?

— Mettez-la dans un taxi, conseilla Mitch. Renvoyez-la d'où elle vient. Elle doit avoir des papiers sur elle. Une adresse.

— J'ai pas envie de fouiller dans ses affaires, répondit Toby.

— Hum... Voyons voir...

Mitch descendit du tabouret. Il avait éclusé son godet, il se sentait en forme et plutôt bien disposé à l'égard du monde entier. Qui plus est, il avait l'impression d'être très intelligent et il se disait qu'il était né pour comprendre tout le monde.

Toby le rejoignit et ils soulevèrent le buste de la femme.

Son visage était relâché dans un sommeil d'ivrogne ; mais même ainsi ce n'était pas un visage désagréable à regarder. Il n'était ni jeune ni vieux. Ses vêtements étaient coûteux. Non, décidément, ce n'était pas une prostituée.

Puis elle ouvrit les yeux et dit d'une voix raffinée :

— Excusez-moi.

Elle n'était pas vraiment consciente. Pourtant c'était un début. Les deux hommes parvinrent à la mettre debout. Grâce à eux, elle réussit à tenir sur ses jambes. En fait, elle arrivait à marcher. Mitch passa son bras gauche dans la poignée de son élégant sac à main, puis avec l'aide de Toby l'escorta jusqu'à la porte.

— Un peu d'air, peut-être ? suggéra le barman, plein d'espoir.

— Excellente idée, approuva Mitch. Ecoutez, il y a une station de taxis près du cinéma. Le temps qu'on l'accompagne jusque là-bas...

D'une voix aiguë Toby dit :

— Faut que je ferme ! Je peux pas laisser le bar comme ça.

— Allez-y, répondit Mitch, debout dans l'air doux du soir avec cette femme inconnue qui pesait lourd dans ses bras. Pas de problème.

Il entendit le cliquetis de la serrure derrière lui tandis qu'il avançait sur le trottoir ; la femme mettait un pied devant l'autre sans trop opposer de résistance. Réfléchissant à ce que la réalité pouvait avoir de surprenant, Mitch parcourut avec l'inconnue quelques mètres avant de se rendre compte que le barman l'avait pris au mot et abandonné.

Oh, bon. Mitch n'était pas vraiment embêté. Au contraire, il se sentait plein de compassion pour les êtres humains. Cette femme était un être humain et, par conséquent, fragile. Il était heureux de pouvoir l'aider à regagner son domicile quel qu'il fût.

Le quartier des commerces était désert. C'était comme s'ils se déplaçaient dans un monde vide. Lorsque Mitch eut atteint péniblement le coin de la rue, il vit qu'il n'y avait pas le moindre taxi en stationnement. A cette heure de la nuit, le cinéma était fermé et tout était éteint. Il aurait dû s'en douter, mais il avait perdu la notion de l'heure.

Quoi qu'il en soit, il ne pouvait donc pas la confier à un providentiel chauffeur de taxi. Pas plus qu'à la police, vu qu'il n'y avait pas non plus de flics dans le secteur. Il n'y avait rien que quelques tas de ferraille inertes garés le long du trottoir pour la nuit, et pas de circulation.

De toute façon, Mitch n'aurait pas hélé un automobiliste. La plupart étaient des gens soupçonneux qui avaient facilement peur. Alors il fit la seule chose possible : il continua de marcher.

Il lui fit franchir le coin, descendre la rue, car il se dit que, s'il continuait à l'aider à marcher, elle reprendrait conscience petit à petit et il pourrait alors lui demander ce qu'elle voulait qu'il fasse. C'était la seule méthode, se disait-il. Peut-être qu'il pourrait alors sortir sa propre voiture...

Mais l'air frais n'avait pas l'effet escompté. Elle trébuchait, pesant sur lui de tout son poids. Mitch était presque obligé de la porter. Puis, alors qu'il la tenait debout à bout de bras, il se rendit compte qu'il était devant son immeuble. Manifestement, la seule chose à faire était de l'amener chez lui ; là, il pourrait découvrir son identité et appeler un taxi.

L'appartement ne s'était pas remis en ordre pendant son absence. Il la lâcha et elle s'affaissa sur son divan. Il posa sa tête blonde sur un coussin. Elle resta allongée là, inerte, parfaite inconnue. Pour la redresser et pour qu'elle soit plus à l'aise, il lui souleva les jambes. Une de ses chaussures, de sublimes chaussures de cuir vert à talons aiguilles avec une petite boucle en cuivre, se détacha. Mitch attrapa l'autre et la lui enleva également. Plein de pensées métaphysiques sur les femmes et les talons aiguilles, il posa les chaussures sur son bureau et retira le sac qu'il portait toujours au bras. C'était également un très beau cuir vert.

Il se sentait un peu mal à l'aise à l'idée de fouiller dans les affaires d'une inconnue. Mais il n'avait pas le choix.

Sur son permis de conduire, un nom : Natalie Maxwell. Une adresse à Santa Barbara. Mitch siffla doucement. Pas question de la renvoyer chez elle en taxi, son domicile étant à quatre-vingts kilomètres de là. Puis il tomba sur une lettre adressée à Mme Julius Maxwell. Mitch siffla de nouveau. Ainsi donc elle était mariée !

Et en outre à quelqu'un dont le nom ne lui était pas inconnu. Julius Maxwell. Ce nom était associé dans la mémoire de Mitch au parfum de l'argent. Sans doute était-elle loin d'être fauchée. Il jeta un coup d'œil dans son porte-monnaie, vit quelques billets. Il n'y en avait pas tant que ça. Il examina son carnet de chèques et pour la troisième fois siffla. Eh bien, cette femme n'avait rien d'une épave sans le sou !

Mitch se passa la main dans les cheveux et réfléchit à la situation délicate dans laquelle il s'était fourré. Il avait recueilli chez lui une femme mariée pleine aux as de Santa Barbara qui, pour avoir trop bu, était tombée dans les vapes. Qu'allait-il en faire ?

Rien dans son sac n'indiquait où elle séjournait à Los Angeles. La lettre n'était que du verbiage de femme, d'une femme qui habitait à San Francisco.

Que faire ?

Il pouvait toujours téléphoner à la police et la leur refiler. Mais non. Ou alors il pouvait appeler la résidence de Julius Maxwell à Santa Barbara et, si son mari s'y trouvait, lui demander ses instructions. Et, s'il n'était pas là, Mitch tomberait sûrement sur quelqu'un susceptible de lui indiquer où Mme Maxwell résidait à Los Angeles et il pourrait alors la raccompagner chez elle. Toutes ces possibilités l'effleurèrent mais il les rejeta.

Pourquoi causer à un autre être humain humiliation et ennuis ? Elle n'était pas malade. Juste bourrée. Tôt ou tard les vapeurs de l'alcool se dissiperaient et elle reprendrait ses esprits. En attendant, elle était parfaitement en sécurité chez lui. Dieu sait qu'il n'avait pas de mauvaises pensées en tête.

Et puis lui, Mitchel Brown, auteur dramatique, artiste, ange de compassion, n'était pas un petit-bourgeois qui craignait pour sa réputation, il n'était pas obsédé par « ce qui se fait ». Devait-il mettre cet être humain dans l'embarras, lui faire avoir des ennuis avec la loi ou avec son mari ? Tout ça parce que cet être humain, pour une raison sans doute bêtement humaine, avait tout simplement absorbé un petit peu trop d'alcool ? Non, il ne pouvait pas faire ça.

Très bien. Il avait été conduit par son état d'esprit et par la perfide désertion de Toby le barman à jouer les bons Samaritains. Pourquoi ne pas faire le bon Samaritain jusqu'au bout ? Etre sympa avec elle. Lui faire une fleur.

L'idée lui plut. Une fleur. « Dieu sait qu'on a tous besoin d'un coup de main », songea-t-il, très grande âme.

Aussi Mitch gribouilla-t-il un petit mot.

Chère madame Maxwell, n'hésitez pas à vous servir de mon téléphone, vous êtes la bienvenue chez moi aussi longtemps que cela sera nécessaire.

Il signa, se rendit dans sa chambre, prit une petite couverture et l'en couvrit. Elle ronflotait. Il examina son visage un petit moment. Il glissa le billet sur le tapis, sous ses chaussures, afin d'être sûr qu'elle le trouverait. Puis il retourna dans sa chambre, ferma la porte et se mit au lit.

Mitchel Brown se réveilla en ce matin de la Saint-Patrick avec une faim de loup. Il avait oublié de manger la veille. Maintenant la mémoire lui revenait. New York ! Il avait un avion ! Sa valise !

Il se dirigea vers la cuisine, et ce n'est qu'arrivé devant la porte de sa chambre qu'il se rappela la présence de l'inconnue. Il fit demi-tour, enfila une robe de chambre pour se rendre présentable.

Il aurait aussi bien fait de ne pas se donner ce mal : elle était partie. Les chaussures avaient disparu. Son sac aussi. Le petit mot, également. Il n'y avait plus aucune trace d'elle.

Il ne se demanda pas s'il avait rêvé. Ainsi, elle avait repris ses esprits et elle avait filé. Sans même un merci ? Oh, la panique, sans doute. Ah, la fragilité humaine ! Mitch haussa les épaules. Mais il avait du pain sur la planche et peu de temps devant lui.

Il se lança dans un ménage d'enfer, jeta toutes les denrées périssables qui se trouvaient dans son réfrigérateur ; tout ce qui était sale, il le mit au linge sale dans la panière, et tout ce qui était propre, il le fourra dans sa valise. Il réussit à attraper son avion de justesse.

Une fois dans l'avion, il commença à souffrir. Il relut son manuscrit dans sa tête et le doute se mit à le tenailler. Il essaya de faire une petite sieste, n'y parvint pas, puis finit par sombrer et se réveilla à New York... Dieu avait décidé de l'aider et son producteur était toujours emballé par sa pièce...

Six semaines plus tard, Mitchel Brown, auteur dramatique, descendit de l'avion à Los Angeles. Il avait une pièce à Broadway. Le verdict était *comme ci, comme ça*[1]. Le temps, le bouche-à-oreille... Il n'en pouvait plus. Il n'était pas encore sur les genoux, mais il savait qu'il le serait très bientôt s'il ne rentrait pas chez lui s'atteler à un autre projet le plus vite possible.

Il avait perdu contact avec la réalité pendant tout ce temps-là : quand on a une pièce en pleine répétition, rien n'a d'importance, pas plus un tremblement de terre qu'une catastrophe majeure ou une déclaration de guerre. Rien.

Il regagna son appartement à cinq heures du matin, donna un coup de pied dans les journaux qui s'empilaient devant sa porte car il avait oublié d'interrompre ses abonnements. L'endroit sentait le renfermé et n'était pas vraiment propre, mais tant pis. Il ouvrit les fenêtres, se servit un whisky et s'assit avec le dernier journal de la pile pour se mettre au courant de ce qui s'était passé dans le monde occidental depuis qu'il l'avait quitté. Les

1. En français dans le texte. *(N.d.T.)*

affaires internationales, il y avait jeté un œil la semaine dernière dans l'Est. Les affaires locales, bien sûr, il les ignorait totalement.

Voyons, le dernier meurtre... Les journaux de Los Angeles espèrent toujours qu'un meurtre va faire l'objet d'une enquête retentissante, prendre de l'envergure. C'est pourquoi chaque fois qu'il y a un meurtre, c'est un démarrage en fanfare dans la presse. Celui-là n'avait guère l'air prometteur. Une simple querelle d'ivrognes, estima-t-il. Dans deux jours on n'en entendrait plus parler.

Il parcourut la deuxième page, où l'on évoquait des meurtres plus anciens. Il en avait raté deux ou trois. Une femme poignardée par son ex-mari. Un type abattu d'une balle dans le hall de son immeuble. La routine. Mitch bâilla. Il prendrait sa voiture pour aller manger un morceau. Demain, retour à la mine de sel.

A dix-huit heures trente, il pénétra dans son restaurant préféré, commanda à boire et se mit en devoir d'étudier le menu.

Elle entra tranquillement dix minutes plus tard et s'assit toute seule à une table, juste en face de Mitch. La première chose qu'il remarqua du coin de l'œil, ce fut ses chaussures. Il les avait déjà vues. Vues, et également tenues dans ses mains.

Son regard remonta et s'arrêta sur Mme Julius Maxwell (de son prénom Natalie, si sa mémoire était bonne). Non seulement c'était Mme Julius Maxwell en chair et en os, mais une Mme Julius Maxwell qui portait exactement les mêmes vêtements que la dernière fois ! Le même tailleur vert, le même chemisier pas de chapeau. C'était une dame soignée, riche, belle, pleine d'aisance — et parfaitement sobre.

Mitch garda les yeux braqués sur elle, attendant qu'elle prenne conscience de son regard insistant et réagisse. Les yeux de la femme croisèrent un instant les siens, mais ils n'exprimèrent rien, elle ne le reconnut pas.

« Evidemment, songea-t-il. Comment pourrait-elle me reconnaître ? Elle ne m'a jamais vu. » Il détourna les yeux, amusé, puis les ramena vers elle. Natalie Maxwell passait sa commande. Elle s'adossa à sa chaise, détendue ; de nouveau son regard effleura Mitch avant de s'éloigner.

Ce dernier ne put s'empêcher de se dire que ce n'était pas correct. Aussi se leva-t-il et se dirigea-t-il vers elle.

— Bonjour, madame Maxwell, dit-il d'un ton jovial. Jc suis heureux de voir que vous vous sentez mieux.

— Excusez-moi ?

Il se souvint qu'il l'avait déjà entendue dire cela, et seulement cela, auparavant.

— Je m'appelle Brown, Mitchel Brown.

Il attendit en souriant.

— Je ne crois pas... murmura-t-elle avec un étonnement poli.

Elle avait un joli petit nez droit et elle avait beau lever la tête vers son interlocuteur, on aurait dit qu'elle le regardait de tout son haut.

— Je suis sûr que vous vous souvenez de mon nom, insista Mitch. On était le 16 mars. Non, c'était le matin de la Saint-Patrick, en fait.

— Je ne vois pas...

Elle était idiote ou quoi ? Un peu piqué, Mitch demanda :

— Vous avez eu une grosse gueule de bois ?

— Je suis vraiment désolée, répondit-elle avec

un petit rire exaspéré, mais je ne sais vraiment pas de quoi vous parlez.

— Oh, voyons, Natalie, dit Mitch, qui commençait à s'énerver. C'est dans mon appartement que...

— Quoi ?

— C'est dans mon appartement que vous êtes tombée dans les pommes, ici, à Los Angeles.

— Vous faites erreur, j'en ai peur, affirma-t-elle d'un air distant.

— Vous n'êtes pas Mme Julius Maxwell ?

— Mais si.

— De Santa Barbara ?

— Oui, oui.

Elle fronçait légèrement les sourcils.

— Alors l'appartement dans lequel vous vous êtes réveillée le matin de la Saint-Patrick était mon appartement, dit Mitch d'un ton cette fois peu aimable. Pourquoi cette crise d'amnésie ?

— Que se passe-t-il ? fit une voix masculine.

Mitch tourna la tête et comprit immédiatement qu'il était en présence de M. Julius Maxwell. C'était un homme entre deux âges, de taille moyenne, musclé, aux cheveux poivre et sel, aux yeux noirs et farouches sous d'épais sourcils, noirs également. Cet homme sentait à plein nez le culot et le pouvoir.

Mitchel Brown, auteur dramatique, artiste et ange de compassion, rassembla ses forces comme s'il repliait ses ailes.

— Julius, dit la blonde, cet homme sait comment je m'appelle et il n'arrête pas de me parler du matin de la Saint-Patrick.

— Vraiment ? fit le mari.

— Il prétend que j'étais dans son appartement, ici, à Los Angeles.

Mitch eut soudain une idée susceptible d'expliquer toute cette affaire. Le mari de Natalie n'avait jamais découvert où celle-ci était allée cette nuit-là. Aussi Natalie devait-elle faire semblant de ne pas connaître Mitch car elle savait, ce que lui ignorait, que Julius Maxwell était dans les parages et n'allait pas tarder à faire son apparition. Il y avait toutefois quelque chose dans les façons de faire de cette femme qui ne collait pas avec sa théorie. Elle ne semblait pas suffisamment inquiète. Elle regardait droit devant elle, comme indifférente à ce qui se passait.

Il se dit néanmoins qu'il lui fallait se montrer galant.

— J'ai dû faire une erreur, dit-il, mais la ressemblance est étonnante. Peut-être avez-vous un sosie, madame ?

Il songea que c'était bien trouvé de sa part, que cela donnait à son interlocutrice une porte de sortie.

— Un sosie ? répéta Julius Maxwell d'un ton mauvais. Et qui utiliserait le nom de ma femme ?

Evidemment, si cet homme se mettait en tête d'être intelligent, ils allaient avoir du mal à s'en sortir.

— Désolé, dit Mitch d'un ton léger.

— Asseyez-vous et parlez-moi un peu de ça, lui ordonna Maxwell. Monsieur... heu... ?

— Brown, rétorqua Mitch abruptement.

Il avait envie de tourner les talons et de s'en aller. Mais il jeta un coup d'œil à Natalie. Elle avait ouvert son sac pour y prendre son poudrier. Désinvolture insultante ou confiance pathétique ? Ou quoi d'autre ? Sa curiosité maintenant éveillée, Mitch s'assit.

— Figurez-vous que j'étais entré dans un bar où une dame avait trop bu, dit-il comme s'il s'agissait d'une chose tout à fait banale. J'aurais bien voulu la mettre dans un taxi, mais il n'y avait pas de taxi. En définitive, je l'ai laissée sans connaissance sur mon divan. Le lendemain matin, elle avait disparu. Voilà, c'est toute l'histoire.

— Le jour de la Saint-Patrick ? demanda Maxwell.

— Très tôt le matin, oui.

— Alors cette personne n'était pas ma femme. Ma femme était avec moi à Santa Barbara, chez nous, cette nuit-là.

— Avec vous ? dit Mitch, légèrement estomaqué.

— Certainement, répliqua Maxwell d'un ton belliqueux.

Mitch commençait à se poser des questions. La femme avait fini de se poudrer le nez et elle avait vraiment l'air de se moquer complètement de ce qui se passait.

— Pas seulement dans la même maison, comme vous seriez en droit de le supposer ? fit Mitch.

— Pas seulement dans la même maison, répondit Julius Maxwell, et il ne s'agit pas de supposition. Elle était avec moi, elle m'a parlé, elle m'a touché.

Cette fois, les yeux noirs étaient carrément hostiles.

« Oh, oh, songea Mitch, dans ce cas tu es un menteur, mon gaillard, toi aussi. Qu'est-ce que c'est que cette histoire ? » Ce Maxwell ne lui disait rien qui vaille.

— Peut-être que je l'ai prise pour quelqu'un d'autre, dit-il d'un ton conciliant. Mais vous ne trouvez pas bizarre qu'elle porte aujourd'hui les mêmes vêtements que ceux qu'elle portait le jour de la Saint-Patrick ?

« Essaie de trouver une réponse à ça », pensa Mitch, pas mécontent de lui.

— Savez-vous qui je suis ? lança Julius d'un ton menaçant.

— J'ai déjà entendu votre nom.

— Vous savez que je suis un homme d'influence ?

— Oui, dit Mitch sans se troubler, vous puez le fric.

— Combien voulez-vous pour oublier que vous avez vu ma femme à Los Angeles cette nuit-là ?

Mitch haussa les sourcils.

— Le matin de la Saint-Patrick, précisa Julius, sarcastique.

Mitch sentit son poil se hérisser, la moutarde lui monter au nez.

— Pourquoi ? Vous iriez jusqu'à combien ?

Ils se mesurèrent du regard. C'était ridicule. Mitch avait l'impression de s'être égaré dans un film de série B.

Maxwell se leva.

— Excusez-moi.

Il décocha à Mitch un regard impérieux qui semblait dire : « Ne bougez pas », comme si Mitch était à ses ordres. Puis il s'éloigna.

Resté seul avec la blonde, Mitch s'empressa de lui dire :

— Que voulez-vous que je fasse ou que je dise ?

Il regardait sa main aux longs doigts effilés, aux ongles laqués de rose, qui reposait mollement sur la table. Cette main resta inerte, elle ne bougea pas d'un centimètre.

— Je ne comprends pas, dit-elle d'un ton mécanique.

— Très bien, répondit Mitch, écœuré. Je suis venu ici pour dîner, je ne vois pas l'intérêt de poursuivre cette discussion. Si vous voulez bien m'excuser...

Il se leva, regagna sa table et commanda son repas.

Quelques minutes plus tard, Julius Maxwell revint et gratifia Mitch d'un regard triomphant. Celui-ci s'efforça de se dominer. S'il ne voulait pas avoir l'air d'un minus, il lui fallait dîner ici comme il l'avait projeté et rester impassible.

On lui apportait son steak quand un homme entra dans la salle et se dirigea vers la table de Maxwell. Ils échangèrent quelques mots. Julius se leva. Les deux hommes s'approchèrent de Mitch.

— C'est le type dont je vous ai parlé, lieutenant, annonça Julius.

Mitch s'aperçut bientôt que l'étranger se glissait sur le siège à côté du sien et Julius sur l'autre. Il tenta de ne pas se sentir pris au piège.

— Qu'est-ce qui se passe ? demanda-t-il en se tapotant les lèvres avec sa serviette.

— Je m'appelle Prince. Los Angeles Police Department. M. Maxwell me dit que, selon vous, Mme Maxwell était ici, en ville, dans la nuit du 16 au 17 mars.

Mitch but une gorgée d'eau, l'air méfiant.

Julius Maxwell dit :

— Cet homme a essayé de me faire chanter en me racontant une histoire à dormir debout.

— J'ai... quoi ? explosa Mitch.

Le lieutenant de police avait un long visage maigre et des paupières lourdes.

— Votre histoire, c'est pour démolir son alibi ? demanda-t-il.

— Quel alibi ? rétorqua Mitch, s'adossant à son siège.

— Oh, ça suffit, Brown, dit Julius Maxwell. A supposer que vous vous appeliez bien Brown. Vous connaissiez ma femme, vous avez vu sa photo dans le journal.

Mitch était de plus en plus intrigué.

— Ça fait six semaines que je n'ai pas lu les journaux, dit-il d'un ton agressif.

Les yeux noirs de Julius Maxwell brillaient d'un éclat triomphant.

— Eh bien, ça, c'est impossible, affirma-t-il catégoriquement.

— Ah, vraiment ?

Mitch se sentait nettement moins habité qu'avant par son rôle d'ange de compassion. Il n'était plus qu'un être humain aux prises avec un autre être humain, et il sentait qu'il avait intérêt à faire attention. Ses ailes rentrèrent dans sa colonne vertébrale.

— Comment ça, son alibi ? insista-t-il en regardant fixement le policier.

Ce dernier soupira.

— Vous voulez que ce soit moi qui raconte le truc ? Très bien, comme vous voudrez. Le 16 mars dernier, tard dans la soirée, attaqua-t-il d'une voix monotone, un nommé Joseph Carlisle a été abattu d'une balle dans le hall de son immeuble.

Mitch dressa l'oreille, se souvenant de l'entrefilet qu'il avait lu un peu plus tôt dans la soirée.

— Il habitait dans un canyon, à Hollywood Hills, poursuivit le lieutenant. Sur une route sinueuse, isolée. Il semble que quelqu'un ait sonné à sa porte ; il est allé ouvrir, il a parlé avec son visiteur dans l'entrée. Il avait une arme qu'il rangeait dans une petite table. Celui qui lui a tiré dessus a claqué la porte d'entrée en partant et a jeté l'arme dans les buissons. Et puis il a filé. Personne ne l'a vu.

— Quel rapport avec Mme Maxwell ? voulut savoir Mitch.

— Mme Maxwell a été l'épouse de ce Carlisle, expliqua le policier. Nous avons vérifié son emploi du temps. Elle avait un alibi.

— Je vois, dit Mitch.

— Mme Maxwell, grommela Julius entre ses dents, était avec moi, chez nous, à Santa Barbara, ce soir-là et toute la nuit.

Mitch voyait vraiment. Il voyait que Maxwell essayait d'épargner à sa femme des soupçons embarrassants ou que la compassion est une belle chose mais qu'elle peut mettre une personne animée de bonnes intentions dans une situation délicate. Et que quelques verres peuvent taper très dur et très vite sur le cerveau d'une meurtrière. Mitch était persuadé que Maxwell mentait comme un arracheur de dents concernant le fameux alibi. Car la femme assise en face de lui en ce moment même dans ce restaurant était celle que Mitch avait hébergée, à qui il avait fait une fleur.

Mais personne ne songeait à faire une fleur à Mitch. Et pourquoi cette accusation de chantage ? Mitch, ses ailes soigneusement repliées, dit au lieutenant :

— Et si je vous racontais mon histoire ?

Ce qu'il fit, froidement, succinctement.

Lorsqu'il eut fini, Maxwell éclata de rire.

— Vous croyez ça ? Vous croyez qu'il emmènerait une femme ivre chez lui et qu'il fermerait la porte de sa chambre ?

Mitch Brown sentit l'antipathie naissante qu'il éprouvait pour Maxwell se muer en flammes de haine.

— Non, non, poursuivit Maxwell. Je sais ce qui

a dû se passer. Il a repéré ma femme ici. Oh, il a sûrement lu les journaux, ne croyez surtout pas qu'il ne les a pas lus. Il savait qu'elle avait été mariée avec Joe Carlisle. Alors il a essayé ce petit mensonge. Qui sait, ça pouvait peut-être lui rapporter ? Parce que, écoutez-moi bien, quand je lui ai demandé combien il voulait pour ne pas ébruiter son histoire, il m'a demandé, à moi, combien j'étais prêt à lui donner.

Mitch se mordit la lèvre.

— Vous n'avez pas la mémoire des dialogues. Ce n'est pas exactement ce que j'ai dit. Et ce n'était pas non plus le sens de mes propos.

— Oh, oh, fit Maxwell en souriant.

Le lieutenant pinçait les lèvres.

— Qui d'autre fournit un alibi à Mme Maxwell ? s'enquit Mitch.

— Les domestiques, répondit le lieutenant d'un air sombre.

— Les domestiques ?

— Quoi de plus naturel ? fit le lieutenant, de plus en plus lugubre.

— Effectivement, reprit Mitch Brown. Il est probable que, lorsqu'un homme et sa femme sont ensemble à la maison, seuls les domestiques les y voient. Mais il n'est pas probable qu'un étranger recueille une femme ivre chez lui simplement parce qu'il est d'humeur à faire une fleur à un être humain. Tout ça est affaire de probabilité, alors ?

Le lieutenant allait ouvrir la bouche, mais Mitch le devança :

— Mais vous, vous voulez du concret, n'est-ce pas ? Très bien. Dans ce cas, la seule chose à faire, c'est d'aller trouver le barman.

— Ça me semble être une bonne idée, s'empressa d'acquiescer le lieutenant.

— Parfait. Attendez-nous, dit Maxwell.

Il se leva et alla chercher sa femme. Mitch resta planté près du lieutenant.

— Des empreintes ? murmura-t-il.

Le lieutenant haussa les épaules. Sous leurs lourdes paupières, les yeux, estima Mitch, avaient l'air humains.

— Est-ce qu'elle a une voiture ? Est-ce que la voiture était sortie ?

De nouveau, le lieutenant haussa les épaules.

— Qui aurait pu vouloir descendre ce Carlisle ? Il avait des ennemis ?

— Qui n'en a pas ? répondit le lieutenant. On ferait mieux d'aller voir le barman.

Ils y allèrent tous les quatre dans la voiture du lieutenant. Le Parrakeet Bar & Grill était bondé ce soir-là. Il y avait de la lumière. Toby, le barman, était là.

— Ah, bonsoir, monsieur Brown, dit-il. Ça fait un bail.

— J'étais dans l'Est. Toby, racontez à ce monsieur ce qui s'est passé le 17 mars vers une heure et demie du matin.

— Hein ? fit Toby.

Son regard se voila. Soudain, Mitch sut ce qui allait se passer.

— Avez-vous vu cet homme ou cette femme chez vous entre une heure et deux heures du matin le 17 mars dernier ? questionna le lieutenant avant d'ajouter : Je suis le lieutenant Prince, au fait. LAPD.

— Non, monsieur, dit Toby. Je connais M. Brown, bien sûr. Il vient boire un verre de temps en temps, il n'habite pas loin. C'est un écrivain.

Mais je ne me souviens pas d'avoir vu cette dame auparavant.

— Et M. Brown ? Est-ce qu'il était là, cette nuit-là ou ce matin-là ?

— Je ne crois pas. Attendez, maintenant que j'y repense, ouais, c'est ça : c'est la nuit où mon gosse était malade et j'ai fermé plus tôt que d'habitude. Demandez à ma femme, dit le barman avec le regard fixe et vertueux du menteur.

Le lieutenant Prince tourna son visage tout en longueur et ses yeux tristes vers Mitch.

— Oh non ! s'exclama ce dernier avec un grand sourire. Vous n'allez pas me faire le coup du gag de l'Exposition de Paris !

Il s'appuya contre le bar et eut un rire étouffé.

— De quoi parlez-vous ? demanda le lieutenant Prince. Il me faut avoir confirmation de votre version des faits. Qui vous a vus, cette dame et vous, ce soir-là ?

— Personne, dit Mitch. Les rues étaient désertes. Il n'y avait personne. Franchement, jamais je n'aurais cru ça possible. Le vieux gag de l'Exposition de Paris !

Le lieutenant grimaça, l'air exaspéré.

— Vous ne vous rappelez pas ? reprit Mitch gaiement. C'est une fille et sa mère qui descendent à l'hôtel à Paris. Chacune a sa chambre. La fille se réveille le matin, plus de mère. Personne n'a jamais vu sa mère. Aucune trace du nom de sa mère sur le registre. Aucune chambre n'a le numéro de la chambre de sa mère. Attendez, non, ce n'est même pas ça. Il y avait une chambre, mais le papier peint était différent...

— Un écrivain... dit Julius Maxwell, comme si cela expliquait tout.

— Pourquoi ne s'assied-on pas ? proposa Mitch, toujours aussi gai. On pourrait se raconter des histoires ?

La suggestion fut retenue. Natalie Maxwell se glissa la première dans un box ; elle était blonde, richement vêtue, protégée et... inerte. « Serait-elle sous tranquillisants ? » se demanda Mitch. Son mari s'assit à la droite de la jeune femme, le policier à sa gauche. Mitch prit place de l'autre côté, face à son adversaire.

Mitch Brown n'était pas aussi insouciant que ses propos pouvaient le laisser penser. Cela ne lui plaisait pas du tout d'être la victime du vieux gag de l'Exposition de Paris. Mais il n'était ni démonté ni paniqué. Son esprit commençait au contraire à prendre la mesure de l'ennemi. Julius Maxwell, un homme à la réussite éclatante. Mitch savoura le parfum de la réputation de cet homme. Un pirate, sans aucun scrupule, d'une audace incroyable. Julius Maxwell, qui allait ridiculiser Mitchel Brown. Et puis il y avait aussi cette question de justice, ou de pitié.

Mitch sentit ses ailes frissonner de nouveau. Il dit doucement à la femme :

— Vous voulez prendre quelque chose ?

— Je ne bois pas, dit Natalie, un peu guindée, en baissant les cils.

Du bout de la langue elle s'effleura les lèvres. Mitch Brown se passa la langue sur la lèvre supérieure d'un air extrêmement pensif.

Débordant d'énergie, Julius Maxwell lança :

— Au diable, les rafraîchissements ! Venons-en au fait. Ce jeune homme a repéré ma femme, il l'a reconnue. Il sait que je suis riche. Il s'est dit qu'il allait essayer de me raconter un gros mensonge, que ça m'inciterait à casquer. Un opportuniste, en somme, conclut-il avec un sourire désagréable. Je peux comprendre...

— Je ne crois pas que vous me compreniez, moi, dit tranquillement Mitch. Je suis sûr que vous ne vous rendez pas compte à quel point l'histoire de l'Exposition de Paris date.

— Qu'est-ce que cette histoire d'Exposition vient faire là-dedans ? rétorqua Julius d'un ton coupant. Ecoutez, lieutenant, est-ce que je peux poursuivre cet homme en justice ?

— Vous ne pouvez pas prouver qu'il a essayé de vous soutirer de l'argent, dit le lieutenant d'un air sombre. Pour cela, vous auriez dû le laisser prendre le fric devant témoin.

— Il ne pouvait pas faire ça, reprit Mitch. Il sait très bien que l'idée de lui soutirer de l'argent ne m'a jamais traversé l'esprit.

Les yeux du lieutenant se fermèrent entièrement sous l'effet de la lassitude. Quand il les rouvrit, il fut évident qu'il ne croyait encore rien ni personne.

— Voyons, monsieur Maxwell, vous dites...

— Je dis que ma femme était à la maison ce soir-là et cette nuit-là. Les domestiques le confirment et les autorités le savent. Donc cet homme est un menteur. Il est d'ailleurs incapable de trouver qui que ce soit pour appuyer ses dires. Le barman, en tout cas, n'a rien confirmé. Et, si vous voulez mon avis, ce qu'il y a de plus ridicule dans ses déclarations, c'est quand il prétend être resté six semaines sans lire les journaux. Ça prouve bien qu'il a l'esprit complètement tordu.

Sans faire de commentaire, le lieutenant se tourna vers Mitch.

— Et vous, vous dites que...

— Je dis que j'ai passé six semaines à New York, où je suis arrivé le 17 mars, et que j'ai assisté aux répétitions de ma pièce ainsi qu'à la première.

— Un écrivain de pièces, dit Julius.

— Un auteur dramatique, corrigea Mitch. J'imagine que vous ignorez ce que c'est. Pour commencer, c'est quelqu'un dont le travail consiste à essayer de comprendre les êtres humains. Même quelqu'un comme vous, aussi bizarre que cela puisse paraître.

Mitch se pencha au-dessus de la table.

— Vous, vous êtes l'homme de tous les culots, à ce qu'on dit. Vous avez extorqué de l'argent au monde entier et vous vous figurez qu'avec de l'argent on peut tout acheter. Vous voulez que je raconte l'histoire, votre histoire, telle que je la vois ?

Le sourire de Julius Maxwell était légèrement sarcastique, mais Mitch remarqua que Natalie avait les yeux grands ouverts. Ses oreilles l'étaient peut-être aussi. Mitch se lança :

— Votre femme est venue ici d'un coup de voiture et elle a abattu son ex, dit-il brutalement.

Natalie ne tressaillit même pas.

— Voyons...

L'imagination de Mitch se mit à tourner à plein régime, résultat d'une longue pratique.

— J'imagine que Natalie n'a pas dû se sentir très bien après ça ; elle était peut-être suffisamment bouleversée pour avoir besoin d'un remontant et elle a fini par boire un peu trop, pour oublier ses embêtements.

Natalie le regardait.

— Alors, quand elle s'est réveillée dans mon appartement, elle s'est enfuie en courant jusqu'à sa voiture. Elle est rentrée chez elle. Que pouvait-elle faire d'autre ? dit Mitch, réfléchissant à haute voix. Elle avait fait une chose horrible. Il fallait bien que quelqu'un l'aide.

Est-ce que Natalie retenait son souffle ?

— Et qui pouvait lui venir en aide ? demanda Mitch d'un ton vif. Mais vous, évidemment, Maxwell. Pourquoi ? Je vais vous dire pourquoi. Vous n'êtes pas du genre à vouloir que votre femme finisse dans une chambre à gaz. Elle avait fait quelque chose de stupide. Vous l'avez engueulée, lui reprochant sa stupidité. Mais vous lui avez également dit de ne pas se faire de mauvais sang. C'était votre femme, vous alliez vous occuper de tout. Avec de l'argent on peut tout acheter. Il fallait qu'elle fasse ce que vous lui diriez, et ensuite elle pourrait dormir sur ses deux oreilles.

Mitch hésita.

— Vous croyiez vraiment qu'elle pourrait oublier son geste ? murmura-t-il.

Personne ne bougeant ni ne parlant, Mitch poursuivit :

— Bon, là-dessus vous vous êtes mis au travail. Vous avez soudoyé les domestiques. Soudoyé Toby. Vous avez fait votre petite enquête et découvert qu'il n'y avait qu'une autre personne qui pouvait faire savoir qu'elle n'avait pas d'alibi. Cette personne était un auteur dramatique. Oh, vous avez enquêté sur moi aussi. Ça, c'est sûr. Vous saviez très bien où j'étais, ce que je faisais. Et vous vous êtes arrangé pour découvrir le jour et l'heure de mon retour à Los Angeles.

Le lieutenant Prince grogna.

— C'est ridicule, le coupa-t-il. Vous dites qu'il a soudoyé tout le monde ? Pourquoi pas vous ?

Mitch le regarda d'un air morne.

— Le problème, c'est que je n'avais pas lu les journaux. Je ne savais pas que je savais. Comment dans ce cas pouvait-il m'acheter ? Alors il a pensé me faire passer pour un idiot. Car peut-on imaginer qu'une personne saine d'esprit reste six semaines sans lire le journal ? Et il a mis son idée en pratique.

Mitch s'adressa cette fois à Maxwell :

— Vous avez engagé un sous-fifre pour surveiller mon appartement. Natalie et vous étiez tout près, attendant.

Sentant que le policier allait hausser les épaules, Mitch s'empressa d'ajouter :

— Sinon comment expliquez-vous que le jour même de mon retour en ville je tombe sur Natalie, vêtue de la même façon ?

— Qui dit que ce sont les mêmes vêtements, rétorqua Maxwell sans s'émouvoir, sinon vous ?

— Elle est entrée dans le restaurant, seule.

— J'avais un coup de fil à passer...

— Seule, insista Mitch, ne tenant pas compte de l'interruption. Et pourquoi ? Pour m'encourager à me lever et à aller lui parler. C'est pour ça qu'elle était vêtue de la même façon : pour être sûre que je la reconnaîtrais. Elle me snobe, et Maxwell entre en scène. Sachant que vous avez bétonné vos arrières, vous me poussez à jouer le rôle d'un opportuniste, d'un homme qui veut vous extorquer de l'argent. « Brown est un écrivain », pensez-vous. Autant dire un cinglé. « Personne ne croira un mot de ce qu'il dira. » Vous allez me discréditer. Monter un bateau. Vous appellerez un authentique policier qui jouera le rôle du témoin.

— Pourquoi ? grinça le lieutenant.

— Pourquoi quoi ? fit Mitch.

— Pourquoi organiser cette mise en scène et m'appeler ?

— C'est simple. Imaginez que j'aie fini par lire les journaux et par reconnaître son nom. Imaginez que je sois venu vous trouver. Je passe pour quoi, dans ce cas ? Un bon citoyen, n'est-ce pas ? Tandis que, de cette façon, il s'arrange pour faire croire que c'est moi qui suis allé les trouver, eux. Me faisant du coup passer pour un opportuniste. Et jouant le rôle du bon citoyen venu vous alerter... Quel plan débile ! s'exclama Mitch, devançant le lieutenant.

Bon sang, pour être débile, ça l'était ! Ça n'allait jamais avoir l'air probable.

— Vous n'avez aucun sens de la réalité ! lança-t-il à Maxwell d'un ton provocateur.

Celui-ci ne bronchait pas, l'air content de lui.

— Vous avez de l'imagination, c'est sûr. Une imagination délirante.

Là, le policier les surprit tous les deux :

— Attendez une minute, Brown. Vous dites que Maxwell sait que sa femme est la meurtrière. Qu'il est complice, c'est bien ça ?

Mitch hésita.

— Il n'a pas bien réfléchi, intervint Maxwell. Il nous raconte un bobard, lieutenant. On l'y a poussé. Il veut nous prouver qu'il est intelligent. Et ça, il l'est. Quand il écrit de la fiction. Il a tenté le coup, il a perdu... Ou alors, ajouta-t-il au bout d'un moment, il a seulement essayé de draguer une femme séduisante.

Maxwell lui adressa un large sourire.

Mitch comprit : on lui indiquait comment sauver la face. C'était très habile, très tentant. Mais il n'y avait pas que cela. S'il jouait le jeu, le pouvoir, l'argent, l'influence se mettraient au service de la réussite commerciale de Mitchel Brown.

— Je sais que c'est un menteur, dit-il lentement. Je suis persuadé qu'il est complice. Oui, c'est bien ce que je voulais dire.

Le visage de Julius Maxwell s'assombrit.

— Prouvez-le. Si vous vous contentez de l'affirmer, je vous poursuivrai devant les tribunaux et j'aurai votre peau. Je ne suis pas du genre à rester inerte quand on me traite de menteur.

Mitch leva la tête et répliqua, d'un air de curiosité détachée :

— Qui vous dit que je m'amuserais à ça ?

— Ecoutez, s'emporta soudain le lieutenant, donnez-moi du concret. Quelque chose sur quoi m'appuyer.

— Impossible, dit Maxwell d'un ton méprisant. Tout ce qu'il raconte, c'est des boniments.

Mitch cherchait désespérément un détail qui l'aiderait.

— Je n'avais pas pensé à la voiture, murmura-t-il. Mais, en voyant les chaussures qu'elle porte, j'aurais dû deviner qu'elle n'était pas venue à pied. Je doute qu'elle ait beaucoup marché depuis qu'elle a épousé cette montagne de fric.

Mitch savait que Maxwell bouillait de rage, réelle ou simulée. Mais il pensait que Natalie écoutait. Il se dit que malgré tout c'était un être humain.

Aussi la regarda-t-il et s'adressa-t-il à elle :

— Pourquoi avoir abandonné ce Joe Carlisle ? Quel genre d'homme était-ce ? Vous vous disputiez ? Vous le haïssiez ? Comment se fait-il qu'il ait conservé autant de pouvoir sur vous ?

Elle l'observait, les lèvres entrouvertes, l'œil brillant, sidérée. Son mari était sur le point de se lever et de frapper quelqu'un, et Mitch savait bien qui.

— Asseyez-vous, Maxwell, dit le lieutenant Prince.

Puis il ajouta, se tournant vers Mitch :

— Et vous, tenez votre langue. Je vous fais grâce de vos analyses psychologiques et de vos études de motivation. Elle a un alibi, à moins que vous ne réussissiez à le flanquer par terre, et la loi a besoin de preuves.

— Pour quelle raison mentirais-je ? lança Mitch. L'argent ? C'est ridicule !

Il s'arrêta, le regard fixe. Natalie Maxwell avait ouvert son sac, d'où elle avait sorti un tube de rouge à lèvres. « Meurtre, prison... elle se maquille les lèvres. Calomnie, chantage... elle se maquille les lèvres. » Etait-ce plausible, ça ?

— Donnez-moi des preuves, gronda le lieutenant.

— Dans une minute, répondit Mitch, dont le cœur fit un bond.

Il s'appuya contre le dossier.

— Mais laissez-moi poursuivre sur le thème de l'argent. J'imagine que Natalie a tout ce qu'on peut désirer. Elle n'a rien à débourser pour ses frais courants. Elle a des comptes dans tous les magasins.

— Allons-nous-en, dit Maxwell, il recommence à délirer.

Le lieutenant donnait de petits coups sur la cuisse de Mitch pour le faire sortir du box.

— Il y a une chose que je peux prouver, affirma Mitch. Vous voulez savoir laquelle ?

— Laquelle ? fit le lieutenant.

— J'ai travaillé dans mon appartement toute la journée du 16 et la nuit du 16 au 17 mars. Les murs sont en carton-pâte et j'empoisonne la vie des voisins.

— Donc vous travailliez, reprit le policier. Et alors ?

— Je n'étais pas à Santa Barbara, dit Mitch gaiement.

Tendant le bras, il attrapa le sac vert de Natalie, assorti à ses chaussures.

— Un instant, grommela Maxwell.

— Regardez si son chéquier est là-dedans, dit Mitch en poussant le sac vers le lieutenant. Un gros chéquier. Avec son nom dessus, et tout le bazar. Je ne crois pas qu'elle ait tellement l'occasion de rédiger des chèques. C'est sûrement le même.

Le lieutenant tenait le sac entre ses mains, mais il n'avait pas l'air plus avancé pour autant.

— Regardez-le, insista Mitch. C'est une preuve.

Le lieutenant allait s'exécuter lorsque Maxwell protesta :

— Je ne suis pas sûr que vous ayez le droit...

Les paupières fatiguées du policier se soulevèrent brièvement et Maxwell se tut.

Le lieutenant sortit le carnet de chèques.

— Il est épais, c'est vrai. Il commence au 21 février. Où voulez-vous en venir ?

Mitch appuya sa tête contre la banquette de similicuir rouge et déclara, gardant les yeux levés :

— Personne sur terre... à moins que Natalie ne se souvienne... ce dont je doute... personne d'autre sur terre ne peut savoir quel était le solde qui figurait sur son talon de chèque le matin de la Saint-Patrick. Même sa banque ne pourrait le savoir. Mais si moi je le savais ? Comment ? Parce que j'ai regardé dans ses affaires pendant qu'elle dormait sur mon divan. Il fallait bien que j'essaie de savoir qui elle était, en quoi je pouvais l'aider et si elle avait besoin d'argent...

Le lieutenant tripotait le chéquier.

— Eh bien ?

— Vous voulez que je vous énonce le chiffre ?

Mitch transpirait.

— Quatre mille six cent quatorze dollars et soixante et un cents, dit-il lentement.

— C'est exact, confirma le lieutenant, dont les yeux se braquèrent sur Julius Maxwell.

Mais Mitch, qui ne regardait pas dans cette direction, n'éprouva aucun sentiment de triomphe.

— Natalie, je suis désolé. Je voulais être sympa avec vous, vous faire une fleur. Je ne savais pas dans quel pétrin vous vous étiez fourrée. Vous auriez dû me le dire.

Les lèvres fraîchement peintes de Natalie tremblaient.

— Ce n'est pas que j'aurais trouvé un moyen d'arranger le coup, poursuivit Mitch. J'aurais appelé la police. Mais au moins je vous aurais écoutée.

Natalie posa sa tête blonde sur la nappe à carreaux rouges.

— Je n'avais pas l'intention d'en arriver là, sanglota-t-elle. Seulement, Joe n'arrêtait pas de revenir à la charge. A la fin j'ai craqué.

Julius Maxwell, encore abasourdi par l'histoire du chèque, s'écria, mais trop tard :

— La ferme !

Le lieutenant se dirigea vers le téléphone.

Mitch resta assis, très calme. La femme pleurait. Maxwell dit d'une voix sévère :

— Natalie, si tu...

Puis il s'écarta comme s'il craignait d'être contaminé. Il allait prétendre tout ignorer.

Mais elle rétorqua :

— Toi, ferme-la ! J'ai essayé cent fois de te dire ce qui se passait et tu n'as jamais essayé de comprendre. Tu me disais de filer mille dollars à Joe. Qu'il me laisserait tranquille, que c'était tout ce qu'il voulait. Tu refusais d'écouter, de savoir ce par quoi je passais, et Joe n'arrêtait pas de parler de notre petite fille qui était morte... de faim, d'après lui, parce qu'elle n'avait pas de mère. Mon bébé, gémit-elle, dont tu ne voulais pas parce qu'elle n'était pas de toi...

Elle passa ses ongles laqués de rose sur son cuir chevelu et ses bagues se prirent dans ses cheveux.

— Je suis désolée, dit-elle en pleurant. Je n'ai jamais eu l'intention de tirer. Je voulais juste le faire taire. Je n'en pouvais plus. Il me tuait à petit feu... Il me rendait folle... Et l'argent ne l'empêchait pas de continuer à me harceler.

Mitch avait le cœur gros pour elle.

— Vous n'avez donc jamais su ce qui était important ? aboya-t-il à l'adresse de Maxwell. Les seules choses qui comptaient pour vous, c'était le vison et les diamants ?

— La petite est morte, dit Julius Maxwell, de mort naturelle.

— Oui, hurla Natalie, le vison ! Mon Dieu, oui, c'était le vison ! Je le sais maintenant. Il a dit qu'il arrangerait le coup, mais ce que je sais ne peut pas s'arranger. Je voudrais mourir.

Sur ces mots elle se tut, comme déjà morte sur la nappe à carreaux.

Le visage de Julius Maxwell avait perdu de ses couleurs lorsque le policier revint en murmurant :

— Va falloir attendre.

Le lieutenant semblait toutefois mal à l'aise.

— Dites donc, Brown, vous êtes capable de mémoriser un nombre à six chiffres pendant six semaines ? Vous êtes un génie des mathématiques ou quoi ? Vous avez une mémoire visuelle exceptionnelle ?

Mitch expliqua d'un ton léger :

— Ça m'est resté gravé dans la tête. Faut dire que les chiffres se répètent, alors ça aide : 4, 6, 1, 4, 6, 1. Pour moi, cela représente une sacrée somme d'argent.

— Pour moi aussi, répondit le lieutenant. Tout le monde ici a entendu ce qu'elle a dit, je suppose.

— Oui, on l'a entendue avouer et désigner son mari comme complice. Regardez Toby. Il a tout entendu. Ce ne sont pas les preuves qui vont manquer.

Le lieutenant contempla la ruine des Maxwell.

— C'est sûr.

Un peu plus tard dans la soirée, Mitch Brown, assis dans un bar, apostropha soudain le barman inconnu de lui :

— Savez-vous que le 17 mars n'est pas le jour anniversaire de la naissance de saint Patrick ?

— Ah bon ? répondit poliment le barman.

— Non, c'est le jour de sa mort. J'écris, voyez-vous. Alors je lis. Des détails comme celui-là me restent gravés dans l'esprit. Je n'ai pas la mémoire des chiffres et pourtant... Vous savez en quelle année saint Patrick est mort ? En l'an 461.

— Vraiment ? dit le barman.

— Vous prenez 461 deux fois et vous mettez la virgule au bon endroit. Certes, c'est difficile à croire, ajouta Mitch, bien que cela se soit effectivement produit le matin de la Saint-Patrick. Par quel hasard pouvais-je, moi qui ne lis pas toujours le journal, connaître l'année de la mort de saint Patrick ? Eh bien, personne n'a envie d'être pris pour un imbécile. Le probable, c'est le probable, et l'improbable, l'improbable. Parfois, il faut s'en contenter. Mais laissez-moi vous dire un truc, dit-il en frappant du poing sur le bar. Ce n'est pas avec de l'argent que ça s'achète !

— Je crois pas, non, rétorqua le barman d'un ton apaisant.

C'EST LE POURPRE L'IMPORTANT

Dorothy Salisbury Davis

Née en 1916 à Chicago, Dorothy Salisbury Davis aime les choses qui durent. Elle a été mariée avec l'acteur Harry Davis de 1946 à la mort de ce dernier, en 1993, et elle continue à travailler un genre romanesque qu'elle a investi il y a plus d'un demi-siècle avec *The Judas Cat* (1949), publiant une nouvelle originale dans le recueil *Murder Among Friends* en 2000. Dorothy Salisbury Davis est, selon ses termes, un véritable intrus dans la littérature policière. Elle déplore son incapacité à créer un personnage de série mémorable, quoique Julie Hayes, héroïne de ses derniers romans, soit tout à fait à la hauteur, et elle déteste la violence et le meurtre. Un des recueils qu'elle a publiés pour les Mystery Writers of America s'intitule même *Crime Without Murder*, « Crime sans meurtre » (1970). Mais son intérêt marqué pour les méchants aux dépens des héros explique son succès. Parmi ses livres les plus connus, on trouve *The Clay Rand* (1950), le thriller à thème religieux *A Gentle Murderer* (1951) et le best-seller *Au bout des rues obscures* (1969).

Dans la préface à son anthologie *Tales for a*

Stormy Night (1984), Dorothy Salisbury Davis affirme que c'est la regrettée Margaret Manners, son amie et consœur en littérature policière, qui lui a suggéré la méthode pour voler un tableau décrite dans « C'est le pourpre l'important », nouvelle qui fut nominée pour un Edgar. Bien qu'il s'agisse indiscutablement d'une histoire criminelle, le texte exprime les préoccupations morales de son auteur, et ses qualités littéraires lui vaudraient d'être publié dans le *New Yorker* autant que dans l'*Ellery Queen's Mystery Magazine*.

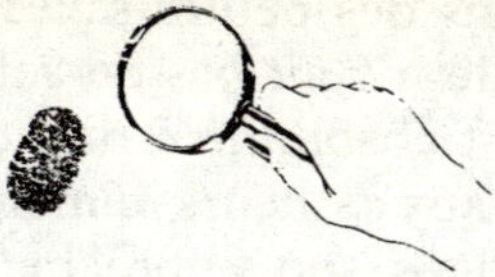

En lisant l'histoire de Mary Gardner, vous vous direz sans doute que vous l'avez connue ou que vous avez connu quelqu'un qui lui ressemble. Et c'est fort possible car, s'il est vrai que les femmes de son genre ne sont pas légion, elles ont la vie dure, contrairement à ce qu'on croit parfois.

Les Mary Gardner (ou toute personne qui leur ressemble), vous les voyez au concert, dans les galeries d'art, au théâtre, toujours bien habillées même si elles ne sont pas vraiment à la mode. Parfois elles sont seules, parfois en compagnie d'autres femmes qui ont toutes l'air sinon d'être semblables, du moins complémentaires. Chacune d'elles a eu une vie agréable... en tout cas aussi agréable que possible.

Mary Gardner vivait alors dans une grande ville de la côte Est. Elle approchait de la quarantaine. C'était une femme grande et maigre, célibataire, paisiblement féminine, douce, aux manières un peu hésitantes mais avec des goûts bien arrêtés. Elle était créatrice chez un fabricant connu de papiers peints. Son salaire lui permettait de s'offrir de beaux vêtements, de vivre seule dans un appartement charmant assez proche de son bureau pour qu'elle puisse s'y rendre à pied, et d'aller régulièrement au théâtre et aux concerts du Philharmonique. Elle voyait aussi bien des pièces à succès que des créations dans des petites salles ou du théâtre expérimental. Elle n'était pas de ceux qui pensent qu'une pièce doit absolument dire quelque chose. Elle s'intéressait aux « valeurs immergées ». Ce goût prévalait aussi dans son approche des arts plastiques, ce qui était une aubaine dans l'industrie du papier peint, les clients préférant généralement qu'on regarde leurs murs plutôt qu'on les écoute.

A l'époque, Mary avait l'habitude d'aller à l'heure du déjeuner (ou quand elle ressentait le besoin de s'éloigner de sa planche à dessin) au musée d'Art moderne, à moins d'un pâté de maisons de son bureau. Elle était tombée amoureuse d'un petit tableau de jeunesse de Monet, *Arbres près du Havre*, et, lorsqu'elle était amoureuse, Mary pouvait faire preuve d'une dévotion et d'une obstination minutieuses. Chaque jour ou presque, elle entendait de nouvelles voix dans le décor boisé, dans le ciel qui se reflétait sur la surface miroitante d'un étang. Mais il y avait davantage de profondeur, lui semblait-il, dans le ciel que dans l'eau.

Plus elle y réfléchissait, plus elle était convaincue que le musée avait accroché la toile à l'envers. Elle élabora une théorie à propos de la signature. Elle décida que l'artiste l'avait tracée à la hâte, longtemps après avoir fini sa toile, peut-être à l'heure où la lumière du jour déclinait. Elle en aurait bien parlé à l'un des responsables du musée... si elle avait connu un responsable.

On l'autorisa à dessiner à l'intérieur du musée. Elle restait souvent une heure devant le Monet, le carnet de croquis à la main. Jeter quelques traits sur le papier lui donnait l'impression d'être ostensiblement discrète au milieu des visiteurs et des gardiens. Pour rien au monde elle n'aurait pris la liberté de copier la toile et elle était fort irritée quand un étudiant des Beaux-Arts le faisait.

Lorsqu'elle commença à sentir la fumée, le jour du fameux incendie du musée, Mary était si profondément absorbée dans la contemplation des bois de Claude Monet qu'elle crut qu'elle venait de l'intérieur du tableau. Elle se mit tout de suite en colère et, par une association d'idées classique, en tint pour responsable un groupe de gens bien précis : les touristes américains, insouciants quand ils ne sont pas chez eux. Mais elle n'était pas assez coupée du monde réel pour ne pas se rendre compte presque immédiatement qu'il y avait vraiment un incendie dans l'immeuble.

Des voix lançaient des cris d'alarme dans les couloirs, et des hommes couraient en tous sens. Des gardiens traînaient des tuyaux tout mous qu'ils laissaient retomber par terre. On aurait dit de grands serpents desséchés ; les gens sautaient pardessus, comme dans un rite primitif. De la fumée bleue s'accumula au plafond puis commença à tomber en volutes épaisses, tels des décors de théâtre qui auraient perdu l'équilibre. Dans le lointain, des sirènes se mirent à hurler.

Clouée sur place, muette de stupeur, Mary Gardner vit des hommes et des femmes, des visiteurs comme elle, sortir à grands pas avec des tableaux. Elle aperçut même deux hommes qui emportaient une grande scène nocturne de Chagall dans laquelle de petites créatures semblaient sauter hors de la toile et y retourner, tout en s'amusant follement dans l'intervalle. Une femme prit le Rouault accroché au mur à côté du Monet et se précipita à la suite des hommes qui portaient le Chagall.

Mary hésitait toujours. Le devoir l'obligeait à faire ce que sa conscience lui interdisait depuis si longtemps : toucher le tableau, et ce conflit accentuait sa confusion. Un nouveau nuage de fumée dans la salle lui fit comprendre que cette fois c'était la survie du tableau qui était en jeu, sinon la sienne. Dans une précipitation dictée par le désespoir, elle essaya de détacher le Monet du mur, mais il ne voulait pas venir.

Elle lutta, tira de toutes ses forces, avec une telle énergie que lorsque le câble céda enfin elle fut projetée en arrière, tomba par-dessus le banc des visiteurs et se cogna violemment la tête contre le cadre. Le seul problème (si on mettait de côté sa tête abîmée, ce qui n'avait aucune importance) était que la toile, montée sur une plaque de bois, était sortie de son cadre. Mais Mary, à cet instant, se souciait peu du cadre. Elle saisit la toile, la serra contre elle et se dirigea à tâtons vers la porte de la galerie.

Elle atteignit le couloir noyé dans la fumée à l'instant précis où la pression de l'eau sembla réveiller subitement les tuyaux. A chaque raccordement, l'eau jaillissait. Mary couvrit la toile avec son corps, avant de la glisser sous l'imperméable qu'elle avait pris ce matin-là pour se protéger du crachin.

Elle se précipita dans le couloir, bonne dernière apparemment des sauveteurs volontaires. Les gardiens isolaient l'aile du bâtiment en fermant les portes coupe-feu. Ils se montrèrent peu patients devant ses protestations et l'aiguillèrent vers les escaliers. Quand elle arriva dans le hall, la police avait déjà repoussé les civils au-delà d'un cordon. Un agent aussi impérieux qu'impavide la conduisit jusqu'à l'endroit où se tenait la foule. Incapable de se servir de ses bras, qui serraient toujours la toile de Monet, elle fut poussée, précipitée sans ménagement vers la porte, puis brutalement jetée dans la rue. Sur le trottoir, elle n'avait aucun espoir de trouver quelqu'un, dans cette foule compacte qui restait là, bouche bée, à qui elle pourrait confier en toute sécurité son trésor artistique.

Les gens hurlaient, criaient qu'ils voyaient les flammes. Mary ne regarda pas derrière elle. Elle se hâta de rentrer chez elle, d'une démarche fière et arrogante, en se disant que la ville était vraiment une jungle, après tout. Elle serrait la toile contre elle ; son imperméable était sa seule protection, mais elle était prête à la défendre au péril de sa vie.

Elle avait eu l'intention d'appeler sur-le-champ l'administration du musée. Mais lorsqu'elle se retrouva dans son appartement, la peinture appuyée contre des coussins sur le sofa, elle se dit que, tant que le feu ne serait pas éteint, elle n'aurait aucune chance de parler à quelqu'un là-bas. Elle appela son bureau et prétexta une maladie subite. Quelque chose qu'elle aurait mangé à midi, alors qu'elle n'avait pas avalé une bouchée depuis le petit déjeuner.

Les murs de son appartement étaient couverts de ce qu'elle appelait son « pot-pourri », croquis de costumes et lithographies en couleurs, rien que des éditions limitées, comme elle était fière de le répéter, ou des exemplaires de tête. Elle avait parfois envie d'acheter des tableaux, mais elle n'avait pas les moyens, tout simplement, de satisfaire ses goûts. Sur une impulsion, elle décrocha du mur une litho italienne et sépara la plaque de verre et la feuille du cadre de bois. Le Monet s'y adaptait plutôt bien. Et, à sa grande satisfaction, elle pouvait maintenant l'accrocher dans le bon sens. On eût dit que la toile elle-même exigeait de se trouver à l'endroit où la lumière du jour la mettrait le plus en valeur.

Il serait vain de tenter de décrire le plaisir que Mary prit cet après-midi-là dans la compagnie du tableau. C'est à peine si elle détacha les yeux de la peinture, sauf pour ressentir sa joie renouvelée quand elle y reposait le regard. A cinq heures, elle alluma la radio à contrecœur pour s'informer sur l'incendie qui avait ravagé le musée. Le feu avait été important et dévastateur. Une aile entière du bâtiment était détruite.

Avec l'attention distante et un peu condescendante qu'on accorde aux tragédies subies par autrui, elle écouta le journaliste énumérer les toiles qui n'avaient pas survécu à la catastrophe. La présence dans la liste d'*Arbres près du Havre* la surprit. Il lui fallut un moment pour comprendre ce que cela signifiait. Elle éteignit la radio et resta un long moment assise dans le silence.

Elle se dit à voix haute, non sans hésitation :

— Mary Gardner, tu es une voleuse.

Un instant plus tard, elle répéta :

— Absolument. Tu es une voleuse.

Mais cela ne la dérangeait pas du tout. Personne, y compris elle-même, ne lui avait jamais dit quelque chose d'aussi grave.

Elle dîna sur un plateau devant le Monet, accompagnant son repas d'une bouteille de vin français. Pendant la nuit, elle se leva souvent pour aller à la porte du salon, sans avoir l'impression de dormir entre ces moments d'éveil. Elle finit tout de même par s'endormir pour de bon.

Les premiers rayons du jour lui éclaircirent l'esprit, en même temps qu'ils illuminaient le tableau.

Après un bref séjour dans son salon, elle se mit à faire des plans avec le même soin qu'une novice consciente de la constance du démon. Elle choisit des vêtements plus austères qu'à son habitude, ayant besoin de chevrons à sa veste pour se tenir droite — cette expression ridicule la tarauda pendant tout le petit déjeuner. En se voyant dans le miroir du couloir, avant de partir, elle se dit qu'elle avait l'air d'une directrice d'école de filles anglaise, et que c'était parfait pour la tâche qui l'attendait.

Juste avant de quitter l'appartement, elle passa encore un moment avec le Monet. Par la suite, et quelle que soit la manière dont le musée déciderait de l'accrocher, elle aurait l'impression qu'un petit fragment de la toile lui appartenait à jamais.

Dans la rue, elle acheta le journal. *Arbres près du Havre* figurait bien dans la liste. Bien que l'aile du musée ait été totalement détruite, beaucoup de toiles avaient pu être évacuées par le couloir du premier étage et mises en sécurité.

Quand elle arriva devant le musée, une partie de la rue était encore isolée par un cordon de police, ce qui ralentissait le flot de la circulation matinale. Les policiers de service n'étaient pas moins brutaux que ceux à qui elle avait eu affaire la veille. Elle eut subitement envie de reporter sa mission, tentation presque irrésistible, surtout lorsqu'elle apprit qu'on ne la laisserait entrer que si elle présentait le laissez-passer qu'on avait délivré au personnel autorisé.

— Bien sûr que je ne suis pas « autorisée » ! s'exclama-t-elle. Si c'était le cas, je ne serais pas coincée ici.

Le policier la dirigea vers le sergent de service. Celui-ci était en grande discussion avec le représentant de la compagnie d'assurances afin de déterminer jusqu'à quel point on pouvait utiliser la rue pour les opérations de sauvetage.

— Tout ce qui concerne la rue, ça me concerne, disait le sergent.

Mary attendit que l'homme des assurances entre dans l'immeuble. « Il n'a pas besoin de laissez-passer », se dit-elle.

— Excusez-moi, monsieur l'agent. J'ai un tableau...

— Madame...

Il inspira à fond, l'air impatient.

— Oui, madame ?

— Hier, pendant l'incendie, un tableau censé être détruit... Un très joli Monet, une petite toile intitulée...

— Ah bon ? l'interrompit le sergent.

Les jolis petits Monet l'émouvaient vraiment.

Mary était troublée malgré elle.

— Dans les journaux du matin, il figure sur la liste des tableaux détruits. Mais ce n'est pas vrai. Il est chez moi.

Le policier la regarda pour la première fois, avec une certaine compassion.

— Sur le mur de votre salon, j'imagine, dit-il avec un air entendu.

— Oui, précisément.

Il la prit par le bras, doucement mais fermement.

— Je vais vous dire ce que vous allez faire. Allez au commissariat, sur la 57e Rue. Vous savez où c'est, hein ? Et racontez-leur toute l'histoire, comme une gentille petite fille...

Il la repoussa vers la foule avant de la lâcher. Puis il éleva la voix :

— Allez, circulez ! Vous verrez tout ça à la télévision.

Mary n'avait pas du tout l'intention d'aller au commissariat. Des hommes habitués aux problèmes de vols à main armée, aux agressions et pire encore ne seraient certainement pas capables de comprendre la subtilité de son problème. Elle se rendit à son bureau. Toute la matinée, elle essaya de joindre au téléphone le conservateur du musée. Ou le standard était saturé, ou les lignes restaient occupées trop longtemps pour qu'elle puisse attendre.

Finalement, elle eut l'idée de demander le service des relations publiques du musée. Elle commença à expliquer à un interlocuteur visiblement distrait (elle entendait à l'arrière-plan des fragments d'au moins trois conversations simultanées) comment elle avait sauvé des flammes une toile de Monet intitulée *Arbres près du Havre*.

— Près d'où, madame ? demanda la voix.

— Près du Havre, répéta-t-elle en épelant. De Monet.

— En un mot ou deux ?

— Pouvez-vous me passer le bureau du conservateur ? demanda Mary en caressant du doigt le revers de son tailleur à chevrons.

Mary avait jugé plus prudent de rencontrer le représentant du musée dans le hall de son immeuble, et elle lui demanda de montrer patte blanche. C'était bien l'homme à qui elle avait donné son nom et son adresse au téléphone. Elle appuya sur le bouton pour faire venir l'ascenseur. Il disait s'appeler Robert Attlebury III. Elle avait vu son nom sur l'organigramme du musée. Conservateur des... Elle ne se souvenait pas de quoi.

Il ressemblait en tous points à l'idée qu'on se fait d'un conservateur de musée. Il se tenait raide, loin d'elle, tandis que l'ascenseur les emmenait lentement vers son appartement. Un conservateur, peut-être, mais elle ne l'aurait pas qualifié de connaisseur. Quelqu'un avec ce visage et cette attitude devait toujours goûter et cracher, se dit-elle. Elle pouvait imaginer son dédain pour les choses qu'il trouvait déplaisantes et elle savait d'instinct qu'elle-même était déplaisante à ses yeux.

Non que son opinion à son sujet lui importât beaucoup. Elle n'était personne. Mais que devait ressentir un jeune artiste inconnu, avec son œuvre, devant une telle arrogance ? Peut-être adoptait-il des manières et des airs différents en face des gens de son milieu ? Dans ce cas, elle aurait donné beaucoup pour avoir droit à la courtoisie la plus élémentaire.

— Tout semble si extraordinaire... après coup, dit Mary pour briser le silence de ce trajet en ascenseur décidément interminable.

— Quelle chance pour vous, répondit-il.

Et Mary se dit qu'il avait peut-être raison.

Quand ils arrivèrent devant sa porte, elle marqua un temps d'arrêt avant de tourner la clé.

— N'auriez-vous pas dû venir avec un gardien... ou quelqu'un ?

Il baissa les yeux vers elle, comme s'il la regardait du sommet de l'Olympe.

— Je suis quelqu'un.

Mary décida de ne rien ajouter à cela. Elle ouvrit la porte et le laissa passer. Il la précéda dans le vestibule, entra dans le salon et s'arrêta devant le Monet. Son franc-parler un peu grossier la rassura : après tout, il s'intéressait à la peinture. « Je ne devrais pas juger les hommes, pensa-t-elle, je ne les connais pas assez. »

Il contempla le Monet assez longuement, puis il inclina la tête, très légèrement, d'un côté et de l'autre. Le cœur de Mary battait à se rompre. Depuis des mois, elle avait envie de discuter avec quelqu'un qui fût capable de comprendre sa théorie sur le reflet dans l'étang et sur la réalité dans *Arbres près du Havre*. Maintenant qu'elle en avait l'occasion, elle ne trouvait pas les mots.

Elle devait pourtant dire quelque chose. Quelque chose de... banal.

— Le cadre est à moi, mais vous pouvez le garder pour protéger la toile. Je le récupérerai la prochaine fois que je passerai au musée.

Elle eut la surprise de l'entendre rire.

— Le cadre a peut-être plus de valeur que le reste, dit-il.

— Je vous demande pardon ?

Il la regarda droit dans les yeux.

— Votre histoire est ingénieuse, madame, mais elle a été imposée par les circonstances.

— Je ne comprends pas un mot de ce que vous dites.

— J'ai vu des copies bien meilleures que celle-ci. Il est vraiment dommage que l'imitation ne soit pas à la hauteur de votre ingéniosité.

Mary était trop stupéfaite pour répondre. Il s'apprêtait à s'en aller.

— Mais... il est signé, lâcha-t-elle en essayant faiblement d'attirer son attention sur le nom dans le coin supérieur.

— C'est ce qui en fait un faux, n'est-ce pas ? dit-il, presque avec sollicitude.

Sa précision et l'impassibilité avec laquelle il débitait ces atrocités ajoutaient à l'horreur du cauchemar de Mary.

— Ce n'est pas mon problème ! s'exclama-t-elle sans réfléchir à ce qu'elle disait, cela équivalant à une trahison de ce tableau qu'elle aimait tant.

— Oh, mais si... Je dirais même que cela pourrait devenir un problème sérieux, si je décidais de creuser...

— Oh, mais creusez, je vous en prie !

Il sourit à nouveau, très légèrement.

— Ce n'est pas ainsi que le musée règle ce genre de problème.

— Vous n'aimez pas Monet ! rétorqua Mary avec l'énergie du désespoir en le voyant se diriger vers la porte.

— Ce n'est pas vraiment le problème, hein ?

— Vous ne le connaissez même pas. Vous ne pouvez pas le connaître ! Ce n'est pas possible !

— Comment puis-je ne pas l'aimer si je ne le connais pas ? Ecoutez, je vais vous dire quelque chose à propos de Monet.

Il se tourna vers le tableau et passa le doigt sur une zone aux couleurs vives.

— Chez Monet, c'est le pourpre l'important.

— Le pourpre ?

— Vous commencez à comprendre, n'est-ce pas ?

Il avait pris un ton presque doctoral.

— La seule chose que je sais, affirma Mary en fermant les yeux, c'est la façon dont ce tableau est arrivé ici.

— Je préfère infiniment ne rien savoir à ce sujet, dit-il. Maintenant, j'ai des choses beaucoup plus importantes à faire.

De nouveau, il se dirigea vers la porte. Mary s'empressa de lui bloquer le passage.

— Peu importe ce que vous pensez de Monet, ou de moi, ou de n'importe quoi. Vous devez rapporter cette toile au musée.

— Et me couvrir de ridicule quand on découvrira le canular ?

Il tendit vers la porte un bras aussi raide qu'une barre de fer, l'ouvrit et sortit de l'appartement. Mary le suivit jusqu'à l'ascenseur, hors d'elle.

— J'irai voir les journaux ! cria-t-elle.

— Je pense que vous pourriez le regretter.

— Je sais... J'ai compris !

Elle vit que la porte de l'ascenseur s'ouvrait.

— Vous étiez content à l'idée que le Monet avait été détruit dans l'incendie.

— Vous êtes folle !

La porte se ferma entre eux.

Ce ne fut pas facile, mais Mary finit par convaincre certains experts, et même un critique d'art, de venir examiner « son » Monet. C'était une entreprise plus coûteuse que ce qu'elle pouvait se permettre, tout le monde semblant s'attendre à boire un verre, y compris des liqueurs très chères. Ses amis entrèrent dans le jeu du « canular de Mary », comme ils baptisèrent bientôt son histoire. Un cercle de plus en plus étendu et de plus en plus ésotérique l'admirait pour sa version inflexible de la manière dont elle s'était trouvée en possession d'un « authentique Monet ». En dépit de sa simplicité, vertu qu'elle cultivait depuis l'enfance, elle se mit à parler par symboles (le langage de la société qu'elle fréquentait désormais), et des gens beaucoup plus sages qu'elle s'exclamaient : « Comme elle est perspicace ! » ou « Quelle vivacité d'esprit ! », avant de se resservir à boire.

Un jour, son patron, le grand homme en personne, qui avant son « acquisition » ne savait même pas si elle respectait les convenances ou vivait dans le péché, débarqua chez elle à l'heure de l'apéritif, en compagnie d'un célèbre historien de l'art.

L'expert, qui en était à son deuxième scotch, sourit tandis que Mary, racontant une fois de plus l'histoire de l'incendie au musée, lui expliquait qu'elle avait rapporté le tableau chez elle parce qu'elle n'avait trouvé personne à qui le confier. Tout en l'écoutant, les yeux pénétrants du spécialiste passaient du visage de Mary à la toile, puis à son verre, avant de revenir au tableau et à Mary.

— Oh, je pourrais vous croire, dit-il lorsqu'elle eut fini. C'est le genre d'histoire démente qui peut parfaitement arriver.

Il posa son verre avec soin là où elle pouvait voir qu'il était vide.

— Vous savez, je suppose, qu'il n'existe pas de catalogue officiel et exhaustif de l'œuvre de Monet ?

— Non, dit-elle en lui remplissant son verre.

— C'est ainsi, malheureusement. Et la triste vérité est que des tas de musées exposent des toiles censées être de lui, mais qui sont rarement authentifiées.

— Et le mien ? demanda Mary avec un mouvement du menton qu'elle essayait vainement d'empêcher de trembler.

Son invité sourit.

— Vous voulez vraiment le savoir ?

Après cela, pendant quelque temps, Mary évita de regarder le Monet. Non qu'elle l'aimât moins, mais, sans trop savoir pourquoi, elle s'aimait moins en sa compagnie. Elle comprit ce qui se passait : à l'instar des experts, ce n'était pas la toile qu'elle regardait, mais elle-même.

Ce fut une extraordinaire entreprise d'introspection pour quelqu'un qui ne s'était jamais penché sérieusement sur son propre moi. Jusqu'alors, en ce qui la concernait, un miroir servait avant tout à corriger l'angle d'un chapeau. Mais il ne suffit pas de découvrir un défaut pour y remédier. Cela contribue souvent à aggraver le problème. C'est ce qui se passa avec Mary.

Elle passait de moins en moins de temps chez elle, et certains de ses nouveaux amis trouvaient tout simplement normal, après avoir profité de l'hospitalité d'une hôtesse aussi énigmatique et aussi intelligente, de lui rendre la pareille. Quand elle était petite, parents et professeurs lui conseillaient de sortir davantage, de voir plus de gens. Eh bien, Mary avait enfin décidé de sortir plus. Et chez les gens qui s'étaient permis de faire des réflexions sur son appartement et ses affaires, elle se permettait aussi de faire des réflexions. Plus ses réflexions étaient bizarres — plus elles étaient méchantes, aurait-elle dit un jour —, plus elle devenait populaire. Oh oui. Mary voyait plus de gens. Beaucoup plus de gens.

De fait, son courtier d'assurances, qui avait l'habitude de passer sans prévenir pour encaisser sa prime trimestrielle, dut se lever tôt, un samedi matin, pour être sûr de la trouver chez elle.

C'était une belle journée ensoleillée et l'heure à laquelle le Monet était le plus lumineux. Assis dans le salon, l'homme l'observait, fasciné. Mary s'en amusa en se rappelant à quel point il était fâché lorsque ses clients oubliaient d'accrocher bien en vue le calendrier de sa compagnie. Quand elle sortit de la pièce pour chercher son chéquier, il se leva et toucha la surface de la toile.

— Vous n'avez jamais songé à assurer ce tableau ? lui demanda-t-il alors qu'elle revenait dans le salon. Puis-je me permettre de vous demander combien il vaut ?

— Il m'a coûté... très cher, répondit Mary.

Et elle fut immédiatement en colère, contre lui et contre elle-même.

— Je vais vous dire quelque chose : j'ai un ami qui expertise des œuvres d'art pour de grandes galeries. Voulez-vous que je lui demande de venir jeter un coup d'œil, pour voir ce qu'il pense de la valeur de cette toile ?

— Oui, d'accord, dit Mary d'un ton résigné.

C'est ainsi que l'expert vint chez elle et examina le tableau avec attention. Il évita de lui donner une estimation. Il n'était pas spécialiste des impressionnistes du dix-neuvième siècle, et il avait besoin de réfléchir. Mais il revint dès l'après-midi, au moment où Mary s'apprêtait à sortir. Il était accompagné d'un monsieur barbu qui ne leur adressa pas une seule fois la parole mais ne cessa de bougonner en examinant minutieusement la toile. Puis, avec un « tss, tss, tss », il décrocha le tableau et le remit au mur après en avoir examiné le dos. Mais il le mit à l'envers.

Mary crut que son cœur cessait de battre, mais cela ne dura qu'un instant.

Même en s'en allant, le monsieur barbu ne lui parla pas. Elle aurait pu aussi bien être invisible. Seul l'expert murmura quelques remerciements, mais pas un mot d'explication. Comme le barbu n'avait pas bu son whisky, Mary supposa qu'il ne ressentait pas le besoin d'être poli.

Elle était prête à l'oublier comme elle avait oublié les autres — c'était facile de les oublier tous. Mais, lorsqu'elle rentra chez elle pour se changer avant l'apéritif, un autre visiteur l'attendait. Elle le remarqua tout de suite en arrivant dans le hall. En voyant le portier qui s'adressait à lui à l'instant où la porte de l'ascenseur se fermait sur elle, elle comprit qu'il venait la voir. L'ascenseur revint le chercher et il sonna bientôt chez elle.

— Je viens pour le tableau, mademoiselle Gardner, dit-il en lui tendant sa carte.

Elle avait ouvert la porte sans ôter la chaîne de sécurité. Il représentait les assurances Continental. Elle décrocha la chaîne et ouvrit la porte en grand.

Courtois et cérémonieux dans son costume croisé, il attendit que Mary s'assoie la première. Il s'assit à son tour, juste en face d'elle, face au tableau, car elle s'était assise dessous, raide et, espérait-elle, impressionnante.

— Joli, dit-il en contemplant le Monet.

Puis il détourna son regard du tableau.

— Mais je ne suis pas expert, ajouta-t-il en se raclant doucement la gorge.

Elle se dit qu'il s'en voulait de s'être laissé aller à une telle démonstration d'émotion, même aussi brève.

— Mais est-il authentifié ? osa-t-elle demander, comme si elle pensait, sans oser le dire : « La honte soit sur toi ! »

— Assez pour satisfaire les exigences de ma compagnie. Mais ne vous méprenez pas. Nous ne proposons pas de faire une enquête. Dans des situations aussi délicates, nous sommes amplement satisfaits si nous parvenons à récupérer le tableau.

Mary ne se méprit pas, mais il était évident qu'elle ne comprenait pas non plus.

Il sortit de sa poche intérieure un morceau de papier qu'il posa sur la table basse. Ses doigts fuselés comme ceux d'un artiste — ou d'un banquier, ou d'un pickpocket — le déplacèrent pour permettre à Mary de voir qu'il lui tendait un chèque certifié.

Comme il ne la regardait pas, il ne vit pas le spasme qui lui déforma la bouche. « Le jour de l'incendie », pensa-t-elle, mais les mots ne franchirent pas ses lèvres.

Elle prit le chèque. Le montant était de vingt mille dollars.

— Puis-je utiliser votre téléphone, mademoiselle Gardner ?

Mary acquiesça et passa dans la cuisine, où elle examina de nouveau le chèque. C'était beaucoup d'argent, se dit-elle avec ironie, pour s'être occupé d'un ami pendant quelques mois.

Elle entendit la voix de son visiteur qui parlait au téléphone — un expert, maintenant, à en juger par son ton. Quelques minutes plus tard, elle entendit la porte d'entrée. Elle revint au salon. Le visiteur et le Monet étaient partis...

Quelque temps plus tard, Mary assista à l'inauguration de la nouvelle aile du musée. Elle reconnut un certain nombre de personnes qu'elle ne connaissait pas avant cette affaire et qu'elle ne connaîtrait sans doute plus désormais.

Ils avaient de nouveau accroché le Monet à l'envers.

Mary y réfléchit après être rentrée chez elle et, comme on ne répare pas une injustice par une autre injustice, elle retourna le chèque et le brûla au-dessus de l'évier de la cuisine.

HISTOIRE DE BILLETS

Margery Allingham

Véritable prodige de l'écriture, Margery Allingham (1904-1966) n'était encore qu'une adolescente quand son premier écrit, un roman d'aventures, *Blackkerchief Dick* (1923), fut publié par des maisons d'édition américaine et britannique de premier plan. Née à Londres, issue d'une famille passionnée de littérature, elle commença par écrire abondamment pour divers magazines spécialisés dans le *whodunnit* avant de devenir, entre les deux guerres mondiales, l'une des figures les plus marquantes du roman à énigme. Son premier roman à énigme, *The White Cottage Mystery* (1928), faisait appel à un procédé que devaient plus tard utiliser Ellery Queen et Agatha Christie : celui de « la personne la moins susceptible d'être soupçonnée ». Le deuxième, *The Crime at Black Dudley* (1929), lui permit de créer le falot Albert Campion, un des gentlemen détectives les plus célèbres de son temps et, avec sa goutte de sang bleu dans les veines, certainement le mieux né. A l'instar de cet autre limier aristocratique qu'est le lord Peter Wimsey de

Dorothy L. Sayers, Campion devait évoluer et passer du statut caricatural d'« imbécile » à celui de héros à part entière.

Parmi les grands auteurs de romans à énigme de l'âge d'or, certains, comme Agatha Christie et Ngaio Marsh, s'en tinrent pendant des décennies à la formule du *whodunnit* pur et dur. D'autres, comme Sayers et Anthony Berkeley, quittèrent ce terrain pour s'intéresser à d'autres genres d'écrits, quand ils ne se retirèrent pas carrément de l'arène littéraire. D'autres enfin, comme Ellery Queen, conservèrent la formule de base mais en approfondissant l'étude des personnages et des thèmes.

Avec son don pour la compréhension des faiblesses humaines et l'observation sociale, Allingham appartient à cette troisième catégorie. Si Campion continua d'apparaître dans son œuvre, les romans qu'elle publia après la Seconde Guerre mondiale mirent nettement moins l'accent sur l'énigme, et dans certains d'entre eux Campion se trouva même relégué au second plan. (C'est seulement après la mort d'Allingham et dans deux romans écrits par Philip Youngman Carter, son mari et collaborateur occasionnel, que le nom de Campion eut l'honneur de figurer dans le titre.) Parmi les premiers romans d'Allingham, on cite souvent *Death of a Ghost* (1934) et *The Fashion in Shrouds* (1938) comme étant les plus marquants. Ecrit après la guerre, *The Tiger in the Smoke* (1952) est considéré comme un classique de la littérature policière, avec son étude fouillée du mal à l'état pur.

Il est logique qu'avec son sens aigu de la psychologie humaine Allingham soit représentée par « Histoire de billets », récit de 1957 d'où Campion est absent, et étonnant « whydunnit », sous-catégorie rarissime de nouvelles.

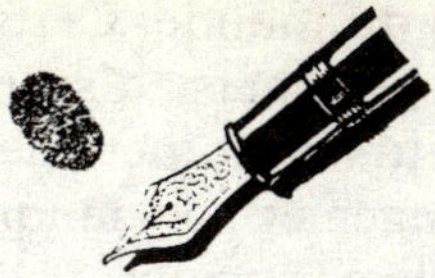

Avez-vous déjà vu un homme mettre le feu à des billets ? Oui, oui, des billets de banque. S'en servir comme d'une allumette pour allumer une cigarette, rien que pour faire le malin ? Moi, oui. C'est pourquoi quand, à l'instant, vous avez utilisé le mot « psychologue » j'ai senti mon estomac se retourner et ma gorge se serrer. Vous pensez sans doute que je suis trop délicate. Je me le demande.

Je suis née dans cette rue. Lorsque j'étais petite, je suis allée à l'école juste au coin ; et plus tard, après avoir fait mon apprentissage dans les grandes maisons de couture ici et en France, j'ai repris le bail de la vieille maison dont j'ai fait la jolie petite boutique de vêtements que vous voyez maintenant. C'est quand je suis revenue pour monter ma propre affaire que j'ai constaté le changement qui s'était opéré chez Louise.

Lorsque nous allions à l'école ensemble, c'était une beauté. Elle avait des cheveux blonds qui flottaient au vent et un sourire de petite cockney qui en disait long, un sourire conquérant et entendu. Tous les gamins se moquaient d'elle parce qu'elle était plus jolie que nous. La rue était identique à ce qu'elle est aujourd'hui. Adelaide Street à Soho : c'est sale et pourtant romantique, une porte sur deux ouvre sur un restaurant. On peut y dîner dans toutes les langues du monde. Certains endroits, tel le Ritz, sont chic et chers, d'autres bon marché, comme Le Coq au Vin du père de Louise, avec sa petite salle à manger et son unique palmier fiché dans un pot blanchi à la chaux.

Louise avait une petite sœur et un père qui parlait à peine l'anglais mais qui, sous ses sourcils arqués, braquait sur vous ses yeux d'étranger pleins de fierté. Je ne découvris véritablement l'existence de la mère de Louise que le jour où, faisant pour une fois preuve d'autorité, cette femme effacée émergea de la cave située sous le restaurant pour demander à sa fille de descendre en cuisine au lieu de m'accompagner dans ma tournée enchanteresse des ateliers de couture.

Pendant longtemps, nous échangeâmes des cartes de vœux à l'occasion de nos anniversaires respectifs, puis ces brefs contacts prirent fin ; mais cela ne m'empêcha pas de me souvenir de Louise. Aussi, lorsque je retrouvai la rue, je fus tout heureuse de voir figurer le nom des Frosné sur l'enseigne du Coq au Vin. Le restaurant avait l'air beaucoup plus riant que dans mon souvenir, et les affaires semblaient marcher. En tout cas, Le Coq au Vin souffrait moins de la comparaison avec l'onéreuse Montagne de Verre sise sur l'autre trottoir et tenue par Adelbert. Il n'existe plus aujourd'hui dans cette rue de restaurant de ce nom, pas plus qu'il n'existe de restaurateur du nom d'Adelbert ; mais les amateurs de dîners en ville de l'époque se le rappellent peut-être encore, sinon pour sa cuisine, du moins pour sa prétention et les petits boudins de graisse qui lui gonflaient les paupières.

J'allai voir Louise dès que j'eus un moment pour

souffler. Ce fut un choc car c'est à peine si je la reconnus ; Louise, elle, n'hésita pas une seconde et jaillit de derrière la caisse pour me souhaiter la bienvenue d'une façon qui me fendit le cœur. J'eus en effet l'impression de voir se craqueler sur son visage une mince couche de glace — c'était comme si en débarquant à l'improviste j'avais arraché une barrière.

Dix minutes lui suffirent pour me mettre au courant de tout. Ses parents étaient morts. Sa mère, la première ; son père, quelques années plus tard, mais Louise, dans l'intervalle, avait dû tout porter sur ses épaules, y compris ses lubies. Elle ne se plaignait pourtant pas. Les choses étaient un peu plus faciles maintenant. Violetta, sa petite sœur, sortait avec un jeune homme qui travaillait au restaurant pour une bouchée de pain afin d'apprendre les ficelles du métier.

Son histoire était d'une certaine façon celle d'une réussite, mais je ne pus m'empêcher de me dire que Louise l'avait payée au prix fort. Elle avait un an de moins que moi et pourtant on aurait dit que la vie l'avait consumée, la laissant desséchée tel un os durci et poli par le soleil. L'or de ses cheveux s'était fané, même ses cils épais avaient l'air délavés. Mais il y avait autre chose en elle : quelque chose de hanté que je ne comprenais pas.

Je pris bientôt l'habitude de dîner avec elle une fois par semaine, et elle en profitait pour me parler. Il était manifeste qu'elle ne se confiait jamais à quiconque. Toutefois, pour une raison qui m'échappait, elle avait confiance en moi. Il me fallut tout de même des mois pour apprendre ce qui n'allait pas. Lorsqu'elle se décida à me mettre au courant, tout devint évident.

Le Coq au Vin avait des dettes. Du temps de maman Frosné, la famille n'avait jamais dû un penny à quiconque, mais, entre le moment où cette femme était morte et celui où papa Frosné était lui-même décédé, ce dernier avait réussi non seulement à emprunter quatre mille livres à Adelbert de la Montagne de Verre, mais à perdre toute la somme dans des projets abracadabrants d'homme sénile.

Louise remboursait les dettes de son père par tranches de cinq cents livres. Quand elle m'avoua cela, je levai les yeux vers elle et vis dans son regard quelque chose qui ressemblait à l'enfer. Il y a des gens qui peuvent supporter les dettes comme il y en a qui peuvent supporter la boisson. Cela nuit à leur santé, mais cela ne les démolit pas pour autant. Pour d'autres, cependant, avoir des dettes est une chose épouvantable. C'était le cas de Louise.

Je ne cherchai pas à discuter avec elle, évidemment. Cela ne me regardait pas. Je lui témoignais de la sympathie lorsqu'elle me surprit en déclarant soudain :

— Ce n'est pas tellement le travail et les soucis, ni même la nécessité de rogner sur tout, qui me dégoûtent à ce point. C'est le rituel du paiement. Ça, je le redoute comme la peste.

— Tu es trop sensible, lui dis-je. Une fois que tu as l'argent à la banque, mets un chèque dans une enveloppe, envoie-le-lui, voilà tout. Ce n'est pas bien compliqué.

Elle me regarda avec une curieuse expression ; ses yeux avaient quasiment la couleur du plomb entre les cils délavés.

— Tu ne connais pas Adelbert, c'est un drôle de lascar. Il exige que je le règle en liquide et c'est toute une comédie. Il vient chez moi après avoir pris rendez-vous, boit un verre et insiste pour que Violetta soit témoin de la scène. Si je ne me montre pas assez bouleversée, il tient le crachoir jusqu'à ce que je perde contenance. Il se prend pour un psychologue ; il se vante de savoir ce que je ressens.

— Ça n'est pas le terme que j'emploierais pour qualifier ce gars-là, dis-je.

J'étais écœurée. Je déteste ce genre de choses.

Louise hésita.

— Je l'ai vu brûler la plupart des billets juste pour le plaisir, reprit-elle. Là. Devant moi.

Je haussai les sourcils.

— Ce n'est pas possible ! Ce type est tordu.

Elle poussa un soupir et je lui jetai un regard perçant.

— Il a vingt ans de plus que toi, Louise. Ne me dis pas qu'il y a jamais eu quelque chose entre vous ? Tu vois ce que je veux dire...

— Non, non, Ellie. Non, non.

Je la crus ; elle avait l'air de dire la vérité et était manifestement aussi intriguée que moi.

— Il a parlé de moi à papa une fois quand j'étais petite. Il lui a demandé ma main dans les formes, comme ça se faisait encore à l'époque. Je n'ai jamais su ce que mon père lui avait répondu, mais il n'était pas du genre à mâcher ses mots. Tout ce que je me rappelle, c'est qu'on m'a obligée à rester en bas pendant un certain temps après ça et que maman m'a traitée comme si j'avais fait des bêtises. Mais je n'avais jamais adressé la parole à cet homme, ce n'était pas le genre de personne qu'une fillette pouvait remarquer. Enfin, ça, c'était il y a des années. Peut-être qu'Adelbert s'en souvient, mais ce n'est pas une raison, n'est-ce pas ?

— Tu peux le dire. La prochaine fois, c'est moi qui assisterai à la scène.

— Adelbert sera content, dit Louise d'un air sinistre.

Nous abandonnâmes le sujet, mais je ne pus le chasser de mon esprit. Je les apercevais tous les deux de derrière ma vitrine, et il me semblait que, chaque fois que je regardais dehors, il y avait d'un côté du trottoir cette femme silencieuse aux lèvres pincées qui rognait sur tout et de l'autre le gros homme qui la surveillait debout sur le pas de sa porte avec un sourire de secrète satisfaction sur son visage cireux.

A la fin, cela finit par me porter sur les nerfs, et, lorsque c'est comme ça, c'est plus fort que moi, je dois en parler à quelqu'un ; je ne peux pas m'en empêcher.

Il n'y avait personne dans la rue avec qui j'osais papoter, mais je racontai l'histoire à une cliente. Une femme du nom de Marten, que j'avais toujours trouvée sympathique car c'est elle qui était venue la première essayer une robe et l'acheter quand j'avais ouvert le magasin. Je cousais la plupart de ses vêtements, et elle m'avait recommandée à une ou deux dames du quartier où elle habitait — Hampstead, un très joli quartier loin de Soho. A l'occasion d'un essayage, elle fit une remarque sur les choses auxquelles les hommes sont prêts à s'abaisser lorsque leur orgueil a été blessé. Presque sans m'en rendre compte, je lui débitai l'histoire de Louise. Bien entendu, je ne lui donnai pas de noms, mais il se peut que je lui aie laissé entendre que l'affaire se passait dans ma rue. Mme Marten, qui était une femme adorable au doux visage, fut choquée.

— Mais c'est horrible ! répétait-elle. Absolument horrible ! Brûler devant elle un argent si durement gagné ! Cet homme doit être fou. Et dangereux.

— Oh, dis-je, quand il s'amuse avec, c'est devenu son argent à lui. Ça m'étonnerait qu'il en brûle beaucoup. Juste de quoi bouleverser mon amie.

Je regrettais d'avoir parlé. Je ne pensais pas que Mme Marten prendrait cela autant à cœur. J'espérais qu'elle passerait à autre chose. Mais non. L'idée semblait la fasciner encore plus que moi. Impossible de l'empêcher de revenir là-dessus, elle ne cessa d'en parler pendant tout l'essayage. Puis, comme elle mettait son chapeau pour partir, elle me dit soudain :

— Mademoiselle Kaye, je viens d'avoir une idée. Mon beau-frère est commissaire de police à Scotland Yard. Peut-être qu'il connaîtrait un moyen d'empêcher cet horrible individu de torturer la pauvre petite dont vous m'avez parlé. Voulez-vous que je lui en parle ?

— Oh non, surtout pas ! m'exclamai-je. Elle ne me le pardonnerait jamais. Je ne crois pas que la police puisse faire quoi que ce soit pour elle. Ne m'en veuillez pas si je vous dis ça, madame, mais j'espère que vous ne ferez rien de semblable.

Elle parut blessée mais promit toutefois de se taire. Je ne la crus évidemment pas. Quand une femme a envisagé la possibilité de parler de quelque chose, c'est comme si c'était fait. Je fus dans tous mes états un jour ou deux parce que je ne voulais surtout pas être mêlée à cette affaire. Mais, rien ne s'étant produit, je commençais tout juste à respirer plus librement lorsqu'il me fallut me rendre chez Vaughan derrière Regent's Street pour acheter des fournitures. Je sortais du magasin avec mes paquets quand un homme s'approcha de moi. Je reconnus en lui un policier : il en avait l'allure, la coupe de cheveux, l'imperméable marron, et cet air d'avoir un emploi stable sans qu'on pût savoir dans quelle branche il travaillait. Il me demanda de l'accompagner à son bureau, et je ne pus refuser.

Il me conduisit chez son supérieur hiérarchique, un type sympathique à sa manière, qui, comme tous les policiers, ne prenait jamais parti pour personne. J'eus toutefois l'impression qu'il était réglo, ce qui n'est pas le cas de tout le monde. Il se présenta — inspecteur Cumberland —, me fit asseoir, envoya quelqu'un me chercher une tasse de thé. Puis il m'interrogea à propos de Louise.

La panique s'empara alors de moi. Lorsqu'on est commerçant dans Adelaide Street, on ne peut absolument pas se permettre d'avoir des ennuis avec ses voisins. Je lui dis que je connaissais à peine cette femme. Cette réponse ne plut pas à Cumberland. Je dois dire qu'il sut comment me manœuvrer. Il me posa tant et tant de questions sur ma boutique et mes affaires que je fus bientôt soulagée de lui parler d'autre chose. A la fin je craquai parce que, après tout, personne ne faisait quoi que ce soit de criminel. Je lui racontai tout ce que je savais et le laissai me tirer les vers du nez. Quand j'eus terminé, il éclata de rire, me dévisageant de ses petits yeux brillants nichés sous des sourcils épais comme de la fourrure.

— Eh bien, dit-il, il n'y a rien de si terrible là-dedans, n'est-ce pas ?

— Non, répliquai-je d'un ton boudeur.

Il me donnait l'impression d'être une imbécile.

Il soupira et se laissa aller contre le dossier de son fauteuil.

— Sauvez-vous, oubliez cet entretien, reprit-il. Mais, comme je ne veux pas que vous commenciez à vous imaginer des choses, laissez-moi vous dire ceci. La police est dans les affaires, d'une certaine façon. Et, lorsqu'un officier comme moi est mis au courant de certains agissements, il faut qu'il fasse sa petite enquête, n'est-ce pas ? Même s'il pense que détruire des billets de banque constitue un délit mineur comparé à certains faits qu'il lui faut traiter par ailleurs, il est tenu d'enquêter et de rédiger un rapport. Lequel sera... classé et oublié.

— Oui, acquiesçai-je, très soulagée.

Ils me reconduisirent jusqu'à la sortie et c'en fut fini, apparemment du moins. Mais j'avais retenu la leçon et je me gardai bien de souffler un mot du sujet à qui que ce soit. Cela m'éloigna de Louise, et pendant un temps je l'évitai. Je trouvais toutes sortes d'excuses pour ne plus aller dîner avec elle. Je la voyais toutefois à travers la vitrine, je la voyais assise à la caisse et je voyais Adelbert qui l'observait du pas de sa porte.

Pendant un mois ou deux, tout se passa normalement. Puis j'appris que le fiancé de Violetta avait fini par se fatiguer de travailler au restaurant et qu'il avait trouvé un travail dans le Nord. Il avait proposé à la petite de l'épouser et de partir avec lui, et ils avaient mis les voiles presque sans dire au revoir. J'étais désolée pour Louise, qui restait seule ; je décidai d'aller la voir.

Elle prenait très bien la chose ; en fait, elle avait eu beaucoup de chance car elle avait embauché un nouveau serveur presque aussitôt et l'une des filles de cuisine était restée. A eux trois, ils s'en sortaient très bien. Louise était pourtant très seule, aussi repris-je l'habitude d'aller dîner chez elle une fois par semaine. Je payais mon écot, mais elle dînait à ma table.

Je me gardais bien d'aborder le sujet d'Adelbert. Mais un jour, alors qu'on approchait du 24 juin, elle fit directement allusion à lui et me demanda sans ambages si je me souvenais de ma promesse et si j'acceptais d'assister au prochain paiement. Violetta étant partie, elle avait parlé de moi à Adelbert, qui avait trouvé l'idée intéressante.

Je ne pouvais me dégager de ma promesse sans lui faire de la peine et je lui dis que j'étais d'accord. Je ne nierai pas que j'étais également curieuse de voir cela : c'était une histoire d'amour sans amour, autant que je pouvais en juger.

L'heure du paiement fut fixée à une demi-heure après la fermeture, le jour de la Saint-Jean. Lorsque je descendis la rue, je constatai que les persiennes du Coq au Vin étaient fermées, ainsi que la porte. Le nouveau serveur prenait un bol d'air et il me fit entrer par les cuisines. Je gravis l'escalier de service obscur et trouvai les deux autres qui m'attendaient déjà.

La salle à manger était dans l'ombre, seule brillait une ampoule au-dessus de la table où ils étaient installés, et cela me permit de bien les examiner tandis que je les rejoignais. Ils formaient un couple extraordinaire.

Je ne sais si vous avez déjà vu ces petits dieux chinois grassouillets que les gens posent sur le manteau de leur cheminée en guise de porte-bonheur. Ils sont censés rire, mais certains font seulement semblant. Les plis de leur visage de porcelaine sont figés, et leur sourire est sans pitié. C'est à l'un d'eux qu'Adelbert me fit penser. Il portait toujours une veste noire pour travailler, très fine et très ample. Je songeai que — quand il la retirait — elle devait pendre comme une robe. Enveloppé dans cette veste, il paraissait courtaud et flasque, assis près des lambris blancs du mur.

Louise, en revanche, dans sa robe noire et son cardigan de laine étriqué, était aussi exsangue et sèche qu'une branche morte. Je compris en un éclair qu'elle devait le rendre furieux. Elle n'avait pas l'air de céder un pouce de terrain. Elle ne cédait pas plus qu'elle n'était forcée de le faire. Je n'avais jamais vu quelqu'un d'aussi indomptable de ma vie. Elle lui tint tête tout le temps.

Il y avait une bouteille de Dubonnet sur la table, et chacun d'eux avait un petit verre. Lorsque j'arrivai, Louise m'en servit un.

La rencontre était très formelle. Bien qu'ayant vécu toute leur vie à Londres l'un et l'autre, leur sang français ressortait distinctement. Ils me serrèrent la main à tour de rôle, et Adelbert m'avança une chaise.

Louise avait mis la grosse enveloppe de la banque dans son sac noir qu'elle tenait comme s'il s'agissait d'un animal familier. Dès que j'eus avalé une gorgée de mon Dubonnet, elle la sortit de sa cachette et la poussa vers son vis-à-vis.

— Cinq cents livres, dit-elle. Le reçu est là, je l'ai rédigé. Si vous voulez bien le signer...

Pas un mot de trop, mais la tension était perceptible. Elle le haïssait, il recevait son dû et rien de plus.

Il resta assis à la considérer un moment, le regard fixe ; il semblait attendre quelque chose, une lueur de regret ou de ressentiment, je suppose. Mais il en fut pour ses frais. Ses doigts boudinés se saisirent de l'enveloppe et l'ouvrirent. Les cinq liasses vertes tombèrent sur la nappe blanche. Je les regardai avec intérêt. Bien sûr, cela ne représentait pas une fortune, mais, pour des gens comme Louise et moi, qui devions trimer dur pour gagner notre vie, c'était une coquette somme qui correspondait à des heures de labeur, d'efforts et de privations.

Je n'aimai pas du tout la façon dont les doigts de cet homme jouaient avec les billets. Aussi l'étincelle de sympathie que j'avais commencé à éprouver pour lui s'éteignit-elle abruptement. Je compris alors que, s'il était arrivé à ses fins et s'il l'avait épousée quand elle était encore enfant, il l'aurait traitée de manière abominable. C'était un être cruel.

Je jetai un regard à Louise et vis qu'elle était impassible. Assise, sans bouger, les mains croisées, elle attendait son reçu.

Adelbert commença à compter l'argent. J'ai toujours admiré cette façon qu'on les guichetiers de banque de manipuler les billets, mais la façon dont Adelbert procéda m'ouvrit les yeux. Il agissait tel un joueur qui manipule un paquet de cartes, faisant comme si chaque billet de banque était vivant ; on voyait qu'il aimait l'argent.

— Le compte est bon, dit-il enfin avant de fourrer les liasses dans sa poche intérieure.

Puis il signa le reçu et le tendit à Louise. Celle-ci le prit, le rangea dans son sac. Je supposai que la comédie était finie et je me demandai pourquoi mon amie avait fait tant d'histoires. Je levai mon verre en la regardant, et je me mettais debout lorsque Adelbert m'arrêta d'un geste.

— Attendez, dit-il. Il faut qu'on fume une cigarette et qu'on boive un autre petit verre, si c'est dans les moyens de Louise.

Il sourit mais pas elle. Elle lui servit un autre verre et resta assise en attendant qu'il le boive. Il n'avait pas l'air pressé. Puis il ressortit l'argent de sa poche et nous tendit son étui à cigarettes. J'en acceptai une, Louise s'abstint. Il y avait un porte-allumettes en métal sur la table, il se pencha en avant. Je l'imitai, m'attendant qu'il me donne du feu, mais il éclata de rire et recula.

— Le parfum du tabac est meilleur avec ça, dit-il.

Sortant un billet de la liasse, il l'alluma et m'en offrit la flamme. Sachant ce qui allait se passer, je ne manifestai pas de surprise. Si Louise parvenait à garder un visage impassible, je pouvais en faire autant. Je regardai le billet de banque brûler, se consumer, puis il en prit un autre auquel il mit également le feu.

N'ayant pas réussi à nous faire réagir, il entreprit de parler. Il parlait presque normalement de son restaurant et du métier de restaurateur. Les temps étaient durs, c'était fatigant de se lever aux aurores pour accompagner le chef au marché ; c'était pénible, ces clients qui vous obligeaient à rester debout tard le soir, papotant et s'attardant comme si le lendemain n'existait pas. Ces propos s'adressaient à Louise, il remuait le couteau dans la plaie. Elle restait parfaitement impassible, ses yeux couleur de plomb, la bouche pincée.

Voyant que sa tactique échouait, il donna à la conversation un tour plus personnel. Il nous raconta qu'il se souvenait de nous quand nous étions petites, il nous dit que le travail et les soucis nous avaient bien changées.

Cela m'agaça mais ne me fit pas trop sortir de mes gonds car il fut bientôt évident qu'il ne se souvenait pas du tout de moi. Il n'en allait pas de même pour Louise : il se souvenait parfaitement d'elle, du moindre détail.

— Vos cheveux ressemblaient à de l'or, dit-il. Vos yeux étaient bleus comme du verre et vous aviez une petite bouche tendre, si gaie. Où est-elle maintenant, cette gaieté ? Ici.

Il tapota l'argent, ce vieux salaud.

— Ici, Louise. Je suis psychologue, je vois les choses.

J'en eus froid dans le dos. Je l'observais, fascinée, lorsque soudain je le vis prendre un paquet de billets qu'il disposa en éventail. Louise n'eut pas un battement de cils, pas un mot. Elle le fixait comme s'il n'était qu'un passant anonyme. Personne. Je tournai la tête pour la regarder, si bien que je ne le vis pas craquer son allumette. Aussi, quand il mit le feu aux billets, me prit-il complètement au dépourvu.

— Attention ! m'écriai-je malgré moi. Faites attention à ce que vous faites !

Il éclata de rire tel un enfant vicieux, triomphant et ravi.

— Et vous, Louise, vous ne dites rien ?

Elle continuait d'avoir l'air ennuyée, et ils restèrent assis l'un en face de l'autre à se regarder fixement. Pendant ce temps-là, la liasse crépitait et flambait.

Comme cette affaire n'avait aucun sens pour moi, je perdis mon sang-froid.

Je fis tomber les billets de sa main. D'un geste vif, je les expédiai hors de sa portée. Ils atterrirent sur le parquet, sur la table, partout. La pièce était éclairée par des billets de banque qui se consumaient.

Il se jeta dessus comme un malade, jamais on n'aurait cru un homme de sa corpulence capable de se mouvoir aussi rapidement.

Il fut trahi par le billet qui s'accrocha à mon bas et le fila. Une étincelle brûla le nylon et, baissant les yeux, j'arrachai le billet brûlé, le tendant vers la lumière. Nous vîmes tous le défaut en même temps. L'encre avait coulé, et une grande traînée se dessinait au milieu du rectangle de papier, telles des veines sur une dalle de marbre.

Il y eut un long silence, et le bruit que l'on entendit vint non pas de nous mais de la porte de service. Celle-ci s'était ouverte sur le nouveau serveur, méconnaissable maintenant qu'il avait troqué son gilet pour une veste de policier. Il était suivi de l'inspecteur Cumberland.

Ils se dirigèrent vers Adelbert, et le plus jeune des deux hommes et le plus costaud lui posa une main sur l'épaule. Cumberland ne s'occupa que de l'argent. Il piétina les flammes pour éteindre le feu, ramassa les restes calcinés et les quatre liasses intactes, qu'il mit sur la table. Puis il eut un petit sourire.

— On vous tient, Adelbert. On se demandait qui faisait circuler de la fausse monnaie dans le quartier et, quand on a appris qu'il y avait quelqu'un qui s'amusait à brûler des espèces, on s'est dit qu'il faudrait aller voir ça d'un peu plus près.

Je ne comprenais encore qu'à moitié et je tendis à bout de bras le billet que nous avions regardé.

— Y a un truc qui cloche sur celui-là, dis-je bêtement.

Cumberland me le prit des mains et grommela :

— Ils ont tous quelque chose qui cloche, ma chère. L'argent de Mlle Frosné est en sécurité dans sa poche, vous pouvez me croire. Ce que vous voyez là fait partie des ratés. Les fabricants de fausse monnaie ne réussissent pas à tous les coups. Et, lorsqu'ils échouent, le fruit de leur travail reste chez l'imprimeur. Ce billet-là est vraiment une très mauvaise contrefaçon. Je suis étonné que notre ami s'en soit servi ne serait-ce que pour le faire brûler. Vous vouliez vraiment l'utiliser à quelque chose, on dirait, Adelbert. Vous avez de sacrées idées...

— Comment avez-vous découvert tout cela ? demanda Louise en nous regardant tour à tour, l'inspecteur et moi.

Cumberland me sauva la mise :

— Les policiers, madame, dit-il en riant, sont aussi des psychologues.

UN COIN À MOI

Nedra Tyre

Née en Géorgie, Nedra Tyre (1912-1990) a écrit entre 1952 et 1971 une demi-douzaine de romans à énigme et quelque quarante nouvelles policières pour l'*Ellery Queen's Mystery Magazine* et d'autres revues. Spécialiste de l'atmosphère des petites villes du Sud, elle a reçu un excellent accueil de la critique de son vivant. Si elle n'occupe pas toujours la place qu'elle mérite dans les ouvrages de référence, c'est que sa production est peu abondante. Son premier roman, *Mouse in Eternity* (1952), qui est aussi le plus connu et dont l'action se situe à Atlanta, doit beaucoup à son expérience d'assistante sociale. Il marqua le début de l'engouement pour le régionalisme dans les romans à énigme américains.

Nedra Tyre vivait à Richmond, en Virginie, lorsqu'elle confia à *Contemporary Authors* : « J'ai travaillé dans des bureaux, dans une bibliothèque, j'ai été assistante sociale, j'ai écrit pour une agence de publicité et enseigné la sociologie. J'ai tout fait et j'ai l'impression de n'avoir jamais réussi à gagner le minimum vital. La vie est réelle, la vie est une chose sérieuse, mais elle est surtout ridicule. Je travaille maintenant comme rédactrice dans un organisme qui aide financièrement les enfants les plus démunis dans vingt-cinq pays. Je suis totalement sourde depuis quatre ans. C'est très intéressant, la surdité, même si c'est un handicap. En politique, je suis ce qu'on appellerait une libérale ; côté religion, je dirais que je suis protestante, mais avec un *p* minuscule. Tout me décontenance, tout m'interpelle et me sidère. »

Grâce à son expérience professionnelle dans le domaine social et à sa façon d'appréhender le monde, Nedra Tyre réussit, dans « Un coin sympa », à dépeindre avec talent la psychologie liée à la pauvreté.

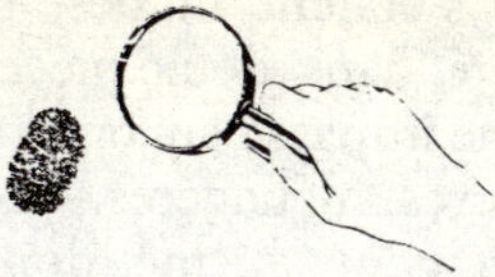

J'ai toujours voulu avoir un coin à moi. Pas quelque chose d'imposant, juste une petite pièce avec des murs fraîchement peints, quelques meubles et une fenêtre pour faire pousser deux ou trois plantes en pots. C'est ce dont j'ai toujours rêvé. Je n'ai jamais eu envie d'amour, d'argent, ni de beaux vêtements, bien que je sois plutôt jolie et que de beaux vêtements m'eussent fait paraître encore plus mignonne — je ne dis pas ça pour me vanter.

Les responsabilités me tombèrent dessus quand j'avais quinze ans. C'est alors que, maman étant malade, il me fallut faire tourner la maison, m'occuper de papa et de mes deux frères aînés, et évidemment soigner maman. Peu de temps après, papa perdit la ferme, et nous allâmes habiter en ville. Je n'aime pas trop penser à la maison où nous vivions près des voies de chemin de fer. Cela dit, j'imagine que nous avions de la chance d'avoir un toit au-dessus de nos têtes. On était au beau milieu de la crise de 1929, et des tas de gens n'en avaient pas, même pas un toit qui fuyait, *plic, ploc*. Lorsqu'il pleuvait à verse, il n'y avait pas assez de bassines ni de casseroles pour recueillir l'eau.

C'était maman la malade, mais c'est papa qui mourut le premier ; la vie en ville ne lui convenait pas. Mes frères s'étaient mariés, maman et moi avions emménagé dans deux pièces sombres qui donnaient sur une impasse encombrée de poubelles et de tas d'ordures ménagères. Mes frères m'aidaient financièrement et me donnaient chaque mois juste de quoi faire face à mes dépenses et à celles de maman, même si leurs femmes rouspétaient et se plaignaient.

Je m'efforçais de procurer un peu de confort à maman. Je m'efforçais d'exaucer ses moindres désirs. Je l'aimais. J'avais toutefois une autre raison de vouloir la garder en vie le plus longtemps possible. Tant qu'elle respirait, j'avais un endroit où loger. J'étais terrifiée à l'idée de ce qui se passerait quand elle mourrait. Je n'avais pas de diplômes, pas d'expérience professionnelle, et je savais pertinemment que mes belles-sœurs refuseraient de m'héberger ou de laisser mes frères subvenir à mes besoins une fois que notre mère serait partie.

Puis maman rendit son dernier soupir avec le sourire pour me remercier de mes bons soins.

Comme il fallait s'y attendre, Norine et Thelma, les femmes de mes frères, se chargèrent de leur faire entendre raison. C'est ainsi qu'à partir de ce moment-là je fus obligée de me débrouiller seule. La terreur de ne savoir où loger s'empara de mon esprit pour ne plus jamais le quitter.

Je connus néanmoins un certain répit lorsque M. Williams, un veuf de vingt-quatre ans mon aîné, me demanda de l'épouser. Je pris mes vœux très au sérieux. J'avais promis de le chérir et je m'y employai. Mais si vous aviez vu la maison dans laquelle nous vivions ! Les murs n'auraient pu être plus sales s'ils avaient été couverts de suie, et la plomberie, têtue comme une mule, ne fonctionnait que quand ça lui chantait. J'avais mal au pied gauche en permanence à force de taper dans le tuyau qui courait sous l'évier pour que l'eau se décide à couler.

Là-dessus, M. Williams tomba malade et dut abandonner sa boutique de cordonnier. Il avait un petit compte d'épargne, quelques obligations du gouvernement et une assurance maladie qu'il toucha pendant six mois.

Je fis le maximum pour lui apporter du confort et le soutenir. Alors que je faisais moi-même toute la lessive, je lui donnais des draps et des pyjamas propres tous les trois jours, et je crois bien que c'est par la seule force de ma volonté que je réussis à faire fleurir un bégonia dans la pièce sombre où séjournait M. Williams. J'allai jusqu'à tarabuster ses deux filles, les suppliant de lui envoyer des petites cartes pour lui souhaiter un prompt rétablissement, ce qu'elles firent une ou deux fois. De temps en temps, lorsqu'il nous restait un peu d'argent, j'achetais des cartes sur lesquelles je gribouillais des signatures illisibles, puis je les adressais à M. Williams pour lui faire croire que ses anciens clients se souvenaient encore de lui.

Evidemment, quand M. Williams mourut, ses deux filles accoururent au galop afin de mettre la main sur leur part du produit de la vente de cette maison délabrée. Oh, je n'essayai pas de les en dissuader : je ne suis pas du genre à aller contre la nature humaine.

Cela me fait mal de penser à toutes les épreuves que j'endurai après la mort de M. Williams. Le plus dur, c'était de trouver un endroit où dormir ; un endroit où loger, c'était ça le plus important. Parce que d'une façon ou d'une autre on parvient toujours à trouver à manger. Il y a les poubelles dans lesquelles on peut fouiller, vous seriez étonné de voir ce que les gens peuvent gâcher et la quantité de nourriture parfaitement mangeable qu'ils jettent. Ou alors, après le passage des éboueurs, lorsque les poubelles étaient vides, j'allais dans un supermarché et, au rayon des fruits, je faisais semblant de choisir des cerises. Je ne me fourrais pas les plus belles dans la bouche. Je prenais celles qui étaient trop mûres et qui auraient mérité d'être jetées, ou celles qui ne l'étaient pas assez et n'auraient pas dû être mises à l'étalage. Je dérobais une feuille de chou flétrie, du cresson, des petites tomates rondes de la taille d'une noix dont je ne me rappelle jamais le nom. Je ne bâfrais pas, je mangeais juste de quoi apaiser ma faim. Bref, je m'en sortais. On n'est pas obligé de mourir de faim.

Le seul travail que je réussissais à me procurer suffisait tout juste à payer de quoi me loger et me nourrir. Je n'étais pas infirmière diplômée, même si je savais m'y prendre avec les malades, et les gens qui m'engageaient me disaient qu'il ne me fallait pas m'attendre à grand-chose du fait que je n'avais ni la formation ni les qualifications requises. Tout ce qu'ils cherchaient, c'était quelqu'un pour passer la nuit auprès de tante Myrtle, de la cousine Kate, de maman ou de papa ; ils ne demandaient pas de véritables travaux, du moins c'est ce qu'ils disaient, et ils ne pensaient pas que l'aide que je leur apportais valait autre chose que des repas et un endroit où dormir. Les conditions dans lesquelles j'étais hébergée étaient tout à fait sommaires. La moitié du temps, je n'avais même pas un coin où mettre mes affaires, non que j'eusse pourtant beaucoup de vêtements. Parfois, je dormais sur un lit de camp dans le couloir devant la chambre du patient ou sur un lit de fortune dans la chambre même dudit patient.

Je chérissais mes malades comme j'avais chéri maman et M. Williams. Je ne voulais surtout pas qu'ils meurent. Je faisais tout mon possible pour qu'ils sachent que je me préoccupais de leur bien-être, d'abord pour eux-mêmes et puis pour moi, car je ne voulais pas me retrouver dehors en quête d'un autre coin où loger.

Maintenant que j'ai présenté ma défense, un terme dont je n'aurais jamais pensé qu'il pourrait s'appliquer à moi, je vais laisser la parole à l'accusation.

Je volais.

Je ne m'en vante pas, mais le fait est là : j'étais une voleuse.

Pas par inclination. Je ne convoitais pas une chose sous prétexte qu'elle appartenait à quelqu'un d'autre. Mais vint un moment où je fus forcée de voler. Il y avait certaines choses qu'il fallait que je me procure. Mes chaussures prenaient l'eau. J'avais besoin de bas et de sous-vêtements. Et quand je demandais à un fils, à une fille, à un cousin, à une nièce, un peu d'argent pour m'acheter ces articles indispensables, ils réagissaient comme si j'essayais de les faire chanter. Ils me rappelaient que je n'étais pas une infirmière diplômée et que je risquais même d'avoir des ennuis avec l'administration si celle-ci découvrait que je me faisais passer pour telle ; ce qui n'était pas le cas, et ils le savaient pertinemment. Quoi qu'il en soit, ils me rappelaient que tout ce qu'ils me devaient, selon eux, c'était le gîte et le couvert.

Je commençai alors à voler, à dérober de petites choses enfouies au fond des tiroirs ou dans des boîtes, tout en haut d'étagères, des choses qui n'avaient pas servi depuis des années et ne serviraient probablement plus jamais. C'est chez Mme Bick que je fis ma plus grosse prise. Dans cette maison, il y avait un grenier plein de malles bourrées de vêtements et d'objets divers datant des années 1920 : uniformes, éventails en plumes d'autruche, châles espagnols, sacs brodés de perles. Je les sortais de leur cachette au coup par coup et j'allais ensuite les vendre dans un magasin qui s'appelait Way Out.

Quand j'avais vendu quelque chose, j'essayais de le rembourser en heures de main-d'œuvre. Par exemple, lorsqu'on me donnait un dollar pour un boa que j'avais chipé à Mme Bick, je m'arrangeais pour m'acquitter d'une corvée que la femme de ménage ne cessait de remettre au lendemain : cirer le couloir, faire briller les chenets, mettre de l'ordre dans le placard à linge.

Quoi qu'il en soit, je volais. Pas partout où j'allais, mais quand c'était nécessaire. Je le reconnais.

Mais je n'ai pas dérobé cette boîte en argent.

En ce qui la concerne, j'étais aussi innocente qu'un nouveau-né. Aussi, lorsque ce policier s'approcha de moi alors que je tenais la boîte bien serrée dans ma main, je fis un pas de côté et je lui donnai peut-être la poussée qui l'expédia dans l'autre monde. Il n'avait pas à agir comme cela : cette boîte m'appartenait, quoi que pût en dire la nièce de Mme Crowe.

Cinquante mille nièces n'auraient pu faire que cette boîte ne soit à moi.

Bref, le policier était mort et, même si je n'avais

pas voulu le tuer, je ne lui avais pas souhaité du bien. Et puis voilà que je me fis la réflexion suivante : bon, je n'avais pas volé la boîte de Mme Crowe, mais j'avais volé des tas d'autres choses ; c'était la main de Dieu qui se manifestait, et on me faisait payer maintenant les délits que j'avais commis antérieurement.

En réfléchissant, je devrais réussir à comprendre un peu mieux ce qui s'est passé, mais les choses n'ont jamais été très claires dans ma tête.

De toutes les personnes chez qui j'avais travaillé, Mme Crowe était celle qui appréciait le plus mes services. Clouée au lit, elle pouvait à peine bouger. Je ne crois pas que l'infirmière diplômée qui assurait le service de jour ait considéré que masser Mme Crowe faisait partie de ses attributions. C'est pourquoi, le soir, je la massais, ce qui lui plaisait et la soulageait. Elle me remerciait des moindres petits gestes que j'avais pour elle — chaque fois que je tapotais et gonflais son oreiller, quand je lui mettais quelques gouttes de parfum sur le lobe de l'oreille, quand j'arrangeais les couvertures et les draps froissés.

J'avais mis au point une petite comédie : je faisais semblant de lire les lignes de la main. Je prenais celle de Mme Crowe, je lui disais qu'elle allait passer une journée merveilleuse mais qu'il lui fallait se méfier d'un étranger blond et très beau. Ces sottises la faisaient rire. Elle ne dormait pas bien et elle était contente de pouvoir me parler presque toute la nuit de son enfance et de son défunt mari.

Elle ne cessait de s'affaiblir et, quarante-huit heures avant sa mort, elle me déclara qu'elle aurait aimé pouvoir faire quelque chose pour moi mais qu'elle avait légué tout ce qu'elle possédait à sa nièce quand elle était devenue invalide. Mme Crowe espérait toutefois que je prendrais sa boîte en argent. Je la remerciai. J'étais contente qu'elle ait suffisamment de sympathie pour moi pour me donner cet objet. Je n'en avais pas vraiment l'usage. La boîte aurait été parfaite pour ranger des babioles, mais je n'en avais pas. Elle semblait être le bien le plus cher de Mme Crowe. Elle la laissait sur sa table de chevet, et ses yeux brillaient chaque fois qu'elle la regardait. On aurait dit une petite fille devant une poupée flambant neuve un matin de Noël.

Aussi, lorsque Mme Crowe mourut et que la nièce, que je voyais pour la première fois, me renvoya, je rassemblai le peu que j'avais, pris la boîte et partis. Je ne me rendis pas aux obsèques de Mme Crowe. D'après le journal, elles étaient célébrées dans l'intimité familiale et je n'y avais pas été invitée. De toute façon, je n'aurais rien eu à me mettre.

Il me restait quelques dollars sur la vente des différents objets que m'avait achetés Way Out. Je versai une semaine de loyer pour une pièce qui était certainement la plus épouvantable où j'aie jamais vécu.

Il y faisait un froid de canard, et la chaleur n'atteignait pas le troisième étage où j'habitais. Dans cette chambre, dont le plâtre s'écaillait, dont le plancher était esquinté et couvert de cafards, je restais assise, vêtue de tous les habits que je possédais, avec une malheureuse couverture et un quilt râpé drapé autour de mes épaules, à attendre qu'un peu de chaleur me parvienne. Un jour, la nièce de Mme Crowe fit irruption chez moi en manteau de fourrure, chapeau de fourrure et bottes de cuir luisantes qui lui montaient aux genoux. Elle était rouge comme une tomate. Elle me dit qu'elle avait réussi à retrouver ma trace grâce à un détective privé et qu'il fallait que je lui rende l'objet que j'avais dérobé à sa tante.

Cette déclaration me fit perdre la maîtrise de mon anglais. Tandis que je me taisais, incapable de prononcer un mot, elle se mit à hurler, déclarant que, si je lui rendais la boîte immédiatement, aucune poursuite ne serait engagée contre moi. Lorsque enfin je recouvrai ma voix, je lui dis que cette boîte m'appartenait, que Mme Crowe me l'avait offerte. Elle me demanda alors si j'en avais la preuve ou si ce cadeau avait été fait en présence de témoins. Je lui rétorquai que quand on me faisait un présent je me contentais de dire merci et ne demandais ni preuve ni témoin, et que pour rien au monde je ne me séparerais de la boîte de Mme Crowe.

La nièce était plantée là, soufflant comme une forge.

— Vous aurez de mes nouvelles ! hurla-t-elle en s'en allant.

La pièce était plus glaciale que jamais, et je claquais des dents.

Peu de temps après, j'entendis des pas lourds dans l'escalier. Je compris que la nièce avait mis ses menaces à exécution et que la police était à mes trousses.

Je fus saisie de panique. Je me mis à faire le tour de la pièce comme une souris poursuivie par un chat. Puis je me dis que, si la police fouillait ma chambre et ne parvenait pas à récupérer la boîte, cela me laisserait le temps de décider de la conduite à tenir. Je sortis en vitesse la boîte du tiroir du haut de la commode et me précipitai vers le couloir du fond. J'ouvris en hâte la porte de derrière. Je crois que j'avais dans l'idée de descendre les marches quatre à quatre et d'aller cacher mon trésor quelque part dans un buisson ou peut-être dans une poubelle.

Les marches étaient raides, glissantes et couvertes de givre.

Je commençai à descendre. Mon pied droit glissa. Je me rattrapai à la rambarde. Je m'y accrochai d'une main, tenant de l'autre la boîte en argent, et me frayai précautionneusement un chemin à travers les plaques de verglas.

J'étais à mi-chemin du rez-de-chaussée quand j'entendis quelqu'un hurler mon nom. Je tournai la tête et vis un type costaud qui dévalait les escaliers dans mon dos. Je n'ai jamais vu une telle colère sur le visage d'un homme. Soudain il fut derrière moi et tendit le bras pour s'emparer de la boîte.

Je m'écartai pour lui échapper, et il jura. Peut-être que je le poussai, mais je n'en suis pas sûre, pas vraiment.

Quoi qu'il en soit, il glissa, dégringola jusqu'en bas et atterrit sur le sol, où il resta parfaitement immobile. La dernière marche sous sa tête lui faisait comme un oreiller. Il était allongé les bras en croix sur l'allée de brique.

Tel un animal familier qui veut suivre son maître, la boîte en argent m'échappa des mains et, après avoir rebondi de marche en marche, s'immobilisa près de l'oreille gauche du policier.

Mon cerveau était au point mort. J'eus l'impression d'être paralysée. Puis je me mis à hurler.

Les habitants de la maison et des maisons voisines ouvrirent leurs fenêtres et leurs portes pour voir la cause de ce remue-ménage, et certains se ruèrent vers la cour. Le policier qui était l'équipier — je pense que c'est le terme — du mort leur ordonna de reculer.

Au bout d'un moment, d'autres policiers arrivèrent. Ils emportèrent le corps du mort et me conduisirent au commissariat où on m'enferma.

Dès le début, le jeune avocat que l'on m'avait commis d'office ne m'inspira pas une grande sympathie. Je n'aurais pas pu dire pourquoi exactement, mais je me sentais mal à l'aise avec lui. Son nom de famille était Stanton. Il avait un prénom, bien sûr, mais il ne se donna pas la peine de me l'indiquer ; il me dit de l'appeler Bat comme tous ses amis.

Il passait son temps à sourire et à me rassurer alors qu'il n'y avait aucune raison de sourire ni d'être rassurée. Il aurait dû s'en douter au lieu de me donner de faux espoirs.

Moi, je n'avais qu'une pensée en tête : j'étais contente que mes parents et M. Williams soient morts ; cela leur évitait d'être couverts de honte.

« Tout va aller comme sur des roulettes », ne cessa de répéter l'avocat jusqu'à la fin.

Et de clamer son indignation lorsqu'on me jugea coupable d'avoir résisté à une arrestation, coupable d'homicide et coupable de vol.

Mon défenseur fit un tel ramdam qu'on aurait dit que c'était lui qui était condamné, et non pas moi. Il parla de monstrueuse erreur judiciaire, déclara qu'on aurait aussi bien pu être de retour au dix-huitième siècle, où l'on pendait les enfants.

Ça, c'était une grossière exagération car dans l'histoire personne n'était pendu et encore moins des enfants, vu qu'aucun enfant n'était impliqué dans l'affaire. Le policier était mort, j'avais joué un rôle dans son décès. Peut-être l'avais-je poussé. Je n'arrivais pas à en être sûre. Au fond de mon cœur, je ne lui avais voulu aucun mal. J'étais juste terrorisée. N'empêche qu'il était mort. Et pour ce qui était de l'accusation de vol, si je n'avais pas dérobé la boîte, des vols, j'en avais commis d'autres. Et à plusieurs reprises.

C'est alors que se produisit le miracle. Toute ma vie j'avais rêvé d'avoir un coin à moi, un endroit confortable où loger. Et c'est exactement ce que j'obtins.

La pièce était plutôt exiguë mais dotée de tout ce dont je pouvais avoir besoin. Il y avait même un lavabo avec de l'eau courante, chaude et froide. Les murs étaient repeints de frais, et on me laissa le choix entre une bergère recouverte d'une housse en chintz et un fauteuil de style danois. On me demanda mes préférences concernant la couleur du couvre-pied. La fenêtre donnait sur une belle pelouse bordée de buissons, et la surveillante me dit qu'on m'autoriserait à aller à la serre choisir quelques plantes en pot pour ma chambre. Le lendemain, j'optai pour un gloxinia blanc et pour des chrysanthèmes couleur feuille morte.

Les barreaux aux fenêtres ne me dérangeaient nullement. A notre époque, les maisons les plus belles ne sont-elles pas équipées de barreaux pour empêcher les cambrioleurs d'entrer ?

Les repas : je n'arrivais pas à croire que de la nourriture aussi délicieuse puisse exister. La femme qui en surveillait la préparation avait détourné les fonds d'une des plus grosses sociétés de restauration de l'Etat après en être passée trésorière.

Les autres pensionnaires étaient très sympathiques, la plupart avaient mené des vies passionnantes. Certaines de ces dames utilisaient parfois des mots du genre de ceux qu'on voit généralement gribouillés sur les palissades ou tracés sur les trottoirs avant que le ciment sèche, mais quand on les grondait elles s'excusaient. De temps en temps, elles se prenaient le bec et se tiraient les cheveux, mais cela ne dégénérait jamais vraiment. Il y avait une chorale — je ne sais pas chanter mais j'aime la musique —, et nous avions droit à un concert le mardi matin à la chapelle. Le jeudi soir, on avait cinéma. L'entrée était gratuite. On entrait et on s'asseyait où bon nous semblait.

Chacune d'entre nous avait un travail précis à effectuer. On m'avait affectée à l'infirmerie. Le médecin et l'infirmière me firent des compliments. Le médecin me dit que j'aurais dû travailler comme infirmière professionnelle, que je n'avais pas mon pareil pour donner confiance aux patients et les aider à se rétablir. Je ne sais pas trop quoi penser de tout ça ; ce que je sais, c'est que je me suis occupée de malades pendant des années et que j'aime aider ceux qui ne se sentent pas bien.

J'étais si heureuse que parfois je n'arrivais pas à dormir la nuit. Je me levais, j'allumais, je regardais les meubles et les murs. Je ne parvenais pas à croire que j'habitais dans un endroit aussi agréable.

Je me remémorais le dîner ce jour-là. J'étais allée me resservir, reprendre des asperges avec de la sauce aux herbes et au citron, et je comparais cette période d'abondance avec les jours de grande disette où il me fallait me glisser dans les supermarchés pour grignoter des fruits presque pourris ou des légumes crus afin de calmer ma faim.

Puis, un jour, je vis apparaître mon défenseur, pas même pendant les heures de visite normales. Tout frétillant, il me félicita, m'annonçant que mon appel avait été confirmé — c'est le mot qu'il employa, je crois —, que j'étais libre comme l'air, que je pouvais partir à l'instant même.

Il demanda à la surveillante de faire suivre mes affaires et m'entraîna dehors, où les caméras de télévision et les journalistes de la presse écrite attendaient.

Dès que les caméras se mirent à bourdonner et les photographes à me mitrailler, l'avocat m'embrassa sur la joue et épingla une fleur au revers de ma veste. Il fit un discours, déclarant qu'une épouvantable erreur judiciaire venait d'être réparée. Il avait réussi à retrouver des personnes qui avaient affirmé qu'on m'avait bien fait cadeau de la boîte, Mme Crowe en avait en effet parlé au jardinier et à la femme de ménage. Ces gens n'avaient pas voulu témoigner lorsque l'affaire avait éclaté parce qu'ils ne voulaient pas avoir affaire à la police, mais l'avocat était finalement parvenu à les persuader de se manifester et de faire une déposition au nom de la justice et de l'humanité.

L'avocat s'était également rendu au service du personnel afin d'examiner le dossier du policier décédé. Il avait ainsi découvert que ce dernier avait été jugé émotionnellement inapte à remplir sa mission et que le psychiatre avait prévenu le chef de la police qu'il risquait d'arriver de graves ennuis à cet homme ou à un suspect s'il n'était pas relevé de ses fonctions.

Pendant qu'il parlait dans les micros, l'avocat se cramponnait à moi comme si j'étais une gamine de trois ans qui ne demandait qu'à prendre ses jambes à son cou, et moi, plantée là, j'écarquillais les yeux. Quand il eut fini son discours, les journalistes lui prédirent qu'à l'instar de son grand-père et de son oncle, mais beaucoup plus tôt qu'eux, il avait toutes les chances de finir gouverneur.

A ces mots, l'avocat décocha un grand sourire à la caméra, agita la main en signe d'adieu et me poussa dans sa voiture.

J'étais terrorisée. L'endroit où j'avais trouvé refuge n'était plus mien désormais. Mon vieux cauchemar refaisait surface : comment allais-je me débrouiller pour manger et combien de vols allais-je devoir commettre pour subsister ?

Les caméras et les journalistes nous avaient suivis.

Un photographe m'ayant demandé de baisser ma vitre, je surpris une conversation entre deux hommes qui étaient un peu à l'écart de la foule. J'ai l'ouïe très fine. Papa disait toujours que j'entendais tonner le tonnerre à trois Etats de là. Par-dessus les félicitations et les bruits divers, j'entendis l'un de ces hommes qui disait :

— Il exagère, tu ne trouves pas ? Voilà que Bat s'érige en défenseur du troisième âge, maintenant, après avoir fait main basse sur les ados et les moins de trente ans en recourant à des méthodes qui auraient dû le faire radier du barreau. Il aurait dû commencer par faire témoigner le jardinier et la femme de ménage, et étudier le dossier du policier. L'affaire n'aurait pas été portée devant les tribunaux, et cette condamnation n'aurait jamais été prononcée. Mais, en procédant ainsi, Bat n'aurait pas bénéficié de toute cette publicité. Ah, il s'y entend, en méthodes spectaculaires et malhonnêtes !

L'autre homme se contentait de hocher la tête et de ponctuer chaque phrase d'un « T'as drôlement raison ».

Puis nous démarrâmes. Je n'osai jeter un coup d'œil derrière moi tant j'avais le cœur brisé à la pensée de ce que j'abandonnais.

L'avocat me conduisit jusqu'à son cabinet. Il espérait, me dit-il, que je ne serais pas contre un petit peu de sport et d'agitation pendant les jours à venir. Il m'avait organisé des apparitions en public. Le lendemain matin, je devais participer à une émission télévisée. Il ne fallait pas que je m'inquiète. Il serait près de moi pour me soutenir, comme il m'avait aidée tout au long de mon procès. Je n'aurais qu'une chose à faire au cours de l'émission : rappeler aux téléspectateurs que je lui devais ma liberté.

Je dus avoir l'air estomaquée car il s'empressa de poursuivre en me disant que, si je n'avais pas pu le payer en espèces sonnantes et trébuchantes, je pourrais désormais m'acquitter de ma dette envers lui en faisant savoir au public qu'il était le champion des petites gens et des opprimés.

Je lui dis que, d'après ce qu'on m'avait expliqué, les justiciables désargentés se voyaient pourvus d'avocats qui ne leur prenaient pas un sou. Il me répondit que c'était vrai, mais que je pourrais néanmoins le remercier, en racontant aux téléspectateurs ce qu'il avait fait pour moi. Là-dessus, il m'expliqua qu'il nous fallait parler de notre passage à la télé. Il voulait me préparer avant que je passe à l'antenne, mais, d'abord, il allait voir son associé pour lui demander de prendre tous les appels téléphoniques et de s'occuper de ses rendez-vous.

Lorsque la porte se referma derrière lui, je me dis qu'il avait raison. Je lui devais ma liberté. C'était à cause de lui que je l'avais recouvrée. Ce gros malin. Ce parvenu. Qui donc lui avait demandé de se mêler de mes affaires, de m'arracher à ma jolie chambre, au travail que j'aimais et à toute cette nourriture succulente ?

Pour la première fois de ma vie, je compris ce que mépriser quelqu'un signifiait.

Je le haïssais.

Avant qu'on me condamne pour meurtre, il y avait eu une discussion serrée pour savoir si j'avais commis ce crime avec préméditation.

Cette fois, il n'y aurait pas de discussion.

Je n'avais pas voulu de mal à ce policier. Mais j'étais bien décidée à ce qu'il arrive malheur à l'avocat.

J'attrapai un coupe-papier sur son bureau. Je passai mon doigt le long de la lame pour en vérifier le tranchant. Je me postai derrière la porte et, lorsqu'il franchit le seuil, je rassemblai toutes mes forces et frappai. Je le frappai et le frappai de nouveau.

Maintenant, je suis de retour là où j'ai toujours voulu être : dans un coin à moi.

UNE FEMME INTELLIGENTE ET VIVE

Christianna Brand

La plupart des amateurs de romans à énigme seront d'accord avec le grand critique Anthony Boucher pour désigner John Dickson Carr, Ellery Queen et Agatha Christie comme les trois maîtres du genre. Il y eut cependant d'autres auteurs qui, quoique moins prolifiques, égalèrent ce trio dans leur talent pour les intrigues tortueuses. Christianna Brand (1907-1988), la créatrice de l'inspecteur Cockrill, est de ceux-là.

Née en Malaisie de parents britanniques, Mary Christianna Milne grandit en Inde. Comme de nombreux écrivains, elle exerça divers métiers au début de sa vie : gouvernante, modèle, danseuse. Son expérience de vendeuse dans une maison de couture lui inspira son premier roman, *Death in High Heels* (1941). Brand montra qu'elle pouvait construire des énigmes aussi complexes que celles des plus grands dans des romans comme *Narcose* (1944) — dont on tira un film mémorable, *La Couleur qui tue*, avec Alistair Sim — et *Tour de force* (1955). De son propre aveu, elle mettait autant de soin à polir son style qu'à déployer ses indices, cherchant à embobiner le lecteur tout en respectant scrupuleusement les règles du jeu. A différents moments de sa carrière, elle s'écarta du roman à énigme pur et écrivit ainsi un essai sur le mystère de la *Marie-Céleste* (*The Honey Harlot* [1978]), des livres pour enfants (*Danger Unlimited* [1948]), ainsi qu'une série de trois romans commençant avec *Nurse Matilda* [1964]), le compte rendu d'une affaire criminelle (*Heaven Knows Who* [1960]) et des ouvrages de littérature générale publiés sous un pseudonyme. Le roman policier demeura néanmoins son principal centre d'intérêt.

Figure très appréciée des salons du roman policier vers la fin de sa vie, elle reste dans les mémoires autant pour sa personnalité que pour ses œuvres. Préfaçant son recueil de nouvelles *Buffet for Unwelcome Guests* (1983), Robert E. Briney rappelle son talent de conteuse : « Les sujets et les anecdotes variaient, même si certains faisaient l'objet d'une reprise à la demande générale. (L'histoire de Dorothy L. Sayers et du sang dans la cage d'escalier était devenue un classique oral.) Mais la réaction du public était toujours la même. Les auditeurs étaient séduits par les portraits pénétrants ; ils écoutaient avec attention chaque fois qu'elle introduisait une note sérieuse, prévoyaient autant de la suite de l'histoire qu'elle le souhaitait et réagissaient avec une déception admirative quand la chute était différente de ce qu'elle leur avait laissé supposer. En fait, ils réagissaient comme les lecteurs des romans de Christianna Brand l'avaient fait pendant quelque quarante ans. »

Dans les nouvelles qu'elle écrivit, Brand s'attacha moins à l'énigme pure qu'à l'intrigue à rebondissements et à traîtrises multiples, dont « Une femme intelligente et vive » offre un magnifique exemple.

Comme il fallait sauver les apparences, l'appartement était tape-à-l'œil, mais tout était faux, jusqu'au pare-feu en cuivre massif devant les braises électriques. Sauver les apparences était une chose, continuer à payer les mensualités en était une autre, et, dans la situation que connaissait le théâtre, ils « se reposaient » tous les deux depuis un bon bout de temps. Ce qui faisait qu'ils auraient vraiment dû se séparer de Trudi.

Trudi était la fille *au pair*[1] et, pour des raisons différentes, ni l'un ni l'autre ne voulait qu'elle parte.

Ils se querellaient précisément à ce sujet devant la cheminée. Ils avaient en moyenne une dispute par heure, ces temps-ci : des piques continuelles, ça n'arrêtait pas. Colette mettait Raymond hors de lui. Et maintenant cette histoire à propos de Trudi. Et s'il arrivait (par un moyen ou un autre) à la payer en secret ?

— Essaie de lui proposer moins pour son travail, suggéra-t-il.

— Essaie de lui proposer moins... pour le plaisir, répliqua Colette.

Elle le piquait au vif, comme toujours.

1. En français dans le texte. *(N.d.T.)*

— Est-ce que tu insinues...

— Raymond, cette fille ne pense qu'à l'argent, tu le sais parfaitement.

Oui, il le savait, et cela lui glaçait le cœur. S'il venait un jour où il ne pourrait plus lui faire de cadeaux... Il était fou d'elle, de ce bout de femme d'Europe centrale au regard vif, au visage de musaraigne ; il se sentait impuissant dans ses petites pattes cupides. Lui, Raymond Gray, qui toute sa vie, à la scène comme à la ville, avait été un séducteur irrésistible, était pris à présent dans les rets d'une femme ! « Si je n'étais plus ce que j'ai été, se disait-il, si mon profil s'alourdissait, si mes cheveux et mes dents avaient perdu leur perfection... » Mais il vieillissait étonnamment bien. Même ce vieux monstre radotant de l'appartement d'en face...

Ce n'était pas un monstre, mais elle était solidement bâtie ; elle avait fait du sport autrefois, et toute sa belle musculature se transformait maintenant en graisse blanche et molle. Radotante ? Elle était répugnante, grosse veuve laide et vieillissante, passant son temps à radoter sur un ex-roi des planches qui n'avait guère plus que la moitié de son âge.

Comme lui prise au piège et impuissante, elle demeurait assise dans son fauteuil, telle une collégienne idiote, attendant de se précipiter sur son balcon pour l'entrevoir. De son salon, elle ne pouvait voir dans celui de Raymond. Leurs appartements ne se faisaient pas face mais étaient situés de part et d'autre d'un angle, au même étage.

Elle n'osait pas se risquer sur le balcon. Les platanes de la rue étaient en pleine pollinisation et, si elle mettait le nez dehors, son allergie se déchaînerait. Même en passant dans le couloir ou en prenant l'ascenseur, il ne devait pas la voir avec des yeux rouges et un nez coulant.

Elle y passait beaucoup de temps, dans le couloir et dans l'ascenseur. « Raymond ! s'écriait-elle. Ça alors, je tombe encore sur vous ! » Elle avait réussi à faire leur connaissance et c'était maintenant Raymond, Colette et Rosa, entre eux. Ils se laissaient faire : son appartement ne manquait jamais de cocktails au champagne, de martini dry, de petits toasts triangulaires tartinés de caviar. Elle était pleine aux as.

Ce que Colette confirmait à l'instant :

— Tu ne pourrais pas soutirer un peu de fric à la vieille sorcière d'en face ? Elle est pleine aux as. Suffirait que tu lui demandes sa main pour qu'elle se la coupe et qu'elle te la donne, avec les diamants et tout.

La main de Rosa ressemblait à un dos de crapaud, piquetée des taches brunâtres de la peau vieillissante.

— Je vais te dire une chose, répliqua-t-il. Si tu n'étais pas dans mes pattes, enquiquineuse comme tu es, elle ferait de moi un millionnaire, je peux te le jurer.

— Ouais, et qu'est-ce que deviendrait ta chère Trudi ? riposta perfidement Colette. Parce que je ne crois pas que Rosa apprécierait beaucoup ce genre de foutaises.

— N'insulte pas Trudi ! explosa-t-il.

— Je parle d'elle comme je veux. J'ai au moins ce droit, non ?

Elle avait un esprit vil ; un esprit vil et une bouche ordurière pour exprimer ce qu'il contenait. Dans un moment de lumière brumeuse, rayée de rouge, l'idée le traversa qu'il l'avait aimée autrefois. Jamais il n'aurait imaginé que derrière la façade se cachait cette créature sale et venimeuse, jamais il n'aurait pensé qu'un jour il se tiendrait devant elle, la main levée, qu'il ferait un pas en avant et la frapperait, qu'il aurait la force de la réduire pour toujours au silence.

Sa main ne l'effleura même pas. Colette recula pour lui échapper, glissa sur le tapis disposé devant la cheminée, tomba lourdement, se jetant en arrière hors de portée de Raymond. Un cri bref, des bras battant l'air, un craquement écœurant quand la base de son crâne heurta la boule ronde du pare-feu. Et soudain... le silence.

Il sut qu'elle était morte.

Trudi apparut sur le pas de la porte puis avança lentement vers lui.

— Pas de problème, j'ai vu. Tu l'as pas touchée, dit-elle. C'était...

Elle chercha le mot anglais.

— C'était accident.

Elle le rejoignit, baissa les yeux et ajouta :

— Mais elle est morte, maintenant.

Elle était morte. Il ne l'avait pas touchée, c'était un accident, mais elle était morte. Et il était libre.

Il fallut un moment à Raymond pour accepter l'idée que Trudi n'enchaînerait pas sa vie à une gloire passée, à un acteur au chômage, libre ou pas.

— Chéri, tu sais que tout ton argent est parti, bientôt je dois aller de toute façon. Mme Gray, elle me l'a dit.

Et comme Mme Gray gisait par terre et ne pouvait la contredire, Trudi improvisa un compte rapide de ce que le couple lui devait déjà.

— Ça, je dois avoir, Raymond. Je rentre bientôt si je n'ai plus de travail ici.

Etre libre, être libre de l'épouser et en même temps la perdre !

— Tu ne m'aimes pas un peu quand même ? geignit-il.

— Si, bien sûr ! Mais comment on peut se marier, chéri, si tu n'as pas d'argent pour vivre ? Alors, cet argent je dois l'avoir, pour rentrer chez moi.

— Tu ne peux pas partir maintenant, plaida-t-il. Il faut que tu restes pour témoigner.

Elle haussa les épaules.

— Bien sûr. C'était accident. Mais après, je retourne chez moi.

— En m'abandonnant comme ça ? Trudi, je n'ai plus de femme, plus d'argent...

A nouveau le petit haussement d'épaules, si cher à son cœur amoureux, à la fois comique et attristant, puis un mouvement de la jolie petite tête en direction de la fenêtre de Rosa.

— Femme et argent, autant que tu veux là-bas.

— Alors, je serai riche. Et toi et moi...

Mais, comme l'avait souligné Colette quelques minutes plus tôt, Trudi répondit :

— Je crois pas que Mme Rosa Fox accepte ce genre de bêtises. Elle ferme la bourse, bien serré.

L'idée lui vint-elle en un éclair, comme il en eut l'impression sur le moment, ou s'écoula-t-il un certain temps pendant qu'il y réfléchissait et la mettait au point, penché sur le cadavre de sa femme ? En tout cas, il saisit soudain Trudi par le bras, lui parla d'un ton urgent, la fit s'agenouiller près de lui, prit délicatement sur la boule du pare-feu un peu du sang qui s'y coagulait, l'étala sur la boule assortie du tisonnier puis recouvrit la tache de sa main et remit enfin le tisonnier en place dans la cheminée.

— Maintenant, tu sors sans que personne te voie, dit-il à Trudi. Tu achètes n'importe quoi quelque part. Tu reviens tout de suite en t'arrangeant cette fois pour que le concierge te remarque.

En se relevant, il ne regarda pas le corps étendu par terre, il n'avait même pas un instant à consacrer au passé. Il ne songeait qu'à l'avenir. Pourvu que Rosa soit chez elle, pria-t-il en se glissant furtivement dans le couloir. Pourvu que Rosa soit chez elle et seule !

Elle était seule chez elle. Elle était toujours seule chez elle ces temps-ci, vautrée dans un fauteuil, rêvant comme une adolescente à son amour sans espoir. « Une femme de mon âge, soupirer pour le mari d'une autre ! » se reprochait-elle. Mais elle avait été une beauté, autrefois, et son veuvage durait depuis si longtemps.

— Raymond, s'exclama-t-elle, comme c'est gentil ! Mais que se passe-t-il, mon cher ? Vous êtes malade ?

— Rosa, vous devez m'aider !

Il tomba à genoux devant elle, s'agrippa à sa jupe d'une main tremblante. Vraiment, avec le talent qu'il avait, c'était incompréhensible qu'il ne trouve pas plus d'engagements. Il mit un sanglot dans sa voix pour ajouter :

— Je l'ai tuée.

Elle fit un pas en arrière pour s'écarter de lui.

— Colette, continua-t-il. Je l'ai tuée. Elle n'arrêtait pas... Elle disait des choses horribles sur... sur vous, Rosa. Elle pense que... Elle prétendait toujours que... Rosa, je sais que vous avez de la sympathie pour moi...

— Je vous aime, dit-elle simplement.

Elle inspira profondément tandis que l'avenir se déployait devant elle : sa femme était morte, il était libre.

Il feignit d'être sidéré par son aveu, sidéré et reconnaissant, mais il eut l'intelligence de ne pas déclarer immédiatement qu'il répondait à ses sentiments.

— Alors, raison de plus pour moi d'implorer votre aide. Si vous pensez vraiment ce que vous venez de dire...

Il l'entraîna vers le sofa, la fit asseoir et lui servit la suite en lui pressant les mains :

— Elle était si vulgaire. Elle avait... Elle est morte, mais elle avait un esprit dégoûtant, Rosa. Cela faisait des semaines qu'elle me harcelait avec ça. D'un seul coup, je n'ai pas pu en supporter davantage. J'ai vu rouge. J'ai... j'ai empoigné le tisonnier. Je ne voulais pas lui faire de mal, je le jure, je voulais simplement l'effrayer... Mais quand j'ai repris mes esprits... Oh ! mon Dieu, essayez de comprendre !

— Vous l'avez tuée parce qu'elle disait de vilaines choses sur moi ?

— Vous avez toujours été si gentille avec nous, Rosa. Cela me rendait malade de l'entendre parler comme ça : du mépris, des injures...

Il raconta la querelle, remplaçant simplement le nom de Trudi par celui de Rosa. Elle blêmit, rougit, blêmit de nouveau et s'accrocha à la main de Raymond.

— Que voulez-vous que je fasse ?

— Rosa, j'ai réfléchi : je suis capable de réfléchir rapidement quand les circonstances l'exigent. Je sais, cela peut paraître affreux : elle était là, étendue par terre, et moi je ne pensais qu'à me tirer d'affaire. C'est ce que j'ai fait, pourtant. Puis je me suis agenouillé et... Il y a deux boules de cuivre sur le pare-feu, semblables à celle du tisonnier, et j'ai...

j'ai déplacé la tête de Colette pour faire croire qu'elle avait heurté le pare-feu... J'ai nettoyé le sang du tisonnier...

Rosa était une femme intelligente et vive. Son corps, autrefois puissant et musclé, s'était peut-être ramolli, mais son esprit demeurait vif.

— Un accident, dit-elle.

— Oui, mais... Les gens savent que nous n'arrêtions pas de nous disputer. Trudi la première, bien sûr. On dira que j'ai poussé Colette... Je serai au moins inculpé d'homicide.

Intelligente et vive :

— Vous voulez que je dise que j'ai vu ce qui s'est passé ? Que vous ne l'avez pas frappée ?

— Mon Dieu, vous êtes merveilleuse ! Oui. Vous pourriez dire que vous avez tout vu par la fenêtre, elle et moi en train de parler, de nous disputer... Ne donnez pas l'impression d'être de mon côté, juste une voisine. Et puis... il y a un tapis devant la cheminée, un tapis en soie, très glissant — vous avez failli tomber vous-même en posant le pied dessus, vous vous souvenez ? Il est parfaitement possible que Colette ait fait un pas en arrière, qu'elle ait glissé et soit tombée... Bien sûr, vous n'en sauriez pas davantage : vous ne pouvez pas voir le sol de la pièce, même de votre balcon.

— Mais il faudrait que je dise que j'étais sur mon balcon. D'ici, je ne vois pas votre fenêtre.

Raymond avait aussi pensé à ce détail.

— Il n'y a que deux appartements au-dessus de chez vous, et les locataires étaient sûrement sortis, je les connais. Personne ne viendra déclarer que vous n'étiez pas sur votre balcon.

— Bon.

— Vous ferez ça pour moi ?

— Bien sûr. Mais la fille, cette petite traînée... Comment s'appelle-t-elle, votre fille au pair ?

Raymond parvint à chasser toute sécheresse de sa voix pour répondre :

— Sortie faire des courses, Dieu merci.

Et Dieu merci, ajouta-t-il intérieurement, il était impossible que Rosa ait été effectivement sur son balcon pour constater que Trudi se trouvait dans la pièce avec lui. Il connaissait son allergie au pollen ; un coup d'œil à son visage lui en donna confirmation : Rosa n'avait pas mis le nez dehors.

— Retournez là-bas, dit-elle. Appelez un médecin. Et pas un mot sur moi. Racontez votre histoire sans même prononcer mon nom. Ils viendront bien assez vite me demander si j'ai vu quelque chose. Allez-y, maintenant, le temps presse.

Il se dirigea vers la porte, s'arrêta brusquement.

— Rosa ! dit-il avec une expression mêlant la honte et l'exultation. Rosa, c'est horrible, le simple fait d'avoir eu cette idée, mais elle m'est venue comme ça ! Un procès pour meurtre ! Vous savez que le théâtre est en crise et que je n'ai pas beaucoup joué, ces derniers temps. Mais si je me retrouvais soudain à la une des journaux ! Accusé de meurtre ! Un grand procès à l'Old Bailey, devant toute la presse. Et puis le retournement spectaculaire, la voisine qui a tout vu, le témoignage de dernière minute...

Il se tenait devant elle, l'air coupable et suppliant.

— Mais pourquoi tarderais-je à témoigner ? Vous ne seriez même pas inculpé si je témoignais tout de suite...

— Précisément. Il faut que je sois arrêté et traîné au tribunal. Vous direz que vous ne vous étiez pas rendu compte sur-le-champ, que vous ne vouliez pas être mêlée à cette affaire, et puis, bien sûr, quand vous avez appris que j'étais accusé...

— Même comme ça, vous n'iriez pas au-delà de la première audience ou je ne sais quoi. Cela ne vous ferait pas beaucoup de publicité.

— Alors, vous ne pourriez pas faire un petit voyage ? A l'étranger ?

Rosa ouvrit la bouche pour répondre que c'était sans importance, qu'il n'aurait plus jamais besoin de travailler. Mais elle garda le silence. Il était acteur, les acteurs ont besoin de s'exprimer.

— Laissez-moi faire, dit-elle. Je m'occupe de tout.

Sans être sensationnels, les premiers titres des journaux ne furent pas mauvais, puis il y eut une longue période creuse avant l'ouverture du procès. Et enfin le grand jour. Raymond sur le banc des accusés, très pâle, très beau. Un policier dans le box des témoins :

— L'accusé a déclaré...

Bruissement de pages de calepin.

— L'accusé a déclaré : « Oh ! mon Dieu, c'est affreux, j'ai dû la frapper, j'ai dû perdre un moment conscience de ce que je faisais, elle n'arrêtait pas de me houspiller parce que je ne trouvais pas de travail, mais je n'ai pas voulu lui faire de mal, je le jure. »

Ensuite le technicien du laboratoire :

— Sur la boule du tisonnier, j'ai trouvé une petite tache de sang...

Les analyses avaient montré qu'il s'agissait du sang de la victime et que l'accusé avait manipulé le tisonnier après qu'il eut été taché. Oui, on pouvait supposer qu'il avait tenté d'effacer les traces de sang avec la paume de sa main et qu'il avait oublié cette petite tache. Le reste du tisonnier avait été essuyé, il ne portait pas d'empreintes.

En réponse à l'avocat de la défense : oui, c'était vrai qu'on ne touchait généralement pas autre chose que la boule du tisonnier et qu'on avait peut-être simplement essuyé celui-ci en faisant le ménage. Le médecin avait déclaré que la femme était morte une heure ou une heure et demie avant qu'il examine le corps.

Trudi témoignant pour la défense, avec habileté et sang-froid : en rentrant des courses, elle avait trouvé M. Gray agenouillé près du corps ; elle avait quasiment dû l'aider à se relever. Oui, il était tout à fait possible qu'il ait touché le tisonnier avec sa main, qu'il avait tachée de sang en examinant la blessure. Elle avait essayé de le calmer, elle avait voulu appeler un médecin, mais elle ne connaissait pas « le numéro de lui », et M. Gray était tellement sous le choc qu'elle n'arrivait pas à lui faire reprendre ses esprits. De toute façon, ça n'avait plus d'importance, ajouta-t-elle avec un de ses haussements d'épaules, on voyait bien que Madame était morte.

Enfin, Rosa Fox. Avec une remarquable abnégation, elle s'était délibérément privée de tout ce qui pouvait mettre en valeur ses charmes douteux : elle n'avait aucun bijou, s'était vêtue de façon terne, avait sacrifié tous les cosmétiques qui d'ordinaire masquaient, au moins dans une certaine mesure, les ravages du temps. Jamais personne n'aurait soupçonné que cette femme pût avoir le moindre rapport avec l'accusé.

Le témoignage convenu : leurs vagues relations, le verre pris ensemble de temps à autre. Les questions de la police aussitôt après... l'accident. Oui, elle avait prétendu qu'elle n'avait rien vu. Elle ne se sentait pas bien, elle avait de gros problèmes personnels, elle ne pensait qu'à partir faire sa cure thermale à l'étranger. Elle n'avait pas voulu être mêlée à cette histoire. Jamais elle n'aurait imaginé que M. Gray serait accusé, puisqu'elle savait que ce n'était qu'un accident. Parce que, en fait, elle avait tout vu.

— De mon balcon, on voit dans leur salle de séjour. J'ai regardé, je les ai vus tous les deux. Ils semblaient se disputer. Il a dit quelque chose d'un ton furieux, elle s'est écartée de lui comme s'il avait levé la main pour la frapper.

— Madame Fox, l'accusé tenait-il quelque chose dans cette main ?

— Le tisonnier, vous voulez dire ? Non, rien du tout. D'ailleurs, il n'a pas levé la main.

— Vous pouvez le jurer ?

Intervention du juge, solennel :

— Monsieur Tree, elle a déjà juré. Elle dépose sous serment.

— J'ai très bien vu la scène, je peux le jurer — enfin, je veux dire que je suis absolument sûre qu'il n'a pas levé la main sur elle. Il a dit quelque chose, elle a reculé, et puis elle a probablement glissé et basculé en arrière. J'ai pensé : « Encore ce tapis ! » Je le connais, il est traître, il a failli me faire tomber, un jour. Ensuite je suis retournée dans mon salon et je n'y ai plus pensé.

— L'idée ne vous est pas venue que la victime aurait pu se blesser ?

— J'ai pensé qu'elle s'était cogné la tête, quelque chose comme ça, mais rien de plus. Je vous l'ai dit, j'avais glissé moi aussi sur ce tapis et je ne m'étais pas fait mal.

Avec une petite grimace, elle ajouta que, si la dame avait récolté quelques bleus, elle n'aurait eu que ce qu'elle méritait :

— Je crois que c'était une vraie peste pour lui. Mais, naturellement, je ne les connaissais pas bien.

Des titres, oui, mais pas très gros, et souvent pas même dans les premières pages, sans parler de la une. Mais il y aurait une interview de lui dans l'édition du dimanche avec une grande photo : un verre de champagne à la main, il célébrait son acquittement en portant un toast à la voisine dont le témoignage avait confirmé son innocence. Ce n'était peut-être pas du meilleur goût, cette photo prise devant la cheminée, là où sa femme était morte. Mais le journal lui-même n'était pas du meilleur goût : on se contente de ce qu'on a.

Après le départ des journalistes, Rosa et Raymond se retrouvèrent enfin seuls dans son appartement.

— Eh bien, Raymond ? dit-elle en tendant les mains vers lui.

Elle avait l'air d'une centenaire avec son visage non maquillé à la peau pendouillante, sa robe affreuse, sa coiffure aplatie, ses mains tachetées dépourvues de l'éclat de leurs diamants. Elle lui répugnait.

— Vous avez fait du beau travail, Rosa.

Si elle remarqua la froideur de sa voix, elle n'y crut pas.

— Un jour, bientôt, j'aurai ma récompense ? demanda-t-elle avec douceur.

— Quelle récompense ?

— Après tout, mon chéri, je me suis parjurée pour vous.

— En effet, répondit-il laconiquement.

La peau non poudrée de Rosa prit une étrange couleur de cendre ; elle écarquilla les yeux, l'air effrayée.

— Raymond, que voulez-vous dire ?

— Vous savez ce qui arrive aux parjures ?

Bien qu'intelligente et vive, elle insista :

— Je ne comprends pas.

— J'ai besoin d'argent, Rosa.

— D'argent ? Mais si nous étions mariés...

Il se plaça à côté d'elle, et elle regarda le couple qu'ils formaient dans le miroir accroché au-dessus de la cheminée.

— Mariés ? cracha-t-il. Vous et moi ?

Elle observa longuement sa pitoyable image puis demanda :

— C'est du chantage ?

— Ce n'était pas du chantage quand vous pensiez qu'en m'épargnant la prison vous pourriez me forcer à vous épouser ?

— Si, peut-être, convint-elle. Mais, pour me dénoncer, vous devrez avouer que vous avez tué votre femme.

— En fait, je ne l'ai pas tuée. Cela s'est passé presque exactement comme vous l'avez dit au tribunal.

— Très bien, dit-elle avec raideur. Je peux changer mon témoignage. Qui peut prouver que je ne vous ai pas vu en train de l'assassiner ?

— Moi. Vous n'êtes pas sortie sur votre balcon. Les platanes lâchaient leur pollen, et tout le monde confirmera à la police ce qui vous arrive si vous entrouvrez seulement une fenêtre quand ce pollen vole dans l'air. Or, lorsque les policiers vous ont interrogée, tout de suite après la mort de Colette, votre visage ne montrait aucune trace de réaction allergique. Je le sais, je l'ai constaté moi-même. En plus, ils ne peuvent rien contre moi. De par l'autorité de la chose jugée — c'est l'expression juridique —, je ne peux être à nouveau condamné pour un crime après en avoir été acquitté. J'aurais beau crier sur les toits que je l'ai tuée, je ne risquerais rien.

— Et vous pourriez vivre avec cette réputation ?

— Je ne reconnaîtrais pas ma culpabilité, bien sûr. D'ailleurs, je me tue à vous le répéter : je ne suis pas coupable. Je continuerais à affirmer que c'était un accident. Mais vous, vous seriez dans le pétrin.

— Je vois.

Rosa réfléchit longuement, fixant, mais sans plus le voir, son triste reflet dans la glace.

— Vous aviez tout manigancé dès le début, n'est-ce pas ? En détail, dès le début ?

— Un bel exemple d'opportunisme, commenta-t-il, fier de lui.

— Tout cela pour un peu de publicité ? Le sang délibérément étalé sur le tisonnier ? Oui, je comprends. Il fallait donner un indice aux policiers, il fallait que vous soyez inculpé, jugé et acquitté pour pouvoir m'accuser ensuite de faux témoignage. Vous poursuiviez deux objectifs en m'incitant à me parjurer : d'abord obtenir la déclaration qui vous libérerait, ensuite pouvoir me faire chanter.

D'un ton curieux, comme si elle avait honte pour lui, elle demanda :

— Vous n'avez même jamais eu un peu de sympathie pour moi ?

— Vous m'étiez indifférente, répondit-il avec désinvolture. Quant à vous épouser... Je suis un peu plus exigeant que ça dans ce domaine.

Il prit le sac à main de Rosa, en tira une épaisse liasse de billets qu'il glissa dans la poche intérieure de sa veste en disant :

— Juste un début, ma chère. Un tout petit début.

— Je ne vous demande même pas ce que vous exigez. Vous n'arrêterez jamais, n'est-ce pas ? Mais pour commencer...

— Mettons dix mille. Vous pouvez réunir rapidement cette somme.

Avec un sourire cruel et triomphant, il ajouta :

— J'en ai besoin pour ma lune de miel.

Intelligente et vive. Assez intelligente pour ne pas avoir à demander le nom de l'élue. Et vive. Le tisonnier posé sur le pare-feu tendait vers elle sa boule ronde. Elle l'empoigna et frappa.

Jaillissant de l'endroit où elle les avait écoutés, Trudi ouvrit brusquement la porte, ralentit, fit le reste du chemin d'un pas lent, s'agenouilla près de Raymond. Pendant un long moment, les deux femmes regardèrent fixement le corps, comme Raymond Gray lui-même avait regardé celui de sa femme morte quelques mois plus tôt. C'était maintenant son tour.

Les bras blancs et gras de Rosa avaient gardé quelque chose de leur musculature autrefois magnifique. La lourde boule du tisonnier avait tracé une toile d'araignée de fractures sur la tempe délicate du comédien.

Avec une petite grimace de dégoût, Trudi bougea légèrement la tête du mort pour que la blessure repose sur la boule ronde du pare-feu.

— Ce tapis, dit-elle en se relevant. Trop dangereux ! Vous rendre compte : lui aussi, comme sa pauvre femme !

Elle sourit avec suffisance au lourd visage blanc à l'expression désespérée.

— Une chance que, cette fois, je suis là pour voir que c'est encore terrible accident.

La veste de Raymond s'était ouverte. Trudi se pencha et, d'une main adroite, subtilisa la liasse de billets qu'elle glissa dans la poche de son tablier.

— « Juste un tout petit début », ajouta-t-elle en prenant le tisonnier des doigts inertes de Rosa. Vous retournez à votre appartement, madame, vous vous laissez tomber sur le lit. Je m'occupe de tout et je téléphone docteur. Cette fois, je connais le numéro de lui.

Rosa rentra chez elle, mais ne s'effondra pas sur le lit.

— La police ? dit-elle en tenant le téléphone d'une main ferme. Vous feriez bien de venir rapidement chez M. Gray. De mon balcon, je viens de voir la fille au pair se jeter sur lui avec un tisonnier. Et pas question d'accident, cette fois.

Elle écouta avec un sourire satisfait la voix qui donnait des ordres puis lui posait une question.

— Je ne saurais vous dire. D'où je suis, je ne vois pas le sol de la pièce. La fille est sortie un moment de mon champ de vision. Quand elle s'est relevée, elle fourrait de l'argent dans la poche de son tablier. Vous le trouverez sûrement caché dans sa chambre. Ils devaient avoir une liaison, vous savez, avant même la mort de la pauvre femme. Et maintenant, je suppose qu'il refusait de l'épouser.

AMOURS CAMPAGNARDES

Nadine Gordimer

Prix Nobel, Nadine Gordimer est née en 1923 dans une région aurifère de l'Afrique du Sud. Cette fille de bijoutier a d'abord été élève dans une institution religieuse, puis elle a poursuivi ses études à l'université à Johannesburg. Comme bon nombre d'écrivains, elle fut une enfant solitaire. Elle cessa de fréquenter l'école entre onze et seize ans à cause d'un problème cardiaque apparemment imaginaire et n'eut pour compagnons que sa mère et des adultes, n'entretenant pas de relations avec les enfants de son âge.

Publiée pour la première fois à l'âge de quinze ans, elle a écrit des nouvelles pour des revues américaines aussi prestigieuses que le *New Yorker, Harper's* et *Mademoiselle*. Son premier recueil de nouvelles, *The Soft Voice of the Serpent and Other Stories*, parut en 1952, et son premier roman, *The Lying Days*, en 1955. C'est à ses lectures plus qu'à ses parents, qui étaient apolitiques, qu'elle doit ses idées sur l'égalité raciale, qui ont débouché sur une dénonciation véhémente de la politique d'apartheid menée par son pays. Elle cite parmi ses auteurs préférés J.D. Salinger, qui s'est lui aussi fait une spécialité du portrait de personnages en marge de la société.

Nadine Gordimer n'a cessé de critiquer le régime sud-africain dans tous ses écrits, qu'il s'agisse de fiction ou non. L'un de ses romans, *Burger's Daughter* (1979), fut brièvement interdit dans son pays. Un critique de *Time* a déclaré à propos de son deuxième roman, *A World of Strangers* (1958), dans la version de l'édition de 1959 de *Current Biography*, que Nadine Gordimer, « non contente de dire la vérité sur ses compatriotes, la disait si bien qu'elle était devenue leur aiguillon et leur meilleur auteur ». Il est certain que son opposition au régime, jointe à celle d'autres écrivains et penseurs sud-africains, a largement contribué à la fin de l'apartheid.

En règle générale, Gordimer n'est pas considérée comme un auteur de littérature policière. Reflétant l'inquiétude que lui inspire la politique de son pays tout en lui permettant d'aborder quelques vérités essentielles sur le racisme, la nouvelle « Amours campagnardes » peut cependant être incluse dans cette catégorie.

A la campagne, les enfants jouent ensemble quand ils sont tout jeunes, mais, dès que les petits Blancs sont en âge d'aller à l'école, ils cessent de le faire, même pendant les vacances scolaires. Bien que la plupart des enfants noirs reçoivent un semblant d'instruction, ils restent à la traîne et prennent chaque année un peu plus de retard par rapport aux Blancs. Le vocabulaire enfantin, les possibilités de jeu offertes par le lac, les petites collines, les champs de maïs et le veld, il vient un moment où les enfants blancs délaissent tout cela pour le vocabulaire des pensionnats, les matchs sportifs inter-écoles et les aventures du type de celles qu'ils voient au cinéma. C'est vers l'âge de douze ou treize ans que cela se produit et c'est assez pratique ; car, au moment où ils abordent l'adolescence et ses inévitables changements physiologiques, les enfants noirs adoptent en douceur la manière adulte pour s'adresser à leurs anciens camarades de jeux, commençant à les appeler *missus* et *baasie*, « petit maître ».

Le problème est que Paulus Eysendyck ne semblait pas se rendre compte que Thebedi n'était plus maintenant qu'une des nombreuses fillettes du kraal[1], reconnaissable au seul fait qu'elle portait les

1. Enclos à bestiaux et par extension village indigène. *(N.d.T.)*

vieux vêtements de ses sœurs. Aux vacances de Noël qui suivirent son entrée au pensionnat, il rapporta à Thebedi une boîte peinte qu'il avait fabriquée en classe. Il dut la lui offrir en cachette parce qu'il n'avait rien pour les autres enfants du village. Et elle, avant qu'il reparte en pension, lui donna un bracelet qu'elle avait confectionné avec du fil de cuivre et des graines gris et blanc du ricin que son père faisait pousser. (A l'époque où ils jouaient encore ensemble, c'est elle qui avait appris à Paulus à façonner des bœufs en argile pour leurs attelages d'animaux de trait miniatures.) Le grand chic pour les garçons, même dans les villes du *platteland* comme celle où il était pensionnaire, consistait à porter des bracelets en poil d'éléphant ou autre avec sa montre. On admira le sien, ses amis lui demandèrent de leur en procurer de semblables. Il leur dit que c'étaient les indigènes travaillant à la ferme de son père qui les fabriquaient et qu'il ferait son possible.

Lorsqu'il eut quinze ans, qu'il mesura un mètre quatre-vingt-deux et qu'au cours des après-midi dansants il commença à se trémousser avec les filles de l'école des sœurs de la même ville ; lorsqu'il eut appris à taquiner et caresser intimement ces demoiselles, qui étaient filles de fermiers prospères comme son père ; lorsqu'il en eut même rencontré une qui, lors d'un mariage auquel il avait assisté avec ses parents dans une ferme du voisinage, l'avait laissé faire dans l'obscurité d'une resserre ce que font les gens quand ils font l'amour ; lorsqu'il se trouva aussi loin de l'enfance qu'on peut l'être quand on a vécu tout cela, il n'en rapporta pas moins une ceinture en plastique rouge et des créoles en or achetées dans une boutique de la ville pour la fille noire, Thebedi. Elle dit à son père que c'était la maîtresse qui les lui avait données pour la récompenser d'un service qu'elle lui avait rendu — le fait est qu'on lui demandait parfois de donner un coup de main à la ferme. Elle dit aux filles du kraal qu'elle avait un amoureux que personne ne connaissait dans une autre ferme, loin, très loin de là, et elles pouffèrent, et la taquinèrent, et l'admirèrent. Un garçon du kraal qui s'appelait Njabulo dit qu'il aurait bien aimé pouvoir lui acheter une ceinture et des boucles d'oreilles.

Lorsque le fils du fermier venait en vacances chez son père, elle s'éloignait du kraal et de ses camarades. De son côté, le jeune homme se promenait seul. Ils n'avaient rien prémédité ; ils étaient poussés chacun de son côté par un même besoin. Il la reconnaissait, et de très loin. Elle savait que son chien n'aboierait pas. Au bord du lit asséché de la rivière où cinq ou six ans plus tôt, jour mémorable, les enfants avaient attrapé un *leguaan* — créature qui possédait la taille et l'aspect féroce du crocodile en même temps que le tempérament inoffensif du lézard —, ils s'accroupissaient côte à côte sur la berge terreuse. Il lui racontait des histoires d'homme qui a roulé sa bosse ; il lui parlait de la pension, des châtiments corporels, notamment, dont il grossissait la nature et l'indifférence qu'ils lui inspiraient. Il lui parlait de la ville de Middleburg, qu'elle n'avait jamais vue. Elle-même n'avait rien à raconter, mais elle aimait écouter et le pressait de questions. Tout en parlant, il tordait et arrachait des racines d'arbres blancs à l'odeur fétide et de saules du Cap qui trouaient la terre érodée alentour. Ce coin avait toujours été un terrain de jeu formidable, dissimulé derrière un enchevêtrement de vieux arbres mangés par les fourmis que des sujets plus vigoureux empêchaient seuls de s'écrouler, de bouquets d'asperge sauvage qui peuplaient l'espace entre les troncs et, ici et là, de figuiers de Barbarie à la chair ridée et piquante comme celle d'un vieillard et qui, bien que desséchés, resteraient en vie jusqu'à la prochaine saison des pluies. Tout en écoutant, elle crevait à l'aide d'un bâtonnet pointu la peau rêche d'une figue de Barbarie. Elle riait beaucoup, posant parfois la tête sur ses genoux, partageant son hilarité avec la terre ombreuse et fraîche sous ses pieds nus. Elle mettait ses chaussures — des sandales qu'elle enduisait soigneusement de teinture blanche pour combattre la poussière — quand il venait à la ferme, mais elle les enlevait près du lit de la rivière.

Un après-midi d'été, alors qu'il y avait de l'eau et qu'il faisait très chaud, elle entreprit de barboter comme quand ils étaient enfants, sa robe discrètement remontée et coincée dans les jambes de sa culotte. Les écolières avec qui il allait nager dans les piscines des fermes du voisinage portaient des bikinis, mais il s'aperçut que jamais la vue de leurs cuisses et de leurs ventres étincelants au soleil ne lui avait fait cet effet-là lorsque la jeune fille remonta la berge et s'assit près de lui, les gouttes d'eau qui perlaient sur ses jambes sombres constituant les seuls points de lumière dans l'ombre épaisse au lourd parfum de terre. Ils n'avaient pas peur l'un de l'autre ; ils s'étaient toujours connus ; il fit avec elle ce qu'il avait fait lors du mariage dans la resserre, et cette fois ce fut si délicieux, si merveilleux, qu'il en fut tout surpris... Et elle aussi, d'ailleurs, comme il put s'en rendre compte en voyant son visage foncé qui se confondait avec l'ombre et ses grands yeux sombres luisants telle une eau lisse qui le fixaient avec attention : comme elle le regardait quand ils jouaient avec leurs statuettes en argile, comme elle le regardait quand il lui racontait les week-ends de retenue à l'école.

Ils se rendirent souvent près du lit de la rivière pendant ces vacances d'été. Ils se retrouvaient juste avant que la lumière disparaisse, disparition qui est très brutale ; l'obscurité venue, chacun rentrait chez soi — elle chez sa mère dans sa hutte, et lui à la ferme —, à temps pour le repas du soir. Il ne lui parla plus de l'école ni de la ville. Elle ne lui posa plus de questions. Il lui disait où le retrouver la fois suivante. A une ou deux reprises, ce fut très tôt le matin ; le mugissement des vaches qu'on menait paître parvenait jusqu'à eux dans leur cachette. Ils se séparaient alors, ramenés à une réalité que chacun reconnaissait tacitement dans les yeux de l'autre.

Il était populaire à l'école. Il appartint à l'équipe réserve puis à l'équipe première de football. La chef de classe des terminales chez les sœurs avait, disait-on, un faible pour lui ; elle ne l'intéressait pas particulièrement. Mais il y avait une jolie blonde aux longs cheveux noués en beignet avec un ruban noir qu'il emmenait voir des films quand jeunes gens et jeunes filles avaient un samedi après-midi de libre. Il avait commencé à conduire des tracteurs et toutes sortes d'engins à l'âge de dix ans ; à dix-huit, il passa le permis et pendant les vacances, les dernières de sa vie en pension, il emmena les filles des voisins à des surprises-parties et au cinéma en plein air qui venait d'ouvrir à vingt kilomètres de là. Ses sœurs s'étaient mariées ; ses parents lui confiaient souvent la ferme le week-end pendant qu'ils allaient rendre visite aux jeunes épouses et à leurs petits-enfants.

Lorsque Thebedi vit le fermier et sa femme s'éloigner un samedi après-midi, le coffre de leur Mercedes plein de volailles fraîchement tuées et de légumes du jardin qu'il incombait à son père de faire pousser, elle comprit que ce n'était pas près du lit de la rivière qu'il lui fallait aller mais à la maison. La maison était une vieille bâtisse aux murs épais dont l'obscurité repoussait la chaleur. La cuisine en était le cœur, avec ses domestiques, ses provisions, ses chats et ses chiens qui mendiaient, ses marmites qui débordaient, le linge qu'on humectait pour le repasser, et l'énorme congélateur que la maîtresse avait fait venir de la ville et qui était surmonté d'un napperon au crochet et d'un vase d'iris en plastique. La salle à manger, en revanche, avec sa table massive aux pieds saillants, était repliée sur elle-même dans une odeur tenace et cossue de soupe et de sauce tomate. Les rideaux du salon étaient tirés et le téléviseur muet. La porte de la chambre des parents était fermée à clé et, dans les pièces vides où les fillettes avaient dormi, des housses de plastique recouvraient les lits. C'est dans l'une de ces pièces qu'elle et le fils du fermier passaient ensemble des nuits entières. Enfin, presque : elle devait s'éclipser avant l'aube, moment où arrivaient les domestiques, car ils la connaissaient. Il y avait un risque qu'on la découvre ou qu'on découvre des traces de sa présence s'il l'emmenait dans sa chambre, à laquelle elle avait plusieurs fois jeté un coup d'œil lorsqu'elle aidait à la maison et où s'alignaient les coupes en argent qu'il avait gagnées à l'école.

Quand elle eut dix-huit ans et le fils du fermier

dix-neuf, alors que ce dernier travaillait à la ferme avant d'entrer à l'école vétérinaire, le jeune Njabulo la demanda en mariage à son père. Les parents de Njabulo et les siens se rencontrèrent et se mirent d'accord sur la somme d'argent que le jeune homme devrait payer au lieu des vaches qu'il est de coutume de donner à une future épouse. Il n'avait pas de vaches à offrir ; il travaillait comme ouvrier à la ferme des Eysendyck, comme le père de Thebedi. C'était un garçon dégourdi ; le vieil Eysendyck lui avait appris la maçonnerie et lui faisait faire toutes sortes de travaux. Elle ne dit pas au fils du fermier que ses parents avaient arrangé son mariage. Elle ne lui dit pas non plus avant son départ pour l'école vétérinaire qu'elle croyait qu'elle allait avoir un bébé. Deux mois après son mariage avec Njabulo, elle donna naissance à une fille. Il n'y avait rien de scandaleux à cela ; la coutume de ce peuple veut en effet que le jeune homme s'assure avant les noces que sa promise n'est pas stérile, et Njabulo lui avait fait l'amour. Mais le nouveau-né avait le teint très clair et, contrairement à la plupart des bébés africains, il ne fonça pour ainsi dire pas. A la naissance, il avait déjà le crâne couvert d'un abondant duvet soyeux et raide, semblable à la bourre qui transporte les graines de certaines herbes dans le veld. Lorsqu'il les ouvrit, ses yeux au regard incertain étaient d'un gris moucheté d'or. Njabulo avait la peau opaque, couleur marc-de-café, de cette nuance qu'on a toujours qualifiée de noire ; noires étaient les jambes de Thebedi qui, mouillées, se couvraient de gouttelettes d'un bleu coquille d'huître ; noir était son visage également, où les yeux noirs au regard vif et au blanc éclatant tenaient une si grande place.

Njabulo ne broncha pas. Avec ses gages d'ouvrier, il acheta au bazar indien une baignoire en plastique rose, des langes, des épingles de nourrice, une veste, un bonnet et des chaussons en tricot, une robe et une boîte de talc pour le bébé de Thebedi.

Quand le bébé eut deux semaines, Paulus Eysendyck revint chez lui pour les vacances au sortir de l'école vétérinaire. Comme il buvait un verre de lait frais encore tiède dans l'intimité de la cuisine de sa mère, il l'entendit bavarder avec la vieille servante et se demander où elle pourrait bien trouver quelqu'un pour la dépanner maintenant que Thebedi avait un enfant. Pour la première fois depuis qu'il était petit garçon, il déboula dans le kraal. Il était onze heures du matin. Les hommes étaient aux champs. Il jeta autour de lui un regard insistant ; les femmes se détournèrent, aucune d'entre elles ne voulant être celle à qui il demanderait de lui désigner l'endroit où vivait Thebedi. Cette dernière apparut, sortant lentement de la hutte que Njabulo avait construite en s'inspirant des maisons des Blancs, avec une cheminée en étain et une vraie fenêtre avec des vitres, qu'il avait fixée tant bien que mal dans le mur de briques non cuites. Mains l'une contre l'autre, esquissant une légère inclination du buste, elle le gratifia du salut respectueux qu'elle réservait généralement à ses parents. Il baissa la tête pour franchir le seuil et entra.

— Je veux le voir, dit-il. Montre-le-moi.

Elle s'était débarrassée du paquet qu'elle portait dans le dos avant de sortir pour lui faire face dans la lumière. Elle se faufila entre le lit de fer que recouvraient les couvertures à carreaux de Njabulo et la petite table de bois où trônait la baignoire de plastique rose au milieu de la nourriture et des casseroles, et prit le paquet qui reposait, douillettement enveloppé dans une couverture, au creux d'une caisse d'épicerie. Le nouveau-né dormait ; elle lui fit voir la frimousse fermée, pâle et rondelette, la bulle de salive au coin de la bouche, les mains roses et fines qui bougeaient telles des araignées. Elle ôta le bonnet de laine, et le duvet raide strié çà et là de fils d'or se dressa sous l'effet de l'électricité statique. Il ne souffla mot. Elle l'observait comme lorsqu'ils étaient enfants, que leur petite bande avait en jouant piétiné des récoltes ou fait quelque autre sottise pour laquelle lui, fils du fermier et seul Blanc du groupe, devrait demander pardon à son père. Elle approcha un doigt du visage endormi et lui chatouilla la joue. Lentement les yeux s'entrouvrirent, d'abord sans rien voir car ils étaient encore pleins de sommeil, puis ils s'éveillèrent, se braquèrent sur eux, des yeux gris mouchetés de jaune, des yeux noisette semblables à ceux du jeune homme.

Il lutta un moment avec une grimace pour refouler des larmes de colère et d'apitoiement sur soi. Elle se sentit incapable de lui tendre la main.

— Tu n'es jamais allée près de la maison avec le bébé ?

Elle fit non de la tête.

— Jamais ?

De nouveau elle secoua la tête.

— Ne sors pas avec lui. Reste à l'intérieur. Tu ne peux pas l'emmener quelque part ? Il faut que tu le donnes à quelqu'un...

Elle l'accompagna jusqu'à la porte.

— Je vais voir ce que je vais faire, dit-il. Je ne sais pas.

Puis il ajouta :

— J'ai envie de me tuer.

Les yeux de Thebedi se mirent à briller et s'emplirent de larmes. L'espace d'un instant, le sentiment qu'ils éprouvaient quand ils étaient seuls au bord du lit de la rivière les unit.

Il sortit.

Deux jours plus tard, alors que sa mère et son père s'étaient absentés de la ferme pour la journée, il revint. Les femmes étaient aux champs, occupées à désherber comme tous les étés ; il ne restait que les très vieilles, assises devant les huttes au soleil dans un bourdonnement de mouches. Thebedi ne l'invita pas à entrer. Le bébé n'était pas au mieux ; il avait la diarrhée. Il voulut savoir où était sa nourriture.

— C'est moi qui le nourris, dit-elle.

Il entra dans la maison de Njabulo où l'enfant était couché ; au lieu de le suivre, Thebedi resta dehors, regardant sans la voir une vieille femme qui avait perdu la tête et se parlait à elle-même, parlait aux volailles qui l'ignoraient.

Il lui sembla entendre de petits grognements en provenance de la hutte, grognements de nouveau-né allant de pair avec un estomac plein et un profond sommeil. Au bout d'un moment, dont elle n'aurait su dire s'il avait été long ou bref, Paulus sortit et s'éloigna d'un pas lourd (il avait la démarche de son père) en direction de la maison paternelle.

Cette nuit-là, elle ne nourrit pas le bébé et, bien qu'elle n'eût cessé de dire à son mari qu'il dormait, Njabulo constata au matin qu'il était mort. Il la réconforta avec des mots et des caresses. Elle ne versa pas une larme mais resta assise sans bouger, regardant fixement la porte. Ses mains étaient froides comme des pattes de poulet mort.

Njabulo enterra le nourrisson là où étaient enterrés les ouvriers, à l'endroit du veld que le fermier leur avait alloué. Certaines sépultures avaient été abandonnées aux intempéries, d'autres recouvertes de pierres, et des croix de bois gisaient encore sur quelques-unes d'entre elles. Il avait l'intention de fabriquer une croix mais, avant qu'elle soit terminée, la police vint, creusa la tombe et emporta le bébé mort ; quelqu'un — un des ouvriers ? une des femmes ? — avait raconté que le bébé était presque blanc et que, robuste et en bonne santé, il était mort brutalement après la visite du fils du fermier. Des analyses pratiquées sur le cadavre du nouveau-né montrèrent des lésions aux intestins peu compatibles avec un diagnostic de mort naturelle.

Thebedi se rendit pour la première fois dans la ville où Paulus avait été pensionnaire afin d'être entendue comme témoin lors de l'audience préliminaire du procès. A la barre, elle versa des larmes hystériques, disant que oui, oui (les créoles en or s'agitaient à ses oreilles), elle avait vu l'accusé verser un liquide dans la bouche du bébé. Elle dit qu'il avait menacé de lui tirer dessus si elle en parlait à quelqu'un.

Plus d'un an s'écoula avant la tenue, dans la même ville, du procès. Elle se présenta au tribunal, un bébé tout neuf dans le dos. A ses oreilles, des créoles en or ; parfaitement calme, elle déclara qu'elle n'avait pas vu ce que le Blanc avait fait dans la maison.

Paulus Eysendyck dit qu'il était entré dans la hutte mais n'avait pas empoisonné l'enfant.

La défense ne contesta pas que l'accusé et la jeune femme avaient été amoureux l'un de l'autre, et elle ne chercha pas à nier qu'ils avaient eu des relations sexuelles, mais elle déclara qu'il n'y avait aucune preuve que l'enfant fût celui de l'accusé.

Le juge fit savoir à l'accusé que de forts soupçons pesaient sur lui, mais qu'il n'y avait pas suffisamment de preuves qu'il ait commis le crime. Le tribunal ne put retenir le témoignage de la jeune femme car il était évident qu'elle s'était parjurée, cette fois-ci ou la fois d'avant. Certains membres du tribunal pensaient qu'elle était complice du crime ; mais, là encore, les preuves étaient insuffisantes.

Le juge loua l'attitude honorable du mari (assis dans l'enceinte du tribunal avec sa casquette de golf marron et jaune du dimanche), qui ne s'était pas débarrassé de sa femme et avait même « puisé dans ses maigres deniers pour procurer des vêtements au malheureux nourrisson ».

L'accusé fut reconnu « non coupable ».

Le jeune Blanc refusa les félicitations de la presse et du public, et sortit du tribunal le visage camouflé sous l'imperméable de sa mère pour échapper aux photographes. Son père déclara aux journalistes :

— Je ferai de mon mieux pour garder la tête haute dans le pays.

Interviewée par les journaux du dimanche qui écorchèrent son nom à l'envi, la jeune Noire prononça dans sa langue cette phrase qui fut reprise pour légender sa photo : « C'était une histoire de gosses ; on ne se voit plus. »

L'IRONIE DU SORT

Ruth Rendell

Lorsque, dans cinquante ou cent ans, on dressera la liste des meilleurs écrivains de notre temps, tous genres confondus, Ruth Rendell y figurera certainement en très bonne place, quoique son nom ait été longtemps associé au roman policier. Née à Londres en 1930, Ruth Barbara Grasemann est la fille d'enseignants ayant tous deux trouvé dans la peinture un domaine où exprimer leur créativité. Après avoir quitté le lycée à dix-huit ans, elle fuit l'université pour une brève carrière de journaliste de la presse écrite dans l'Essex. Elle épouse un confrère, Donald Rendell, a un fils, abandonne le journalisme pour devenir mère à plein temps et grande dévoreuse de livres.

Son premier roman, *Un amour importun* (1964), qui introduit le curieux couple policier formé par Reg Wexford et Mike Burden, est solidement traditionnel, et l'ingéniosité de son intrigue conduit à l'inévitable comparaison avec Agatha Christie. Rendell demeurera attachée à la construction d'intrigues loyales envers le lecteur tandis que ses romans prendront de l'épaisseur par leurs thèmes et la psychologie de leurs personnages. Le deuxième, *La Danse de Salomé* (1965), n'appartient pas à une série. Pendant toute sa carrière, elle a alterné les Wexford et Burden, extrêmement populaires chez les lecteurs, avec des romans policiers souvent sombres, encore mieux accueillis par la critique. Dans *Mystery and Suspense Writers*, (1998), B.J. Rahn écrit que ces ouvrages hors série « reposent sur la conscience du personnage principal — meurtrier ou victime —, dont les sentiments d'aliénation, d'anxiété, de peur, de haine et d'angoisse sont éprouvés de première main par le lecteur ». Rendell, que son père appelait Ruth et sa mère Barbara, répond aux deux prénoms puisqu'elle a adopté le pseudonyme de Barbara Vine dans *A Dark-Adapted Eye* (1986). Selon Rahn, les romans signés Vine « sondent les profondeurs de la psyché humaine à la manière de Henry James plus qu'à celle de Patricia Highsmith ou Alfred Hitchcock ». Il ajoute que « ces romans se distinguent par une subtile manipulation du point de vue narratif et par une construction complexe amenant souvent des retournements ironiques étonnants ».

En plus d'une production prolifique, à raison d'un ou deux romans par an, Rendell écrit aussi des nouvelles. Son premier recueil, *Ces choses-là ne se font pas* (1976), a été suivi au moins par six autres, dont *Piranha to Scurfy and Other Stories* (2000). « L'ironie du sort », qui révèle qui a fait quoi dès la première phrase, illustre la finesse psychologique de Rendell et sa capacité à surprendre le lecteur.

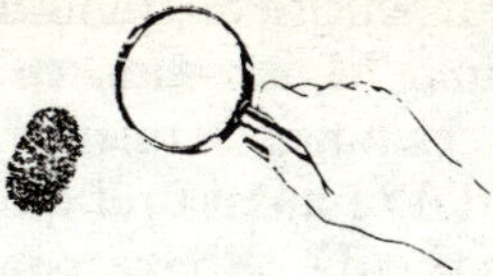

J'ai assassiné Brenda Goring pour ce qui me paraît être le plus inhabituel des mobiles. Elle s'était mise entre ma femme et moi. Par cela, je ne veux pas dire qu'il y avait quoi que ce soit d'anormal dans leurs relations. Elles étaient simplement amies, bien que « simplement » ne soit certes pas le mot adéquat pour désigner une relation qui excluait un mari autrefois aimé. Je l'ai tuée pour récupérer ma femme, au lieu de quoi je nous ai peut-être séparés à jamais, et j'attends le procès avec une terreur impuissante, plongé dans le plus profond désespoir que j'aie jamais connu.

En établissant les faits — et l'ironie, l'effroyable ironie qui les parcourt comme un fil éclatant —, je verrai peut-être les choses plus clairement. Je trouverai peut-être un moyen de convaincre les inexorables pouvoirs en place de ce qui s'est vraiment passé, d'amener l'avocat de la défense à me croire et à cesser de hausser les sourcils en secouant la tête, de m'assurer en tout cas que, si nous devons être séparés, Laura saura en me voyant quitter la salle d'audience pour un long emprisonnement que la lumière et la justice ont été faites.

Seul ici sans rien d'autre à faire qu'attendre ce procès, je pourrais écrire des milliers de pages sur le caractère, le physique, la névrose de Brenda

Goring. Je pourrais écrire le grand livre de la haine de tous les temps. Mais, dans ce contexte, une bonne partie de ces pages seraient hors de propos, et je vais tâcher d'être aussi bref que possible.

Un personnage de Shakespeare dit d'une femme : « Plût au ciel que je ne l'eusse jamais connue ! » Et s'attire cette réponse : « Alors il t'aurait manqué de voir un remarquable travail. » Oui, plût au ciel que je n'eusse jamais vu Brenda. Quant à la qualifier de « remarquable travail », j'aurais tendance à être aussi d'accord. Elle avait été mariée. Pour se débarrasser d'elle, sans nul doute, son mari lui payait une énorme pension alimentaire et lui avait versé une grosse somme avec laquelle elle avait acheté le cottage situé plus haut dans l'allée par rapport à notre maison. Dans notre village, Brenda avait produit l'effet qu'on pouvait attendre d'une nouvelle venue de son espèce. Une femme merveilleuse, qui nous changeait tellement des couples de retraités et des citadins en week-end précautionneux, avec ses tenues provocantes, ses longs cheveux blonds, sa voiture de sport, ses talents et son passé dans la jet-set. Un moment, du moins. Jusqu'à ce que le village ne puisse plus la supporter.

Dès le début, elle s'était accrochée à Laura. C'était compréhensible, en un sens, puisque mon épouse était la seule femme de la localité qui avait à peu près le même âge qu'elle, qui y vivait en permanence et ne travaillait pas. Mais elle n'aurait probablement pas jeté son dévolu sur Laura — du moins le pensai-je d'abord — si le choix avait été plus grand. Pour moi, ma femme est charmante, elle est tout ce que je peux désirer, c'est la seule femme que j'aie jamais aimée, mais je sais que pour d'autres elle a l'air d'une petite ménagère tranquille, timide et effacée. Qu'avait-elle donc à offrir à ce brillant papillon extraverti couvert de bijoux ? Laura elle-même me donna un début de réponse :

« Tu as remarqué comme les gens commencent à fuir leur enfant chérie ? Les Goldsmith ne l'ont pas invitée à leur soirée la semaine dernière et Mary Williamson refuse de l'admettre au comité des fêtes.

— Je n'en suis pas étonné. La façon dont elle parle et les choses dont elle parle...

— Tu veux dire ses histoires d'amour ? Mais, mon cœur, elle a vécu dans un milieu où c'est tout à fait normal. C'est naturel pour elle de parler comme ça. Elle est simplement franche et ouverte.

— Elle ne vit plus dans ce milieu, répondis-je, et elle devra s'adapter si elle veut qu'on l'accepte. Tu as vu le visage d'Isabel Goldsmith lorsque Brenda a raconté cette histoire de week-end avec un type qu'elle avait levé dans un bar ? J'ai essayé de l'empêcher de poursuivre par l'énumération de tous les hommes que son mari a cités dans son action en divorce, mais je n'ai pas réussi. Et puis elle n'arrête pas de dire : "Quand je vivais avec un tel" ou "C'était pendant ma liaison avec Machin"... Les gens un peu plus âgés trouvent ça perturbant, tu sais.

— Nous ne sommes pas des gens âgés, rappela Laura, et j'espère que nous saurons nous montrer plus larges d'esprit. Tu l'aimes bien, n'est-ce pas ? »

J'ai toujours été très gentil avec ma femme. Fille de parents intelligents mais dominateurs qui l'écrasaient, elle avait grandi avec le sentiment indéracinable de son infériorité. Laura est une victime-née, une invite aux brimades, et je me suis donc toujours efforcé de ne pas la maltraiter, ni même de la contrarier. Je lui répondis que Brenda était très bien, que j'étais content qu'elle ait trouvé en cette voisine une amie de son âge puisque j'étais absent toute la journée.

Si Brenda n'avait été cette amie que pendant la journée, je n'y aurais pas vu d'objection. Je me serais fait à l'idée que Laura entendait parler toute la journée d'un monde qu'elle ne connaissait pas, d'histoires mettant en valeur l'adultère et la duplicité. J'aurais été tranquille, certain qu'elle était incorruptible. Mais je devais subir Brenda moi-même le soir quand je rentrais après un long trajet. Elle était là, vautrée sur notre sofa, en pantalon de soie ou en robe longue et hautes bottes, fumant cigarette sur cigarette. Ou elle débarquait avec une bouteille de vin au moment où nous nous mettions à table pour le dîner et nous entraînait dans un de ses débats favoris du genre « Le mariage est-il une institution condamnée ? » ou « Les parents sont-ils nécessaires ? ». Et pour illustrer un argument spécieux, elle racontait l'une de ses expériences personnelles qui scandalisaient tant nos amis plus âgés.

Bien sûr, je n'étais pas obligé de rester avec elles. Notre maison est vaste, j'aurais pu me réfugier dans la salle à manger ou dans la pièce que Laura appelle mon bureau. Mais tout ce que je voulais, c'était être seul le soir avec ma femme, comme avant. Et c'était encore pire lorsque nous étions invités à prendre un café ou un verre chez elle, dans son cottage somptueusement meublé, pour admirer sa dernière œuvre — elle brodait, tissait, faisait de la poterie, tuait le temps avec de l'aquarelle — ou les cadeaux que lui avaient faits à un moment ou à un autre Mark, Larry, Paul et toute la ribambelle des autres hommes qu'elle avait eus dans sa vie. Quand je refusais d'y aller, Laura devenait nerveuse, déprimée, puis pathétiquement ravie lorsque, après deux ou trois soirs bénis sans Brenda, je suggérais pour lui faire plaisir que nous pourrions peut-être faire un saut chez elle.

Ce qui me soutenait, c'était la certitude que, tôt ou tard, une femme aussi appréciée du sexe opposé se trouverait un amant et aurait moins de temps, voire plus du tout, pour ma femme. Ne comprenant pas pourquoi cela n'était pas encore arrivé, j'en fis la remarque à Laura.

« Elle voit ses petits amis quand elle est à Londres, répondit ma femme.

— Elle ne les fait jamais venir ici », soulignai-je.

Et ce soir-là, lorsque Brenda nous gratifia d'une histoire haute en couleur sur un peintre qu'elle connaissait, Lazlo, qui était terriblement séduisant et qui l'adorait, je dis que j'aimerais faire sa connaissance et qu'elle devrait l'inviter pour le week-end.

Brenda eut un geste qui fit briller ses longs ongles peints en vert, coula à Laura un regard de conspiratrice.

« Que penseraient tous les vieux schnocks, je me le demande.

— Brenda, tu es sûrement capable de te hisser au-dessus de ce genre de chose, arguai-je.

— Bien sûr. Cela leur donnerait de quoi cancaner. Je sais parfaitement que ce n'est que de la jalousie de leur part. J'inviterais bien Lazlo, mais il ne viendrait pas. Il déteste la campagne, il s'ennuierait à mourir. »

Apparemment, Richard, Jonathan et Stephen détestaient aussi la campagne, ou s'ennuieraient à mourir, ou n'avaient pas le temps. Il valait mieux que Brenda les voie en ville, et je remarquai que, après mes questions sur Lazlo, Brenda se rendit à Londres plus souvent et que le récit de ses escapades se fit plus sensationnel encore. Je crois être perspicace, et bientôt il se forma dans mon esprit une idée si délirante que pendant un moment je refusai moi-même de l'admettre. Je la mis cependant à l'épreuve. Au lieu d'écouter simplement Brenda et de lui lancer de temps à autre une remarque acerbe, je commençai à lui poser des questions. Je la reprenais sur un nom ou sur une date. « Je croyais que tu avais fait la connaissance de Mark en Amérique ? » disais-je. Ou : « Mais ces vacances avec Richard, c'était après ton divorce, non ? » Je tissai un filet autour d'elle sans qu'elle s'en rendît compte, et très vite mon idée ne me parut plus aussi délirante. Le test final vint à Noël.

J'avais remarqué que Brenda était très différente lorsqu'elle se trouvait seule avec moi. Si, par exemple, Laura préparait le café dans la cuisine ou si, comme cela arrivait quelquefois le week-end, Brenda passait alors que Laura était sortie, elle se montrait distante et timide avec moi. Plus de gestes flamboyants ni de remarques provocatrices : Brenda parlait des histoires du village aussi simplement qu'Isabel Goldsmith. Ce n'était pas l'attitude qu'on pouvait attendre d'une prétendue Messaline seule avec un homme jeune et présentant relativement bien. Il m'apparut alors que du temps où elle était invitée aux soirées du village, et encore ces derniers temps, quand elle rencontrait des voisins aux nôtres, elle n'esquissait jamais le moindre flirt. Les hommes du coin étaient-ils tous trop vieux pour elle ? Un homme svelte et séduisant approchant de la cinquantaine était-il trop décati pour une femme qui ne reverrait plus jamais ses trente ans ? Certes, nous étions tous mariés, mais son Paul et son Stephen aussi, et, à l'en croire, elle n'avait aucun scrupule à les enlever à leurs femmes.

A l'en croire. C'était le cœur du problème. Aucun d'eux n'avait envie de passer Noël avec elle. Aucun amant de Londres ne l'invitait à une soirée ou ne l'emmenait en voyage. Brenda fut chez nous pour le repas de Noël, elle passa toute la journée avec nous, et le lendemain aussi, quand nous reçûmes parents et amis. J'avais accroché un bouquet de gui dans notre entrée, et le matin de Noël, Laura étant occupée dans la cuisine, j'allai moi-même lui ouvrir.

« Joyeux Noël ! Un baiser, Brenda », réclamai-je.

Je la pris dans mes bras sous le gui et l'embrassai sur la bouche. Elle se raidit. Je jure avoir senti un frisson la parcourir. Elle était aussi craintive, aussi gauche, aussi dégoûtée qu'une enfant de douze ans surprotégée. Je compris. Toute mariée qu'elle avait été — et il n'était plus difficile désormais de deviner la cause de son divorce —, elle n'avait jamais eu d'amant, elle n'avait jamais joui d'une étreinte, elle n'était même jamais restée seule avec un homme plus longtemps qu'elle ne pouvait l'éviter. Elle était frigide. Jolie, vive et en parfaite santé, elle présentait néanmoins ce handicap. Elle était froide comme une nonne. Mais, au lieu d'endurer l'humiliation de l'admettre, elle s'était inventé une vie imaginaire, un passé imaginaire dans lequel elle régnait, nymphomane imaginaire.

Y voyant d'abord une énorme plaisanterie, j'étais impatient d'en parler à Laura. Mais je ne fus pas seul avec elle avant deux heures du matin, et elle dormait déjà quand je la rejoignis au lit. Pour ma part, je dormis peu. Mon exultation déclina lorsque je m'aperçus que je n'avais aucune preuve : si je révélais à Laura ce que j'avais manigancé, mes questions, mes vérifications, elle serait blessée et m'en voudrait amèrement.

Comment lui dire que j'avais embrassé sa meilleure amie et que la réaction avait été glaciale ? Qu'en son absence j'avais essayé de flirter avec sa meilleure amie et qu'elle m'avait repoussé ? Je pris alors conscience de ce que j'avais vraiment découvert : Brenda haïssait les hommes et aucun d'entre eux ne viendrait jamais pour l'emmener, l'épouser, vivre avec elle et accaparer tout son temps. Elle resterait à jamais seule, vivant à un jet de pierre de chez nous, passant quotidiennement nous voir, Laura et elle vieillissant au même rythme.

J'aurais pu déménager, naturellement. J'aurais pu emmener Laura ailleurs. Loin de ses amis ? Loin de la maison et du coin de campagne qu'elle adorait ? Et quelle garantie aurais-je eue que Brenda n'aurait pas déménagé elle aussi pour rester près de nous ? Car je savais qu'elle avait trouvé en Laura une innocente d'une rare naïveté, un auditoire éternellement crédule : son absence d'expérience l'empêchait de remarquer les trous et les incohérences d'un méli-mélo d'inepties, et sa détermination pathétique à être dans le coup l'empêchait de montrer du dégoût. A l'aube, quand je regardai avec amour et tristesse ma femme endormie près de moi, je sus ce que je devais faire. En cette période de paix et de bonne volonté, je décidai de tuer Brenda Goring pour le bien de Laura et le mien.

Plus facile à décider qu'à faire. J'étais soutenu par la certitude qu'aux yeux de tous je n'aurais aucun mobile. Nos voisins pensaient que nous faisions preuve d'une charité et d'une tolérance admirables en supportant Brenda. Je résolus d'être charmant avec elle au lieu de seulement compréhensif et, après le Nouvel An, je pris l'habitude de passer chez elle en revenant de la poste ou de l'épicerie du village. Si, en rentrant du travail, je trouvais Laura seule à la maison, je demandais où était Brenda et je suggérais de lui téléphoner pour l'inviter à dîner ou à prendre un verre. Laura en était enchantée.

« Je croyais que tu ne l'aimais pas vraiment, chéri, dit-elle, et je me sentais coupable. C'est merveilleux que tu commences à voir comme elle est gentille, en fait. »

Ce que je commençais à voir, c'était le moyen de la tuer sans me faire prendre, car il se produisit un événement qui la mit littéralement entre mes mains. A la sortie du village, une vieille fille du nom de Peggy Daley vivait dans un cottage isolé. Dans la dernière semaine de janvier, quelqu'un pénétra chez elle et la poignarda avec un couteau de cuisine. Crime de psychopathe, estima la police, car rien n'avait été volé ni endommagé. Quand il parut probable qu'on ne trouverait pas l'assassin, je commençai à envisager de tuer Brenda de la même façon pour faire croire à un deuxième crime du même dément. Au moment où j'échafaudais mon plan, Laura tomba malade : Mary Williamson lui avait passé sa grippe.

Brenda vint naturellement la soigner, préparer mon dîner et ranger la maison. Comme tout le monde croyait que le meurtrier de Peggy Daley rôdait encore dans le village, je raccompagnais Brenda chez elle le soir, bien que son cottage ne fût qu'à quelques mètres du bout de notre jardin. Il faisait complètement noir car nous nous étions tous énergiquement opposés à l'installation de réverbères, et je remarquai avec un amusement ironique que Brenda tressaillait et s'écartait de moi chaque fois que, dans ces circonstances, je lui faisais prendre mon bras. J'insistais toujours pour entrer dans la maison avec elle et allumer toutes les lampes. Quand Laura alla mieux et n'eut plus besoin, le soir, que de dormir, il m'arriva de raccompagner Brenda plus tôt et de prendre un verre avec elle. Une fois même, en repartant, je l'embrassai en toute camaraderie sur le seuil de sa porte pour bien montrer à un éventuel voisin observateur que nous étions bons amis et que j'appréciais sa gentillesse envers ma femme malade.

J'attrapai alors la grippe, moi aussi. Je crus d'abord que cela contrarierait mes plans car je ne pouvais me permettre de trop retarder mon passage à l'acte. Déjà les habitants du village avaient moins peur du tueur en maraude et reprenaient leur vieille habitude de laisser la porte de derrière non verrouillée. Puis je vis comment je pouvais tourner ma maladie à mon avantage. Le lundi, alors que j'étais cloué au lit depuis trois jours — Brenda, cet ange de bonté, s'agitant autour de moi presque autant que ma femme —, Laura déclara qu'elle n'irait pas chez les Goldsmith ce soir-là comme elle l'avait promis parce qu'elle ne voulait pas me laisser seul. Elle irait le mercredi, si j'allais mieux d'ici là, et aiderait alors Isabel à couper sa robe comme convenu. Brenda aurait pu proposer de la remplacer en restant à mon chevet, et je crois que Laura fut un peu étonnée qu'elle n'en fit rien. Connaissant la raison de sa conduite, je m'en amusai intérieurement. C'était une chose de parader, de nous abreuver d'histoires sur tous les hommes qu'elle avait soignés ; c'en était une autre de se retrouver seule dans une chambre avec un homme pas très malade.

Il fallait que je sois assez malade pour me constituer un alibi, mais pas au point de forcer Laura à rester à la maison. Le mercredi matin, je me sentis beaucoup mieux. Le Dr Lawson passa chez nous dans l'après-midi à la fin de ses visites et déclara, après un examen approfondi, que j'avais encore des mucosités dans la poitrine. Pendant qu'il se lavait les mains et nettoyait son stéthoscope dans la salle de bains, je tins le thermomètre qu'il m'avait mis dans la bouche contre le radiateur, derrière le lit. Le mercure monta jusqu'à 39,4 °C et j'en profitai pour déclarer d'une voix faible que j'avais des vertiges, et l'impression d'alterner les suées et les tremblements.

« Gardez-le au lit, dit le Dr Lawson, et donnez-lui beaucoup de boissons chaudes. Je ne crois pas qu'il arriverait à se lever s'il essayait. »

D'un air penaud, je bredouillai que j'avais essayé et que j'en étais incapable : j'avais les jambes en coton. Laura déclara aussitôt qu'elle ne sortirait pas le soir, et je bénis Lawson quand il lui dit de ne pas être bête. Tout ce dont j'avais besoin, c'était de dormir, déclara-t-il. Après beaucoup d'embarras, de protestations coupables et de promesses de ne pas être absente plus de deux heures, Laura finit par partir à sept heures.

Dès que la voiture démarra, je me levai. La fenêtre de ma chambre donnait sur la maison de Brenda, je vis des lumières allumées, mais pas celle du porche. La nuit était sombre, sans lune et sans étoiles. J'enfilai un pantalon et un sweater par-dessus mon pyjama, et je descendis.

A peine arrivé au milieu de l'escalier, je compris que j'avais perdu mon temps en feignant d'être malade et en ayant recours au subterfuge du thermomètre : j'étais vraiment malade. Je tremblais, je titubais, des vagues d'étourdissement déferlant sur moi, et je devais m'accrocher à la rampe pour ne pas tomber. Ce n'était pas la seule chose qui avait mal tourné. J'avais eu l'intention, une fois l'acte commis et de retour chez moi, de découper mon imperméable et mes gants avec les ciseaux électriques de Laura, et de jeter les morceaux dans le feu de notre salle de séjour. Mais je ne trouvai pas les ciseaux et je me rendis compte que Laura les avait emportés pour sa séance de couture. Pire, il n'y avait pas de feu dans la cheminée. Notre chauffage central était très efficace, et nous n'allumions de feu que pour le plaisir et l'atmosphère douillette qu'il créait. Laura n'avait pas jugé utile de le faire puisque j'étais alité en haut. A ce moment, je faillis renoncer. Mais c'était maintenant ou jamais. Je ne bénéficierais plus d'un tel concours de circonstances ni d'un tel alibi. Ou je tuais Brenda ce soir-là, ou je supportais un odieux *ménage à trois*[1] le reste de ma vie.

Nous rangions les imperméables et les gants que nous portions pour jardiner dans un placard de la cuisine, près de la porte de derrière. Laura n'avait laissé que la lumière de l'entrée, et je jugeai plus sage de n'en allumer aucune autre. Dans une semi-obscurité, je cherchai mon imperméable dans le placard, le trouvai et le passai. Il me parut serré, sans doute parce que j'avais le corps raide et moite de sueur, mais je parvins à le boutonner. Puis je

1. En français dans le texte. *(N.d.T.)*

mis les gants, pris un de nos couteaux de cuisine et me glissai dehors par la porte de derrière. Il ne gelait pas, mais la nuit était froide et humide.

Je passai de notre jardin dans celui de Brenda. Je me guidai à tâtons en suivant de la main le flanc du bâtiment car il n'y avait aucune lumière de ce côté-là. Mais la cuisine était éclairée et la porte de derrière n'avait pas été fermée à clé. Je frappai au chambranle, entrai sans attendre de réponse. Brenda, en tenue de soirée — pull chatoyant, collier d'argent et jupe longue —, préparait son dîner solitaire. Pour la première fois, alors que cela n'avait plus d'importance, alors qu'il était trop tard, je ressentis de la pitié pour elle. Riche et belle, talentueuse, jouissant d'une réputation de séductrice, elle était en fait aussi dépourvue de gens qui l'aimaient vraiment que la pauvre Peggy Daley. Habillée pour une sortie, elle réchauffait une boîte de spaghettis dans la cuisine d'un cottage, en pleine campagne.

Elle se retourna, me regarda avec appréhension, mais seulement, je crois, parce qu'elle avait toujours peur, quand nous étions seuls, que j'essaie de lui faire l'amour.

« Que fais-tu debout ? me demanda-t-elle. Et pourquoi as-tu mis ces vêtements ? »

Je ne répondis pas. Je la frappai plusieurs fois à la poitrine avec le couteau. Sans autre bruit qu'une petite plainte étouffée, elle s'effondra sur le sol. J'avais su comment cela se passerait, je l'avais espéré, mais le choc fut si grand et je me sentais déjà si mal en point que je n'avais qu'une envie : me laisser tomber sur un lit, fermer les yeux et dormir. C'était impossible. J'éteignis le brûleur de la cuisinière. Je vérifiai qu'il n'y avait pas de sang sur mon pantalon et mes chaussures — l'imperméable en était couvert, bien sûr —, puis je sortis d'un pas chancelant en éteignant la lumière derrière moi.

J'ignore comment je parvins à retrouver mon chemin : il faisait noir, j'avais la tête qui tournait et le cœur qui battait à se rompre. J'eus seulement la présence d'esprit d'ôter l'imperméable et les gants, de les glisser dans l'incinérateur de notre jardin. Il me faudrait recouvrer assez de forces le lendemain matin pour les brûler avant qu'on découvre le corps de Brenda. Le couteau, je le lavai et le remis dans le tiroir.

Laura rentra cinq minutes après que je me fus recouché. Elle s'était absentée moins d'une demi-heure. Je me retournai, réussis à me redresser suffisamment pour lui demander pourquoi elle rentrait si tôt. Je crus déceler dans son regard une étrange détresse.

« Que se passe-t-il ? murmurai-je. Tu t'inquiétais pour moi ?

— Non », répondit-elle.

Mais elle ne se pencha pas vers moi, ne posa pas sa main sur mon front.

« C'est... Isabel Goldsmith m'a dit quelque chose... Ça m'a bouleversée... Je... Pas la peine d'en parler maintenant, tu es trop malade, dit-elle d'un ton sec que je ne lui connaissais pas. Tu as besoin de quelque chose ?

— Je veux juste dormir.

— Je coucherai dans la chambre d'amis. Bonne nuit. »

La décision semblait raisonnable, mais nous n'avions jamais fait chambre à part, et Laura ne pouvait craindre d'attraper la grippe puisqu'elle venait de l'avoir. Je n'étais pas en état de m'inquiéter pour cela et je sombrai dans un sommeil peuplé des cauchemars de la fièvre. Je me souviens que dans l'un d'eux Laura découvrait elle-même le corps de Brenda, éventualité pas tout à fait improbable.

Ce ne fut cependant pas Laura mais la femme de ménage qui trouva le corps. Je sus ce qui s'était passé en voyant de ma fenêtre la voiture de police arriver. Une heure plus tard, Laura monta m'annoncer la nouvelle, qu'elle tenait de Jack Williamson.

« Sans doute le même assassin que celui de Peggy », commenta-t-elle.

Je me sentais déjà mieux : tout allait bien.

« Ma pauvre chérie, dis-je, tu dois être triste, vous étiez si proches. »

Sans répondre, Laura remonta ma couverture et sortit. Je savais que j'aurais dû me lever pour brûler le contenu de l'incinérateur, mais je n'en avais pas la force. Quand je posai les pieds par terre et fis un pas vers la porte, j'eus l'impression que le sol se soulevait et me rejetait vers le lit. Je ne m'inquiétai pas trop : la police penserait comme Laura, comme tout le monde.

Un inspecteur principal et un sergent arrivèrent dans l'après-midi. Laura les conduisit à notre chambre, et ils nous interrogèrent en même temps. L'inspecteur dit qu'il avait cru comprendre que nous étions des amis de la victime ; il voulait savoir quand nous l'avions vue pour la dernière fois et ce que nous avions fait la veille. Il nous demanda ensuite si nous avions une idée sur l'identité du meurtrier.

« Le malade mental qui a tué l'autre femme, bien sûr, répondit Laura.

— Je vois que vous ne lisez pas les journaux », dit l'inspecteur.

D'habitude, si. Je lisais un journal du matin au bureau et je rapportais un journal du soir à la maison en rentrant. Mais j'étais resté chez moi, malade. Un homme avait été arrêté la veille pour le meurtre de Peggy Daley. Le choc me fit tressaillir et je devins sans doute livide, mais les policiers ne le remarquèrent pas. Ils nous remercièrent de notre coopération, s'excusèrent d'avoir dérangé un malade et partirent. Après leur départ, je demandai à Laura ce qu'Isabel lui avait dit la veille qui l'avait bouleversée. Elle s'approcha de moi, me prit dans ses bras.

« Cela n'a plus d'importance, maintenant, répondit-elle. La pauvre Brenda est morte, d'une horrible façon, mais... je dois être vraiment mauvaise, je n'en suis pas du tout triste. Ne me regarde pas comme ça, chéri. Je t'aime et je sais que tu m'aimes ; nous devons oublier Brenda et redevenir ce que nous étions avant. Tu sais ce que je veux dire. »

Je n'en avais aucune idée, mais j'étais content que le problème, quel qu'il fût, eût disparu. J'avais suffisamment de préoccupations sans avoir besoin d'une brouille avec ma femme. Laura dormit dans notre lit cette nuit-là, mais je parvins à peine à fermer l'œil tant je m'inquiétais pour l'incinérateur. Le lendemain matin, je fis de mon mieux pour avoir l'air guéri. Je m'habillai et annonçai, malgré les protestations de Laura, que j'allais dans le jardin. La police y était déjà : elle fouillait tous les jardins, elle creusait même dans celui de Brenda.

Les policiers me laissèrent tranquille toute la journée et le lendemain, mais ils vinrent interroger Laura seule. Quand je lui demandai ce qu'ils avaient dit, elle esquiva la question. Elle devait penser que je n'étais pas assez rétabli pour entendre qu'ils enquêtaient sur mon attitude envers Brenda.

« Simple interrogatoire de routine, chéri », assura-t-elle, mais j'étais certain qu'elle avait peur pour moi, et ses craintes, conjuguées aux miennes, dressaient une barrière entre nous. Cela peut sembler incroyable mais ce dimanche-là nous nous adressâmes à peine la parole, et dans les quelques mots que nous échangeâmes le nom de Brenda ne figurait pas. Le soir, nous restâmes assis sur le canapé en silence, mon bras autour de Laura, sa tête sur mon épaule, attendant, attendant...

Le lendemain matin, la police débarqua chez nous avec un mandat de perquisition. L'inspecteur demanda à Laura d'aller dans le séjour et me pria d'attendre dans le bureau. Je sus alors que ce n'était plus qu'une question de temps. Ils trouveraient le couteau, ils trouveraient le sang de Brenda dessus, bien sûr. J'étais si malade lorsque je l'avais nettoyé que je ne me souvenais plus si je l'avais frotté ou simplement passé sous le robinet.

Après un long moment, l'inspecteur entra dans la pièce, seul.

« Vous nous avez dit que vous étiez proche de Mlle Goring.

— Nous avions des relations cordiales, répondis-je en m'efforçant de garder une voix calme. C'était une amie de ma femme. »

Il parut ne pas avoir entendu.

« Vous ne nous avez pas dit que vous aviez avec elle des relations intimes, que vous aviez... une liaison avec elle. »

Rien n'aurait pu me sidérer davantage.

« C'est de la foutaise !

— Vraiment ? Nous le tenons de source sûre.

— Quelle source ? Mais vous n'avez peut-être pas le droit de me le révéler ?

— Je ne vois aucun mal à vous le dire. Mlle Goring elle-même en avait informé deux de ses amies londoniennes. Elle en avait aussi parlé à l'une de vos voisines, pendant une petite fête chez vous. Vous avez passé des soirées seul avec Mlle Goring quand votre femme était malade, et nous avons un témoin qui vous a vu l'embrasser pour lui dire au revoir. »

Je savais maintenant ce qu'Isabel Goldsmith avait raconté à Laura qui l'avait tant bouleversée. Quelle ironie... Pourquoi, connaissant la réputation et les fantasmes de Brenda, n'avais-je pas prévu les élucubrations qu'on bâtirait autour de mon amitié présumée pour elle ? Il était là, le mobile, alors que je comptais précisément sur son absence. Les hommes tuent leur maîtresse : par jalousie, par frustration, par peur d'être découverts. Mais je pouvais peut-être retourner les fantasmes de Brenda à mon avantage :

« Elle avait des dizaines d'amis, d'amants, comme vous voudrez. N'importe lequel d'entre eux aurait pu la tuer.

— Absolument pas. Nous avons pu établir qu'en dehors de son ex-mari, qui vit en Australie, elle n'avait pas d'autre homme que vous dans sa vie.

— Je ne l'ai pas tuée ! m'écriai-je avec désespoir. Je ne l'ai pas tuée, je le jure. »

L'inspecteur eut l'air surpris.

« Oh ! nous le savons. Personne ne vous accuse de quoi que ce soit. Le Dr Lawson a déclaré que vous étiez physiquement incapable de quitter votre lit ce soir-là, et l'imperméable et les gants que nous avons trouvés dans votre incinérateur ne vous appartiennent pas. »

Tâtonnant dans le noir, titubant, les manches de

l'imperméable trop courtes, les épaules trop serrées... « Pourquoi as-tu mis ces vêtements ? » avait demandé Brenda avant que je la poignarde.

« Essayez de rester calme, monsieur », me dit-il avec beaucoup de douceur.

Mais je n'ai plus jamais été calme depuis. J'avouai, je fis des déclarations écrites, je protestai de ma culpabilité, je poussai des cris, je revins avec les policiers sur tous les détails de ce que j'avais fait cette nuit-là, je pleurai. Puis je me tus.

« J'étais simplement venu vous voir pour confirmer un fait dont nous étions déjà certains, dit l'inspecteur, et vous demander si vous souhaitiez accompagner votre femme au poste, où elle sera inculpée du meurtre de Mlle Brenda Goring. »

SWEET BABY JENNY

Joyce Harrington

Joyce Harrington est une ancienne actrice qui perpétue la tradition théâtrale en gardant secrète sa date de naissance. Ses débuts en tant qu'auteur de romans policiers furent remarqués. Sa toute première nouvelle, « The Purple Shroud », publiée en septembre 1972 dans l'*Ellery Queen's Mystery Magazine*, remporta un Edgar. Edward D. Hoch en résume ainsi l'intrigue dans le *St James Guide to Crime & Mystery Writers* (quatrième édition, 1996) : « C'est un conte paisible sur un homme qui enseigne l'art pendant l'été et sur la femme qu'il a trahie, et une histoire de meurtre d'une terreur discrète. » Pour lui, la deuxième nouvelle de Harrington, « The Plastic Jungle », « histoire macabre d'une fille et de sa mère vivant dans notre société artificielle », est encore meilleure.

Née à Jersey City, dans le New Jersey, Joyce Harrington a exercé de nombreux emplois avant de se lancer, avec succès, dans la publicité et les relations publiques.

Elle est l'auteur de trois romans très différents, qui furent salués par la critique : *No One Knows my*

Name (1980), *Family Reunion* (1982), et *Dreemz of the Night* (1987). Mais elle est plus connue en tant que nouvelliste, bien que ses nouvelles n'aient pas encore été réunies sous la forme d'un recueil. C'est pourtant un maître des nouvelles policières, dont le talent est comparable à celui de Roald Dahl et de Stanley Ellin.

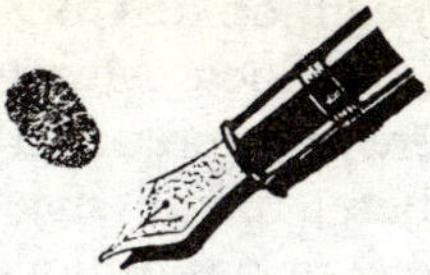

Je n'ai jamais eu de mère. Du moins, pas une dont je me souviens. J'ai pourtant dû en avoir une car, autant que je sache, je ne suis pas sortie d'un œuf. Et même les poussins se blottissent contre la poule avant qu'elle les pousse hors du nid. Mais je n'ai pas eu de mère poule contre laquelle j'aurais pu me blottir ou qui m'aurait donné des coups de bec sur la tête si j'avais fait quelque chose de mal.

Non pas que je fasse toujours les choses de travers. Du moins, pas si je sais que c'est mal. Il y a de nombreuses choses qui se passent et qui pour moi restent une énigme. Je n'arrive pas à démêler le bien du mal. Je me souviens, par exemple, lorsque Preums — c'est le plus grand de mes grands frères, celui qui s'est occupé de nous quand p'pa est parti — livrait de la bière avec son camion dans tous les magasins de la ville et que la cave familiale était toujours remplie de packs de six. Je lui ai demandé un jour : « Preums, pourquoi la cave est pleine de bière et pas de Coca-Cola ? Je déteste la bière. » Je devais avoir dans les neuf ou dix ans, à ce moment-là, mais jamais mon content de Coca-Cola.

Eh bien, Preums se mit à rire et dit : « Sweet Baby Jenny (c'est comme ça que tout le monde m'appelait, même quand je suis devenue grande), si je conduisais un camion de Coca-Cola, tu dériverais sur un océan de Coca. Maintenant, contente-toi de boire ta bière et apprends à l'apprécier. »

Je n'étais pas bête, même si je n'étais pas très bonne à l'école. C'était pas difficile de comprendre que Preums livrait presque plus de bière dans le cellier familial qu'à la supérette de Big Jumbo, sur Main Street. Par conséquent, ce ne fut pas juste, de sa part, quand je me fis prendre dans un magasin avec un tube de rouge à lèvres dans la poche et qu'il m'engueula devant cette face de rat de directeur. Je restai plantée là, à le regarder avec de grosses larmes dans les yeux, jusqu'à ce que nous descendions du camion, et là, je lui dis :

« Quelle est la différence entre un minuscule tube de rouge à lèvres et une cave remplie de bière ?

— C'est une devinette ? me demanda-t-il en souriant.

— Non, mais j'aimerais tout de même bien comprendre.

— La différence, Sweet Baby Jenny, c'est que tu t'es fait prendre. »

J'vous demande un peu !

Ce fut différent, bien sûr, quand il fut découvert. Alors il jura, blasphéma et donna des coups de pied dans la véranda jusqu'à ce qu'elle semble prête à tomber sur la maison pendant que les gars de l'entreprise de bière remontaient les packs de la cave et les rangeaient dans le camion. Lorsqu'ils furent partis, je lui demandai, douce comme la mélasse :

« Preums chéri, pourquoi tu fais tant d'histoires ?

— Bon sang, Jenny, ils ont embarqué ma bière ! Je me fiche du boulot, de toute façon c'était un boulot à la con, mais j'ai travaillé dur pour cette bière et ils n'avaient pas le droit de la reprendre.

— Mais, Preums, dis-je, suspendue à ses mains et me balançant comme un pantin au bout d'une corde, c'est pas plutôt que t'as volé la bière et que tu t'es fait pincer et que t'as été obligé de la rendre, comme moi avec le rouge à lèvres ? »

Là, il me jeta et j'atterris contre la vieille machine à laver qui traînait dans la cour en attendant que quelqu'un la répare. Puis il hurla :

« J'ai absolument rien piqué ! Ne répète plus jamais ça ! Cette bière, c'est ce qu'ils appellent un avantage en nature ; seulement, ils ne savaient pas qu'ils me l'avaient donnée. Ils me paient même pas assez pour que je t'achète des rubans pour attacher tes nattes, alors de l'argent pour la bière... J'ai pris seulement ce que je méritais. »

Eh bien, il avait raison sur un point. Je ne possédais rien qu'on puisse légitimement appeler un ruban pour les cheveux. Je nouais mes nattes avec des cordelettes que j'avais récupérées sur de vieux petits sacs de toile de Deuze.

Deuze, vous l'avez sans doute deviné, c'est mon deuxième grand frère. Une canaille indolente et paresseuse, même si quelques-uns le trouvent beau et pensent qu'il devrait faire du cinéma. Sur le livret de famille, le prénom de Preums c'est Arthur ; Dennis est celui de Deuze. Puis viennent Earl, Wesley et Pembrook. Et puis moi, enfin, Jennet Maybelle. C'est le dernier prénom sur la page des naissances. Sur celle des décès, le dernier nom est celui de Flora Janine Taggert. C'est écrit avec des pattes de mouche noires, comme si la plume avait accroché le papier. La date du décès est postérieure d'un mois environ à l'inscription de mon nom sur la page des naissances. Je sais que c'était ma mère, bien que personne ne me l'ait jamais dit.

Personne ne m'a jamais dit comment elle était morte. Quant à p'pa, la bible familiale ne contient aucune page pour ceux qui vont et viennent.

Deuze joue de la guitare, chante et se prend pour le plus grand chanteur de country. Il dit qu'il ira à Nashville et qu'il en reviendra au volant d'une Cadillac avec des banquettes en peau de léopard. J'aimerais bien voir ça, même si je me doute que ça n'arrivera jamais. Car Deuze est trop paresseux pour se lever et aller se servir un verre d'eau. C'est toujours : « Sweet Baby Jenny, fais-moi ci, fais-moi ça. » Le seul moment où il prend sur lui, c'est quand il doit se traîner jusqu'à la table pour le dîner.

Ça n'empêche pas les filles de s'attrouper, de lui apporter des cadeaux et de sourire niaisement, comme des truies qui reniflent la couche d'un bébé. Chacune espère et prie pour être celle qui l'accompagnera à Nashville et en reviendra en Cadillac. Il ne fait rien pour les en dissuader. Vous devriez entendre les crissements de balancelle au cœur de la nuit. Elles sont tellement bêtes !

Earl et Wesley, eux, ils essaient. Ils ne sont pas vraiment beaux, bien qu'ils aient hérité les cheveux noirs et le nez des Taggert. Je me souviens de p'pa disant qu'il avait du sang cherokee. Tous ses fils s'étaient moqués de lui. Mais, alors que Preums et Deuze sont nés avec des têtes de chef indien, Earl est bigleux, et Wesley, qui s'est cassé le nez en tombant d'un arbre, a perdu presque tous ses cheveux à cause de la scarlatine. Donc, ils essaient. Ils sont toujours fourrés ensemble pour les affaires.

Une fois, ils se sont lancés dans le commerce des œufs, et la cour entière était remplie de poulets courant en tous sens. Ils disaient qu'ils vendraient leurs œufs moins cher que n'importe qui, qu'ils feraient fortune, que nous irions tous vivre en Californie dans un hôtel avec piscine et que des serveurs nous apporteraient des hamburgers, chaque fois que nous claquerions des doigts. Les gens ont bien acheté les œufs, mais Earl et Wesley n'avaient pas pensé que deux cents poulets ingurgitent pas mal de nourriture. Ils n'ont jamais réussi à trouver le moyen de régler la note chez le marchand de grains. J'aurais pu leur dire que la solution était d'augmenter le prix des œufs en prétendant qu'ils avaient quelque chose de particulier, pour que chacun se sente obligé d'acheter les œufs frais de la ferme Taggert, quel qu'en soit le prix. Mais Earl et Wesley m'écartèrent d'un geste et me dirent :

« Sweet Baby Jenny, t'es rien qu'une fille et t'y comprends rien aux affaires. Maintenant, tu vas aller nourrir les poulets, ramasser les œufs et nous préparer ton excellente tarte aux pêches. Etre dans les affaires, ça creuse l'appétit. »

Mais, bien vite, le marchand de grains a arrêté de leur faire crédit, et il n'y eut plus rien pour nourrir les poulets. On fut donc obligés d'en manger le plus possible avant qu'ils crèvent de faim. C'est comme ça que se termina le commerce des œufs. Earl et Wesley, tous deux sensibles et abattus par la tristesse, furent incapables de tuer le moindre poulet. J'aime tordre le cou des poulets en les serrant avec le bras. J'aimais bien le poulet frit. Mais plus maintenant.

Pembrook, c'est l'intellectuel. Il ne vole pas, ne chante pas et n'est pas dans les affaires. Il est parti à l'université pour faire des études de droit. C'est le seul avec qui je parlais, et il me manque. J'ai toujours voulu lui demander ce qui était arrivé à notre mère, comment elle était morte et pourquoi p'pa s'était sauvé de cette manière. Mais je n'ai jamais eu le cran de le faire.

Pembrook m'écrit deux ou trois fois par mois. Il me raconte comment ça se passe à l'université. Ça a l'air bien. Il n'arrête pas de me harceler pour que je retourne à l'école terminer ma scolarité, afin de rentrer à l'université et d'apprendre à être quelqu'un. J'aimerais assez, mais qui s'occuperait des garçons ? Je n'étais pas très bonne à l'école parce que je n'avais jamais le temps d'étudier. Je m'occupais des garçons comme si j'étais leur mère, plutôt que Sweet Baby Jenny, comme ils m'appellent. Seul Pembrook ne m'a jamais appelée ainsi.

Une autre chose que j'ai toujours pensé demander à Pembrook, sans jamais oser le faire, c'est comment j'ai bien pu venir au monde en ressemblant à un canari dans une nichée de coucous. Pembrook ressemble plus ou moins aux autres garçons, malgré ses cheveux noirs toujours propres et les lunettes qu'il porte haut perchées sur son nez pointu de Taggert. Comme les leurs, ses yeux sont marron foncé et sa peau se hâle joliment sous le soleil d'été. Moi, en été, mes taches de rousseur foncent, et ma peau rougit. Mes cheveux, jaune serin la plupart du temps, deviennent de plus en plus clairs et frisent en petites boucles serrées, sauf si je les tresse. Mes yeux, n'en parlons pas : rien à voir avec ceux des garçons. Ils sont bleu-vert ou vert-bleu, ça dépend du temps. Quant à mon nez, il ne peut pas être moins Taggert : il est petit, retroussé, vilain.

Je tiens peut-être tout ça de ma mère, bien que je n'en sois pas certaine ; je n'ai jamais vu ses yeux ni même la moindre photo d'elle.

Pembrook dit que je suis jolie, mais c'est uniquement parce qu'il m'aime bien. Il dit que je ressemble un peu à Mlle Claudia Carpenter, qui passe pour la plus jolie fille du comté, mais je ne peux pas comparer, je ne l'ai jamais vue. C'est la fille du directeur de la seule et unique banque de la ville. Elle est plus vieille que moi d'un an ou deux et elle ne traîne pas beaucoup. Elle est pensionnaire et toujours en voyage ici ou là. Ça ne doit pas être drôle de ne jamais être chez soi. Pembrook m'a dit que notre mère avait l'habitude d'aller travailler chez les Carpenter à l'occasion de fêtes ou lorsque leur bonne était malade. Je pourrais peut-être faire ce genre de travail pour mettre un peu d'argent de côté. Au cas où je me déciderais à faire ce que Pembrook a dit.

Il y a une chose dont je me souviens, avant que p'pa s'en aille : il me racontait des histoires. Il s'installait dans son grand fauteuil grenat, me faisait asseoir sur ses genoux et disait : « Maintenant, écoute. Voici l'histoire d'une vilaine petite fille. » Les histoires étaient toutes différentes, mais elles parlaient toutes d'une fille qui s'appelait Bad Penny. Elle était laide, méchante, et personne ne l'aimait. Elle causait toujours des ennuis et, à la fin, elle était toujours punie. Parfois, les cochons la dévoraient. D'autres fois, elle se noyait dans le ruisseau. Une fois, elle fut broyée par la herse. Une autre fois, elle tomba dans le grenier à blé et s'y étouffa. Mais elle revenait toujours, aussi laide et méchante. C'est pour ça qu'elle s'appelait Bad Penny. Après l'histoire, p'pa me montait dans ma chambre et me mettait au lit.

J'aimais bien ces histoires, même si elles m'effrayaient un peu. Je savais bien que les cochons ne mangeaient pas les petites filles, mais je faisais toujours très attention lorsque j'allais du côté de la soue. Nous n'avons plus de cochon, mais nous en avions quelques-uns, et j'avais l'habitude de leur apporter la pâtée.

Les choses ont empiré quand Preums a dévalisé la station-service en bas du croisement. Junior Mulligan, qui venait d'arriver pour faire le plein de son pick-up, l'a reconnu. Il le détestait depuis le jour où, alors qu'ils chassaient, Preums avait prétendu que c'était lui qui avait tué le cerf et avait cogné sur Junior dans la ravine de l'Homme mort, lui cassant la jambe. Aussitôt Junior est allé à la police. Ils sont venus chercher Preums au café du Coq-Rouge tandis qu'il régalait l'assistance de bière et d'œufs durs.

Sans Preums pour faire bouger les choses, la vie était morne et triste. Calme aussi, avec la guitare de Deuze mise au clou, et lui incapable de chanter la moindre note en guise de deuil. Earl et Wesley essayaient de placer des contrats d'assurance dans le voisinage, mais les gens que nous connaissions n'en avaient pas les moyens et ceux que nous ne connaissions pas n'en voulaient pas. C'était donc à moi de me débrouiller.

Je ressassais l'idée de devenir domestique, comme ma mère l'avait fait d'après ce que m'avait dit Pembrook. Travailler chez les autres ne me dérangeait pas, même si Deuze disait que c'était indigne et humiliant pour un Taggert. D'aussi loin que je me souvienne, il a toujours trouvé n'importe quel travail indigne, sauf peut-être celui qui consistait à user la balancelle. Un matin, je me suis donc lavée entièrement, y compris les cheveux. Je me suis coupé les ongles de pied afin de mettre des chaussures. J'ai ressorti du grenier l'une des robes de notre mère et je me suis préparée pour rendre visite à Mme Carpenter. La robe m'allait assez bien, même si elle était un peu longue et tranchait avec mes baskets, mais c'est tout ce que j'avais ; il fallait que ça fasse l'affaire.

Je marchai dans la ville en écartant les plis de ma robe à pois verts et blancs autour de moi et en faisant retomber le devant de temps en temps, afin d'éviter d'avoir des taches de transpiration. J'arrivai chez les Carpenter avant que le soleil soit au zénith, au moment où Deuze devait tomber du lit et réclamer son café en beuglant. Pour une fois, il devrait se préparer son petit déjeuner. La main sur la palissade en fer, je restai un instant à regarder la maison. Elle était grande, d'un blanc éclatant, comme un gâteau de mariage.

Rien que sur la façade, elle devait au moins compter deux douzaines de fenêtres. Construite en retrait de la route, elle était entourée d'une pelouse très verte bordée par une rangée de buissons épineux qui laissaient voir la véranda.

Je l'avais déjà aperçue, du temps où Preums m'emmenait faire un tour dans son camion de livraison. Il disait qu'il allait piller une banque afin que nous aussi nous puissions nous installer dans cette partie de la ville, près des gens riches. Mais je n'avais jamais vraiment regardé cette maison de près, car je pensais qu'il plaisantait. Je restais là, me demandant si j'étais autorisée à passer par la porte principale ou si je devais emprunter la porte de service. Je restai si longtemps sur le trottoir que ce fut comme si j'avais pris racine. Si j'avais pu m'échapper, j'aurais couru jusque chez nous afin d'y demeurer à jamais.

Mais je me rappelai qu'il nous restait moins

d'une demi-livre de café et juste assez de farine pour une dernière fournée de biscuits. Je poussai la porte en fer et regardai l'entrée principale. J'avais l'impression que ça faisait une bonne heure que je marchais sur cette allée, les pieds comme de bons vieux radeaux emportés par la rivière et les cheveux s'échappant des nattes que j'avais faites avec tant de soin. J'atteignis la véranda et posai mon doigt sur la sonnette ; j'entendis l'écho se répercuter à l'intérieur. J'attendis, mais la porte resta fermée.

C'était une jolie porte, peinte en blanc comme toute la maison. Tout en attendant, j'examinai soigneusement chaque panneau, la grosse poignée en cuivre et la boîte aux lettres. Je me demandais si je devais sonner à nouveau. Peut-être qu'il n'y avait personne. Peut-être que j'avais fait tout ce chemin pour rien. Même s'ils étaient là, probablement qu'ils ne voudraient pas de moi comme bonne. Ma robe à pois me tombait sur les tibias, et mes baskets étaient couvertes de poussière. J'aurais sans doute dû rentrer à la maison et attendre d'avoir une meilleure idée.

Je fis demi-tour et commençais à descendre les marches de la véranda lorsque j'entendis la porte s'ouvrir derrière moi. Une voix aiguë demanda : « C'est pour quoi ? »

Je me retournai et vis une petite femme mince me toiser du regard. Malgré la chaleur, son froncement de sourcils me fit frissonner.

« M'dame Carpenter ?

— Oui, je suis Mme Carpenter. Qui êtes-vous ? Que voulez-vous ? Je suis très occupée... »

J'avais la gorge nouée, je n'arrivais pas à déglutir. Quand je lui dis « Je cherche une place de bonne », elle n'entendit sans doute pas, car moi-même je ne m'entendis pas.

« Pardon ? Parlez plus fort. C'est quoi, cette histoire de bonne ?

— Je viens pour travailler. Si vous voulez bien me prendre...

— Alors, remuez-vous ! répondit-elle.

J'aperçus ses dents jaunies.

— C'est le ciel qui vous envoie ! Quelles sont vos références ? Qui vous a dit de venir ici ? Peu importe, après tout. Entrez et mettez-vous au travail ! Vous avez l'air solide. J'espère seulement que vous êtes courageuse.

— Oh oui, m'dame ! »

En un clin d'œil, elle m'entraîna dans la maison et me conduisit à la cuisine, tout près de l'évier où s'entassait de la vaisselle sale. De ma vie je n'en avais vu autant.

« Commencez tout de suite. Le lave-vaisselle est juste là. Je reviens dans un instant. »

J'avais déjà vu des lave-vaisselle dans des catalogues de vente par correspondance, mais jamais en vrai. Je savais ce que c'était censé faire. Simplement moi, je n'étais pas très sûre de ce que j'étais censée faire. Et je n'avais pas vraiment confiance dans grand-chose, à part mes mains. Je me mis donc à nettoyer la vaisselle de mon mieux avant de la mettre dans la machine, des fois qu'il y aurait eu un malentendu. Même couverte de sauce séchée, c'était la plus belle vaisselle que j'aie jamais vue.

Mme Carpenter revint quelques instants plus tard avec une paire de chaussures noires et une robe blanche. Elle s'affala sur l'une des chaises de la cuisine et me sourit.

« Quel est ton nom, ma petite ?

— Jennet Maybelle. »

Elle ne me laissa pas le temps de préciser « Taggert ».

« Je t'appellerai Jenny, reprit-elle. Marcelline est partie au beau milieu de la réception que nous donnions hier soir. Je m'apprêtais à téléphoner lorsque tu es arrivée. Tes gages seront de cinq dollars par jour, nourrie et blanchie. Mais tu devras payer pour tout ce que tu casses. Fais bien attention à la vaisselle. Chaque assiette coûte vingt dollars. »

Je reposai l'assiette que je tenais et me demandai en quoi elle était faite. Ça n'avait pas l'air d'être de l'or massif. A la maison, nos assiettes étaient vieilles et fêlées, et j'avais le sentiment qu'elles avaient toujours été là. Je ne savais pas combien elles avaient coûté. Lorsque nous en cassions une, nous la jetions dans le lit du ruisseau qui serpente derrière la maison, avec les autres ordures.

Mme Carpenter continuait à parler :

« Il est hors de question que tu portes ces baskets dans la maison. Je t'ai apporté les vieilles chaussures de Claudia. Elles t'iront sûrement. Cette tenue doit être un peu grande pour toi, tu es toute maigre, mais nous pourrons l'attacher avec une ceinture. »

Je n'appréciai pas qu'elle me qualifie de « maigre », alors qu'elle-même avait tout d'une grande perche. Mais je ne dis rien. Les chaussures vernies noires étaient jolies, avec leurs talons un peu hauts. La robe était propre et amidonnée.

Elle s'arrêta de parler une minute et commença à me dévisager de près.

« Je ne t'ai pas déjà vue quelque part ? Je jurerais que ton visage m'est familier. D'où es-tu ?

— Du côté de Clinch Valley », dis-je en indiquant du doigt la direction de la maison.

Je m'apprêtais à lui dire que ma mère avait déjà travaillé chez elle lorsqu'elle bondit, laissant les chaussures par terre et la robe sur la chaise, secoua la tête et déclara :

« Je ne connais personne par là-bas. Tu peux te changer dans le vestiaire, là, derrière, dit-elle en me montrant la porte opposée. Quand tu auras fini la vaisselle, tu me retrouveras en haut. Je te montrerai comment faire les chambres. »

La journée avançait. Je ne cassai rien et compris toute seule sur quel bouton il fallait appuyer pour faire démarrer la machine. Je sursautai, bien sûr, quand ça se mit à bouillonner et à asperger derrière la porte. Je priai pour qu'aucune de ces assiettes à vingt dollars ne soit cassée et pour qu'on ne me mette pas ça sur le dos.

Mme Carpenter me signala tout ce que je devais savoir sur la bonne marche de la maison et m'indiqua ce que j'avais à faire. A midi, elle me montra ce que je devais préparer pour le déjeuner. Nous mangeâmes la même chose : les restes de rosbif froid du dîner de la veille et une salade de pommes de terre. Elle déjeuna dans la salle à manger ; moi, dans la cuisine.

Je bus deux verres de lait glacé, et j'aurais pu en boire davantage, mais je ne voulus pas paraître gourmande. L'après-midi, elle me fit laver les vitres. Ce n'était pas un travail trop difficile. A la maison, je travaillais bien plus dur. Et puis c'était un plaisir de regarder les roses et la pelouse si verte pendant que je briquais les vitres jusqu'à ce qu'elles aient l'air d'avoir disparu.

Vers les quatre heures, elle me réclama à la cuisine et m'indiqua ce que M. Carpenter désirait pour le dîner.

« Il a un faible pour le poulet frit, mais personne ne réussit à le préparer selon ses désirs. En tout cas je n'y arrive pas. Et puis il raffole des sucreries. Moi-même, je ne mange pas de dessert, mais lui ne peut pas quitter la table sans en avoir pris un. »

Bon. Je me mis à préparer mes spécialités. En matière de poulet, j'avais de l'expérience. Quant à ma tarte aux pêches, elle était presque parfaite, si j'en croyais ce qu'on m'en disait. Mme Carpenter quitta la cuisine pour faire une petite sieste après m'avoir avertie que M. Carpenter souhaitait prendre son repas à six heures et demie précises.

A six heures et demie sonnantes, j'apportai un plat de poulet frit.

M. Carpenter attrapa brusquement sa serviette, l'étendit sur ses genoux et attaqua. Il ne me regarda même pas. Mais moi, je le regardai. C'était un homme blond, couvert de taches de rousseur. Il portait des lunettes à monture en or et un col serré. Il avait encore tous ses cheveux, mais une sorte de duvet rosâtre commençait à les remplacer. Il avait les yeux bleus ou peut-être verts, je ne voyais pas bien à cause des lunettes, et le nez retroussé.

J'avais préparé un plat de légumes verts pour accompagner le poulet et il se jeta dessus, du vin lui dégoulinant le long du menton, qu'il essuya avec sa jolie serviette. Mme Carpenter mangeait du bout des dents et le regardait pour voir s'il appréciait.

Quand j'apportai la tarte aux pêches, il se laissa aller en arrière sur sa chaise et soupira d'aise.

« C'est le meilleur repas que j'aie fait depuis des années, Marcelline.

— Ce n'est pas Marcelline, répondit Mme Carpenter. Marcelline est partie hier soir. Je te présente Jenny. »

Alors il me regarda. D'abord avec ses lunettes, puis sans. Il les essuya avec sa serviette, les remit, puis recommença.

« Ah, ah ! finit-il par dire. Jenny. Bien. Très bon. »

Il sortit de table et quitta la pièce sans même goûter à ma tarte aux pêches. Mme Carpenter lui courut après.

« Paul, Paul ! Tu n'as même pas touché au dessert ! »

Moi, peu m'importait. La tarte aux pêches est meilleure quand elle est chaude, mais ce n'est pas mauvais non plus le lendemain. Je la remportai à la cuisine, finis de ranger et me changeai. J'espérais bien que Mme Carpenter me paierait mes cinq dollars. Comme ça, j'aurais quelque chose à montrer à Deuze, à Earl et à Wesley. J'attendis donc un peu.

Mais ce n'est pas Mme Carpenter qui entra dans la cuisine. Ce fut lui. Il resta dans l'encadrement de la porte, se tirant l'oreille tout en me regardant comme s'il désirait que je disparaisse de la surface de la terre. Puis il s'avança dans la cuisine et vint juste à côté de moi. J'étais debout, le dos contre le réfrigérateur. Il prit mon menton dans sa main. Il leva mon visage de sorte que j'étais obligée de le regarder, à moins de fermer les yeux, ce que je fis pendant quelques secondes, mais je les rouvris car je commençais à avoir peur. Il posa alors sa main sur mon épaule, prit le col de ma robe entre ses doigts et le caressa doucement.

« Tu es une Taggert, n'est-ce pas ?

— Oui. Je suis Jennet Maybelle Taggert. »

Je lui répondis fièrement : j'avais compris, au cours du peu de temps que j'avais passé à l'école, que beaucoup de gens pensaient que les Taggert étaient de la racaille et que le seul moyen de s'en sortir était de ne pas avoir honte.

Il dit alors quelque chose d'étonnant :

« Je ne serai donc jamais débarrassé des Taggert ? Me harcèleront-ils jusque dans ma tombe ?

— Pour moi, vous avez plutôt l'air en bonne santé », dis-je en ajoutant « Monsieur » afin qu'il ne pense pas que j'étais effrontée.

Il ne répondit pas, mais prit dans sa poche son portefeuille et l'ouvrit. Je pensais qu'il allait me payer mes cinq dollars. J'étais prête à lui dire merci et à lui souhaiter une bonne nuit quand il sortit une photo et me la tendit.

« De qui penses-tu qu'il s'agit ? » me demanda-t-il.

Je regardai, mais je ne savais pas qui c'était. La photo était en couleurs. C'était une fille d'à peu près mon âge, aux cheveux blonds bouclés, avec un grand sourire. Elle portait une très jolie petite robe bleue à dentelle, comme si elle allait à une fête ou à un bal. Je lui rendis la photo.

« Elle est très belle. Mais je ne sais pas qui c'est...

— C'est ma fille, Claudia. »

Je ne savais pas quoi dire d'autre, c'est pour ça que je répétai :

« Elle est vraiment belle.

— Oh non ! C'est une enfant gâtée. Elle se prend pour la plus belle créature ayant jamais foulé la terre. En fait, elle est inutile, vaniteuse et détestable. Et c'est ma faute. »

Je ne savais pas pourquoi il me racontait tout ça, mais j'étais mal à l'aise et, de toute façon, il fallait que je rentre à la maison pour m'occuper du dîner des garçons. Ils devaient déjà être assez contrariés que je sois aussi en retard.

« Bon, dis-je, je crois que je vais y aller...

— Reste ! »

Il saisit mon bras, me tira jusqu'à un miroir accroché au mur et me plaça devant lui.

« Regarde. Qui vois-tu ?

— Ben... Rien que vous et moi. »

J'essayai de m'écarter de lui, mais il me tenait fermement.

« Je vois une jolie jeune femme. C'est comme cela qu'une jeune femme doit être : honnête, bien mise et modeste. J'aimerais que tu sois ma fille, Jenny Taggert, à la place de cette péronnelle qui ne tient plus en place et se comporte de telle manière qu'aucun homme sensé ne veut l'épouser. Et toi, comment te conduirais-tu ? Aimerais-tu vivre ici et être ma fille ? »

Je commençais à avoir chaud au cou, car Preums m'avait dit que, quand un homme se mettait à faire des compliments, c'était qu'il avait une idée derrière la tête. J'avais suffisamment entendu Deuze, sur la balancelle de la véranda, dire des mots tendres à ces dames.

« Excusez-moi, monsieur Carpenter, mais je dois rentrer à la maison. Pourriez-vous me payer mes cinq dollars afin que je puisse acheter de quoi préparer le dîner ? »

Je sais que c'était effronté, mais il me rendait nerveuse et ça commençait à bien faire.

Il me relâcha et sortit à nouveau son portefeuille.

« C'est ce que Clemmie te paie ? Cinq dollars ? Ce n'est pas assez. Voici, encore et encore. »

Les billets surgissaient de son portefeuille. Il me les fourra dans les mains. Lorsque je regardai, je vis qu'il y avait trois billets de dix dollars. Puis il sortit le restant de poulet que j'avais rangé et le mit dans un sac en papier.

« Prends aussi la tarte aux pêches. Et ce que tu voudras. Prends tout.

— Non, je peux vraiment pas faire ça. Que dirait Mme Carpenter ?

— Je lui dirai que je l'ai mangée cette nuit parce que j'avais une petite faim. »

Et il se mit à rire, mais ce n'était pas un rire franc. Comme si quelque chose en lui était cassé.

« Merci, monsieur. »

Je décampai par la porte de service avant qu'il ait eu le temps de trouver une nouvelle folie qui m'aurait mise dans l'embarras.

Derrière moi, j'entendis sa voix :

« Tu reviens demain, hein ?

— Bien sûr ! » répondis-je.

Mais je n'étais plus très sûre de le vouloir.

Tout le long du chemin du retour, je songeai à M. Carpenter et à sa conduite étrange. Mais je n'y comprenais rien. Tout ce que je pensais, c'est que posséder tant d'argent lui avait pourri l'esprit, et je remerciai le Seigneur d'être pauvre et de ne pas avoir les moyens d'être folle.

Je me sortis tout ça de la tête lorsque j'arrivai au chemin de terre menant à la maison. La lune éclairait la cime du vieux lilas en bordure de nos terres. Ses reflets argentés estompaient un peu la laideur qui s'étalait en plein jour. Avec ses fenêtres éclairées, la maison paraissait accueillante. Dans la cour, il y avait la vieille guimbarde de Pembrook. Je montai l'escalier de la véranda quatre à quatre et me précipitai dans la maison en criant son nom.

Ils étaient tous dans la cuisine et je compris, en voyant la mine sombre des Taggert, que je venais d'interrompre une discussion. Mais je m'en moquais. Je posai la nourriture des Carpenter sur la table en disant : « Voici le dîner, les gars. Allez-y ! » Deuze, Earl et Wesley, sans prendre la peine d'attraper des assiettes, se jetèrent sur les restes de poulet qu'ils mangèrent avec les doigts.

Je m'assis et ôtai ma basket gauche pour sortir l'argent.

« Voici, encore et encore », dis-je, comme si je comptais les billets sur la table.

Deuze avait les yeux exorbités. Earl et Wesley, un pilon dans la bouche, crièrent « Youpi ! » du mieux qu'ils le purent.

Pembrook paraissait triste.

« Où as-tu eu tout ça, Jenny ? me demanda-t-il.

— J'ai travaillé comme domestique.

— Chez qui ?

— Chez Mme Carpenter.

— Et elle t'a donné tout cet argent ? »

J'étais sur le point de mentir en lui répondant que oui, mais je ne suis pas très douée pour les mensonges. J'ai le nez qui s'allonge.

« Non. C'est lui.

— Tu n'y retourneras plus », dit Pembrook.

En moi-même, c'était ce que je venais juste de décider. Mais ce n'était pas à lui, quel que soit l'amour que je lui portais, de me dire ce que je devais faire ou non.

« J'irai si je veux ! T'es rentré quand ? Tu restes combien de temps ?

— Définitivement, s'il le faut. Pour t'éviter des ennuis.

— Pas mal, comme ennuis, l'interrompit Deuze. Trente dollars pour une journée de travail et plein de nourriture. Tu devrais y goûter, Pem !

— La ferme, idiot ! »

Je n'avais jamais vu Pembrook dans une telle colère. Le sang des Taggert bout facilement, mais jusque-là il avait toujours réussi à en contrôler la température. Il se retourna vers moi, le regard brillant et féroce, comme un faucon qui s'apprête à fondre sur sa proie.

« Tu ne retourneras plus chez les Carpenter. Plus jamais. Mets-toi bien ça dans le crâne. Demain, j'irai rendre cet argent. Point final.

— Pourquoi ?

— Peu importent les raisons. »

Ben si, ça importait. J'avais travaillé dur pour gagner cet argent. Que ce soit cinq ou trente dollars, ils étaient à moi. C'était ma première paie. Pembrook n'avait pas le droit de me les prendre. Je n'avais rien fait de mal, à ce qu'il me semblait. C'était injuste qu'il me punisse. Je me redressai sur ma chaise, le regardai droit dans les yeux et répondis :

« Pembrook Taggert, au cas où tu ne l'aurais pas remarqué, je ne suis plus ta Sweet Baby Jenny. Je suis une jeune femme capable de se faire sa propre opinion. Tu ne peux pas rester là à me donner des ordres en me disant de m'occuper de mes oignons. Je ne l'acceptais pas de p'pa. Je ne l'acceptais pas de Preums. Je ne l'ai pas accepté de ces trois-là pendant que tu étais à l'université, en train d'apprendre à te sortir de là. Je n'ai pas l'intention de le supporter avec toi. »

La violence s'effaça de son regard et il me prit les mains.

« Tu as raison, Jenny. Il y a des choses que tu dois savoir. Viens avec moi sur la balancelle, je vais te raconter.

— N'en fais pas un roman ! lui cria Deuze. Ardith Potter doit passer ce soir pour discuter de certaines choses. »

Mais c'est une longue histoire que Pembrook me raconta. Une histoire qui avait débuté quelques années avant ma naissance. Tous les garçons la connaissaient. P'pa leur avait fait jurer sur la Bible de ne jamais m'en parler. Ce qui explique toutes les choses sur lesquelles je m'interrogeais sans jamais oser en parler. Si je l'avais fait, ils n'auraient pas répondu. Même si Pembrook affirmait que, de temps en temps, il avait été tenté de m'en parler, parce que c'était ma vie et que j'avais le droit de savoir.

Il me révéla que mon père n'était pas p'pa mais M. Carpenter. Il me raconta qu'environ un mois après ma naissance notre mère avait dit à p'pa la vérité. Elle avait fait ses valises en lui disant qu'elle courait rejoindre M. Carpenter, afin de connaître une vie meilleure, plutôt que de continuer à gratter la terre dans une vieille, sale et pauvre ferme. P'pa l'avait alors étranglée, là, dans la chambre, tandis que je regardais la scène de mon berceau, à côté du lit, avec mes petits yeux de bébé. Il était ensuite parti chez M. Carpenter et lui avait tout raconté. Il lui avait demandé de la boucler, car le scandale n'apporterait rien de bon à personne. On dirait aux gens que notre mère était morte à la suite de fortes fièvres liées à l'accouchement.

Les larmes coulaient le long de mon visage, mais je réussis à demander :

« Comment peux-tu continuer à vivre ici, après ça ?

— Preums était le plus âgé, mais il n'avait que douze ans. Nous n'avions nulle part où aller. Et puis c'était toujours notre père.

— Et après ? Pourquoi p'pa est parti ?

— Il n'est pas parti. Il est enterré dans la roseraie de M. Carpenter. »

Au fur et à mesure que les années s'écoulaient, p'pa s'était mis à boire. La ferme allait de mal en pis, jusqu'à n'être plus qu'une friche. Un jour, il s'était mis en tête que M. Carpenter devait payer pour le soin qu'il prenait de son enfant. Il voulait parler de moi. Il s'était rendu là-bas, ivre et plein de haine, et avait réclamé un millier de dollars. Pembrook et Preums l'avaient suivi. Ils avaient écouté derrière la fenêtre d'une pièce pleine de livres, où se trouvaient un grand bureau et un fusil de chasse accroché au-dessus de la cheminée.

« J'ai vu cette pièce. Mme Carpenter l'appelle son bureau.

— C'est là que p'pa est mort », dit Pembrook.

Il me raconta que Preums et lui les avaient entendus se disputer. M. Carpenter hurlait au chantage et affirmait qu'il ne le tolérerait pas. Une bagarre s'était ensuivie. P'pa avait crié qu'il le tuerait parce qu'il avait ruiné sa vie. Puis il y avait eu un coup de feu. Un seul, mais ça avait été suffisant. Ils avaient jeté un coup d'œil par-dessus l'appui de la fenêtre et avaient aperçu p'pa étendu sur le sol, qui se vidait de son sang. M. Carpenter était figé comme une statue, le fusil entre les mains.

Ils étaient sur le point de prendre leurs jambes à leur cou pour rentrer à la maison lorsque M. Carpenter les avait aperçus. Il les avait fait rentrer pour qu'ils l'aident à transporter p'pa dans la roseraie. Tous les trois avaient dépiqué des rosiers, avaient enseveli le corps avant de les replanter par-dessus. M. Carpenter leur avait alors dit de rentrer chez eux, d'y rester et de tenir leur langue, sans quoi ils iraient en maison de correction.

C'est ce qu'ils avaient fait jusque-là.

« Je suppose, dit Pembrook, que c'est pour cette raison que Preums est si sauvage. Mais c'est pas comme ça que ça va se passer. C'est pour ça que je fais des études d'avocat. Je trouverai bien un jour un moyen légal pour m'occuper de M. Carpenter et prouver sa culpabilité. C'est pour ça aussi que je ne veux pas que tu retournes là-bas, Jenny. Tu risquerais de gâcher mes plans. Ce n'est pas bon de lui rappeler ton existence. Quand je serai prêt, je veux qu'il ne se doute de rien. »

Je m'essuyai les yeux, me mouchai et lui dis :

« Merci de m'avoir tout raconté, Pembrook. Maintenant, je comprends.

— Tu n'y retourneras pas.

— Je vais me coucher. »

Mais je ne pus trouver le sommeil. Je réfléchissais à ce qu'il venait de me dire en essayant de démêler le bien du mal. Ma mère avait peut-être eu tort de faire l'amour avec M. Carpenter, mais, si elle ne l'avait pas fait, je ne serais pas née. P'pa n'avait pas le droit de lui ôter la vie mais, à ses yeux, elle lui avait fourni une bonne raison. M. Carpenter avait eu tort de le tuer, mais les Taggert ont le sang chaud et p'pa avait dû attaquer le premier. Le plus dur dans tout ça, c'était que j'étais la fille de M. Carpenter. Si c'était la vérité et qu'il le savait, comment avait-il pu me laisser endurer toutes ces années en tant que Sweet Baby Jenny Taggert, pendant que son autre fille, cette Claudia, disposait de tout ce qu'elle voulait ?

Peu avant l'aube, je sus ce que j'allais faire. Les garçons, Pembrook y compris, dormaient profondément. Je me levai, silencieuse comme une souris, et enfilai la robe à pois verts et blancs de notre mère et mes baskets. Je me faufilai dans l'étable. Elle qui avait été animée était calme et vide, ce matin-là comme les précédents. Aucune vache pour meugler à l'heure de la traite ; plus de chevaux pour quémander une pomme ou une carotte. Tout au fond, derrière une pile de harnais en train de pourrir, dans un coin sombre rempli de toiles d'araignée, je trouvai ce que je cherchais.

C'était une boîte en fer-blanc. Elle contenait un truc que p'pa répandait par terre pour tuer les rats qui infestaient l'étable et mangeaient à leur aise le fourrage d'hiver. Le peu qu'il en restait était tout sec et aggloméré. Ça devait être si ancien que je n'étais même pas certaine que ce soit encore efficace. Avec une cuillère à soupe, j'en versai un peu dans un des vieux sacs en toile de Deuze. Puis je me mis en route.

J'allais d'un bon pas, car je voulais arriver avant le départ de M. Carpenter pour la banque et avant le réveil des garçons, qui ne manqueraient pas de venir me chercher avec la voiture de Pembrook. La matinée était fraîche, je ne transpirais pas.

Au moment où j'arrivai chez les Carpenter, le laitier en partait. Je fis le tour par-derrière, pris les deux bouteilles de lait et frappai à la porte. Mme Carpenter l'ouvrit. Elle avait l'air encore endormie, mais parut contente de me voir.

« Pourquoi es-tu si vive et matinale ? Entre, entre.

— Merci, m'dame. Je suis venue tôt pour préparer le petit déjeuner.

— C'est merveilleux. M. Carpenter se rase. Il va descendre dans quelques minutes. Il prend deux œufs à la coque, je n'arrive pas à les faire correctement, deux tranches de pain et beaucoup de café noir bien fort. Et puisque tu es là, je pense que je vais retourner au lit pour un petit repos réparateur...

Elle rit bêtement, me fit un signe de la main et partit en sautillant.

Je rangeai le lait et préparai le café. Il y avait bien

une cafetière électrique, mais le mien est meilleur car je le fais à l'ancienne. Je mis de l'eau à chauffer et, dès le début de l'ébullition, j'en versai plein sur la mouture pour qu'il soit fort et bon. Je baissai le feu pendant que le café passait. Enfin je renversai dans la cafetière tout le contenu du petit sac que j'avais apporté.

Quand j'entendis des bruits de pas dans l'escalier, je mis de l'eau à chauffer pour ses œufs. Il entra dans la cuisine en souriant. Il sentait bon.

« Alors, Jenny, tu es revenue ? J'en suis heureux parce que toi et moi, nous allons très bien nous entendre. Tu seras heureuse, ici. J'y veillerai. »

Je sortis une tasse et une sous-tasse.

« J'ai entendu des choses, monsieur Carpenter. Des choses auxquelles je n'aurais jamais pensé...

— Quel genre de choses as-tu entendues, Jenny ? » demanda-t-il en fronçant les sourcils.

Je remplis la tasse de café.

« On m'a dit que vous étiez mon père.

— Oui, c'est vrai », dit-il en s'affaissant sur sa chaise.

Je posai la tasse sur le comptoir pour la laisser refroidir un peu. Comme ça, il pourrait en boire une bonne grosse gorgée.

« On m'a dit aussi que vous aviez tué p'pa et qu'il était enterré dans la roseraie. Elles sont sacrément jolies, vos roses. »

Il se prit la tête entre les mains.

« Ils avaient juré de ne jamais t'en parler. Ils l'avaient juré.

— Pembrook me l'a dit parce qu'il avait peur qu'il m'arrive du mal chez vous. »

Je plaçai la tasse de café sur la table, sous son nez.

« Oh, Jenny, Jenny, comment pourrais-je te vouloir du mal ? Je voudrais plutôt mettre fin à toutes ces années où j'ai essayé de te chasser de mon esprit. Je voudrais que tu viennes vivre ici, que tu sois ma fille et que tu me laisses te donner tout ce que tu aurais dû avoir.

— Ne me parlez pas comme ça. Je ne suis plus une enfant.

— Non, tu ne l'es plus. Tu es une très jolie jeune femme, comme ta mère l'était. Mon Dieu, comme je l'aimais ! Elle était la seule chose de bien qui me soit arrivée dans la vie. Je voulais l'emmener avec moi. Nous avions tout arrangé pour partir. Nous aurions déménagé dans une ville où nous n'aurions pas été connus. Nous t'aurions emmenée avec nous et nous aurions été heureux. Au lieu de tout ça, elle est morte.

— P'pa l'a tuée à cause de vous.

— Tu sais ça aussi... Oui, il l'a tuée, et je l'ai tué. Et j'ai passé toutes ces années rongé par le remords. Je n'avais personne à qui me confier. Clemmie ignore tout de cette histoire. Parfois, je voudrais être mort.

— Buvez votre café. »

L'eau bouillait. Je mis doucement deux œufs dans la casserole et deux tranches de pain dans le toasteur. Il se leva de table et vint vers moi.

« Jenny, reprit-il en mettant sa main sur mon épaule pour me faire tourner vers lui. Que puis-je faire pour que tu me pardonnes ? Je ferai tout ce qui est en mon pouvoir et, crois-moi, j'en ai. Parle, et tu seras exaucée. »

Je réfléchis une minute. Etait-il bien ou mal de profiter de cet homme ? J'étais en proie à mon cas de conscience habituel. Etait-il bien ou mal de le laisser boire la tasse de café ?

« Pourriez-vous faire entrer Pembrook à l'école d'avocats ?

— Considère que c'est fait.

— Earl et Wesley, vous pourriez leur trouver du travail ? Ils ne sont pas feignants, mais ils n'ont pas eu de chance.

— Dis-leur de passer à la banque.

— Et vous pourriez pour Deuze avoir une guitare neuve et un billet pour Nashville ? Il chante vraiment bien.

— Non seulement ça, Jenny, mais en plus je connais Johnny Cash personnellement. On va arranger quelque chose.

— Maintenant, le plus difficile : pourriez-vous faire sortir Preums de prison et le remettre sur le droit chemin ?

— Le directeur de la prison est le cousin de Clemmie. Et je possède un ranch dans le Wyoming. Il pourra y aller. Mais pour toi, Jenny, que puis-je faire ?

— Je suppose que je vais vivre ici quelque temps. Je pourrai aider Mme Carpenter et m'assurer que tout va bien », dis-je en haussant les épaules.

Il me serra dans ses bras et m'embrassa sur la joue.

« Ma petite fille, j'espérais que tu dirais cela ! Tu ne le regretteras pas, je te le promets. Hum, que ce café sent bon ! »

Il retournait s'asseoir. Mais je fus la plus rapide et lui soufflai sa tasse de café sous le nez.

« Le café est froid. Et puis, vous savez, il est vraiment amer. Je l'ai goûté avant que vous descendiez. Je vais en faire d'autre. »

Je le vidai dans l'évier. Je lui servis les œufs et les toasts. Nous prîmes ensemble le café que je venais de refaire, puis il partit à la banque.

Maintenant, les choses se passent comme ça : Pembrook s'en sort bien, travaille dur et sera d'ici peu diplômé ; Earl et Wesley apprécient leur travail de caissiers ; Deuze conduit une Cadillac avec des banquettes en peau de léopard, et toutes les filles qu'il peut avoir sont à ses basques, quoiqu'il regrette la balancelle de la véranda ; Preums nous a envoyé une photo de lui, il monte un cheval et porte un vieux chapeau de cow-boy. Il a l'air drôle, mais il dit qu'il s'en sort bien.

Et moi ? Chaque jour, lorsque les roses sont épanouies, j'en coupe quelques-unes et les dispose dans la maison. Mme Carpenter les apprécie. J'attends. Un jour ou l'autre, nous, les Taggert, nous retournerons cette roseraie.

LA MOUTARDE SAUVAGE

Marcia Muller

Marcia Muller est née en 1944 à Detroit. Elle est l'un des auteurs de littérature policière les plus célèbres et les plus talentueux ayant fait leurs débuts dans le dernier quart du vingtième siècle. Elle vit maintenant dans la région de San Francisco, où se déroulent la plupart de ses récits. Même s'il fit peu de remous à sa sortie, on reconnaît aujourd'hui que *Edwin of the Iron Shoes* (1977) a lancé l'un des courants les plus novateurs de ces dernières décennies : le roman à détective privé féminin. Tous les personnages précédents — comme Mavis Seidlitz, de Carter Brown, Marla Trent, de Henry Kane, ou Honey West, de G.G. Fickling — n'étaient que des fantasmes d'auteurs masculins qui ne demandaient pas à être pris au sérieux. La Nicole Sweet de Fran Huston, dans *The Rich Get It All* (1973), montre bien un désir de créer un personnage plus réaliste, mais elle est le fruit de l'imagination d'un homme, Ron S. Miller, écrivant sous un pseudonyme « androgyne ». La première détective privée créée par une femme, Delilah West, de Maxine O'Callaghan, est née dans une nouvelle publiée en 1974, mais n'apparut dans un roman qu'en 1980.

Sharon McCone ne réapparut pour résoudre sa seconde affaire que dans *Ask the Cards a Question* (1982), l'année des débuts de ses deux consœurs les plus célèbres, Kinsey Millhone (de Sue Grafton) et V.I. Warshawski (de Sara Paretsky). Mais le sexe n'est pas la seule différence entre Sharon McCone et la plupart des privés qui l'ont précédée. Contrairement à ses congénères, généralement solitaires, elle travaille pour une organisation (la All Souls Legal Cooperative) et entretient avec ses collègues des relations professionnelles et privées très importantes. Ce qui nous amène à une autre particularité, plus subtile : Marcia Muller a été l'une des pionnières de la technique devenue classique consistant à associer aux détectives de série un entourage d'amis, de parents et de collègues que l'on retrouve d'un livre à l'autre. Il faut admettre que peu d'écrivains ayant adopté cette technique le font avec autant de talent qu'elle.

Elle a épousé en 1992 le romancier Bill Pronzini, avec qui elle a cosigné trois romans (le premier, *Double*, date de 1984) dans lesquels Sharon McCone enquête sur la même affaire que le détective sans nom de Pronzini, ainsi qu'un recueil de nouvelles, nombre d'anthologies et l'indispensable ouvrage de référence *1001 Midnights : The Aficionado's Guide to Mystery and Detective Fiction* (1986). Elle a également publié deux autres séries de livres mettant en scène des détectives amateurs : la conservatrice de musée Elena Oliveres, qui apparaît dans *The Tree of Death* (1983), et l'experte en sécurité pour les œuvres d'art Joanna Stark, que l'on découvre pour la première fois dans *The Cavalier in White* (1986).

Marcia Muller a reçu de nombreuses récompenses, dont un Lifetime Achievement Award (Prix pour l'ensemble de sa carrière) décerné en 1993 par les Private Eye Writers of America. La nouvelle qui suit, l'une des premières mettant en scène Sharon McCone, est extraite de la première anthologie des PEWA, *The Eyes Have It* (1984).

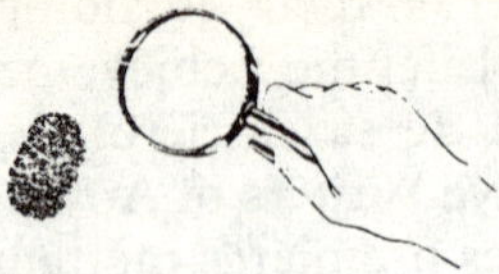

La première fois que je vis la vieille Japonaise, je prenais un brunch dans le restaurant qui domine les ruines des Sutro Baths, les fameux bains de Sutro, à San Francisco. Elle était accroupie sur la pente, à mi-chemin du sommet couvert de cyprès et des ruines des anciens bains publics. Elle cueillait des herbes qu'elle mettait dans un sac de plastique vert.

— Je me demande ce qu'elle ramasse, dis-je à mon ami Greg.

Il jeta un coup d'œil par la fenêtre en levant un de ses sourcils blonds et balaya la scène de son regard professionnel de flic de la brigade criminelle.

— Sans doute des plantes sauvages comestibles. Elle n'a pas l'air d'être riche, et c'est un bon moyen d'économiser sur les notes d'épicerie.

Elle ressemblait assez, en effet, aux vieilles femmes sans ressources qu'on voit parfois à Little Tokyo. Elle portait une veste et un pantalon informes, avec une paire de baskets. Elle avait un foulard gris enroulé autour de la tête.

— Tu es déjà descendu là-bas ? demandai-je à Greg en lui montrant les ruines.

Cet élégant établissement de bains avait été détruit par un incendie. Il ne restait rien d'autre que des ruines branlantes à demi immergées. Des mouettes nageaient à la surface étincelante de l'eau. Au-delà, le ressac venait s'écraser sur les rochers.

— Non. Et toi ?

— Non. J'en ai envie depuis toujours, mais le sentier est en pente raide et, quand je viens ici, je n'ai jamais les bonnes chaussures.

Greg sourit, l'air taquin.

— Tu renoncerais à ton instinct de détective privée parce qu'il te manque une paire de chaussures de marche ?

— Je n'en ai peut-être pas si envie que ça, fis-je en haussant les épaules.

— Peut-être.

Greg me charriait souvent sur mon instinct de flic, mais je le soupçonnais d'être fier de moi et de mon métier. En qualité d'enquêtrice à la All Souls Cooperative, le service d'aide juridique, j'avais été chargée d'affaires très diverses, allant d'un meurtre jusqu'au mystère d'un jacuzzi en séquoia plein de fuites. J'avais résolu plusieurs affaires criminelles dans la zone qui dépendait de Greg, ce qui était à l'origine à la fois de notre rivalité et de notre histoire d'amour.

Durant les mois qui suivirent, la vieille Japonaise continua de piquer ma curiosité. Chaque fois que nous allions là-bas — et nous y allions souvent le dimanche, car le restaurant était l'un de nos préférés —, elle s'y trouvait aussi, passant le terrain au peigne fin à la recherche... de quoi ?

Un dimanche, au début du printemps, Greg et moi étions assis dans notre box près de la fenêtre, et nous regardions la femme qui descendait lentement le sentier de terre. Comme pour marquer le changement de saison, elle avait troqué son foulard gris contre un jaune clair. La pente grouillait de promeneurs qui profitaient du beau temps après les pluies d'hiver. Sur le flanc le plus aride, où aucune végétation ne tenait, un camion abandonné penchait dangereusement au pied de la falaise, près des bains. Les gens descendaient tant bien que mal, examinaient le vieux camion, puis marchaient vers les fondations de ciment ou disparaissaient dans la grotte toute proche.

— Cela fait assez longtemps que je regarde le paysage, dis-je quand la serveuse nous apporta l'addition. Descendons et allons jeter un œil.

Greg sourit et mit la main à sa poche en quête de monnaie.

— Mais tu n'as pas les bonnes chaussures...

— Il faut regarder les choses en face : je n'ai jamais les bonnes chaussures. Allons-y. Nous pourrons demander à la vieille femme ce qu'elle ramasse.

— Je suis heureux que tu aies enfin décidé d'enquêter à son sujet, dit-il en se levant. Elle prépare peut-être un mauvais coup.

— Ne sois pas ridicule.

Il feignit de ne pas avoir entendu.

— Ouais, ton instinct de flic a enfin pris le dessus. Ou est-ce ton sang indien ? L'instinct du pisteur, papoose ?

Je lui jetai un regard noir. A cause de cette réflexion, je décidai de le laisser payer la note. Un huitième de sang shoshone coulait dans mes veines, et j'étais la seule, dans notre famille d'Irlando-Ecossais blond filasse, à avoir hérité les cheveux noirs de mes ancêtres. C'était ce qui poussait Greg à m'appeler « papoose ». Je ne raffolais pas de ce surnom.

Après être sortis du restaurant, nous franchîmes la

chaîne bloquant l'accès au sentier. Un vent violent fouettait mes cheveux, et je m'arrêtai pour les nouer en arrière. Le chemin serpentait entre d'énormes bouquets de géraniums avant de traverser un fourré. De l'autre côté, nous trouvâmes la femme accroupie, en train d'arracher ce qui ressemblait à de la mauvaise herbe. Lorsque je m'approchai d'elle, elle me sourit, et je vis étinceler une dent en or.

— Bonjour ! Nous vous regardions et nous nous demandions ce que vous cueilliez.

— Des tas de bonnes choses poussent ici. Ce mois-ci, c'est la moutarde sauvage.

Elle me tendit un brin. Je reniflai son odeur piquante.

— Vous devriez essayer, ajouta-t-elle. C'est bon pour vous.

— Un de ces jours, peut-être.

Je glissai la fleur jaune dans ma boutonnière et me tournai vers Greg.

— Tu parles ! dit-il. Il t'arrive de manger un produit sain ?

— Seulement quand tu m'y obliges.

— Il le faut bien, sans quoi tu ne te nourrirais que de barres chocolatées.

— Et alors ? Je ne suis pas en mauvaise forme.

Ce qui était vrai. Même sur cette pente abrupte, je tenais debout. Greg me toisa en souriant, admiratif.

— Oui, c'est vrai.

Nous descendions vers les ruines. En bas, un panneau indiquait :

ATTENTION !

ZONE D'À-PICS ET DE COURANTS VIOLENTS.

EXTRÊMEMENT DANGEREUX.

ICI, DES PROMENEURS ONT ÉTÉ BALAYÉS SUR LES ROCHERS

ET SE SONT NOYÉS.

Je m'arrêtai et m'appuyai sur le bras de Greg pour ôter mes chaussures.

— Je préfère avoir mal aux pieds plutôt que d'être balayée.

Nous nous approchâmes du camion abandonné, poussés par la même curiosité que les autres promeneurs. Sa peinture bleue était rouillée, et il y avait eu un incendie sous le capot. Tout avait été arraché, jusqu'aux sièges et au volant.

— Quelqu'un a même essayé de piquer l'essieu avant, fit une voix à côté de moi. Mais le feu a fait fondre les boulons.

Je me retournai et me trouvai face à face avec un gamin d'une quinzaine d'années, tanné par le soleil et l'air amical. Il portait un jean crasseux et un tee-shirt déchiré.

— Ouais, ajouta une autre voix.

C'était un garçon du même âge que le premier. Un soupçon de moustache se dessinait sur sa lèvre supérieure.

— Il ne reste quasiment plus rien. Et il n'est là que depuis quelques semaines.

— Vandalisme, dit Greg.

— C'est ça, acquiesça le premier garçon. Il y a des gars qui traînent dans le coin et qui boivent. Le soir, ils s'ennuient.

Il montra un groupe d'hommes louches, assis à la limite des bains. Ils avaient des cartons de bière.

— Détruire est un sport très populaire, de nos jours.

Greg observa les hommes de son regard professionnel, puis il me toucha le coude. Nous contournâmes les ruines pour nous diriger vers la grotte. Je m'arrêtai à l'entrée et écoutai le rugissement des vagues.

— Allons-y, dit Greg.

Je le suivis à l'intérieur. Mes pieds s'enfonçaient dans le sable grossier, qui laissa vite la place à de la boue durcie. La grotte était un véritable tunnel de près de deux mètres cinquante de haut. Par les crevasses dans la paroi, du côté de l'océan, je voyais l'écume jaillir des rouleaux au pied de la falaise. Etre emporté sur ces rochers déchiquetés aurait été mortel. Greg était arrivé à l'autre extrémité. Je le rejoignis aussi vite que mes pieds nus me le permettaient, et je me tins à côté de lui. En voyant le gouffre qui descendait à pic vers la mer, je m'accrochai à son bras. Au-dessus de nous, la falaise dressait sa silhouette imposante.

— Un bon grimpeur pourrait monter par là et retrouver la route, non ?

— Peut-être, dit-il, mais je ne m'y risquerais pas. Tu as vu le panneau...

— Oui.

Je me retournai, soudain inquiète. Deux des individus louches se tenaient à l'entrée du tunnel, leurs bières à la main.

— Allons-nous-en, Greg.

S'il sentit dans ma voix mon anxiété, il n'en laissa rien paraître. Nous traversâmes le tunnel en silence. Les hommes disparurent. Quand nous retrouvâmes la lumière du soleil, ils avaient rejoint leurs congénères et ouvraient des bières fraîches. Les garçons à qui nous avions parlé un peu plus tôt étaient perchés sur l'épave du camion. Nous prîmes le chemin pour remonter. Ils nous firent signe de la main.

Tout au long du printemps, nous continuâmes à venir déjeuner le dimanche dans notre restaurant préféré, et nous demandions toujours un box près de la fenêtre. La vieille Japonaise remplaça son foulard jaune par un rouge. Le camion abandonné était toujours là, l'avant penché vers les bains, ce qui valait de sévères critiques au service municipal des parcs. Les gens promenaient leurs chiens sur la descente. Les enfants jouaient en équilibre précaire sur les ruines, en dépit du panneau avertissant du danger. Les mêmes hommes traînaillaient en buvant de la bière. Les adolescents venaient chaque semaine, et d'autres jeunes les rejoignaient souvent près du camion.

Puis, un dimanche, la vieille femme ne se montra pas.

— Où est-elle ? demandai-je à Greg en regardant ma montre pour la troisième fois.

— Elle a peut-être cueilli tout ce qui pouvait être cueilli.

— C'est absurde. Il y a toujours quelque chose à cueillir. Nous la voyons depuis presque un an. Le couple de vieux est là, avec son berger allemand. Les gamins sont là. Le jeune couple à qui nous avons parlé la semaine dernière est là-bas, près du tunnel. Où est la vieille Japonaise ?

— Elle est peut-être malade. Des tas de gens ont la grippe, dans le coin. Ou elle est peut-être morte. Elle n'est plus si jeune.

Il m'avait coupé l'envie de finir ma tarte au chocolat.

— Nous devrions peut-être aller à sa recherche.

— Garde ton flair pour les clients qui paient pour cela, dit Greg en soupirant. Et cesse de voir du mystère partout.

Il me reprochait souvent de laisser ce qu'il appelait mon « intuition féminine » prendre le pas sur la logique. Cela m'irritait encore plus que ses allusions à mon « instinct de pisteur ». Je savais qu'il n'en était rien. Je donnais simplement libre cours aux intuitions que doit suivre n'importe quel bon enquêteur. Mais je n'avais pas envie pour le moment d'en discuter et je laissai tomber.

Quand je m'installai dans le placard aménagé qui me servait de bureau, à la All Souls, le lendemain matin (c'était lundi), j'étais cependant toujours préoccupée par l'absence de la vieille femme. J'avais étalé sur mon bureau le dossier d'une affaire particulièrement barbante de conflit entre locataires. Au bout d'un moment, je le refermai, parcourus le couloir du grand immeuble victorien en faisant claquer mes talons et me dirigeai vers la sortie.

— Je reviens dans deux heures, dis-je à Ted, le secrétaire.

Il acquiesça avec un signe de la tête, sans interrompre le mouvement de ses doigts sur sa Selectric toute neuve. Je jetai un regard peu amène à la machine à écrire. A mon avis, c'était du gaspillage, et l'argent qu'elle avait coûté aurait été mieux employé dans des salaires. La All Souls, qui facturait ses clients selon un barème variable en fonction de leurs revenus, payait si mal que plusieurs avocats associés pouvaient, en guise de compensation, occuper des chambres du premier étage sans payer de loyer. Je vivais dans un studio qui me semblait chaque jour un peu plus étroit.

Tout en ronchonnant, je récupérai ma voiture et pris la route du restaurant des Sutro Baths.

— La vieille dame qui ramasse de la moutarde sauvage sur la falaise... Vous l'avez vue, hier ? demandai-je au caissier.

— Oui, je crois, répondit-il après avoir réfléchi un instant. C'était dimanche. Elle est là tous les dimanches. Je l'ai aperçue vers huit heures, à l'heure de l'ouverture. Elle vient toujours très tôt, et elle reste jusque vers deux heures.

Mais, à onze heures, elle n'était plus là.

— Vous la connaissez ? Vous savez où elle habite ?

Il me regarda, l'air surpris.

— Non, absolument pas.

Je le remerciai et sortis du restaurant. Avec l'impression d'être un peu idiote, je restai un moment au bord de la route. Puis je descendis le sentier, vers l'endroit où poussait la moutarde sauvage. A mi-chemin, je tombai sur les deux adolescents. Pourquoi n'étaient-ils pas à l'école ? Je me dis qu'ils avaient sans doute abandonné leurs études.

Ils sursautèrent. Je vis qu'ils évitaient mon regard, comme le font souvent les mômes. Je les arrêtai.

— Hé ! Vous étiez là, hier, non ?

Le moustachu acquiesça.

— Est-ce que vous avez vu la vieille Japonaise qui ramasse des herbes ?

Il fronça les sourcils.

— Me souviens pas, non.

— A quelle heure êtes-vous arrivés ?

— Oh, tard ! Vraiment tard. On avait fait la fête, samedi soir.

— Je me rappelle pas non plus l'avoir vue, dit l'autre. Elle était peut-être déjà partie quand on est arrivés.

Je les remerciai et poursuivis mon chemin vers les ruines.

Un peu plus loin, là où le sentier traversait un

fourré épais, quelque chose attira mon regard. Je m'immobilisai. C'était un tas bien net de sacs en plastique verts. Une paire de chaussures noires éraflées était posée dessus. De toute évidence, elle était venue par l'autobus, en chaussures de ville. Elle ne mettait ses baskets que pour travailler. Mais pourquoi serait-elle repartic sans récupérer ses chaussures ?

Je traversai le fourré en hâte et me dirigeai vers le carré de moutarde sauvage. Là, au milieu des mauvaises herbes, sa couleur se confondant avec celle de la végétation, il y avait encore un sac. Je l'ouvris. Il était au quart plein de branches de moutarde à moitié fanées. Elle n'avait pas eu beaucoup de temps pour faire sa cueillette. Pas beaucoup de temps pour quoi que ce soit.

Très inquiète cette fois, je remontai précipitamment jusqu'à la route. De la cabine du restaurant, je composai le numéro direct de Greg au commissariat central de San Francisco. Occupé. Je récupérai ma pièce et appelai la All Souls.

— Des coups de fil ?

La machine à écrire de Ted crépitait à l'arrière-plan.

— Non, mais Hank veut vous parler.

Hank Zahn, mon patron. Mal à l'aise, je me rappelai la réunion qui aurait dû avoir lieu une heure plus tôt. Il prit le combiné.

— Mais où es-tu, enfin ?

— Euh... dans une cabine téléphonique.

— Ma question est : pourquoi n'es-tu pas là ?

— Je peux t'expliquer...

— J'aurais dû m'en douter.

— Quoi ?

— Greg m'a prévenu que tu allais te lancer dans je ne sais quelle enquête.

— Greg ? Quand lui as-tu parlé ?

— Il y a un quart d'heure. Il veut que tu l'appelles. C'est important.

— Merci.

— Attends... !

Je raccrochai et rappelai Greg. Cette fois, il décrocha. Il avait l'air sous pression. Sans préambule, je lui racontai ce que j'avais vu dans le carré de moutarde sauvage.

— C'est pour ça que je t'ai appelée.

Il parlait d'une voix anormalement douce.

— Nous avons été prévenus ce matin.

— Prévenus de quoi ?

Mon estomac se contracta.

— On a identifié un corps rejeté par la mer, hier soir, près de Devil's Slide. Apparemment, elle s'est noyée à marée basse, sans quoi elle aurait été emportée vers le large.

Je restai silencieuse.

— Sharon ?

— Oui, je suis là.

— Tu sais comment c'est, là-bas. Les gens sont prévenus, il y a des panneaux. Les courants sont mauvais.

Sauf qu'en près d'un an je n'avais jamais vu la vieille Japonaise s'approcher du bord. Elle était toujours en haut de la pente, là où il y avait de la végétation.

— A quelle heure était la marée basse, Greg ?

— Hier ? Vers huit heures.

L'heure à laquelle le caissier du restaurant l'avait aperçue. Plusieurs heures avant l'arrivée des adolescents. Et entre les deux ? Que s'était-il passé, là-bas ?

Je raccrochai et retournai en haut de la côte tout

en réfléchissant. Que devais-je chercher ? Que pourrais-je bien trouver ? Je l'ignorais, mais j'étais persuadée que la vieille femme n'était pas tombée à l'eau par accident. Elle avait escaladé ces falaises assez souvent pour les connaître comme sa poche.

Je redescendis, repérai les chaussures et les sacs dans le fourré, et dépassai la moutarde sauvage d'un pas décidé. Je me dirigeai vers le camion abandonné. J'en fis le tour, j'examinai l'intérieur et l'extérieur sans trouver le moindre indice. Puis je pris la direction du tunnel dans la falaise.

L'endroit, très fréquenté le dimanche, était presque désert. Les habitants de San Francisco vaquaient à leurs affaires, et les touristes qui venaient en autocar jusqu'à Cliff House, à deux pas de là, n'avaient pas très envie de descendre par ici. Il n'y avait personne en vue, à part les deux adolescents. Ils se trouvaient à l'entrée du tunnel et regardaient dans ma direction. Quelque chose dans leur attitude me dit qu'ils n'étaient pas rassurés. Je pressai le pas.

Les garçons échangèrent un signe de tête. Puis ils firent demi-tour et entrèrent dans le tunnel en courant.

Je les suivis. Une fois de plus, je n'avais pas les bonnes chaussures. Je les ôtai d'un coup de pied et me mis à courir sur le sable grossier. Les deux garçons se trouvaient au milieu du tunnel. L'un d'eux s'arrêta et se mit à examiner, très excité, une crevasse dans la paroi. Je priai pour qu'il ne passe pas par là, vers les vagues qui bouillonnaient tout en bas. Il se retourna et courut sur les traces de son copain. Ils disparurent au bout du tunnel.

Je forçai l'allure. Près de l'extrémité, je ralentis et m'approchai avec précaution. Je crus d'abord que les garçons avaient disparu, puis je me penchai. Ils étaient accroupis sur un rocher en saillie, un peu plus bas. Ils avaient l'air terrifiés. Ils étaient si jeunes...

Je m'arrêtai à un endroit où ils pouvaient me voir et fis un geste dans leur direction.

— Remontez. Je ne vous ferai pas de mal.

Le moustachu fit non de la tête.

— Ecoutez... Vous ne pouvez aller nulle part. Impossible de nager, avec ces vagues.

Ils regardèrent tous les deux en même temps vers le bas. Puis ils relevèrent les yeux vers moi et secouèrent la tête. Je fis un pas en avant.

— Je ne sais pas ce qui s'est passé, dis-je, mais je suis sûre que c'était...

Soudain, je sentis le sol s'effondrer. Mon pied glissa et je fus projetée en avant. Je tombai sur un genou, en agitant frénétiquement les bras pour essayer de m'accrocher quelque part.

— Oh, mon Dieu ! s'écria le garçon à la moustache. Pas vous aussi !

Il se dressa, cherchant son équilibre, les bras tendus.

Je glissais toujours. Le garçon se lança en avant et m'attrapa le bras. Il recula vers le bord en chancelant, et nous tombâmes tous les deux sur le rocher. Pendant un moment, nous restâmes allongés côte à côte, haletants. Quand je parvins enfin à m'asseoir, je vis que nous n'étions qu'à quelques centimètres du gouffre, juste au-dessus des vagues.

Le garçon s'assit à son tour et me regarda, terrifié. Son copain s'était aplati contre la falaise.

— Ça va, dis-je d'une voix tremblante.

— Je croyais que vous alliez tomber, exactement

comme la vieille, dit le garçon qui se trouvait à côté de moi.

— C'était un accident, hein ?

Il acquiesça d'un signe de la tête.

— On ne voulait pas la faire tomber.

— Vous la tourmentiez ?

— Ouais. On le faisait toujours, pour s'amuser. Mais, cette fois, on est allés trop loin. On lui a pris son sac. Elle nous a couru après.

— Par le tunnel, jusqu'ici.

— Oui.

— Et elle a glissé.

L'autre garçon se détacha de la falaise.

— On vous le jure, on ne voulait pas que ça arrive. Mais elle était trop vieille, c'est tout. C'est pour ça qu'elle a glissé.

— On l'a vue tomber, dit l'autre. On n'a rien pu faire pour l'empêcher.

— Qu'avez-vous fait de son sac ?

— On l'a jeté, là où elle est tombée. Il n'y avait que deux dollars. Deux malheureux dollars ! répéta-t-il, encore stupéfait. Vous vous rendez compte ? Nous poursuivre jusqu'ici pour deux foutus dollars ?

Je me relevai avec précaution en me tenant au rocher.

— Bon. Partons d'ici, leur dis-je.

Ils se regardèrent, puis regardèrent en bas, vers les vagues.

— Allez. On a encore des choses à se dire. Je sais que vous ne vouliez pas qu'elle meure. Et vous m'avez sauvé la vie.

Ils remontèrent tant bien que mal tout en restant éloignés de moi. Ils étaient pâles, malgré leur bronzage. Ils avaient le regard apeuré. Ils étaient si jeunes. Pour ces enfants de l'ère des cartes de crédit, lutter jusqu'à la mort pour deux dollars était inconcevable. Et cette Japonaise était si vieille. Pour cette femme qui vivotait en cueillant de la moutarde sauvage, deux dollars pouvaient faire la différence entre la vie et la mort.

Je me demandai s'ils le comprendraient un jour.

JEMIMA SHORE
ET LA TOMBE AU SOLEIL

Antonia Fraser

Lady Antonia Fraser, fille de lord Longford, est née à Londres en 1932. Diplômée d'histoire à Oxford, elle a été responsable de la publication, pour les éditions Weidenfeld and Nicolson, de la série *Kings and Queens of England* (« Rois et reines d'Angleterre »), avant son mariage avec Hugh Fraser (1956). Ses premiers récits furent des livres pour enfants inspirés du roi Arthur et de Robin des Bois. Elle publia ensuite *Dolls* (1963) et *A History of Toys* (1966). *Mary Queen of Scots* (« Mary, reine d'Ecosse », 1969) connut un immense succès et fit d'Antonia Fraser un auteur réputé de livres d'histoire et de biographies populaires britanniques. Ont suivi des ouvrages sur Cromwell, James Ier, Charles II et les épouses de Henry VIII. Sa carrière littéraire inclut aussi la traduction du français d'une autobiographie de Christian Dior, des pièces pour la radio et la télévision, et la réalisation d'un grand nombre d'anthologies de poésie. Son premier mariage ayant été annulé en 1977, elle épousa en 1980 le dramaturge Harold Pinter.

Elle vint au roman policier avec *Quiet as a Nun* (1977), qui mettait déjà en scène Jemima Shore, l'une des premières détectives, et l'une des plus abouties, venant du monde de la télévision. Dans l'édition définitive de son histoire du roman policier (*Bloody Murder*, 1992), Julian Symons écrit à propos d'Antonia Fraser : « On peut raisonnablement qualifier Antonia Fraser d'auteur de romans policiers féministe, mais on peut aussi bien parler d'elle comme d'un écrivain rangé. Le plaisir que procure son écriture est évident, mais sa plus grande caractéristique est la construction particulièrement astucieuse de ses intrigues, dont *Cool Repentance* (1982) me semble être la plus remarquable. »

Enquête criminelle saupoudrée d'un soupçon de romanesque dans un décor exotique, « Jemima Shore et la tombe au soleil » nous propose un auteur et son personnage au mieux de leur forme.

« C'est votre tombe au soleil... » Le grand jeune homme qui se dressait devant elle chantait doucement mais distinctement. Il fallut un moment à Jemima Shore pour comprendre le sens des mots qu'il accolait à l'air du célèbre calypso. Elle recula d'un pas. Cette petite parodie était sinistre, et pas vraiment accueillante.

C'est mon île au soleil,
Où mon peuple a trimé depuis le début des temps.

Elle avait l'impression que l'air lui trottait dans la tête depuis son arrivée aux Caraïbes. De quand pouvait-il bien dater ? Combien d'années s'étaient écoulées depuis que l'inimitable Harry Belafonte avait commencé à l'implanter dans la mémoire collective ? Quel que soit son âge, le calypso était encore chanté aujourd'hui avec charme, vigueur et une certaine agressivité, à Bow Island comme sur les autres îles des Antilles que Jemima avait visitées durant son voyage.

Ce n'était pas le seul air qu'on entendait, bien entendu. Dès son arrivée à l'aéroport, elle avait découvert que la musique était un élément incontournable de la vie aux Caraïbes. Le battement lourd, irrésistible, du steel band, les gémissements langoureux des chanteurs, tout cela s'écoutait toujours quelque part, sinon partout dans les îles, jusqu'à une heure tardive de la nuit : le son joyeux de la liberté, de la danse, de la boisson — du punch —, et, pour les touristes en tout cas, le son des vacances.

Pour Jemima Shore, journaliste, ce n'était pas le son des vacances. Pas officiellement, en tout cas. C'était autant de gagné, car Jemima était de ces personnes pour qui les vacances idéales, par nature, combinent le travail et une bonne dose de plaisir. Elle avait eu du mal à croire que ses patrons, à Megalith Television, aient accepté qu'elle réalise son émission et lui aient permis de quitter, fin janvier, la glaciale Angleterre pour le soleil des Caraïbes. C'était l'inverse de ce qui se passait d'habitude : Cy Fredericks, son chef — et véritable patron de Megalith —, partait se détendre aux Antilles en février tandis que Jemima, si jamais elle y allait, partait en août, au plus fort de la désagréable saison humide. En outre, le projet d'émission était passionnant. Jemima était vernie, cette année.

« C'est mon île au soleil... » Mais le jeune homme qui lui faisait face avait-il vraiment chanté « C'est votre *tombe* au soleil » ? Sa tombe ? Ou celle de qui ? Comme il se dressait entre Jemima et le tombeau historique qu'elle venait examiner, il n'était pas impossible qu'il veuille l'en empêcher. Mais, à y bien réfléchir, non, sans doute pas. C'était une plaisanterie, une joyeuse plaisanterie par une journée joyeuse et très ensoleillée. Il lui semblait tout de même que l'expression du jeune homme était menaçante.

Jemima le regarda avec ce sourire charmant que les téléspectateurs britanniques connaissaient si bien. Téléspectateurs qui savaient d'expérience que Jemima, aussi charmant soit son sourire, ne supportait pas qu'on lui raconte des fadaises, en tout cas dans son émission. A y regarder de plus près, l'homme n'était pas si jeune que cela. Il devait avoir à peu près le même âge qu'elle : un peu plus de trente ans. C'était un Blanc, tellement bronzé qu'il ne devait pas s'agir d'un touriste mais d'un membre de la petite communauté de loyaux sujets d'origine européenne. Bow Island était férocement fière de son indépendance, qu'elle venait d'arracher à un voisin beaucoup plus important.

Contrairement à son âge, la taille de l'étranger n'était pas une illusion. Il dominait Jemima, qui n'était pas vraiment petite. Il était beau, aussi ; ou il l'aurait été s'il n'y avait eu ce gros nez à la forme bizarre, très haut placé, avec un profil aquilin prononcé. Mais, même si son nez gâchait la régularité de ses traits, l'impression générale n'était pas déplaisante. Il portait un short de coton blanc sale, comme la plupart des hommes de Bow Island, quelle que soit la couleur de leur peau. Son tee-shirt orange arborait l'emblème de l'île : un arc et une main noire qui le tendait. Sous ce dessin était imprimé un des nombreux slogans du cru — très joyeux, encore —, conçus pour faire un jeu de mots avec le nom de l'île. Celui-ci disait : C'EST LA FIN DE L'ARC SOLAIRE !

Non, l'homme qui portait ce tee-shirt amical ne pouvait être agressif.

En fait, ce qui était bizarre dans cette rencontre, c'était que l'étranger se tenait immobile sur le chemin de Jemima. Juste derrière lui, elle apercevait le grand tombeau de pierre de la famille Archer, qu'elle reconnut d'après l'image qu'elle avait vue sur les cartes postales. Pour une île aussi petite, Bow Island était remarquablement riche en vestiges historiques. L'amiral Nelson en personne s'y était arrêté avec sa flotte, car Bow Island, comme nombre de ses voisines, avait été entraînée dans les guerres napoléoniennes. Quelque trois cents ans plus tôt, les Britanniques, puis les Français, puis les Britanniques de nouveau avaient occupé et colonisé l'île, qui avait jadis appartenu aux petites Antilles et avant cela aux Arawaks. Dans ce melting-pot, enfin, on avait importé de force des Africains pour les faire travailler dans les plantations de canne à sucre, principale richesse de l'île. Tous ces éléments, à des degrés divers, avaient contribué à constituer le peuple aujourd'hui connu sous le nom familier de Bo'landers.

Le tombeau des Archer, qui d'une certaine manière justifiait la présence de Jemima de ce côté de l'Atlantique, datait de la seconde et dernière occupation britannique. C'est là qu'était enterré sir Valentine Archer, le gouverneur le plus célèbre de l'histoire de Bow Island. Même le nom de l'île était un souvenir de son long règne. Bow Island — l'île de l'Arc — portait jadis le nom d'un saint, et, même s'il est vrai qu'elle a vaguement la forme d'un arc, c'est le gouverneur Archer qui fut à l'origine de ce changement. Il tenait à rappeler symboliquement quel « archer » commandait cet « arc ».

Jemima savait que le monument était orné de sculptures magnifiques représentant sir Valentine Archer et sa femme Isabella. Le double sarcophage de pierre était surmonté d'une structure de bois blanc évoquant une petite église, conçue pour lui donner une importance supplémentaire, bien que sa taille lui eût toujours suffi pour dominer le petit cimetière, à moins que ce ne fût pour le protéger des intempéries. Jemima avait lu quelque part qu'aucun nom d'enfant n'était inscrit sur le tombeau, contrairement aux traditions du dix-septième siècle. Tout simplement parce que le gouverneur Archer, comme l'affirmait avec délicatesse un historien local, avait été un père pour l'île tout entière. Ou, pour citer les paroles d'un autre calypso d'origine purement locale :

D'au-delà des mers vint le vieux sir Valentine.
Il est venu pour être ton père, il est venu pour être le mien.

En un mot, aucun monument ne pouvait abriter la progéniture d'un homme censé avoir engendré plus de cent enfants, légitimes ou non. La lignée légitime était d'ailleurs sur le point de s'éteindre. C'était pour rencontrer Mlle Isabella Archer, officiellement la dernière héritière du clan, que Jemima était venue aux Caraïbes. Elle souhaitait consacrer une émission à la vieille dame et à sa maison, Archer Plantation House, dont on disait que la décoration n'avait pas été modifiée depuis cinquante ans. Elle voulait aussi l'interroger sur les changements qu'elle avait connus, durant sa vie, dans cette partie du monde.

— Greg Harrison, dit soudain l'homme qui se tenait devant Jemima. Et voici ma sœur, Coralie.

Une fille qui se trouvait à l'ombre du porche de l'église et que Jemima n'avait pas remarquée jusqu'alors s'avança timidement. Elle aussi était très bronzée, et ses cheveux blonds, presque d'un blanc de lin sous l'effet du soleil, étaient attachés en queue-de-cheval. Sa sœur. Est-ce qu'ils se ressemblaient ? Coralie Harrison portait le même tee-shirt orange, mais à part cela elle était assez différente de son frère. Elle était plutôt petite, et ses traits étaient plus attachants que vraiment beaux. Et, heureusement peut-être, elle n'avait pas le nez imposant de son frère.

— Bienvenue à Bow Island, mademoiselle Shore... commença-t-elle avant d'être aussitôt interrompue par son frère.

Celui-ci l'apostropha tout en lui tendant une main musclée et tannée par le soleil :

— Je sais pourquoi vous êtes ici et je n'aime pas cela. Vous venez remuer des choses oubliées. Pourquoi ne laissez-vous pas Mlle Izzy mourir en paix ?

Le contraste entre sa poignée de main amicale et l'hostilité de ses propos, même s'il parlait calmement, était déroutant.

— Je suis Jemima Shore, dit-elle tout en sachant parfaitement qu'il le savait. Suis-je autorisée à examiner le tombeau des Archer ou devrai-je vous passer sur le corps ?

Tout en prononçant ces mots, elle lui adressa de nouveau son sourire charmant.

— Me passer sur le corps ! s'exclama Greg Harrison en lui rendant son sourire, même s'il n'était pas particulièrement chaleureux. Vous êtes donc venue armée jusqu'aux dents ?

Sans lui laisser le temps de répondre, il se remit à fredonner le fameux calypso. Jemima repensa aux paroles : « C'est votre cimetière au soleil. » Puis il ajouta :

— Cela vous sera utile, quand vous commencerez à déterrer des choses qui devraient rester enfouies.

Jemima décida qu'il était temps d'agir. Elle contourna Greg Harrison et se dirigea d'un pas résolu vers le tombeau des Archer. Le couple sculpté était là. Elle lut : « Consacré à la mémoire de sir Valentine Archer, premier gouverneur de cette île, et à sa seule épouse, Isabella, fille de Randal Oxford, gentilhomme. » Elle eut une pensée fugitive pour le poème de Philip Larkin qu'elle préférait, sur le monument d'Arundel. Il commençait ainsi : « Le comte et la comtesse gisent dans la pierre... » et s'achevait sur ces mots : « Il ne reste de nous que notre amour. »

Mais ce couple se trouvait à des milliers de kilomètres de là, dans la fraîcheur monacale de la cathédrale de Chichester. Ici, le soleil tropical brûlait littéralement son cou nu. S'apercevant qu'elle avait ôté son grand chapeau de paille en signe de respect, elle se l'enfonça promptement sur la tête. Ici, toujours en contraste avec l'église de pierre, très anglaise avec ses fenêtres gothiques en ogive, il y avait des palmiers entre les tombes au lieu des ifs, et leurs troncs élancés se courbaient sous la brise comme des cous de girafe. Jadis, dans un geste romanesque, elle avait posé des roses blanches sur le monument d'Arundel. C'est au moment où ce souvenir lui revint qu'elle remarqua le monceau d'hibiscus rose et orange disposés sur la pierre tombale, devant elle. Une ombre se dessina sur la tombe.

— C'est Tina qui les met là.

Greg Harrison l'avait suivie.

— Chaque jour, quand elle le peut. Presque chaque jour. Puis elle va le dire à Mlle Izzy. C'est touchant, non ?

Mais il ne donnait pas l'impression de trouver

cela touchant. Il y avait une telle amertume dans sa voix, presque de l'animosité, que pendant un instant, debout dans ce cimetière écrasé par le soleil, Jemima en eut la chair de poule.

— Ou bien est-ce révoltant ? ajouta-t-il, sa rancune cette fois tout à fait palpable.

— Greg... murmura faiblement Coralie Harrison, comme pour protester.

— Tina ? reprit Jemima. C'est la dame de compagnie de Mlle Archer... de Mlle Izzy. Nous nous sommes écrit. Je crois que j'ai oublié son nom de famille...

— On la connaît désormais sous le nom de Tina Archer, je pense que vous le découvrirez. Quand elle vous a écrit, elle signait sans doute « Tina Harrison ».

Il regarda Jemima d'un air ironique, mais elle avait vraiment oublié le nom de la dame de compagnie ; après tout, il n'était pas très original.

Ils furent interrompus par un appel venu de la route. Jemima vit un jeune Noir au volant d'une de ces voitures décapotables très pratiques que tout le monde semblait conduire à Bow Island. Il se redressa et cria quelque chose dans leur direction :

— Greg ! Cora ! Vous venez au... ?

Elle ne comprit pas la suite. Il était question de bateau et de poisson. Coralie eut soudain l'air radieuse, et pendant quelques instants Greg Harrison lui-même sembla heureux.

Il fit signe au nouveau venu.

— Hé, Joseph, viens dire bonjour à Mlle Jemima Shore, de la BBC !

— De Megalith Television, corrigea en vain Jemima.

— Tu as entendu, Joseph ? reprit Harrison. Elle prépare une émission sur Mlle Izzy !

L'homme sauta de sa voiture avec élégance et remonta l'allée bordée de palmiers. Il était très grand, lui aussi. Et, comme l'immense majorité des Bo'landers qu'elle avait rencontrés jusqu'alors, il avait l'air d'être un athlète naturel. Quel que soit le brassage génétique issu du passé des Antillais, des Africains et des autres peuples qui les avaient produits, les Bo'landers étaient de toute évidence un peuple magnifique. Il embrassa Coralie sur les deux joues et tapota son frère dans le dos.

— Mademoiselle Shore, je vous présente Joseph...

Avant même que Greg Harrison prononce son nom, son air ironique avait prévenu Jemima :

— Joseph Archer. Sans aucun doute un des dix mille descendants du gentleman qui aimait tant faire des enfants, et dont vous contemplez la tombe avec tant d'intérêt.

« Il ne reste de nous que notre amour, vraiment », se dit Jemima non sans ironie, en serrant la main de Joseph Archer. Avec tout le respect qu'elle devait à Philip Larkin, il semblait bien que sir Valentine avait laissé autre chose derrière lui.

— Oh, vous découvrirez bientôt que tout le monde, par ici, s'appelle Archer, murmura Joseph d'un ton aimable.

Contrairement à Greg Harrison, il semblait sincèrement accueillant.

— Quant à sir Va-len-tine, dit-il en détachant nettement les syllabes comme dans le calypso, n'écoutez pas toutes les histoires qu'on raconte. Sinon, comment expliquerez-vous le fait que nous ne vivons pas tous dans cette bonne vieille Archer Plantation House ?

— Contrairement à mon ex-femme... Non,

Coralie, ne proteste pas. Je pourrais la tuer pour ce qu'elle est en train de faire.

De nouveau, la violence des propos de Greg Harrison fit courir un frisson dans le dos de Jemima.

— Allons voir tes poissons, Joseph. Viens, Coralie.

Il s'éloigna à grands pas, sans sourire — contrairement à Joseph, qui le suivit. Coralie demanda à Jemima si elle pouvait faire quelque chose pour elle. Elle était encore très timide mais, depuis que Greg s'était éloigné, elle se montrait beaucoup plus amicale. Jemima avait l'impression que la jeune fille essayait de lui dire quelque chose. Quelque chose qu'elle ne voulait peut-être pas que son frère entende.

— Je pourrais peut-être interpréter, expliquer...

Elle s'interrompit. Jemima attendit.

— ... certaines choses. Il y a tant de strates dans un endroit comme celui-ci. Parce que c'est tout petit, une étrangère ne comprend pas toujours...

— Et c'est moi, cette étrangère ? Oh oui, bien sûr.

Jemima avait commencé à faire un croquis de la tombe, dont elle aurait besoin plus tard : elle avait pour cela un talent mineur, mais parfois bien utile. Elle s'abstint de faire remarquer — c'était tellement vrai que c'en était banal — qu'une étrangère pouvait aussi mieux comprendre certains problèmes que ceux qui étaient directement concernés. Mais elle voulait savoir ce que Coralie avait à lui dire. Lui expliquerait-elle par exemple l'aversion si évidente de Greg pour son ex-femme ?

Mais l'appel impatient de son frère, qui l'attendait dans la voiture avec Joseph, empêcha Coralie d'ajouter quoi que ce soit. Elle descendit l'allée en courant, et Jemima resta seule pour méditer avec un intérêt accru sur sa visite prochaine à Isabella Archer. Cette visite devait impliquer, se dit-elle, une entrevue avec la dame de compagnie de Mlle Archer, qui, comme sa patronne, résidait à ce moment-là dans le confort de la grande maison.

Le confort ! Quand elle vit le manoir trapu, construit de plain-pied, il lui parut réellement confortable, même de si loin. Mieux encore, il dégageait une impression de sérénité et d'élégance traditionnelle. En remontant au volant de sa voiture de location la longue allée bordée de palmiers — beaucoup plus hauts que ceux du cimetière —, Jemima eut le sentiment d'être revenue à l'époque du gouverneur Archer, de ses banquets plantureux, de ses réceptions et de ses bals, le tout servi par des esclaves noirs.

C'est alors qu'une jeune femme à la peau café au lait et aux cheveux noirs, courts et frisés apparut sur les marches. Contrairement aux employées de l'hôtel de Jemima qui arboraient, pour servir à table, une parodie du costume des domestiques d'autrefois (robes aux couleurs vives descendant aux chevilles, tabliers de mousseline blanche et turbans), cette fille portait un dos-nu écarlate à la dernière mode et un short coupé qui révélait la quasi-totalité de ses jambes brunes et lisses. Tina Archer. C'est ainsi qu'elle se présenta.

Jemima Shore ne fut pas du tout surprise de découvrir qu'il était facile de s'entendre avec Tina Archer, ex-Harrison. Une femme ayant quitté Greg Harrison, homme agressif et fruste, avait d'emblée quelques points d'avance dans le carnet de notes de Jemima. Mais avec Tina Archer bavardant à ses côtés, si élégante et si moderne, la découverte de l'intérieur de la maison fut un choc encore plus impressionnant que prévu. Jemima n'y trouva pas la moindre trace de modernité. Il n'y avait peut-être pas de poussière ni de toiles d'araignée, mais leur présence était suggérée par le mobilier de bois massif, sinistre — où étaient les chaises en rotin légères qui convenaient au climat de Bow Island ? —, et surtout par le caractère de désolation du lieu. Archer Plantation House lui rappela la maison de la pauvre Mlle Havisham dans *Les Grandes Espérances*. Pire encore, cet intérieur baignait dans la tristesse. Ou peut-être était-ce simplement la solitude, une sorte de magnificence sombre et stérile, dont on sentait qu'elle venait des siècles passés.

Tout cela constituait un violent contraste avec le soleil toujours éclatant de la fin d'après-midi et les buissons luxuriants de fleurs tropicales aux couleurs vives. Jemima ne s'attendait pas du tout à cela. Les informations recueillies à Londres l'avaient amenée à se faire une idée tout à fait différente d'Archer Plantation House. Elle s'attendait à quelque chose de beaucoup plus proche de son impression de départ, lorsqu'elle avait emprunté l'allée bordée de palmiers — à plus de grâce patinée par l'âge.

Alors même qu'elle s'habituait à cette surprise, Jemima découvrit que l'allure de Mlle Archer était tout aussi étonnante. Après être passée sans transition de Tina, libre et décontractée, à la maison sombre et moisie, elle dut s'adapter une nouvelle fois, et aussi vite. Car, au premier regard sur la vieille dame, dont elle savait qu'elle avait au moins quatre-vingts ans, elle oublia sur-le-champ Mlle Havisham.

Ici, point d'épouse délaissée, abandonnée dans une robe de mariée pourrissante vieille de cinquante ans. Mlle Izzy Archer portait un chapeau de paille chinois, apparemment attaché sous le menton par un chiffon, une ample chemise blanche d'homme et un jean décoloré coupé à hauteur des genoux. Elle avait aux pieds une paire de ce qui ressemblait à des sandales d'enfant marron. A la voir ainsi, on pouvait croire qu'elle venait de prendre une douche ou qu'elle sortait du bain. Elle ruisselait littéralement, faisant de grandes flaques sur le tapis luxueux et sur les planchers sombres et cirés du grand salon, orné de brocart rouge foncé et de rideaux plissés à franges, où elle recevait Jemima. C'était visible, même dans la faible lumière que laissaient passer les lourds volets occultant la vue sur la mer.

— Oh, calmez-vous, Tina, ma chérie ! s'exclama Mlle Izzy d'un ton impatient alors que la jeune femme n'avait rien dit. Quelle importance peuvent avoir quelques gouttes d'eau ? Des taches ? Quelles taches ?

Tina n'avait toujours rien dit !

— Le gouvernement arrangera cela quand le moment sera venu.

Bien que Tina Archer gardât toujours le silence, regardant sa patronne d'un air aimable, presque enjoué, elle se raidit un peu et se figea dans son attitude d'écoute polie. Instinctivement, Jemima comprit qu'elle était contrariée.

— Maintenant, Tina, ne soyez pas idiote. Ne vous en faites pas, ma chérie.

La vieille dame se secoua pour se débarrasser de l'eau, comme un robuste petit chien.

— Vous savez ce que je veux dire. Si vous ne le savez pas, qui le saurait ? Puisque la moitié du temps je ne sais pas moi-même ce que je veux dire. Un jour, vous pourrez arranger tout ça, d'accord ? Après tout, vous avez beaucoup d'argent pour ça. Vous pourrez vous offrir de nouvelles couvertures et des tapis neufs.

En prononçant ces mots, Mlle Izzy prit Jemima par la main et, suivie de Tina toujours silencieuse, se dirigea vers le sofa rouge foncé le plus éloigné. Absolument trempée des pieds à la tête, elle s'installa au milieu du sofa, d'un geste décidé.

C'est ainsi que Jemima comprit qu'Archer Plantation House ne reviendrait pas nécessairement au nouveau gouvernement indépendant de Bow Island après la mort de sa propriétaire. Mlle Izzy avait l'intention de tout léguer, maison et fortune, à Tina. Entre autres choses, cela voulait dire que Jemima ne faisait plus une émission sur un futur musée national, ce qui était un élément essentiel de l'accord qui lui avait permis de venir sur l'île et lui avait assuré la coopération amicale de ce même gouvernement. Etait-ce nouveau ? Le gouvernement était-il au courant ? Si le testament était signé, il devait le savoir.

— J'ai signé le testament ce matin, ma chérie, annonça Mlle Archer d'un ton triomphal.

Elle avait un don bizarre pour répondre aux questions non formulées.

— Je suis allée nager pour fêter cela. Je fête toujours les événements avec un bon bain, c'est tellement meilleur pour la santé que le rhum ou le champagne. Même si ça aussi, il y en a toujours des tonnes dans la cave.

Elle marqua une pause. Puis :

— Eh bien, vous y êtes, n'est-ce pas, ma chérie ? Ou vous y serez. Vous y serez. Thompson dit qu'il va y avoir des problèmes, bien entendu. Que peut-on attendre d'autre, de nos jours ? Depuis l'indépendance, il y a des problèmes partout. Non que je sois contre l'indépendance, loin de là. Mais tout ce qui est nouveau apporte de nouveaux problèmes qui s'ajoutent aux anciens, de sorte qu'il y a toujours de plus en plus de problèmes. A Bow Island, aucun problème ne disparaît jamais. Pourquoi, bon sang ?

Mais Mlle Izzy n'attendait pas de réponse.

— Non, je suis pour l'indépendance, et je dirai tout cela dans votre émission, ma chère.

Elle posa une main toute mouillée sur la manche de Jemima.

— Je suis une Bo'lander de souche, vous savez.

Il était parfaitement vrai que Mlle Izzy, contrairement à Tina par exemple, parlait avec l'intonation si particulière, légèrement chantante, des insulaires ; ce qui n'était pas désagréable du tout aux oreilles de Jemima.

— Je suis née dans cette maison il y aura quatre-vingt-deux ans en avril, reprit Mlle Izzy. Vous viendrez à ma fête d'anniversaire. Je suis née pendant un ouragan. Un bon départ ! Mais ma mère est morte en couches. Ils n'auraient jamais dû appeler ce docteur moderne, sous prétexte qu'il venait d'Angleterre. Un parfait imbécile, je m'en souviens très bien. Ils auraient dû prendre une bonne sage-femme bo'lander, ma mère ne serait pas morte et mon père aurait eu des fils...

Mlle Izzy s'abandonnait à ses souvenirs. Bien que ce fût le genre de choses que Jemima était venue entendre, ses pensées dérivèrent dans une tout autre direction. Des problèmes ? Quels problèmes ? Quel rôle jouait Greg Harrison là-dedans, par exemple ? Greg Harrison, qui voulait qu'on laisse Mlle Izzy « mourir en paix ». Greg Harrison, qui avait été marié à Tina et qui avait divorcé. Tina Archer, désormais héritière d'une grosse fortune.

Et surtout, pourquoi cette femme si franche avait-elle l'intention de léguer ses biens à sa dame de compagnie ? Pour commencer, Jemima ignorait jusqu'à quel point il fallait prendre au sérieux le problème du nom de famille de Tina. Joseph Archer avait tourné en dérision la question des innombrables descendants de sir Valentine. Mais peut-être la belle Tina avait-elle un lien particulier avec Mlle Izzy. Peut-être était-elle le fruit d'une union plus récente d'un Archer libertin avec une jeune Bo'lander. Plus récente que le dix-septième siècle, en tout cas.

Une allusion au tombeau des Archer ramena l'attention de Jemima sur le monologue de Mlle Izzy qui continuait d'égrener ses souvenirs.

— Vous avez vu la tombe ? Tina a découvert que c'était une véritable imposture. Un beau grand mensonge gisant sous le soleil. Oui, ma chère Tina, comme vous l'avez dit. Sir Valentine Archer, mon arrière-arrière-arrière-arrière...

Un nombre infini d'« arrière » se succédèrent avant que Mlle Izzy prononce enfin le mot « grand-père ». Mais Jemima eut l'impression qu'elle les comptait vraiment.

— ... grand-père a voulu qu'un beau grand mensonge soit perpétué sur sa tombe.

— Ce que Mlle Izzy veut dire...

C'était la première fois que Tina intervenait depuis qu'elles étaient entrées dans le salon de plus en plus obscur. Jemima et Mlle Izzy s'étaient assises, mais elle était restée debout.

— Ne me dites pas ce que je veux dire, mon enfant, lâcha brusquement la vieille dame.

Elle parlait d'un ton autoritaire, peu amène. Pendant quelques instants, Tina aurait pu être une esclave dans une plantation deux siècles plus tôt, au lieu d'une jeune femme indépendante de la fin du vingtième siècle.

— C'est l'inscription qui est un mensonge. Elle n'était pas sa seule épouse. Cette inscription aurait dû nous mettre en garde. Tina veut que justice soit rendue à la pauvre petite Lucie Anne, et je le veux aussi. L'indépendance, vraiment ! J'ai été indépendante toute ma vie, et je ne vais sûrement pas changer maintenant. Dites-moi, mademoiselle Shore, vous êtes une jeune femme intelligente, vous travaillez à la télévision. Pourquoi se donne-t-on la peine de démentir quelque chose jusqu'à ce que ce soit vrai ? C'est ainsi que vous travaillez tout le temps à la télévision, hein ?

Jemima se demandait comment elle pouvait répondre à cette question avec diplomatie sans calomnier son métier quand Tina prit le relais de sa patronne, fermement et, cette fois, avec succès :

— J'ai étudié l'histoire à l'université en Grande-Bretagne, Jemima. La recherche généalogique est ma spécialité. J'aidais Mlle Izzy à mettre les documents en ordre pour le musée — ou pour ce qui devait être le musée. Puis nous avons reçu la demande pour votre émission, et j'ai commencé à creuser un peu plus profond. C'est alors que j'ai trouvé le certificat de mariage. Le vieux sir Valentine a bel et bien épousé sa jeune maîtresse créole, connue sous le nom de Lucie Anne. A un âge avancé. Bien après la mort de sa première femme. Lucie Anne est la mère de ses deux derniers enfants. Il se faisait vieux et, pour une raison ou pour une autre, il a décidé de l'épouser. L'Eglise, peut-être. A sa manière, cette île a toujours vécu dans la crainte de Dieu. Peut-être que Lucie Anne, qui était très jeune et très belle, a mis la pression sur le vieil homme en utilisant l'Eglise. En tout cas, ces deux derniers enfants, parmi les centaines qu'il avait engendrés, auraient dû être reconnus !

— Et alors ? demanda Jemima de son ton le plus encourageant.

— Je descends de Lucie Anne... et de sir Valentine, bien sûr.

Tina répondit au sourire charmant par un sourire charmant.

— J'ai remonté la piste grâce aux dossiers de l'Eglise. Ça n'a pas été très difficile, vu son importance ici. Pas trop difficile pour un spécialiste, en tout cas. Oh, toutes sortes de sangs coulent dans mes veines, comme pour presque tout le monde ici, y compris celui d'une grand-mère espagnole, et peut-être un peu de sang français. Mais la filiation Archer est parfaitement directe et claire.

Tina semblait se rendre compte que Jemima la contemplait avec respect. Mais pouvait-elle deviner quelles étaient ses véritables pensées ? « Voilà une femme redoutable, se disait Jemima. Charmante, mais redoutable. » Et impitoyable, peut-être, s'il le fallait. A dire vrai, Jemima se demandait comment elle allait présenter à ses patrons le changement de point de vue de son émission. D'un côté, cela pourrait être perçu comme un conte de fées moderne. La découverte de l'héritière perdue. La fille pauvre qui devient soudain très riche. D'un autre côté, si Tina Archer était une aventurière plutôt qu'une héritière légitime, que pourraient faire Megalith et Jemima Shore d'une brillante jeune femme essayant d'embobiner une innocente vieille dame ? Si tel était le cas, Jemima pouvait comprendre que l'homme qu'elle avait rencontré près de la tombe en plein soleil exprime un tel mépris envers Tina Archer.

— J'ai fait la connaissance de Greg Harrison près du tombeau des Archer, ce matin, dit-elle à dessein. Votre ex-mari, si j'ai bien compris.

— Mais oui, c'est son ex-mari, dit Mlle Izzy qui avait décidé de reprendre la parole. Ce bon à rien. Gregory Harrison est un bon à rien depuis le jour de sa naissance. Et sa sœur ! De vrais bohémiens. Pas de travail, ni l'un ni l'autre. Ils se promènent en bateau. Ils vont à la pêche. Comme si le monde leur devait leur subsistance.

— Sa demi-sœur. Coralie est sa demi-sœur. Elle travaille à la boutique d'un hôtel.

Tina parlait calmement, mais une fois de plus Jemima devinait qu'elle était mal à l'aise.

— Greg est le bon à rien de la famille.

Sous son calme, on décelait dans son allusion à son ex-mari un soupçon de colère réprimée.

— Des bons à rien, tous les deux. Vous avez bien fait de divorcer, Tina, ma chérie, déclara Mlle Izzy. Mais asseyez-vous, mon enfant... Vous restez debout, là, comme si vous étiez la gouvernante. Où est Hazel, au fait ? Il est presque cinq heures et demie. Il va bientôt faire nuit. Nous devrions descendre sur la terrasse pour voir le coucher de soleil. Où est Henry ? Il devrait nous apporter du punch. Le punch d'Archer Plantation, mademoiselle Shore... Attendez d'y goûter, vous verrez. Un ingrédient secret, mon père disait toujours...

Mlle Izzy plongeait joyeusement dans le passé.

— Je vais chercher le punch, dit Tina, qui était toujours debout. N'avez-vous pas donné sa journée à Hazel ? Sa sœur se marie, à Tamarind Creek. Henry l'a conduite là-bas.

— Alors où est le boy ? Comment s'appelle-t-il... ? Le petit Joseph.

La vieille dame devenait irritable.

— Il n'y a plus de boy, expliqua patiemment Tina. Rien que Hazel et Henry. Quant à Joseph... eh bien, le petit Joseph Archer a grandi, n'est-ce pas ?

— Bien sûr qu'il a grandi ! Je ne parle pas de ce Joseph-là... Il est venu me voir, l'autre jour. N'y avait-il pas un autre garçon portant le même nom ? C'était peut-être avant la guerre. Mon père avait un garçon d'écurie...

— Je vais chercher le punch, répéta Tina avant de disparaître rapidement avec élégance.

— Aimable créature, murmura Mlle Izzy. Le sang des Archer. Il se voit toujours. On dit bien que les plus beaux des Bo'landers sont toujours des Archer.

Quand Tina revint, l'humeur de la vieille dame avait de nouveau changé.

— J'ai froid et je suis toute mouillée, dit-elle. Je vais m'enrhumer si je reste assise ici. Et je vais bientôt être toute seule dans la maison. Je déteste être seule. Depuis mon enfance, j'ai toujours détesté être seule. Tout le monde sait cela. Tina, vous resterez dîner. Mademoiselle Shore, vous allez rester, vous aussi. C'est tellement isolé, ici, au bord de la mer. Qu'arriverait-il si quelqu'un entrait par effraction ? Ne froncez pas les sourcils, il y a des tas de mauvaises gens par ici. Voilà bien une chose qui ne s'est pas améliorée avec l'indépendance.

— Bien sûr que je reste, répondit tranquillement Tina. Tout est arrangé avec Hazel.

Jemima se demanda, avec un léger sentiment de culpabilité, si elle aussi devait rester. A l'hôtel, c'était le jour de la soirée hebdomadaire sur la plage : barbecue, puis danse au son d'un steel band. Jemima, qui adorait danser dans l'hémisphère nord, mourait d'envie d'essayer ici. Danser sur la plage, sous les étoiles, cela lui semblait idyllique. Mlle Izzy avait-elle vraiment besoin d'une compagnie supplémentaire ? Elle croisa le regard de Tina Archer, au-dessus du chapeau de paille de la vieille dame. Tina secoua légèrement la tête.

Après une gorgée du fameux punch — quel que soit l'ingrédient secret, c'était le punch le plus fort qu'elle ait goûté depuis son arrivée sur l'île —, Jemima put prendre congé. En tout cas, le punch avait sur Mlle Izzy un effet apaisant. Elle fut bientôt tout à fait éméchée, et Jemima se demanda combien de temps elle allait rester éveillée. Il faudrait faire en sorte que leur prochaine rencontre ait lieu dans la fraîcheur du matin.

Jemima s'en alla au moment où un énorme soleil rouge s'enfonçait sous l'horizon. Le roulement des vagues sur le rivage la poursuivit. Archer Plantation House était isolée sur une langue de terre au bout de sa propre allée. Elle ne pouvait pas reprocher à Mlle Izzy de ne pas vouloir y rester seule. Jemima écouta le bruit des vagues jusqu'à ce que celui, très différent, du steel band dans le village voisin prît le relais. Ses pensées s'éloignèrent momentanément d'Archer Plantation House pour se consacrer à la soirée à venir. D'une manière ou d'une autre, elle cesserait totalement, pendant quelque temps, de penser à Mlle Isabella Archer.

D'abord, la fête sur la plage fut exactement comme elle l'imaginait : détendue, bon enfant et bruyante. Ses soucis s'envolèrent peu à peu tandis qu'elle dansait au rythme du steel band avec toute une série de partenaires anglais, américains et bo'landers. Le punch de Mlle Izzy, avec son ingrédient secret, était du genre dévastateur, car son effet se prolongea pendant des heures. Elle décida qu'elle n'avait pas besoin de goûter à la mixture proposée généreusement par l'hôtel — un punch nettement plus léger que celui de Mlle Izzy sous sa surface colorée saupoudrée de noix de muscade. D'autres clients décidèrent en revanche que le punch de l'hôtel était précisément ce qu'il leur fallait. L'un dans l'autre, la soirée battait son plein depuis longtemps lorsque le croissant de la nouvelle lune apparut au-dessus des flots obscurs de la mer. Jemima se trouvait momentanément seule. Devant les vagues, au bord de la plage, elle inclina la tête en arrière et contempla la lune.

— Il faut faire un vœu quand c'est la nouvelle lune !

Elle se retourna. Un homme de grande taille — au moins une tête de plus qu'elle — se tenait à côté d'elle, sur le sable. Elle ne l'avait pas entendu approcher, le doux clapotis des vagues ayant masqué le bruit de ses pas. Il lui fallut quelques instants pour reconnaître Joseph Archer. Il portait une large chemise à fleurs et un pantalon blanc, et il ne ressemblait pas du tout au pêcheur qu'elle avait vu le midi même près de la tombe.

Il apparut que la seconde partie de la fête pouvait encore réserver des surprises, du point de vue de Jemima en tout cas.

— Je devrais faire un vœu... Je devrais faire le vœu que mon émission soit réussie, je suppose. Professionnellement, ce serait une bonne chose.

— Mlle Izzy Archer, et tout le reste ?

— Mlle Izzy, Archer Plantation House, Bow Island, sans parler du tombeau des Archer, du vieux sir Valentine, et de tout le reste.

Elle décida de ne pas parler pour le moment de Tina Archer — et du reste.

— Et tout le reste ! dit-il en soupirant. Ecoutez, Jemima... Il est bon, cet orchestre. Il est considéré comme l'un des meilleurs de l'île, en ce moment. Si nous dansions ? Nous pourrions parler de tout cela demain matin. Dans mon bureau, vous savez.

Le ton péremptoire de Joseph Archer intrigua Jemima presque autant que l'allusion à son bureau. Avant de se perdre dans le rythme de la danse — et elle avait le sentiment que, si Joseph Archer l'y aidait, elle ne tarderait pas à s'y perdre —, elle devait découvrir ce qu'il voulait dire. Et, en l'occurrence, qui il était exactement.

La seconde question trouva facilement une réponse et fournit du même coup la réponse à la première. Joseph Archer pouvait bien aller à la pêche de temps en temps, hors de ses heures de service. Il appartenait au gouvernement bo'lander récemment constitué. Il en était même un membre assez important. Important aux yeux du monde en général, et en particulier aux yeux de Jemima Shore, enquêtrice. Car Joseph Archer était le ministre responsable du tourisme, et ses fonctions englobaient des questions comme la conservation, l'héritage historique bo'lander et — ce sont les mots qu'il employa — le « futur musée national de l'Archer Plantation House ».

Une fois de plus, elle pensa que ce n'était pas le moment de parler de Tina Archer et de l'héritage de Plantation House. Comme l'avait dit Joseph, il serait bien assez tôt le lendemain matin. Dans son bureau, à Bowtown.

Ils dansèrent encore un moment, et ce fut comme Jemima s'y attendait : un moyen de se perdre, peut-être même dangereusement. On joua le morceau *C'est mon île au soleil*, et elle n'entendit jamais le mot « tombe », même en imagination. Puis Joseph Archer, d'un ton courtois et apparemment à regret, lui annonça qu'il devait rentrer. Il avait un rendez-vous très tôt le lendemain — et pas avec un poisson, ajouta-t-il en souriant. Jemima eut un pincement au cœur et espéra que cela ne se voyait pas. Mais il y avait encore beaucoup de temps, n'est-ce pas ? Il y aurait d'autres soirées, d'autres fêtes et d'autres nuits sur la plage éclairée par la lune durant les deux semaines qu'elle passerait sur l'île avant de regagner l'Angleterre.

Pour Jemima la soirée était finie, mais la fête se poursuivit tard dans la nuit, déborda sur la plage, voire dans la mer, bien après que le petit morceau de lune se fut couché. Jemima en entendait le bruit dans le lointain. Elle dormit par intermittence et son sommeil fut visité par des rêves où Joseph Archer, Tina et Mlle Izzy exécutaient une sorte de danse compliquée, mais pas du tout dans le genre de celle qu'elle-même venait d'expérimenter.

Très loin de là, sur la péninsule isolée d'Archer Plantation House, aucun steel band ne venait briser le silence. Rien que le bruit des vagues frappant brutalement les rochers sur la pointe. Un étranger aurait pu être étonné de voir le grand salon toujours éclairé, car les volets avaient été tirés après le coucher du soleil. Mais aucun natif de Bow Island — un pêcheur passant au large, par exemple — n'aurait trouvé cela bizarre. Tout le monde savait que Mlle Izzy avait peur du noir et qu'elle aimait aller se coucher avec toutes les lampes allumées. Surtout le jour où Hazel était au mariage de sa sœur, accompagnée par Henry — encore un fait de la vie de l'île que la plupart des Bo'landers devaient connaître.

Dans sa chambre surplombant la mer, Mlle Izzy s'agitait dans le grand lit à baldaquin où elle était née plus de quatre-vingts ans plus tôt. Comme Jemima Shore, elle dormait par intermittence. Au bout d'un moment, elle quitta son lit et s'approcha de l'une des grandes fenêtres. Jemima aurait trouvé ses vêtements de nuit aussi bizarres que sa tenue de bain, car Mlle Izzy ne portait pas le genre de chemise de nuit victorienne qu'on s'attendait à voir dans cette maison. Elle préférait « finir », comme elle le disait, les vieux pyjamas en soie rouge que son père avait achetés des siècles plus tôt sur Jermyn Street. Et comme le dernier sir John Archer, le baronet, était nettement plus grand que sa grassouillette petite fille, les jambes de pantalon traînaient par terre, loin derrière elle.

Mlle Izzy continua à regarder fixement le paysage par la fenêtre. Son regard suivit la direction de la terrasse, qui menait à une série de parterres jadis recouverts de fleurs splendides, mais désormais envahis par les mauvaises herbes, et descendait vers les rochers et la mer. Bien que les eaux fussent presque entièrement plongées dans l'obscurité, la nuit caraïbe n'était pas absolument noire. En outre, la lumière venant des fenêtres du salon se déversait sur la terrasse toute proche. Mlle Izzy se frotta les yeux puis retourna dans sa chambre, où le célèbre portrait à l'huile de sir Valentine accroché au-dessus de la cheminée dominait la pièce. L'esprit un peu confus — elle devait avoir bu un peu trop de punch —, elle décida que son ancêtre l'encourageait à montrer sa bravoure, face au danger, pour la première fois de sa vie. Elle, la petite Isabella Archer, Izzy gâtée et chouchoutée, sa dernière descendante légitime — non, ce n'était pas vrai, mais il était difficile de rompre avec les habitudes de toute une vie —, était éperonnée par le regard d'aigle du farouche vieil autocrate.

« Mais je suis si vieille, se dit Mlle Izzy. Mais pas trop vieille. Voici l'occasion de leur montrer que tu n'es pas lâche, après tout... »

Elle regarda à nouveau par la fenêtre. Les effets du punch se dissipaient. Elle était maintenant tout à fait certaine de ce qu'elle voyait. Quelque chose de sombre, vêtu de noir, à la peau noire... Quelle importance ? Une silhouette sombre était sortie de la mer et se dirigeait silencieusement vers la maison.

« Je dois être courageuse », pensa Mlle Izzy.

— Alors il sera fier de moi, dit-elle à voix haute. Sa grande fille courageuse.

La grande fille courageuse de qui ? Non, pas celle de sir Valentine. La grande fille courageuse à son papa. Ses pensées flottèrent de nouveau vers le passé. « Je me demande si papa m'emmènera nager avec lui pour fêter cela. »

Mlle Izzy commença à descendre l'escalier. Elle venait d'atteindre la porte du salon et regardait la grande pièce de velours rouge passé, toujours brillamment éclairée, lorsque l'intrus vêtu de noir entra dans la pièce par la fenêtre ouverte.

Avant même qu'il s'avance vers elle, ses mains gantées de noir tendues en avant, Mlle Izzy Archer comprit sans l'ombre d'un doute, au fond de son cœur qui battait de plus en plus vite, que Archer Plantation House, la maison qui l'avait vue naître, serait aussi la maison où elle mourrait.

— Mlle Izzy Archer est morte. Quelqu'un est entré chez elle la nuit dernière et l'a tuée. Un voleur, peut-être.

Ce fut Joseph Archer, le lendemain matin, qui apprit la nouvelle à Jemima.

Ils se trouvaient dans son bureau de fonction, à Bowtown. Il parlait d'une voix grave et distante, et seul l'accent chantant des Bo'landers rappelait à Jemima le danseur magnifique de la nuit précédente. Dans sa chemise blanche à manches courtes et son pantalon noir, il avait l'air totalement différent, une fois de plus, du pêcheur enjoué et déguenillé qu'elle avait rencontré la veille. L'homme qui lui faisait face était le jeune politicien bo'lander plein d'avenir, membre du gouvernement de Bow Island récemment constitué. Même la mort tragique — le meurtre, apparemment — d'une vieille femme ne semblait pas l'émouvoir outre mesure.

Jemima le regarda de nouveau et aperçut dans les yeux de Joseph Archer ce qui ressemblait étonnamment à des larmes.

— Je viens de l'apprendre, vous savez. Le chef de la police, Sandy Marlow, est mon cousin.

Il n'essaya pas d'essuyer ses larmes. Si c'étaient des larmes. Mais ses mots étaient censés expliquer quelque chose. Quoi ? Le choc ? Le chagrin ? Oui, il avait certainement reçu un choc, mais éprouvait-il du chagrin ? Jemima décida qu'elle pourrait au moins tenter, avec tact, d'en savoir plus sur les relations précises qui le liaient à Mlle Izzy.

Jemima se rappela qu'il avait récemment rendu

visite à Mlle Izzy, s'il fallait en croire l'allusion de la vieille dame au « petit Joseph ». Elle pensait moins à un lien familial qu'à un autre type de relation. Après tout, Joseph Archer avait lui-même écarté cette idée, au cimetière. Elle se souvint de ce qu'il avait dit au sujet de sir Valentine et de sa nombreuse descendance. « N'écoutez pas toutes les histoires qu'on raconte. Sinon, comment expliquerez-vous le fait que nous ne vivons pas tous dans cette bonne vieille Archer Plantation House ? » Ce qui avait fait réagir Greg Harrison avec sa fureur habituelle : « Contrairement à mon ex-femme ! » Dialogue qui prenait tout son sens, naturellement, maintenant qu'elle connaissait l'importance de Tina Harrison, désormais Tina Archer, dans le testament de Mlle Izzy.

Le testament. C'est Tina qui héritait, désormais ! En vertu d'un testament signé le jour même de la mort de Mlle Izzy ! Il était évident que Joseph avait eu raison quand il avait écarté la prétention des nombreux Bo'landers nommés Archer à descendre de sir Valentine. Il y avait déjà une différence considérable entre Tina, censément la seule descendante légitime (avec Mlle Izzy), et les autres Archer de l'île. Plus tard, quand Tina entrerait en possession de son héritage, le fossé s'élargirait encore.

Il faisait, dans le bureau de Joseph, une chaleur insupportable. Non que Bow Island fût épargnée par la modernité, mais la brise qui soufflait en permanence rendait la climatisation inutile. Jemima s'était dit que les touristes américains, qui commençaient à exiger la climatisation dans les hôtels, allaient simplement réussir à anéantir un système de ventilation naturelle absolument parfait. Mais dans les bureaux du gouvernement, à

Bowtown, c'était différent. L'énorme ventilateur fixé au plafond agitait les papiers posés sur le bureau de Joseph. Jemima sentait un filet de sueur couler doucement sous l'ample tee-shirt blanc qu'elle s'était serré à la taille avec une ceinture pour en faire une robe. Elle voulait avoir l'air d'être habillée à peu près correctement pour rendre visite à un ministre bo'lander pendant ses heures de travail.

A ce moment-là, sa torpeur incrédule devant le meurtre de Mlle Izzy était en train de se dissiper. Elle était frappée par le caractère dramatique de leur rencontre dans la grandeur délabrée d'Archer Plantation House. Pire encore, la terreur pathétique de la vieille dame face à la solitude commençait à la hanter. Mlle Izzy avait exprimé un refus si véhément de rester seule... « Depuis mon enfance, j'ai toujours détesté être seule. Tout le monde sait cela. C'est tellement isolé, ici, au bord de la mer. Qu'arriverait-il si quelqu'un entrait par effraction ? »

Eh bien, quelqu'un était entré par effraction. C'est du moins ce qu'on semblait penser. « Un voleur, peut-être », avait dit Joseph Archer. Et ce voleur, peut-être, avait tué la vieille dame qui s'était trouvée sur son chemin.

— Je suis tellement désolée, Joseph, dit-elle d'une voix hésitante. Quelle affreuse tragédie ! Vous la connaissiez ? Eh bien oui, je suppose que tout le monde ici devait la connaître...

— Tous les jours de ma vie, depuis mon enfance. Ma mère était l'une de ses servantes. Rien qu'une petite chose, puis elle est morte. Elle est dans ce cimetière, vous savez. Dans un coin. Mlle Izzy a été très bonne pour moi quand maman est morte, oh oui. Elle était gentille. Vous pourriez penser que cette indépendance, notre indépendance, était difficile à accepter pour une vieille dame comme elle, mais Mlle Izzy en était très satisfaite. « L'Angleterre, ce n'est plus bon pour moi, Joseph, disait-elle. Je suis une Bo'lander, maintenant, comme vous tous. »

— Vous l'avez vue la semaine dernière, je crois ? Je le tiens de Mlle Izzy elle-même.

Joseph la regarda fixement, sans ciller. Toute émotion avait disparu.

— Je suis allé lui parler, oui, c'est vrai. Elle avait eu une idée ridicule et elle avait changé d'avis à propos de certaines choses. Juste un caprice, vous savez. Mais c'est fini, maintenant. Qu'elle repose en paix, la vieille petite Mlle Izzy. Nous aurons notre musée, c'est sûr, et il perpétuera sa mémoire. Cela fera un bon musée pour notre histoire nationale. Est-ce qu'on ne vous l'a pas dit, à Londres, Jemima ?

Il y avait de la fierté dans sa voix lorsqu'il conclut :

— Mlle Izzy a tout légué par testament au peuple de Bow Island.

Jemima déglutit avec difficulté. Etait-ce vrai ? Ou plutôt, était-ce encore vrai ? Mlle Izzy avait-elle vraiment signé un nouveau testament, la veille ? Elle n'avait pas dit grand-chose à ce sujet. Elle avait mentionné un certain Thompson — son notaire, sans doute — qui pensait que cela créerait des « problèmes ».

— Joseph... Tina Archer était elle aussi à Archer Plantation House, hier après-midi.

— Oh, cette fille ! Avec tous les problèmes qu'elle a créés ou qu'elle a essayé de créer. Tina, ses affaires, sa bonne éducation et son histoire. Et elle est si jolie !

Il avait parlé avec force, tout à coup. Mais il reprit d'une voix plus calme :

— La police attend à l'hôpital. Elle ne parle pas encore. Elle n'est même pas consciente.

Puis il ajouta, encore plus doucement :

— D'après ce que j'ai entendu, elle n'est plus si jolie, maintenant. Le voleur l'a tabassée, voyez-vous.

Dans le bureau, il faisait plus chaud que jamais. Même les papiers bougeaient à peine au souffle du ventilateur. Jemima vit le visage de Joseph tournoyer devant elle. Il ne fallait pas qu'elle s'évanouisse. Elle ne s'évanouissait jamais. Elle se concentrait désespérément sur ce que Joseph Archer lui disait, sur le récit qu'il lui faisait de la nuit du crime. Elle n'avait aucune raison d'être surprise de la présence de Tina Archer dans la maison lorsque Mlle Izzy avait été tuée. N'avait-elle pas promis à la vieille dame de lui tenir compagnie ?

Joseph raconta que c'était Hazel, la cuisinière, qui, en rentrant au petit jour du mariage de sa sœur, avait découvert le corps de Mlle Izzy dans le salon. Détail macabre : comme Mlle Izzy portait un des pyjamas paternels en soie rouge et que tous les meubles du salon étaient eux aussi rouge foncé, la pauvre Hazel ne s'était pas tout de suite aperçue de la gravité des blessures de sa patronne. Non seulement il y avait du sang partout, mais il y avait aussi de l'eau — de véritables flaques. Le meurtrier de Mlle Izzy, qui que ce fût, était venu par la mer. Il portait des chaussures de caoutchouc, ou des palmes, et sans doute aussi des gants.

Quelques instants plus tard, Hazel avait su avec

certitude avec quel objet on avait frappé Mlle Izzy. Le gourdin, toujours couvert de sang, avait été abandonné par terre dans le vestibule. Elle-même, après que Henry l'eut déposée, était entrée par la cuisine. Le gourdin n'était pas de fabrication locale, mais il appartenait à la maison. C'était une relique, sans doute africaine, des voyages de sir John Archer dans d'autres contrées de l'ancien Empire britannique. Lourd, très court, il était jusque-là accroché au mur du salon. Il n'était pas impossible que sir John ait eu l'intention de s'en servir contre des intrus, mais Mlle Izzy n'y voyait qu'un souvenir de famille parmi d'autres. Elle n'y avait jamais touché. Et quelqu'un s'en était servi pour la tuer.

— On n'a trouvé aucune empreinte nulle part, dit Joseph. Pour l'instant.

— Et Tina ? demanda Jemima, la bouche sèche.

La pensée des flaques d'eau stagnant sur le sol du salon mélangées au sang de Mlle Izzy lui rappelait de manière trop précise l'image de cette dernière quand elle l'avait vue, trempée, dans son surprenant costume de bain, s'asseyant avec défi sur son sofa.

— Le voleur a mis la maison à sac. Même la cave. En revanche, les caisses de champagne qui faisaient la fierté de Mlle Izzy devaient être trop lourdes. Il a bu du rhum. La police ne sait pas encore ce qu'il a pris... Des tabatières en argent, peut-être, il y en avait plein la maison.

Joseph soupira.

— Puis il est monté à l'étage.

— C'est là qu'il a trouvé Tina ?

— Dans l'une des chambres. Il ne l'a pas frappée avec la même arme. Heureusement pour elle parce qu'il l'aurait tuée, comme il venait de tuer Mlle Izzy. Il avait laissé le gourdin en bas, et il a trouvé un objet beaucoup plus léger. Il ne s'attendait sans doute pas à la trouver dans la maison, ni elle ni personne, d'ailleurs. Sauf Mlle Izzy, je veux dire. Tina a dû le surprendre. Peut-être s'est-elle réveillée. Les voleurs... Eh bien, tout ce que je sais, c'est que les voleurs, en général, ne tuent pas les gens, sauf s'ils ont peur.

Joseph s'effondra brusquement devant elle et se prit la tête dans les mains. Puis il murmura quelque chose comme :

— Quand nous saurons qui a fait cela à Mlle Izzy...

Ce n'est que le lendemain que Tina Archer fut capable de parler, au moins de façon fragmentaire, à la police. Comme la plupart des habitants de Bow Island, Jemima Shore en fut informée presque immédiatement. Il se trouva qu'une nièce de Claudette, la gérante de son hôtel, une femme sympathique et loquace, était infirmière. C'était toujours ainsi que l'information circulait sur l'île : on n'avait pas besoin de journaux ni de radio, car le téléphone arabe était beaucoup plus efficace.

Jemima avait passé les vingt-quatre heures précédentes à nager sans but précis, à prendre des bains de soleil et à parcourir l'île en voiture. Elle s'était demandé à quel moment elle devrait prévenir Megalith Television du coup d'arrêt brutal porté à son projet d'émission et organiser son retour à Londres. Très vite, son instinct de journaliste, cette curiosité invétérée qu'elle était incapable de refréner, prit le dessus. Elle pensait sans cesse à la mort de Mlle Izzy. Un voleur ? Un voleur qui avait tenté de tuer aussi Tina Archer ? Ou un voleur qui avait simplement été surpris par sa présence dans la maison ? Y avait-il un lien avec le testament de Mlle Izzy ? Si oui, quel était-il ?

Le testament, de nouveau. Elle n'eut pas besoin de spéculer très longtemps à ce sujet. Car il se trouva également que le mari de Claudette, la gérante de l'hôtel, n'était autre que le frère de Hazel, la cuisinière de Mlle Izzy. C'est de cette façon que Jemima apprit — comme le reste de Bow Island, sans aucun doute — que Mlle Izzy avait bel et bien signé un nouveau testament à Bowtown, le matin précédant sa mort ; qu'Eddie Thompson, le notaire, l'avait suppliée de n'en rien faire ; que Mlle Izzy l'avait tout de même fait ; qu'elle avait néanmoins pensé à Hazel comme elle l'avait promis, ainsi qu'à Henry, qui travaillait pour elle depuis encore plus longtemps ; et que quelques bijoux iraient à une cousine en Angleterre, étant donné que ceux de la mère de Mlle Izzy se trouvaient depuis longtemps dans une banque anglaise. Mais, pour le reste, eh bien, si une chose était sûre, c'était qu'il n'y aurait pas de musée national bo'lander. Tout le reste — la belle et vieille demeure, la fortune de Mlle Izzy, que l'on disait énorme, mais qui pouvait en être certain ? — irait à Tina Archer.

Si elle se rétablissait, bien entendu. Mais le dernier bulletin de santé, rapporté par la nièce infirmière, retransmis par Claudette et confirmé par plusieurs autres personnes loquaces de l'île, affirmait que Tina Archer allait beaucoup mieux. La police l'avait déjà interrogée. Elle pourrait quitter l'hôpital dans quelques jours et était résolue à assister aux obsèques de Mlle Izzy, qui auraient lieu naturellement dans cette petite église de style anglais à la végétation tropicale incongrue surplombant la tombe en plein soleil. Car Mlle Izzy avait exprimé très clairement, et depuis longtemps, sa volonté d'être inhumée dans le tombeau des Archer, au côté du gouverneur sir Valentine et de « sa seule épouse, Isabella ».

— Comme la dernière des Archer. Mais il a fallu qu'elle demande l'autorisation, puisqu'il s'agit d'un monument national. Bien entendu, le gouvernement ne pouvait rien lui refuser. Alors il a dit oui. A l'époque. C'est incroyable, non ?

La personne qui s'exprimait ainsi, sans chercher à dissimuler son dégoût, n'était autre que Coralie Harrison.

— Nous savons maintenant qu'elle n'était pas la dernière des Archer, pas officiellement, et que cette « Mlle Tina Archer » va se charger de mener le deuil. Et, pendant que le gouvernement bo'lander cherche désespérément un moyen de contourner le testament et de mettre la main sur la maison pour en faire son précieux musée, personne n'aura le mauvais goût de prendre l'initiative de dire non, pas d'enterrement pour la vilaine Mlle Izzy dans le tombeau des Archer. Car, après tout, elle n'a pas laissé un sou au peuple de Bow Island.

— Ça ne manquerait pas de piquant, pourtant, murmura Jemima.

Elle était assise avec Coralie Harrison sous le toit de chaume conique du bar de plage de son hôtel. C'est là qu'elle avait dansé la première fois, puis qu'elle s'était assise avec Joseph Archer, par une nuit de nouvelle lune — la nuit du meurtre de Mlle Izzy. La mer étincelait au soleil, comme si des cristaux étaient répandus à sa surface. Ce jour-là, il n'y avait pas la moindre vague, et les heureux adeptes du ski nautique traversaient en tous sens la large baie bordée de palmiers. D'énormes pélicans bruns étaient perchés sur les pieux indiquant les hauts-fonds. De temps en temps, l'un d'eux décollait comme un aéroplane difficile à manœuvrer et survolait lentement, très indiscret, la tête des baigneurs. C'était une scène tranquille, presque idyllique. Mais quelque part, sur sa péninsule, Archer Plantation House était non seulement fermée à double tour mais, pensait Jemima, passée au peigne fin par la police.

Coralie était arrivée par la plage. Elle avait traversé les quelques mètres jusqu'au bar avec une nonchalance affectée. Tous les Bo'landers pouvaient se promener sur les plages sans qu'on leur pose de questions. Comme dans la plupart des Antilles, le bord de mer ne pouvait être une propriété privée, même en face de demeures imposantes comme Archer Plantation House. Jemima était persuadée que Coralie n'était pas passée par là par hasard. Elle n'avait pas oublié leur première rencontre et la tentative de Coralie pour lui parler, interrompue par l'appel pressant de son frère.

C'était le lendemain de l'enquête judiciaire sur la mort de Mlle Izzy. La police avait rendu le corps, et les funérailles ne tarderaient plus. Jemima dut s'avouer qu'elle s'intéressait assez à la famille Archer et à ses différentes branches pour y assister. Sans parler de la tendresse qu'elle éprouvait pour la vieille dame, fondée sur leur brève et unique rencontre. De Bowtown, elle avait envoyé un télex à Megalith Television et leur avait simplement dit qu'elle réglait quelques détails en suspens à la suite de l'annulation de son émission.

L'enquête judiciaire avait débouché sur un verdict ouvert. Le témoignage sous serment de Tina Archer n'avait rien apporté qu'on ne sache ou qu'on ne soupçonne déjà. Elle dormait à l'étage, dans l'une des nombreuses chambres plus ou moins abandonnées qu'on tenait ostensiblement prêtes pour les visiteurs. La chambre que lui avait donnée Mlle Izzy ne faisait pas face à la mer. Les rideaux de chintz avec leur motif rose venu d'un autre siècle étaient nettement moins décolorés et usés, puisqu'ils étaient à l'abri du soleil et du sel.

Mlle Izzy était allée se coucher de bonne humeur, rassurée par la présence de Tina Archer. Elle avait d'abord bu plusieurs verres de punch et proposé que Henry descende à la cave chercher un peu du célèbre champagne de son père. Mlle Izzy faisait souvent cette proposition après avoir bu. Mais Tina lui avait rappelé que Henry était absent, et l'idée avait été abandonnée.

Tina déclara qu'elle n'avait aucune idée de ce qui avait pu réveiller la vieille dame et l'inciter à descendre l'escalier. Elle trouvait que cela ne lui ressemblait pas. Isabella Archer était une femme d'un caractère très indépendant, mais tout le monde savait qu'elle avait peur du noir ; d'où, d'ailleurs, la présence de Tina dans la maison cette nuit-là. Quant à son agression, elle n'était parvenue à se remémorer que très peu de détails. Le coup qu'on lui avait porté à la nuque avait momentanément ou définitivement effacé tout souvenir précis de l'événement. Elle se rappelait vaguement qu'il y avait eu une lumière vive, mais c'était confus et pouvait venir du coup qu'elle avait reçu. En résumé, elle ne se souvenait de rien entre le moment où elle était allée se coucher dans la chambre aux couleurs passées, avec ses motifs roses et son lit à baldaquin, et celui où elle avait repris conscience dans sa chambre d'hôpital.

Les lèvres de Coralie tremblèrent. Elle pencha la tête et but à la paille un peu de son cocktail — Jemima et elle avaient commandé une mixture exotique sans alcool à base de jus de fruits, que leur avait concoctée Matthew, le barman. Une brise merveilleusement douce venait de la mer, et Coralie portait une robe de coton à fleurs. Mais elle avait l'air fiévreuse, en colère.

— Toute sa vie, Tina a intrigué pour cela, et maintenant ça y est. C'est de cela que je voulais vous parler, l'autre jour, au cimetière. Je voulais vous dire : ne vous fiez pas à Tina Archer. C'est trop tard désormais, elle a tout. Quand elle était mariée à Greg, j'ai essayé de l'aimer ; honnêtement, j'ai essayé. La petite Tina, si mignonne et si intelligente, mais toujours des problèmes...

— Joseph Archer a à peu près la même opinion d'elle, si j'ai bien compris, dit Jemima.

Etait-ce son imagination ou le visage de Coralie s'était-il légèrement adouci lorsqu'elle avait prononcé le nom de Joseph ?

— Ah bon ? J'en suis ravie. Elle lui plaisait, à lui aussi, à une époque. Elle est assez jolie.

Son regard croisa celui de Jemima.

— Enfin, pas si jolie que ça, ajouta-t-elle, sauf si vous aimez ce genre...

Jemima et Coralie éclatèrent de rire. Le fait est que Coralie Harrison était très séduisante, si vous aimiez son genre, mais Tina Archer était tout simplement ravissante.

— Greg la déteste maintenant, bien entendu, poursuivit Coralie d'un ton ferme, surtout depuis qu'il sait, pour le testament... Quand nous vous avons rencontrée, l'autre matin, à l'église, il venait de l'apprendre. C'est pourquoi... Eh bien, pardonnez-moi, mais il était très grossier, non ?

— Plus hostile que grossier... répondit Jemima tout en analysant la succession des faits. Vous voulez dire que votre frère était au courant, à propos du testament, avant que Mlle Izzy soit tuée ?

— Oh oui. Quelqu'un de l'étude d'Eddie Thompson le lui avait dit... Daisy Marlow, peut-être, il sort avec elle. Tout le monde savait, bien sûr, que c'était très probable, mais nous espérions que Joseph parviendrait à en dissuader Mlle Izzy. Et il y serait parvenu s'il en avait eu le temps. Rien n'est plus important que le musée, pour Joseph.

— Votre frère et Mlle Izzy n'avaient pas des relations très faciles, je crois...

Jemima pensait avoir utilisé sa voix de journaliste la plus douce et la plus persuasive, mais Coralie répliqua, pleine de défi :

— Vous parlez comme la police !

— Pourquoi, est-ce qu'ils ont... ?

— Bien entendu ! répondit Coralie avant même que Jemima achève sa phrase. Tout le monde sait que Greg haïssait Mlle Izzy. Il lui reprochait d'avoir brisé son mariage, de lui avoir pris la petite Tina et de lui avoir donné des idées !

— Est-ce que ce n'était pas plutôt le contraire ? Tina fouillant dans les archives familiales pour le musée, puis pour mon émission ? C'est vous qui disiez que c'était une magouilleuse...

— Oh, je le sais, que c'est une magouilleuse ! Mais Greg le savait-il ? Non, pas à l'époque. Il s'était entiché d'elle, il fallait donc qu'il en veuille à la vieille. Ils ont eu une dispute terrible... Tout le monde l'a su. Il est passé derrière la maison, une nuit, il est entré par la mer et lui a fait une scène très violente. Hazel et Henry l'ont entendu, alors tout le monde a été au courant. C'était au moment où Tina lui avait annoncé qu'elle allait demander le divorce et unir son destin à celui de Mlle Izzy. Je crains que mon frère n'ait un caractère un peu extrême... En tout cas, il est entier. Il a proféré des menaces...

— Mais la police ne croit pas que...

Jemima s'interrompit. Le sens de sa question était évident.

Coralie glissa ses jambes par-dessus son tabouret. Jemima lui tendit l'énorme sac en paille portant le logo de l'archer, et elle le mit en bandoulière à la manière des Bo'landers.

— Très joli, remarqua Jemima d'un ton poli.

— J'en vends à l'hôtel, à North Point. Pour vivre.

La remarque semblait pleine de sous-entendus.

— Non, reprit-elle très vite avant que Jemima continue sur un autre sujet. Bien sûr, la police ne croit rien, comme vous dites. Greg aurait pu agresser Tina... mais comment aurait-il pu tuer Mlle Izzy alors qu'il savait que cela ferait gagner une fortune à son ex-femme ? Impossible. Même la police bo'lander ne peut croire une chose pareille.

Ce soir-là, Jemima Shore revit Joseph Archer sur la plage, sous les étoiles. Mais la lune, qui projetait son sillage argenté sur les eaux obscures avait grossi depuis leur première rencontre. Contrairement à la précédente, celle-ci n'était pas le fruit du hasard. Joseph lui avait envoyé un message l'informant qu'il était libre, et ils étaient convenus de se retrouver en face du bar.

— Que diriez-vous si je vous faisais faire le tour de l'île en voiture, Jemima ?

— Non. Soyons de vrais Bo'landers. Marchons sur la plage.

Elle avait envie d'être seule avec lui, pas de rouler le long des rangées d'hôtels pour touristes éclairés à giorno ni d'écouter les éternels steel bands. Elle était assez détendue pour ne pas s'inquiéter de la manière dont Joseph interpréterait ce changement de programme.

Ils marchèrent au bord de l'eau. Il n'y avait d'autre bruit que le doux clapotis des vagues. Au bout d'un moment, Jemima ôta ses sandales et alla patauger dans les eaux chaudes descendantes. Un peu plus tard, Joseph la prit par la main et la ramena sur le sable. Quand ils dépassèrent la pointe de la première baie, les vagues étaient nettement plus grosses. Ils se tinrent un moment côte à côte. Joseph la prit doucement par la taille.

— Même sans la nouvelle lune, j'ai envie de faire un vœu, Jemima...

Tout à coup, il se raidit. Il enleva son bras de la taille de la jeune femme, la prit par l'épaule et la fit pivoter.

— Mon Dieu, vous voyez ce que je vois ?

Son geste avait été si brusque que Jemima grimaça. Pendant un instant, elle fut distraite par le reflet de la lune dansant à la surface de l'eau. Il y avait d'innombrables moutons argentés, au-delà de la pointe, là où les grosses vagues venaient s'écraser sur un affleurement de rochers. Elle crut que Joseph lui montrait la mer. Puis elle vit les lumières.

— La maison Archer ! s'écria-t-elle. Je croyais qu'elle était fermée !

Il semblait que toutes les lampes de la maison

déversaient leur lumière sur la pointe. C'était le genre d'illumination qu'on devait voir, à l'époque du gouverneur Archer, quand on donnait un grand bal à la lueur de mille bougies. Plus sombrement, Jemima se dit que Plantation House devait avoir le même aspect la nuit de la mort de Mlle Izzy. Tina Archer et d'autres personnes avaient témoigné de la volonté de la vieille dame, qui insistait pour que sa maison ne soit jamais dans l'obscurité. La nuit où son assassin était venu de la mer, c'était sans doute cette image qu'il avait eue.

— Allons-y ! dit Joseph.

Le moment de la légèreté — de l'amour, peut-être ? — était passé. Joseph avait l'air à la fois menaçant et déterminé.

— A la police ?

— Non, à la maison. Je veux savoir ce qui se passe là-bas.

Ils se mirent à courir sur la plage.

— Cette maison aurait dû être à nous, dit Joseph.

Nous : le peuple de Bow Island.

Sa nervosité, dès qu'il s'agissait du musée, frappa encore une fois Jemima. Elle repensa à sa conversation avec Coralie Harrison. Que ferait un homme — ou une femme — pour un héritage ? Il y avait plusieurs sortes d'héritages. Un héritage national n'était-il pas plus important pour les uns qu'un héritage personnel pour d'autres ? Joseph Archer était avant tout un patriote bo'lander. Et il n'avait appris la modification du testament que le matin qui avait suivi la mort de Mlle Izzy. Jemima en avait la preuve. Un homme comme Joseph Archer, un homme qui s'était élevé socialement grâce à sa détermination, pouvait-il décider de prendre des libertés avec la loi pour donner le musée à son peuple pendant qu'il en était encore temps ?

Mais aurait-il pu tuer la vieille femme qui lui était venue en aide quand il était enfant ? La frapper à mort ? Alors qu'il fonçait vers la maison, si grand à la lueur de la lune, Joseph était soudain devenu une énigme totale, par conséquent menaçante, pour Jemima.

Ils avaient atteint la pointe, escaladé les rochers non sans mal, et s'étaient avancés jusqu'à la première terrasse quand toutes les lumières de la maison s'éteignirent d'un coup. Comme si quelqu'un avait actionné un interrupteur général. Seul l'éclat froid et sinistre de la lune sur la mer, derrière eux, illuminait les arbustes noyés dans les mauvaises herbes et les balustrades en mauvais état.

Mais Joseph n'avait pas ralenti. Il aida Jemima à franchir les marches de pierre, parfois profondément lézardées et inégales. Dans l'obscurité, Jemima parvint seulement à voir que les fenêtres du salon étaient toujours ouvertes. Quelqu'un devait se trouver derrière les rideaux de brocart rouge effiloché qui avaient été tachés par le sang de Mlle Izzy.

Joseph, qui n'avait pas lâché la main de Jemima, l'aida à entrer par la fenêtre du milieu.

Il y eut un cri bref rappelant un hurlement étouffé, puis un bruit rauque, comme si quelqu'un se moquait d'eux dans le noir. Un instant plus tard, toutes les lampes s'allumèrent d'un seul coup.

Tina se tenait à la porte, la main sur l'interrupteur. Un bandage lui enveloppait la tête, comme un turban... Et elle ne riait pas. Elle sanglotait.

— Oh, c'est vous, Jo-seph et Je-mi-ma Shore.

Pour la première fois, Jemima remarqua qu'elle avait l'accent chantant des Bo'landers.

— J'ai eu si peur...

— Vous allez bien, Tina ? demanda Jemima précipitamment, pour dissimuler sa propre terreur.

La tension et la colère qui animaient ses deux compagnons, d'allures si différentes malgré leur patronyme commun, étaient presque palpables. Jemima sentit qu'elle devait essayer de détendre l'atmosphère.

— Vous êtes seule ?

— La police m'a dit que je pouvais venir, répondit Tina, éludant sa question. Ils ont fini leur travail, ici. Et puis d'abord...

Ses sanglots terrifiés avaient cessé. Il y avait quelque chose de délibérément agressif dans sa voix lorsqu'elle s'avança vers eux :

— ... pourquoi pas ?

Elle n'avait pas besoin de s'expliquer. Les mots « ... puisque tout ceci est à moi », informulés, restèrent en suspens.

Joseph prit la parole, pour la première fois depuis qu'ils étaient entrés dans la pièce.

— Je veux inspecter la maison, dit-il d'une voix dure.

— Joseph Archer, tu vas sortir d'ici. Retourne d'où tu viens, retourne à ton bureau. Qui n'est pas une grande et belle maison.

Elle s'adressa ensuite à Jemima d'un ton apaisant, beaucoup plus proche de son savoir-vivre habituel :

— Pardonnez-moi mais, voyez-vous, il y a longtemps que nous ne sommes plus amis. Et puis vous m'avez fait si peur !

Joseph tourna les talons.

— Nous nous verrons aux obsèques, mademoiselle Archer.

Il s'efforçait de parler d'un ton extraordinairement menaçant.

Jemima Shore, cette nuit-là, eut l'impression d'avoir à peine dormi. Pourtant, les fils rompus d'un rêve à demi oublié la perturbèrent et lui indiquèrent qu'elle devait s'être plus ou moins assoupie un peu avant l'aube. Quand elle regarda entre les volets, la lumière était encore grise. La cime des grands palmiers ondulait : il y avait du vent.

Elle se recoucha et essaya de se rappeler son rêve. Il y avait quelque chose là-dedans. Elle le savait. Elle souhaitait que la lumière pénètre son esprit endormi avec la même vivacité que le soleil qui transpercerait bientôt les branches des palmiers, à l'est, dans les jardins de l'hôtel. Il n'y a pas aux Caraïbes d'aurore douce, progressive, bordée de rose. Un rayon de soleil éclatant annonce le début de la journée puis, presque immédiatement, sa chaleur impitoyable s'installe jusqu'au soir. Elle-même avait besoin de cet instant de soudaine illumination.

L'hostilité. C'était à la base de tout. La nature de l'hostilité. L'hostilité entre Joseph et Tina Archer, par exemple, la nuit précédente. Une hostilité si intense, si indiscrète — Jemima elle-même en avait été la spectatrice —, qu'on pouvait presque imaginer qu'elle était mise en scène.

Puis la manipulation des faits. Tina Archer, toujours en train de manipuler, toujours en train de « magouiller » (comme Coralie Harrison puis Joseph Archer le lui avaient dit). Cela l'amenait à l'autre couple jouant un rôle dans cet étrange drame rectangulaire. Les Harrison, frère et sœur. Ou plutôt demi-frère et demi-sœur, comme l'avait précisé Tina devant Mlle Izzy.

L'hostilité, toujours : Greg, qui avait aimé Tina et la haïssait maintenant. Joseph, qui avait peut-être aimé Tina. Coralie, qui avait aimé Joseph (ça, ce n'était pas sûr du tout) et détestait Tina. La belle et intelligente Tina, le tombeau des Archer, les formes sculptées de sir Valentine et de sa femme, l'inscription. Jemima commençait à se laisser flotter dans le sommeil. Les quatre personnages — quatre Bo'landers dont l'histoire se recoupait — se mirent à danser sur un air de calypso dont les paroles elles non plus n'étaient pas très claires :

C'est votre tombe au soleil,
Où mon peuple a trimé depuis le début des temps.

Un bruit très violent sur le toit en tôle ondulée, au-dessus de sa tête, la ramena à la réalité, tremblante. Un vacarme prodigieux, comme s'il y avait eu une explosion ou si quelqu'un avait lancé un missile sur le bungalow. L'idée du missile lui fit comprendre de quoi il s'agissait. Une noix de coco, tombée subitement sur la tôle ondulée. L'hôtel mettait officiellement ses clients en garde contre le risque qu'il y avait à s'asseoir sous les palmiers dont les branches pouvaient en une seconde lâcher leurs projectiles mortels. ATTENTION AUX CHUTES DE NOIX DE COCO, disait la note imprimée.

« Si j'avais reçu un coup aussi violent sur la tête, se dit-elle, j'aurais été grièvement blessée. Sinon tuée. »

Blessée, sinon tuée. Et le tombeau des Archer. Ma seule épouse.

A cet instant précis, comme à un signal, le soleil se glissa entre les branches des arbres, à l'est, et vint frapper ses volets. Jemima comprit alors non seulement pourquoi on avait fait cela, mais comment on s'y était pris. Elle sut qui avait expédié Mlle Izzy Archer dans sa tombe au soleil.

La scène, au tombeau des Archer, quelques heures plus tard, présentait ce mélange bizarre de tradition anglaise et d'exotisme bo'lander qui l'avait tant intriguée lors de sa première visite. Sauf que cette fois elle avait une raison d'être là, plus profonde et plus triste que la simple curiosité touristique. Au service, on chanta des cantiques anglais traditionnels. Mais un steel band jouait à l'extérieur, selon le vœu de Mlle Izzy. Elle était née sur l'île et elle avait souhaité des obsèques authentiquement bo'landers.

Les Bo'landers, qui se pressaient en grand nombre à la cérémonie, étaient vêtus pour la plupart avec ce formalisme — costumes noirs, chemises blanches, cravates, robes noires, chapeaux de paille noirs et même gants blancs — que Jemima avait déjà remarqué chez les fidèles de la messe dominicaine et les enfants de l'île qu'on voyait sur le chemin de l'école dans des uniformes impeccables. Elle ne vit aucun tee-shirt aux couleurs de Bow Island, mais la plupart des guirlandes de fleurs aux couleurs vives montraient le dessin de l'arc, emblème officiel de l'île. L'importance de la foule était sans aucun doute une marque de respect des plus sincères. Quelle que fût la déception que le testament de Mlle Izzy avait suscitée au sein du gouvernement, la vieille dame appartenait au patrimoine des Bo'landers.

Tina Archer avait la tête enveloppée dans une écharpe noire qui dissimulait presque entièrement ses pansements. Joseph Archer se tenait loin d'elle et ne regardait pas dans sa direction. Il était à la fois élégant et solennel dans son costume de ville : un membre respectable du gouvernement. Les Harrison se tenaient côte à côte. Coralie baissait la tête. L'air de défi de Greg, qui relevait fièrement la tête, montrait sans l'ombre d'une ambiguïté qu'il n'avait pas été dans les meilleurs termes avec la femme dont on descendait le corps dans le tombeau familial.

Quand le cercueil, si petit et si émouvant, disparut aux regards, l'assistance laissa échapper un soupir. On se remit à chanter. C'était un cantique, mais on entendait résonner la musique du steel band à l'arrière-plan.

Jemima se déplaça discrètement dans la foule et s'approcha du grand homme.

— Vous n'avez jamais pu lui faire confiance, dit-elle à voix basse. Elle vous a déjà manœuvré et elle recommencera. Quelqu'un d'autre fera le sale boulot, la prochaine fois. A vos dépens. Vous ne pourrez jamais vous fier à elle. Quand on a tué une fois, on peut tuer encore. Un jour, vous regretterez peut-être de ne pas l'avoir achevée.

L'homme baissa les yeux vers elle. Puis il lança en direction de Tina Archer un regard soupçonneux, violent. Tina Archer Harrison, sa seule épouse.

— Pourquoi vous...

Pendant un instant, Jemima crut que Greg Harrison allait l'assommer, là, près de la tombe, comme il avait assommé la vieille Mlle Izzy et, même pour faire semblant, Tina elle-même.

— Greg, mon chéri...

Le murmure de protestation, pathétique, émanait de Coralie Harrison.

— Qu'est-ce que vous dites ? demanda-t-elle à Jemima, d'une voix aussi basse que celle de cette dernière.

Mais, que ce fût à l'intention de Coralie ou de tous les habitants de Bow Island, les explications sur le complot de Tina Archer et de Greg Harrison ne faisaient que commencer.

La suite était du ressort de la police, qui, grâce à un patient travail d'enquête, allait élargir, presser et conclure l'affaire. Au cours des investigations, les conspirateurs finiraient par se déchirer mutuellement, cette fois pour de bon. C'est à la police que revenait le devoir désagréable de démêler les nouveaux mensonges de Tina Archer, qui jura que la mémoire lui était subitement revenue. C'était Greg qui l'avait à moitié tuée cette nuit-là, affirma-t-elle, et elle n'avait rien à voir dans toute cette affaire. Greg Harrison quant à lui dénonça Tina, cette fois avec une authentique férocité : « C'était son idée, depuis le début. C'est elle qui a tout manigancé. Je n'aurais jamais dû l'écouter ! »

Avant de quitter Bow Island, Jemima passa dire adieu à Joseph Archer, dans son bureau de Bowtown. Outre Mlle Izzy en personne, la tragédie des Archer faisait de nombreuses victimes. La pauvre Coralie était l'une d'elles : elle avait toujours été persuadée que son frère, en dépit de son mauvais caractère notoire, n'aurait jamais pu battre à mort Mlle Izzy pour que cela profite à son ex-femme. Comme tout le monde à Bow Island, elle ignorait tout du complot fomenté par Greg et Tina : ils devaient étaler publiquement leur haine mutuelle, donner un maximum de publicité à leur divorce et tuer enfin Mlle Izzy dès qu'elle aurait modifié son testament. Greg, qui haïssait si ostensiblement son ex-femme, ne pouvait être soupçonné, et Tina, qui souffrait de blessures si indiscutables, ne pourrait susciter que la compassion.

Une autre victime des événements, beaucoup moins importante, fut la petite idylle qui aurait pu se développer entre Joseph Archer et Jemima Shore. Ce jour-là, dans le bureau étouffant où tournait l'éternel ventilateur, ils parlaient de tout autre chose que des vœux qu'on forme à la nouvelle lune.

— Vous devez être heureux d'avoir enfin votre musée, dit Jemima.

— Ça ne s'est pas passé comme je l'aurais souhaité, répondit-il avant d'ajouter : Mais, vous savez, justice a été rendue. Mlle Izzy, au fond de son cœur, désirait vraiment que nous ayons notre musée national. Si elle avait vécu, j'aurais fini par la convaincre de reprendre ses esprits.

— C'est pour cette raison qu'ils ont dû agir. Ils ne pouvaient pas attendre, connaissant le respect que Mlle Izzy avait pour vous.

Elle s'interrompit. Sa curiosité était la plus forte. Avant de partir, elle voulait savoir encore une chose.

— Le tombeau des Archer, et le reste... Tina descendant du deuxième mariage légitime de sir Valentine... C'est vrai ?

— Oui, c'est vrai. Peut-être. Mais, pour la plupart d'entre nous, ce n'est pas important. Vous voulez que je vous dise, Jemima ? Je descends moi aussi de ce fameux deuxième mariage. Peut-être. Et quelques autres personnes, peut-être. Lucie

Anne a eu deux enfants, ne l'oubliez pas, et les Bo'landers ont de grandes familles. C'était important pour Tina Archer, pas pour moi. Ce n'est pas ce que je cherche. Tout ça, c'est du passé. En ce qui me concerne, Mlle Izzy était la dernière Archer. Laissons-la reposer dans sa tombe.

— Mais vous, que voulez-vous pour vous-même ? Ou pour Bow Island, si vous préférez.

Joseph sourit, et elle retrouva une lueur du beau pêcheur qui l'avait accueillie sur Bow Island et de son partenaire de danse si heureux de vivre.

— Revenez à Bow Island, un jour, Jemima. Préparez une autre émission sur nous, sur notre histoire et sur le reste... Ce jour-là, je vous répondrai.

— Il se pourrait bien que je fasse ça, dit Jemima Shore.

L'AFFAIRE DE L'ANDROMAQUE

Sara Paretsky

Sara Paretsky est née en 1947 à Ames, dans l'Iowa. Elle a fait ses études à l'université du Kansas et à l'université de Chicago, où elle a obtenu un doctorat d'histoire. Après avoir travaillé pour une compagnie d'assurances, elle s'est tournée vers la fiction, créant dans *Indemnity Only* le personnage de V.I. Warshawski, l'une des deux célèbres détectives privées qui devaient faire leurs débuts en 1982, année qui marqua un tournant dans l'histoire du polar. Dans l'univers des limiers de fiction, Warshawski est une spécialiste. Dans le *St James Guide to Crime & Mystery Writers* (quatrième édition, 1996), Sara Paretsky remarque à ce propos : « Comme Lew Archer, elle est capable de percer la surface des choses et de voir ce qui se passe "de l'autre côté du dollar", là où le pouvoir et l'argent corrompent les gens et les forcent à prendre des décisions criminelles pour préserver leur statut. Ses enquêtes explorent toutes un aspect ou un autre de la criminalité en col blanc, où les cadres supérieurs s'emploient à conserver leur situation ou à renforcer la puissance de leurs compagnies sans se soucier des petites gens qui travaillent pour eux. »

Partant de ce fil conducteur, la créatrice de Warshawski brosse le portrait des milieux les plus variés, de la médecine à la politique en passant par la religion et la police.

Non contente d'écrire, Sara Paretsky a énormément fait pour promouvoir la cause des femmes auteurs de romans policiers, rassemblant le travail de ses consœurs sous forme d'anthologies et fondant la très célèbre association Sisters in Crime.

Le nom de Sara Paretsky est invariablement associé à celui de Sue Grafton, qui créa elle aussi un personnage de détective privée en 1982 : Kinsey Millhone. Les deux femmes sont d'égale valeur, même si V.I. Warshawski est un peu plus dure et surtout plus politisée que Millhone. L'une des conséquences du fait qu'on les compare constamment, s'il faut en croire la déclaration de Sara Paretsky au magazine *Crime Time*, est qu'elle ne peut plus lire Grafton de peur d'être inconsciemment influencée par elle.

Comme bon nombre de détectives privées, V.I. Warshawski est entourée d'une foule d'amis qui sont autant de personnages récurrents. Deux d'entre eux, Lotty Herschel et Max Loewenthal, apparaissent dans « L'affaire de l'Andromaque », nouvelle devenue un classique à en juger par le nombre d'anthologies dans lesquelles elle figure.

— Tu l'as engagé uniquement à cause de sa collection de tableaux et d'objets d'art, j'en suis sûre.

Lotty Herschel se pencha pour rajuster ses bas.

— Et cesse d'agiter les sourcils comme ça, on dirait Groucho Marx jeune.

Max Loewenthal cessa docilement de hausser les sourcils mais remarqua :

— C'est tes jambes, Lotty. Elles me rappellent ma jeunesse. Tu sais, quand on se réfugiait dans le métro lors des raids aériens et qu'on regardait les dames descendre sur les escalators. Les courants d'air faisaient gonfler leurs jupes.

— Ton imagination te joue des tours, Max. J'y étais, moi aussi, dans le métro. Et, pour autant que je m'en souvienne, les dames étaient engoncées dans des manteaux et bardées d'enfants.

Max s'approcha pour passer un bras autour de Lotty.

— C'est ce qui fait qu'on est toujours ensemble, *Lottchen* : je suis un romantique et tu es d'une logique implacable. Et tu sais très bien que ce n'est pas à cause de sa collection que nous avons engagé Caudwell. Même si je reconnais que j'ai hâte de la voir. Le conseil d'administration veut que Beth Israel développe un programme de transplantation.

C'est la seule façon pour nous de devenir compétitifs...

— Epargne-moi les couplets de circonstance, le coupa Lotty.

Elle fronça les sourcils, qui dessinèrent un trait noir sur son front.

— Pour moi, ce type est un crétin qui a les mains d'un Caliban et la personnalité d'Attila.

La passion de Lotty pour la médecine ne laissait aucune place aux considérations financières. Mais, en sa qualité de directeur de l'hôpital, Max devait veiller avec les administrateurs à ce que Beth Israel réalise des bénéfices. Ou du moins des pertes moins élevées que celles de ces dernières années. S'ils avaient engagé Caudwell, c'était pour attirer davantage de patients payants et pour éliminer une part des indigents qui représentaient douze pour cent de la charge des malades de Beth Israel. Max se demandait combien de temps l'hôpital pourrait se permettre de supporter des personnalités aussi opposées que celles de Lotty et de Caudwell, qui avaient des approches radicalement différentes de la médecine.

Il ôta son bras, sourit à Lotty d'un air perplexe avant de lui demander :

— Pourquoi le détestes-tu autant ?

— Il faut que je rende compte de l'admission de mes patients à ce... à cet homme des cavernes. Est-ce que tu t'imagines qu'il a essayé d'empêcher Mme Mendes d'avoir accès au bloc opératoire quand il a appris qu'elle avait le sida ? On ne lui demandait même pas de souiller ses blanches mains de son sang, et il n'a pas voulu que je pratique l'intervention.

Lotty s'écarta de Max et pointa vers lui un doigt accusateur.

— Tu peux dire aux administrateurs que, si l'on continue à mettre mon jugement en doute, il faudra qu'ils se dénichent une nouvelle spécialiste en périnatologie. Je parle sérieusement. Ouvre bien les oreilles cet après-midi, Max. Tu verras s'il ne dit pas notre « petit docteur » pour parler de moi. J'ai cinquante-huit ans, je suis diplômée du Royal College en chirurgie, j'ai acquis suffisamment d'expérience dans ce pays pour faire tourner un hôpital tout entier, et il s'obstine à me qualifier de « petit docteur ».

Max s'assit sur le divan et fit asseoir Lotty près de lui.

— Non, *Lottchen*, ne t'emporte pas. Ecoute-moi. Pourquoi ne m'as-tu rien dit avant ?

— Ne sois pas bête, Max : tu es directeur de l'hôpital. Je ne peux pas me servir de nos relations privilégiées pour régler mes problèmes avec les confrères. J'ai dit ce que j'avais à dire quand Caudwell a passé son dernier entretien. Je ne suis pas la seule à avoir tiqué devant son attitude. Si tu te souviens bien, nous avons demandé au conseil de l'engager d'abord comme chirurgien en cardiologie. Pour le nommer au bout d'un an responsable du personnel, si tout le monde était satisfait de ses services.

— C'est vrai, reconnut Max, c'est comme ça qu'on pensait procéder. Mais lui a refusé d'être engagé autrement que comme responsable du personnel. C'était la seule façon pour nous de le payer autant qu'il pourrait l'être dans un hôpital universitaire ou à Humana. Et, Lotty, même si sa personnalité te hérisse, reconnais que c'est un chirurgien de premier ordre.

— Je ne reconnais rien du tout.

De petits points rouges dansaient dans les yeux noirs de Lotty.

— S'il se montre condescendant avec une collègue, tu imagines comment il traite ses patients ? On ne peut pas pratiquer la médecine si...

— A mon tour de te demander de m'épargner les sermons, l'interrompit doucement Max. Mais, si tu es aussi remontée que cela contre lui, peut-être qu'on ferait mieux de ne pas aller à sa réception cet après-midi.

— Et m'avouer vaincue ? Jamais.

— Bon, très bien.

Max se leva et posa un châle de laine sur les épaules de Lotty.

— Mais tu vas me promettre de te tenir correctement. Nous allons à une réception, pas à un combat de gladiateurs. Caudwell a l'intention de nous remercier de notre hospitalité cet après-midi, pas de te mettre plus bas que terre.

— Tu n'as pas à me donner de leçons de conduite : les Herschel servaient les empereurs d'Autriche quand les Loewenthal tenaient un commerce de légumes sur le Ring, dit Lotty avec hauteur.

Max éclata de rire et lui embrassa la main.

— Alors souviens-toi de ces dignes Herschel et conduis-toi comme eux, *Eure Hoheit*.

Caudwell avait acheté un appartement sans même le voir lorsqu'il s'était installé à Chicago. Un divorcé dont les enfants sont à l'université n'a de conseils à demander à personne : il s'en remet à ses goûts. Il avait demandé aux administrateurs de Beth Israel de lui recommander un agent immobilier, à qui il avait expliqué ses desiderata : immeuble des années 1920 situé près du lac Michigan, sécurité maximale, plomberie dernier cri, et il avait déboursé sept cent cinquante mille dollars pour un appartement de huit pièces face au lac, à Scott Street.

Beth Israel payant fort honorablement le Dr Charlotte Herschel, rien n'obligeait cette dernière à vivre dans un cinq pièces d'un immeuble sans ascenseur aux abords d'Uptown. Aussi se montra-t-elle un peu injuste lorsqu'elle marmonna « parvenu » à Max tandis qu'ils entraient dans le hall de l'immeuble.

Max quitta Lotty avec soulagement quand ils sortirent de l'ascenseur. Etre son amant, c'était être le compagnon d'une tigresse. On ne savait jamais lorsqu'elle allait vous décocher un coup de patte fatal. Cependant, si Caudwell se conduisait mal avec elle, il lui faudrait peut-être en toucher un mot au chirurgien et lui expliquer combien Lotty comptait pour la réputation de Beth Israel.

Les deux enfants de Caudwell, un garçon et une fille, étaient venus passer quelques jours chez lui pour Noël, comme il se doit. Deborah et Steve avaient un an d'écart. Tous deux grands et blonds, ils avaient le genre d'aisance que donne la fréquentation précoce des stations de sport d'hiver chic et chères. Max, qui n'était déjà pas très grand, eut l'impression de rapetisser, de perdre de son assurance, tandis que l'un le débarrassait de son manteau et que l'autre faisait rapidement les présentations. Il accepta un verre d'une cuvée spéciale qu'on lui tendait et se précipita dans la mêlée.

Il atterrit près d'un des membres du conseil d'administration de Beth Israel, une femme d'une soixantaine d'années qui portait une minirobe grise ornée de plumes noires. Elle se mit aussitôt à faire des commentaires sur la collection d'objets d'art de

Caudwell. Ses remarques avaient beau être élogieuses, Max y distingua néanmoins une pointe d'hostilité. Rien ne déplaît autant à des administrateurs que de constater que le personnel possède des choses d'une valeur supérieure à celles qu'ils possèdent eux-mêmes.

Tout en fronçant les sourcils et en opinant du bonnet à intervalles réguliers, Max songea que Caudwell ne pouvait ignorer combien l'hôpital avait besoin de Lotty. Les chirurgiens en cardiologie ne sont pas ceux qui ont l'ego le moins développé : quand on leur demande de nommer les trois principaux chirurgiens au monde, ils n'arrivent jamais à se souvenir du nom des deux autres. Lotty était une sommité dans son domaine, et elle aussi avait l'habitude de n'en faire qu'à sa tête. Son style évoquant davantage les champs de bataille que la cour impériale de Vienne, Max comprenait que Caudwell ait pu ressentir l'envie de la forcer à quitter l'établissement.

Max s'éloigna de Martha Gildersleeve pour admirer des toiles et des figurines dont elle lui avait parlé. Lui-même collectionneur de porcelaines chinoises, Max haussa les sourcils et siffla doucement entre ses dents en voyant les pièces qui étaient exposées. Dont un petit Watteau et une aquarelle de Charles Demuth, qui devaient représenter la valeur du salaire annuel de Caudwell à Beth Israel. Pas étonnant que Mme Gildersleeve ait été si agacée.

— Impressionnant, n'est-ce pas ?

Max se retourna et vit Arthur Gioia se pencher vers lui. Max était plus petit que la plupart des membres du personnel de Beth Israel, plus petit que tous les autres à l'exception de Lotty. Mais

Gioia, un immunologiste grand et musclé, dominait tout le monde. Il était allé à l'université d'Arkansas grâce à une bourse de football et avait même passé une saison à jouer pour Houston avant de commencer ses études de médecine. Il y avait bien vingt ans qu'il n'avait pas soulevé de poids, mais son cou ressemblait encore au tronc d'un séquoia.

C'était Gioia qui s'était opposé le plus vivement à l'embauche de Caudwell. A l'époque, Max avait attribué son attitude au fait qu'un médecin ne voulait pas d'un chirurgien comme patron. Toutefois, après la sortie de Lotty, il n'en était plus si sûr. Il hésitait à demander au médecin ce qu'il pensait de Caudwell au bout de six mois de collaboration lorsque leur hôte se précipita pour lui serrer la main.

— Désolé, je vous ai raté quand vous êtes arrivé, Loewenthal. Il vous plaît, mon Watteau ? C'est l'une de mes pièces favorites. Même si un collectionneur ne doit pas avoir de préférences. Pas plus qu'un père d'ailleurs, n'est-ce pas, ma chérie ?

Cette remarque s'adressait à sa fille Deborah, qui l'avait rejoint et lui passa un bras autour de l'épaule.

Caudwell ressemblait davantage à un vieux loup de mer victorien qu'à un chirurgien. Il avait un visage rond et rouge sous une masse de cheveux d'un blond tirant sur le blanc, un rire jovial et sonore de père Noël et des manières abruptes. En dépit des critiques formulées par Lotty, il jouissait d'une immense popularité auprès de ses patients. Depuis qu'il était en poste à l'hôpital, les demandes d'interventions en cardiologie avaient augmenté de quinze pour cent.

Sa fille lui pinça espièglement l'épaule.

— Tu n'as pas de préférences pour ce qui est de

tes enfants. Mais en ce qui concerne ta collection, papa, tu mens. Avoue que tu mens. Il possède une pièce dont il est si fier qu'il n'aime pas la montrer, dit-elle en se tournant vers Max. Il ne veut pas qu'on voie qu'il a des points faibles. Mais c'est Noël, papa, détends-toi, laisse-toi aller.

Max jeta un regard curieux au chirurgien, mais Caudwell ne semblait pas trouver à redire aux familiarités de sa fille. Son fils se joignit à eux et se mit lui aussi à le taquiner :

— C'est l'orgueil et la joie de papa. Il faut dire qu'il l'a volé à oncle Griffen quand grand-père est mort et qu'il a empêché maman de mettre le grappin dessus quand ils se sont séparés.

Caudwell fit entendre un petit grognement de réprobation.

— Tu vas donner à mes collègues une mauvaise idée de moi, dit-il. Je n'ai pas volé cette pièce à Griffen. Je lui ai seulement dit qu'il pouvait garder le reste de l'héritage s'il me laissait le Watteau et le Pietro.

— Evidemment, il avait de quoi s'acheter dix héritages avec le prix de ces deux pièces, lança Steve à sa sœur par-dessus la tête de Max.

Max se pencha pour dire à Caudwell :

— Un Pietro ? Vous voulez parler de Pietro d'Alessandro ? Vous en possédez une réplique ou c'est une sculpture originale ?

Caudwell fit entendre son rire d'amiral.

— C'est un original, Loewenthal. Et en albâtre, qui plus est.

— En albâtre ? dit Max en haussant les sourcils. Ça alors, moi qui croyais que Pietro travaillait uniquement le bronze et le marbre.

— Oui, oui, répondit Caudwell en riant et en se

frottant les mains, c'est ce que tout le monde pense, mais il existe çà et là dans des collections privées quelques pièces en albâtre. J'ai fait expertiser celle-ci, venez jeter un coup d'œil. C'est à couper le souffle. Joignez-vous à nous, Gioia, aboya-t-il à l'adresse de l'immunologiste. Vous qui êtes italien, vous allez être content de voir de quoi vos ancêtres étaient capables.

— Une sculpture de Pietro en albâtre ?

Le ton de Lotty fit tressaillir Max : il n'avait pas remarqué qu'elle s'était jointe au petit groupe.

— J'aimerais bien voir ça.

— Alors venez, docteur Herschel, venez.

Caudwell les entraîna vers un petit couloir, échangeant des salutations avec les uns et les autres en passant, attirant leur attention sur une miniature de John William Hill qu'ils n'avaient peut-être pas remarquée, rameutant d'autres convives qui voulaient voir le joyau de sa collection.

— Au fait, Gioia, j'étais de passage à New York la semaine dernière. J'ai rencontré un vieil ami à vous, de l'Arkansas. Paul Nierman.

— Nierman ?

Gioia ne parut pas se souvenir de ce nom.

— J'ai peur de ne pas me rappeler cette personne.

— Eh bien, lui se souvient parfaitement de vous. Il m'a chargé de vous transmettre bien des choses. Il vous faudra faire un saut à mon bureau, lundi, je vous en dirai plus long.

Caudwell ouvrit une porte à droite du couloir, les fit pénétrer dans son bureau. C'était une pièce octogonale, ménagée dans l'angle de l'immeuble. Des fenêtres sur deux pans de mur donnaient sur le lac Michigan. Caudwell tira les rideaux saumon tout en expliquant pourquoi il avait choisi cet endroit pour en faire son bureau, même si le paysage était pour son esprit une source de distraction.

Sans prêter attention à ses propos, Lotty s'approcha d'un petit piédestal qui se dressait devant les lambris d'un des murs à l'autre bout de la pièce. Max la suivit et contempla respectueusement la statue. Il avait rarement vu une aussi belle pièce en dehors d'un musée. Elle faisait environ trente centimètres de haut et représentait une femme, enveloppée dans des draperies classiques et penchée sur le corps d'un soldat mort qui gisait à ses pieds. Le chagrin qu'exprimait son merveilleux visage était si poignant qu'il vous rappelait tous ceux que vous aviez pu connaître au cours de votre vie.

— Qui cela peut-il bien être ? demanda Max, curieux.

— Andromaque, dit Lotty d'une voix étranglée. Andromaque pleurant Hector.

Max regarda fixement Lotty, sidéré de la voir si émue et de constater qu'elle connaissait la statue, car Lotty se désintéressait complètement de la sculpture.

Caudwell ne put retenir le sourire satisfait du collectionneur qui a réussi un joli coup.

— C'est beau, n'est-ce pas ? Comment se fait-il que vous connaissiez le sujet ?

— Cela n'a rien d'étonnant, dit Lotty d'une voix qu'enrouait l'émotion. Ma grand-mère possédait un Pietro comme celui-là. Une statue en albâtre que son arrière-grand-père tenait de l'empereur Joseph II lui-même, qui la lui avait donnée pour le remercier de l'aide qu'il lui avait apportée dans la consolidation des liens avec la Pologne.

Elle prit la statue sur son socle sans faire attention au hoquet d'inquiétude de Max et la retourna.

— On distingue encore les traces du sceau impérial à la base. Et l'ébréchure sur le pied d'Hector qui a incité les Habsbourg à se défaire de la statuette. Comment êtes-vous entré en possession de cette pièce ? Où l'avez-vous trouvée ?

Le petit groupe qui avait rejoint Caudwell se tenait silencieux près de l'entrée, choqué par la sortie de Lotty. Gioia avait l'air encore plus épouvanté que les autres, mais il était aussi impuissant face à Lotty qu'un éléphant en présence d'une souris agressive.

— Vous vous laissez emporter par vos émotions, j'en ai peur, docteur.

Caudwell gardait un ton badin, ce qui par contraste faisait paraître Lotty encore plus maladroite.

— Je tiens cette pièce de mon père, qui l'avait achetée tout ce qu'il y a de plus légalement en Europe. Peut-être à votre grand-mère, qui sait ? Mais il se peut que vous confondiez avec un objet que vous avez vu dans un musée quand vous étiez enfant.

Deborah eut un rire aigu puis elle s'adressa d'une voix forte à son frère :

— Papa l'a peut-être volée à oncle Griff, mais on dirait bien que grand-père l'a subtilisée...

— Tais-toi, Deborah ! s'écria Caudwell.

Sa fille ignora la remarque. Elle éclata de rire de nouveau et s'approcha de son frère pour regarder le sceau impérial qui ornait la base de la statue.

Lotty les écarta d'un geste.

— Je me trompe, moi, à propos du sceau de Joseph II ? lança-t-elle à Caudwell. Ou de l'ébréchure sur le pied d'Hector ? Alors qu'il y a encore une marque au niveau de la cassure qu'une main incompétente a essayé de restaurer. Quelqu'un qui se figurait que son intervention ajouterait de la valeur au travail de Pietro. Est-ce vous, docteur, qui avez fait ça ? Ou votre père ?

— Lotty...

Max lui ôta doucement la statue des mains pour la remettre sur son piédestal.

— ... ce n'est pas l'endroit pour parler de ce genre de chose. Ni même le ton.

Des larmes de colère embuèrent les yeux noirs de Lotty.

— Est-ce que tu douterais de ma parole ?

Max fit non de la tête.

— Je ne doute pas de toi. Mais je ne te soutiens pas pour autant non plus. Je te demande de ne pas parler de ça de cette façon ici.

— Mais, Max, cet homme est un voleur ! Ou alors son père !

Caudwell s'approcha de Lotty et lui pinça le menton.

— Vous êtes surmenée, docteur Herschel. Vous avez trop de choses en tête ces jours-ci. Je crois que le conseil d'administration ne verrait pas d'objection à ce que vous preniez quelques semaines de vacances au soleil pour vous détendre. Quand on est tendu comme ça, on n'est bon à rien avec ses patients. Qu'en pensez-vous, Loewenthal ?

Max ne souffla mot de ce qu'il aurait aimé dire. Il pensait que Lotty était insupportable et Caudwell intolérable. Il croyait Lotty, il croyait que cette statue avait appartenu à sa grand-mère. Pour commencer, elle en savait beaucoup trop à son sujet. Et puis un tas d'œuvres d'art appartenant à des Juifs d'Europe se trouvaient maintenant dans des musées ou des collections privées du monde entier. C'était vraiment une coïncidence invraisemblable si le Pietro avait atterri chez le père de Caudwell.

Seulement, comment osait-elle aborder le sujet de cette manière ? Ne comprenait-elle pas qu'elle risquait de s'aliéner la plupart des gens présents ? Il ne pouvait lui accorder son soutien. En même temps, le geste de Caudwell — ce pincement de menton si condescendant — lui faisait regretter de devoir obéir aux règles de la courtoisie, car sans cela il aurait volontiers assommé le chirurgien, ce dernier eût-il dix ans de moins que lui et vingt centimètres de plus.

— Je ne crois pas que l'endroit et l'heure soient bien choisis pour aborder ce genre de discussion, reprit-il avec autant de sang-froid que possible. Pourquoi ne pas se calmer et se retrouver lundi ?

Lotty eut un hoquet involontaire, puis elle sortit en trombe de la pièce sans un regard en arrière.

Max refusa de la suivre. Il était trop furieux contre elle pour vouloir la revoir dans l'après-midi. Lorsqu'il s'apprêta à quitter la réception une heure plus tard, après une longue conversation avec Caudwell qui avait mis sa courtoisie à rude épreuve, c'est avec soulagement qu'il apprit que Lotty était partie depuis longtemps. Le récit de son esclandre s'était évidemment répandu dans toute l'assemblée à la vitesse de l'éclair. Il ne se sentit pas d'attaque pour la défendre devant Martha Gildersleeve, qui lui réclama des explications dans l'ascenseur en partant.

Il rentra chez lui passer une soirée solitaire dans sa maison d'Evanston. D'habitude, il aimait ces moments-là ; il écoutait de la musique dans son bureau, il s'allongeait sur le canapé après avoir ôté ses chaussures, il lisait des livres d'histoire, il laissait le clapotement du lac le bercer.

Ce soir-là, toutefois, il ne parvint pas à se calmer. La colère qu'il éprouvait à cause de Lotty s'accompagnait d'images d'horreur, souvenirs de sa propre famille éparpillée, de sa quête à travers l'Europe pour retrouver sa mère. Il n'avait jamais trouvé quelqu'un qui eût pu lui dire avec certitude ce qu'elle était devenue même si plusieurs personnes lui avaient affirmé que son père s'était suicidé. Sur ces bribes de souvenirs venait se greffer l'image troublante des enfants de Caudwell, leurs têtes blondes inclinées de la même façon, qui psalmodiaient : « Grand-père était un voleur, grand-père était un voleur », tandis que Caudwell guidait ses visiteurs vers la sortie de son bureau.

Avant le lendemain matin, il lui faudrait s'être suffisamment ressaisi pour affronter Lotty et répondre à l'inévitable flot d'appels téléphoniques des administrateurs révoltés. Il devrait trouver un moyen d'apaiser la vanité de Caudwell, mise davantage à mal par le comportement de ses enfants que par les propos de Lotty. Et s'arranger pour que ces deux importants personnages restent à Beth Israel.

Max passa la main dans ses cheveux gris. Son travail était chaque jour plus difficile, plus pénible. Il était peut-être temps de décrocher, de laisser le conseil engager un jeune titulaire d'un MBA[1] qui parviendrait à redresser les finances de Beth Israel. Lotty démissionnerait alors, et c'en serait fini des tensions entre elle et Caudwell.

1. Maîtrise de gestion. *(N.d.T.)*

Max s'endormit sur le canapé. Il se réveilla vers cinq heures en marmonnant : « Demain matin, demain matin. » Ses articulations étaient raides de froid, ses yeux collés par les larmes qu'il avait versées sans s'en rendre compte dans son sommeil.

Mais, le matin, les choses avaient pris une autre tournure. Lorsque Max arriva à son bureau, il trouva l'hôpital en émoi. Ce n'était pas de l'accès de colère de Lotty que tout le monde parlait, mais du fait que Caudwell n'avait pas assuré ses interventions du matin. Le travail s'arrêta presque complètement, à midi, quand ses enfants téléphonèrent pour annoncer qu'ils avaient trouvé le chirurgien étranglé dans son bureau et que l'Andromaque s'était envolée. Le mardi, la police arrêta le Dr Charlotte Herschel pour le meurtre de Louis Caudwell.

Lotty refusait de parler à qui que ce soit. Elle avait été libérée grâce à Max, qui avait payé une caution de deux cent cinquante mille dollars ; mais elle s'était rendue directement à son appartement de Sheffield, après deux nuits passées à la prison du comté, sans même faire un saut chez lui pour le remercier. Elle refusait de parler aux journalistes, elle restait muette en présence de la police et elle refusa même catégoriquement de parler à la détective privée qui était son amie depuis de nombreuses années.

Max se réfugiait également derrière un bouclier de silence. Tandis que Lotty prenait un congé pour une durée indéterminée, laissant ses malades à ses collègues, Max continuait de se rendre à l'hôpital chaque jour. Mais il refusait lui aussi de s'entretenir avec les journalistes ; il refusait même de prononcer la formule « Pas de commentaires ». Il ne consentit à parler qu'après que la police eut menacé de l'arrêter en qualité de témoin, et même alors il fallut lui arracher les mots de la bouche. Trois jours durant, V.I. Warshawski lui laissa des messages auxquels il refusa de répondre.

Le vendredi, comme la détective ne se manifestait pas, qu'aucun journaliste ne jaillissait d'un urinoir des toilettes des hommes pour essayer de le forcer à parler, comme l'avocat général avait cessé de lui téléphoner, Max commença à souffler un peu en rentrant chez lui en voiture. Dès que le procès serait terminé, il démissionnerait et se retirerait à Londres. S'il arrivait à tenir jusque-là, les choses seraient tolérables.

Il ouvrit la porte du garage avec la télécommande, glissa sa voiture dans le parking. En descendant de son véhicule, il comprit avec amertume qu'il s'était montré trop optimiste en s'imaginant qu'on allait le laisser en paix. Il n'avait pas vu la femme assise sur les marches menant du garage à la cuisine quand il était entré ; il ne la vit que lorsqu'elle se leva à son approche.

— Je suis contente que vous soyez rentré, je commençais à me geler dehors.

— Comment êtes-vous entrée dans le garage, Victoria ?

La détective privée lui sourit. D'habitude, Max trouvait son sourire sympathique. A cet instant, il eut l'impression que c'était celui d'un prédateur.

— C'est un truc du métier, Max. Je sais que vous n'avez pas envie de me voir, mais il faut absolument que je vous parle.

Il ouvrit la porte de la cuisine.

— Pourquoi ne pas vous être carrément introduite dans la maison si vous aviez froid ? Si vos scrupules vous laissent entrer dans le garage, pourquoi ne pas pénétrer dans la maison pendant que vous y êtes ?

Elle se mordit la lèvre et dit d'un ton léger :

— Mes doigts étaient gelés, j'avais du mal à manœuvrer mon outil.

La détective privée le suivit dans la maison. Encore un monstre, cette femme, avec son mètre quatre-vingts athlétique, mais elle se déplaçait avec légèreté. Peut-être que les mères américaines mettaient de l'hormone de croissance dans les corn flakes de leurs enfants. Il faudrait qu'il pose la question à Lotty.

— Je me suis entretenue avec la police, poursuivit derrière lui la détective de sa voix d'alto, faisant mine de ne pas remarquer son manque délibéré de courtoisie tandis qu'il se servait un cognac, retirait ses chaussures, mettait ses pantoufles et se dirigeait vers l'entrée pour prendre son courrier. Je comprends pourquoi ils ont arrêté Lotty. Caudwell a été drogué au Xanax puis étranglé dans son sommeil. Et, évidemment, elle est revenue chez lui dans la nuit de dimanche à lundi. Elle refuse de dire pourquoi, mais l'un des locataires l'a identifiée comme étant la femme qui s'était pointée vers dix heures du soir à l'entrée de service alors qu'il promenait son chien. Elle refuse de dire si elle a parlé à Caudwell, s'il l'a laissée entrer, s'il était encore en vie.

Max s'efforçait d'ignorer la voix précise et claire. Comme c'était impossible, il essaya de se plonger dans la lecture d'une revue qu'il avait reçue.

— Et ces gosses, vous ne les trouvez pas formidables ? Ils refusent de me parler, mais ils ont donné une longue interview à Murray Ryerson, du

Star. Après le départ des invités, ils sont allés au cinéma, à Chestnut Street Station. En sortant, ils ont mangé une pizza puis sont allés danser dans Division Street. Ils sont rentrés vers deux heures du matin sans se presser, chose qui a été confirmée par le portier, ils ont vu de la lumière dans le bureau de leur père. Mais, comme ils avaient un peu trop picolé et que leur père n'aimait pas les voir dans cet état, ils ne sont pas entrés lui souhaiter une bonne nuit. Ce n'est qu'en se levant vers midi qu'ils l'ont découvert.

Victoria avait suivi Max de l'entrée à la porte de son bureau tout en parlant. Il se tenait là, indécis, peu désireux de voir son sanctuaire pollué par des discours insistants, et finalement il continua son chemin pour gagner un petit salon rarement utilisé. Il s'assit, le buste raide, dans l'un des deux fauteuils de brocart et la regarda vaguement lorsqu'elle se percha sur le bras de l'autre fauteuil.

— Le maillon faible dans l'histoire de la police, c'est la statue, ajouta Victoria.

Après un coup d'œil perplexe au tapis persan, elle se débarrassa de ses boots et les posa devant la cheminée.

— Tous ceux qui étaient à la réception sont d'accord : Lotty était hors d'elle. L'histoire a pris de telles proportions aujourd'hui que même des gens qui n'étaient pas dans l'appartement lorsqu'elle a vu la statue sont prêts à jurer l'avoir entendue menacer de le tuer. Mais si tel est le cas, où est passée la statue ?

Max haussa imperceptiblement les épaules pour montrer qu'il se désintéressait du sujet.

V.I. poursuivit avec entêtement :

— Maintenant, il y a des gens qui pensent

qu'elle l'a peut-être confiée à un ami ou à quelqu'un de sa famille qui la lui gardera le temps que son nom soit lavé de tout soupçon au procès. Et les gens en question pensent que la personne à qui elle a pu confier la statue est soit son oncle Stefan qui vit à Chicago, soit son frère Hugo qui habite Montréal, soit vous. C'est pourquoi la police a perquisitionné l'appartement d'Hugo et surveille son courrier. C'est pourquoi également les flics de Chicago font de même avec Stefan. Et j'imagine que quelqu'un muni d'un mandat de perquisition est venu fouiller chez vous, non ?

Max ne souffla mot, mais son cœur se mit à battre plus fort. La police, chez lui, fourrageant dans ses affaires ? Mais ne lui fallait-il pas sa permission pour pénétrer dans l'appartement ? Victoria devait le savoir, elle, mais il ne pouvait se résoudre à lui poser la question. Elle attendit quelques minutes. Comme il ne bronchait pas, elle poursuivit son speech. Il voyait bien que cela lui coûtait, mais il n'avait pas la moindre envie de venir à son secours.

— Je ne suis pas d'accord avec ces gens. Parce que Lotty est innocente, je le sais. C'est d'ailleurs pour cela que je suis là. Non comme un oiseau de proie avide de se repaître de vos malheurs, mais pour vous convaincre de m'aider. Lotty refuse de me parler, et, si elle est mal à ce point, je ne veux pas l'y forcer. Mais, Max, vous n'allez pas rester assis les bras croisés et la laisser condamner pour un crime qu'elle n'a pas commis !

Max détourna les yeux. Surpris de constater qu'il avait un verre de cognac dans la main, il le posa soigneusement sur une table près de lui.

— Max !

La voix de Victoria reflétait sa stupeur.

— Je n'arrive pas à le croire : vous pensez vraiment qu'elle a tué Caudwell ?

Max rougit un peu : elle avait finalement réussi à le faire réagir.

— Et vous, vous vous prenez pour Dieu qui voit tout et sait qu'elle n'est pas coupable ?

— Je vois plus clair que vous, affirma V.I. d'un ton coupant. Je ne connais pas Lotty depuis aussi longtemps que vous, mais je sais quand elle dit la vérité.

— C'est bien ce que je disais : vous vous prenez pour Dieu, répliqua Max en s'inclinant ironiquement. Vous voyez au-delà des apparences, vous lisez dans l'âme des hommes et des femmes.

Il s'attendait à une autre repartie de la part de la jeune femme, mais elle se contenta de garder les yeux fixés sur lui sans mot dire. Son regard exprimait la sympathie, si bien que, honteux de sa réflexion sarcastique, Max éclata, livrant le sujet de ses craintes :

— Que voulez-vous que je pense d'autre ? Elle n'a pas dit un mot, mais sans l'ombre d'un doute elle est retournée là-bas dans la nuit de dimanche à lundi.

Ce fut au tour de V.I. de se montrer sarcastique :

— Avec un flacon de Xanax qu'elle a réussi par je ne sais quel miracle à lui faire avaler ? Avant de l'étrangler pour faire bonne mesure ? Allons, Max, vous connaissez Lotty : c'est l'honnêteté personnifiée. Si elle avait eu Caudwell, elle nous l'aurait dit. « Oui, j'ai défoncé la gueule de ce fumier. » Mais elle se mure dans le silence.

La détective écarquilla soudain les yeux, l'air incrédule.

— Bon sang, mais c'est bien sûr ! Elle pense que c'est vous qui avez tué Caudwell et que c'est pour la protéger que vous vous taisez. Et, de son côté, elle calque son comportement sur le vôtre. Quel remarquable couple de preux chevaliers vous faites !

— Non ! s'exclama Max. C'est impossible. Comment pourrait-elle penser une chose pareille ? Elle s'est comportée de façon tellement violente que c'en était gênant. Je ne voulais ni la voir ni lui parler. C'est pourquoi je me suis senti si mal. Si seulement j'avais fait preuve d'un peu moins d'obstination, si seulement je lui avais téléphoné dans la nuit de dimanche à lundi. Comment pourrait-elle imaginer que je tuerais quelqu'un pour ses beaux yeux alors que j'étais tellement furieux contre elle ?

— Mais pourquoi sinon garderait-elle le silence ?

— La honte, peut-être, suggéra Max. Vous ne l'avez pas vue dimanche. Moi, si. C'est pour cela que je pense qu'elle l'a tué, et pas parce qu'un individu l'a laissée entrer dans l'immeuble.

Ses yeux bruns se fermèrent à ce souvenir.

— J'ai vu Lotty en colère à de nombreuses reprises et, croyez-moi, ce n'est pas drôle. Mais jamais, au grand jamais, je ne l'ai vue dans cet état de rage incontrôlée. On ne pouvait absolument pas lui parler, c'était impossible.

La détective ne réagit pas.

— Parlez-moi de la statue, dit-elle. J'ai eu droit à une ou deux versions tronquées d'invités, mais je n'ai encore réussi à rencontrer personne qui se trouvait dans le bureau de Caudwell lorsque celui-ci vous l'a montrée. Vous croyez vraiment que cette statue appartenait à sa grand-mère ? Et si tel est le cas, comment est-elle tombée entre les mains de Caudwell ?

— Oh oui, répondit Max avec un signe de tête découragé. Je suis convaincu qu'elle appartenait à sa famille. Elle n'aurait pu connaître tous ces détails sans cela : l'ébréchure sur le pied, le sceau impérial gravé sur le socle. Quant à savoir comment Caudwell l'a obtenue, j'ai fait ma petite enquête. Son père se trouvait avec l'armée d'occupation après la guerre. Chirurgien, il faisait partie de l'état-major de Patton. Les hommes occupant ce genre de position ont eu toutes sortes d'occasions d'acquérir des œuvres d'art après la guerre.

V.I. le regarda d'un air interrogateur.

— Vous êtes peut-être au courant, Victoria, peut-être pas. Mais, voyez-vous, les nazis se sont abondamment servis, partout en Europe ils se sont emparés d'œuvres d'art appartenant à des Juifs. Pas seulement à des Juifs, d'ailleurs : ils ont pillé l'Europe de l'Est sur une grande échelle. On estime à seize millions le nombre de pièces qu'ils ont dérobées : statues, tableaux, retables, tapisseries, livres anciens. Impossible d'en dresser la liste, en fait.

— Seize millions ! s'exclama la jeune femme. Mais vous plaisantez ?

— J'aimerais bien, mais non, ce n'est pas une plaisanterie. L'armée d'occupation américaine a récupéré autant d'œuvres d'art que possible dans les territoires occupés. Théoriquement, elle devait se charger de retrouver la trace des propriétaires légitimes et leur restituer leurs biens. Mais, en réalité, il n'y eut que de rares pièces dont on réussit à retrouver les propriétaires. Bon nombre d'entre elles finirent ainsi au marché noir. Il suffisait de dire que telle ou telle pièce valait moins de cinq mille dollars, et on avait l'autorisation de l'acheter. Pour un officier de l'état-major de Patton, vous pensez bien que les occasions de faire des acquisitions fantastiques étaient infinies. Caudwell a dit qu'il avait fait authentifier la statue, mais bien sûr personne ne s'est jamais donné la peine d'en établir la provenance. De toute façon, comment aurait-on pu y arriver ? conclut Max amèrement. La famille de Lotty avait certes un certificat prouvant qu'elle tenait l'objet de l'empereur, mais ce document a dû disparaître lorsque les biens ont été dispersés.

— Vous pensez vraiment que Lotty aurait tué pour récupérer cette statue ? Elle ne pouvait tout de même pas croire qu'elle la garderait en sa possession. Pas si elle avait commis un meurtre pour mettre la main dessus, je veux dire.

— Vous avez l'esprit trop pratique, Victoria, trop analytique pour comprendre les motivations des gens. Ce n'était pas seulement une statue. Bien sûr, c'est une œuvre d'art qui n'a pas de prix. Mais vous connaissez Lotty : elle n'attache aucune importance aux biens matériels. Non, pour elle, c'était sa famille, son passé, son histoire, tout ce que la guerre a détruit à jamais. Ce n'est pas parce qu'elle n'aborde jamais ces sujets qu'ils ne la hantent pas.

V.I. piqua un fard.

— Vous devriez vous réjouir que j'aie un esprit analytique. Car c'est ce qui fait que je suis convaincue de l'innocence de Lotty. Et, que vous y croyiez ou non, je vais m'employer à prouver son innocence.

Max haussa légèrement les épaules en un geste bien européen.

— Vous et moi, nous soutenons Lotty chacun à notre manière. Je me suis arrangé pour réunir l'argent de la caution et je vais faire en sorte qu'elle soit défendue par un avocat compétent. Je ne suis pas sûr qu'elle ait besoin que vous rendiez publics ses secrets personnels.

Les yeux gris de V.I. s'assombrirent dans un mouvement de colère.

— Vous êtes complètement à côté de la plaque en ce qui concerne Lotty. Je suis certaine que la guerre est une souffrance que rien ne peut guérir, mais Lotty est quelqu'un qui vit dans le présent, qui œuvre pour l'avenir. Elle n'est ni rongée ni obsédée par le passé. Je n'en dirais pas autant de vous.

Max ne souffla mot, mais il grimaça. La détective posa une main sur son bras d'un air contrit.

— Désolée, Max, j'ai frappé au-dessous de la ceinture.

— C'est peut-être vrai, dit-il en se forçant à sourire. C'est peut-être pour ça que j'aime autant les choses anciennes. J'aimerais vous croire au sujet de Lotty. Posez-moi toutes les questions que vous voudrez. Si vous me promettez de partir quand vous aurez fini et de ne plus m'ennuyer de nouveau, je vous répondrai.

Max fit une apparition de circonstance à l'église presbytérienne de Michigan Avenue le lundi après-midi, aux obsèques de Louis Caudwell. L'ex-femme du chirurgien était présente, flanquée de ses enfants et du frère de son mari, Griffen. Même après trente ans passés en Amérique, Max était encore surpris par le comportement des autochtones : Caudwell et elle étant divorcés, pourquoi son ex était-elle drapée de noir ? Elle allait même jusqu'à porter un chapeau avec un voile qui n'était pas sans rappeler la reine Victoria.

Les enfants se tenaient relativement tranquilles, mais la fille portait une robe blanche zébrée d'éclairs noirs qui aurait sans doute mieux convenu dans une discothèque ou une station balnéaire. Peut-être était-ce la seule robe qu'elle possédât ou la seule qui fût noire, songea Max en essayant de considérer d'un air charitable la blonde amazone qui venait de perdre son père dans des circonstances aussi affreuses.

Bien qu'étrangère dans cette ville et donc dans cette paroisse, Deborah avait réussi à louer une salle paroissiale et à trouver quelqu'un pour servir café et viennoiseries. Ce fut là que Max rejoignit le reste de l'assemblée après le service.

Il se sentit bête en offrant ses condoléances à la veuve. Le mort lui manquait-il à ce point ? Elle accepta les mots convenus avec une mélancolie pleine de grâce et s'appuya légèrement sur son fils et sa fille. Ils se tenaient près d'elle avec une sollicitude que Max trouva théâtrale. A côté de sa fille, Mme Caudwell avait l'air si frêle et si mal nourrie qu'on aurait dit un fantôme. Peut-être était-ce simplement que ses enfants étaient dotés d'une vitalité à toute épreuve que même des obsèques ne pouvaient atténuer.

Griffen, le frère de Caudwell, se tenait aussi près de la veuve que le lui permettaient les enfants. Cet homme était tout l'opposé du chirurgien. Max se dit que, s'il avait rencontré les deux frères ensemble, jamais il n'aurait deviné leurs liens de parenté. Il était grand, comme sa nièce et son neveu, mais sans leur robustesse. Caudwell avait une abondante tignasse de cheveux blond-blanc tandis que le crâne en pain de sucre de Griffen s'ornait de rares touffes de gris. Il semblait faible et nerveux, et la bonhomie de Caudwell lui faisait entièrement défaut ; pas étonnant que le chirurgien n'ait eu aucun mal à disposer en sa faveur de l'héritage de leur père. Max se demanda ce que Griffen avait obtenu en retour.

La conversation totalement décousue de Mme Caudwell indiquait qu'on l'avait mise sous calmants. Cela parut étrange à Max. Voilà quatre ans qu'elle avait quitté cet homme, et son décès la bouleversait au point qu'il fallait qu'on la drogue pour qu'elle assiste à l'enterrement ? Mais peut-être avait-elle honte d'être là en tant qu'ex ? Dans ce cas, pourquoi être venue ?

Agacé, Max s'aperçut qu'il aurait bien aimé en parler avec Victoria. Elle aurait certainement eu une explication cynique : la mort de Caudwell signifiait la fin de la pension alimentaire de sa veuve, qui savait qu'il ne l'avait pas couchée sur son testament ; ou bien alors elle avait une liaison avec Griffen et avait peur de se trahir à moins d'être sous l'influence de sédatifs. Cela dit, il était difficile d'imaginer le pâle Griffen faisant l'objet d'une passion véhémente.

Etant donné que Max avait dit à Victoria qu'il ne voulait plus la revoir quand elle l'avait quitté le vendredi, c'était ridicule de sa part de se demander ce qu'elle pouvait être en train de faire, et si elle réussissait à mettre la main sur des indices qui innocenteraient Lotty. Depuis qu'elle était partie, il avait senti comme un frémissement d'espoir le parcourir. Il essayait de l'étouffer, mais en vain.

Lotty, évidemment, n'était pas venue aux obsèques, mais la quasi-totalité du personnel de Beth Israel était là, ainsi que les membres du conseil d'administration. Arthur Gioia, son corps immense emplissant la petite salle paroissiale, tentait de trouver un moyen terme entre franchise et courtoisie avec la famille endeuillée ; il se donnait beaucoup de mal pour parvenir à ses fins.

Martha Gildersleeve, vêtue d'une zibeline, parut au côté de Gioia, tel un ballon de football qu'il se serait coincé sous le bras. Elle adressa à la famille des remarques dénuées de tact concernant les œuvres d'art de Caudwell :

— Evidemment, la célèbre statue a disparu, maintenant. Quel dommage. Avec ce que vous aurait rapporté la vente de cette seule pièce, vous auriez pu créer une bourse en son honneur, dit-elle en éclatant d'un rire incongru.

Max jeta subrepticement un coup d'œil à sa montre, se demandant combien de temps il lui faudrait rester pour ne pas passer pour un grossier personnage. Son sixième sens, la politesse exquise qui réglait son comportement, l'avait abandonné, le laissant en proie aux gaucheries du commun des mortels. Il ne consultait jamais sa montre quand il assistait à une cérémonie et, si cela avait été un autre enterrement, il se serait empressé d'arracher la veuve aux griffes de Martha Gildersleeve. Au lieu de quoi il resta planté là tandis qu'elle mettait Mme Caudwell sur le gril.

De nouveau il jeta un coup d'œil à sa montre. Deux minutes seulement s'étaient écoulées. Pas étonnant que les gens gardent les yeux rivés sur leur montre pendant les réunions assommantes : ils n'arrivaient pas à croire que les aiguilles puissent se déplacer aussi lentement.

Il se glissa comme un voleur vers la porte, échangeant en passant des remarques sans intérêt avec les membres du personnel et les administrateurs.

Personne ne dit quoi que ce soit de négatif sur Lotty en sa présence, mais les commentaires qui s'interrompaient à son approche ne faisaient qu'ajouter à son malaise.

Il avait presque atteint la sortie lorsque deux nouveaux arrivants se présentèrent. Les personnes présentes les regardèrent avec une curiosité mêlée d'indifférence, mais Max, lui, éprouva un absurde sentiment de bonheur. Dans son ensemble bleu marine, Victoria se tenait dans l'encadrement de la porte, les sourcils haussés, scrutant la salle. Près d'elle se trouvait un sergent de police que Max avait vu plusieurs fois en sa compagnie. Cet homme était chargé d'enquêter sur la mort de Caudwell.

V.I. repéra finalement Max et lui adressa un signe discret. Il la rejoignit aussitôt.

— Je crois qu'on a trouvé ce qu'on cherchait, murmura-t-elle. Est-ce que vous pouvez faire partir les gens et nous laisser avec la famille, Mme Gildersleeve et Gioia ?

— Vous avez peut-être ce que vous cherchez, gronda le sergent de police. Mais moi, je suis là à titre officieux et pas de mon plein gré.

— L'essentiel est que vous soyez présent, dit Warshawski avec un sourire dont Max, qui se sentit d'un coup nettement mieux, se demanda comment il avait pu le trouver inquiétant. Vous savez très bien que vous avez fait une grosse bêtise en arrêtant Lotty. Je vais vous donner l'occasion d'avoir l'air d'un homme intelligent, et qui plus est en public.

Max sentit ses manières exquises lui revenir et il en éprouva la satisfaction d'une diva qui recouvre sa voix après une indisposition momentanée. Un geste ici, un mot là, et les invités disparurent presque comme par enchantement. Dans le même temps, il escorta Martha Gildersleeve puis Mme Caudwell jusqu'à des fauteuils, envoya le frère de Caudwell chercher du café pour Mme Gildersleeve et chargea la fille et le fils de s'occuper de la veuve.

Avec Gioia, il ne se crut pas obligé de prendre des gants. Il lui dit simplement d'attendre, que la police avait des questions à lui poser. Lorsque le dernier invité eut disparu, l'immunologiste se planta devant la fenêtre, tripotant nerveusement la monnaie au fond de ses poches. Le bruit des pièces qui s'entrechoquaient fut bientôt le seul que l'on perçut dans la salle. Gioia rougit et croisa les mains derrière son dos.

Victoria pénétra dans la salle avec un sourire de gouvernante ayant une surprise pour les enfants. Elle se présenta aux Caudwell :

— Vous connaissez sans doute le sergent McGonnigal. Quant à moi, je suis détective privée. Comme je n'ai pas officiellement le droit d'être là, vous n'êtes pas obligés de répondre aux questions que je pourrais vous poser. Je ne vais donc pas vous en poser. Je vais seulement vous faire un petit topo. J'aimerais avoir des diapositives, mais il vous faudra imaginer les paysages tandis que la bande-son se déroulera.

— Une détective privée ! s'exclama Steve, la bouche en œuf, les yeux écarquillés. Comme Bogie.

Comme à son habitude, il parlait à sa sœur. Elle eut un rire aigu et dit :

— On va gagner le premier prix au concours « Racontez vos vacances de Noël », ça ne fait pas un pli. Papa a été assassiné. Vlan ! Son bien le plus précieux a été volé. Patatras ! Mais lui-même l'avait dérobé à la doctoresse juive qui l'a occis. Plaf ! Et pour couronner le tout, on nous amène une détective privée. Waouh !

— Deborah, s'il te plaît, soupira Mme Caudwell. Je sais bien que tu es surexcitée, ma chérie, mais ce n'est pas le moment.

— Les enfants, ça vous maintient jeune, n'est-ce pas, madame ? lança Victoria. Comment peut-on vieillir quand vos gosses ont sept ans toute leur vie ?

— Oh, oh, elle mord ! Debbie, fais gaffe, elle mord ! s'écria Steve.

McGonnigal eut un geste involontaire, comme pour s'empêcher de gifler le jeune homme.

— Mlle Warshawski a raison : vous n'êtes en aucun cas obligés de répondre à ses questions. Mais vous êtes suffisamment intelligents pour vous douter que je ne serais pas là si la police ne prenait pas ses théories au sérieux. Aussi taisons-nous et écoutons-la.

Victoria prit place dans un fauteuil jouxtant celui de Mme Caudwell. McGonnigal s'approcha de la porte et s'appuya contre le chambranle. Deborah et Steve chuchotèrent, se donnèrent des coups de coude, poussèrent des cris. Puis, quand ils se furent un peu calmés, ils s'assirent les mains sur les genoux, les yeux brillants, tels des enfants de chœur.

Griffen ne lâchait pas Mme Caudwell d'un pouce.

— Tu n'es pas obligée de dire quoi que ce soit, Vivian. Tu ferais mieux de rentrer à ton hôtel et de t'allonger. Le stress des obsèques et tous ces étrangers...

Les lèvres de Mme Caudwell articulèrent bravement quelques mots sous sa voilette :

— Ça va, Griff. J'ai réussi à survivre à ce qui a précédé, ce n'est pas cela qui va me tuer.

— Parfait, dit Victoria en acceptant une tasse de café des mains de Max. Laissez-moi vous exposer les événements tels qu'ils me sont apparus la semaine dernière. Comme tout le monde à Chicago, j'ai appris le meurtre du Dr Caudwell par la presse écrite et la télévision. Comme je connais des personnes qui travaillent à Beth Israel, il est possible que j'y aie prêté davantage attention que la plupart des gens, mais je ne me suis sentie vraiment concernée que lorsque le Dr Herschel a été arrêtée mardi.

Elle avala une gorgée de café, puis reposa la tasse sur la table près d'elle avec un petit bruit.

— Voilà vingt ans que je connais le Dr Herschel. Il est impensable qu'elle ait commis un meurtre, et ceux qui la connaissent devraient s'en être rendu compte immédiatement. Je ne critique pas la police, mais d'autres personnes en l'occurrence. Certes, elle a un tempérament vif. Je ne dis pas qu'elle est incapable de tuer. C'est à la portée de n'importe lequel d'entre nous. Elle aurait pu s'emparer de la statue et défoncer la tête du Dr Caudwell dans un accès de rage. Mais je vois mal comment elle a pu rentrer chez elle, ressasser l'injustice dont elle avait été victime, se munir de tranquillisants et retourner au Gold Coast dans l'intention de commettre un crime.

Max sentit ses joues le brûler en entendant ces mots. Il allait protester mais ravala ses paroles.

— Le Dr Herschel a refusé de faire une déposition cette semaine. Mais cet après-midi, alors que je rentrais de déplacement, elle a fini par accepter de me parler. Le sergent McGonnigal était avec moi. Elle ne nie pas être retournée chez le Dr Caudwell à dix heures ce soir-là. En fait, elle y est retournée pour lui présenter ses excuses et pour essayer de le convaincre de lui vendre la statue. Quand le portier a appelé, M. Caudwell n'a pas répondu. Alors, sous le coup d'une impulsion, elle est passée par l'entrée de service et a attendu un certain temps devant la porte de l'appartement de son confrère. Comme il ne répondait pas, comme il tardait à revenir, elle est partie vers onze heures. Les enfants, eux, étaient sortis.

— C'est ce qu'elle dit, remarqua Gioia.

— Je vous l'accorde, répondit V.I. avec un sourire. Je ne vous cache pas que je ne mets pas un instant en doute sa version. Je l'accepte d'autant plus facilement que l'unique raison pour laquelle elle ne me l'a pas communiquée une semaine plus tôt est qu'elle-même protégeait un vieil ami. Elle pensait que cet ami avait agi à sa place et liquidé Caudwell pour la venger des insultes qu'il lui avait adressées. C'est seulement lorsque j'ai réussi à la convaincre que ses soupçons étaient aussi injustifiés que les accusations qu'on portait contre elle qu'elle a accepté de me parler.

Max se mordit la lèvre et, pour se donner une contenance, alla chercher du café pour les femmes. Victoria attendit qu'il revienne pour poursuivre :

— Quand j'ai fini par avoir un compte rendu détaillé de ce qui s'était passé chez Caudwell, j'ai compris qu'il y avait au moins trois personnes qui avaient des raisons de lui en vouloir. Savoir qui en veut à qui est une question qu'il est toujours utile de se poser. J'ai donc passé mon week-end à essayer de trouver la réponse. Sachez que, pour cela, il m'a fallu me rendre à Little Rock puis à Havelock, en Caroline du Nord.

Gioia recommença à faire tinter les pièces dans ses poches.

Mme Caudwell dit doucement :

— Griff, je ne me sens pas très bien. Peut-être que...

— On va te raccompagner, maman ! s'écria aussitôt Steve.

— Dans quelques minutes, madame Caudwell, dit le sergent de son poste d'observation.

L'espace d'un instant, Max craignit que Steve ou Deborah ne se jette sur Victoria, mais McGonnigal s'approcha du fauteuil de la veuve, et les enfants se rassirent. De petites gouttes de sueur perlaient sur le crâne chauve de Griffen ; le visage de Gioia avait pris une teinte verte.

— Il y a une chose qui m'a sauté aux yeux, poursuivit Victoria comme si elle n'avait pas été interrompue, c'est la remarque de Caudwell au Dr Gioia. Le docteur était manifestement bouleversé, mais, comme les gens étaient focalisés sur Lotty et la statue, personne n'y a prêté attention. Alors je suis allée à Little Rock le samedi, et j'ai retrouvé le Paul Nierman dont Caudwell avait mentionné le nom. Nierman appartenait à la même fraternité que Gioia lorsqu'ils étaient étudiants, il y a vingt-cinq ans de cela. Il a passé les examens d'anatomie et de physiologie à la place de Gioia à la fin de la première année afin que ce dernier puisse rester dans l'équipe de football. Ça n'était pas très joli, peut-être même franchement moche. Mais Gioia a fait correctement tout son boulot à la fac de médecine après ça. Il a été au niveau. C'est pourquoi je ne pense pas que le conseil d'administration lui aurait demandé sa démission pour ce péché de jeunesse. Le tout est de savoir si Gioia croyait que les membres du conseil iraient jusqu'à exiger son départ et s'il était prêt à tuer pour empêcher Caudwell de répandre la nouvelle.

Elle marqua une pause. L'immunologiste laissa échapper :

— Non, non. Mais Caudwell savait que j'étais contre sa nomination. Nous avons, lui et moi, des approches différentes, voire carrément opposées de la médecine. Dès qu'il a prononcé le nom de Nierman devant moi, j'ai compris qu'il avait découvert le pot aux roses et ne cesserait de me tourmenter avec ça. Je suis retourné chez lui dans la nuit de dimanche à lundi pour avoir une conversation à ce sujet. J'étais plus déterminé que le Dr Herschel et je me suis introduit dans son appartement par la porte de la cuisine : il ne l'avait pas fermée à clé. Je suis allé dans son bureau, mais il était déjà mort. Je n'arrivais pas à le croire. J'étais terrorisé. Je voyais bien qu'il avait été étranglé. Et moi, ce n'est un secret pour personne, j'étais suffisamment costaud pour avoir fait le coup. Je ne sais pas ce qui m'a pris, je me suis sauvé ; et je crois que, depuis, je n'ai pas arrêté de courir.

— Ah, ça alors ! s'écria McGonnigal. Comment se fait-il que nous n'ayons pas eu vent de cela plus tôt ?

— Parce que vous vouliez absolument que le coupable soit le Dr Herschel, dit V.I. d'un ton un peu agressif. J'ai su que Gioia s'était rendu là-bas tout simplement parce que le portier me l'a appris. Il vous l'aurait dit si vous lui aviez posé la question.

— C'est épouvantable ! s'exclama Mme Gildersleeve. Je vais m'entretenir avec le conseil dès demain et exiger les démissions du Dr Gioia et du Dr Herschel !

— Bonne idée, dit Victoria. Par la même occasion, vous leur expliquerez pourquoi j'ai cru bon de vous retenir ici avcc les autres. J'ai fait faire une petite enquête à Murray Ryerson, du *Star*, à Chicago, figurez-vous. Et il a découvert pourquoi vous étiez si jalouse de la collection de Caudwell : vous êtes couverte de dettes. Je ne vais pas vous humilier publiquement en révélant à quoi votre argent a été employé, mais vous avez été obligée de vendre la collection d'objets d'art de votre mari et de prendre une troisième hypothèque sur votre maison. Une statue de prix dont on ignore la provenance exacte, cela vous aurait bien aidée à remonter la pente et à redresser votre situation financière...

Martha Gildersleeve parut se faire toute petite dans sa zibeline.

— Vous ne savez rien, vous inventez.

— Murray s'est entretenu avec Pablo et Eduardo. Et, bref, je n'en dirai pas davantage. Quoi qu'il en soit, Murray s'est débrouillé pour savoir si Gioia ou Mme Gildersleeve avait la statue. Ils ne l'avaient pas, alors...

— Vous vous êtes introduite chez moi ? demanda Mme Gildersleeve avec un cri perçant.

— Pas moi, répondit V.I. en secouant la tête. Murray Ryerson.

Elle regarda le sergent, comme pour s'excuser.

— Je savais que jamais vous ne m'obtiendriez de mandat de perquisition puisque vous aviez procédé à une arrestation. Et de toute façon, vous ne l'auriez pas eu à temps.

Elle jeta un coup d'œil à sa tasse, vit qu'elle était vide, la reposa. Max la prit, la remplit une troisième fois. Il avait des fourmis au bout des doigts tant il était irrité. Un peu de café tomba sur sa jambe de pantalon.

— Je me suis entretenue avec Murray samedi soir, depuis Little Rock. Comme il avait fait chou blanc ici, je me suis rendue en Caroline du Nord. A Havelock, où Griffen et Louis Caudwell ont grandi, et où Mme Caudwell réside toujours. J'ai vu la maison qu'occupe Griffen, j'ai parlé au médecin qui suit Mme Caudwell...

— Sale fouille-merde, fit Steve.

— Fouille-merde, fouille-merde, répéta Deborah. Vous vous embêtez tellement que vous ne trouvez rien de mieux pour vous distraire que de fourrer votre nez dans les affaires des autres !

— Les voisins m'ont parlé de vous deux, reprit Victoria en leur jetant un coup d'œil condescendant. Vous terrorisez le quartier depuis l'âge de trois ans, paraît-il. Cela dit, à Havelock, on a toujours admiré la façon dont vous avez soutenu votre mère. Vous étiez persuadés que votre père s'était arrangé pour qu'elle soit accro aux tranquillisants avant de la plaquer. Alors, lorsque vous êtes venus le voir, vous avez apporté le dernier produit qu'on lui avait prescrit, et il ne vous restait plus qu'à décider quand vous le lui feriez avaler. L'accès de colère du Dr Herschel à propos de la statue est venu fort à propos. Vous vous êtes dit que si votre père l'avait volée à votre oncle, vous n'aviez qu'à la lui renvoyer et laisser le Dr Herschel porter le chapeau.

— Ça ne s'est pas passé comme ça, dit Steve, les pommettes cramoisies.

— Ça s'est passé comment alors, jeune homme ? demanda McGonnigal, qui s'était approché de lui.

— Tais-toi, dit Deborah d'une voix stridente, la fouille-merde et son sous-fifre cherchent à te piéger.

— Maman nous aimait avant que papa lui fasse prendre ces saloperies. Et puis elle est partie. On voulait juste qu'il voie l'effet que ça faisait, ces trucs-là. Alors on a commencé par mettre du Xanax dans son café ; on voulait voir s'il ferait des conneries en salle d'op', s'il foutrait sa carrière en l'air. Mais on l'a trouvé endormi dans son bureau après cette réception débile et on s'est dit qu'on allait le laisser dormir ; tant pis s'il ratait ses interventions du matin. Et puis on s'est dit qu'on allait le laisser dormir pour de bon. C'était tellement facile. On s'est servis de sa cravate de Harvard. J'en avais tellement marre de l'entendre me rabâcher : « Vite au lit, premier couché, premier levé. » Et on a envoyé la statue à oncle Griff. Je suppose que c'est là-bas que la fouille-merde l'a trouvée. Il n'a qu'à la vendre, et maman retrouvera la santé.

— Grand-père l'avait volée à des Juifs et papa à Griff. On s'est dit que ça serait impeccable si on la piquait à papa ! s'écria Deborah.

Elle appuya sa tête blonde contre celle de son frère et hurla de rire.

Max regarda les jambes de Lotty tandis qu'elle se haussait sur la pointe des pieds pour attraper un verre à cognac. Ses jambes, petites et musclées par des années d'allées et venues rapides, n'étaient peut-être pas aussi sveltes que les longues jambes des Américaines, mais c'étaient ses préférées. Il attendit qu'elle soit bien d'aplomb sur ses pieds avant d'annoncer :

— Le conseil d'administration va faire passer un dernier entretien à Justin Hardwick, que nous comptons engager comme chef du personnel...

— Max !

Elle se retourna, ses yeux lançant des flammes.

— Je connais ce Hardwick, il ressemble comme un frère à Caudwell. Tout ce qui l'intéresse, c'est la compression des coûts. Il ne veut pas de patients indigents. Pas question que Hardwick soit nommé.

— Gioia, toi et une douzaine d'autres, vous nous adressez tellement de patients qui ne paient pas qu'à ce régime je ne donne pas cinq ans à l'hôpital pour faire faillite. Il faut essayer de trouver une solution. Engager quelqu'un qui réussisse à faire survivre l'hôpital de façon qu'Art et toi puissiez pratiquer la médecine comme vous l'entendez. Et crois-moi, quand il saura ce qui est arrivé à son prédécesseur, il fera attention à ne pas contrarier notre tigresse...

— Max !

Elle était blessée et surprise en même temps.

— Oh, mais tu plaisantes ! Je ne trouve pas ça très drôle, figure-toi.

— Ma chère, mieux vaut en rire, c'est la seule façon de se pardonner nos petites erreurs de jugement.

Il s'approcha d'elle et lui passa un bras autour des épaules.

— Et, maintenant, où est cette surprise que tu avais promis de me montrer ?

Elle lui lança un regard espiègle, plein de défi, comme celui de la Lotty qu'il avait rencontrée quand elle avait dix-huit ans. Il la suivit jusqu'à sa chambre. Dans une vitrine d'angle se tenait l'Andromaque de Pietro.

Max contempla le visage merveilleux, plein d'angoisse et de souffrance. « Je comprends ton chagrin, semblait-elle lui dire. Je comprends le chagrin que t'inspirent ta mère, ta famille, ton histoire. Mais tu peux renoncer à tout cela, vivre dans le présent et croire en l'avenir. Ce n'est pas trahir. »

Des larmes emplirent ses yeux, mais il ne put s'empêcher de demander :

— Comment as-tu réussi à mettre la main dessus ? Je croyais que la police l'avait récupérée et mise sous clé en attendant que les avocats aient pris une décision concernant l'héritage de Caudwell...

— C'est Victoria, répondit succinctement Lotty. Je lui ai retracé son histoire, et elle me l'a donnée. A condition que je ne lui demande pas comment elle se l'était procurée. Et, Max, tu sais très bien qu'elle n'appartenait pas à Caudwell.

Elle appartenait à Lotty. Bien sûr. Max se demanda brièvement comment elle était venue en la possession de Joseph II pour commencer. Et l'arrière-arrière-arrière-grand-père de Lotty, qu'avait-il donc fait pour la mériter ? Max plongea son regard dans les yeux de tigresse de Lotty et préféra garder ses réflexions pour lui. Il examina le pied d'Hector qu'on avait gratté avec soin, laissant apparaître l'ancienne ébréchure.

UNE PEUR DE TOUS LES INSTANTS

Nancy Pickard

Née en 1945 à Kansas City, dans le Missouri, Nancy Pickard a d'abord travaillé comme journaliste avant de se lancer dans l'écriture. La série qu'elle a créée, avec Jenny Cain comme héroïne, parut d'abord en poche. Le premier titre, *Generous Death*, fut publié en 1984. A partir du troisième, *No Body* (1986), cette série eut les honneurs de la version cartonnée. Teintés d'humour au début, les romans avec Jenny Cain devinrent de plus en plus sombres.

Au cours d'un interview, Nancy Pickard s'en est expliquée, reprenant l'expression forgée par Susan Wittig Albert : « Le "méga-livre" policier représente un phénomène nouveau [...] lequel désigne une série de romans formant en fait un seul et même livre, chacun des romans de la série constituant l'un des "chapitres" du méga-livre. » Contrairement aux séries créées par des auteurs comme Agatha Christie et John D. MacDonald, où les limiers, tels Miss Marple et Travis McGee, ne changent pratiquement pas d'un roman à l'autre, dans une série de type méga-livre les livres se suivent mais ne se ressemblent pas. Nancy Pickard précise : « Les choses se passent davantage comme dans la vraie vie (si tant est qu'on puisse dire d'un limier amateur qu'il reflète la vraie vie) parce que le protagoniste subit de vrais changements [...] A mesure qu'il gagne en maturité, les choses gagnent en substance, acquièrent un autre poids et parfois une tonalité plus “sombre”. »

Dans plusieurs de ses romans, à commencer par *The 27 Ingredients Chili Con Carne Murders* (1993), Nancy Pickard reprit le personnage sorti de l'imagination de feu Virginia Rich : Eugenia Potter. Lorsqu'elle poursuivit la série, d'abord en s'appuyant sur des notes de Rich puis en créant des histoires originales, Pickard apporta aux énigmes culinaires puis aux récits dits « cosy » (ou de « confort domestique » ?) un rythme, une technique et une complexité dont le genre était souvent dénué. Lorsqu'un journaliste lui demanda si elle appartenait à la catégorie des auteurs de confort, Pickard répondit par une boutade : « Je ne sais pas ce que je suis. Quelle distance sépare le confort de l'inconfort ? Si les auteurs de romans policiers étaient des sièges, je ne me verrais ni en rocking-chair recouvert de chintz ni en chaise pliante métallique. Peut-être serais-je un sympathique fauteuil de bureau pivotant. »

Certains auteurs, lorsqu'ils écrivent des nouvelles, produisent le même type de récit que dans leurs romans mais en plus court. D'autres profitent de cette forme particulière pour faire des expériences, changer de thème, de sujet, de tonalité émotionnelle. C'est le cas de Nancy Pickard dans son recueil *Storm Warnings* (1999) et dans « Une peur de tous les instants », nouvelle nominée pour l'Edgar.

« Ribbon a darkness over me... »

Mel Brown, connu sous les pseudonymes de Pell Mell et d'Animel, reprenait les paroles de la chanson derrière son pare-brise tandis qu'il filait vers le Kansas sur sa vieille Harley-Davidson noire.

Il aimait déjà le Kansas parce que la route qui s'étirait sous ses yeux ressemblait à un long ruban noir déroulé rien que pour lui.

« Ribbon a darkness over me... »

Il fonçait pleins gaz dans la clarté aveuglante de l'après-midi finissant, avec l'impression de s'élever vers le soleil dans un état d'ébriété éblouissant. Les nuages au loin menaçaient de crever pendant la nuit, mais cela ne le préoccupait pas. Il avait entendu dire que ce n'étaient pas les fermes et les ranchs vides qui manquaient au Kansas, qu'on pouvait sans problème s'y mettre à l'abri pour la nuit. Le Kansas : un endroit où on avait l'embarras du choix entre toutes sortes de motels gratuits.

« Ribbon a darkness over me... »

A quatre cents kilomètres au sud-ouest, Jane Baum s'immobilisa soudain. La peur l'avait de nouveau saisie. C'était toujours comme ça. Venue de nulle part, la peur lui abattait son poing sur le cœur. Les doigts brusquement raides, elle laissa tomber son panier et resta comme paralysée entre les deux cordes à linge dans son jardin. Elle avait un drap mouillé à sa droite, un autre à sa gauche. Pour une fois le vent s'était calmé, aussi les draps pendaient-ils, immobiles et silencieux tels des murs. Elle se sentait comme enfermée dans une étroite chambre stérile de tissu blanc et elle ne voulait surtout pas en sortir.

Car à l'extérieur le danger rôdait.

De part et d'autre des draps s'étendait la prairie sans fin où elle avait l'impression de n'être qu'une fragile souris sur laquelle les faucons allaient s'abattre.

Elle dut faire appel à toute sa volonté pour ne pas hurler.

Elle se passa les bras autour de la taille pour se réconforter. Sans résultat. Quelques instants plus tard, elle pleurait, puis tremblait, en proie à une terreur sans nom.

Jamais elle n'aurait pensé avoir si peur un jour.

Huit mois plus tôt, avant d'emménager dans la petite ferme dont elle avait hérité, elle avait nourri à son sujet des idées romanesques à propos de choses aussi anodines que le fait de mettre des vêtements à sécher sur une corde à linge. Ce serait tellement agréable, s'était-elle dit, le linge sentirait si bon. Au lieu de quoi, tout lui avait paru étrange et menaçant dès le départ ; et cela ne faisait qu'empirer. Maintenant elle ne se sentait même plus en sécurité dans la maison. Elle commençait à se dire que c'était la peur et non l'électricité qui allumait ses lampes, comme elle remplissait sa baignoire, tapissait ses placards et recouvrait son lit ; c'était de la peur qu'elle respirait et non de l'air.

Elle détestait la grande prairie et tout ce qui s'y rapportait.

La ville ne l'avait jamais effrayée, du moins pas ainsi. La ville, elle la connaissait, elle la comprenait, elle savait comment en éviter les pièges et les inconvénients. En ville, il y avait des immeubles partout ; elle savait désormais pourquoi : c'était pour masquer la terrible nudité de la terre sur laquelle les gens étaient exposés aux dangers les plus horribles.

Le vent souffla de plus belle, faisant claquer les draps mouillés contre son corps. Jane jaillit de son abri. Telle une souris au-dessus de laquelle tournoie un aigle, elle s'élança comme si on la poursuivait. Elle sortit en courant de son jardin, enfila la route à toutes jambes pour gagner le seul abri qu'elle connaissait.

Lorsqu'elle atteignit la maison de Cissy Johnson, elle ouvrit la porte et se précipita à l'intérieur sans même frapper.

— Cissy ?

— J'ai tout le temps peur.

— Je sais, Janie.

Debout devant l'évier, Cissy Johnson épluchait les pommes de terre du dîner tout en écoutant Jane Baum égrener la litanie familière de ses phobies. Cissy la connaissait par cœur. Janie avait peur d'être seule dans la maison qu'elle avait hérité de sa tante. Elle craignait l'obscurité ; le moindre craquement de branche, la nuit ; la cave. Elle craignait les chevaux, qui risquaient de l'écraser ; les vaches, de la piétiner ; les poules, de lui donner des coups de bec ; les chats, de la griffer et de lui transmettre la rage ; les coyotes, de l'attaquer. Elle redoutait les chauffeurs de poids lourd qui passaient devant sa maison, particulièrement ceux qui se permettaient de la klaxonner quand ils l'apercevaient dans le jardin. Elle avait peur des tornades, des blizzards, des orages. Peur même de prendre la voiture pour aller tout bêtement acheter des provisions.

Au début, Cissy s'était montrée compréhensive, lui offrant quotidiennement tasses de café et amitié. Mais elle avait de plus en plus de mal à garder son calme face à cette femme qui déboulait chez elle sans même frapper, qui se plaignait en permanence de problèmes imaginaires et qui...

— Tu as vécu ici toute ta vie, dit Jane comme si elle venait de faire une découverte majeure.

Elle était assise sur une chaise de cuisine, recroquevillée sur elle-même tel un enfant puni. Elle parlait à voix basse, s'adressant plus à elle-même qu'à Cissy.

— Tu es habituée à la prairie, c'est pour ça qu'elle ne te fait pas peur.

— Mouais, murmura Cissy comme pour opiner.

Toutefois, sans que sa voisine la voie, elle enfonça férocement son couteau dans l'œil d'une pomme de terre, qu'elle arracha, laissant une entaille blanche et suintante dans la chair du légume, et expédia d'une pichenette la peau noire flétrie dans l'évier, où l'eau du robinet la chassa. Elle aurait bien aimé pouvoir faire disparaître les peurs de Janie dans l'évier et les broyer. Elle porta la pomme de terre à ses narines, renifla, humant l'odeur crue et fraîche du tubercule.

Puis, comme ayant repris des forces grâce à cet intermède, elle jeta un coup d'œil par-dessus son épaule à sa visiteuse. Cissy avait honte de se dire que la simple vue de Jane Baum la dégoûtait. Mais c'était vraiment criminel, la façon dont elle s'était laissée aller. Elle aurait bien aimé que Jane se peigne les cheveux, redresse les épaules, mette un peu de maquillage sur ses joues pâles et s'affuble d'autre chose que de cette horrible robe chasuble en jean qui lui battait presque les talons. Bob, le mari de Cissy, avait baptisé Janie « le chiot » et la robe chasuble « la niche du chiot ». Il n'avait pas tort, songea Cissy. Cette femme avait l'air d'une adolescente boutonneuse et bourrée de complexes, absolument pas d'une femme de plus de trente-cinq ans. Et, bon sang, c'était vrai que Janie suivait Cissy partout comme un chiot névrosé.

— Bob rentre ce soir ?

« Voilà maintenant qu'elle se glisse dans mes pensées », se dit Cissy. Elle entailla rageusement la pomme de terre, retirant plus de chair que de peau.

— Demain, répondit-elle, les épaules raidies.

— Alors je peux dormir chez toi cette nuit ?

— Non.

Cissy fut la première surprise de sa réponse abrupte. Elle sentit que Janie était blessée. Elle essaya de prendre un ton plus doux :

— Désolée, Janie, mais j'ai de la comptabilité en retard et j'ai du mal à me concentrer quand il y a du monde à la maison. J'ai dit aux filles qu'elles pouvaient emporter leurs sacs de couchage et camper dans la grange ce soir pour me laisser tranquille.

Les filles, c'étaient Tessie, treize ans, et Mandy, onze ans.

— Elles veulent passer la nuit là-bas. Figure-toi qu'on élève un petit veau qui est aveugle. Sa mère refuse de le nourrir, pauvre petiot. Tessie l'a baptisé Flopper parce qu'il tombe chaque fois qu'il tente de se mettre debout. Les filles le nourrissent au biberon et elles veulent dormir près de...

— Oh...

Le ton était lourd de reproche.

Cissy s'éloigna de l'évier pour allumer le four.

Sa température interne montait. Pourvu qu'elle ne parle pas de sa vie ! Pourvu qu'elles parlent d'autre chose que de Janie et de ses hantises ! Elle aurait pu écrire un livre à ce sujet : *Histoire de Jane Baum qui a eu le tort de quitter Kansas City et qui a une peur bleue de la campagne.*

— Ça ne t'arrive jamais d'avoir peur, Cissy ?

Il y avait quelque chose de geignard dans cette voix admirative.

— Si, répondit Cissy à contrecœur.

— Ah bon, et peur de quoi ?

Cissy se retourna et rit, l'air gênée.

— C'est tellement bête que je n'ose même pas en parler.

— Si si, raconte, je me sentirai mieux si je sais que tu as peur toi aussi.

« Et voilà ! songea Cissy. Faut toujours que tu ramènes tout à toi. »

— Très bien.

Elle poussa un soupir.

— Eh bien, j'ai peur qu'il arrive quelque chose à Bobby, un accident sur l'autoroute, ce genre de truc, ou à une des filles, ou à mes parents. Je sais pas, moi : la leucémie, une crise cardiaque, un truc sur lequel je n'ai pas de prise. J'ai toujours peur qu'on manque d'argent, qu'on soit obligés de vendre la ferme. On est si heureux ici. Je ne voudrais pas que ça change.

Elle marqua une pause, se rendant soudain compte à son grand désarroi qu'heureuse, elle l'était moins depuis que Jane Baum avait emménagé au bout de la route. L'espace d'un moment, elle dévisagea sa voisine d'un air accusateur.

— Voilà, c'est de ça que j'ai peur.

Puis elle ajouta d'un ton décidé :

— Mais je n'y pense pas tout le temps.

— Moi, si, chuchota Jane.

— Je sais.

— Je déteste cet endroit !

— Tu pourrais retourner d'où tu viens.

Janie la regarda fixement avec une expression de reproche.

— Tu sais que je ne peux pas me le permettre !

Cissy ferma les yeux un instant. A l'idée de devoir subir ces jérémiades pendant encore des années...

— J'aime bien venir chez toi, dit Janie, lisant de nouveau dans les pensées de Cissy. Je respire mieux. C'est le seul endroit où je me sente en sécurité. Je déteste rentrer chez moi, être toute seule dans cette vieille maison.

« Pas question que je t'invite à dîner », pensa Cissy.

Janie poussa un soupir.

Cissy regarda par la grande fenêtre carrée derrière Janie. On était en octobre, son mois préféré, quand l'herbe vire au roux des vaches d'Hereford et que le ciel devient couleur acier comme la route qui reliait leurs deux maisons. C'était comme si le monde se ramassait sur lui-même ; l'herbe se fondait avec le bétail, les routes avec le ciel, et elle-même formait un tout avec la nature. Il y avait de l'électricité dans l'air, comme si quelque chose de plus important que l'hiver allait survenir, comme si le monde tout entier ne faisait qu'un et allait éclore dans une débauche de fraîcheur et de nouveauté. Cissy adorait la grande prairie, et cela la chagrinait un peu que Janie ne l'aime pas. Comment pouvait-on vivre au milieu de tant de beauté, se demandait-elle, et en avoir peur ?

— Y aura jamais de meilleur moment.

Tess compta sur les doigts de sa main droite, qu'elle avait approchée du visage de sa sœur, les raisons qui faisaient qu'elles pouvaient se lancer dans cette aventure.

— Papa est pas là. On couche dans la grange. Maman dormira. C'est la nouvelle lune. Et les chiens nous connaissent.

— Ils sauront que c'est nous ! gémit Mandy.

— Qui ça, « ils » ?

— Papa et maman !

— Mais non ! Qui irait leur dire ? Le propriétaire de la station-service ? Tu crois qu'il va nous suivre à la trace jusqu'ici grâce au papier toilette ? Appeler le shérif, lui dire de nous arrêter sous prétexte qu'on lui en a fauché quelques rouleaux ?

— Oui !

Elles se tournèrent pour contempler, l'une avec orgueil et ruse, l'autre avec fierté et inquiétude, le petit tas de foin qui se dressait sans raison apparente dans un coin de la grange. Sous ce tas de foin gisaient six rouleaux de papier toilette : un tout neuf qu'elles avaient chipé à la maison et cinq déjà entamés qu'elles avaient volés dans les toilettes des dames à la station-service. Tess avait l'intention ce soir-là de décorer avec du papier hygiénique la ferme de leur voisine. Tess voyait d'ici le spectacle — ce serait fantomatique et effrayant, ces guirlandes blanches suspendues aux branches des arbres qui flotteraient au gré de la brise.

— Ils s'amusent tout le temps à ça, à Kansas City, crétine, affirma Tess. Et je suis sûre qu'ils n'en font pas tout un plat.

Elle voulait être la première de sa classe à tenter

l'expérience, et il était hors de question que sa petite sœur la laisse tomber. Cet exploit rendrait Tess célèbre à plusicurs centaines de kilomètres à la ronde. Aucun adulte ne devinerait qui avait fait le coup, mais tous les gamins le sauraient, dût-elle le leur dire.

— Maman nous tuera !

— Personne n'en saura rien !

— Il va pleuvoir !

— Non, il va pas pleuvoir.

— On peut pas laisser Flopper tout seul !

Ensemble, elles regardèrent le petit veau qui était dans l'un des box. Il regardait en direction des voix, essayait de se mettre debout, mais il était trop fragile pour y parvenir.

— Fais pas l'idiote. On n'est pas toujours fourrées avec lui !

Mandy soupira. Reconnaissant là sa reddition, Tess adressa un sourire magnanime à sa sœur.

— Je te laisserai lancer le premier rouleau.

Dans un routier d'Emporia, Mel Brown sauça l'assiette de son repas avec le dernier tiers d'un petit pain. Il occupait une table près de la fenêtre. Tout en mangeant, il contemplait avec plaisir sa moto garée sur le parking. Quand il bougeait un tout petit peu la tête, les rayons du soleil couchant se reflétaient sur le guidon. Il songea que le siège et les poignées de cuir seraient tièdes et souples au toucher, telle une femme vêtue de cuir, lorsque il remonterait sur sa machine. A cette pensée, une douce chaleur envahit son bas-ventre et il sourit.

Ah, il aimait ce genre de vie.

Quand il avait faim, il mangeait. Quand il était fatigué, il dormait. Quand il avait la trique, il se trouvait une femme. Quand il avait soif, il s'arrêtait dans un bar.

Pour le moment, Mel ne se sentait pas d'humeur à allonger cinq dollars et quarante-six cents pour ce médiocre poulet frit et ce café. Il sortit quatre billets de un dollar de son portefeuille et quelques pièces de vingt-cinq cents de sa poche, posa le tout sous l'addition.

Mel se leva, passa devant la serveuse.

— J'ai laissé l'argent sur la table.

— Vous ne prenez pas de tarte aux cerises ?

On aurait dit qu'elle lui faisait des propositions. Il sourit en répondant :

— Nan.

« Si t'étais pas si moche, je resterais peut-être pour le dessert. »

— Revenez nous voir, dit-elle.

« C'est ça », songea-t-il.

S'ils le hélaient, il pourrait toujours dire qu'il n'avait pas réussi à déchiffrer son écriture. Que c'était la faute de la fille. Pas étonnant qu'elle n'ait pas de pourboire. Avec un nouveau sourire, il prit un cure-dents sur le comptoir et salua l'homme qui était à la caisse.

— Merci, dit le caissier.

— De rien.

Dehors, Mel resta planté un moment dans le parking et s'étira, levant haut les bras, se laissant admirer par la serveuse. « J'ai rien à cacher, moi. Vise un peu ce que tu perds, bébé. » Puis il se dirigea à longues enjambées nonchalantes vers sa moto. Il se cura les dents avec le cure-dents, cracha un minuscule morceau de viande, expédia le bout de bois par terre. Il enfourcha sa moto et poussa un soupir de contentement lorsque son postérieur entra en contact avec le cuir tiède de la selle.

Mel accéléra lentement, savourant la trépidation du moteur et l'impression de puissance qu'il avait entre les jambes.

Jane Baum se coucha à dix heures et demie ce soir-là, épuisée par la peur. Allongée dans le grand lit de sa défunte tante, elle ruminait l'erreur qu'elle avait commise en s'installant dans cet endroit désert au milieu de nulle part. Elle s'était attendue à être inquiète, ce qui aurait été normal pour une citadine s'exilant à la campagne. Mais elle n'avait pas pensé que ses appréhensions pourraient tourner à l'obsession, qu'elle pourrait être envahie par une peur si intense qu'elle semblait habiter les moindres parcelles de son corps du matin jusqu'au soir, où elle avait l'impression qu'elle allait mourir. Elle ne savait pas — mais comment aurait-elle pu le savoir ? — qu'elle faisait partie de ces gens que terrorise l'immensité de la prairie. Elle n'était venue à la ferme que de rares fois quand elle était enfant, et elle ne se rappelait de ces séjours que des choses floues et agréables, les chenilles, les poules. Elle se souvenait à peine de ce qu'un être humain peut éprouver dans la prairie : le sentiment de n'être qu'une fourmi.

La maison avait été cambriolée à deux reprises entre le décès de sa tante et sa prise de possession des lieux. Ces cambriolages donnaient à ses fantasmes une base réelle et terrifiante. Lorsque Cissy disait : « C'est ton imagination qui travaille », Janie rétorquait : « Mais ça s'est produit deux fois déjà ! » Elle n'inventait rien, quand même ! Il existait de par le monde des hommes brutaux, c'était ainsi qu'elle les imaginait, des individus que la police n'arrivait jamais à pincer, qui s'introduisaient par effraction, embarquaient tout ce qui leur plaisait — boîtes de conserve dans le placard, radio à la cuisine. Cela s'était déjà produit, cela pouvait se reproduire, songeait Janie tandis qu'elle était couchée. « Et m'arriver à moi, à moi. »

Sur la prairie, l'obscurité lui paraissait totale. Il y avait des millions d'étoiles mais pas de lampadaires. Les coyotes hurlaient, le bétail mugissait. De temps à autre, les gros camions de nuit passaient en grondant devant la ferme. Les bruits de leurs pneus et de leurs moteurs semblaient jaillir de nulle part, se muer en un gémissement intolérable et disparaître de façon incompréhensible. Elle imaginait les routiers sous les traits d'hommes massifs, brutaux, défoncés aux amphétamines. Elle craignait qu'une nuit des pneus ne s'engagent dans son allée, un moteur ne s'arrête, une porte ne s'ouvre en douceur et ne se referme de même, les gravillons crissant sous des pas prudents.

Sa peur avait pris de telles proportions que Janie n'arrivait même pas à la regarder en face. C'était comme un monstrueux ballon qui gonflait à chacune de ses inspirations. Et la peur empirait de nuit en nuit. Le ballon devenait de plus en plus gros. Il emplissait presque la chambre maintenant.

La chambre du haut où elle était installée était étouffante parce qu'elle avait fermé les fenêtres et tiré les rideaux. Elle aurait pu mettre un ventilateur sur la table de nuit pour rafraîchir l'atmosphère, mais elle craignait que le bruit du ventilateur ne couvre celui d'un intrus essayant de s'introduire au rez-de-chaussée puis grimpant l'escalier pour l'agresser. Elle avait ramené drap et couverture sous son menton. Elle transpirait, à croire que son corps, figé par la peur, fondait. Elle portait toujours un pyjama et de fines chaussettes de laine au lit, parce qu'elle se sentait plus en sécurité quand elle était habillée. Elle se sentait plus en sécurité surtout quand elle avait un pantalon ; là, elle était sûre qu'aucune main grossière ne tenterait de ramper sur son ventre.

Allongée dans son lit telle une paralytique, immobile, les yeux ouverts, Janie passa en revue les précautions qu'elle avait prises. Les portes étaient verrouillées, les fenêtres fermées en permanence, ainsi elle n'avait pas à les vérifier le soir ; tous les rideaux étaient tirés, les lumières du porche éteintes, et sa voiture était garée dans la grange afin que les routiers ne s'imaginent pas qu'elle était chez elle.

Dernièrement, elle avait pris l'habitude de dormir avec le pistolet chargé de sa tante sur l'oreiller, près de sa tête.

Cissy se glissa dans son lit un peu avant minuit, épuisée par des heures de comptabilité. Elle avait fait un saut à la grange pour voir ses filles et le petit veau. Elle s'était entretenue avec son mari quand il l'avait appelée d'Oklahoma City. Pour l'instant, elle se demandait comment chasser en douceur Jane Baum de leur vie.

« Désolée, Janie, je suis très prise aujourd'hui. Je ne crois pas que ce soit une bonne idée de passer... »

Ah, mais alors elle entendrait cette voix faible de martyre, celle de la petite souris en mal de maternage. Comment pourrait-elle faire la sourde oreille ? Elle se sentait déjà coupable d'avoir refusé que Janie passe la nuit chez elle.

— Eh bien, j'y arriverai, dit-elle tout haut. J'y

arriverai, voilà tout. Si je réussis à me débarrasser des représentants et de leur boniment, il n'y a pas de raison que je ne réussisse pas à dire non plus souvent à Janie Baum. Jamais elle ne surmontera ses craintes si j'entre dans son jeu.

Exactement ce que Bob lui avait dit lorsqu'elle s'était plainte au téléphone. « Cissy, tu ne lui rends pas service. Au contraire, ça devient de pire en pire. » Et il avait ajouté quelque chose qu'il n'avait jamais dit avant et qui avait perturbé Cissy : « De toute façon, je n'aime pas que les filles soient sans arrêt fourrées chez elle. Je trouve qu'elle devient vraiment trop bizarre. »

Elle songea à ses filles, à Tess qui ne craignait rien et à l'adorable petite Mandy. La campagne, c'était un endroit où les enfants étaient en sécurité...

« En outre, avait déclaré Bob, il serait temps qu'elle s'occupe un peu plus de ses affaires. On a besoin de Tess et de Mandy à la ferme. Il n'est pas question qu'elles passent leur temps à lui tondre sa pelouse, à planter ses fleurs, à donner à manger à ses vaches, à faire boire son cheval ou à ramasser ses œufs, sous prétexte qu'elle a la trouille de glisser sa main, cette idiote, sous le derrière d'une malheureuse poule... »

Rien qu'en énumérant ces différentes tâches Cissy s'endormit.

— Tess ! siffla Mandy. Attends !

L'aînée ralentit pour donner à Mandy le temps de la rattraper et de la toucher pour se rassurer. Elles firent une pause pour reprendre leur souffle et s'accroupirent dans l'ombre du porche de Jane Baum. Tess transportait trois rouleaux de papier toilette dans son sweat-shirt noir dont elle avait fait une sorte de poche. (« N'oublie pas, faut qu'on porte du noir ! ») Mandy était équipée de la même façon. Tess décida que le moment était venu de lâcher sa bombe.

— Tu sais, j'ai réfléchi, chuchota-t-elle.

Mandy, qui ne connaissait que trop bien cette phrase redoutée, se figea et gémit.

— A quoi ?

— Il se pourrait qu'il pleuve.

— Je te l'avais dit !

— Oui, c'est pour ça qu'il vaut mieux faire ça à l'intérieur.

— A l'intérieur ?

— Chut ! Ça va lui foutre la trouille de sa vie, ça sera génial ! Personne n'aura jamais le culot de faire un truc aussi cool ! On va commencer par la cuisine et, si on a le temps, on fera peut-être la salle à manger.

— Oh non !...

— Elle s'imagine qu'elle a fermé toutes les portes et toutes les fenêtres, mais elle se trompe !

Tess pouffa de rire. Elle voyait ça d'ici : Jane Baum descendant, le matin, jetant un coup d'œil autour d'elle, hurlant, tombant dans les pommes et, quand elle aurait repris connaissance, ameutant toute la ville. Le fait que Jane pouvait également appeler le shérif ne lui avait pas échappé, mais, comme Tess n'avait pas la moindre confiance dans les capacités des adultes à résoudre les énigmes, elle n'était pas inquiète, elle se disait qu'elle ne se ferait pas pincer.

— Quand je lui ai apporté ses œufs l'autre jour, j'ai débloqué la fenêtre de la salle de bains au rez-de-chaussée. Viens, on va rigoler !

Le ruban de nuit ne s'étirait plus en ligne droite sous les yeux de Mel Brown. Les collines se succédaient. Il était surpris par ces montées. Personne ne lui avait dit qu'il y avait des endroits autres que plats au Kansas. Il roulait donc moins vite que prévu, et il ne roulait pas pleins gaz. Mais il n'était pas pressé. Et puis ces côtes, c'était excitant, plus dangereux, ça donnait des émotions. Il se mit à se rapprocher de plus en plus de la ligne centrale chaque fois qu'il gravissait une colline, s'inventant un jeu de roulette russe dont il sortirait vainqueur tant que les véhicules venant en sens inverse auraient leurs phares allumés.

Quand il finit par trouver cela monotone, il éteignit ses phares.

Il croisait désormais les voitures et les camions tel un démon noir.

Mel éclatait de rire à chaque fois, songeant à la surprise des conducteurs, à leur terreur. Ils devaient s'écrier : « Quel malade, celui-là ! J'aurais pu le percuter... »

Il se disait qu'il n'avait peur de rien, si ce n'est de retourner en prison, mais il y avait peu de chances qu'on l'envoie en taule pour excès de vitesse. Et puis, si le Kansas était comme la plupart des autres Etats, il y avait beaucoup de routes mais peu de contrôles de police...

Dévaler en rugissant les collines était encore plus amusant parce qu'il avait l'impression que son estomac allait se décrocher. Il se sentait comme un gamin criant « Merde » pendant toute la descente. Le Kansas, c'était vraiment génial pour les montagnes russes.

La pluie semblait à des kilomètres de là.

Mel s'était dit qu'il roulerait toute la nuit. Mais ses yeux commençaient à être douloureux, c'était signe qu'il ferait mieux de chercher un endroit où passer la nuit. Il n'était pas du genre à dormir à la belle étoile, pas s'il pouvait se trouver un toit.

Tess demanda à sa sœur d'entasser les rouleaux de papier toilette sous la fenêtre de la salle de bains du rez-de-chaussée. Empilés, les six rouleaux de papier blanc lui donnaient juste assez de marge de manœuvre pour soulever la vitre. Elle glissa les doigts sous le bord inférieur et tenta péniblement de soulever la fenêtre à guillotine. Celle-ci était raide de peinture.

— Zut ! s'exclama-t-elle en laissant retomber ses bras.

Sous ses pieds, le papier toilette s'écrasait.

Elle essaya de nouveau, et cette fois elle y mit toutes les forces qu'elle avait acquises en soulevant du foin et en portant des veaux. Il y eut un craquement, un bruit sourd, et la fenêtre coulissa jusqu'en haut.

— Chut !

Mandy pressait ses poings devant son visage, frappait d'excitation ses phalanges les unes contre les autres. Percevant un bruit de moteur sur la route, elle en conclut que c'était le shérif qui venait les arrêter, Tess et elle. Elle se cramponna frénétiquement au mollet droit de sa sœur.

Tess libéra sa jambe et disparut par la fenêtre ouverte.

Le craquement de la fenêtre et le tonnerre de la moto qui approchait se mêlèrent dans la conscience de Jane. Si bien que, lorsqu'elle s'éveilla de ses rêves angoissés, elle s'imagina que quelqu'un venait l'attaquer et se trouvait déjà dans la maison. Elle fit alors ce à quoi elle s'était préparée. Elle avait répété tous les soirs, de façon que ses gestes deviennent parfaitement instinctifs. Elle tourna son visage vers le pistolet sur l'oreiller voisin et mit son doigt sur la détente.

Sa peur du viol, de la torture, de l'enlèvement, de la souffrance, de la mort, était un ballon, et elle flottait horriblement au cœur de ce ballon. Des bruits de pas et d'autres bruits au rez-de-chaussée la rejoignirent dans cette bulle. Il y eut un rugissement de moteur, puis soudain le silence, un chuintement de roues sur les gravillons de l'allée, et ces bruits la rejoignirent également dans sa bulle. Mais, quand elle ne put plus le supporter, elle creva le ballon en se tirant une balle en plein front.

Dans l'allée, Mel Brown entendit le coup de feu. Il réenfourcha sa moto et dans un rugissement de moteur reprit la direction de la route. L'endroit lui avait paru désert, mais il s'était trompé. Il en trouverait un autre. Mais, bon Dieu de merde, il lui fallait d'abord foutre le camp d'ici.

Dans la maison, dans la salle de bains, Tess elle aussi entendit le coup de feu. Vivant dans un ranch, elle n'eut aucun mal à identifier le son. Jurant et sanglotant, elle enjamba la fenêtre et atterrit sur les rouleaux de papier toilette.

— C'est le shérif ! s'exclama Mandy, hystérique. Il nous tire dessus !

Tess attrapa sa petite sœur par le poignet et l'entraîna loin de la maison. Elles pleuraient et trébuchaient. Elles coururent jusque chez elles et se ruèrent dans la grange.

Mandy alla s'allonger près du petit veau aveugle, posant sa tête contre le flanc de Flopper. Comme il ne réagissait pas, elle se redressa d'un bond et regarda fixement sa sœur, les yeux brillants.

— Il est mort !

— Tais-toi !

Cissy Johnson s'était elle aussi réveillée sans savoir pourquoi. Un bruit l'avait arrachée au sommeil. Elle s'assit dans son lit, haletante, prise de frayeur sans raison apparente. Si Bob avait été là, elle l'aurait envoyé jeter un coup d'œil dans la grange. Mais pourquoi ? Tout allait bien pour les filles, elle avait dû faire un mauvais rêve. Pourtant, elle ne se souvenait pas d'avoir fait un cauchemar.

Cissy sortit de son lit et courut à la fenêtre.

Ce n'était pas l'orage, il ne pleuvait pas.

Une moto !

Voilà ce qu'elle avait entendu, voilà ce qui l'avait réveillée.

Cissy passa une robe de chambre en vitesse. « Maudite sois-tu, Janie Baum, songea-t-elle, tes peurs sont contagieuses. » Puis elle eut cette pensée : « Quelqu'un qui ne craint rien n'a pas peur que ses craintes se réalisent. »

Cissy se précipita vers la grange.

DES VISIONS POUR LES JEUNES... DES RÊVES POUR LES VIEUX

Kristine Kathryn Rusch

Pendant longtemps, il y eut un mélange des genres entre les auteurs de science-fiction et les auteurs de romans policiers et à suspense. Les premiers noms qui viennent à l'esprit sont des noms d'hommes : Poul Anderson, Anthony Boucher, Fredric Brown, Isaac Asimov. Simplement parce que, au début, peu de femmes écrivaient des romans de SF. De nos jours, elles sont nombreuses à s'intéresser à ce genre littéraire, certaines d'entre elles — Kate Wilhelm, par exemple — écrivant également des romans policiers.

Kristine Kathryn Rusch est née à Oneonta, dans l'Etat de New York, en 1960. Elle vit actuellement dans l'Oregon. Elle a commencé sa carrière comme journaliste, rédactrice en chef et directrice de la rédaction d'une radio. De 1991 à 1997, elle a été responsable de la publication du *Magazine of Fantasy and Science Fiction*, vénérable journal fondé au milieu du vingtième siècle. Avec Dean Wesley Smith, son mari, elle a aussi fondé une maison d'édition (1987-1992).

Kristine Kathryn Rusch est davantage connue

comme auteur de science-fiction que de romans policiers ; elle a remporté en 1991 un prix prestigieux récompensant les jeunes auteurs de science-fiction, le John W. Campbell Award. Mais elle réussit incontestablement dans les deux genres. Dans son œuvre de SF on trouve, entre autres, des romans s'inscrivant dans la série *Star Trek* (en collaboration avec son mari) et dans la grande saga[1] de *La Guerre des étoiles*. Son roman policier *Hitler's Angel*, paru en 1998, a eu les faveurs de la critique et, en 1999, elle a également remporté le prix des lecteurs de trois périodiques différents : *Science Fiction Age, Isaac Asimov's Science Fiction Magazine* et *Ellery Queen's Mystery Magazine* (avec « Details », qui se passe pendant la Seconde Guerre mondiale).

« Des visions pour les jeunes... Des rêves pour les vieux » a d'abord été publié dans l'*Alfred Hitchcock's Mystery Magazine*.

1. *La Nouvelle Rébellion*, Presses de la Cité, 1998. *(N.d.E.)*

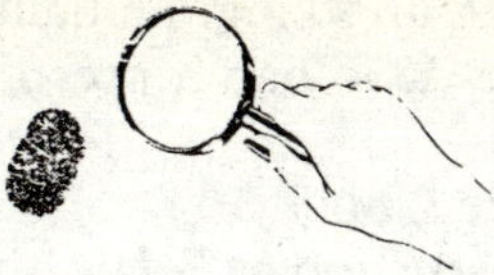

Nell frotte sa main sur sa basket et empoigne fermement la batte. Sa queue-de-cheval est en train de se détacher. Elle peut voir des mèches de cheveux accrochées à la monture métallique de ses lunettes.

— T'as un problème, binoclarde ? T'es nerveuse ?

Elle se concentre sur la balle que Pete tient dans sa main droite, plutôt que sur les garçons éparpillés de l'autre côté du terrain arrière poussiéreux. Il va la lancer d'une minute à l'autre. Si elle pense à la balle au lieu des noms, elle la renverra.

— Tu tiens cette batte comme une fille, dit T.J., de la première base.

Nell continue à regarder fixement la balle. Elle voit les coutures courir sur la surface, la surface maculée qui disparaît dans le poing de Pete.

— C'est parce que j'en suis une.

Peu importe si T.J. l'entend. Ce qui compte, c'est qu'elle a parlé.

— Prêt à lancer ! hurle Chucky, qui se trouve sur la ligne de touche.

Pete crache et Nell fait la grimace. Elle déteste qu'il crache. Il lance la balle d'un mouvement brusque du poignet. La balle à effet s'infléchit dans sa direction. Elle bondit de sa place et la frappe en même temps avec un swing. La balle touche la partie la plus mince de la batte, près de ses doigts, et rebondit.

— Cours ! crie Chucky.

Elle lâche la batte et part. L'air lui brûle la gorge. Elle ne court pas très bien. Il se trouve toujours quelqu'un pour l'éliminer avant qu'elle atteigne la base. Mais la première base se rapproche de plus en plus, et elle n'entend toujours personne courir derrière elle. Elle franchit d'un bond le dernier mètre et atterrit au milieu de la base, en laissant une belle empreinte de pied. Quelques secondes plus tard, la balle claque dans la paume de T.J.

— Tu n'avais pas à bouger, dit T.J. La balle allait t'atteindre, de toute façon.

— Pete fait toujours comme ça pour que je ne puisse pas la frapper.

Nell tire sur son chemisier boutonné haut.

— Il sait que je renvoie mieux que n'importe lequel d'entre vous, alors il triche. En plus, la dernière fois qu'il a fait ça, j'ai eu des bleus pendant une semaine. Papa ne voulait plus que je joue.

T.J. hausse les épaules, déjà concentré sur le batteur suivant.

— Nell ?

Elle lève les yeux. Edmund se tient derrière la troisième base. Son costume trois pièces est plein de poussière et il a l'air fatigué.

— Mon Dieu ! fait-elle à voix basse.

— Quoi ? demande T.J.

— Rien. Je vais y aller.

— Pourquoi ? Le match n'est pas fini.

— Je sais, dit-elle en relevant une mèche de cheveux. Mais j'y vais quand même.

Elle traverse le terrain en face du monticule du

lanceur. Pete crache et rate sa chaussure de peu. Elle s'arrête et lève lentement les yeux vers lui, en imitant consciencieusement le regard le plus noir de son père.

— Qu'est-ce que tu fais ?

— Je pars.

Ses lunettes ont glissé sur l'arête de son nez, mais elle ne les remet pas en place.

Les toucher lui rappellerait qu'elle ne voit pas très bien.

— Tu peux pas. T'es en premier.

— Chucky peut prendre ma place.

— Non. Il va bientôt renvoyer.

Elle lance un regard vers Chucky. Il est trop loin pour entendre quoi que ce soit.

— Je n'y peux rien, Pete. J'y vais.

Pete relève sa casquette au-dessus de ses yeux et la regarde du coin de l'œil.

— Alors tu ne pourras plus jamais jouer avec nous. C'était stupide de laisser une fille jouer en premier.

— Non, ce n'est pas stupide. Et toi aussi, tu es rentré chez toi au milieu du dernier match.

Elle hait Pete. Un jour, elle lui montrera qu'une fille peut être aussi bonne qu'un garçon, même au base-ball.

— Nell ! crie Edmund d'une voix lasse. On y va !

— C'est pas ton père, dit Pete. Comment fais-tu pour traînasser avec lui ?

— C'est le petit ami de ma sœur.

Elle remonte ses lunettes avec l'articulation du doigt et traîne les pieds pour parcourir le reste du terrain. Lorsqu'elle rejoint Edmund, il lui prend le bras, et ils se mettent à marcher.

— Pourquoi joues-tu avec eux ? demande-t-il

doucement. Le base-ball n'est pas un sport pour les jeunes filles.

Il lui pose toujours la même question. Une fois, il lui a même crié dessus parce qu'elle portait les baskets que Karl lui avait données.

— Je n'aime pas jouer à la poupée avec Louisa.

— Je ne crois pas que j'aimerais ça non plus.

Lorsqu'ils se sont suffisamment éloignés du terrain, il s'arrête et la fait se tourner vers lui. Il a les yeux cernés et les traits tirés.

— Je ne vais pas t'accompagner jusque chez toi. Je suis venu parce que j'avais promis de le faire.

— Tu ne viens pas voir Bess ?

Il secoue la tête, fouille dans sa poche et en sort la fine bague qui lui a coûté trois mois de salaire. Le diamant brille au soleil.

— Karl est de retour, dit-il.

Nell suivit du doigt le nom sur la plaque. *Karl Krupp*. Elle n'aurait pu l'imaginer. Le nom n'avait pas disparu au toucher, contrairement à tant d'autres choses. Ses doigts, aux articulations enflées et aux os fragiles, couraient sans défense à côté du nom. Elle laissa doucement retomber sa main sur le métal froid de son déambulateur. Quel âge pouvait-il bien avoir maintenant ? Lorsqu'elle avait dix ans, il en avait vingt-cinq. Une quinzaine d'années de différence, cela devait lui faire dans les... quatre-vingt-quinze ans. Elle jeta un regard à la porte de sa chambre. Elle n'avait pas été ouverte depuis son arrivée. Cela la frustrait. Elle voulait voir combien il s'était transformé en vieillissant.

Elle supposait qu'il n'avait pas dû trop changer depuis qu'il était arrivé dans le pavillon numéro 5. Les autres pensionnaires étaient relativement intelligents et valides, exception faite de Sophronia.

Mais les infirmières l'avaient déplacée dès que sa sénilité était devenue manifeste. La propre mémoire de Nell lui jouait des tours. Elle s'inquiétait de cette tendance grandissante qu'elle avait à rêver éveillée. Elle n'était pas sûre du nombre de provocations qu'il faudrait aux infirmières pour qu'elles l'envoient dans un pavillon plus restrictif. Nell souleva son déambulateur et s'éloigna de la porte. Elle ne voulait pas que Karl la surprenne en train d'épier. Elle portait un autre nom et ne ressemblait plus au frêle garçon manqué qu'il avait connu. Mais, jusqu'à ce qu'elle trouve exactement ce qu'elle allait faire, elle ne voulait pas qu'il sache qu'elle l'avait regardé.

Karl est affalé sur le canapé. Il étend ses longues jambes devant lui et croise les chevilles. Son bras gauche enserre l'accoudoir, et sa tête aux traits finement ciselés repose sur le dossier. Il ne doit pas être très à l'aise. Pourtant, il l'est.

Bess est assise dans le fauteuil à côté de lui, penchée en avant. De fines mèches encadrent son visage éclatant, ses yeux étincellent et ses doigts, nus sans la bague d'Edmund, jouent nerveusement avec sa plus belle jupe.

Nell laisse la porte se refermer. Karl ne s'est pas retourné en l'entendant, mais il dit de sa voix de baryton :

— C'est ma Nell qui rentre ?

Elle se fige, car elle ne s'attendait pas que cette voix soulève en elle autant d'émotion. Elle s'imagine courant vers lui et plongeant sa tête dans son cou, puis se relevant et le giflant de toutes ses forces.

— Nelly, c'est Karl, dit Bess, incapable de masquer sa joie.

— Je sais, répond-elle en enlevant d'une chiquenaude de la boue séchée sur son pouce.

Elle est trempée de sueur, ses lunettes sont sales et sa queue-de-cheval est en train de se détacher. Elle ne doit probablement même plus ressembler à une petite fille.

— Nelly...

Elle déteste ce surnom au moins autant que le ton de Bess.

— Je vais me débarbouiller.

— Fais un détour par-devant pour ne pas mettre de boue par terre.

Nell étouffe un soupir, se retourne et s'en va, juste au moment où son père ouvre la porte, entraînant derrière lui une odeur de tabac et de lotion capillaire. Il ne prête pas attention à l'apparence de sa fille cadette et se dirige vers le petit salon.

— A qui appartient cette superbe Modèle T ? C'est à vous, Edm... ?

Il s'arrête sur le seuil du petit salon. Nell fait un pas de côté afin de tout voir. Karl se relève prestement et tend la main. Bess se mordille les lèvres et papa devient cramoisi.

— Je vous ai demandé de ne plus jamais franchir le seuil de cette porte, dit-il d'une voix blanche de colère.

— Monsieur Richter, les choses ont changé...

— Même si vous étiez devenu l'homme le plus riche de la planète, vous ne seriez pas le bienvenu dans cette maison, tonne papa. Maintenant, fichez le camp d'ici.

— Monsieur, s'il vous plaît...

— Sortez ! Ou dois-je vous raccompagner ?

D'un geste rapide et gracieux, Karl prend son chapeau sur la table et le place sur sa tête. Il salue

Bess, évite papa et ébouriffe les cheveux de Nell avant de sortir.

Papa ne bouge pas jusqu'à ce qu'il entende le dernier tour de manivelle.

— Tu sais pertinemment qu'il n'est pas autorisé à venir ici... dit papa d'un ton ferme.

— Mais il a changé. Il a trouvé du travail dans le Milwaukee. Et de grandes perspectives s'ouvrent à lui.

— Parfait ! Qu'il trouve une autre petite amie.

Nell s'adosse à la porte. Ils ont oublié sa présence.

— Papa, dit Bess en se levant du fauteuil, les choses vont mieux. Il a promis.

Avec ses chaussures montantes, elle est presque aussi grande que son père.

— A-t-il promis qu'il ne te frapperait plus ou a-t-il simplement parlé d'argent ?

Bess court à la fenêtre pour regarder.

— Papa, ce n'est pas juste.

— Effectivement, ce n'est pas juste.

Papa sort sa montre de gousset, l'ouvre et la referme aussitôt, sans avoir regardé l'heure.

— Mais je ne veux pas qu'il revienne. Quand il t'a frappée, toutes les nuits qui ont suivi j'ai entendu Nelly pleurer dans son sommeil.

Nell rougit. Elle pensait que personne ne le savait.

Papa remet sa montre dans son gilet et le rajuste.

— J'aimerais bien dîner, maintenant, dit-il.

Nell s'esquive par la porte de devant et se dirige vers la pompe. Elle tremble. Elle se souvient du visage tuméfié et contusionné de Bess. Mais elle se souvient aussi de parties de rigolade avec Karl, sous la véranda. Ses pleurs n'étaient pas que pour Bess, ces nuits-là. Elle pleurait aussi les après-midi d'été qu'ils passaient à rire, à boire de la limonade, et le souvenir de Karl qui lui ébouriffait les cheveux.

Même si c'était difficile, Nell aimait marcher. Elle trouvait que chaque pas lent ajoutait une minute à sa vie. Sans son déambulateur, elle aurait dû utiliser un fauteuil roulant. Et le fauteuil roulant est un signe de faiblesse. Soulever le déambulateur puis faire un pas lui procurait le même sentiment de sûreté que celui qu'elle avait éprouvé lorsqu'elle avait frappé un coup de circuit, comme Karl le lui avait appris.

Parfois, elle passait la journée entière à arpenter les couloirs en tous sens. Elle sortait en de rares occasions, quand sa famille venait la voir. Ils l'emmenaient à l'extérieur pour éviter de parler.

Chaque pavillon était peint d'une couleur différente. Les murs du numéro 5 étaient bleu paon. Des peintures réalisées par les résidants les ornaient. Peu de temps après l'arrivée de Karl, un tableau représentant une spirale multicolore avait été accroché à côté de la porte de sa chambre.

Le regard de Nell était attiré par la toile. Elle chaussa ses lunettes pour l'étudier. La spirale était dotée de barreaux, comme une échelle. En bas, à la place de la signature, il y avait une notation qui faisait appel à des pans de mémoire qu'elle ne pouvait plus atteindre : *acide désoxyribonucléique*. Elle lut les mots deux fois et s'aperçut que la porte de Karl était ouverte. Les accords d'une étude de Chopin se répandaient dans le couloir. Elle s'approcha.

Les pensionnaires étaient encouragés à décorer leur chambre avec leurs objets personnels. La plupart d'entre elles étaient pourvues d'un téléviseur, d'un fauteuil recouvert d'une courtepointe et d'une croix d'une grandeur démesurée. Mais dans celle de Karl il y avait des bibliothèques remplies de livres. Il se tenait près de la porte, un livre à la main.

— Est-ce la jolie dame de l'autre côté du couloir ?

Sa voix n'avait pas changé. Elle était toujours aussi chaude et puissante. Elle provoquait toujours en elle des frissons. Sa chevelure noire était devenue argentée, et sa peau était couverte de délicates petites rides. L'âge ne l'avait pas desséché. Il tendit la main. Ses mouvements étaient aussi gracieux que jadis.

— Voulez-vous entrer un instant ?

Nell se surprit à observer sa main. La dernière fois qu'elle l'avait vue, elle était couverte de sang.

— Non, merci. Je vais faire mon petit tour.

— Vous avez bien un instant...

Il inclina la tête vers elle, dans l'attente qu'elle lui dise son nom.

— Eleanor.

— Eleanor ?

Il s'effaça pour la laisser passer. Elle hésita, sourit intérieurement en songeant que c'était l'homme qui lui avait donné le goût du charme.

— Un instant.

Elle tourna son déambulateur et commença à se diriger vers lui. Pour la première fois depuis des années, elle éprouva des difficultés.

— Arthrite ? demanda-t-il en regardant sa démarche malhabile.

Elle secoua la tête.

— Je me suis cassé les deux fémurs en assurant le remplacement d'un joueur au pied levé, lors d'un championnat de base-ball, en 1975. Le médecin disait que je ne marcherais jamais plus.

— Vous avez gagné ?

Elle le regarda, surprise de se retrouver à un pas de lui.

— Je marche, non ?

— Non, non. Je parle du match, dit-il en riant.

— Oh...

Elle poussa le déambulateur dans l'embrasure de la porte. Les bibliothèques rendaient le passage étroit. La chambre sentait l'encre et les vieux livres.

— Nous avons perdu de trois courses.

— Quelle honte ! dit-il doucement. On doit toujours remporter le dernier match.

Elle s'arrêta près de la fenêtre. Sa chambre donnait sur le parking arrière.

— Qui a dit que c'était mon dernier match ?

Elle se retourna et regarda sa chambre. Les étagères étaient pleines de livres. Au milieu de la pièce trônait un bureau couvert de papiers. Une chaîne stéréo, comme celle dont sa petite-fille était si fière, occupait le rayonnage de l'une des bibliothèques. Dans le coin du fond, le lit était soigneusement fait et recouvert d'un couvre-lit bon marché.

— Voulez-vous vous asseoir ? demanda-t-il en poussant une chaise vers elle.

Nell fit non de la tête.

— Du thé, alors ?

Il tendit le bras derrière lui et alluma la bouilloire électrique. A côté, il y avait des tasses, des boîtes en fer et des fioles remplies de liquide.

— Que faites-vous ici ?

La question lui avait échappé. Il se retourna brusquement pour la regarder. Nell se sentit rougir.

— Je veux dire... vous n'avez pas l'air d'avoir besoin d'être ici.

Il sourit, et ses rides s'accentuèrent.

— Mon petit-neveu dirige cet endroit. Il s'imagine que je suis trop vieux pour vivre seul.

— Mais pour les bien-portants, il y a d'autres endroits où aller. Vous n'avez pas besoin de soins, on dirait.

— Pas encore.

Il passa son pouce dans l'une de ses poches et s'appuya contre l'encadrement de la porte. Nell se demanda s'il l'arrêterait si jamais elle tentait de partir.

— Je l'aide en me livrant à des recherches.

Nell regarda à nouveau le bureau. Certains papiers étaient recouverts de la même spirale que celle qui était accrochée près de sa porte.

— Nous essayons de trouver un moyen de ralentir le processus de vieillissement. Avez-vous entendu parlé de Leonard Hayflick ?

— Non.

— C'est un biologiste qui a découvert que les cellules ont une durée de vie bien définie. Il pense que la durée de vie est déterminée par le nombre de divisions cellulaires, plutôt que par l'âge biologique. Mais certaines cellules se détériorent avant d'atteindre le nombre de divisions maximales. C'est ce qui explique, pour certains en tout cas, le vieillissement. Vous me suivez ?

— Désolée, s'excusa Nell en s'apercevant qu'elle regardait dans le vague.

— Faisons plus simple. Chacun peut vivre jusqu'à un âge maximal. Mais tout le monde ne l'atteint pas, à cause de la dégradation physique. Nous essayons de la prévenir afin que les gens puissent vivre une vie pleine et entière.

— Quel est l'âge maximal que l'on peut atteindre ?

Karl haussa les épaules.

— On ne sait pas. Mais, passé cent ans, certains ont affirmé qu'ils se sentaient en pleine forme. Je lis en ce moment un article sur une femme dont le registre de baptême atteste qu'elle a eu cent vingt ans dernièrement.

— Pourquoi me dites-vous tout ça ?

— Parce que vous me l'avez demandé, Nelly.

Son sang se glaça. Elle agrippa son déambulateur et songea au moyen de quitter la pièce.

Il fit un pas vers elle. Elle eut un mouvement de recul.

— Je suis désolé, s'excusa-t-il. J'aurais dû vous dire dès le départ que je vous avais reconnue. Ma famille est restée dans le Wisconsin, Nell. Ils m'ont dit ce qu'avait été votre vie. J'ai su que vous étiez ici bien avant d'arriver.

— Qu'êtes-vous en train de faire ? demanda-t-elle d'une voix tremblante.

Il fit prudemment un nouveau pas vers elle.

— Eh bien tout d'abord, Nelly, je voudrais vous expliquer, pour Bess...

— Non ! cria-t-elle.

Elle avait aussi peur que ce matin ensoleillé de juillet où il avait plaqué sa main ensanglantée sur sa bouche.

— Si vous ne me laissez pas sortir, je vais crier.

— Nelly...

— Je vais le faire, Karl. Je vais me mettre à crier.

Il ouvrit grand ses mains.

— Vous êtes libre de partir, Nell. Si j'avais voulu vous faire du mal, il y a longtemps que je l'aurais fait.

Elle poussa son déambulateur devant elle comme un bouclier. Ses mains glissaient sur le métal. En passant devant Karl, elle ne le regarda pas.

Les murs semblaient plus proches, et la distance jusqu'à sa chambre bien trop courte. Lorsqu'elle fut entrée, elle ferma la porte à clé. Mais elle savait que cette peur était irrationnelle. Ce n'était pas un homme de quatre-vingt-quinze ans qui pouvait lui faire quelque chose ici. Pas dans ce pavillon lumineux et plein de jeunes infirmières. Tout ce qu'elle avait à faire, c'était crier. Quelqu'un arriverait sur-le-champ. On prêtait attention aux cris, dans le pavillon numéro 5.

Nell tire sur son pantalon. Peu importe la manière dont elle le serre car il bâille toujours à la taille. Elle était réticente à glisser sur une base comme Chucky le lui avait dit, car elle avait peur que son pantalon ne tombe.

Elle emprunte le chemin qui traverse la pommeraie des Kirschman.

M. Kirschman déteste que les enfants prennent le raccourci qui passe par son verger, mais ils le font quand même.

Au moment où elle dépasse le coin du verger, quelqu'un plaque une main sur sa bouche et la pousse contre un arbre. La main est glissante. On dirait qu'elle sent le fer.

— Nelly, tu me promets de ne pas crier si je te lâche ?

C'est la voix de Karl. Elle acquiesce. Il la relâche doucement.

Il porte un doigt sale devant ses lèvres. Ses cheveux noirs se détachent sur son visage blême.

— Je ne veux pas que tu ailles plus loin, d'accord ? Je veux que tu fasses demi-tour et que tu appelles ton père. Promis ?

Nell acquiesce à nouveau. Elle regarde la chemise blanche tachée de Karl. Elle s'aperçoit qu'elle est couverte de sang. Elle s'essuie la bouche. Sa main est couverte de sang.

— Nell...

Elle se retourne et se met à courir, sans se rendre compte qu'elle lui désobéit, jusqu'à ce qu'elle dépasse le coin. Là, étendue à côté du chemin, gît sa sœur. Les cheveux de Bess sont en désordre, son chemisier est plein de sang.

— Tout va bien, Nell. C'est juste que...

Nell hurle. Karl est derrière elle. Elle le pousse et dévale le chemin jusque chez elle. Cette fois, courir lui paraît plus facile, même si l'air lui brûle toujours la gorge.

Elle entend Karl derrière elle. Elle se rapproche de la maison, elle sait qu'elle y sera en sécurité. Il ne la frappera pas. Jamais il ne la frapperait. La seule que Karl frappe, c'est Bess. Mais c'est sa faute car elle n'écoute pas papa. Maintenant, il est trop tard, bien trop tard, parce qu'elle l'a laissée là-bas, ensanglantée et sans défense, avec Karl, l'homme qui l'a frappée, l'homme dont les mains sont couvertes de sang.

— T'ai-je déjà dit que ma sœur avait été assassinée ?

Anna lissa sa jupe aux plis pourtant irréprochables et poussa un soupir.

— Oui, maman.

Mais son intonation disait : « Un millier de fois, maman. Dois-je l'entendre à nouveau ? »

Nell serra ses mains sur ses genoux. Elle se demandait si elle devait poursuivre ou non. Anna ne la croirait jamais. A cinquante-cinq ans passés, elle s'intéressait rarement à autre chose qu'aux vêtements et au maquillage. Bien sûr, elle n'avait jamais connu sa tante Bess.

— J'ai vu l'homme qui l'a tuée.

Anna se raidit soudainement et fixa son regard sur quelque chose qui se trouvait au-delà des épaules de Nell.

Son cœur battait la chamade. Son aînée, Elizabeth, l'aurait écoutée. Mais elle était morte depuis six ans.

— Cette fois-ci, je vais te le dire. L'homme qui l'a tuée — il s'appelait Karl — a également tué Edmund, son fiancé. Il n'a jamais été inquiété. Je continue d'avoir peur qu'un jour il ne revienne s'occuper de moi.

— C'est de l'histoire ancienne, maman, répondit Anna d'une voix tendue.

— Je sais.

Les doigts de Nell avaient bleui.

— Si ce n'était pas important, je ne t'en parlerais pas maintenant.

— Pourquoi est-ce important maintenant ? demanda Anna en regardant sa mère droit dans les yeux.

— Parce qu'il est ici, murmura Nell.

Elle avait prononcé ces derniers mots sur un ton mélodramatique, mais il était trop tard pour les retenir.

— Il est de l'autre côté du couloir.

Anna inspira profondément.

— Maman, même s'il est ici, il ne peut rien te faire. Il ne doit sans doute même plus se souvenir de toi.

— Il se souvient de moi. Je lui ai parlé.

— Et alors ?

Anna s'approcha de Nell et lui prit les mains. Ses paumes étaient tièdes et moites.

— C'est un homme âgé. Il n'en a probablement plus pour très longtemps. Si nous appelons la police et qu'elle vérifie tes dires, ça n'ira sans doute même pas jusqu'au procès. A part toi, qui d'autre est au courant ?

— Mon père et...

— Quelqu'un de vivant ?

— Personne.

Les yeux de Nell s'embuèrent. Elle les plissa.

— Ce sera ta parole contre la sienne. Et franchement, maman, je ne crois pas que cela en vaille la peine. Ça va t'apporter quoi, maintenant ? Il va mourir dans peu de temps et tu n'auras plus à t'inquiéter.

— Non...

Une larme perla le long de sa joue et s'arrêta à la commissure de ses lèvres. Elle donna un rapide coup de langue en espérant qu'Anna ne l'avait pas vue.

— Il ne mourra pas de sitôt.

— Et pourquoi ? demanda Anna en fronçant les sourcils.

— Il participe à des expériences sur l'allongement de la vie.

— Oh, pour l'amour de Dieu, maman ! s'esclaffa Anna en retirant ses mains. A qui d'autre astu raconté ces inepties ?

— Personne d'autre ne...

Une infirmière frappa à la porte et entra. Elle posa un plateau près du fauteuil de la vieille dame.

— Voici votre médicament.

Nell tendit le bras et saisit le gobelet en carton. Le liquide était marron.

— Ce n'est pas le mien.

Elle se redressa à temps pour voir Anna faire un signe de tête à l'infirmière.

— Buvez-le, Nell, dit l'infirmière de sa voix la plus doucereuse. Et tout ira bien.

Nell renifla le gobelet. L'odeur était aigre.

— Je n'en veux pas.

— Maman ! s'exclama Anna d'un ton brusque.

Puis, sur celui de la confidence, elle s'adressa à l'infirmière :

— Maman a eu une mauvaise journée.

— Les derniers jours ont été difficiles, répondit l'infirmière. Elle n'a pas voulu manger, ni même quitter sa chambre.

— C'est vrai, maman ?

Nell remua le contenu de son gobelet. Un dépôt flottait à la surface. Soudain, elle s'aperçut que cela n'avait aucune importance. Si Karl l'empoisonnait, personne ne s'en soucierait. Elle porta le médicament à sa bouche et, avant de changer d'avis, l'avala.

Le liquide lui piqua la langue, comme du whisky frelaté. Elle toussa et reposa le gobelet.

— Je ne vois pas pourquoi tu veux savoir, répondit-elle.

— Maman ! s'écria Anna, les lèvres pincées.

Nell se frotta le palais avec la langue, mais elle ne put faire passer le goût âcre. Elle agrippa les accoudoirs et se leva. Ses hanches craquèrent légèrement. L'infirmière lui présenta le déambulateur.

— Où allez-vous, Nell ?

Celle-ci ne répondit pas. Elle se dirigea vers le lavabo et se servit un verre d'eau.

— Je crains que ma mère n'ait plus toute sa tête, murmura Anna. Elle vient de me dire que l'homme qui est de l'autre côté du couloir est le meurtrier de sa sœur et qu'elle a peur qu'il ne s'en prenne à elle.

— M. Krupp ? Je ne peux pas y croire. Il est cloué au lit depuis son arrivée.

— Vous devriez peut-être lui dire un mot.

Anna se tut quand sa mère se retourna. Nell se dirigea vers le fauteuil. L'infirmière lui prit le bras alors qu'elle s'asseyait.

— Nell, je comprends que l'homme qui est de l'autre côté du couloir vous effraie...

Nell regarda le visage rond de l'infirmière et essaya de se rappeler son nom sans jeter un coup d'œil à son badge.

— Non. Qui vous a mis cette idée en tête ?

— Votre fille dit qu'il vous rend nerveuse.

Sur le badge était écrit DANA, *infirmière auxiliaire*.

— Je ne l'ai même pas vu, et il est très calme. Pourquoi cela me rendrait-il nerveuse ?

L'infirmière sourit et reprit le plateau.

— Je vérifiais juste, Nell.

Anna attendit qu'elle fût sortie avant de parler.

— Pourquoi lui as-tu menti, maman ?

— Je ne comprends pas pourquoi tu viens me voir.

Anna poussa sa chaise et se leva.

— Parfois, je me le demande aussi. Mais je sais que je reviendrai.

Elle attrapa son manteau et le jeta sur ses épaules.

— Tu sais, maman, ce serait mieux pour toi que tu voies du monde, plutôt que de rester enfermée dans ta chambre. Parler à d'autres pensionnaires t'aiderait à penser à autre chose, au lieu de divaguer.

Elle partit. Nell écouta le bruit des talons d'Anna sur le carrelage.

— Je ne divague pas, murmura-t-elle.

Mais l'infirmière avait dit que Karl était cloué au lit. Il lui avait paru bien portant. Nell poussa un soupir, puis réfléchit. Que pouvait-il bien faire au pavillon numéro 5 s'il ne pouvait quitter son lit ?

Nell ramasse la batte et esquisse un swing. Sa robe oscille en même temps qu'elle. Elle ne veut plus porter le pantalon que Karl lui a donné. Il y a une semaine que Bess est morte. Nell se sent seule.

— Que fais-tu ici ? questionne Chucky.

Ils sont seuls. Les autres garçons ne sont pas encore arrivés.

— Envie de jouer.

— En robe ? Et ton pantalon ? demande-t-il, l'air étonné.

— L'ai balancé.

Elle frappe la batte contre l'aire d'échauffement, comme elle a vu Pete le faire.

— Tu ne peux pas courir en robe.

— J'peux essayer...

Sa colère est vive et profonde. Depuis la mort de Bess, elle est incapable de contrôler son humeur.

— Je suis désolée.

— Ce n'est pas grave, dit Chucky en baissant vivement la tête et en détournant le regard.

— Je suis désolée, répète-t-elle en regardant le terrain de jeu.

Près des bases, l'herbe est dévastée. Elle se dit parfois que le base-ball est le seul rêve qui lui reste. Maintenant, avec la mort de Bess et la fuite de Karl, même cela paraît impossible.

— Je vais rentrer à la maison.

— Oh non ! Tu peux jouer.

Elle esquisse un petit sourire.

— Pas en robe. Tu as raison.

— Attends !

Il lui touche le bras et court chez lui. Il laisse la porte de la véranda claquer derrière lui. Elle va sur la plaque de but et fait à nouveau des swings avec la batte, imaginant qu'elle a réussi un coup de circuit. C'est si agréable d'envoyer la balle de l'autre côté du ruisseau et de l'entendre siffler. Elle n'aime rien d'autre. Si seulement elle avait été un petit garçon, elle aurait pu jouer au base-ball toute sa vie. Un jour, Karl lui a dit que, si elle arrivait à embrasser son coude, elle se transformerait en garçon. Pendant des semaines, elle a essayé, avant de se rendre compte que c'était impossible. Elle ne serait jamais un garçon. Mais elle serait bonne au base-ball.

Chucky revient. Il lui fourre des vêtements dans la main.

— Et voilà !

Elle les déplie. Il y a un pantalon éliminé et mal raccommodé.

— Chucky ?

— Il ne me va plus. Il t'ira peut-être, à toi.

— Ton frère ne devait pas en hériter ?

— Non, dit-il en évitant son regard.

— Je veux pas le prendre si ça doit te causer des histoires.

— Oh non.

Il l'observe attentivement et voit qu'elle n'est pas convaincue.

— Ecoute, tu es le meilleur batteur de l'équipe. Je ne veux pas te perdre.

Elle sourit. Un large sourire, cette fois. Un vrai.

— Merci, Chucky.

Nell avait repris ses allées et venues. Elle faisait en sorte de sortir de sa chambre à l'heure où les infirmières apportaient les médicaments.

Cela faisait des jours que la porte de la chambre de Karl demeurait close. Elle finit par le trouver dans le couloir, permutant les gobelets sur les plateaux.

— Vous échangez mes médicaments.

Elle se tenait droite, appuyée sur son déambulateur. Elle savait que dans le couloir il ne pouvait rien lui arriver.

— Oui, en effet.

Elle déglutit bruyamment. Elle ne s'attendait pas qu'il l'admette.

— Pourquoi ?

— Je suppose que je vous dois bien ça, Nell...

— Pour avoir tué Bess ?

Il posa le gobelet sur le plateau marqué de son numéro de chambre. Ses mains tremblaient.

— Je n'ai pas tué Bess, dit-il calmement. J'ai tué Edmund.

— Vous mentez.

Il secoua la tête.

— Ce matin-là, j'allais rejoindre Bess dans le verger. Nous devions nous enfuir ensemble. Mais Edmund est venu avant moi et l'a tuée. Lorsque je suis arrivé, je l'ai tué, lui.

Nell se souvenait parfaitement de ce matin-là, du soleil sur sa peau, de ses mains ensanglantées près de ses lèvres.

— Pourquoi... n'en avoir parlé à personne ?

— J'avais toujours commis un meurtre, Nelly.

C'est pour cela qu'il lui avait demandé d'appeler son père. C'est pour cela également qu'il n'était jamais revenu la tuer.

— Pourquoi êtes-vous revenu ici ?

— Le Wisconsin, c'est chez moi, dit-il en s'appuyant sur le chariot. Je suis revenu mourir à la maison.

— Mais... les expériences ?

Il sourit.

— J'ai survécu plus de vingt ans à la plupart de mes frères et sœurs. Et, au départ, la formule n'était pas très au point. Nous l'avons changée. La vôtre est mieux que la formule initiale.

— La mienne ?

— Nelly...

Il inclina légèrement la tête et passa la main dans son épaisse chevelure argentée. Ce geste rappela à Nell le jeune Karl, celui qui lui avait appris à rire et à frapper un coup de circuit.

— Que croyiez-vous ? Que je vous empoisonnais ?

Elle acquiesça.

— Non... J'essaie le remède sur vous. Je sais que j'aurais dû vous le demander, mais vous ne m'auriez pas cru. Il était plus facile de procéder ainsi.

— Pourquoi moi ?

— Pour plusieurs raisons.

Le chariot glissait doucement. Il se rattrapa pour ne pas tomber.

— Je ne connais pas grand monde qui jouait encore au base-ball à plus de soixante-dix ans. Ou qui réapprend à marcher, alors que les médecins pensaient que c'était impossible. Le pouvoir de votre esprit est stupéfiant.

— Et si je n'avais plus envie de vivre ?

— Oh si ! Sans quoi vous ne seriez pas là à essayer de me surprendre.

— Je vous ai attrapé.

Le couloir était vide. D'habitude, il y avait toujours des pensionnaires en train d'aller et venir.

— Je sais. Qu'allez-vous faire ? Appeler une infirmière, me faire arrêter ? Pour les meurtres, il n'y a pas de prescription.

Nell l'examina un instant. Il était maigre et sa peau était pâle. Il avait quatre-vingt-quinze ans. Combien de temps encore lui restait-il à vivre ?

— Je ne veux absolument plus de votre remède.

Il resta debout, sans bouger. Il attendait qu'elle dise autre chose.

Elle poussa son déambulateur de l'autre côté du chariot.

— Et je ne veux plus parler.

Elle marcha doucement dans le couloir et s'interdit de regarder derrière elle. Si elle pouvait marcher sans son déambulateur, sans avoir mal... Si elle pouvait vivre plus longtemps que son père, décédé à quatre-vingt-dix-huit ans. Elle n'était pas encore prête à quitter la vie. Parfois, elle avait l'impression d'avoir vingt ans.

En atteignant la porte de sa chambre, elle se retourna et regarda celle de Karl. Une fois, elle avait cru en Karl et ses miracles. Elle n'y croyait plus.

Le monde est réduit à la balle que Pete tient fermement dans sa main.

— Lance-la droite ! hurle Chucky.

Pete crache. Nell le remarque à peine. Elle regarde la balle. Elle sait que, lorsqu'il l'aura lancée, elle la frappera de toutes ses forces. Le temps semble ralentir à mesure que la balle file vers elle. Elle sait comment elle volera, où elle aboutira. Elle balance sa batte pour la recevoir. Le choc produit un claquement qui la satisfait. Le temps reprend son cours.

— La vache ! s'exclame Chucky.

Mais Nell l'ignore et lâche la batte. Du coin de l'œil, elle voit la balle ricocher sur le ruisseau. Elle court le plus vite possible. Son pied droit frappe la première base, elle continue en volant, comme la balle. Qui disparaît dans les herbes, derrière le ruisseau, quand son pied touche la deuxième base. Ses lunettes glissent de son nez entre la deuxième et la troisième base. Elle navigue à vue, d'après les couleurs. Ses poumons la brûlent lorsque son pied gauche frappe le galet de la troisième base.

— Vas-y, Nelly ! Vas-y !

Elle court vers les formes floues, derrière la plaque de but. Elle a un point de côté et tout son corps est douloureux. Mais elle continue à courir. Elle bondit sur la plaque de but. Son équipe pousse des hourras, mais elle ne peut s'arrêter. Elle court trop vite pour s'arrêter net. Elle percute Chucky, qui la serre dans ses bras.

— Génial ! s'écrie-t-il. C'était vraiment génial !

Elle reste debout, savourant cet instant. Karl aurait été fier d'elle. Mais il ne le saura jamais. Elle essuie la transpiration sur son front et dit :

— J'ai perdu mes lunettes.

Pendant que Chucky ratisse le terrain pour les retrouver, elle se rend compte qu'elle ne peut pas aller plus vite. Son petit corps de fille, malgré toute la précision de ses coups de batte, l'empêche d'aller plus vite. Mais elle s'en moque. Si elle pouvait jouer dans une vraie équipe, elle frapperait des coups de circuit jusqu'à l'âge de cent ans, bien après la mort de tous ces garçons.

— C'était vraiment génial, Nelly ! s'exclame

Chucky en lui tendant ses lunettes. Vraiment génial.

Elle vérifie que les verres ne sont pas cassés et remet la monture en place.

— Pas mal pour une fille, lâche-t-elle en regardant T. J.

Elle quitte la pelouse et s'assoit sur la touche, avec l'espoir d'avoir d'autres occasions de tenir la batte.

Nell fut réveillée par le bruit d'une course. Elle l'avait déjà entendu, ce bruit. Quelqu'un était mort ou passait de vie à trépas. Ils l'emmenaient, avant que les pensionnaires l'apprennent.

Elle prit ses lunettes et sortit du lit. Avec précaution, elle se dirigea vers la porte. Ils étaient assemblés devant la chambre de Karl. Deux hommes poussaient un brancard. Le corps était sanglé dessus, le visage recouvert. Ils se hâtèrent de le mettre hors de vue.

Elle traversa le couloir vide. Sous ses pieds, le carrelage était froid et grumeleux. Ils avaient laissé la porte de la chambre de Karl ouverte. Elle s'arrêta sur le seuil pour sentir l'effluve de la mort flotter au-dessus des odeurs d'encre et de livres.

— Nell ? dit une infirmière en venant à sa rencontre.

— Il est mort ?

— M. Krupp ? J'en ai bien peur. Je suis désolée qu'il vous ait importunée.

— Non, pas vraiment.

Elle remonta sa chemise de nuit sur sa poitrine. Elle allait attraper froid.

— Il n'aurait probablement pas dû être orienté dans ce pavillon, reprit l'infirmière. Il était bien trop malade... Mais sa famille voulait qu'il ait une chambre individuelle.

Nell se demandait comment l'infirmière pensait pouvoir lui faire avaler ça. Un coup d'œil à la chambre de Karl, et il était évident qu'il n'avait pas été cloué au lit. Nell passa la chambre en revue encore une fois. Le dessus du bureau était vide, et on avait enlevé les fioles. Le reste n'avait pas changé.

L'infirmière arriva à côté d'elle. Nell reconnut le visage rond de Dana, l'auxiliaire qui lui apportait régulièrement ses médicaments.

— Comment êtes-vous sortie ?

— En marchant.

L'infirmière lui lança un regard perplexe.

— Allez, retournons nous coucher, voulez-vous ?

Elle passa son bras autour de la taille de la vieille dame et l'aida à regagner sa chambre. Elle n'eut pas besoin d'aide pour atteindre la porte. Lorsque Nell vit le déambulateur près du lit, à sa place habituelle, ses genoux flanchèrent.

— Nell ?

Elle se redressa et se dégagea de l'emprise de l'infirmière. Elle marcha jusqu'à son lit et effleura le déambulateur.

— Je vais bien.

Elle monta sur le lit et y resta jusqu'à ce qu'elle entende l'écho des pas de l'infirmière s'estomper dans le couloir. Elle se remit alors debout et traversa lentement la pièce.

Elle était forte, lui avait-il dit. « Le pouvoir de ton esprit est stupéfiant. »

Elle marcha jusqu'à la porte et regarda la chambre vide de Karl, de l'autre côté du couloir.

La toile était toujours accrochée, ses spirales torsadées comme une échelle mal formée. Sous la joie mêlée de stupeur, la frustration lui tordait l'estomac. Elle ne saurait jamais si c'était sa propre détermination ou la potion amère de Karl qui avait redonné vie à ses jambes. Comme elle ne saurait jamais s'il avait vraiment tué sa sœur ou s'il avait dit la vérité. Elle voulait croire que c'était le pouvoir de son propre esprit, mais la guérison de ce dernier prenait du temps. Elle avait recommencé à marcher dans sa tête, quelques jours avant de boire le remède.

Nell retourna vers son lit et s'assit. Elle se demandait ce que dirait Anna en apprenant que sa mère pouvait à nouveau marcher. Elle décida que cela n'avait pas d'importance. Ce qui importait, c'était que ses pieds, avec lesquels elle avait fait le tour des bases, poursuivi deux enfants, et qui l'avaient portée pendant des décennies, fonctionnaient à nouveau. Une fois, elle avait fait le vœu de frapper des coups de circuit jusqu'à cent ans. Et, peut-être, oui, peut-être le ferait-elle.

UNE PRÉDATRICE

Sharyn McCrumb

Née en 1948, Sharyn McCrumb, diplômée de l'université de Caroline du Nord et de Virginia Tech, vit dans les Blue Ridge Mountains, en Virginie, mais parcourt les Etats-Unis et le monde pour donner des conférences sur son œuvre. Dernièrement, elle a dirigé un atelier d'écriture à Paris, pendant l'été 2001.

La suite de Ballades de McCrumb, qui commence par *If Ever I Return, Pretty Peggy-O* (1990), lui a valu de nombreuses distinctions, notamment le Prix de l'Association des écrivains des Appalaches (pour sa remarquable contribution à la littérature appalachienne) et plusieurs articles élogieux, dans le *New York Times* et le *Los Angeles Times* notamment.

Dans l'introduction à son recueil de nouvelles *Foggy Mountain Breakdown and Other Stories* (1997), elle raconte en détail l'histoire de sa famille, en Caroline du Nord et dans le Tennessee. Elle s'en est inspirée pour son œuvre de fiction située dans les Appalaches. L'un des personnages récurrents, le shérif Spencer Arrowood, doit son surnom à des aïeuls du côté paternel, tandis que Frankie Silver — la première femme pendue pour meurtre dans l'Etat de Caroline du Nord, dont elle intègre la vie dans *The Ballad of Frankie Silver* (1998) — était une cousine éloignée. « Mes livres sont semblables aux courtepointes des Appalaches, écrit-elle. Je prends des fragments de légendes hauts en couleur, de ballades, de scènes de la vie à la campagne et de tragédies locales, et je les regroupe dans un ensemble complexe qui raconte non seulement une histoire mais décrit aussi la nature profonde au sud des montagnes. »

Pour Sharyn McCrumb, « Une prédatrice » est une réflexion personnelle sur ce qui aurait pu se passer si, en 1966, Myra Hindley, « la meurtrière de la lande », avait été relâchée. Bien que Myra n'ait jamais tué personne (elle était la petite amie et la complice du tueur d'enfants Ian Brady), elle a, dans l'histoire de la Grande-Bretagne, passé plus de temps en prison qu'aucun vrai assassin.

— Elle a vraiment une tête d'assassin, non ? lâcha Ernie Sleaford en tapotant la photo d'une fausse blonde.

Il arborait la moue railleuse qu'il réservait aux « pauvres chiennes », expression qu'il utilisait pour qualifier les femmes peu sympathiques.

Embarrassée par sa propre décoloration, pourtant impeccablement exécutée, Jackie Duncan acquiesça d'un signe de la tête. Parce qu'elle avait vingt-sept ans et qu'elle était menue, elle n'avait jamais eu à souffrir de la dérision d'Ernie. Lorsqu'il l'engueulait, c'était uniquement pour des motifs professionnels : une occasion ratée de faire une bonne photo ou un reportage un peu bâclé. Elle attrapa le cliché rebutant.

— Elle a l'air drôlement dure. On se demande comment des enfants ont bien pu lui faire confiance.

— Comment auraient-ils pu le savoir, ces pauvres agneaux ? Nous n'avons jamais connu une femme comme notre Erma auparavant, non ?

Jackie étudiait le visage en se demandant s'il était véritablement méchant ou si c'était une projection de leur part due à la connaissance qu'ils avaient de sa propriétaire. Quoi qu'il en soit, c'était un visage cruel et quelconque. Erma Bradley était boulotte, avec des yeux sournois et cette expression maussade de défense que les femmes ordinaires ont souvent par anticipation des affronts à venir.

Ernie avait inscrit les mots *en page une* sur le cliché. Rien à voir avec l'un de ces visages féminins qu'on trouvait habituellement en couverture du *Stellar*, tabloïd connu pour ses photos quotidiennes de la princesse Diana et pour ses bimbos en page trois. Une femme bien en chair et à la crinière décolorée devait sérieusement se bouger pour gagner le droit de figurer dans les tabloïds. C'était le cas d'Erma Bradley, assurément.

Reconnue coupable de l'assassinat de quatre enfants en 1966, elle avait été condamnée à la prison à perpétuité et purgeait sa peine à Holloway, au nord de Londres.

Partie, mais pas oubliée. Parce qu'elle était l'unique tueuse en série britannique, les tabloïds entretenaient son souvenir en publiant régulièrement des articles la concernant, toujours illustrés de cette photo de 1965 où Erma apparaissait renfrognée. La plupart des derniers articles en date ne tentaient même pas d'être crédibles : « Erma Bradley : la fille naturelle de Hitler » ; « Les fantômes des enfants hantent Erma » ; sans oublier l'accroche qui avait été la plus vendeuse, celle d'octobre : « Erma Bradley est-elle un vampire ? » Cette dernière manchette était peut-être la plus pertinente, car elle montrait que le public ne la considérait déjà quasiment plus comme une personne. Erma avait pris place dans le panthéon des monstres, à côté de Frankenstein, de Dracula ou de Guy Fawkes, un autre criminel à la réputation surfaite. La spécialité d'Ernie Sleaford était de trouver de nouveaux prétextes pour utiliser la vieille photo d'Erma. Son visage à la une dopait manifestement les ventes.

Jackie Duncan n'avait jamais rédigé d'article sur Erma. Elle n'était qu'une enfant à l'époque du procès, et plus tard, une fois les crimes élucidés et les meurtriers sous les verrous, l'affaire ne l'avait jamais vraiment intéressée.

— Je croyais que c'était Sean Hardie, son petit ami, qui avait réellement fait le coup, dit Jackie, fronçant les sourcils tout en essayant de se souvenir des détails de l'affaire.

Le rédacteur en chef du *Stellar* sourit d'un air sarcastique.

— Hardie ? Question dureté, j'ai toujours pensé qu'il n'arrivait pas à la cheville d'Erma. Regardez-le. Il est à l'hôpital pénitentiaire, et c'est un vrai légume ! Il est complètement cinglé. C'est comme ça qu'on devrait se retrouver avec la mort de quatre enfants sur la conscience. Mais pas notre Erma ! N'a-t-elle pas obtenu son diplôme universitaire grâce à la télévision éducative ? En cage, elle a appris à parler comme les gens de la haute, non ? Et maintenant, une bande de putains de bonnes âmes va la faire libérer !

Jackie, qui écoutait cette tirade d'une oreille distraite en contemplant la couleur de son nouveau vernis à ongles, le dévisagea avec un regain d'intérêt.

— Je n'ai jamais entendu cela, Sleaford ! Vous êtes certain qu'il ne s'agit pas de l'une de vos histoires à dormir debout ? « Erma Bradley, fiancée au prince Edward ? » : c'est l'accroche que je préfère, dit-elle en souriant.

A l'évocation de sa dernière manchette sur Erma, Ernie s'empourpra tout en demeurant grave.

— C'est vrai, Jackie. C'est une matonne de Holloway qui m'a refilé le tuyau. Elle sort la semaine prochaine.

— Allez ! Ça aurait fait l'ouverture de tous les journaux télévisés de Grande-Bretagne, à l'heure qu'il est. La manchette du *Guardian*. Et un beau débat au Parlement.

— L'administration pénitentiaire ne souhaite pas que cela s'ébruite. Elle ne veut pas que des gens comme nous la harcèlent à sa sortie. Elle veut qu'on la laisse tranquille. J'ai dû payer cher pour avoir l'info, croyez-moi, ajouta-t-il avec un petit rire de satisfaction.

— Que vous êtes mesquin, Ernie, dit Jackie en souriant. Qu'ai-je à voir là-dedans, alors ?

— Vous ne devinez pas ?

— Je crois que oui. Vous voulez la confession d'Erma, quel que soit le moyen de l'obtenir.

— Nous pourrons l'écrire nous-mêmes, le cas échéant. Paul travaille déjà dessus. Non, ce dont j'ai besoin, c'est d'une photo récente, Jackie. Cette vieille vache ne s'est pas laissé photographier une seule fois en vingt ans. Notre Erma tient à garder son intimité. Oui, madame. Et moi, je crois que les lecteurs du *Stellar* aimeraient bien voir à quoi ressemble Erma Bradley aujourd'hui.

— Ça m'étonnerait qu'ils l'engagent comme nourrice...

Jackie le laissa finir de rire avant de parler rémunération.

La cellule paraissait aussi impersonnelle qu'au début de son incarcération. Elle avait été balayée de fond en comble et les rideaux dépendus. Ce rectangle de trois mètres sur deux renfermait un lit, un placard, une table, une chaise, un lavabo en bois, une cuvette, un broc en plastique et un seau. Les affiches et les photos personnelles avaient été enlevées. Ses livres étaient rangés dans un sac Marks & Spencer.

Ruthie, qui avait gagné le surnom d'Espiègle à cause de sa petite taille et de sa physionomie anguleuse, était assise sur le bord du lit. Elle la regardait faire ses paquets.

— T'embarques tout ? demanda-t-elle gaiement.

La femme brune et mince regarda fixement les différents objets alignés sur la table.

— J'crois pas, dit-elle en se renfrognant.

Elle attrapa une boîte en fer-blanc contenant du dentifrice vert.

— Hé ! Ça t'intéresse, ça ?

L'Espiègle haussa les épaules et tendit le bras pour l'attraper.

— Pourquoi pas ? Après tout, toi, tu sors... Moi, j'ai encore quelques années à tirer. Quand tu seras dehors, tu m'écriras ?

— Tu sais très bien que ce n'est pas permis.

— Comme si ça pouvait t'empêcher de le faire ! répliqua la plus jeune des deux femmes en riant bêtement.

Elle attrapa un autre objet qui se trouvait sur le lit.

— Et le savon que t'as eu à Noël ? Tu trouveras bien mieux dehors, tu sais.

Elle le lui tendit.

— Terminé, le savon au freesia.

— T'emportes tes posters, chérie ? Tout le monde pensait que t'en aurais ras le bol de les voir.

— C'est vrai. Mais j'ai promis à Senga que je les lui donnerais.

Elle posa les affiches enroulées sur le lit, à côté de Ruthie, et prit une petite photo encadrée.

— Et ça, tu le veux, l'Espiègle ?

La petite blonde écarquilla les yeux en voyant la photo jaunie d'un homme au regard maussade.

— Bon Dieu, mais c'est Sean ! Range-la ! Je serai contente quand tu l'auras embarquée loin d'ici.

Erma Bradley sourit et glissa la photo sous ses vêtements.

— Je vais la garder.

Lorsqu'elle menait des entretiens, Jackie Duncan portait rarement son plus bel ensemble de soie. Mais, cette fois-ci, elle sentait qu'une allure élégante l'aiderait. Sa chevelure blonde, coupée au carré, laissait voir une paire de boucles d'oreilles en or en forme de coquillage. Son sac à main en cuir pleine peau et ses chaussures coordonnées avaient dû coûter une petite fortune. Les journalistes du *Stellar* partant en reportage étaient rarement vêtus ainsi, mais cela conférait à Jackie un air d'autorité et de professionnalisme dont elle aurait besoin pour tirer le meilleur parti de cet entretien.

Elle parcourut du regard la salle de conférence miteuse en se demandant si Erma Bradley y était déjà venue et, si oui, où elle s'était assise. Pour préparer son article, Jackie avait lu tout ce qu'elle avait pu trouver sur le cas Bradley : le livre mélodramatique d'un journaliste de la BBC, le réquisitoire modéré de l'avocat général et une masse d'articles de journaux plus sérieux que le *Stellar*. Elle avait commencé à s'intéresser à Erma Bradley et à son amant meurtrier, Sean Hardie. Un couple d'assassins pouvait-il rester uni ? Les différentes analyses avaient mis en évidence toute l'horreur de ces meurtres d'enfants, mais elles avaient été incapables de rendre compte des mobiles et avaient livré peu de détails sur les meurtres eux-mêmes. Il y avait là un livre à écrire, et celui qui obtiendrait le matériau pour le rédiger ferait fortune. Jackie avait l'intention d'en savoir encore plus que ce qu'elle avait déjà découvert. Mais, d'abord, elle devait mettre la main sur Erma Bradley.

Charmées par son élégance, les matonnes la laissèrent entrer afin d'approfondir les raisons de sa visite. Jackie jeta un rapide coup d'œil au miroir. Très utile pour impressionner les vieilles barbes, cette toilette. « Et puis pourquoi ne pas en profiter pour offrir aux taulardes un petit défilé de mode ? » songea-t-elle.

Les six détenues, vêtues d'uniformes synthétiques informes, vautrées sur leurs chaises, la regardèrent fixement sans lui manifester le moindre intérêt. L'une d'elles lisait un roman de Barbara Cartland.

— Salut, les filles ! lança Jackie de sa voix la plus doucereuse.

Elle avait l'habitude d'enjôler les vieilles dames qu'elle mettait en vedette dans ses articles. Elle décida que cela ne devrait être guère différent.

— Elles vous ont dit pourquoi j'étais ici ?

Les regards se firent encore plus absents, jusqu'à ce qu'une rousse robuste lui demande :

— Tu t'es déjà fait une nana ?

Jackie l'ignora.

— Je suis ici pour enquêter sur les conditions de vie dans les prisons. C'est le moment ou jamais de vous plaindre, s'il y a des choses que vous voulez changer.

Alors, avec réticence, elles commencèrent à évoquer la nourriture et le règlement illogique et rigide qui régissait chaque instant de leur vie. La tension diminua au fur et à mesure qu'elles parlaient. Elle sentit qu'elles étaient disposées à se confier. Jackie griffonnait quelques notes hâtives afin qu'elles continuent à parler. Enfin, l'une d'elles avoua que ses enfants lui manquaient. C'était le signal que Jackie espérait.

Elle posa aussitôt son bloc-notes.

— Les enfants... reprit-elle en retenant son souffle. Mais, au fait, Erma Bradley était bien ici, non ?

Elles se regardèrent.

— Et alors ?... dit une myope aux cheveux gras.

Une blonde au regard fureteur, qui paraissait plus sensible au charme de Jackie que les détenues plus âgées, répondit avec empressement :

— J'l'ai connue. C'était ma meilleure amie !

— C'est le moins qu'on puisse dire, l'Espiègle, dit une femme à l'allure négligée, originaire de la banlieue sud de Londres.

Jackie n'avait plus besoin de faire semblant de s'intéresser à leurs conditions de vie.

— Vraiment ? répondit-elle à celle qu'on appelait l'Espiègle. J'aurais eu une peur bleue. Comment était-elle ?

Toutes se mirent à parler d'Erma.

— Un peu réservée, dit l'une. Elle ne savait jamais à qui se fier, à cause de sa réputation, vous savez. Ici, nous sommes nombreuses à avoir des enfants, c'est pour ça qu'il y avait de l'hostilité contre elle. En cuisine, elles avaient l'habitude de cracher dans sa gamelle avant de la lui porter. Et, parfois, des filles qui venaient d'arriver voulaient s'en prendre à elle pour montrer que c'étaient des dures.

— Quel sang-froid ! s'écria Jackie. Je l'ai vue en photo...

— Elle ne ressemble plus du tout à ça, répliqua l'Espiègle. Elle a laissé ses cheveux reprendre leur couleur naturelle, foncée. Et elle a minci. Elle est vraiment pas mal. Elle doit avoir perdu une vingtaine de kilos, depuis l'époque du procès.

— Vous auriez une photo d'elle ? demanda Jackie tout en continuant de feindre l'étonnement.

La rousse posa une main épaisse sur l'épaule de l'Espiègle.

— Attendez, vous êtes ici pourquoi, exactement ?

Jackie inspira profondément.

— Il faut que je retrouve Erma Bradley. Pourriez-vous m'aider ? Je vous paierai.

Quelques minutes plus tard, Jackie prenait congé des surveillantes en minaudant, après leur avoir annoncé qu'elle reviendrait d'ici quelques jours pour un complément d'enquête. Entre-temps, elle devrait avoir trouvé le moyen d'introduire clandestinement deux bouteilles de Glenlivet : le prix de la tête d'Erma Bradley. Ernie lui ferait probablement payer le whisky de sa poche. Ce serait bien fait pour lui si elle arrivait à en tirer un bon livre.

L'appartement aurait eu besoin d'un sérieux coup de peinture et de meubles de meilleure qualité. Mais cela pouvait attendre. Elle avait l'habitude du délabrement. Ce qu'elle appréciait le plus, c'étaient les hauts plafonds et les grandes fenêtres à battants qui donnaient sur la lande. De cette fenêtre, on ne voyait rien d'autre que les coteaux, la bruyère et le ciel. Ni routes, ni maisons, pas âme qui vive. Après vingt-quatre années passées au cœur de la ruche que constituait une prison pour femmes, la solitude était merveilleuse. Chaque jour, elle passait des heures uniquement à regarder par la fenêtre, en sachant qu'elle pouvait fouler la lande quand elle le désirait, sans surveillantes, sans clés, sans entrave physique d'aucune sorte.

Erma Bradley essaya de se remémorer si elle avait déjà été seule auparavant. Elle avait vécu avec sa mère dans un appartement minuscule jusqu'à ce qu'elle obtînt son brevet. Puis, peu après avoir accepté le poste de secrétaire chez Hadlands, elle avait connu Sean. Elle avait été incarcérée à vingt-trois ans, ce qui avait entraîné la fin même de son droit à l'intimité. Elle pouvait se rappeler qu'elle n'avait jamais connu un seul instant de solitude pour apprendre à connaître ses propres goûts et dégoûts. Elle était passée de l'ombre de sa mère à celle de Sean. Elle gardait la photo de celui-ci et celle de sa mère, non par amour mais comme un rappel des prisons qu'elle avait connues avant Holloway.

Elle apprenait maintenant qu'elle aimait les plantes et la musique de Sibelius. Elle aimait bien aussi que les choses soient propres. Elle se demandait si elle serait capable de repeindre l'appartement elle-même. Tant qu'elle n'aurait pas repeint ces murs vert miteux, cela n'aurait jamais l'air propre.

Elle songea qu'elle aurait pu avoir une maison... Si elle avait renoncé à un peu de cette solitude. Si elle avait vendu son histoire à un éditeur, vendu les droits d'adaptation cinématographique à un producteur. Keith, sa très patiente avocate, lui avait consciencieusement transmis toutes les offres. Le monde entier semblait disposé à lui jeter de l'argent. Mais tout ce qu'elle voulait, c'était qu'il s'en aille. La svelte mais ordinaire Emily Kay, née à nouveau à quarante-sept ans, arriverait à se débrouiller toute seule, avec des conserves et du mobilier d'occasion, pendant que la meute de journalistes pisterait Erma Bradley, laquelle n'existait plus. Elle désirait être seule. Elle n'avait jamais repensé à ces terribles mois passés avec Sean, à ce qu'ils avaient fait ensemble. Pendant vingt-quatre ans, elle ne s'était jamais autorisée à repenser à tout cela.

Jackie Duncan regarda l'immeuble en pierres élégamment orné, divisé en appartements destinés aux ouvriers. Les maçons avaient façonné des motifs en forme de feuilles sur l'embrasure des fenêtres, et des gargouilles agrémentaient chaque angle du toit. Jackie nota mentalement ce détail utile. Un autre monstre avait été ajouté à la construction.

Dans le hall d'entrée défraîchi quoique sophistiqué, Jackie examina les boîtes aux lettres pour s'assurer que son information était exacte. Elle l'était. *E. Kay*. Elle monta l'escalier quatre à quatre en songeant un court instant aux changements qui s'étaient produits en elle au cours de ces dernières semaines. Au début, lorsque Ernie lui avait confié cette enquête, elle avait eu peur de se retrouver face à une tueuse. Elle serait montée, armée de son appareil photo, et aurait appuyé sur le déclencheur au moment où Erma Bradley aurait ouvert la porte. Aussitôt fait, elle se serait enfuie. Mais, maintenant, elle avait hâte de rencontrer cette femme, autant que si elle devait interviewer une star. Voire plus, car cette célébrité lui appartenait. Elle n'avait même pas dit à Ernie qu'elle avait retrouvé Erma. C'était son affaire, pas celle du *Stellar*. Sans avoir la moindre idée de ce qui allait se passer, Jackie frappa à la porte. La tanière de la bête.

Quelques instants après, la porte s'entrouvrit, et une petite femme à la chevelure sombre la regarda nerveusement d'un air interrogateur. Elle était mince, vêtue d'une jupe et d'un pull vert tout simple. Elle n'avait plus rien à voir avec la blonde rondouillarde des années 1960. Mais le regard était identique. Le visage était toujours celui d'Erma Bradley.

Jackie se fit brusque :

— Puis-je entrer, madame Kay ? Vous ne voudriez sans doute pas que je martèle votre porte en vous appelant par votre vrai nom, n'est-ce pas ?

— Je suppose qu'il ne servirait à rien de vous dire que vous faites erreur ? répondit-elle en s'effaçant pour la laisser entrer.

Il ne restait rien de son accent des Midlands. Elle parlait sur un ton posé et distingué.

— En effet. J'ai travaillé dur pour vous retrouver, ma chère.

— Ne pourriez-vous pas me laisser tranquille ?

Jackie s'assit sur le canapé élimé, d'un marron douteux, et sourit à son hôtesse.

— Je crois pouvoir arranger ça. Je pourrais, par exemple, ne rien dire à la BBC, aux tabloïds ou au reste du monde concernant votre nouvelle apparence et votre lieu de résidence.

La femme regarda ses mains, dépourvues de bagues.

— Je n'ai pas d'argent.

— Oh, mais vous valez quand même des sommes folles, non ? Durant toutes ces années où vous avez été enfermée, vous n'avez jamais rien dit, à part : « Je n'ai rien fait », ce qui n'a aucun sens, puisque tout le monde sait que vous étiez complice. Vous avez même enregistré le meurtre du petit Doyle sur un magnéto !

La femme baissa la tête un instant en se détournant.

— Que voulez-vous ? dit-elle enfin en s'asseyant sur une chaise près du canapé.

Jackie Duncan toucha le bras de la femme.

— Je veux que vous me racontiez.

— Non ! Je ne peux pas. J'ai oublié.

— Impossible ! Personne ne le pourrait. Et c'est le livre que tout le monde veut lire. Rien à voir avec cette espèce de mixture infâme que les autres ont pu écrire sur vous. Je veux que vous me racontiez comment cela s'est passé dans les moindres détails. C'est le livre que je veux écrire.

Elle respira profondément et se força à lui sourire.

— En échange, je garderai votre identité et votre adresse secrètes, comme le fit Ursula Bloom dans les années cinquante lorsqu'elle interrogea la maîtresse de Crippen.

— Je ne lis pas de romans policiers, répondit Erma Bradley en haussant les épaules.

La lumière déclinait derrière la grande fenêtre qui donnait sur la lande. Un magnétophone tournait sur la table en pin et, dans la pénombre qui augmentait, la voix d'Erma Bradley montait et descendait avec une résignation empreinte de lassitude, ponctuée par les questions avides de Jackie.

— Je ne sais pas, répéta Erma.

— Allez ! Pensez-y. Prenez un biscuit pendant que vous réfléchissez. Sean n'a pas eu de relations sexuelles avec la petite Allen, mais vous a-t-il fait l'amour ensuite ? Savez-vous s'il a eu une érection pendant qu'il l'étranglait ?

Un temps.

— Je n'ai pas regardé.

— Mais vous avez fait l'amour, une fois qu'il l'a tuée ?

— Oui.

— Dans le même lit ?

— Mais plus tard. Quelques heures après. Après avoir emporté le corps. C'était la chambre de Sean, vous savez. C'est toujours là que nous dormions.

— Avez-vous vu le fantôme du petit vous regarder pendant ce temps-là ?

— J'avais vingt-deux ans. Il m'a dit... Il avait l'habitude de me faire boire, et je...

— Bon sang, Erma, allez-y ! Il n'y a aucun juré ici. Dites-moi seulement si ça vous a excitée de regarder Sean serrer la gorge des mômes. Vous étiez nus tous les deux ou il n'y avait que lui ?

— S'il vous plaît, je... Je vous en prie.

— D'accord, Erma. La BBC peut venir ici rapidement, et vous feriez l'ouverture des journaux du matin...

— Rien que lui.

Une heure plus tard :

— Arrêtez de pleurnicher, Erma ! Vous l'avez vécu une fois, non ? Quel mal y a-t-il à parler de tout ça ? Ils ne peuvent pas vous rejuger. Maintenant, allez-y, répondez à la question.

— Oui. Le petit garçon — Brian Doyle —, il était courageux, vraiment. Il n'arrêtait pas de dire qu'il fallait qu'il prenne soin de sa mère, car elle venait de divorcer, et il nous demandait de le laisser partir. Il n'avait que huit ans et il était assez petit. Il a même proposé de se battre contre nous, si nous le détachions. Pendant que Sean prenait le ruban dans le placard, je me suis approchée de lui, et je lui ai murmuré de le laisser partir, mais il...

— Vous recommencez, Erma. Je dois à nouveau éteindre le magnéto pendant que vous vous ressaisissez.

Elle était seule maintenant. La journaliste était enfin partie. Peu avant vingt-trois heures, elle avait ramassé ses notes, rangé son magnétophone et les photos des enfants morts qu'elle avait trouvées aux archives. Elle était partie en lui promettant de revenir dans quelques jours, afin de « mettre un point final à l'entretien ». Elle compléterait tout cela avec les dates, les lieux et les détails médico-légaux qu'elle pourrait obtenir d'autres sources, avait-elle dit.

La journaliste était partie, la pièce était vide, mais Mlle Emily Kay n'était plus seule désormais. Erma Bradley était bel et bien revenue.

Elle savait qu'aucun autre journaliste ne viendrait. Celle-là, cette Jackie, saurait très bien garder le secret, uniquement pour garantir l'exclusivité de son livre. A part cela, Mlle Emily Kay serait autorisée à jouir de sa liberté dans sa pitoyable petite pièce surplombant la lande. Mais ce n'était absolument plus une retraite agréable, maintenant qu'elle n'était plus seule. Erma avait ramené avec elle les fantômes.

Paradoxalement, depuis qu'elle en avait parlé,

les événements qui avaient eu lieu vingt-cinq ans plus tôt étaient devenus plus réels que lorsqu'elle les avait vécus. C'était si confus, alors. Sean buvait beaucoup et il aimait bien l'entraîner dans ses beuveries. C'était arrivé si rapidement la première fois ; impossible de revenir en arrière. Mais elle ne s'était jamais autorisée à y penser. C'était Sean qui avait fait cela, il fallait qu'elle se le dise une bonne fois pour toutes. Ainsi une partie de son esprit serait-elle définitivement fermée, et elle pourrait alors porter son attention sur autre chose. Au procès, elle avait pensé à la haine qu'elle pouvait presque toucher, celle que lui manifestaient tous ceux qui étaient près d'elle, dans la salle d'audience. Elle ne pouvait pas savoir, alors. Car, si elle avait fondu en larmes, ils auraient gagné. Ils ne l'avaient jamais appelée à la barre. Elle n'avait pas répondu aux questions, sauf pour dire, quand on lui tendait un micro : « Je n'ai rien fait. » Plus tard, en prison, il avait fallu s'adapter et elle avait passé de sales quarts d'heure avec les autres prisonnières. « Je n'ai rien fait » était devenu la vérité pour elle. Cela voulait dire : « Je ne suis plus la même personne que celle qui a fait ça. Je suis petite, mince et cultivée. Le monstre sale et disgracieux n'existe plus. »

Maintenant, elle avait témoigné. Sa voix avait évoqué les images de Sarah Allen appelant sa mère, de Brian Doyle proposant de vendre son vélo pour payer sa rançon. La blonde qui leur avait dit de la fermer, qui les avait maintenus... Elle était là. Et elle allait vivre ici, elle aussi, avec les cris et les larmes. Et chaque pas dans l'escalier serait celui de Sean ramenant à la maison un autre petit gars pour une petite visite.

« Je n'ai rien fait », murmura-t-elle. Cela pouvait avoir un autre sens. Empêche Sean Hardie de les frapper. Va à la police. En prison, présente tes excuses aux parents. Suicide-toi de honte. « Je n'ai rien fait, murmura-t-elle à nouveau, mais j'aurais pu. »

Ernie Sleaford se montrait désormais beaucoup plus déférent à son endroit. Lorsqu'il avait entendu parler du nouveau livre et du montant de l'à-valoir, il avait compris que c'était une joueuse et il avait commencé à la traiter avec une considération nouvelle. Il lui avait même offert une augmentation, au cas où elle aurait songé à partir. Mais elle n'allait pas les quitter. Elle aimait vraiment son travail. Et puis il était si amusant de le voir se lever lorsqu'elle entrait dans son petit bureau sale.

— Nous aurons besoin d'une photo pour la couverture, dit-il sur un ton empreint de civilité. Cela ne te dérange pas si Denny te prend en photo ? A moins que tu ne préfères en utiliser une autre ?

— Qu'il la prenne, répondit-elle avec un haussement d'épaules. Je sors de chez le coiffeur. Alors, je fais la une ?

— Oh oui ! On consacre toute la page au suicide d'Erma Bradley et on fait un encadré sur ton article : « J'ai été la dernière à voir le monstre vivant. » Ça fera un joli contraste. Ton portrait à côté de cette face de lune d'Erma.

— Je la trouve pas mal, pour une femme de quarante-sept ans. La photo que j'ai prise rend bien ?

Ernie parut choqué.

— Nous n'allons pas l'utiliser, Jackie. Nous voulons rappeler comment elle était. Une sale bête cruelle, par opposition à une jeune créature pure comme toi. Une sorte de conte moral, comme qui dirait.

JACK, SI RAPIDE

Barbara Paul

Barbara Paul est née en 1931 à Maysville, dans le Kentucky. Elle est titulaire d'un doctorat en théâtre obtenu à l'université de Pittsburgh en 1969. Avant d'être romancière à plein temps, elle a travaillé comme professeur de collège et régisseur de théâtre. Son premier roman, *An Exercise for Madmen* (1978), relevait de la science-fiction, mais, à partir de *The Fourth Wall* (1979), elle a publié plusieurs thrillers reposant souvent sur un arrière-plan théâtral. Son œuvre comprend notamment une série d'énigmes historiques liées à l'opéra — où Enrico Caruso et Geraldine Farrar jouent les détectives amateurs (Geraldine Farrar est le cerveau, Caruso fait office de docteur Watson —, la première étant *Intermezzo pour Caruso* (1984), et une série mettant en scène l'inspecteur de brigade criminelle Marian Larch, qui débute par *Le Portrait de l'artiste en tueur* (1984).

L'œuvre de Barbara Paul dans le genre policier montre une variété et une faculté d'adaptation inhabituelles, que suggère son goût pour les titres surprenants, comme *Liars and Tyrants and People*

Who Turn Blue (1980), *Your Eyelids are Growing Heavy (Les Paupières lourdes*, 1981), *He Huffed and He Puffed (Eh bien, chantez maintenant*, 1989), *Good King Sauerkraut* (1990) et *Inlaws and Outlaws* (1990). Le roman *But He Was Already Dead When I Got There* (1986) montre le plaisir qu'elle prend à jouer avec les conventions du genre.

Dans « Jack, si rapide », Barbara Paul apporte une solution inédite à l'une des affaires non résolues les plus célèbres de l'histoire criminelle. Jack l'Eventreur, qui assassina des prostituées à Londres dans les années 1880, opérait dans un monde et à une époque tristement différents des nôtres, où les tueurs en série étaient rares. Les documents sur cette affaire pourraient remplir une bibliothèque et, depuis *The Lodger* de Marie Belloc Lowndes (1913), le sujet n'a cessé d'inspirer les romanciers. La version de Barbara Paul, publiée en 1991 dans l'anthologie *Solved*, est l'une des plus originales et des plus remarquables par sa position hautement féministe.

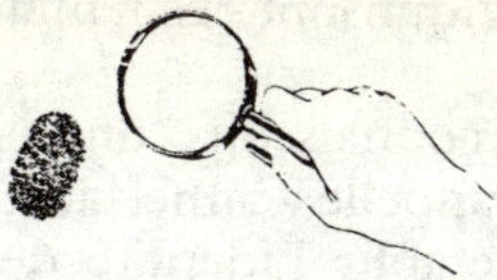

30 septembre 1888, presbytère de St Jude, Whitechapel

Il en a tué deux, cette fois. L'inspecteur Abberline nous l'a appris moins d'une heure plus tard. La première victime a été trouvée ce matin, un peu avant une heure, dans une ruelle donnant sur Berner Street. La seconde femme a été tuée à Mitre Square quarante-cinq minutes plus tard. Il a commis ses crimes ignobles et s'est enfui sans encombre, comme d'habitude. L'inspecteur Abberline pense qu'il a été interrompu, à Berner Street, parce qu'il n'a pas fait à cette femme ce qu'il a fait à ses autres victimes. Mon mari a jeté un regard d'avertissement à l'inspecteur, pour lui faire comprendre qu'il ne voulait pas que je sois exposée plus que nécessaire à des sujets aussi affligeants.

— Mais la seconde femme était gravement mutilée, conclut l'inspecteur Abberline sans entrer dans les détails. Il a fini à Mitre Square ce qu'il avait commencé à Berner Street.

Mon mari et moi ne savions rien du double meurtre, car nous n'avions pas quitté le presbytère de la journée. Quand il avait constaté que personne ne venait aux services du matin, Edward avait été furieux. Le dimanche, d'ordinaire, nous pouvions compter sur une dizaine de fidèles. Nous aurions dû nous douter que quelque chose allait de travers.

— Vous savez qui sont ces femmes, inspecteur ? demandai-je.

— Nous en connaissons une. La victime de Mitre Square s'appelle Catherine Eddowes. Nous devons encore établir l'identité de la victime de Berner Street.

L'inspecteur Abberline semblait épuisé. Je lui servis une autre tasse de thé. Il aurait sans doute préféré un breuvage plus corsé, mais Edward interdisait la présence d'alcool dans la maison. Y compris le sherry. J'attendis que l'inspecteur ait bu une gorgée avant de lui poser une autre question :

— Est-ce qu'il a prélevé l'utérus de Catherine Eddowes comme il l'a fait à Annie Chapman ?

Edward eut l'air choqué que je sache tout cela, mais il en fallait plus pour déranger l'inspecteur de police.

— Oui, madame Wickham, en effet. Mais cette fois il ne l'a pas emporté.

C'était l'un des nombreux points qui me déroutaient et m'horrifiaient à la fois dans cette série de meurtres affreux qui s'étaient produits à Londres. Trois semaines plus tôt, on avait retrouvé le corps éviscéré d'Annie Chapman à Hanbury Street. Toutes ses entrailles avaient été jetées par-dessus son épaule, à l'exception de l'utérus. Pourquoi avait-il volé son utérus ?

— Et ses intestins ?

— Jetés par-dessus son épaule gauche, comme d'habitude.

Edward s'éclaircit la gorge.

— Cette femme... Eddowes... C'était une prostituée !

L'inspecteur Abberline acquiesça.

— Et je n'ai aucun doute là-dessus, nous découvrirons que la victime de Berner Street faisait le trottoir, elle aussi. C'est le seul point commun entre ses victimes : c'étaient toutes des prostituées.

— Le mal combattant le mal, dit Edward. Quand cela s'arrêtera-t-il ?

L'inspecteur Abberline posa sa tasse.

— Hélas, la fin n'est pas encore en vue. Nous interrogeons les habitants maison par maison, et la population commence à paniquer. Tous nos hommes sont mobilisés pour disperser les rassemblements.

— Les rassemblements ? demanda Edward. Est-ce qu'il y a eu des troubles ?

— Oui, comme j'ai le regret de le dire. Tout le monde a désespérément besoin de trouver un coupable...

L'inspecteur laissa sa phrase en suspens.

— Ce matin, un de nos agents coursait un petit voleur dans la rue lorsque quelqu'un les a vus et s'est mis à hurler : « C'est l'Eventreur ! » Plusieurs hommes se sont joints à la chasse, et puis d'autres, tandis que la rumeur enflait, affirmant que l'agent courait après l'Eventreur. Cette foule était assoiffée de sang... Elle voulait un lynchage, rien de moins. Le voleur et l'agent ont fini par se barricader dans une maison, dans laquelle ils sont restés jusqu'à ce que des secours leur parviennent.

Edward secoua tristement la tête.

— Le monde perd la raison !

— C'est pourquoi je suis venu vous voir, mon père, dit l'inspecteur Abberline. Vous pouvez nous aider à les rassurer. Vous pouvez leur parler, les convaincre de se calmer. Votre présence dans la rue sera un signe apaisant.

— Bien sûr, répondit aussitôt Edward. Nous pouvons y aller maintenant ? Je vais chercher mon manteau.

— Merci pour le thé, madame Wickham, dit l'inspecteur en se tournant vers moi. Nous devons partir.

Je les accompagnai à la porte.

L'inspecteur ignorait qu'il avait interrompu une discussion entre mon mari et moi à propos d'un différend qui revenait de plus en plus souvent. Mais je n'avais aucune envie de relancer la querelle quand Edward rentrerait. L'ombre de ces deux crimes recouvrait comme un linceul tous les autres problèmes. Je me retirai dans mon cabinet de couture et tentai de retrouver mon calme grâce à la prière. Il m'était impossible de penser sans émotion à cet inconnu qui hantait les rues de l'East End londonien. Un homme qui haïssait les femmes au point d'arracher à leur cadavre les organes qui faisaient d'elles des femmes. J'essayai de prier pour lui, pour son âme perdue. Mais, que Dieu me pardonne, je découvris que j'en étais incapable.

1er octobre 1888, presbytère de St Jude

Le lendemain matin, le brouillard était si épais autour du presbytère qu'on avait laissé les becs de gaz allumés. Comme d'habitude, ils dispensaient juste assez de lumière pour éclairer le haut des poteaux. En regardant vers le bas, depuis la fenêtre de notre chambre, je ne voyais même pas la rue.

Après notre lecture matinale des Saintes Ecritures, Edward me montra un passage de la Bible.

— Puisque tu sais ce que l'Eventreur fait à ses victimes, Beatrice, il te sera profitable d'entendre ceci. Ecoute bien : « Qu'on leur déchire le sein, qu'on en extirpe le cœur et les organes vitaux pour les jeter par-dessus leur épaule. »

J'eus un haut-le-cœur.

— Exactement la manière dont Annie Chapman et les autres ont été tuées.

— Exactement, dit Edward avec un soupçon de triomphe dans la voix. Ce sont les mots de Salomon ordonnant l'exécution de trois meurtriers. Je me demande si quelqu'un a montré ce passage à l'inspecteur Abberline. Il pourrait lui être utile de connaître la justification de ces meurtres. Cela lui révélerait peut-être quelque chose des dispositions mentales de l'assassin...

Il poursuivit sur ce ton pendant quelques minutes.

Tout en l'écoutant, je pliais du linge. Quand il s'arrêta pour reprendre son souffle, je lui demandai où se trouvait sa chemise de batiste.

— Je ne l'ai pas vue depuis deux semaines.

— Hein ? Oh, on va bien finir par la retrouver, dit-il. Je suis sûr que tu l'as rangée quelque part.

J'étais sûre du contraire. Puis, non sans inquiétude, je ramenai la conversation sur notre différend de la veille :

— Ne voudrais-tu pas reconsidérer ta position sur les dons de bienfaisance, Edward ? Si les paroissiens ne peuvent même pas demander de l'aide à leur église...

— Permets-moi de t'interrompre, ma chère. Je suis convaincu qu'on ne lutte pas contre la souffrance en distribuant de l'argent à tort et à travers, mais par une appréciation réaliste des problèmes de chaque être humain. Aussi longtemps que les classes inférieures compteront sur la charité pour les sortir de la misère, elles n'apprendront pas le sens de l'économie, ni la manière la plus efficace de dépenser leur argent.

Son « appréciation réaliste » des problèmes individuels finissait toujours de la même façon : par de petits sermons sur la meilleure manière de faire des économies.

— Il est pourtant évident, dis-je, qu'en cas d'extrême indigence un petit don ne nuira en rien à leur futur bien-être.

— Ah, mais comment pouvons-nous déterminer ceux qui sont vraiment dans le besoin ? Ils utilisent tous les mensonges possibles pour obtenir quelques pièces qu'ils s'empressent de dépenser en alcool. Et, ensuite, ils viennent nous menacer si on ne leur donne pas ce qu'ils demandent ! Voilà ce que nous a légué mon prédécesseur dans cette paroisse : cette idée que l'Eglise leur doit la charité !

C'était exact. Le presbytère avait été à plusieurs reprises la cible de jets de pierres lorsque Edward avait envoyé promener des demandeurs d'aumône.

— Mais les enfants, Edward... Nous pouvons quand même venir en aide aux enfants ! Ce n'est tout de même pas leur faute si leurs parents sont des bons à rien qui dépensent l'argent à tort et à travers.

Edward vint s'asseoir à côté de moi et me prit la main.

— Tu as bon cœur et une nature généreuse, Beatrice, et ce sont des qualités que je vénère. Ton instinct charitable est l'un de tes traits de caractère les plus admirables. Pourtant, dit-il en souriant tristement, comment ces pauvres créatures désespérées apprendraient-elles jamais à s'occuper de leurs enfants si nous le faisons à leur place ? Et puis il y a ceci : l'idée ne t'est jamais venue que Dieu pouvait nous mettre à l'épreuve ? Comme ce serait simple de distribuer quelques pièces de monnaie pour nous convaincre que nous sommes quittes de notre devoir de chrétiens ! Non, Beatrice, Dieu exige de nous beaucoup plus que cela. Notre détermination doit être inflexible.

J'acquiesçai, car je savais que je n'avais aucune chance d'ébranler sa certitude que la volonté de Dieu nous dictait nos actes. En outre, Edward Wickham était mon mari, et je lui devais obéissance, même si mon cœur était troublé et plein d'incertitude. C'était à lui de décider, pas à moi.

— Ne m'attends pas avant l'heure du thé, me dit-il en se levant pour prendre son pardessus. M. Lusk m'a demandé d'assister à une réunion du comité de vigilance de Whitechapel, puis je dois faire mes visites de routine. Mieux vaut que tu ne sortes pas aujourd'hui, ma chère, du moins tant que l'inspecteur Abberline ne maîtrise pas ces manifestations.

Les devoirs d'Edward le tenaient de plus en plus souvent éloigné du presbytère. Il rentrait parfois au petit matin, mélancolique et épuisé, après avoir essayé d'aider un homme à obtenir un emploi de nuit ou de trouver un abri à une veuve et à ses enfants privés de domicile. Certains jours, il semblait avoir oublié où il était allé. Je commençais à m'inquiéter pour sa santé et pour son âme.

Quand il s'en alla, le brouillard commençait à se lever, mais mon regard ne portait toujours pas très loin, sauf en imagination. Si on descend Commercial Street avant de suivre Aldgate jusqu'à Leadenhall et Cornhill, jusqu'à l'endroit où six rues se croisent au pied de la statue du duc de Wellington, on se retrouve devant l'imposant Royal Exchange, dont les riches fresques intérieures et les sols couverts de mosaïques forment un décor approprié pour les transactions qui s'y déroulent. De l'autre côté de Threadneedle Street, la Banque d'Angleterre, avec ses étages inférieurs sans fenêtres, et l'immeuble monumental de la Bourse dressent leurs façades imposantes. On peut alors se tourner dans la direction opposée et apercevoir plusieurs autres établissements bancaires regroupés autour de Mansion House, la résidence du lord-maire. Cela m'a toujours étonnée de voir que la richesse de la nation se concentre dans une zone si réduite... A quelques minutes à pied des pires taudis du pays.

Ces banquiers richissimes ont-ils parfois une pensée pour cette pauvreté épouvantable qui règne à Whitechapel et Spitalfields ? Les habitants de la paroisse de St Jude s'entassent comme des animaux dans un labyrinthe de ruelles et d'allées, loin de toute rue importante. Des maisons délabrées et instables donnant sur des cours abritent des familles entières, parfois jusqu'à une dizaine de personnes par pièce. Dans de telles conditions, l'inceste est fréquent, voire inévitable selon certains. Les immeubles empestent les eaux usées qui s'accumulent dans les sous-sols, et les cours rejettent la puanteur des ordures qui attirent la vermine, les chiens et autres charognards. Il est fréquent qu'une conduite ouverte dans une cour soit la seule source d'eau pour les habitants de trois ou quatre immeubles : un seul tuyau gelant en hiver avec une régularité absolue. Un jour, Edward et moi avons été appelés au milieu de la nuit pour venir en aide à une femme atteinte de la scarlatine. Elle vivait dans une seule pièce malodorante avec trois enfants et quatre cochons. Son mari, un cocher, s'était suicidé un mois plus tôt. Et ce n'est qu'au moment de quitter les lieux que nous découvrîmes qu'un des enfants qui gisaient là était mort depuis plusieurs jours.

Les pensions communes sont encore pires : crasseuses, infestées de parasites, elles sont de véritables réservoirs de maladies. Dans ces asiles de nuit, le prix du lit peut atteindre quatre pence, et des étrangers dorment ensemble pour en diminuer le coût. Aucune intimité n'est possible, les lits s'alignant en rangées serrées comme dans un dortoir. Ces lits sont loués sans discrimination aux hommes et aux femmes. Il en découle que la plupart des asiles de nuit sont de véritables bordels, et, même quand ce n'est pas le cas, les tenanciers n'ont aucun scrupule à louer leurs lits à des prostituées accompagnées de clients payants. L'inspecteur Abberline nous a dit que, selon les estimations de la police, il y aurait mille deux cents prostituées rien qu'à Whitechapel, terrain de chasse propice pour l'homme prenant plaisir à massacrer des femmes de la nuit.

Depuis que l'Eventreur rôde dans l'East End, Edward fait campagne pour qu'on multiplie les patrouilles de police dans les ruelles et qu'on améliore l'éclairage public. Le problème est que Whitechapel est si pauvre que ces progrès indispensables lui sont inaccessibles. Si l'on veut obtenir de l'aide, elle doit venir de l'extérieur. J'ai donc lancé ma propre campagne. J'écris chaque jour à des philanthropes, à des œuvres de bienfaisance, à des membres du gouvernement. J'adresse ma pétition à tous les hommes de pouvoir et de bonne volonté dont je connais le nom, plaidant la cause des enfants de Whitechapel, ces gamins des rues sales et dépenaillés qui dorment là où ils le peuvent, se nourrissent de ce qu'ils réussissent à récupérer ou à voler, et commettent tous les indescriptibles méfaits qu'on peut exiger d'eux en échange d'une pièce de monnaie.

12 octobre 1888, morgue de Golden Lane, City de Londres

J'ai fait aujourd'hui quelque chose que je n'avais jamais fait. J'ai délibérément désobéi à mon mari. Edward m'avait interdit d'assister à l'audience de l'enquête judiciaire sur la mort de Catherine Eddowes, sous prétexte que je ne devais pas m'exposer aux révélations sordides qui ne manqueraient pas d'être faites. Il disait aussi qu'il était inconvenant pour la femme du pasteur de sortir sans être accompagnée, remarque qui m'aurait semblé plus appropriée en d'autres lieux et d'autres temps. J'ai attendu qu'il quitte le presbytère, puis je me suis empressée de sortir à mon tour. Sur le chemin, je suis passée devant l'un des grands abattoirs de la région. Un mouchoir collé sur la bouche et le nez pour me protéger de la puanteur, je dus traverser la rue pour éviter le sang et l'urine qui inondaient le trottoir. Mais, dès que je sortis de Whitechapel, le chemin ne fut plus encombré.

Devant la morgue de Golden Lane, j'eus le plaisir de rencontrer l'inspecteur Abberline. Surpris de me voir là, il m'offrit immédiatement sa protection.

— Le révérend Wickham n'est pas avec vous ?

— Il avait des affaires à Shoreditch, répondis-je le plus sincèrement du monde en omettant toutefois de préciser qu'Edward trouvait ces enquêtes très déplaisantes et qu'il ne serait pas venu, même s'il n'avait rien eu d'autre à faire.

— Cette foule pourrait devenir mauvaise, madame Wickham, me dit l'inspecteur Abberline.

Je vais essayer de nous trouver deux chaises près de la porte.

Ce qu'il fit. Il en résulta que je dus tendre le cou, de manière bien peu distinguée, pour voir au-dessus de la tête des autres spectateurs.

— Dites-moi, inspecteur, avez-vous identifié la seconde femme qui a été tuée la même nuit que Catherine Eddowes ?

— Oui. Elizabeth Stride. Long Liz, comme on l'appelait. Près de quarante-cinq ans et aussi laide que le péché, si vous voulez bien me pardonner de dire du mal d'une morte. Elles étaient toutes bien peu séduisantes, les victimes de l'Eventreur. Une chose est certaine : il ne les choisit pas pour leur beauté.

— Elizabeth Stride était-elle une prostituée ?

— En effet, madame Wickham, comme j'ai le regret de vous le dire. Elle avait neuf enfants je ne sais où et un mari qui, ne supportant plus son ivrognerie, a fini par la mettre à la porte. Une femme avec une belle grande famille comme celle-ci et un mari qui s'occupe d'elle... Quelles raisons pouvait-elle bien avoir de se mettre à boire ?

Je pouvais en trouver neuf ou dix.

— Et Catherine Eddowes ? Avait-elle des enfants, elle aussi ?

L'inspecteur Abberline se frotta le bout du nez.

— Eh bien, elle avait une fille, c'est tout ce que nous savons. Nous ne l'avons pas encore retrouvée.

L'audience allait commencer. La petite salle était pleine à craquer. Des spectateurs étaient debout le long des murs et s'entassaient jusqu'à l'extérieur, dans le couloir. Le coroner qui présidait la séance fit venir le premier témoin, l'agent de police qui avait découvert le corps de Catherine Eddowes.

Le point le plus frappant du témoignage de l'agent de police était que sa patrouille l'obligeait à passer à Mitre Square, où il avait trouvé le cadavre, toutes les quatorze ou quinze minutes. L'Eventreur n'avait donc disposé que d'un quart d'heure pour infliger autant de dégâts ? Comme il était rapide, comme il était sûr de lui !

L'enquête fit apparaître que Catherine Eddowes avait été étranglée avant que le tueur lui taillade la gorge, ce qui expliquait qu'elle n'ait pas crié. En réponse à ma question discrète, l'inspecteur Abberline me dit que, en effet, les autres victimes avaient d'abord été étranglées. Les médecins présents à l'autopsie s'accordèrent sur le fait que l'assassin avait de sérieuses connaissances en anatomie, mais leurs opinions divergeaient sur son talent pour ôter les organes. Leurs descriptions de ce qu'il avait fait subir au corps de sa victime étaient de nature à me mettre mal à l'aise. Je me sentis légèrement défaillir en les entendant détailler la manière dont l'abdomen avait été ouvert pour exposer les intestins.

La déclaration sous serment de l'inspecteur Abberline, qui s'en tint exclusivement aux faits, fut succincte. Il décrivit l'enquête et les mesures prises par la police après la découverte du cadavre. Il y eut d'autres témoins, des gens qui avaient rencontré Catherine Eddowes la nuit de sa mort. A un moment, on l'avait vue parler à un homme d'une quarantaine d'années, vêtu d'un manteau noir de bonne qualité, mais légèrement râpé. C'était la même description qui avait émergé de l'enquête sur l'un des meurtres précédents de l'Eventreur. Mais, à la fin de l'audience, nous n'en savions pas plus sur l'identité de ce dernier. Conclusion : « Meurtre prémédité par une personne inconnue. »

Je refusai la proposition de l'inspecteur Abberline de me faire escorter par l'un de ses hommes.

— Cet Eventreur a tué six femmes, lui dis-je. Vous avez besoin de tous vos hommes pour poursuivre votre enquête.

L'inspecteur se frotta l'arête du nez, tic que j'identifierais bientôt comme un signe de doute.

— A vrai dire, madame Wickham, je pense que seules quatre d'entre elles ont été tuées par le même homme. La femme assassinée près de l'église St Jude et celle qu'on a retrouvée sur Osborne Street... je suis persuadé que ce n'est pas le boulot de l'Eventreur, dit-il en secouant la tête.

— Qu'est-ce qui vous fait dire cela, inspecteur ?

— Il est vrai que ces deux femmes ont elles aussi été égorgées, mais pas de la même manière que les victimes des meurtres ultérieurs. L'Eventreur agit avec une cruauté inouïe. Il est gaucher, nous le savons, et il les taillade deux fois. Une fois dans chaque sens. Les entailles sont profondes, brutales. Il a quasiment décapité Annie Chapman. Non, sa première victime était Polly Nichols, Annie Chapman a suivi. Et maintenant ce double meurtre : Elizabeth Stride et Catherine Eddowes. Tous les quatre sont l'œuvre du même homme.

Je frissonnai.

— Est-ce que les quatre femmes se connaissaient ?

— Pas que nous sachions, répondit l'inspecteur Abberline. Il semble qu'elles n'avaient rien en commun, à part le fait qu'il s'agissait de prostituées.

D'autres questions me venaient à l'esprit, mais j'avais fait perdre assez de temps à l'inspecteur. Je le saluai et repris le chemin de St Jude. C'était un long trajet, depuis Golden Lane. Le jour commençait à baisser, mais je n'avais pas d'argent pour prendre un fiacre. Je serrai mon châle autour de mes épaules et pressai le pas, car je ne voulais pas être surprise dehors après le coucher du soleil. Mon mari prétendait que, puisque l'Eventreur ne tuait que des prostituées, les femmes mariées respectables n'avaient rien à craindre. Mon idée, c'était que mon mari surestimait sans doute la capacité de l'Eventreur à faire la différence.

J'étais presque arrivée à la maison quand survint un incident malheureux. Dans Middlesex Street, une femme éplorée s'approcha de moi. Elle me mit sur les bras ce qui ressemblait à un paquet de vieux chiffons. A l'intérieur, il y avait un cadavre de bébé. Je poussai un cri et faillis lâcher le petit corps glacé.

— Tout ce que je demandais, c'était un peu de lait, dit la mère, les joues baignées de larmes.

— Oh, je suis tellement désolée ! soufflai-je, désespérée.

La pauvre femme avait l'air à moitié morte de faim.

— On dit qu'aller à l'église ne sert à rien, sanglotait-elle, parce qu'on ne nous donne jamais rien, malgré toutes vos bonnes paroles.

J'avais tellement honte que je baissai la tête. Je n'avais même pas deux pence à lui donner. J'enveloppai le petit cadavre dans mon châle.

— Vous pouvez l'enterrer là-dedans.

Elle marmonna quelques mots, puis elle reprit son misérable paquet et s'éloigna en titubant. Elle allait préparer le bébé en vue de l'enterrer dans le châle puis, au dernier moment, elle récupérerait le châle pour se réchauffer elle-même. Elle pleurerait sur le corps de son bébé, mais elle le ferait. Je priai pour qu'elle le fît.

16 octobre 1888, presbytère de St Jude

Ce matin, j'ai donné quatre pence à un maçon sans travail pour qu'il nettoie nos cheminées. Il a fait une découverte surprenante dans la grande cheminée de la cuisine : les boutons, noircis par la chaleur, de la chemise de batiste de mon mari. Celle qui avait disparu. Quand j'ai demandé à Edward, un peu plus tard, pourquoi il avait brûlé sa plus belle chemise, il m'a regardée avec une totale stupéfaction et a voulu savoir pourquoi moi, je l'avais brûlée. Nous sommes pourtant les deux seuls habitants du presbytère.

22 octobre 1888, Spitalfields Market

Le pharmacien m'a informée qu'à son grand regret l'arsenic avait augmenté. J'en ai donc acheté moins que d'habitude, en espérant qu'Edward trouverait cela suffisant. Protéger le presbytère contre les rats coûtait cher. Au début, quand nous avons emménagé à St Jude, nous pensions que les rats venaient des entrepôts qui se trouvent un peu plus loin, sur Commercial Street. Mais nous avons vite compris que toutes les maisons de Whitechapel étaient envahies par la vermine. A peine avions-nous tué quelques-unes de ces bêtes que d'autres venaient les remplacer.

Un journal affiché à l'extérieur d'une gargote attira mon regard. Je m'étais promis de lire tout ce qu'on écrirait sur l'Eventreur. Le seul élément nouveau était que tous les efforts pour retrouver la famille de Catherine Eddowes, la dernière victime de l'Eventreur, étaient restés vains. L'éditorial de la première page exigeait la démission du commissaire de police et de plusieurs autres fonctionnaires.

Trois semaines avaient passé depuis que l'Eventreur avait fait deux victimes la même nuit. La police n'avait trouvé aucun indice, et personne n'avait la moindre idée de l'identité de l'Eventreur ni du moment où il frapperait la prochaine fois. Car il frapperait encore, personne n'en doutait. Et chacun était persuadé que la police était incapable de protéger les femmes de Whitechapel.

Une rue plus loin, je vis une affiche demandant à quiconque posséderait la moindre information sur l'identité du meurtrier de se présenter à la police. Cette démarche me consterna. La police n'aurait pu avouer plus clairement son échec.

25 octobre 1888, presbytère de St Jude

Edward est malade. Quand il n'est pas rentré au presbytère à l'heure du thé, hier, j'ai commencé à m'inquiéter. J'ai passé une soirée d'angoisse à attendre son retour. Il était bien plus de minuit lorsque j'ai entendu sa clé fourrager dans la serrure.

Il n'était plus lui-même. Ses yeux étaient brillants et ses vêtements en désordre. Lui si fier d'habitude avait le dos et les épaules voûtés, comme s'il avait froid. Dès qu'il me vit, il me reprocha d'avoir oublié d'acheter l'arsenic dont il avait besoin pour tuer les rats. Il fallut que je l'emmène dans le garde-manger où il avait lui-même disposé la poudre mortelle près des trous des rats. Il avait la peau brûlante et sèche, et j'eus beaucoup de mal à le convaincre de se mettre au lit.

Mais le sommeil ne venait pas. Assise sur le bord du lit, je le regardai se débattre sous les couvertures et rejeter le chiffon humide que je lui avais posé sur le front. Edward ne cessait d'agiter les mains, comme s'il essayait de repousser quelqu'un. Quels cauchemars voyait-il défiler sous ses paupières baissées ? En proie au délire, il se mit à crier. Au début, ce n'était pas très clair, puis je compris ce que mon mari disait : « Putains ! Putains ! Toutes des putains ! »

A deux heures du matin, quand je vis que la fièvre n'avait pas baissé, je sus que je devais aller chercher de l'aide. Je m'enveloppai dans mon manteau et sortis en m'efforçant de ne pas trop penser à ce qui pouvait se dissimuler dans l'obscurité. Il me coûte de l'avouer, mais j'étais terrifiée. Il fallait qu'Edward soit malade pour que j'ose sortir de nuit dans les rues de Whitechapel. Mais je parvins à destination sans incident fâcheux. Je sortis le Dr Phelps de son profond sommeil et revins au presbytère avec lui, dans sa voiture.

Quand le Dr Phelps se pencha au-dessus du lit, Edward ouvrit brusquement les yeux. Il lui agrippa le bras et serra si fort que le médecin grimaça.

— Il faut les arrêter ! murmura mon mari d'une voix rauque. Il faut... il faut les arrêter !

— Nous les arrêterons, répondit doucement le Dr Phelps en se dégageant de sa poigne.

Edward ferma les yeux et recommença à se débattre.

Le médecin l'examina rapidement.

— La fièvre provoque des hallucinations. Le sommeil est le meilleur traitement. Il lui faut beaucoup de repos.

Il sortit de son sac une petite ampoule et me demanda de lui apporter un verre d'eau, dans lequel il fit tomber quelques gouttes du liquide. Puis il fit couler le tout dans la bouche d'Edward, dont je tenais la tête.

— Que lui avez-vous donné ? demandai-je.

— Du laudanum, pour le faire dormir. Je vous laisse l'ampoule.

Le Dr Phelps se frotta le bras droit, là où Edward l'avait agrippé.

— Bizarre. Je ne me rappelais pas que M. Wickham était gaucher.

— Il est ambidextre. Cette fièvre... Il s'en remettra ?

— Nous le saurons dans quelques heures. Redonnez-lui un peu de laudanum, mais seulement s'il se réveille dans le même état d'agitation. Une seule goutte dans un verre d'eau. Je repasserai le voir plus tard.

Après le départ du Dr Phelps, je replaçai le chiffon humide sur le front d'Edward et me rassis à son chevet. Il semblait nettement plus calme, ses membres avaient cessé de se débattre en tous sens. Seul un mouvement sec des mains trahissait de temps en temps son trouble intérieur. Quand l'aube arriva, il dormait profondément, et la fièvre semblait être tombée.

J'étais trop énervée pour dormir. Je décidai de m'occuper avec quelques travaux ménagers. Le pardessus noir d'Edward avait besoin d'un bon coup de brosse ; je débutai donc par là. C'est alors que je découvris des taches couleur rouille sur les manchettes. Elles n'avaient pas l'air récentes, mais je ne pouvais en être certaine. J'eus du mal à les ôter. Le manteau avait connu de meilleurs jours, et l'étoffe risquait de ne pas résister à des manipulations trop énergiques. Mais je finis par faire disparaître le plus gros des taches et j'accrochai le manteau dans l'armoire.

Puis je m'agenouillai devant la fenêtre de la

chambre et priai. Je demandai à Dieu de m'aider à vaincre les noirs soupçons qui commençaient à m'envahir.

Whitechapel avait changé Edward. Depuis qu'il avait accepté sa nomination à St Jude, il était devenu plus distant, plus isolé du monde. Il avait toujours été réservé, c'était un homme qui parlait rarement de lui-même et jamais de son passé. J'ignorais tout de son enfance, sinon qu'il était né à Londres. Il avait toujours éludé mes questions sur les années qui avaient précédé notre rencontre. Si mes parents avaient été vivants à l'époque où Edward m'avait fait la cour, ils ne m'auraient jamais permis de répondre aux propositions d'un homme sans passé, sans famille et sans liens. Mais j'avais dépassé ce qu'on considère comme un âge convenable pour se marier, et je fus enchantée de l'apparition de ce monsieur venu de nulle part, un homme d'un esprit proche du mien et qui désirait partager mon existence. Tout ce que je savais d'Edward, c'est qu'il était un peu plus âgé que la plupart des nouveaux pasteurs, ce qui laissait supposer qu'il avait exercé un autre métier — ou au moins qu'il avait poursuivi des études pour cela — avant d'entrer dans le clergé. Les douze années de notre vie commune avaient été paisibles, et je n'avais jamais regretté ma décision.

Mais, même s'il essayait de le cacher, Edward était de plus en plus austère, depuis que nous étions à Whitechapel. Je découvris avec tristesse qu'il ne montrait aucun respect pour les gens auxquels il était censé venir en aide. Un jour, je l'avais entendu dire à un autre pasteur : « Les classes inférieures ne sont d'aucune utilité. Elles ne créent aucune richesse. Bien au contraire, elles la détruisent le plus souvent. Elles avilissent tout ce qu'elles touchent. Pris individuellement, ces gens sont sans aucun doute incapables de progresser. Le sens de l'épargne et la bonne gestion ne veulent rien dire pour eux. Je rechigne à dire qu'il n'y a rien à en tirer, mais c'est peut-être ainsi... »

L'Edward Wickham que j'avais épousé n'aurait jamais parlé ainsi.

— Beatrice...

Je tournai la tête vers le lit. Edward était éveillé et il me regardait. Je me relevai et me dirigeai vers lui.

— Comment te sens-tu ?

— Faible, comme si j'avais perdu beaucoup de sang.

Il semblait confus.

— Je suis malade ?

Je lui expliquai qu'il avait eu une forte fièvre.

— Le Dr Phelps dit qu'il te faut beaucoup de repos.

— Le Dr Phelps ? Il est venu ?

Edward ne se rappelait pas du tout la visite du médecin. Pas plus qu'il ne se rappelait ce qu'il avait fait pendant la nuit. Il ne se rappelait même pas être rentré.

— C'est effrayant, dit-il d'une voix mal assurée.

Il avait la bouche pâteuse : sans doute était-ce l'effet du laudanum.

— Plusieurs heures de ma vie se sont enfuies, dont je n'ai gardé aucun souvenir ?

— Nous nous inquiéterons de cela plus tard. Pour le moment, tu dois essayer de dormir encore un peu.

— Dormir... Oui.

Je m'assis à côté de lui et lui tins la main jusqu'à ce qu'il s'abandonne à nouveau au sommeil.

Quand il s'éveilla une seconde fois, quelques

heures plus tard, je lui apportai un bol de bouillon, qu'il avala avec un appétit tout neuf. Mon mari allait beaucoup mieux. Il envisageait de quitter le lit lorsque le Dr Phelps nous rendit visite par surprise.

Il était satisfait des progrès d'Edward.

— Reposez-vous le reste de la journée, dit-il. Demain, vous pourrez vous lever. Vous devez veiller à ne pas abuser de vos forces, sans quoi la fièvre pourrait revenir.

Edward fit mine de protester, mais sans doute était-il secrètement soulagé qu'on n'exige rien de lui, sauf qu'il reste au lit toute la journée. J'accompagnai le docteur à la porte.

— Assurez-vous qu'il mange correctement, me dit-il. Il doit recouvrer ses forces.

Je lui promis d'y veiller. Puis j'hésitai. Il fallait que je sache.

— Docteur Phelps... Est-il arrivé quelque chose, la nuit dernière ?

— Je vous demande pardon ?

Il ne comprenait pas ce que je voulais dire.

— L'Eventreur a-t-il frappé ?

— Je suis heureux de vous répondre non, répondit le Dr Phelps en souriant. Nous voyons peut-être la fin de ces horribles crimes ?

J'étais si soulagée que je ne pus m'empêcher d'éclater en sanglots. Après le départ du médecin, je retombai à genoux et priai de nouveau. Cette fois, je demandai à Dieu de me pardonner d'avoir nourri des pensées aussi déloyales à l'égard de mon mari.

1er novembre 1888, commissariat de Leman Street, Whitechapel

C'est le cœur léger que je quittai le presbytère, ce jeudi matin-là, dans l'air vif et piquant. Mon mari s'était rétabli après sa récente indisposition, et il était occupé par ses devoirs de routine. J'avais reçu deux réponses encourageantes à mes pétitions en vue de recueillir une aide de bienfaisance pour les enfants de Whitechapel. Et Londres venait de passer tout le mois d'octobre sans que l'Eventreur commette un nouveau crime.

J'allais poster deux lettres destinées aux philanthropes qui semblaient enclins à répondre favorablement à mon appel. Je leur faisais remarquer que plus de la moitié des enfants nés à Whitechapel mouraient avant l'âge de cinq ans. Ceux qui survivaient étaient mentalement et physiquement sous-développés. Nombre d'entre eux, regroupés dans des écoles pour indigents, étaient jugés attardés, quand on ne les prenait pas tout à fait pour des débiles mentaux. Les enfants arrivaient souvent à l'école en larmes parce qu'ils avaient faim, et s'effondraient derrière leur banc. En hiver, ils avaient trop froid pour se concentrer sur l'écriture de l'alphabet ou les exercices de calcul. Les écoles elles-mêmes étaient administrées en dépit du bon sens, et les enfants étaient parfois victimes de mauvais traitements. Certains directeurs empochaient la plus grande partie du budget et louaient les enfants à des patrons d'usine ou d'atelier comme main-d'œuvre à bon marché.

Ce que je proposais, c'était la création d'un pensionnat pour les enfants de Whitechapel, où ils pourraient bénéficier de conditions d'hygiène acceptables, d'une alimentation saine et de vêtements chauds, tout cela avant même de mettre les pieds dans une salle de classe. Puis, quand leurs besoins physiques seraient satisfaits, on leur dispenserait l'instruction morale et la culture générale qui leur étaient dues. L'école devrait être administrée par un directeur honnête et consciencieux, sur lequel on pourrait compter pour ne jamais exploiter les petits opprimés. Tout cela coûterait beaucoup d'argent.

Je jetai mes lettres dans la boîte postale, avec une prière silencieuse. Je me trouvais à Leman Street, pas très loin du poste de police. Je m'y arrêtai et demandai si l'inspecteur Abberline était là.

Non seulement il était là, mais il m'accueillit chaleureusement et m'offrit un siège. Après s'être enquis de la santé de mon mari, il me regarda, dans l'expectative.

Maintenant que je me trouvais devant lui, j'étais légèrement embarrassée.

— Je sais que c'est présomptueux de ma part, mais j'aimerais vous faire une suggestion. Je veux dire... Il s'agit de l'Eventreur. Vous avez sans aucun doute envisagé toutes les hypothèses, mais...

Je n'achevai pas ma phrase, car il se mit à rire.

— Pardonnez-moi, madame Wickham, dit-il en souriant. Je voudrais vous montrer quelque chose.

Il passa dans la pièce voisine et revint quelques instants plus tard avec une grande boîte pleine de papiers.

— Ce sont des lettres de citoyens inquiets, comme vous-même. Chacun d'eux propose un plan pour capturer l'Eventreur. En tout, nous en avons trois caisses comme celle-ci.

Je rougis et me levai, prête à m'en aller.

— Alors je ne veux pas...

— Asseyez-vous, madame Wickham, je vous en prie. Nous lisons toutes les lettres qui nous parviennent et nous accordons la même attention à toutes les suggestions qui nous sont faites. Je vous ai montré cette boîte pour vous convaincre que toutes les suggestions sont les bienvenues.

Je me rassis, pas tout à fait convaincue, mais encouragée par sa courtoisie.

— Très bien.

J'essayai de rassembler mes pensées.

— La première victime de l'Eventreur, selon vous, c'est Polly Nichols ?

— Exact. A Buck's Row, le 31 août.

— Le *Times* illustré a dit qu'elle avait quarante-deux ans et qu'elle était séparée de son mari, dont elle avait eu cinq enfants. La cause de leur séparation n'est autre que son inclination à boire. Toujours selon le *Times* illustré, M. Nichols a versé une rente à sa femme, jusqu'à ce qu'il apprenne qu'elle se prostituait... Il a alors interrompu son aide financière. Est-ce exact ?

— Oui, absolument.

— La victime suivante de l'Eventreur est bien Annie Chapman, quarante ans environ, assassinée début septembre ?

— La nuit du 8. Mais on n'a trouvé son corps qu'à six heures le lendemain matin. Elle a été assassinée sur Hanbury Street, à moins de huit cents mètres de Buck's Row, là où est morte Polly Nichols.

J'acquiesçai.

— Annie Chapman a fini par faire le trottoir, elle aussi, à cause de son penchant pour la boisson. Elle n'a appris la mort de son mari que lorsqu'elle a cessé de toucher sa pension. Quand elle a essayé de retrouver ses deux enfants, elle a découvert qu'on les avait séparés et placés dans des écoles différentes, dont l'un à étranger.

L'inspecteur Abberline leva un sourcil.

— Comment savez-vous cela, madame Wickham ?

— Une de nos paroissiennes la connaissait. Nous arrivons au double meurtre d'Elizabeth Stride et de Catherine Eddowes, au petit matin, le 30 septembre. Berner Street et Mitre Square, à un quart d'heure à pied l'un de l'autre. Stride était d'origine suédoise et prétendait être veuve, mais j'ai entendu dire que ce n'était peut-être pas vrai. C'était une alcoolique notoire, d'après l'un des agents qui patrouillent sur Fairclough Street, et il se pourrait qu'elle ait eu simplement honte d'admettre que son mari refusait de la laisser approcher les enfants. Leurs neuf enfants. C'est juste ?

L'inspecteur avait l'air stupéfait.

— Oui, absolument.

— Je sais très peu de chose sur Catherine Eddowes. Mais le *Times* dit qu'elle a passé la nuit précédant sa mort enfermée au commissariat de Cloak Lane parce qu'on l'avait ramassée ivre morte dans la rue, quelque part à Aldgate. Et vous-même m'avez dit qu'elle avait une fille. Avait-elle également un mari, inspecteur ?

Il hocha lentement la tête.

— Un nommé Conway. Nous ne l'avons pas retrouvé.

Toujours le même schéma.

— Vous avez dit plusieurs fois que les quatre victimes avaient une chose en commun : c'étaient des prostituées. Mais en vérité, inspecteur, elles avaient beaucoup plus en commun. Elles avaient toutes une quarantaine d'années. Elles n'étaient pas très belles. Elles ont toutes été mariées. Elles ont toutes perdu leur foyer à cause d'un faible pour la bouteille...

Je repris mon souffle.

— ... et elles étaient toutes des mères.

L'inspecteur Abberline me jeta un regard perplexe.

— Elles étaient toutes des mères qui avaient abandonné leurs enfants.

Il réfléchit à ce qu'il venait d'entendre.

— Vous pensez que l'Eventreur a été abandonné quand il était enfant ?

— Est-ce impossible ? Ou peut-être a-t-il eu une femme, qu'il a mise à la porte parce qu'elle buvait. Je ne sais pas où il... si cela correspond au schéma. Mais réfléchissons. La nature même des meurtres montre clairement que ces femmes n'ont pas été tuées de la manière dont un voleur ordinaire tuerait sa malheureuse victime... Ces femmes ont été punies.

Parler ainsi me mettait affreusement mal à l'aise, mais je devais continuer.

— La mise en scène de leur mort, si j'ose dire, est une version grotesque de la manière dont elles gagnaient leur vie.

L'inspecteur était mal à l'aise, lui aussi.

— Elles n'ont pas été violées, madame Wickham...

— Mais bien sûr que si, inspecteur, répliquai-je doucement. Elles ont été violées avec un couteau.

Je l'avais embarrassé.

— Nous ne devrions pas parler de cela, dit-il, encore plus gêné d'avoir à en discuter avec la femme du pasteur. Ce ne sont pas des affaires pour vous.

— Tout ce que je vous demande, c'est de réfléchir à ce que je vous ai dit.

— Oh, je peux bien vous le promettre, répondit-il, légèrement ironique.

Et je le crus.

— J'ai des nouvelles très encourageantes, reprit-il, désireux de changer de sujet. On nous a donné des renforts pour patrouiller dans les rues. Nous avons plus d'hommes qu'il n'y en a jamais eu dans un seul quartier de Londres ! La prochaine fois que l'Eventreur frappera, nous serons prêts.

— Vous pensez donc qu'il va encore frapper ?

— J'en ai peur. Il n'a pas fini.

C'était l'opinion générale. Mais cette remarque était bien plus inquiétante dans la bouche d'un enquêteur de la police. Je remerciai l'inspecteur Abberline pour le temps qu'il m'avait consacré et je partis.

Une chose me troublait depuis longtemps, dans l'enquête sur les meurtres de l'Eventreur : le refus des policiers de reconnaître qu'il y avait quelque chose de charnel dans ces actes violents. Les meurtres étaient l'œuvre d'un fou, la police et la presse étaient d'accord là-dessus... Comme si cela expliquait tout. Mais, tant que l'inspecteur Abberline et les autres enquêteurs ne prendraient pas conscience de la haine farouche de l'Eventreur à l'égard des femmes, je désespérais qu'il soit jamais pris.

10 novembre 1888, Miller's Court, Spitalfields

A trois heures du matin, j'étais encore tout habillée, et j'attendais qu'Edward rentre au presbytère. Il y avait des heures que j'avais renoncé à trouver une explication à son retard. Ses devoirs l'obligeaient souvent à rentrer tard, mais jamais à ce point. Je tentais de me décider à demander l'aide du Dr Phelps quand des coups violents retentirent à la porte.

C'était un certain Macklin, un jeune manutentionnaire au marché, qui assistait de temps en temps aux services à St Jude. Il était dans un état proche de l'hystérie.

— C'est la patronne, dit-il en essayant de reprendre son souffle. L'heure est venue, et la sage-femme est trop soûle pour se lever. Vous pouvez venir ?

J'acquiesçai.

— Donnez-moi juste le temps de prendre quelques affaires.

J'étais affolée et j'avais envie de le renvoyer. Mais c'était le premier enfant des Macklin, et je ne pouvais pas lui refuser mon aide.

Nous nous précipitâmes vers Spitalfields. Le couple louait depuis peu une chambre dans un taudis qui donnait sur Miller's Court. Je connaissais vaguement le quartier. Un jour, Edward et moi avions été appelés dans un asile de nuit pour administrer les derniers sacrements à un mourant. C'était la première fois que je pénétrais dans l'une de ces pensions. Elle était immense : plus de trois cents lits, et tous étaient loués pour la nuit.

Miller's Court se trouvait juste de l'autre côté de la rue, en face de l'asile de nuit. Dès que nous entrâmes dans la cour, une fillette d'une douzaine d'années surgit de l'encadrement de la porte où elle était blottie et s'accrocha à ma jupe.

— Z'avez pas quatre pence pour me payer un lit, madame ?

— Fous le camp de là ! hurla Macklin. Allez, va-t'en !

— Un instant, lui dis-je.

Je demandai à la petite fille si elle avait un endroit où dormir.

— Maman m'a fichue dehors, répondit-elle d'une voix maussade. Elle veut pas que je rentre avant l'aube.

J'avais compris. Il était fréquent que des femmes envoient leurs enfants dans la rue pendant qu'elles louaient leur chambre à des fins immorales.

— Je n'ai pas d'argent, dis-je à la fillette. Mais tu peux entrer avec moi.

— Pas chez moi ! hurla Macklin. Pas question !

— Elle pourra m'aider, monsieur Macklin, rétorquai-je d'un ton ferme.

Il céda de mauvaise grâce. La fillette, qui disait s'appeler Rose Howe, nous suivit à l'intérieur. Je commençai sur-le-champ à éternuer. L'air était plein de particules de fourrure. Quelqu'un, dans la maison, collectait des poils de chien, de lapin, voire de rat, qu'il vendait à un fourreur. Il y avait d'autres odeurs. L'immeuble contenait au moins un poisson qui n'avait pas été pêché la veille. Je sentais aussi une odeur de colle, très probablement des boîtes d'allumettes en train de sécher. Tout cela composait un mélange suffocant.

Macklin nous fit monter un escalier dont on avait démonté les rampes, sans doute pour faire du feu. La tapisserie infestée de vermine pendait en bandes au-dessus de nos têtes. Macklin ouvrit une porte menant à la petite chambre où sa femme était en proie aux douleurs de l'accouchement. Mme Macklin était très jeune — à peine quelques années de plus que Rose Howe. Elle était allongée sur un matelas de paille, certainement plein de puces, posé sur un sommier défoncé. Quelques caisses étaient entassées contre un mur. Le seul autre meuble était une planche posée sur deux piles de briques. J'envoyai Macklin remplir un seau d'eau au tuyau dans la cour, puis je chargeai Rose Howe de laver quelques chiffons que j'avais trouvés dans un coin.

L'accouchement allait être long. Rose se pelotonna par terre et s'assoupit. Macklin sortit boire quelques pintes.

Lorsque le bébé vint au monde, il faisait jour. Macklin était de retour. Les cris de sa jeune femme l'avaient peu à peu dessoûlé. Comme c'était le matin, Rose Howe aurait pu rentrer chez elle, mais elle resta pour m'aider. Forte comme un roc, elle laissa Mme Macklin serrer de toutes ses forces, pendant les ultimes contractions, ses fins poignets. Le bébé, une petite fille, était petit, mais, quand je lui eus dégagé la bouche et le nez, elle poussa un hurlement qui ne laissa planer aucun doute sur son arrivée dans le monde. Je vis un sourire éclairer le visage des deux femmes lorsque Rose lava le nourrisson et le posa entre les bras de sa mère. Puis Rose tint le cordon pendant que je le coupais avec mes ciseaux de couture.

Macklin était un mari très amoureux.

— Faut pas t'inquiéter, ma femme ! Le prochain, ce s'ra un garçon, c'est sûr.

Je dis à Rose Howe que je finirais de nettoyer et qu'elle pouvait rentrer chez elle. Puis je demandai à Macklin d'amener sa fille à St Jude au plus vite pour la faire baptiser. Quand je fus enfin prête à partir, le soleil était haut dans le ciel.

A ma grande surprise, la petite cour était pleine de monde. Il y avait même un agent de police. J'essayai de me frayer un chemin à travers la foule pour rejoindre la rue, mais personne ne semblait vouloir me laisser passer. Je n'étais même pas sûre que quiconque m'ait remarquée. Ils regardaient tous par une fenêtre à la vitre brisée d'une chambre du rez-de-chaussée.

— Que se passe-t-il ? demandai-je à l'agent.

Il me connaissait. Il fit écran devant la fenêtre pour m'empêcher de voir.

— Vous n'avez pas besoin de regarder là-dedans, madame Wickham.

Un poing glacé m'enserra le cœur. L'expression de l'agent aurait dû me suffire, mais il fallait que je demande. Je déglutis.

— C'est l'Eventreur ?

Il hocha lentement la tête en signe d'acquiescement.

— On dirait bien, madame. J'ai envoyé chercher l'inspecteur Abberline... Hé, vous, reculez !

Il se tourna de nouveau vers moi.

— Il n'avait encore jamais tué à l'intérieur d'une maison. C'est nouveau, pour lui.

J'avais du mal à reprendre mon souffle.

— Cela signifie... Il n'a pas eu besoin de se dépêcher, cette fois. Cela signifie qu'il a pu prendre son temps.

L'agent ouvrait et fermait la bouche.

— C'est ça, madame. Il... il a pris son temps.

« Oh, mon Dieu. »

— Qui est-ce, cette fois ? Vous la connaissez ?

— C'est le receveur de loyers qui l'a trouvée. Hé, Thomas, comment elle s'appelle, déjà ?

Un petit homme à l'air effrayé prit la parole :

— Mary... Mary Kelly. Trois mois de retard, qu'elle avait. Je croyais qu'elle se cachait parce qu'elle m'avait vu venir.

L'agent fronça les sourcils.

— Alors vous avez cassé le carreau pour entrer ?

— Ouais, eh bien... en fait, la poignée de la

fenêtre est cassée depuis au moins six semaines ! J'ai retiré le bout de chiffon qu'elle avait fourré dans le trou, j'ai pu passer la main et repousser le rideau... Juste comme vous avez fait, chef, quand vous avez voulu regarder là-dedans !

Le receveur de loyers avait encore des choses à dire, mais ses paroles furent noyées par le bruit croissant de la foule, si nombreuse maintenant qu'elle débordait, depuis Miller's Court, jusque dans le passage menant à la rue. Quelques femmes sanglotaient, l'une d'elles hurlait presque.

L'inspecteur Abberline arriva avec deux de ses hommes. Ils avaient la mine sinistre. L'inspecteur essaya d'ouvrir la porte. Elle était fermée à clé.

— Faites sauter ce qui reste de cette fenêtre, ordonna-t-il. Les autres, restez en arrière. Que faites-vous là, madame Wickham ? Faites-moi sauter cette fenêtre, je vous dis !

Un de ses hommes arracha le reste du carreau et se glissa au-dessus du rebord de la fenêtre. Nous entendîmes un cri bref, étouffé, puis il ouvrit la porte de l'intérieur. L'inspecteur Abberline et l'autre homme se ruèrent dans la pièce. Le second en ressortit aussi vite, avec des haut-le-cœur. L'agent de police se précipita pour l'aider. Sans hésiter, je pénétrai dans la chambre.

Ce qui restait de Mary Kelly gisait sur un lit de camp, à côté d'une petite table. On lui avait tranché la gorge si sauvagement que sa tête était presque séparée du corps. Son épaule gauche avait été tailladée, de sorte que son bras ne tenait que par un fragment de peau. Son visage avait été tailladé et défiguré, et son nez avait disparu... Non, on l'avait soigneusement posé sur la petite table. Ses seins avaient été coupés net et posés eux aussi sur la table. La peau du front avait été décollée. On lui avait aussi écorché les cuisses. Les jambes elles-mêmes étaient écartées dans un angle indécent, et elles étaient tailladées jusqu'à l'os. Enfin, son abdomen était grand ouvert, et un organe (le foie, peut-être) gisait entre ses pieds. Sur la table, un morceau de tissu de laine marron enveloppait à moitié un autre organe. La peau manquante avait été soigneusement disposée sur la table à côté des autres morceaux du corps, comme si l'Eventreur avait voulu reconstruire sa victime. Mais cette fois l'assassin n'avait pas jeté les intestins sur l'épaule de sa victime. Il les avait emportés. Puis, en guise d'ultime enjolivement, il avait introduit la main droite de Mary Kelly dans son estomac béant.

« L'as-tu assez punie, Jack ? Tu ne veux pas lui faire encore un peu plus mal ? »

Soudain, une main me saisit le bras et me tira brutalement à l'extérieur.

— Vous n'avez rien à faire ici, madame Wickham, dit l'inspecteur Abberline.

Il me laissa, appuyée contre le mur de la maison, et retourna à l'intérieur. Quelqu'un me toucha l'épaule. C'était Thomas, le receveur de loyers.

— Vous pouvez vous asseoir là-dessus.

Il me guida jusqu'à une caisse de bois renversée, où je me laissai tomber avec soulagement. Je restai là un moment, la tête penchée sur les genoux, avant d'être capable de me reprendre et de dire une prière pour l'âme de Mary Kelly.

Les hommes de l'inspecteur Abberline interrogeaient toutes les personnes présentes dans la foule. Quand l'un d'eux s'approcha de moi, je lui expliquai que je ne connaissais absolument pas Mary Kelly. J'étais venue pour l'accouchement de la femme Macklin. L'inspecteur en personne m'ordonna de rentrer chez moi. Je n'étais pas en état de contester ses ordres.

— On dirait bien que la nouvelle victime de l'Eventreur n'entre pas dans votre schéma, dit-il au moment où je m'en allais. Mary Kelly était prostituée, mais elle avait à peine plus de vingt ans. Et, d'après ce que nous savons, elle n'avait ni mari ni enfants.

Ainsi, la dernière victime de l'Eventreur n'était pas quadragénaire, elle n'était pas mariée, et ce n'était pas une mère. Il était impossible de dire si la pauvre Mary Kelly avait été laide ou belle. Mais l'Eventreur avait choisi cette fois une femme qui était nettement différente de ses précédentes victimes, s'écartant donc de son schéma habituel. Je me demandai ce que cela signifiait. Un changement s'était-il opéré dans son esprit tordu et maléfique ? S'était-il enfoncé encore un peu plus loin dans la folie ?

J'y réfléchis sur le chemin du retour. J'y réfléchis, et je pensai à Edward.

10 novembre 1888, presbytère de St Jude

Lorsque j'arrivai au presbytère, il était presque midi. Edward dormait profondément. D'habitude, il ne dormait jamais pendant la journée, mais la petite ampoule de laudanum que le Dr Phelps avait laissée se trouvait sur la table de nuit. Edward s'était drogué au point de sombrer dans l'oubli.

Je ramassai les vêtements qu'il avait laissés tomber par terre en se déshabillant et les examinai soigneusement. Je n'y découvris pas la moindre goutte de sang. Mais le massacre de Mary Kelly avait eu lieu à l'intérieur. Le boucher qui avait fait cela avait pu se déshabiller, simplement, avant de commencer son « travail ». Ensuite je vérifiai toutes les cheminées, mais personne n'y avait fait brûler quoi que ce soit. Cela pouvait être le fruit du hasard, me dis-je. J'ignorais combien de temps Edward était resté inconscient. Le fait que l'une de ses crises ait coïncidé avec un nouveau crime de l'Eventreur n'était sans doute pas aussi étonnant que cela en avait l'air. C'est en tout cas ce que je me disais.

Les événements de la nuit m'avaient épuisée. Je n'avais absolument pas faim, mais je me dis qu'une tasse de thé me ferait le plus grand bien. Je me dirigeais vers la cuisine quand on frappa un coup à la porte. C'était l'agent de police à qui j'avais parlé à Miller's Court.

Il me tendit une enveloppe.

— De la part de l'inspecteur Abberline.

Il mit la main à sa casquette et disparut.

J'allai m'asseoir près de la fenêtre, là où la lumière était meilleure. Dans l'enveloppe, je trouvai un message griffonné à la hâte.

Chère madame,

Notre enquête nous montre que votre théorie selon laquelle les meurtres de l'Eventreur rentrent dans un schéma n'est peut-être pas si fausse, après tout. Il est exact que Mary Kelly n'avait pas d'époux au moment de sa mort, mais il n'empêche qu'elle avait été mariée. A l'âge de seize ans, elle a épousé un charbonnier, qui est mort moins d'un an plus tard. Durant son veuvage, elle a trouvé un certain nombre d'hommes pour la soutenir durant de brèves périodes, jusqu'à ce qu'elle finisse sur le trottoir. Et elle était portée sur la boisson, comme les quatre autres victimes. Mais la révélation la plus intéressante est le fait que Mary Kelly était enceinte. Cela expliquerait pourquoi elle était beaucoup plus jeune que les autres victimes de l'Eventreur : il a voulu l'arrêter avant qu'elle ait la possibilité d'abandonner ses enfants.

Vôtre,

Frederick Abberline

Ainsi, la nuit précédente, l'Eventreur avait-il pris deux vies d'un seul coup. Il avait fait en sorte qu'une jeune femme fertile ne puisse jamais avoir d'enfants et ne leur fasse jamais courir le risque d'être abandonnés. Il n'était pas dans la nature de l'Eventreur de tenir compte du fait que ses victimes, elles aussi, avaient été abandonnées dans des périodes difficiles. Polly Nichols, Annie Chapman, Elizabeth Stride et Catherine Eddowes s'étaient mises à boire pour des raisons que personne ne connaîtrait jamais, et elles avaient été mises à la porte de chez elles. Et maintenant c'était Mary Kelly, veuve, à peine plus âgée qu'une enfant, et sans moyens de subsistance. Il était évident en effet qu'elle ne disposait pas des ressources nécessaires pour lui assurer une vie honorable. Polly, Annie, Elizabeth, Catherine et Mary... Chacune d'elles avait mené une existence immorale et vile. Mais aucune d'elles n'avait eu le moindre choix.

Je rangeai la lettre de l'inspecteur Abberline dans un tiroir du bureau et regagnai la cuisine. Je devais allumer le feu pour me préparer un thé. La caisse de bois était pleine, et il me fallut déplacer les grosses bûches pour accéder au petit bois qui se trouvait au fond. Mais il y avait autre chose. J'en tirai un long morceau de tissu de laine marron couvert de taches brunes. De la laine marron. Le jupon de Mary Kelly. Le sang de Mary Kelly.

La cuisine se mit à tournoyer. Inutile de chercher des excuses. Inutile de continuer à nier la vérité. J'étais mariée à l'Eventreur.

Pendant douze ans, Edward avait caché l'ignoble secret de son être dévoyé, qu'il avait dissimulé sous le masque de sa bonne éducation, voire de sa piété. Il avait bien gardé son secret ! Mais c'était fini. La mascarade était terminée. Je tombai à genoux et priai pour demander conseil à Dieu. Plus que tout au monde, je voulais avertir l'inspecteur Abberline et faire emmener le monstre qui dormait au premier étage. Mais, si le sommeil produit par le laudanum avait le même effet que le jour où Edward avait été malade, celui-ci se réveillerait sous l'emprise de sa personnalité familière et raisonnable. Si je pouvais lui parler, lui faire comprendre ce qu'il avait fait et lui offrir la possibilité de se livrer spontanément à la police, ce serait certainement le geste le plus charitable qu'il me fût permis d'accomplir dans des circonstances aussi horribles. Si Edward pouvait avoir la moindre chance de rédemption, il devrait demander pardon à Dieu et aux hommes.

Les mains tremblantes, je dissimulai la bande de tissu dans ma poche et m'efforçai de me concentrer sur la préparation du thé. La grosse bouilloire était déjà sortie. Quand je la soulevai pour l'emplir d'eau, je sentis qu'elle était anormalement lourde. Je soulevai le couvercle et me trouvai face à un tas d'intestins humains.

Si je ne m'évanouis pas, c'est sans doute parce que j'étais incapable de ressentir quoi que ce soit. J'essayai de réfléchir. Edward s'était peut-être servi du morceau de tissu pour essuyer le sang. Puis il l'avait dissimulé au fond de la caisse de bois, avec l'intention de le brûler plus tard. Mais pourquoi attendre ? Et les viscères dans la bouilloire, étais-je censée les trouver ? Etait-ce une manière pour Edward de demander de l'aide ? Et où était le couteau ? Je me mis à sa recherche, fouillant partout de manière systématique. Mais, après deux heures de quête intensive, je n'avais rien trouvé. Il pouvait s'en être débarrassé sur le chemin du retour. Il pouvait l'avoir caché dans l'église. Il pouvait l'avoir glissé sous son oreiller.

Je me rendis au petit salon et me forçai à m'asseoir. J'étais terrifiée. Je ne voulais pas rester sous le même toit que lui, je ne voulais pas me battre pour le salut de son âme. Mais en avait-il encore une ? L'Edward Wickham qui dormait à mon côté depuis douze ans était un simulacre d'humain, dont la personnalité et la conduite soigneusement fabriquée avaient été conçues pour contrôler le démon qu'elles retenaient captif. La tromperie avait été efficace jusqu'à notre arrivée à Whitechapel ; les pressions s'étaient alors affaiblies et le démon s'était échappé. Qu'est-ce qui avait provoqué ce changement ? Etait-ce l'endroit ? La présence constante des prostituées dans la rue ? Je ne parvenais pas à comprendre.

Les tensions des dernières vingt-quatre heures eurent enfin raison de ma résistance. Ma tête retomba en avant, et je sombrai dans le sommeil.

Ce fut la pression de la main d'Edward sur mon épaule qui me réveilla. Je sursautai et le regardai avec appréhension. Son visage ne montrait qu'une aimable inquiétude.

— Quelque chose ne va pas, Beatrice ? Pourquoi dors-tu au milieu de l'après-midi ?

Je me frottai les yeux.

— Je n'ai pas dormi de la nuit. Le bébé des Macklin est né ce matin.

— Ah ! La mère et l'enfant se portent bien, sans doute ? J'espère que tu as insisté auprès du jeune Macklin sur l'importance d'un baptême rapide. Mais je te serais très reconnaissant, Beatrice, la prochaine fois qu'on t'appelle, de me faire envoyer un mot. Quand j'ai vu que tu n'étais pas rentrée à minuit, j'ai commencé à m'inquiéter.

C'était le premier mensonge qu'Edward ait jamais proféré devant moi, à ma connaissance en tout cas. A minuit, c'est moi qui l'attendais. Il avait le visage si ouvert, apparemment si innocent... N'avait-il vraiment aucun souvenir de la nuit passée ou était-il exceptionnellement doué dans l'art de la tromperie ? Je me levai et me mis à arpenter la pièce.

— Edward, nous devons parler de la nuit dernière... De ce que tu as fait la nuit dernière.

Il leva un sourcil.

— Moi ?

J'étais incapable de le regarder.

— J'ai trouvé ses intestins dans la bouilloire. Les intestins de Mary Kelly.

— Les intestins ?

Le dégoût était sensible dans sa voix.

— De quoi parles-tu, Beatrice ? Qui est cette Mary Kelly ?

— C'est la femme que tu as tuée la nuit dernière ! m'écriai-je. Tu connais parfaitement son nom !

Je me tournai vers lui pour le défier. Son regard était si haineux que je reculai d'un pas.

— Oh ! lâchai-je sans le vouloir. Non, je t'en prie…

Edward ? Jack ?

Son regard changea immédiatement : il savait, il savait ce qu'il faisait !

— J'ai tué quelqu'un cette nuit, dis-tu ?

Il avait retrouvé ses bonnes manières.

— Et j'aurais caché ses intestins dans la bouilloire ? Pourquoi ne me montres-tu pas cela, Beatrice ?

Je me méfiai de sa proposition, mais je le précédai tout de même en allant vers la cuisine. Comme je m'y attendais, la bouilloire était vide et parfaitement propre. Le cœur lourd, je sortis de ma poche le morceau de laine marron.

— Mais voici quelque chose que tu as oublié de détruire.

Il fit la grimace.

— Un bout de chiffon sale ?

— Oh, ne fais pas semblant de ne pas être au courant ! C'est un morceau du jupon de Mary Kelly, tu le sais très bien ! Tu dois aller à la police, Edward. Tu dois tout confesser et te mettre en paix avec Dieu. Personne ne peut arrêter tes expéditions nocturnes. C'est toi qui dois t'arrêter ! Va voir l'inspecteur Abberline.

Il tendit la main vers moi.

— Donne-moi ce bout de tissu, dit-il d'une voix dénuée d'expression.

— Pense à ton âme, Edward ! C'est ta seule chance de salut ! Tu dois te confesser !

— Le tissu, Beatrice.

— Je ne peux pas ! Edward, tu ne comprends donc pas ? Tu es maudit. Tes actes t'ont damné ! Tu dois t'agenouiller et implorer le pardon !

Edward abaissa la main.

— Tu es malade, ma chère. Tu imagines que je suis l'Eventreur... Car c'est bien de cela que tu m'accuses, n'est-ce pas ? Tu as l'esprit troublé, et ce n'est pas du tout convenable pour la femme du pasteur de St Jude. Je ne peux supporter l'idée que bientôt on pourrait te trouver en train de divaguer dans la rue. Nous allons prier ensemble, nous allons demander à Dieu de t'accorder un peu plus de sang-froid.

Je crus comprendre où il voulait en venir.

— Très bien. Si tu refuses de te livrer à la police, il n'y a qu'une solution. Tu dois te tuer.

— Beatrice ! s'exclama-t-il, l'air choqué. Le suicide est un péché !

Sa réaction était si absurde que je dus retenir un rire hystérique. Mais je me rendais compte qu'il était totalement inutile de poursuivre cette discussion. Il était complètement fou. Je ne serais jamais capable de le convaincre.

— Je suis très inquiet, Beatrice, dit Edward en secouant la tête. Cet accès de démence est plus grave que je ne le croyais. J'avoue ne pas être sûr d'être capable de prendre soin de toi. Tu es sujette à de tels délires... Une institution serait peut-être la meilleure solution.

— Tu me ferais enfermer dans un asile ? demandai-je, stupéfaite.

— Où trouve-t-on des médecins qualifiés pour soigner la démence ? répondit-il en soupirant. Si tu es incapable de contrôler tes hallucinations, je ne vois pas d'autre recours. Tu dois prier, Beatrice, tu dois prier pour trouver le moyen de maîtriser tes pensées.

Il pouvait me faire enfermer. Il pouvait me faire enfermer et il continuerait ainsi impunément ses horribles meurtres sans avoir à s'inquiéter d'une femme trop curieuse. Il me fallut un moment pour lui répondre :

— Je ferai comme tu dis, Edward. Je prierai.

— Excellent ! Je prierai avec toi. Mais d'abord... Le tissu, s'il te plaît.

Lentement, à contrecœur, je lui tendis le bout de jupon. Edward prit une grande allumette de cheminée, la gratta, et la preuve qui le liait au meurtre de Mary Kelly disparut dans une fine fumée noire dont les volutes montèrent dans la cheminée. Puis nous priâmes. Nous implorâmes Dieu pour qu'il me donne la force mentale et spirituelle qui me faisait défaut.

Après cette scène hypocrite, Edward me demanda de préparer du thé. Je mis de côté la grosse bouilloire et me servis de la petite. En prenant le thé, nous parlâmes de plusieurs devoirs de sa charge dont Edward devait s'acquitter ce jour-là. Je me contentais de répondre à ses questions, en prenant soin de ne pas l'offenser. Je fis mon possible pour le convaincre que je me soumettais à son autorité.

Un peu avant six heures, Edward m'annonça qu'il était attendu à une réunion du comité de vigilance de Whitechapel. J'attendis qu'il soit hors de vue. Je pris un couteau de cuisine dans le placard et une feuille de papier ministre sur le bureau. Puis j'entrai dans le garde-manger et entrepris de ramasser tout l'arsenic que je pus trouver dans les trous de rat.

23 février 1892, institut de bienfaisance
pour les enfants indigents de Whitechapel

L'inspecteur Abberline était assis dans mon bureau. Il hochait la tête, exprimant son approbation devant ce qu'il venait de voir.

— Il est difficile de croire que ce sont là les enfants maigres et sales qui dormaient, il y a à peine quelques mois, sur des pas de porte et dans des caisses de bois. Vous avez fait des merveilles, madame Wickham. Le conseil d'administration n'aurait pu trouver meilleure directrice. Ces enfants apprennent-ils à lire et à écrire ? Peuvent-ils apprendre ?

— Certains, oui. D'autres sont plus lents. Les plus jeunes sont les plus rapides, apparemment. Je mise beaucoup sur eux.

— Je me demande s'ils savent vraiment combien ils ont de la chance. Quel dommage que le révérend Wickham ne soit plus en vie pour voir cela. Il aurait été si heureux de voir ce que vous avez accompli.

— Oui.

Ah bon ? Edward avait toujours pensé que les pauvres devaient se débrouiller par eux-mêmes.

L'inspecteur pensait toujours à mon regretté mari.

— Une de mes tantes est morte d'une fièvre gastrique. Une mort atroce. Vraiment horrible.

Il se rendit subitement compte que je n'avais peut-être pas envie qu'on me rappelle qu'Edward était mort dans les affres de la douleur.

— Je vous demande pardon... C'était inconsidéré de ma part.

Je lui dis de ne pas s'inquiéter.

— J'ai fini par accepter sa mort... autant que cela m'était possible. Ma vie est ici, maintenant, à l'école, et c'est la manière la plus gratifiante de m'occuper.

— Je vois bien que vous êtes dans votre élément, dit-il en souriant. Mais je ne suis pas venu uniquement pour voir votre école. J'ai quelque chose à vous dire.

Il se pencha en avant.

— L'affaire de l'Eventreur est officiellement close. Plus de trois ans se sont écoulés depuis son dernier crime. Pour une raison que nous ignorons, il a arrêté. Il a vraiment arrêté. Le règne de la terreur est terminé. L'affaire est close.

Mon cœur bondit dans ma poitrine. Je ne voulais pas que la conversation s'arrête là.

— Pourquoi a-t-il arrêté, selon vous, inspecteur ?

Il se gratta la narine.

— Il a arrêté... soit parce qu'il est mort, soit parce qu'il est enfermé quelque part, dans un asile, peut-être, ou en prison, pour un autre méfait. Pardonnez ma franchise, madame Wickham, mais j'espère de tout cœur que la première hypothèse est la bonne. On sait que les détenus ou les aliénés peuvent s'échapper des prisons et des asiles.

— Je comprends. Pensez-vous que le dossier sera jamais rouvert ?

— Pas avant cent ans. Quand une affaire criminelle est officiellement close, les dossiers sont scellés, et on inscrit sur la couverture la date à laquelle ils pourront être rendus publics. Il faudra attendre un siècle avant que quiconque puisse lire ces documents.

Les choses ne pouvaient être plus officielles : l'affaire était close.

— Un siècle... Pourquoi si longtemps ?

— Eh bien, on a choisi ce délai de cent ans pour protéger l'anonymat des gens faisant des déclarations confidentielles à la police au cours de l'enquête. C'est mieux ainsi. Personne n'ira fourrer son nez dans nos dossiers sur l'Eventreur avant 1992. C'est fini.

— Dieu merci.

— Amen.

L'inspecteur Abberline resta encore un peu à bavarder, puis il prit congé. Je me promenai dans les couloirs de mon école, une ancienne église transformée pour les besoins de la cause. Je m'arrêtai dans l'une des salles de classe. Quelques enfants écoutaient le professeur avec attention, certains rêvassaient, quelques autres dessinaient. Comme tous les enfants, partout ailleurs.

Tous les enfants qui passent par ici ne s'en sortiront pas. Le sort de certains s'améliorera, mais d'autres replongeront dans la vie de la rue. Je ne peux en sauver aucun. Je ne puis ajouter l'orgueil à mes autres péchés en prétendant assurer le rôle du sauveur. Dieu ne confie pas à des gens comme moi la tâche de sauver autrui. Mais il me donne la possibilité d'offrir une chance aux enfants, de leur fournir l'occasion de s'élever au-dessus de la vie de misère et de crime qui constituait jusqu'alors leur seul avenir. Et je rends grâce à Dieu, avec ferveur, de m'accorder ce privilège.

Je retourne régulièrement à Miller's Court. Non pas parce que c'est le décor du dernier crime d'Edward, mais parce que c'est là que j'ai vu Rose Howe, la jeune fille qui m'a aidée à mettre au monde le bébé Macklin. Il y a une place pour Rose, dans mon école. Je ne l'ai pas encore retrouvée, mais je continue à la chercher.

Ma vie appartient désormais aux enfants de Whitechapel. Toutes mes prières sont pour eux. Ces prières sont les seules, de toutes celles que je fais, qui aient la moindre chance d'être exaucées. Lorsque je prie pour moi, c'est toujours et uniquement pour demander une place tranquille en enfer.

LA STATION FANTÔME

Carolyn Wheat

Carolyn Wheat est née en 1946. Elle a été pendant vingt-trois ans avocate à New York, puis juge en droit administratif. Lorsqu'elle a créé le personnage de Cass Jameson, avocate à Brooklyn, dans *Dead Men's Thoughts* (1983), la mode des romanciers avocats (hommes et femmes) qu'allait entraîner le succès de Scott Turow et de John Grisham n'était pas encore lancée. Ce premier roman reçut un accueil positif et lui valut une nomination aux Edgar. La deuxième aventure de Cass Jameson ne vit pourtant le jour que trois ans plus tard, et il fallut attendre onze années supplémentaires avant la sortie de la troisième. Lorsque parurent *Mean Streak* (1996) et *Troubled Waters* (1997), il devint évident que Carolyn Wheat n'était pas seulement une des meilleures plumes parmi les romanciers issus des cabinets d'avocats, mais l'un des plus grands auteurs contemporains de littérature policière. Elle a d'ailleurs fini par abandonner la pratique du droit pour se consacrer à l'écriture.

Les nouvelles de Carolyn Wheat réunies dans *Tales Out of School* (2000) offrent une variété de sujets presque aussi remarquable que leurs qualités littéraires. Elle a utilisé pour certaines d'entre elles sa connaissance du milieu juridique, comme dans « Cruel and Unusual » (récit de délibération de jury qui donne froid dans le dos) ou dans « The Adventure of the Angel's Trumpet » (histoire de procès à la Sherlock Holmes). Pour « La station fantôme », qui met en scène un membre de la police du métro new-yorkais, elle met en avant son expérience professionnelle au service du NYPD (New York Police Department).

« S'il y a une chose que je ne supporte pas, c'est une femme qui boit. » Les mots me brûlaient le crâne comme le whisky irlandais m'avait longtemps brûlé la gorge, sauf qu'ils n'amenaient pas l'agréable brouillard de l'alcool. Rien que la douleur amère de la brûlure.

C'était ma première nuit de service depuis que j'étais redevenue le sergent Maureen Gallagher, au lieu de « la patiente ». N'était-ce pas assez difficile d'être un flic du métro et de foncer sous les rues de Manhattan dans une rame qui aurait été à sa place au musée des transports en commun ? N'était-ce pas assez qu'après quatre semaines de désintoxication je me retrouve complètement vidée, au lieu de me sentir propre et sobre ? Fallait-il vraiment que les mots désinvoltes et cruels d'un bleu viennent ricocher dans mon cerveau comme une balle de squash ?

Pourquoi ne pouvais-je me rappeler les bonnes choses ? Pourquoi ne pouvais-je penser à la vigoureuse poignée de main d'O'Hara ? Au « Content de te revoir, Mo ! » de Greenspan ? Au sourire de bienvenue de Ianuzzo ? Pourquoi retourner sans cesse dans ma tête la réflexion de Delgado demandant au capitaine Lomax de lui adjoindre un autre partenaire ?

« Hé, capitaine, je n'ai rien contre une femme

sergent. Ne me faites pas dire ça. Simplement, s'il y a une chose que je ne supporte pas, etc. »

Lomax avait fait ce que ferait n'importe quel capitaine réglo. Il avait remis Delgado à sa place et l'avait informé qu'il ne changerait pas ses instructions. Ce qu'il ignorait, c'est que j'avais entendu Delgado et que je ne pouvais pas effacer ses mots de mon esprit.

Même sans l'incident avec Delgado, la nuit n'avait pas pris un bon départ. En arrivant à minuit, pour mon douze-huit, j'avais appris que j'étais affectée à la patrouille des graffitis, le boulot le plus pourri et le plus abrutissant de tout le tableau de service de la police du métro. J'étais sergent, bon Dieu. Je n'étais pas loin d'avoir droit à l'insigne doré, et ce n'était pas en dribblant des rats dans les tunnels ou en pourchassant des gosses de douze ans armés de bombes de peinture que j'allais l'obtenir.

Surtout au moment où toutes les forces de police, en surface et au sous-sol, travaillaient jour et nuit pour mettre la main sur les tueurs qui faisaient flamber des clochards. Quatre torches humaines avaient été allumées en six semaines, et il ne faisait aucun doute, pour les flics, qu'il y en aurait une cinquième.

Lomax me punissait-il ou cette affectation était-elle pour lui un moyen subtil de faciliter mon retour dans le monde ? En tout cas, je n'appréciais pas du tout. Je voulais redevenir un vrai flic et refaire équipe avec Sal Minucci, mon ancien partenaire. Il était affecté aux choses sérieuses, lui, il se trouvait dans le feu de l'action, là où nous nous sentions chez nous. J'aurais dû être avec lui. J'appartenais à la brigade criminelle, et j'aurais dû être affectée...

Etait-ce bien sûr ? Tenais-je vraiment à passer mes nuits de service à rôder dans les bas-fonds du métro new-yorkais, pour essayer de soutirer des informations à des hommes et des femmes trop défoncés pour soigner leurs jambes bouffées par la gangrène et dont la vie s'étirait d'une bouteille de Cool Breeze à l'autre ?

Oui, nom de Dieu. Si cela pouvait me rapprocher de cet insigne doré, j'irais interroger tous les démons de l'enfer. Y compris pendant mes jours de congé.

« S'il y a une chose que je ne supporte pas, c'est une femme qui boit. »

Qu'est-ce qu'il croyait, Lomax ? Que me mêler aux ivrognes allait me redonner le goût de l'alcool ? Que je demanderais au premier venu de me laisser boire un coup à sa fiole et que je tomberais ivre morte dans la station de Bleeker Street ? Etait-ce pour cette raison qu'il m'avait laissée à l'écart du vrai boulot et qu'il m'envoyait en compagnie d'un bleu faire le travail de routine de la patrouille des graffitis ?

Devenais-je paranoïaque ou le manque d'alcool me pourrissait-il la cervelle ?

Manny et moi étions passés à nos vestiaires respectifs pour nous changer. Des vêtements civils. Et quand je dis « civils »... Un caleçon long, pour commencer. L'hiver, l'humidité suinte dans les tunnels et s'infiltre dans votre corps. Puis un jean dont l'armée du salut n'aurait pas voulu. D'épaisses chaussettes de laine, des bottes de pêche, un pull-over noir à col roulé et un blouson de photographe avec des tas de poches. Un bonnet de laine noir bien serré sur mes cheveux roux.

Ensuite, l'équipement : lampe torche (plus importante qu'une arme, pour ce type de mission), menottes, carnet de tickets, radio, revolver, couteau. Une grosse matraque (un « cogneur ») cachée dans la poche arrière du blouson. C'était interdit par le règlement. On risquait au moins le conseil de discipline si on était pris, mais je savais que, contre une bande de mômes, cela valait mieux qu'un flingue qui partait tout seul.

J'avais oublié à quel point l'équipement était lourd. J'avais l'impression d'être un ouvrier du téléphone.

Je ressemblais à un cambrioleur.

Je retrouvai Delgado à la porte. Il était évident qu'il n'avait jamais fait la chasse aux vandales. Son pantalon en toile ocre était immaculé, et ses chaussures de marche n'avaient même pas l'air étanches. Sa chemise de flanelle rouge à motif écossais n'était pas assez chaude et aurait être dû être beaucoup plus sombre. Avec sa belle gueule de Latin, il aurait été sensationnel dans un catalogue de vente par correspondance, mais, après dix minutes dans les tunnels du métro, il passerait facilement pour un ramoneur.

— Où allons-nous ? demanda-t-il d'un ton presque maussade.

Il manquait aussi le « sergent » réglementaire. Ce garçon avait besoin qu'on lui apprenne les bonnes manières.

Je pris un méchant plaisir à lui décrire notre destination :

— Au Trou noir, le Cachot de Calcutta, dis-je d'un air enjoué.

Je lui expliquai qu'il s'agissait du quai inférieur inutilisé de la station sise sous l'Hôtel de Ville. L'endroit le plus vieux, le plus sombre, le plus glacial et le plus humide de Manhattan.

— Si les crocodiles du métro existent réellement, poursuivis-je, c'est certainement dans le Trou noir qu'ils rôdent.

Je vis s'afficher sur le visage de Manuel Delgado, officier stagiaire de la police des transports, l'expression que j'espérais. J'eus presque pitié de lui quand j'ajoutai :

— Après ça, on ira faire un tour dans une ou deux stations fantômes.

— Des stations fantômes ? Qu'est-ce que c'est ?

Cette fois, il semblait vraiment inquiet.

Ce gosse n'était pas seulement un bleu. C'était un banlieusard. Tous les New-Yorkais connaissent les stations fantômes, avec leurs quais abandonnés où les métros ne s'arrêtent plus. Mais elles sont éclairées et parfaitement visibles par les fenêtres des trains qui les traversent, comme les villes fantômes dans les prairies de l'Ouest. Ce sont des galeries idéales pour les artistes en herbe de la ville souterraine.

Je lui expliquai tout cela dans le métro qui descendait vers le centre. A une heure du matin, le wagon filait sous les rues de la ville dans un bruit d'enfer comme une vieille Ford Lizzie. Il était presque vide. Un lundi soir typique.

Les seuls passagers étaient un juif orthodoxe assoupi sur sa Torah, deux Noires plongées dans de gros romans à l'eau de rose, un inévitable couple d'adolescents en train de se peloter à l'arrière et une vieille Chinoise.

Je ne voulais pas regarder Delgado. A plusieurs reprises, nos regards s'étaient croisés, et j'avais vu un sourire narquois passer sur ses lèvres. Cela ne suffisait pas pour l'accuser d'insubordination. La meilleure chose à faire était de l'ignorer.

Je me laissai bercer par le rythme du wagon, me récitant la litanie des Alcooliques anonymes que j'essayais de mettre en application : « Vas-y doucement. C'est très simple, chérie. Un jour à la fois. » Je voyais les slogans tels qu'ils apparaissaient sur le mur aux réunions, illuminés comme de vieux manuscrits celtiques.

Cette nuit-là, je devais y aller « une heure à la fois ». Voire une minute à la fois. J'avais les jambes molles. J'étais comme un marin resté trop longtemps loin de la mer. J'avais perdu l'habitude du métro. Je me sentais pâle, légère, comme si on m'avait ôté plusieurs organes essentiels.

C'est alors que le poivrot monta dans le wagon. Une des femmes noires descendit, l'autre jeta un coup d'œil au nom de la station avant de se replonger dans son livre, et l'ivrogne monta.

« S'il y a une chose que je ne supporte pas, c'est une femme qui boit. »

Un jour à la fois. Vas-y doucement.

Je me raidis. Je ne voulais surtout pas réagir devant Delgado, mais je ne pus m'en empêcher. La présence de cet homme visiblement alcoolique, titubant dans notre wagon de métro, ramena son sourire narquois.

Il y en avait toujours un, aux réunions des AA. Quels que soient le standing du quartier et la manière dont étaient habillés la plupart des participants, il y avait toujours un poivrot. Un véritable ivrogne, encore titubant, empestant la gnôle bon marché. Ma marraine, Margie, disait qu'ils étaient là pour une raison très simple : nous rappeler, à nous les membres de la classe moyenne candidats à la guérison, que « sans l'aide de Dieu »...

Je me crispais toujours quand j'en voyais un, surtout si l'orateur du moment était une femme.

— Hé, jeune homme ! lança l'ivrogne à Delgado en parlant d'une voix exagérément forte, comme les sourds. Quel âge as-tu ?

Les portes se refermèrent, le wagon s'ébranla. L'ivrogne se laissa tomber sur son siège.

— Je suis assez vieux, répliqua Manny avec ce sourire poli qu'un gosse bien élevé réserve à sa tante vieille fille.

Le sous-entendu était moins aimable. De petits regards en coin dans ma direction qui disaient : « Regarde comme je suis gentil avec ce vieil emmerdeur. Regarde, je suis un bon garçon. J'aime les ivrognes, sergent Gallagher. »

Pour éviter les regards de mon partenaire, je me concentrai sur les publicités du métro, comme si elles contenaient toute la sagesse de la Bible. « Contre les tares congénitales », proclamait une femme enceinte avant de descendre un verre de bière. Deux moines aux anges remerciaient Dieu en espagnol pour la qualité exceptionnelle de leur cognac.

N'y avait-il pas une seule affiche, dans ce foutu train, pour vanter autre chose que la gnôle ? Enfin une pub qui m'arracha un sourire : la lune, sur fond de ciel noir. Au milieu, quelqu'un avait griffonné *Alice Kramden, 1959*.

Mon sourire s'effaça quand je me rappelai le poing levé de Sal Minucci et son grognement à la Jackie Gleason. « Un de ces jours, Gallagher, tu vas te retrouver sur la lune. Sur la lune ! »

Il n'y avait pas que les enquêtes criminelles qui me manquaient. Sal me manquait aussi. La complicité rassurante de l'homme qui avait supporté mes gueules de bois, mes déprimes, mes nuits blanches avec les gars.

— Vous savez quel âge j'ai ? s'écria l'ivrogne, presque allongé sur son siège.

Il se redressa.

— Cinquante-quatre ans en septembre, dit-il, avec l'air d'attendre une réaction.

Après un bref sourire narquois dans ma direction, Manny donna au type ce qu'il attendait de lui.

— Vous ne les faites pas.

Aucune trace d'ironie sur son visage d'enfant de chœur espagnol. C'était comme s'il n'avait jamais prononcé les mots qui me rongeaient comme le café à l'acide de batterie des AA.

Je fus envahie par un brusque accès de colère qui me prit par surprise, surtout qu'il n'était pas dirigé vers Delgado. « Non, tu ne les fais pas, pensai-je. Tu as l'air d'en avoir plus de soixante-dix. » Des mèches de cheveux blancs sur un crâne rose luisant. Le visage couperosé : une grosse tranche de foie de veau. Les vaisseaux éclatés sur le nez et les joues, qui semblaient dessiner une carte routière. Des bras blancs et maigres, et des jambes comme des allumettes dans un pantalon trop large. Quand il levait la main, striée de veines bleues protubérantes, elle semblait flotter comme un pavillon agité par la brise.

« Comme les mains d'oncle Paul. »

Je tournai brusquement la tête. J'étais incapable de regarder plus longtemps ce vieux bonhomme. Les coups d'œil répétés de Delgado n'étaient rien en comparaison de la douleur que je ressentais en regardant cet homme au bout de sa route. Je ne voulais pas voir les yeux bleus dans ce visage presque mort. « Bleus comme les lacs de Killarney », disait oncle Paul en exagérant son accent irlandais.

Je concentrai mon attention sur les ados qui se pelotaient dans le fond du wagon. Deux mômes espagnols, vêtus des mêmes tee-shirts roses et pantalons de cuir noirs. Si je les regardais fixement assez longtemps, peut-être arrêteraient-ils de se tripoter et de se bécoter, à moins que la conscience d'avoir un public ne les excite encore plus.

Oncle Paul. Après la mort de papa, il était devenu mon meilleur ami, et j'étais sa fille préférée.

Je fermai les yeux, mais cela n'empêchait pas les souvenirs de remonter à la surface. Le vélo rouge qu'oncle Paul m'avait offert pour mon dixième anniversaire. Le premier cadeau important que j'aie jamais reçu, le premier qu'on ait acheté exprès pour moi. Ce qu'il y avait de mieux, c'était de m'en vanter auprès de mon cousin Tommy. Pour une fois, je n'avais pas besoin de ses vieux jouets, ni d'entendre tante Bridget ricaner à propos de ma pauvreté. « Dieu bénisse l'enfant qui a ce qu'il lui faut. »

J'ouvris les yeux au moment précis où la rame traversait la station fantôme de Worth Street. Fermée au public depuis une quinzaine d'années, elle avait l'air d'un mirage, à peine visible à travers les vitres crasseuses du métro. J'aperçus des couleurs vives sur les murs de céramique blanche. Les tagueurs étaient passés par là. Cela valait le coup de vérifier, mais pas avant l'Hôtel de Ville. Je devais à Delgado un voyage dans le Trou noir.

— Ça va, sergent ?

Je me tournai vers lui. Il souriait de son air condescendant. Apparemment, il essayait depuis un moment d'attirer mon attention.

— Désolée, dis-je en feignant de bâiller. Juste un petit coup de barre.

« Ouais, bien sûr », devait-il se dire.

— On approche de Brooklyn Bridge. Est-ce qu'on ne devrait pas descendre par ici ?

— Exact.

« Laissons oncle Paul où il est. »

A l'arrêt de Brooklyn Bridge, nous montâmes au quai supérieur. Nous montrâmes nos cartes à la femme du guichet et lui dîmes que nous descendions dans le tunnel vers l'Hôtel de Ville. Puis nous redescendîmes vers l'extrémité sud du quai, direction centre-ville.

Au moment où nous allions passer la barrière marquée ACCÈS INTERDIT À TOUTE PERSONNE NON AUTORISÉE, je jetai un coup d'œil en arrière, vers le quai éclairé qui formait une courbe en croissant. Dans un mouvement presque symétrique au nôtre, le vieil ivrogne s'apprêtait à franchir la barrière interdite pour descendre dans le tunnel, direction faubourgs.

Il se déplaçait avec précaution, en se tenant au mur recouvert d'un carrelage blanc de salle de bains. Il se glissa derrière la barrière qui lui venait à la taille, descendit les marches de pierre exactement identiques à celles que Manny et moi allions descendre, puis disparut dans les ténèbres.

Je ne pouvais pas le laisser partir. Il y avait trop de risques dans le métro, sans parler des tueurs incendiaires que tout le monde pourchassait. Combien de corps raidis par le froid m'avaient fait trébucher sur les passerelles entre les tunnels ? Combien de victimes recroquevillées avaient été heurtées par des trains alors qu'elles étaient plongées dans le sommeil ? Et, pourtant, il fallait faire attention. Mon amie Kathy Denzer avait trouvé un clochard endormi sur une passerelle, et l'homme, pour la remercier d'essayer de lui sauver la vie, lui avait donné un coup de couteau dans le bras.

Je ne pouvais pas le laisser partir.

— On se garde l'Hôtel de Ville pour plus tard, dis-je à Delgado. J'ai vu des graffitis tout à l'heure, en passant à Worth Street. Allons d'abord jeter un coup d'œil là-bas.

Il haussa les épaules. Au moins échappait-il au Trou noir, se disait-il sans doute.

Quand nous nous enfonçâmes dans les ténèbres, laissant derrière nous le monde brillamment éclairé des voyageurs assoupis, une petite poussée d'adrénaline parcourut mes veines. C'était en partie à cause des peurs enfantines. Hansel et Gretel. Blanche-Neige. Perdus dans les bois obscurs, encerclés par des ennemis. Des rats, dans le cas présent. Tandis que nous avancions en équilibre instable sur la passerelle surplombant les voies, le bruit de leurs trottinements faisait remonter des frissons le long de ma colonne vertébrale.

L'autre raison, c'était l'exaltation. C'était mon boulot. J'étais dans mon élément. Je pouvais mettre mes peurs de côté et descendre vaillamment dans les profondeurs obscures où peu de New-Yorkais étaient jamais allés.

Nos torches éclairaient aussi faiblement que des lucioles. J'inspectais ce lugubre monde souterrain où j'avais passé toute ma vie professionnelle.

Dans les tunnels, mon imagination prenait souvent le dessus. Ils devenaient des cavernes de l'apocalypse. Ou une forêt habitée par le Mal, comme dans *Le Seigneur des anneaux*. Les colonnes carrées qui soutenaient le plafond du tunnel étaient des arbres dépourvus de feuilles ; le filet d'eau fétide qui coulait en permanence entre les voies devenait une source empoisonnée où l'on ne pouvait boire qu'au péril de sa vie.

Jones Beach. La main énorme d'oncle Paul prend délicatement mon pied, puis me soulève très haut, me balance en riant de bonheur avant de me tremper dans l'eau fraîche. Des gouttelettes parsèment sa barbe rousse, et oncle Paul secoue la tête pour s'en débarrasser, dans la lumière du soleil, comme un setter irlandais.

« Mo et moi, nous sommes les seuls vrais Gallagher. Les seuls rouquins. » J'avais toujours dix sur dix en anglais. Pour la grammaire, personne n'était à l'abri de mes critiques. Sauf oncle Paul.

Je croyais que tous les hommes sentaient comme lui : le whisky et le tabac.

Dans le tunnel long comme quatre pâtés de maisons séparant la station vivante de la morte, Manny et moi n'échangeâmes pas un mot. La puanteur âcre d'un ancien feu de voie envahit nos narines, comme les souvenirs hantaient mon crâne. Pour ne plus penser à oncle Paul, je me concentrai sur notre progression, m'efforçant de contourner les flaques d'eau nauséabonde et les débris d'incendie que je ne voulais surtout pas identifier.

Delgado était silencieux, je me disais que c'était la peur. Il ne voulait pas que le tremblement dans sa voix trahisse sa tension. Je savais ce qu'il ressentait. La première traversée des tunnels, de nuit, fait date dans l'existence d'un jeune flic du métro.

Lorsque l'express descendant nous dépassa dans un bruit d'enfer, nous plongeâmes dans les renfoncements, pas plus larges qu'un cercueil, qu'on avait construits pour les ouvriers travaillant sur les voies. Mon cœur battit très fort quand le déplacement d'air agita mes vêtements. La peur de tomber en avant, de glisser sous ces implacables roues d'acier, ne m'avait jamais quittée, malgré le nombre de fois où je m'étais ainsi enfoncée dans le mur. Chaque fois, je pensais à Anna Karenine. Parfois, à l'époque où je buvais, je me demandais quel effet cela ferait de me laisser aller en avant, de laisser le sillage du train m'entraîner vers la mort.

Je n'ai jamais pu m'y faire. J'avais vu trop de sang sur les voies.

De la lumière au bout du tunnel. La station de Worth Street diffusait des rayons d'espoir vers les ténèbres reptiliennes. Je forçai l'allure. Delgado accorda son pas au mien. Quelques secondes plus tard, nous courions presque vers la lumière, comme des hommes des cavernes rentrant de la chasse pour s'asseoir près du feu, en sécurité.

Nous étions presque arrivés à l'extrémité du quai quand je fis signe à Delgado de s'arrêter. J'avais autant envie que lui de retrouver la lumière, mais il nous fallait d'abord nous assurer que tout était normal.

Un moment de panique. J'avais perdu l'ivrogne. Etait-il tombé sur la voie ? Avait-il rôti sur le troisième rail électrifié, comme un porc au barbecue ? Impossible. Nous l'aurions entendu... et senti.

Je dus admettre que ces graffitis n'étaient pas un griffonnage stupide de plus. C'était de l'art, plein de couleurs et de vie. Des silhouettes humaines dans les tons vifs, vert pré, bleu roi, orange, jaune d'or et incarnat — des couleurs inhabituelles dans les tunnels noir et gris — formaient une file d'attente devant un tourniquet de métro. Asexuée, chacune était la réplique parfaite de toutes les autres, la seule différence entre elles étant la couleur des surfaces délimitées par les contours noirs.

Un cliquetis régulier fit sursauter Delgado.

— Bon Dieu, qu'est-ce que...

— Relax, Manny, chuchotai-je. C'est la petite bille des bombes de peinture que l'on secoue. Nos vandales ne sont pas loin. Dès que la peinture touche les carreaux, on bondit et on les chope.

Quatre adolescents chahuteurs, dont le teint variait du brun clair au noir d'ébène, riaient de leurs voix rauques et se donnaient des coups dans le dos dans un style théâtral qui signifiait : « On est méchants. On est des vrais méchants. » Ils sautèrent sur les marches à l'autre extrémité du quai et contemplèrent leur œuvre, aussi endiablés que des chiots, en se montrant les détails qu'ils avaient ajoutés à leur fresque.

Cela aurait dû être simple. Deux flics armés, avec l'avantage de la surprise, contre quatre mômes munis de bombes aérosol. Mais deux choses allaient compliquer la situation. La présence, quelque part, du poivrot, et le fait qu'un des mômes demanda :

— Hé, les mecs, quand est-ce que Cool et Jo-Jo vont arriver ?

Un gosse à la peau très foncée, un bas de nylon sur la tête, lui répondit :

— Jo-Jo vient avec Pinto. Cool a dit qu'il amènerait peut-être Slasher et T.P.

Génial. Ce ne serait pas deux contre quatre. Il semblait que les tagueurs de New York avaient l'intention de tenir leur congrès dans la station fantôme de Worth Street.

— Sergent ? dit Delgado d'une voix tendue. On va...

— Je sais, murmurai-je. Allume la radio et demande du renfort.

J'avais oublié. Worth Street était coupé du

monde. Il y avait du plomb dans le plafond au-dessus de nos têtes, et nos radios étaient aussi inutiles que des jouets de gosse.

— Attends, dis-je d'un ton las en voyant Manny déplier l'antenne de sa radio portable. Ça ne marchera pas. Il faut que tu retournes à Brooklyn Bridge. Essaye Robert 2-21. Qu'ils appellent les Opérations. Contente-toi de demander du renfort, pas de 10-13.

10-13 signifie « officier en danger ». Je ne voulais pas être le sergent qui crie au loup.

— Essaie la radio tout au long du trajet. On ne sait jamais à quel endroit elle va se remettre à fonctionner. Je ne sais pas jusqu'où il y a du plomb.

En le suivant des yeux, alors qu'il s'éloignait par la passerelle d'une démarche laborieuse, je me sentis seule, vulnérable et stupide. Personne ne savait que nous étions allés à Worth Street et non au Trou noir, et c'était ma faute.

— Hé ! s'exclama l'un des mômes en montrant un tas de vieux vêtements dans un coin du quai. Qu'est-ce que ce mec fout là, dans notre planque ?

Mec ? Quel mec ? C'est alors que le paquet de vêtements se souleva. C'était le poivrot du métro. Il s'était pelotonné en chien de fusil, en espérant que les tagueurs ne le repéreraient pas.

Bas-Nylon s'approcha du vieil ivrogne en se dandinant et lui enfonça son pied dans les côtes.

— Qu'est-ce que tu fous là, le vieux ? Hein ? Réponds !

Un gosse obèse aux cheveux en brosse s'approcha à son tour et s'assit à côté du poivrot. Il fouilla dans ses poches et en sortit une bouteille d'un demi-litre à moitié vide.

Un autre garçon, plus mince, à la peau claire, se

mit en tête de tabasser le poivrot. Il commença par le soulever par la peau du cou, puis le jeta violemment à terre en riant. Le vieux essaya de se lever, mais Bas-Nylon l'en empêcha d'un nouveau coup de pied dans les côtes.

La bouche du vieux saignait. L'obèse tenait la bouteille en hauteur, excitant le poivrot comme on excite un chien avec un os. Le pire était qu'il tendait les bras pour l'attraper, les mains battant l'air sauvagement, suppliant. Il aurait aboyé s'ils le lui avaient demandé.

Je tremblais et je commençais à avoir mal au cœur. Bon Dieu, où était Manny ? Où étaient mes renforts ? Il fallait que j'arrête ces mômes avant l'arrivée de leurs copains, mais je me sentais trop mal pour bouger. « S'il y a une chose que je ne supporte pas, c'est une femme qui boit. » C'était comme si chaque insulte, chaque coup de pied me visait moi, et pas seulement le vieux.

Je mis la main à ma ceinture pour prendre mon arme, puis j'ouvris la poche arrière de mon blouson et sortis mon « cogneur ». Prête à foncer, je me pétrifiai soudain en entendant Bas-Nylon :

— Yo ! Si on lui faisait comme aux autres ?

Le visage de l'obèse s'illumina.

— Ouais ! Fait pas chaud, ce soir. Un petit feu nous ferait du bien.

— T'as raison, mec, ajouta le môme à la peau claire. J'ai du kérosène. Je l'ai pris dans la chaudière de ma mère.

— C'est tout ce qu'il mérite, les mecs, dit dans un grognement le quatrième membre de la bande. Il vient chez nous, il pisse sur l'art et il pue comme c'est pas possible. Ici c'est notre territoire, tu piges ?

Il donna un coup dans la poitrine du vieux, qui poussa un gémissement.

— Je... je voulais rien faire de mal... Je cherchais un endroit pour dormir.

« Oncle Paul, qui dormait sur notre divan quand il était trop soûl pour que tante Rose le supporte. » Il n'était jamais trop soûl pour que maman le fasse entrer à la maison. Jamais trop soûl pour m'adresser l'un de ses doux sourires irlandais et m'appeler sa petite fille préférée.

Le garçon à la peau claire ouvrit la bouteille — ironiquement, on aurait dit du whisky — et en aspergea le vieux, un peu comme ma mère aspergeait les vêtements avant de les repasser. Bas-Nylon fit apparaître une petite boîte d'allumettes.

Le temps que Delgado revienne, avec ou sans renforts, il y aurait un feu de joie de plus. Il fallait que j'intervienne. Et vite.

L'effet de surprise était mon seul atout. Ils étaient quatre, jeunes et forts. J'étais seule, mal en point et tremblante.

Je visai l'une des lampes. L'ampoule explosa du premier coup. J'étais très bonne au tir, et cela allait me servir pour donner l'impression à ces mômes qu'ils étaient encerclés.

Ils s'écartèrent vivement du poivrot et se mirent à courir en tous sens.

— Merde, cria l'un d'eux, on nous tire dessus !

Je visai la seconde et dernière ampoule. L'obscurité me donnerait l'avantage. Ils ne sauraient pas qu'ils avaient un seul flic aux trousses.

— Foutons le camp ! s'exclama un autre. On va pas rester là à se faire canarder !

Je dévalai les marches vers le quai, seulement éclairé par le faible rayon lunaire venant de l'autre côté des voies. Je fonçai sur les mômes en gueulant « Police ! On ne bouge plus ! » et en balançant mon cogneur illégal.

Il fit un bruit sourd en heurtant les côtes du gosse qui tenait la bouteille de kérosène. Il la lâcha et se mit à hurler en se tenant la poitrine. Je sentis le sifflement de l'air expulsé par ses poumons et j'entendis craquer ses côtes. Je me retournai et frappai Bas-Nylon à la hauteur du genou. Cela me valut un autre hurlement, aussi satisfaisant que le précédent.

Je haletai en proférant des flots d'injures. Le sang battait dans mes tempes, et ce bruit étouffé était plus assourdissant que le boucan du train express.

L'effet de surprise n'avait pas fait long feu. Les deux autres mômes me sautèrent dessus, le premier juché sur mon dos, l'autre bien décidé à me défoncer l'estomac de ses petits poings durs. Tout ce que je voyais, c'était un cyclone de seize ans, fou furieux, qui me tournait autour en me rouant de coups. Mon bras se fit léger quand je lui enfonçai violemment ma matraque dans le ventre. Il se plia en deux avec un grognement, repartit à l'assaut.

C'était comme s'enfiler de la bière un soir de bringue entre flics. Je tournoyais, je cognais.

L'adrénaline produisait un effet extraordinaire, j'étais exaltée. J'étais redevenue un flic pour de bon. Il y avait une vie après la désintox'.

Ils finirent par en avoir assez. Essoufflée, épuisée, je me redressai au milieu des corps allongés. Mes cheveux s'étaient échappés de mon bonnet de laine et pendaient en mèches emmêlées sur mon visage, aussi rouge et brûlant qu'une plaque chauffante.

A l'aide de mes menottes, j'enchaînai les mômes les uns aux autres en regrettant de ne pas avoir assez de paires pour les attacher séparément. Ensemble, même menottés, ils pouvaient me maîtriser. Surtout qu'ils commençaient à comprendre que j'étais seule.

Je me sentais faible, vidée. Comme si je venais de faire l'amour.

Je m'assis sur le quai, pantelante, mon revolver pointé sur Bas-Nylon.

— Tu as le droit de garder le silence, déclarai-je.

La cavalerie arriva au moment où je finissais d'informer de ses droits le dernier de la bande. Manny Delgado, avec quatre hommes en renfort.

Pendant que les nouveaux venus s'occupaient des prisonniers, j'attirai Manny à l'écart, là où le poivrot gisait affalé dans un coin, toujours tremblant et gémissant.

— Tu ne sens rien ? demandai-je.

Manny fronça le nez. Je baissai les yeux vers le poivrot. Un filet coulait sous lui. Son entrejambe était trempé.

« Oncle Paul qui rentre à la maison en zigzaguant, chante d'une voix de fausset et s'arrête pour pisser sous le lampadaire. » Rien d'extraordinaire, sauf que cette fois-là Julie Ann Mackinnon, ma rivale en classe de huitième, avait tout vu, de l'autre côté de la rue. Mes joues me brûlaient quand je me rappelais la scène et la revoyais raconter aux autres filles ce qu'elle avait vu, en se moquant, la main en coupe devant sa bouche.

— Non, pas ça, dis-je d'un ton brusque et en rougissant. Le kérosène. Ces mômes, ce sont les tueurs incendiaires. Ils s'apprêtaient à rôtir ce type. C'est pourquoi j'ai dû passer à l'attaque toute seule.

Le visage de Delgado exprimait le scepticisme que j'avais vu toute la soirée dans ses yeux. Comment pourrait-il me croire ? Il avait été favorablement impressionné par mon groupe de prisonniers. Mais voilà que je prétendais avoir résolu le crime qui mettait sur les dents tous les flics de New York.

— Ecoute, tu vas retourner à Brooklyn Bridge et envoyer un message radio...

J'allais dire « au capitaine Lomax », mais j'eus une meilleure idée :

— ... à Sal Minucci, de la Criminelle. Il va vouloir faire analyser le manteau du vieux et s'assurer qu'on prendra soin de cette bouteille.

Je lui montrai la bouteille de whisky, vide désormais, avec laquelle le môme à la peau claire avait versé le kérosène.

— Ce n'est pas la sienne ? demanda Manny.

— Non, la sienne, c'est un litron...

Je rougis à nouveau en me rendant compte que le mot n'était pas vraiment répandu hors des cercles d'alcooliques repentis.

« Tire-toi, fiston, priai-je intérieurement. Fous le camp d'ici avant que... »

Il tourna les talons et suivit les renforts qui emmenaient les prisonniers enchaînés.

— Et demande une équipe médicale d'urgence pour ce type. Je reste ici jusqu'à son arrivée.

Je baissai les yeux sur le poivrot. Il avait les yeux bleus — un bleu humide, presque transparent, d'où toute vie semblait avoir été enlevée. Les yeux de l'oncle Paul.

« Oncle Paul, le visage indistinct, larmoyant, trop bourré pour s'apercevoir que j'étais rentrée à la maison avec la médaille de la meilleure composition anglaise. » J'avais posé mon chef-d'œuvre près de sa chaise, pour qu'il puisse le lire après le dîner. Il avait renversé du whisky dessus. L'encre bleu-noir avait coulé, comme des larmes, diluant les mots que j'avais choisis avec tant de soin.

« Oncle Paul, vieux et malade, agonisant, exactement comme celui-ci. » A l'époque, il passait plus de temps à l'extérieur qu'à la maison, alors qu'on aurait pu s'occuper de lui. Les yeux plus rouges que bleus, sa grande carcasse décharnée. Je sentis un sanglot monter dans ma gorge, comme si la mort comprimait mes poumons. Je suffoquai, incapable de trouver de l'air. J'avais le visage trempé de larmes que je n'avais pas senties arriver.

« Je te déteste, oncle Paul. Je ne serai jamais comme toi. Jamais. »

Je me dirigeai vers le poivrot, toujours affalé sur le quai. J'étais comme une somnambule, mon bras se leva tout seul. J'enfonçai la crosse de mon revolver dans les vieilles côtes fragiles, je la sentis qui heurtait l'os. Cela lui ferait un bleu de la taille d'une balle de base-ball. D'abord un pourpre cru, puis un bleu-violet, enfin un jaune-gris malsain. Je levai un pied, juste assez haut pour qu'il retombe avec un bruit sourd à la hauteur des reins. Le vieux poivrot grogna, bouche bée. Un flot de salive coula sur le sol. Il leva des mains tremblantes devant son visage et ferma les yeux. Je levai à nouveau le pied. J'avais envie de cogner, de cogner, de cogner...

« Oncle Paul, un monceau de viande gelée découvert par un agent de la police du métro sur le quai supérieur de la station de la 161ᵉ Rue. » La station du Yankee Stadium, où il m'emmenait quand les Yanks jouaient à domicile. Nous mangions à la Yankee Tavern. Je dévorais du corned-beef sur du pain de seigle avec un milk-shake, pendant qu'il descendait une bière après l'autre.

Avant de mourir, oncle Paul avait sorti de sa poche toutes ses pièces de monnaie et en avait fait des petits tas bien nets à côté de lui. Pièces de vingt-cinq cents, de dix cents, de cinq cents, de un cent. Un inventaire de ses possessions terrestres.

J'inspirai profondément en frissonnant et je posai les yeux sur le vieil homme que je venais de brutaliser. J'avais honte.

Je m'agenouillai et écartai doucement les mains fragiles et bleuâtres de son visage à la peau presque translucide. Quand je vis la peur dans ses yeux bleus larmoyants, je me haïs pour ce que j'avais fait.

« S'il y a une chose que je ne supporte pas, c'est une femme qui boit. » Moi non plus, Manny, je ne supporte pas les femmes qui boivent.

Les lèvres du vieux tremblèrent, des larmes emplirent ses yeux et roulèrent sur ses joues. Il secoua la tête à gauche et à droite, comme s'il essayait de chasser un mauvais rêve.

— Pourquoi ? demanda-t-il d'une voix cassée.

— Parce que je t'aimais trop.

Les mots n'étaient plus seulement dans ma tête, ils s'étaient introduits furtivement dans le monde silencieux et désert de la station fantôme. Comme si oncle Paul n'était pas enterré à Cavalry Cemetery, comme s'il pouvait m'entendre, avec les oreilles de ce vieillard qui lui ressemblait tellement.

— Parce que je voulais être comme toi. Et je suis comme toi, finalement.

Ma voix se brisa.

— Je suis exactement comme toi, oncle Paul. Une ivrogne.

La tête sur les genoux, je me mis à sangloter comme une gosse. Toute la honte accumulée pendant mes années de beuverie remonta dans ma poitrine. Les stupidités que j'avais dites et faites, toutes les fois où il avait fallu me ramener chez moi et me mettre au lit, les fois où j'avais vomi dans la rue devant le bar. « S'il y a une chose que je ne supporte pas... »

— Oh, mon Dieu, je voudrais être morte.

La main osseuse posée sur la mienne aurait pu être une serre. Je sursautai puis plongeai mon regard dans les yeux humides du vieil homme. J'étais assise dans la station fantôme et j'avais pris cet étranger pour le spectre de ce qui avait été mon oncle agonisant.

— Pourquoi souhaitez-vous une chose pareille ? demanda-t-il.

Il parlait d'une voix claire, absolument pas pâteuse, et il ne cherchait pas ses mots dans son cerveau brûlé par l'alcool.

— Vous êtes jeune. Vous avez toute la vie devant vous.

Toute la vie. Voire...

Un jour à la fois. Une nuit à la fois.

Quand je serais rentrée au poste, que j'aurais pris une douche et changé de vêtements, y aurait-il quelque part une réunion où l'on m'attendrait ? Absolument. Dans cette ville qui ne dort jamais, les AA ne dorment pas non plus.

Je tendis la main vers le vieil homme. Mes doigts caressèrent sa barbe grise de plusieurs jours.

— Pardonne-moi, oncle Paul, dis-je. Pardonne-moi.

LES SERPENTS À SONNETTE PAR LES NUITS SANS LUNE

Wendy Hornsby

Wendy Hornsby est née en 1947 à Los Angeles. Depuis 1975, elle est professeur d'histoire. Kate Teague, le personnage de son premier roman, *No Harm* (1987), est également un professeur d'histoire, qui apparaîtra dans un autre roman avant de laisser la place à un personnage promis à un plus grand succès : la documentariste Maggie MacGowen, que l'on découvre pour la première fois dans *Telling Lies* (1992). Bien qu'elles soient toutes deux des détectives amateurs, leurs relations avec les services de police placent les livres de Wendy Hornsby dans la catégorie des romans qui s'appuient sur les procédures techniques.

Interrogée sur ses influences, Wendy Hornsby rend hommage au triumvirat de la littérature noire californienne (Dashiell Hammett, Raymond Chandler et Ross Macdonald), mais avoue que son modèle était plutôt Margaret Millar, la femme de Macdonald. Quant à ses influences hors du genre criminel, elle écrivit dans *Deadly Women* (1998) : « Lorsque j'étais enfant, j'ai beaucoup appris de la lecture de Dickens, influence majeure pour un futur écrivain de littérature noire, de Mark Twain, qui est le maître de la caractérisation des personnages, et d'Ambrose Bierce, parce qu'il était vraiment méchant. »

Ces dernières années, les distinctions entre les différentes approches de la littérature policière — violente ou pas, virile ou féminine — sont devenues moins évidentes, et en tout cas moins déterminantes qu'autrefois. « Les serpents à sonnette par les nuits sans lune » est une nouvelle très noire qui aurait tout à fait pu être publiée dans *Manhunt*, le célèbre magazine des années 1950, auquel très peu de femmes ont collaboré.

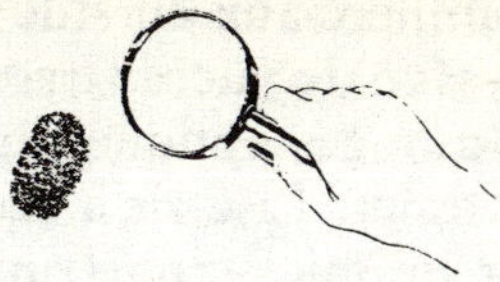

Dans un relais routier près de Riverside, Lise trouva quelqu'un pour l'emmener. C'était un gros semi-remorque qui allait à Phoenix. Le chauffeur était un vieux crétin solitaire et bedonnant, visiblement un adepte du vieux numéro paternaliste. Elle était prête à entrer dans son jeu, parce qu'il lui avait permis de monter dans la cabine climatisée de son camion et qu'il allait vers l'est, bien au-delà de sa destination.

— Une gentille jeune fille comme vous ne devrait pas faire du stop, dit-il en l'aidant à boucler sa ceinture. Le désert peut être sacrément dangereux, en été.

— Je connais le désert. En outre... ajouta-t-elle en posant la main sur la patte velue du routier, je ne suis plus si jeune et je ne suis pas gentille du tout.

Il rit, mais il l'examina de plus près. Il regarda aussi le sac apparemment lourd avec lequel elle voyageait. Après cet examen approfondi, il renonça à son numéro paternaliste. Cela l'arrangeait bien, car elle n'avait pas beaucoup de temps à perdre en préliminaires.

Il lui débita des blagues usées, de plus en plus faisandées à mesure qu'ils filaient vers l'est sur l'Interstate 10. Les lotissements bon marché tout neufs et les centres commerciaux en stuc rose laissèrent la place à un paysage de yuccas tranchants comme des rasoirs et de mirages optiques dus à la chaleur. Pendant tout le trajet, Lise rit à ses histoires stupides, juste pour lui faire croire qu'elle se plaisait en sa compagnie.

Durant la montée qui traverse Beaumont, Banning et Cabazon, elle riait au quart de tour tout en l'observant quand il passait les vitesses. Elle voulait savoir si elle pourrait conduire le camion et se passer de lui. A deux reprises, pour faire avancer les choses, elle raconta une histoire qui fit rougir le crâne chauve du routier.

Avant l'embranchement de Palm Springs, il lui proposa de s'arrêter dans un petit casino, histoire d'avaler quelques verres bien glacés et de jouer deux ou trois parties de bingo. Comme par inadvertance, alors qu'elle était distraite car elle essayait de comprendre comment fonctionnait le casino tenu par des Indiens, la main de l'homme se fraya un chemin vers le dos de son débardeur en synthétique.

La conscience de sa présence à côté d'elle, ses œillades suggestives, son odeur, les effluves de tabac qui régnaient dans cet endroit finirent par la rendre un peu malade. Mais elle s'efforça de faire bonne figure et, quand son estomac se soulevait, elle retenait ses haut-le-cœur. Elle avait de l'entraînement. Elle faisait bonne figure depuis cinq ans, et c'est ce qui lui avait permis de survivre. « Tiens jusqu'à dix heures, se dit-elle. Alors tout sera différent. »

Après le casino, il y eut une heure de discussion orageuse sur le siège avant, sur la voie express, jusqu'à ce qu'ils trouvent un Motel 6 (prix unique :

29,95 dollars ; télévision par câble et téléphone dans toutes les chambres). Il lui avait dit ce qu'il voulait. Elle lui demanda de prendre d'abord une douche.

A Riverside, il lui avait dit qu'il s'appelait Jack. Mais le permis de conduire délivré par l'Etat de Louisiane qu'elle trouva dans son portefeuille affirmait que son nom était Henry LeBeau. Pendant qu'elle lui faisait les poches, il chantait à tue-tête sous la douche. Tout en composant un numéro sur le téléphone de la chambre, Lise s'entraîna à écrire son nom sur le papier à en-tête du motel. *Mme Henry LeBeau. Lise LeBeau.* Elle continua jusqu'à ce que quelqu'un décroche.

— Je suis partie, dit-elle.

— Tu mens.

— Oh non, pas moi. Le prix à payer est trop élevé en cas de mensonge.

— J'ai laissé le meilleur de mes gars à la maison, avec toi. Il m'aurait appelé.

— S'il avait pu. Le meilleur de tes gars n'est peut-être pas si bon que tu le croyais. Je suis peut-être meilleure.

Elle attendit sa réaction et écrivit encore plusieurs fois le nom de LeBeau, jusqu'à ce que le mouvement de sa main soit naturel. Enfin, elle entendit autre chose que le souffle lourd de son interlocuteur :

— Où es-tu, Lise ?

— Je suis très loin, ailleurs. Ne perds pas ton temps à me chercher, parce que cette fois tu ne me trouveras pas.

— Je vais me gêner.

Elle raccrocha.

Jack-Henry coupa l'eau de la douche. Lorsqu'il

sortit de la salle de bains, frais, propre et avide d'amour, Lise avait déjà quitté le motel et marchait le long de la route. Le portefeuille de Henry était dans son sac.

Après la fraîcheur de la chambre, la chaleur extérieure lui parut accablante. Quarante-trois degrés, zéro pour cent d'humidité, lut-elle sur un panneau. Le soleil de l'après-midi tombait droit dans ses yeux, et l'air sentait le fioul et le trottoir chaud, mais c'était encore mieux que l'odeur de sueur de deux jours qui imprégnait la cabine du semi-remorque et qui les avait poursuivis jusqu'au motel. Il lui fallut inspirer et recracher l'air brûlant une dizaine de fois pour expulser cette puanteur de ses poumons.

Le motel, ce n'était même pas un endroit, juste un point noir au bout d'une bretelle d'autoroute entre Los Angeles et Phoenix : deux ou trois stations-service et une supérette, plus de cent cinquante kilomètres de cactus rabougris et de roches déchiquetées pour tout environnement. Tout en se protégeant les yeux du soleil, Lise marchait à grands pas vers l'autoroute, cherchant les solutions qui s'offraient à elle, avant même de traverser la route d'accès à la station Texaco.

La réunion à laquelle elle devait assister se tiendrait à Palm Springs, et il lui fallait trouver un moyen d'y arriver. Elle savait en tout cas qu'elle ne voulait pas monter dans un autre camion, et elle ne pouvait rester dehors. Elle était prise comme dans un étau par la chaleur qui tombait du ciel et par celle qui montait du bitume. Elle commença à paniquer. Encore un quart d'heure, peut-être vingt minutes sous ce soleil et elle savait qu'elle serait rôtie. Mais ce n'est pas la chaleur qui la fit courir vers l'abri de la station-service. Après avoir été si longtemps enfermée, il lui arrivait d'être terrifiée par l'espace à ciel ouvert.

La station Texaco et sa supérette étaient le décor d'un spectacle animé où se mêlaient les clients de passage : familles grincheuses dans des caravanes, camionneurs gras, citadins fanfarons avec des nippes pour vacances dans le désert et trop de bijoux voyants. Tout un monde pressé de faire le plein, de racler les insectes écrasés sur les pare-brise et de reprendre la route, protégé de la chaleur mortelle par la climatisation.

Alors qu'elle arrivait à hauteur des pompes, à l'affût d'une occasion, un vieux type aux cheveux blancs dans une grosse Cadillac toute neuve la dépassa et s'arrêta près de la supérette. C'était un homme du genre impeccable. Le genre qui n'aime pas avoir chaud ni être décoiffé, se dit-elle. Comme son père. Quand il descendit de voiture pour entrer dans la supérette, le pauvre chéri laissa tourner son moteur pour que la climatisation entretienne la fraîcheur dans le véhicule.

Dès qu'elle le vit dans le magasin faire tourner un présentoir de cartes routières, Lise monta dans sa voiture et démarra.

Lorsqu'elle atteignit la bretelle menant vers l'ouest, elle aperçut M. LeBeau devant le motel. Il était à moitié nu, suant tel un lutteur sur le retour. Il regardait dans tous les sens, l'air contrarié, comme s'il avait perdu quelque chose.

— Adieu, monsieur LeBeau, dit-elle en souriant à l'image minuscule qui disparut dans le rétroviseur. Et merci pour la course !

Elle regarda autour d'elle, s'attendant plus ou moins à repérer une file de voitures noires étincelantes lancées à sa poursuite, qui l'encerclaient et la ramèneraient chez elle. Il ne pouvait être aussi facile de s'évader. Mais le seul reflet métallique qui s'offrait à sa vue était celui des mirages, telles des mares argentées éclaboussant le sol au-delà de l'autoroute. Elle se détendit un peu, s'appuya à la garniture de cuir, orienta les prises d'air sur son visage et régla la radio, remplaçant un orchestre symphonique par du Chopin.

Il lui fallut moins de cinq minutes pour se métamorphoser, passant de la poule à camionneurs à l'habituée des boutiques de luxe. Elle enleva l'épais maquillage qu'elle avait acheté à Riverside, passa sur le débardeur trop serré un corsage qu'elle sortit de son sac, déroula les revers de son short en jean pour couvrir sept ou huit centimètres supplémentaires de cuisses musclées, troqua les bottes ouvragées à la main contre d'élégantes sandales de cuir et attacha ses cheveux ébouriffés par le vent en une queue-de-cheval impeccable. Elle inspecta son visage dans le rétroviseur : la femme qui lui rendit son regard pouvait être n'importe quelle cliente dans une file d'attente.

Lise prit la sortie menant à la Bob Hope Drive et poussa un soupir de satisfaction. Le désert roussi et stérile fit place à des terrains de golf vert foncé, des lotissements en copropriété surchargés, des palmiers, des fontaines et des restaurants chic dont les parkings étaient bondés de Jaguar, de Cadillac et de Mercedes.

Elle se gara dans l'un de ces parkings et, sans couper le moteur, elle passa en revue les outils dont elle disposait. Une carte American Express au nom de H.G. LeBeau. Une MasterCard au nom de Henry LeBeau. Quatre cents dollars en liquide. Le portefeuille contenait aussi plusieurs cartes de paiement pour des chaînes de stations-service, deux vieux préservatifs, la photo d'une épouse assez laide et un code de quatre chiffres sur un bout de papier. Béni soit-il ! se dit-elle en souriant. Henry lui donnait son code secret, ce qui allait élargir ses possibilités.

Lise grava le code dans sa mémoire, glissa les cartes de crédit et l'argent dans sa poche, puis sortit dans la chaleur épouvantable pour jeter le portefeuille dans une poubelle avant de poursuivre son chemin jusqu'au Palm Desert Mall.

Comme une bonne fille, elle laissa la Caddie sur le parking du centre commercial, exactement comme elle l'avait trouvée : moteur allumé, portes non verrouillées, clés sur le tableau de bord. Sans jeter un coup d'œil derrière elle, elle se rendit droit chez I. Magnin. Il lui fallut un peu plus d'une heure pour acheter quelques vêtements indispensables et une belle valise de cuir et brocart. Elle se servit tour à tour des deux cartes de crédit et signa alternativement Mme Henry LeBeau ou H.G. LeBeau. Elle n'avait aucune inquiétude. Chez I. Magnin, personne n'aurait osé vérifier l'identité des clientes.

Le temps serait un problème, ainsi que l'argent liquide. Elle devait tenir quelques jours avant de pouvoir utiliser d'autres ressources en toute sécurité.

Elle savait parfaitement que Henry signalerait la perte de ses cartes dès qu'il aurait recouvré ses esprits. Elle savait aussi qu'il n'aurait pas le cran d'avouer dans quelles circonstances il les avait perdues. Elle ne craignait donc pas la police. Mais, dès que la perte des cartes serait déclarée, elles lui seraient inutiles. « Combien de temps lui faudra-t-il pour réagir ? » se demanda-t-elle.

Elle retira deux cents dollars à un distributeur,

montant maximal autorisé pour la MasterCard, dont elle se servit une dernière fois pour donner un coup de fil.

— Tu es inquiet, dit-elle. Tu as cette réunion, ce soir, et je t'ai empêché de te concentrer là-dessus. Tu as un problème parce que si je ne suis pas là pour signer les documents, tout s'écroule. Maintenant, tu es dans le pétrin. Tu ne peux pas poser un lapin au sénateur, tu ne peux pas me laisser partir, et il est sûr et certain que tu ne peux pas être à deux endroits à la fois. Que comptes-tu faire ?

— C'est insensé !

Cette fois, sa voix n'exprimait plus que sa fureur habituelle.

— Où es-tu ?

— Ne quitte pas la maison. N'y pense même pas. Si tu le fais, je le saurai. Je verrai le mensonge dans tes yeux. Je le sentirai dans le moindre mot qui sortira de ta bouche.

C'était facile. Les mots coulaient facilement, comme si on passait une vieille bande magnétique, entendue cent fois déjà. Ils étaient drôles, quand c'était elle qui les prononçait. Elle se demandait comment il pouvait dire de telles idioties et, plus précisément, comment il s'y était pris pour la convaincre, durant toutes ces années, que la mort pouvait être pire que la vie sous sa coupe odieuse.

Le plaisir qu'elle ressentait à lui parler au téléphone avait le pouvoir de le mettre en rogne. Elle raccrocha, inspira à fond et expira comme pour se débarrasser du son de sa voix.

Dans le sol tendre d'une jardinière, près du téléphone, elle creusa une petite tombe pour la carte de crédit qu'elle recouvrit de terre.

Après un déjeuner tardif accompagné par une

demi-bouteille de champagne frappé, Lise se fit coiffer : cheveux coupés très court et teints en brun, ce qui était leur couleur d'origine. Le caissier du salon de beauté, très obligeant, lui donna cent dollars en liquide qu'il ajouta au paiement par American Express. Lise avait été un peu surprise que le paiement soit accepté, mais elle prit le risque de s'en servir une dernière fois. Elle acheta chez un traiteur quelques produits indispensables d'un autre genre : plusieurs bouteilles de bon vin, un panier de fruits et un assortiment de petits amuse-gueule hors de prix. En sortant du magasin, elle jeta la carte AmEx dans un bocal de dragées vertes.

Chaque nouvelle transaction renforçait sa confiance en elle et la persuadait qu'elle aurait le courage de mener à bien le plan qui lui rendrait sa liberté pour toujours. Quand elle eut achevé ses courses, elle avait tellement de sacs qu'elle pouvait à peine les porter, et elle était épuisée. Mais elle se sentait mieux qu'elle ne s'était sentie depuis très longtemps.

En se dirigeant vers la sortie du centre commercial, à l'opposé de l'endroit où elle avait laissé la Cadillac de M. Propre, Lise n'était pas sûre du tout de savoir ce qui allait se passer. Elle avait encore le pressentiment qu'une catastrophe pouvait arriver. Elle regardait de temps en temps par-dessus son épaule et examinait le reflet de la foule dans chaque vitrine. La logique lui disait qu'elle ne risquait rien. Son instinct de conservation la maintenait sur ses gardes.

Voler une voiture dont le moteur tournait avait si bien marché la première fois qu'elle décida de recommencer. Elle avait l'embarras du choix. La présence d'une patinoire couverte — bizarrement, elle surplombait un jardin de cactus géants — et d'un complexe de cinémas contigu suggérait que des parents attendaient leurs enfants sur le parking. Lise compta trois véhicules dont le moteur et la climatisation ronronnaient, sans le moindre conducteur en vue.

Elle soupesa les différentes possibilités : un break Volvo, une petite Beemer et une Jag bleu nuit. Elle fit mine de jouer à Am stram gram, mais elle avait déjà jeté son dévolu sur la Jag. La Jag était la première voiture de la rangée.

Elle jeta les sacs sur le siège arrière, se glissa derrière le volant et sortit du parking avant même que la portière soit refermée. Après un bref arrêt dans une rue transversale pour entasser ses derniers achats dans la valise, elle se rendit directement à l'aéroport de Palm Springs. Elle laissa la Jaguar dans l'aire de chargement réservée aux passagers et, ses bagages à la main, elle se rua dans le terminal comme une touriste ayant peur de manquer son avion.

Elle s'arrêta devant le premier téléphone.

— Tu as vérifié, hein ? lança-t-elle dès qu'il décrocha. Tu as envoyé tes gangsters pour vérifier si j'étais là ? Tu sais donc que je suis partie. Nous sommes si proches que je sais exactement ce que tu as fait. Toutes tes pensées passent dans ma tête. Tu penses que sans moi l'affaire est à l'eau. Et je suis dans un autre fuseau horaire.

— Tu ne m'échapperas pas.

— Je crois que tu es en colère. Si je ne te corrige pas quand tu as de mauvaises pensées, tu vas tout gâcher.

— Ferme-la.

En regardant ses ongles, elle dit d'un ton neutre :

— Tu es tout pour moi. Je te tuerai, plutôt que de te laisser partir...

— Lise, s'il te plaît...

Sa voix se brisa. C'était presque un sanglot. Elle raccrocha.

Elle quitta le terminal par une autre porte, se dirigea vers la station de taxis. Une seule voiture attendait. Le chauffeur aurait pu être le cousin des Indiens du petit casino. A cause de la réunion prévue pour le soir, elle hésita. Finalement, elle lui tendit sa valise et lui donna l'adresse d'un hôtel du centre de Palm Springs. Une adresse qu'elle avait apprise par cœur, longtemps auparavant.

— C'est plutôt mort, par là-bas, lui dit le chauffeur en tripotant les poignées de cuir de son sac. Pas facile de se déplacer sans voiture, quand on est si loin. Je connais des endroits bien mieux et beaucoup plus près. En plus, ils font de bons prix, hors saison.

— Non, je vous remercie, répondit-elle.

Il parla sans interruption durant le trajet. Il posa plus de questions qu'elle n'y répondit, ce qui la mit mal à l'aise. Pourquoi un étranger voulait-il savoir tout cela ? Le chauffeur était-il un complice, payé pour la ramener ? Etait-ce possible ? Cette conversation n'était-elle qu'un inoffensif bavardage ? Cette dernière question la tarabustait. Elle avait été coupée du monde pendant si longtemps. Etait-elle encore capable de faire la distinction entre une situation normale et une qui ne le serait pas ?

Le chauffeur la déposa devant un vieil immeuble qui ne manquait pas d'allure, à un pâté de maisons de la rue centrale de Palm Springs. Toujours sur ses gardes, elle attendit qu'il soit parti pour soulever sa valise et entrer dans l'hôtel.

Hors saison, l'endroit semblait vide. La gérante était assez âgée pour être sa mère : une femme du désert, avec une peau semblable à celle d'un lézard et de minuscules yeux noirs.

— Je voudrais une chambre pour deux nuits.

La gérante lui tendit un formulaire d'inscription.

— Carte de crédit ou paiement d'avance en liquide ?

Lise paya ses deux nuits en liquide et déposa une caution de cinquante dollars pour le téléphone.

— C'est calme, ici, dit la gérante en lui tendant une clé. En cette période de l'année, la plupart des gens trouvent qu'il fait trop chaud.

— Le calme, c'est exactement ce que je cherche. Je n'attends pas d'appel. Mais, si quelqu'un me demandait, j'apprécierais si vous disiez que vous n'avez jamais entendu parler de moi.

Lorsque la gérante souriait, ses yeux noirs disparaissaient presque entièrement dans les plis de sa peau sèche.

— Des ennuis avec les hommes, mon chou ?

— Il existe d'autres sortes d'ennuis ?

— D'après mon expérience, ça ne peut être que les hommes ou l'argent. Et, d'après votre allure, poursuivit-elle en regardant la valise et le sac à poignée du traiteur de luxe, je parierais mon dernier dollar que c'est la première solution. Ne vous inquiétez pas. Je vous ai à peine regardée et j'ai déjà oublié votre nom.

Le nom que Lise écrivit sur le formulaire, elle l'avait lu sur l'étiquette de la bouteille de chardonnay qui se trouvait dans son sac : Rutherford Hill.

L'hôtel était construit comme un vieux ranch d'adobe, avec des murs épais et des coins arrondis, du carrelage mexicain au sol et des plafonds sombres aux poutres apparentes. La chambre de Lise était un peu défraîchie, mais plus grande, plus propre et plus agréable que ce qu'annonçait son prix. La climatisation fonctionnait, et il y avait une kitchenette avec un minibar gémissant, où elle mit son vin à rafraîchir. Pour la première fois depuis cinq ans, elle avait sa propre clé, et elle s'en servit pour fermer la porte de l'intérieur.

De son minuscule balcon, elle voyait à la fois la piscine dans le patio, en dessous, et le pied rocheux du mont San Jacinto à cinq cents mètres de là. Le soleil avait déjà disparu derrière le sommet de la montagne, plongeant l'hôtel dans une ombre bleuâtre. Lise sentit enfin la véritable odeur du désert, armoise sèche et lauriers-roses en fleur, et de l'air non pollué par les gaz d'échappement.

Une brise agréable descendait des montagnes. Lise laissa la fenêtre ouverte et s'allongea pour se reposer quelques minutes. Quand elle rouvrit les yeux, flottant entre la veille et le sommeil, la chambre baignait dans une douce lumière couleur de lavande — chaude, mais parfumée par les fleurs du patio. Elle entendait une fontaine quelque part et, de temps en temps, des voix dans le lointain. Pour la première fois depuis longtemps, elle ne se précipita pas à la porte pour écouter s'il y avait quelqu'un de l'autre côté.

Elle enfila son maillot de bain neuf. Un peu serré derrière : elle n'avait pas pris le temps de l'essayer avant de l'acheter. Elle se servit du pic à glace qu'elle avait trouvé sur l'évier pour préparer les glaçons et en remplit le seau à glace. Elle aimait son poids, la manière dont il tenait dans sa main. Tout en ouvrant une bouteille de vin et en coupant des fruits et du fromage, elle donna un coup de fil.

— Le soleil se couche à huit heures trente-deux, exactement. Ce soir, il n'y aura pas de lune. Les serpents à sonnette adorent les nuits sans lune. Tu as intérêt à rester à l'intérieur, sans quoi tu pourrais te faire mordre.

— A quoi joues-tu ?

— A ton jeu. J'apprends vite. Tu te rappelles quand tu m'as dit ça ? Je crois que je connais tous tes mouvements. On va voir s'ils sont efficaces.

— Tu es une débutante, Lise. En championnat, tu n'as pas encore le niveau. Et moi, chérie, je joue toujours gros jeu.

Il avait eu le temps de se remettre de sa surprise et de sa colère, et il était de nouveau offensif. Il lui faisait peur, mais, puisqu'il ne pouvait pas la toucher, sa résolution tint bon, même alors qu'elle l'écoutait.

— Tu reviendras, Lise... Tu vas prendre quelques coups durs sur le crâne et tu comprendras comme ce monde est froid et cruel. Tu me supplieras de te reprendre et de m'occuper de toi. Tu peux m'en vouloir autant que tu veux, mais ce n'est pas ma faute si tu es une petite princesse, incapable de traverser la rue toute seule. Tu dois t'en prendre à ton connard de père, qui t'a trop gâtée. Sans moi...

— Sans toi, mon père serait encore vivant, le coupa-t-elle. J'en ai la preuve sur moi.

Le silence qui suivit lui fit comprendre qu'elle avait fait mouche. Elle raccrocha.

Lise nagea dans la piscine jusqu'à ce qu'elle se sente à nouveau propre. Jusqu'à ce que sa peau soit débarrassée de la chaleur, de la sueur et de la couche de sable fin. Jusqu'à ce que l'eau tiède et chlorée ait lavé les dernières traces des caresses fiévreuses de Henry LeBeau. La nouvelle teinture de ses cheveux s'en allait aussi. Elle tacha la serviette en s'essuyant.

Elle remplit de vin jaune paille un grand gobelet de plastique et déplia une chaise longue au bord du bassin. Il y avait encore un peu de bleu dans le ciel quand la gérante vint allumer les spots de la piscine.

— Encore une journée de chaleur, c'est sûr.

La gérante prenait son temps pour boire son propre verre.

— C'est vrai que jusqu'à octobre il fait chaud tous les jours. Dites-moi quand vous aurez fini avec la piscine. Le soleil cogne si fort que je dois purger une partie de l'eau, la nuit, et la remplacer par de l'eau froide. Sans quoi mes clients cuiraient au court-bouillon.

— Combien en avez-vous pour le moment ? demanda Lise.

— Vous êtes la seule, mon chou.

Elle vida son verre.

— Une cliente. C'est une de plus que pendant toute la semaine dernière.

Lise lui présenta le plateau de fromage.

— Vous pouvez vous asseoir une minute ? Détendez-vous un peu avec les clients dûment inscrits.

— Rien à redire à cela.

La gérante tira une chaise longue près de Lise, qui lui servit un verre de chardonnay.

— Je dois avouer que, hors saison, il m'arrive de rester seule. Autrefois, nous fermions de fin mai à début septembre. Toute la ville faisait de même. Maintenant, on est ouvert toute l'année. Mon Dieu, il paraît qu'on va avoir des casinos et que ça va devenir le nouveau Vegas, ici.

— Vegas est bruyant.

— Vegas est plein de truands, dit la gérante en grignotant un peu de fromage. Ça ne me dérangerait pas de voir toutes mes chambres occupées, comme autrefois. Mais les flambeurs iront dans les grands hôtels tout neufs, et moi je récupérerai les putes et les dealers. Qui a besoin de ça ?

Lise buvait son vin en silence. La gérante soupira en levant les yeux vers le ciel de plus en plus sombre.

— Il y a eu une époque où cet endroit plaisait aux gens de Hollywood. Liberace et toute une bande avaient des maisons, juste là, en haut de la rue, vous savez. Nous récupérions le trop-plein. Eux, ils faisaient tout le temps la fête. Ils me manquent. Tous ces gens se sont déplacés vers l'est, vers des endroits plus chic, comme Palm Desert. Je reçois encore de temps en temps un ancien de ce temps-là, mais la plupart de mes clients sont des retraités canadiens. Ils se pointent vers Thanksgiving et passent l'hiver. Des gens agréables mais terriblement ennuyeux.

Elle fit un clin d'œil à Lise.

— Ennuyeux, mais plus faciles à gérer que les putes de Vegas.

— J'en suis sûre, dit Lise.

La gérante pencha la tête, pensive, et la regarda, plus attentivement cette fois.

— Je suis rudement loin des grands axes. Comment êtes-vous tombée sur mon hôtel ?

— Je suis passée devant en visitant la ville. Il semblait si...

Elle remplit leurs verres.

— Il semblait paisible.

Elle sentait les yeux noirs et brillants de la gérante posés sur elle.

— Vous allez bien, mon chou ?

Lise leva la bouteille vide.

— Ça ira.

— Ce genre de médicament devrait vous y aider. Ce ne sont pas mes affaires, mais si vous voulez en parler...

— Je suis sûre que vous avez déjà entendu cette histoire. L'épouse à bout de patience qui se tire pour échapper à son connard de mari.

— Je ne l'ai pas seulement entendue, je l'ai vécue. Deux fois.

La gérante posa une main abîmée sur le genou nu de Lise et esquissa un sourire.

— Vous n'en mourrez pas, vous savez. Il faut simplement être un peu patiente.

Le vin, la fatigue et cette gentillesse qu'elle lisait sur le visage de la vieille femme firent que Lise sentit les fissures qu'elle avait au fond de son crâne s'entrouvrir pour laisser passer la lumière. La dernière fois que quelqu'un s'était vraiment inquiété pour elle, c'était cinq ans plus tôt, et son père était toujours vivant. Depuis cinq ans, la mousse s'accumulait sur la tombe de marbre de son père. Elle se mit à pleurer doucement.

La gérante sortit de sa poche un paquet de mouchoirs en papier.

— Allez, ma fille ! Allez-y, ouvrez les vannes !

Lise ne put s'empêcher de rire.

— Il sait où vous êtes ?

— Non, pas encore.

— Pas encore ?

— Avec le temps, il me retrouvera. Il me retrouve toujours. Peu importe jusqu'où je m'enfuis, il me retrouve toujours. C'est un homme puissant et il a des amis puissants.

— Qu'allez-vous faire ?

Lise haussa les épaules, même si elle savait très bien ce qu'elle allait faire. La réponse se trouvait dans le placard de sa chambre.

— Allons, ne vous en faites pas, mon chou. Personne ne connaît ce vieil endroit. Et, je vous l'ai dit, j'ai oublié à quoi vous ressemblez et je ne me rappelle pas votre nom.

Elle prit la bouteille vide et observa l'étiquette. Rutherford Hill. Un sourire malicieux creusa les plis de son visage.

— Quoique... à y réfléchir, ce nom me rappelle vaguement quelque chose.

Le soleil se couche à huit heures trente-deux, exactement. Lise prit une douche et se changea : pantalon kaki et chemise peau de pêche, plus faciles à confondre avec le sable du désert. Elle prit son sac dans le placard et le posa sur ses genoux. Puis elle attendit que le dernier rayon de soleil se soit évanoui.

Au journal de la télévision locale, il était question de l'histoire dont lui avait parlé la gérante, c'est-à-dire des polémiques suscitées par la construction d'un casino à la manière de Las Vegas dans la réserve des Indiens Tahquitz, dans la périphérie sud de Palm Springs. Une commission sénatoriale se trouvait en ville pour enquêter. Le reportage montrait les sénateurs, avec leurs sobres costumes gris et leurs grands sourires, tandis qu'ils paradaient sur le site, un flanc de colline désolé. Soudain, Lise frissonna. Son mari, affichant lui-même un sourire éclatant, se trouvait dans le groupe qui accompagnait les sénateurs. Elle savait pourquoi il était dans cette ville, elle savait aussi qui il rencontrerait à la réunion. Mais elle ne s'attendait pas à le voir avant...

Elle serra le sac contre elle et jeta un coup d'œil à la pendule posée à côté du lit. Si la pendule était à l'heure, il avait presque fini son temps.

En descendant l'escalier, elle aperçut la lueur tremblotante d'un téléviseur derrière le comptoir de la réception. Elle entendit la gérante qui se déplaçait, le reportage sur le grand sujet du jour continuant dans la pièce déserte. Lise traversa le patio d'un pas tranquille et se dirigea vers la sortie, son sac si visiblement lourd accroché à l'épaule.

Les serpents à sonnette aiment les nuits sans lune, se dit-elle. Peut-être. Mais ils détestent les gens et ils s'enfuient sans demander leur reste. Elle emprunta un sentier sablonneux parallèle à la rue. La chaleur accumulée dans le sol traversait les semelles de ses chaussures de sport. Les palmes s'agitaient au-dessus de sa tête en faisant le même bruit qu'un serpent à sonnette, et cela lui mit les nerfs à vif.

Lise enfila une paire de gants chirurgicaux. En faisant terriblement attention à ne pas effacer les belles empreintes digitales qui se trouvaient sur le canon depuis cinq ans, elle prit le 380 qui se trouvait dans son sac, fit monter une balle dans le canon au cas où et poursuivit son chemin.

La maison où aurait lieu le rendez-vous avait appartenu à son père. Avant son mariage, elle venait lui rendre visite le week-end et durant les vacances scolaires. Après son mariage — et l'enterrement de son père —, son mari se l'était appropriée, et il s'en servait lorsqu'il avait des affaires à traiter dans le désert. De temps en temps, quand il n'avait pas eu le temps de prévoir autre chose pour Lise, elle l'avait accompagné. C'était lors d'un récent week-end, alors qu'il l'avait confinée dans sa chambre pendant une réunion d'affaires, qu'elle avait concocté un plan pour reprendre sa liberté. Une fois pour toutes.

La maison se trouvait dans un léger renfoncement, au bout de la même rue que celle de l'hôtel. Son père l'avait fait construire dans le style espagnol : elle consistait en une suite de chambres donnant toutes sur un patio central. Comme l'hôtel, elle avait des murs épais destinés à maintenir la chaleur à l'extérieur. Et comme l'hôtel, tel un fortin, elle était très calme.

Toutes les lumières étaient allumées. Lise savait qu'une réunion aussi délicate ne pouvait se dérouler en présence de témoins. A l'intérieur de la maison, il n'y aurait que trois personnes : la gouvernante, qui ne parlait pas anglais, le mari de Lise et le sénateur. Elle connaissait parfaitement la routine. Après la mort de son père, son mari avait hérité du sénateur en même temps que d'elle-même et de la maison.

Dehors, il y avait un garde du corps devant la porte d'entrée et un autre dans le patio, derrière. Ils se tenaient à l'écart des fenêtres pour que leur présence n'indispose pas le sénateur. Les deux gardes du corps étaient gros et laids, des serpents d'une espèce différente, et plus intimidants qu'intelligents. En décrivant un grand cercle autour de la maison, Lise passa devant celui qui était à l'avant et parvint à l'entrée du patio sans se faire voir. Mais ce ne fut pas le costaud de service qui la repéra le premier.

Luther, le vieux rottweiller, le chien de garde de son père, traversa tranquillement le patio pour l'accueillir. Elle repoussa la tête du chien afin de l'empêcher de lui renifler l'entrejambe et le calma en lui grattant la tête.

L'autre garde du corps, Rollmeyer, la main posée sur la crosse de son arme enfoncée dans son étui, dirigea vers elle le faisceau de sa torche. Il sourit en la reconnaissant. Devancer les interruptions faisait partie de son boulot, alors il vint vers elle, sans donner de la voix.

Lise n'avait pu prévoir ce qui se passerait à cette étape. Elle ne pouvait pas prévoir qui serait le garde ni comment il réagirait en la voyant. Ni jusqu'à quel point il serait au courant. Elle avait envisagé plusieurs hypothèses et décidé de laisser le garde prendre l'initiative.

— Je ne savais pas que vous étiez là, madame.

Rollmeyer s'efforçait de ne pas parler trop fort. Il se tenait près d'elle, sur le sable meuble.

— Ils en ont encore pour un moment. Voulez-vous que je vous emmène par-devant et que je vous fasse entrer ?

— Non, il fait trop chaud dans la maison. Je vais attendre dehors qu'ils aient terminé.

Une main au fond de son sac, elle troqua l'automatique contre une autre arme mieux adaptée à la situation.

— Cela fait une paie, Rollmeyer. Dites-moi, comment ça va ?

— On peut pas se plaindre.

Au fond du sac, ses doigts se replièrent sur le manche en bois du pic à glace de l'hôtel.

— Alors, on n'embrasse pas une vieille amie ?

Rollmeyer, dont le travail consistait à obéir aux ordres et qui ne voulait manquer aucune occasion, n'hésita qu'une seconde. Il tendit ses bras énormes et fit un pas vers elle. Elle utilisa l'énergie de ce corps massif qui s'approchait pour lui enfoncer le pic à glace dans la poitrine. Elle ne lâcha pas le manche et sentit les battements de cœur le long de la lame effilée, avant même que Rollmeyer ait eu le temps de comprendre ce qui lui arrivait. C'était déjà trop tard. Elle recula d'un pas tout en retirant la lame, croisa son regard stupéfait pendant quelques secondes, observa le filet noir qui coulait du trou minuscule percé dans sa chemise. Puis il tomba, face contre terre. Quand elle s'en alla, il avait toujours les yeux ouverts, saupoudrés de grains de sable blanc.

Luther resta près d'elle, la protégeant de son corps tandis qu'à plat ventre au bord de la piscine elle rinçait le sang de Rollmeyer sur son gant et sur le pic à glace. Le chien sur les talons, elle se dissimula derrière la haie de lauriers-roses pour voir comment se déroulait la réunion à l'intérieur.

Son mari et le sénateur, qui avaient leurs habitudes, s'en tenaient au planning. Lorsque Lise arriva, ils avaient fini de dîner dans l'élégante salle à manger. La gouvernante avait desservi la table et laissé les deux hommes seuls avec du café et du cognac. Après d'aimables préliminaires, le mari de Lise se dirigea vers le coffre argenté. Il en sortit une grosse mallette, qu'il posa sur la table. Il ouvrit la mallette et la fit tourner, avec un sourire de père Noël, pour en montrer le contenu au sénateur. Lise le vit aussi, grâce au miroir accroché au-dessus du vieux buffet. Des liasses de billets de banque. Sept cent cinquante mille dollars, soit le prix estimé pour le vote déterminant d'une loi fédérale. Le vote en question n'était pas sans rapport, évidemment, avec les permis de construire des casinos de type Las Vegas dans la réserve indienne.

Il y eut un toast avec des petits verres de cognac ; ils échangèrent des poignées de main, puis des adieux. Elle savait que son mari partirait dès qu'ils en auraient fini avec les affaires et que le sénateur resterait pour recevoir son cadeau spécial.

Quand son mari, son éternel sourire aux lèvres, traversa le patio et se dirigea vers le garage, Lise se recroquevilla derrière la haie. Elle tenait le 380 en position de tir, au cas où il se mettrait à chercher Rollmeyer. Mais il n'en fit rien. Il alla droit au garage et fit démarrer sa Rolls.

Dès qu'il fut hors de vue, Lise ne perdit pas une seconde. Son mari descendrait l'allée jusqu'à la route et ferait signe à la call-girl qui attendait dans sa propre voiture. La call-girl faisait toujours partie du contrat passé avec le sénateur. Lise savait qu'elle n'avait pas beaucoup de temps. Exactement celui qu'il fallait à la putain pour prendre la place laissée vacante dans le garage, rafraîchir son maquillage, s'asperger de parfum, gonfler la poitrine et rejoindre la maison.

Avec Luther trottant à côté d'elle, Lise se glissa dans la salle à manger en passant par le patio, à l'instant précis où les phares de son mari balayaient le coin de la maison. Le sénateur avait déjà refermé la mallette contenant le butin et l'avait posée par terre. Il finissait son cognac lorsqu'elle entra et s'avança sur l'épais tapis.

— Lise, ma chère ! s'exclama-t-il, surpris mais pas mécontent de la voir.

Il se leva et fit quelques pas vers elle, les bras tendus.

— Je ne m'attendais pas au plaisir de votre compagnie.

Lise, sans un mot, s'approcha à moins d'un mètre de lui. Quand son pied toucha la mallette pleine d'argent, elle leva le 380, comme son père le lui avait appris, et tira une balle dans la poitrine du sénateur. Puis elle l'acheva, toujours comme son père le lui avait appris, d'une balle au milieu du front.

Luther, effrayé par le bruit, se mit à aboyer. Dans la cuisine, la gouvernante émit de petits cris et fit tomber quelque chose sur le sol. Lise glissa le pistolet sous le corps du sénateur, s'empara de la mallette pleine d'argent et sortit.

Cachée de nouveau derrière la haie, elle attendit que la call-girl entre dans la maison et découvre le cadavre en même temps que la gouvernante. Le timing était parfait. Les deux femmes se retrouvèrent face à face, chacune à une porte, pâles, bouleversées, quelques secondes après les coups de feu.

Dans la nuit calme et sans lune, Lise regagna son hôtel par le même sentier sablonneux. Elle camoufla la mallette derrière une jardinière près de la piscine et alla téléphoner, un pâté de maisons plus loin.

Rollmeyer allait un peu compliquer les choses, mais la police n'aurait aucune difficulté à expliquer ce qu'il faisait là. Lise composa le 911.

— Il y a eu une fusillade, dit-elle.

Elle donna l'adresse, le nom du sénateur (la victime) et celui de son mari (l'assassin). Puis elle se rendit dans une autre cabine, un peu plus loin, et donna les mêmes informations à la presse et à la compagnie de télévision locale. Quand les premiers hurlements de sirènes remontèrent la rue vers la maison, elle postait une lettre anonyme à l'inspecteur qui avait enquêté sur la mort de son père, cinq ans plus tôt. Elle lui expliquait très précisément pourquoi son mari et le sénateur se rencontraient dans le désert au milieu de l'été, et pour quels motifs son mari avait été poussé à commettre un meurtre. Deux meurtres. Elle disait aussi pourquoi les balles qu'on retirerait du corps du sénateur devraient être comparées aux deux balles qu'on avait retirées jadis du corps de son père. Tout était dit. Un panégyrique parfait pour un homme qui ne verrait plus jamais les grands espaces, dont le moindre geste serait désormais contrôlé, dans un endroit où le châtiment venait rapidement, où il ne disposerait plus jamais de la clé pour ouvrir sa propre porte, où il n'aurait pas le droit d'élaborer des projets. Prisonnier, jusqu'à la fin de ses jours.

Dès qu'elle eut envoyé la lettre, Lise ôta enfin ses gants chirurgicaux. Elle leva la tête pour sentir sur son visage la brise pleine de l'air pur et doux du désert. Elle contempla le ciel sans lune constellé de millions d'étoiles et bâilla. C'était fini. Ordre du jour exécuté, réunion terminée.

Sur le chemin du retour vers l'hôtel, Lise s'arrêta à un drugstore ouvert la nuit. Elle s'offrit une glace avec l'argent de Henry LeBeau. Elle la mangea en marchant.

La gérante de l'hôtel était devant chez elle. Elle regardait les voitures de police et les ambulances passer en trombe quand elle vit Lise arriver d'un pas nonchalant.

— Quel remue-ménage !

Lise se tint avec elle sur le trottoir. Elle termina sa glace.

— Vous ne m'avez pas dit que c'était mort, ici, à cette époque de l'année ?

— C'est mort, vous pouvez me croire.

La gérante fit entendre son rire sec de lézard.

— Il y a des tas de vieux, par ici. Je vous parie que l'un d'eux vient de passer l'arme à gauche.

Lise resta là, à regarder ce qui se passait jusqu'au départ de la camionnette du médecin légiste. Elle prit la gérante par le bras, et elles rentrèrent toutes deux dans l'hôtel.

Lise vit l'excitation qui faisait briller le regard de la gérante. Elle-même était trop excitée pour avoir envie d'aller se coucher.

— Il me reste une bouteille de vin dans ma chambre, dit-elle. Si on buvait un petit verre avant de dormir ? Histoire de parler des truands et du bon vieux temps.

LA MORT D'UN RETRAITÉ

Judith Ann Jance

Judith Ann Jance est née en 1944 à Watertown, dans le Dakota du Sud, et vit aujourd'hui à Bellevue, dans l'Etat de Washington.

Elle a publié plusieurs romans mettant en scène l'inspecteur de police de Seattle J.P. Beaumont, qui apparaît la première fois dans *Until Proven Guilty* (1985), et le shérif de l'Arizona Joanna Brady, que l'on découvre dans *Desert Heat* (1993). Elle a également écrit des livres pédagogiques pour les enfants, traitant de sujets comme l'enlèvement par les parents, les violences sexuelles et les conséquences de l'alcoolisme sur la famille. Dans *Contemporary Authors*, elle a déclaré : « L'écriture m'a fourni un moyen de revenir sur ma propre histoire, grâce aux livres pour enfants et aux romans policiers. Les livres pour enfants soulèvent des questions délicates... Les romans policiers sont des divertissements dénués de tout contenu social édifiant. » Cette dernière remarque, même s'il s'agit probablement d'une plaisanterie, en amène une autre : comment une histoire comme « La mort d'un retraité », aussi drôle, aussi imprévisible et aussi délicate dans sa description des personnes âgées, pourrait-elle manquer de « contenu social édifiant » ?

Agnes Barkley faisait la vaisselle. Elle faisait toujours la vaisselle. Après le petit déjeuner. Après le déjeuner. Après le dîner. Elle faisait la vaisselle depuis quarante-six ans. Dire qu'elle la faisait toujours est peut-être un peu exagéré. Il arrivait sans doute de temps en temps qu'elle tire au flanc, les rares fois où elle se contentait de la rincer et de l'empiler dans l'évier jusqu'au prochain repas. Mais la plupart du temps elle récurait l'évier et essuyait la vaisselle pour la ranger là où elle devait être. C'était son boulot. Une partie de son boulot.

Chez elle, à Westmont, dans l'Illinois, l'unique fenêtre de la cuisine était tellement haute qu'Agnes ne pouvait pas regarder dehors. Ici, dans le camping-car d'Oscar, l'évier se trouvait juste devant une fenêtre à hauteur de regard. Agnes pouvait rester là, les mains plongées dans l'eau de vaisselle tiède et mousseuse, à jouir du paysage. Tout en faisant son ménage, elle pouvait apercevoir des aigles qui planaient en décrivant des cercles dans le ciel d'azur infini. Le soir, elle se délectait du spectacle des crépuscules flamboyants, dont les lueurs orange impressionnantes semblaient incendier le monde entier.

Elle y revenait depuis des années et elle ne s'en lassait pas. Chaque fois qu'Agnes regardait par la fenêtre, dès janvier, elle ne pouvait réprimer sa stupeur. Devant elle, au lieu du plafond de nuages gris plombé et du froid à glacer les os de Chicago, elle découvrait un autre monde : le grand paysage brun du désert, surmonté par l'immense étendue de ciel bleu ensoleillé.

Agnes ne se lassait pas de cet air si pur et si propre. Elle raffolait des ombres aux angles vifs que dessinait sur le sol le soleil du désert, et elle adorait les couleurs. Quand ses voisins, dans l'Illinois, lui avaient demandé comment elle pouvait vivre trois mois par an dans un endroit aussi laid et aussi désolé, Agnes avait essayé de leur décrire le charmant contraste que formait le mesquite aux feuilles toutes neuves avec la terre rouge et rocailleuse. Ses amis l'avaient regardée avec sollicitude, puis avaient souri en secouant la tête et l'avaient gentiment traitée de folle.

Elle était folle, en effet. Folle du désert. Agnes adorait les mornes plantes sauvages qui s'obstinaient à pousser en dépit de l'absence d'humidité. Les grands ocotillos épineux et le mesquite vigoureux, à croissance lente. Le saguaro majestueux. Le cholla, avec son halo rougeoyant d'épines toxiques. Elle adorait surprendre les petits événements de la faune du désert relatifs aux coyotes, aux lièvres et aux rats-kangourous. Elle adorait même le sol du désert pour lui-même : les sables lisses et les plaques de schiste, les étendues de rouge déchiqueté et de gris apaisant aux sommets rocheux, tout cela se fondant, aussi loin que l'œil puisse porter, dans un bleu uniforme.

Au début, Westmont lui avait terriblement manqué. Mais tout cela avait changé. L'histoire d'amour d'Agnes Barkley avec le désert était si forte que, si cela n'avait tenu qu'à elle, leur routine de retraités aurait été complètement inversée. Ils auraient passé neuf ou dix mois de l'année dans l'Arizona et deux ou trois seulement chez eux, dans l'Illinois.

Si on avait prédit à Agnes Barkley comment les choses évolueraient, elle ne l'aurait certainement pas cru. Quand Oscar, qui venait de prendre sa retraite à la poste, lui avait proposé pour la première fois d'acheter un camping-car et de passer l'hiver dans l'Arizona, elle s'y était opposée de toutes ses forces. Elle s'était dit qu'elle détesterait cet endroit perdu et avait tout fait pour persuader Oscar de changer d'avis. Comme si quelqu'un pouvait le faire changer d'avis.

Elle avait fini par céder de bonne grâce. Elle avait fini par réagir comme dans tous les domaines de sa vie conjugale. Elle avait fait contre mauvaise fortune bon cœur et avait accepté l'idée du voyage, exactement comme Oscar savait qu'elle finirait par le faire. Après quarante-six ans de mariage, elle ne risquait pas de le surprendre !

Dans le passé, elle avait toujours toléré à contrecœur ce qu'Oscar désirait et avait plus ou moins fait semblant d'être d'accord. Mais, quand il fut question de l'Arizona, elle n'eut pas besoin de faire semblant. Agnes adorait cet endroit... après leur départ de Mesa, bien sûr.

Oscar ne supportait pas Mesa, lui non plus. Il disait qu'il y avait trop de vieux.

Agnes avait eu envie de lui demander quel âge il avait, lui. Mais elle n'en avait rien fait, parce que, en vérité, elle était d'accord avec lui, à peu près pour la même raison. Elle était déprimée par le spectacle de tous ces vieillards plus ou moins enfermés au même endroit, une année après l'autre.

Le parc lui-même était assez agréable, avec sa piscine et tous les équipements souhaitables. Agnes n'avait pu pourtant lutter contre un sentiment de claustrophobie, surtout quand leur camping-car s'était retrouvé deux ans de suite à côté de celui d'un vieil original, un divorcé qui ronflait si fort que les Barkley l'entendaient malgré le vacarme de la climatisation poussée à fond.

Ils s'étaient mis en quête d'un autre endroit où ils pourraient parquer leur camping-car. Un endroit, disait Oscar, à l'écart des sentiers battus. C'est ainsi qu'ils avaient fini par atterrir à Tombstone, « la Ville trop dure pour mourir » ou, plus précisément, en bordure de la Ville trop dure pour mourir...

Le camp de caravaning — OK TRAILER PARK, CLIENTS DE PASSAGE BIENVENUS — se trouvait à plusieurs kilomètres de la ville. On avait arraché au désert les emplacements individuels en creusant des terrasses sur le flanc nord d'une colline abrupte. Celui qui avait conçu le projet avait accompli un travail remarquable. Chaque emplacement était assez éloigné de celui du voisin pour que chaque camping-car, chaque caravane jouisse d'une vue dégagée sur la colline, de l'autre côté d'une route rocailleuse. A l'horizon, à l'ouest, se dressaient fièrement les monts Huachuca. A l'est, c'étaient les Whetstones et, au-delà, les Chiricahuas.

La vue de ces montagnes majestueuses et pourpres, au loin, c'était ce qu'Agnes Barkley aimait le plus à OK Trailer Park. Le panorama, la distance et l'air pur et transparent. Et l'idée qu'elle pouvait s'endormir sans entendre d'autres ronflements que ceux d'Oscar. Ceux-là, elle y était habituée.

— Hou, hou, Aggie ! Il y a quelqu'un ?

Gretchen Dixon frappait à la porte. Sans attendre la réponse d'Agnes, elle poussa le battant et glissa la tête à l'intérieur.

— Vous ne voulcz pas un peu de compagnie ?

Agnes passa un dernier coup sur la table de travail, méthodiquement, puis essora la lavette qu'elle dissimula sous l'évier.

— Qu'est-ce qui vous amène, Gretchen ?

A soixante-dix-neuf ans, Gretchen Dixon était abonnée aux débardeurs violets et aux bermudas fluorescents — combinaison qui mettait en valeur son cuir tanné par le soleil. Sa coiffure, terne coupe au carré, n'avait pas changé (sauf la couleur) depuis quarante ans. L'une des plus grandes injustices en ce bas monde était que Gretchen, qui avait passé des années à baigner sa peau de crocodile de rayons ultraviolets, se baladait tête nue et apparemment en pleine forme, alors que le Dr Forsythe, le médecin traitant d'Aggie à Westmont, après lui avoir brûlé un carcinome, lui avait absolument interdit de s'exposer au soleil sans la double protection d'une couche d'écran total et d'un chapeau.

Agnes Barkley et Gretchen Dixon étaient amies, mais plusieurs choses, chez cette dernière, mettaient Agnes hors d'elle. La principale, en cet instant précis, étant le fait qu'en dépit du soleil de midi Gretchen était tête nue. Agnes détestait les chapeaux.

Gretchen s'appuya paresseusement sur la porte du placard. Elle éjecta une cigarette du paquet qu'elle avait toujours à portée de la main, dans l'une ou l'autre poche.

— Eh bien, votre bon à rien de mari n'est pas là ?

Non que Gretchen s'intéressât aux allées et venues d'Oscar. Elle ne l'aimait pas beaucoup, et c'était réciproque. Plutôt que de s'inquiéter de leur antipathie mutuelle, Agnes la trouvait réconfortante. En fait, c'était sans doute une excellente idée d'avoir des amies dont le mari n'avait pas une très bonne opinion. Des années auparavant, Aggie avait eu une ou deux amies dont Oscar était fou. Beaucoup trop, d'ailleurs, car cela avait eu des conséquences presque désastreuses pour toutes les personnes concernées.

— Oh, il est parti faire un tour ; il est à la recherche de pointes de flèche, comme d'habitude. Sur le bord de la rivière San Pedro, je crois. Il est parti avec Jim Rathbone juste après déjeuner. Ils reviendront à l'heure du dîner.

— Ben voyons, dit Gretchen d'un ton dédaigneux, roulant des yeux et soufflant un nuage de fumée à la verticale, tout en se glissant sur la banquette devant la table. Est-ce que vous réalisez, Aggie, que vous êtes la seule femme, par ici, qui prépare encore trois vrais repas par jour, petit déjeuner, déjeuner et dîner ?

— Pourquoi pas ? objecta Agnes. J'aime beaucoup faire la cuisine.

Gretchen secoua la tête.

— Vous ne comprenez pas. Cela nous fait mal voir, nous, les autres femmes. Vous pourriez faire comprendre à Oscar qu'il n'est pas le seul à mériter sa retraite. Cela ne le tuerait pas, cet homme, de vous emmener en ville de temps en temps. Il pourrait vous offrir un bon dîner au Wagon Wheel ou dans l'un de ces restaurants qui se sont ouverts sur Allen Street.

— Oscar n'aime que ma cuisine, dit Aggie.

Gretchen n'était pas impressionnée.

— Il aime votre cuisine parce qu'il est mesquin. Oscar est si coincé que, quand il pète, ça grince.

Agnes éclata de rire. Gretchen était l'amie la plus choquante qu'elle ait jamais eue. Agnes aimait l'écouter, rien que pour le plaisir d'entendre les mots jaillir de sa bouche. Elle ne pouvait quand même pas ne pas réagir aux attaques de Gretchen contre Oscar. C'était son mari, après tout.

— Vous ne devriez pas être si dure, la gronda-t-elle. Si vous aviez l'occasion de passer un peu de temps avec lui, vous finiriez par l'aimer un peu.

— Comment pourrais-je passer du temps avec ce type ? répliqua Gretchen d'un ton sarcastique. Dès que je suis dans le coin, il n'arrête pas de rabâcher que fumer n'est pas très distingué pour une femme.

— Oscar a été élevé comme un baptiste du Sud, expliqua Agnes.

— Oscar Barkley a été élevé sous un rocher.

— Voulez-vous de la citronnade ? proposa Agnes pour changer de sujet. Une tasse de café ?

— Aggie Barkley, je ne suis pas votre mari. Je ne suis pas venue ici pour que vous vous mettiez en quatre comme vous le faites avec lui. Je suis venue vous faire une proposition. L'amicale des anciens a affrété un car pour aller visiter le Heard Museum, à Phoenix, après-demain. Dolly Ann Parker, Lola Carlson et moi, nous y allons. Et nous nous demandions si vous n'aimeriez pas nous accompagner.

— Vous voulez dire, Oscar et moi ?

— Non, idiote, je veux dire : vous. Aggie Barkley, toute seule, avec sa petite personne. Il faudra passer une nuit là-bas. Nous dormirons dans un hôtel pas trop cher, surtout si nous prenons une chambre pour quatre. Vous voyez, nous n'aurons pas la place pour coucher Oscar. En outre, cela promet d'être drôle. Rien que nous, entre femmes. Qu'est-ce que vous en dites ? Ce serait comme une de ces soirées entre filles d'autrefois. Vous vous rappelez ?

Agnes secouait déjà la tête.

— Oscar ne me laissera jamais y aller. Jamais de la vie.

— *Laisser ?* glapit Gretchen, comme si le mot lui faisait mal. Est-ce que vous voulez me faire croire qu'à votre âge vous devez demander à cet homme la permission de découcher ?

— Non, pas vraiment. C'est seulement que...

— Alors dites-moi que vous venez. Le car se remplit très vite, et Dolly Ann doit confirmer notre réservation avant cinq heures, cet après-midi.

— Vous disiez qu'on allait où ?

Avec un sourire de triomphe, Gretchen écrasa sa cigarette dans le cendrier qu'Agnes avait discrètement glissé devant elle.

— A Phoenix. Le Heard Museum. C'est censé être plein de trucs indiens : de l'artisanat, des paniers, ce genre de choses. Non que je sois folle des Indiens — en fait, je peux parfaitement m'en passer —, mais le voyage risque d'être amusant.

Agnes réfléchit pendant une bonne minute. Elle ne voulait pas que Gretchen s'imagine qu'elle s'était définitivement encroûtée.

— Si c'est seulement pour une nuit, je suppose que je pourrais y aller.

— Bravo, ma fille ! dit Gretchen. Je vais tout de suite prévenir Dolly Ann.

Elle se leva et se dirigea vivement vers la porte. Tout à coup, elle s'arrêta net et se retourna vers Agnes.

— Au fait, est-ce que vous avez déjà joué au strip poker ?

— Moi ? dit Agnes Barkley d'une voix rauque. Au strip poker ? Jamais de la vie !

— Eh bien accrochez-vous, chérie, parce que vous allez apprendre. Le truc, c'est de démarrer la partie avec le maximum de vêtements sur le dos. Ainsi, si vous perdez de temps en temps, ce ne sera pas trop grave.

Sur ces mots, Gretchen Dixon franchit la porte, puis ses tongues claquèrent bruyamment sur les graviers tandis qu'elle descendait la pente vers son camping-car, garé à quelques mètres de là. Agnes s'assit derrière la table, stupéfaite. Allaient-elles vraiment jouer au strip poker ? Pourquoi, nom de nom, s'était-elle laissé entraîner là-dedans ?

Agnes n'était pas très sûre d'avoir clairement dit oui. Mais, c'était certain, elle avait implicitement admis qu'elle irait. Elle aurait pu se lever sur-le-champ, ouvrir la porte à la volée et crier à Gretchen qu'elle avait changé d'avis. Elle n'en fit rien. Elle se contenta de rester assise comme une empotée, jusqu'à ce qu'elle entende la porte grillagée de Gretchen claquer derrière elle.

Dans le silence qui suivit, Agnes se demanda comment Oscar réagirait. Ce n'était pas comme si elle ne l'avait jamais laissé seul. Pendant des années, elle avait passé un week-end de mai — trois jours entiers — dans une retraite biblique pour femmes organisée dans un camp de la YMCA à Lake Zurich, au nord de Buffalo Grove. Et encore : avant de partir, elle avait préparé, congelé et étiqueté tout ce qu'il fallait pour manger pendant au moins deux semaines. Oscar et les filles n'avaient eu rien d'autre à faire que dégeler les plats et les réchauffer.

Bon, il est vrai qu'une retraite biblique dans un camp de la YMCA n'était pas tout à fait la même chose que quatre vieilles dames assises autour d'une table et jouant au strip poker dans une chambre d'hôtel minable. Mais Oscar n'avait pas besoin d'être au courant, pour le poker. En fait, l'idée qu'Agnes parte quelque part avec Gretchen Dixon et ses copines suffirait peut-être à le mettre en colère.

Et puis même ? se demanda Agnes dans un sursaut d'autodétermination. Ce qui est bon pour l'un est bon pour l'autre, non ? Après tout, elle n'avait jamais regimbé lorsqu'il allait se promener des journées entières dans le désert avec Jimmy Rathbone, son vieux copain bavard, n'est-ce pas ? Si Oscar Barkley n'aimait pas l'idée qu'elle aille à Phoenix avec Gretchen, il faudrait bien qu'il s'y fasse. Voilà quelles étaient les pensées d'Agnes à deux heures de l'après-midi. Le soir, elle s'était quelque peu radoucie. Non qu'elle eût changé d'avis. Elle était toujours déterminée à partir, mais elle avait trouvé une manière de faire accepter la chose en douceur à Oscar.

Comme toujours, sa première ligne d'attaque fut la nourriture. Elle lui prépara son dîner préféré : pain de viande à l'italienne, pommes de terre bouillies et haricots verts surgelés ; salade avec sa vinaigrette maison ; et une tarte à la meringue et au citron en dessert. Agnes était toujours étonnée par la quantité de nourriture qu'elle pouvait tirer de cette cuisine de la taille d'un placard, avec ses plaques et son four minuscules. Il suffisait d'un peu de talent pour s'organiser et cuisiner.

A six heures, le dîner était prêt, mais Oscar n'était pas rentré. A six heures et demie, puis à sept heures, il n'était toujours pas là. Enfin, à sept heures et quart, alors que le pain de viande sec et dur attendait dans le four refroidi et que les pommes de terre se desséchaient dans leur peau ridée et craquelée, Agnes entendit la Honda faire crisser le gravier en s'arrêtant devant le camping-car. Entre-temps, elle avait repoussé les assiettes et les couverts pour faire une réussite sur la table du coin cuisine.

Quand Oscar passa la porte, Agnes ne leva même pas les yeux vers lui.

— Excuse-moi d'être en retard, Aggie, dit-il tout en suspendant sa veste et sa casquette John Deere dans le placard. Je crois qu'on s'est un peu laissé emporter par ce que nous faisions.

— Oui, il me semble, répliqua-t-elle froidement.

Oscar lui jeta un regard inquiet, puis se dirigea vers l'évier. Il remonta ses manches pour se laver les mains.

— Ça sent bon, dit-il.

— Ça sentait sans doute meilleur tout à l'heure. Quand je mettrai le plat sur la table, il ne sera plus de la première jeunesse.

— Excuse-moi, répéta-t-il dans un grognement.

Tranquillement, une rangée de cartes après l'autre, elle fit disparaître sa réussite et remit en place les assiettes et les couverts.

— Pousse-toi de mon chemin et assieds-toi. Il n'y a pas assez de place pour deux personnes entre le fourneau et la table pendant que j'essaie de servir le repas.

Sans protester, Oscar se glissa sur le banc. Pendant qu'Agnes sortait les plats tièdes du four pour les poser sur la table, il enleva les cuissardes de nylon qu'il portait généralement pendant ses virées. Agnes ne fit pas vraiment attention à lui. Mais, quand elle s'apprêta enfin à s'asseoir, son regard s'arrêta sur un petit pot de terre cuite posé juste à côté de son assiette.

Agnes avait vu des *ollas* mexicaines dans des boutiques de souvenirs durant leurs voyages à travers le Sud-Ouest. Ce pot avait la même forme que la plupart des *ollas*, avec une base arrondie et un petit rebord sur un col évasé. Mais la plupart des pots que l'on vendait ne portaient aucune marque, et ils étaient faits d'une terre cuite unie, entre le brun et le rougeâtre. Celui-ci était beaucoup plus petit que tous ceux qu'elle avait vus dans les boutiques. Il était gris, presque noir, avec quelques rayures blanches à peine visibles.

— Qu'est-ce que c'est que ça ? demanda-t-elle en se penchant pour mieux voir.

— Aggie, ma chérie, je crois que tu as sous les yeux un billet de loterie gagnant.

Agnes Barkley se redressa et regarda son mari, de l'autre côté de la petite table. Oscar n'avait pas l'habitude de plaisanter. Ses années de carrière à la poste avaient eu raison de son humour. Mais, lorsqu'elle vit sa tête, elle fut saisie. Oscar était littéralement radieux. Elle pensa au jeune homme souriant qui l'avait attendue devant l'autel, quarante-six ans plus tôt.

— Je ne trouve pas que cela ressemble à un billet de loterie, répondit-elle avec un reniflement dédaigneux. Sers-toi en viande et passe-moi le plat, il a assez refroidi.

— Tu ne comprends pas, Agnes, dit-il sans bouger le petit doigt vers le plat. Je pense que c'est très important. Que cela a beaucoup de valeur. Je l'ai trouvé aujourd'hui, sur le bord de la San Pedro, au sud de Saint David. Il y a un endroit là-bas où les crues de l'hiver dernier ont dû provoquer un affaissement. Ce pot était simplement posé sur le sable, dressé en l'air, attendant que quelqu'un dans mon genre débarque pour le ramasser.

Agnes observa le pot avec un peu plus de respect.

— Tu penses qu'il est vieux, c'est ça ?

— Très vieux.

— Et qu'il pourrait valoir beaucoup d'argent ?

— Des tonnes d'argent. Bon, d'accord, peut-être pas des tonnes...

Oscar Barkley ne s'autorisait jamais à formuler des exagérations inutiles.

— Assez en tout cas pour nous rendre la vie beaucoup plus facile, ajouta-t-il.

— Ce n'est qu'un machin en terre cuite. Pourquoi aurait-il de la valeur ?

— Parce qu'il est en un seul morceau, idiote, répliqua-t-il avec assurance.

Agnes était tellement habituée à l'arrogance d'Oscar qu'elle ne la remarqua pas et, à plus forte raison, ne s'en formalisa pas.

— Si tu lisais de temps en temps *Archéologie, Découvertes* ou *National Geographic*, reprit-il, ou si tu prenais simplement la peine de regarder les photos, tu saurais que, quand on trouve un objet de ce genre, il est en général en mille morceaux. On doit passer des mois et des années à essayer de le reconstituer.

Agnes tendit la main vers le pot pour l'examiner de plus près. Mais, dès qu'elle le toucha, elle changea inexplicablement d'avis et le repoussa de côté.

— Moi, je ne lui trouve rien de bien extraordinaire, dit-elle. Maintenant, si ça ne te dérange pas de manger de la viande, veux-tu bien te servir et me passer le plat ?

Le sourire s'effaça du visage d'Oscar. Sans un mot, il lui passa le plat. Agnes comprit immédiatement qu'elle l'avait blessé. D'ordinaire, un simple coup d'œil sur le visage contrarié de son mari suffisait pour faire fondre son cœur et la pousser à se réconcilier avec lui. Mais ce soir-là, pour une raison ou pour une autre, elle était encore trop fâchée. Agnes n'était pas d'humeur à faire des excuses.

— Au fait, reprit-elle quelques minutes plus tard, alors qu'il étalait de la margarine sur une pomme de terre froide, Gretchen et Dolly Ann m'ont invitée à les accompagner à Phoenix, pour l'excursion des anciens, après-demain. J'ai accepté.

— Ah bon ? Combien de temps ?

— Oh, rien qu'une nuit... ça ne te dérange pas ?

— Non, pas du tout.

Il l'avait dit si facilement, les mots avaient glissé si librement de ses lèvres, qu'Agnes crut un instant ne pas avoir bien compris.

— Tu veux dire que ça ne te dérange pas que j'y aille, c'est ça ?

Oscar la regarda vaguement, comme s'il avait l'esprit occupé par autre chose, à des années-lumière de là.

— Oh non, pas du tout. Vas-y et profites-en. Une chose, cependant...

Agnes lui jeta un coup d'œil aigu.

— Quoi ?

— Ne parle à personne de ce pot. Pas un mot. Ni à Gretchen ni à Dolly Ann.

— Je suppose que c'est votre petit secret, à Jimmy et toi, hein ?

— Jimmy se trouvait à au moins huit cents

mètres en aval quand je l'ai trouvé. Je l'ai glissé tout de suite dans mon sac. Il ne sait même pas que je l'ai trouvé, et je ne le lui dirai pas, d'ailleurs. Après tout, c'est moi qui l'ai trouvé. S'il vaut vraiment quelque chose, je n'ai aucune raison d'en faire profiter quelqu'un qui ne m'a pas aidé à le trouver, tu ne crois pas ?

Agnes réfléchit un moment.

— Non, dit-elle enfin. J'imagine qu'il n'y a aucune raison.

Le pain de viande avait le goût d'une vieille semelle de cuir. Les pommes de terre étaient encore pires. Les haricots verts étaient insipides et glissaient sous les dents comme des élastiques bouillis. Oscar et Agnes avalèrent leur repas sans passion ni appétit, en silence. Agnes commença à desservir.

— Est-ce que tu prendras un peu de tarte au citron ? demanda-t-elle d'un ton enfin conciliant. Voilà au moins quelque chose qu'on est censé manger froid.

Ils se couchèrent après le journal de dix heures. Oscar s'endormit sur-le-champ, vautré au milieu du lit, ronflant comme une turbine, tandis qu'Agnes s'agrippait à son bord du matelas, un oreiller sur la tête pour étouffer le bruit des ronflements. Elle finit par s'endormir à son tour. Quand son rêve l'éveilla, c'était presque le matin.

Agnes, debout sur un petit tertre, regardait un enfant jouer dans la poussière. C'était une petite fille, apparemment, mais pas une des siennes. Ses deux filles étaient blondes et avaient le teint clair. Cette enfant avait la peau brune, une épaisse crinière noire et des dents étincelantes. Elle baignait dans la chaude lumière du soleil, riant et souriant tour à tour. Elle se mit à tournoyer sur elle-même, projetant de la terre autour d'elle, faisant face au monde entier comme un démon né de la poussière — et de la taille d'un enfant —, dansant sur le sol du désert.

Soudain, sans raison apparente, la scène s'obscurcit, comme si un énorme nuage était passé devant le soleil. Sentant l'approche d'un danger, Agnes appela la petite fille : « Viens ici. Vite ! »

La fillette leva les yeux vers elle et fronça les sourcils, mais elle semblait ne pas comprendre l'avertissement d'Agnes. Elle ne bougea pas. C'est alors qu'Agnes entendit le bruit, l'incroyable rugissement, le jaillissement de l'eau. Elle comprit qu'une crue subite, venue de nulle part en amont, se précipitait sur elles. « Viens ici ! répéta-t-elle d'une voix plus pressante encore. Tout de suite ! »

La petite la regarda de nouveau, puis elle tourna la tête. Ses yeux s'agrandirent sous l'effet de la terreur, à la vue d'une muraille compacte d'eau brune, de quatre ou cinq mètres de haut, qui fonçait vers elle en bouillonnant. Elle se lança en avant, courant vers Agnes et la sécurité. Soudain, alors qu'elle était presque hors de danger, elle s'arrêta et fit demi-tour. Elle se penchait pour ramasser quelque chose par terre — un petit objet rond et noir — quand l'eau la frappa. Agnes regarda, saisie d'horreur mais impuissante, la vague s'écraser sur l'enfant. En quelques secondes, la petite fut balayée et disparut de sa vue.

Agnes s'éveilla, trempée de sueur, comme des années auparavant lorsque son existence connaissait certains changements. Bien après que son cœur eut recouvré son rythme normal, le rêve était encore présent à son esprit, précis, réel. Etait-ce l'endroit d'où venait le pot ? se demanda-t-elle. La propriétaire du pot, une petite Indienne (personne, à Westmont, n'avait jamais employé le mot « Amérindien »), avait-elle été emportée vers la mort sous les yeux horrifiés de sa mère ? Et si tel était le cas, si la scène qu'Agnes avait vue dans son rêve s'était vraiment produite, cela s'était passé très longtemps auparavant. Comment était-il possible que ce rêve lui vienne, à elle, une luthérienne de l'Illinois solide comme un roc, peu encline aux visions ou aux délires de l'imagination ?

Agnes se glissa hors du lit sans réveiller Oscar. Elle tâtonna pour trouver ses lunettes, enfila sa robe de chambre et se rendit dans le cabinet de toilette. Quand elle en sortit, elle s'arrêta devant la table de la cuisine. Le pot était toujours là, baignant dans un rayon de lumière de lune argentée. Il semblait rayonner, briller dans l'étrange lumière opalescente. Loin de s'en effrayer, Agnes se sentait plutôt attirée par lui.

Sans réfléchir, elle s'assit à la table, tira l'objet vers elle et laissa ses doigts caresser la surface lisse et fraîche. « Comment t'y es-tu prise pour imaginer sa forme ? se demanda Agnes. Où as-tu trouvé l'argile ? Comment a-t-il été cuit ? A quoi servait ce pot ? » Elle n'apporta aucune réponse à ces questions, mais le simple fait de les poser lui fit du bien. Quelques minutes plus tard, elle retourna se glisser entre les draps. Elle dormit profondément, bien après l'heure à laquelle elle aurait dû se lever pour préparer le café.

Deux nuits plus tard, à l'hôtel, à Phoenix. Agnes Barkley n'avait plus que son soutien-gorge et sa culotte lorsque la voix irritée de Gretchen Dixon la fit revenir à elle :

— Eh bien, Aggie ? Vous voulez une carte ou pas ? Vous êtes dans le jeu ou vous n'y êtes pas ?

Agnes posa ses cartes.

— J'arrête. Je ne suis pas très bonne à ce jeu. Je ne parviens pas à me concentrer.

— Nous aurions dû jouer au huit américain, dit Lola.

— Le huit américain, ce n'est pas vraiment la même chose que le strip poker, répliqua Gretchen d'un ton brusque. Combien de cartes ?

— Deux, annonça Lola.

Agnes se leva et enfila sa chemise de nuit et sa robe de chambre. Elle avait suivi le conseil de Gretchen : avant le début du jeu, elle portait le plus de vêtements possible. Cela n'avait servi à rien. En général, pourtant, s'agissant des jeux de société, elle apprenait vite. Mais elle était nulle au poker. Cette nuit-là, dans cette chambre noyée dans un épais nuage de fumée, elle était heureuse d'avoir quitté la partie.

Elle ouvrit la porte coulissante et se glissa sur le minuscule balcon. La température frôlait les cinq ou six degrés, mais il ne faisait pas si froid — comparé, en tout cas, à Chicago en janvier. En fait, le temps était franchement doux. Agnes contempla la circulation clairsemée bloquée au feu rouge sur Grand Avenue et entendit le grondement continu des poids lourds sur la Black Canyon Freeway, derrière elle. Le bruit lui rappela une fois de plus le fracas de l'eau qui s'était abattue sur la fillette et l'avait engloutie.

Bien qu'elle n'eût pas du tout froid, Agnes frissonna. Elle rentra dans la chambre. Elle installa trois oreillers derrière elle, puis s'assit avec un livre posé devant ses yeux. Ses amies pouvaient croire qu'elle lisait, mais ce n'était pas le cas.

Agnes Barkley pensait aux crues subites ; elle se rappelait celle qu'Oscar et elle avaient vue l'hiver précédent. Ce mois de janvier avait battu les records d'humidité. Le directeur intérimaire du camp de caravaning faisait la navette de Benson. Un après-midi, il était venu les prévenir que le flot était attendu d'un moment à l'autre, au-delà de Saint David, et que, s'ils se dépêchaient, le spectacle vaudrait peut-être la peine d'être vu. Ils se tenaient juste à l'écart du pont, à Saint David, quand la muraille d'eau s'était ruée vers eux en grondant, poussant devant elle une invraisemblable collection de pneus et d'ailes de voiture rouillées, et même un vieux réfrigérateur qui dansait sur l'eau, aussi léger qu'un bouchon de liège dans une baignoire.

Le rêve qu'Agnes Barkley avait fait l'autre nuit, ce rêve encore si clair dans son esprit, pouvait très bien avoir été le prolongement de ce qu'elle avait vu ce jour-là. Mais elle était convaincue que c'était plus que cela, surtout après ce qu'elle avait appris au Heard Museum. Comme Gretchen Dixon le lui avait dit, le musée regorgeait de ce qu'Agnes connaissait assez désormais pour les appeler des objets amérindiens — paniers, poteries, perles.

Durant le voyage, leur groupe avait été pris en charge par un guide qui parlait très vite, mais avait peu de temps et de patience à consacrer aux retardataires et aux poseurs de questions. Puis, tandis que les autres tournaient en rond dans la boutique de souvenirs ou faisaient la file devant les distributeurs de boissons, Agnes était retournée voir une exposition en particulier : elle avait aperçu un pot qui ressemblait étrangement à celui qu'elle avait vu sur la table de cuisine de son camping-car.

L'exposition présentait des objets d'art Tohono O'othham. Certains objets de vannerie étaient à peine plus que des fragments. Et, comme Oscar le lui avait dit, il était évident que les pots avaient été brisés et reconstitués plus tard à grand renfort de colle. Agnes voulait revoir cette exposition, non seulement à cause du pot, mais aussi pour la légende tapée à la machine. On expliquait comment, après la mort d'un potier, ses pots étaient toujours détruits, de crainte que son esprit n'y reste à jamais captif.

Le pot d'Oscar était entier, mais il était certain que la personne qui l'avait fabriqué était morte depuis longtemps. Se pouvait-il que son âme fût d'une manière ou d'une autre prisonnière de ce petit objet de terre cuite noircie ? La mère avait-elle voulu que ce pot minuscule soit une sorte de jouet pour sa petite fille ? Etait-ce la raison pour laquelle il était si précieux aux yeux de cette dernière ? Cela expliquait-il pourquoi elle était retournée vers une mort certaine, dans une vaine tentative pour le sauver ? L'esprit agité de la mère était-il parvenu à créer une vision afin de communiquer à Agnes l'horreur de ce terrible événement ?

Debout devant la vitrine éclairée, Agnes avait compris ce qui lui était arrivé. Elle n'avait pas rêvé. Elle avait eu une vision. Et deux jours plus tard, un livre posé devant ses yeux, tandis que la partie de poker à trois se poursuivait à l'autre bout de la chambre, elle se demandait ce que tout cela signifiait et ce qu'elle était censée faire.

La partie s'acheva dans la mauvaise humeur, lorsque Lola et Dolly Ann, presque nues, accusèrent Gretchen (quant à elle complètement habillée) de tricher. Les trois femmes finirent par se coucher, toujours en se disputant. Agnes, qui ne tenait pas du tout à être entraînée dans leur querelle, ferma les yeux et fit semblant de dormir.

Longtemps après que ses trois compagnes se furent enfin calmées, Agnes resta éveillée. Elle essayait de comprendre en quoi elle était responsable vis-à-vis d'une femme qu'elle n'avait jamais vue mais à travers les yeux de laquelle elle avait assisté à cette noyade ancienne, et pourtant si récente. La fillette qui avait été emportée dans le grondement du flot noir n'était pas la fille d'Agnes Barkley, mais la mort de la petite Indienne l'attristait néanmoins autant que s'il s'était agi de son propre enfant. Quand Agnes, ayant enfin pris une décision, trouva le sommeil, le jour se levait.

Le retour à Tombstone lui sembla interminable. Oscar était venu en ville pour la retrouver à l'arrivée du car. Il l'accueillit avec un sourire triomphal et une brassée de livres de bibliothèque posés en vrac sur le siège arrière de la Honda.

— J'ai fait un aller et retour à Tucson pendant ton absence, expliqua-t-il. Exceptionnellement, à la bibliothèque de l'université, ils m'ont autorisé à emprunter ces livres. Attends que je te montre !

— Je ne veux pas voir ça, répondit Agnes.

— Non ? Pourquoi donc ? Je les ai feuilletés pendant la moitié de la nuit et ce matin encore, jusqu'à ce que les yeux me sortent de la tête. Notre pot vaut vraiment son pesant d'or.

— Tu vas aller le remettre où tu l'as pris, dit Agnes d'une voix calme.

— Le remettre ? répéta Oscar d'un air consterné. Qu'est-ce qui t'arrive ? Tu es devenue folle ? Nous n'avons qu'à le vendre et nous serons sortis de l'auberge.

— Ce pot n'est pas à vendre, protesta Agnes. Tu vas le rapporter là où tu l'as trouvé et le casser.

En secouant la tête, Oscar serra les dents et fit démarrer la voiture. Il ne prononça pas un seul mot avant d'être rentré au camping et d'avoir traîné les livres et les bagages d'Agnes à l'intérieur du camping-car.

— Mais enfin qu'est-ce qui te prend ? demanda-t-il alors, la voix déformée par une fureur à peine retenue.

Agnes s'aperçut qu'elle lui devait quelques explications.

— L'esprit d'une femme est prisonnier de ce pot. Nous devons la libérer. Et la seule manière de le faire est de casser le pot. Sans quoi elle restera à jamais prisonnière.

— Voilà le tas de sottises le plus invraisemblable que j'aie jamais entendu ! Où es-tu allée chercher une histoire pareille ? On dirait le genre de bêtises que peut raconter Gretchen Dixon. Tu ne lui en as pas parlé, hein ?

— Non. J'ai lu quelque chose là-dessus. Dans une exposition, au musée. Mais je crois que je le savais déjà, avant même de voir ça là-bas.

— Tu le savais déjà ? reprit Oscar en ricanant. Qu'est-ce que tu racontes ? Essaies-tu de me dire que l'esprit qui est, selon toi, enfermé dans mon pot te demande de le casser ?

— Exactement. Et de le remettre où tu l'as trouvé.

— Il n'en est pas question ! grogna Oscar.

Il sortit à pas lourds et feignit de vérifier l'eau et l'huile sous le capot de la Honda. Oscar avait peut-être provisoirement quitté le champ de bataille, mais Agnes savait que le combat était loin d'être fini. Elle s'assit et attendit. Il était deux heures de l'après-midi (l'heure de commencer à préparer le dîner), mais elle ne fit pas un geste vers la cuisinière ou le réfrigérateur.

Depuis quarante-six ans, entre eux, les choses s'étaient plutôt bien passées. Chaque fois qu'un compromis avait été nécessaire, Agnes l'avait accepté, avec entrain et sans jamais se plaindre. Il en avait toujours été ainsi, et Oscar s'attendait qu'il en fût encore ainsi ce jour-là. Mais Agnes, pour la première fois, était résolue à rester ferme sur ses positions. Pour une fois, elle ne céderait pas.

Une demi-heure plus tard, Oscar revint dans le camping-car.

— Ecoute...

Il était redevenu aimable et avait l'air contrit.

— Excuse-moi si je suis sorti de mes gonds. Tu ne m'as pas laissé le temps de te raconter toute l'histoire. A Tucson, j'ai fait quelques recherches sur ce pot. Discrètement, bien entendu. Mine de rien. J'ai fini par parler à un gars qui tient une boutique, là-haut, près d'Oracle. C'est un négociant, et il prétend qu'il pourrait nous faire gagner beaucoup d'argent. Tu ne devineras jamais combien.

— Combien ?

— Cent mille. Net d'impôts. C'est ce qui nous reviendra, déduction faite de sa commission. Et c'est un minimum. Il dit que si les collectionneurs peuvent surenchérir, ça montera beaucoup plus haut. Tu imagines ce que nous pourrions faire avec tout cet argent ?

— Je me fiche de tout cet argent, répliqua Agnes, obstinée. Ça ne le vaut pas. Nous devons la libérer, Oscar. Elle est coincée là-dedans depuis des centaines d'années.

— Coincée ? demanda Oscar. Je vais te dire, moi, ce que ça veut dire. Etre coincé, c'est travailler tous les jours pendant trente ans, qu'il pleuve ou qu'il vente, en espérant qu'un foutu chien ne va pas t'arracher un bout du mollet. Etre coincé, c'est vivre avec l'idée que tu peux à tout moment glisser, te ramasser sur un pas de porte gelé et te briser le cou. Etre coincé, c'est travailler sans répit et économiser sur tout, en espérant mettre assez d'argent de côté pour qu'un jour on soit sûr d'en avoir assez pour la fin de sa vie. Et maintenant, alors que ça se trouve presque à portée de la main, tu...

Il s'interrompit au milieu de sa phrase. Ils étaient assis face à face dans le petit coin cuisine. Agnes croisa son regard. Elle ne baissa pas les yeux, ne cilla pas. Il comprit que tout ce qu'il avait dit n'avait pas eu le moindre effet sur elle.

Soudain, la coupe déborda. Comment Agnes pouvait-elle le trahir de cette façon ? Oscar se leva brusquement, le visage tordu par la colère.

— Alors je t'en prie, Aggie, aide-moi à...

Il leva la main, comme s'il voulait la frapper. Pendant un instant affreux, Agnes attendit le coup. Mais il ne vint pas. Oscar écarquilla les yeux. La supplique esquissée mourut dans sa gorge. Un sanglot étranglé franchit ses lèvres déformées.

Lentement, comme un vieil arbre géant tombant sous la cognée du bûcheron, Oscar Barkley commença à basculer. Raide, droit comme l'un de ces Indiens de contreplaqué qu'on trouve devant les marchands de tabac, il vacilla vers le mur puis rebondit contre le placard. C'est alors seulement que cette soudaine et terrible rigidité abandonna son corps. Ses os semblèrent se transformer en gelée. Amorphe et flasque, il s'affaissa le long de la porte du placard telle une marionnette désarticulée.

Ce n'est que lorsqu'il toucha le sol qu'on entendit un bruit, et ce ne fut rien de plus qu'un son sourd, étouffé, comme lorsqu'on laisse tomber un énorme sac de farine.

Agnes le regarda tomber sans réagir. Plus tard, quand les enquêteurs l'interrogèrent sur le délai de dix minutes qui s'était écoulé entre le moment où la montre d'Oscar s'était brisée dans sa chute et celui où avait été enregistré son appel aux services de secours, elle fut incapable de leur fournir la moindre explication. De toute façon, dix minutes de plus ou de moins n'auraient rien changé. Le premier accident cardiaque d'Oscar Barkley lui avait été instantanément fatal.

Oh, on lui avait bien conseillé de consommer moins de graisse pour faire baisser son taux de cholestérol, mais Oscar n'avait jamais été du genre à prendre très au sérieux les conseils d'un médecin.

Le lendemain du service funèbre, Gretchen Dixon passa la tête dans l'embrasure de la porte du camping-car au moment où Agnes, vêtue d'un jean, d'une chemise de flanelle et d'un chapeau de paille, nouait les lacets de ses chaussures de tennis.

— Comment ça va ? lui demanda Gretchen.

— Bien, répondit machinalement Agnes. Oui, vraiment, je vais bien.

— On dirait que vous sortez.

Agnes montra, d'un signe de la tête, la boîte métallique contenant les cendres que l'homme des pompes funèbres lui avait remise.

— Je vais répandre les cendres. Oscar a toujours dit qu'il voulait reposer sur les rives de la San Pedro.

— Vous voulez que je vienne avec vous ?

— Non, merci. Ça ira très bien.

— Est-ce que quelqu'un vous accompagne ? Vos filles, peut-être ?

— Elles ont pris l'avion tôt ce matin pour rentrer chez elles.

— Ne me dites pas que ce vaurien de Jimmy Rathbone vous fait déjà du gringue ?

— J'y vais seule, répondit Agnes d'un ton ferme. Je n'ai pas besoin de compagnie.

— Oh, pardon ! fit Gretchen.

Quand Agnes Barkley, quelques minutes plus tard, s'éloigna du camping-car au volant de la Honda, on aurait pu croire qu'elle était seule dans la voiture. Mais, assez bizarrement, elle ne se sentait pas seule du tout. Alors qu'Oscar ne lui avait jamais dit à quel endroit précisément il avait découvert le pot, elle n'eut aucun mal à le trouver, comme si quelqu'un guidait ses pas.

Dès qu'elle atteignit le dénivelé effrité de la berge, Agnes Barkley se laissa tomber à genoux. L'endroit était parfaitement calme, il n'y avait qu'un faible courant au fond du lit sablonneux à une trentaine de pas derrière elle. Elle n'entendait rien d'autre que le léger vrombissement d'un jet de la base de Davis-Monthan, loin au-dessus de sa tête. Une partie de son esprit entendit le bruit et l'identifia : c'était un avion. Une autre partie de son esprit sursauta comme un lièvre effarouché lorsque ce qu'elle prit pour une abeille se révéla être quelque chose qui dépassait totalement son entendement.

Quand Agnes était arrivée chez elle avec les cendres d'Oscar, elle avait glissé le pot à l'intérieur du récipient métallique. Elle l'en retira, de ses doigts gauches. Pendant un long moment, elle le tint amoureusement contre son sein. Puis, le visage baigné de larmes, elle mit le pot en pièces. Elle le fracassa en mille morceaux sur la boîte métallique qui contenait les cendres à peine refroidies d'Oscar Barkley.

Elle ramassa ensuite vivement le récipient. Elle le tint devant elle et laissa son contenu tomber en cascade tout en tournoyant sur elle-même, en imitant quelqu'un qui avait dansé ainsi, exactement au même endroit, il y avait très longtemps.

Elle finit par perdre l'équilibre et tomba par terre, essoufflée. Quelques minutes plus tard, elle se rendit compte pour la première fois qu'Oscar était parti. Vraiment parti. Et là, au milieu de ses cendres éparpillées et des morceaux de terre cuite, elle pleura pour de bon. Non seulement parce que Oscar était mort, mais aussi parce qu'elle n'avait rien fait pour l'aider. Elle était restée assise sans bouger et l'avait regardé mourir, aussi sûrement que cette femme mystérieuse avait regardé le flot engloutir son enfant.

Enfin, Agnes recouvra la maîtrise d'elle-même. Quand elle cessa de pleurer, elle constata avec étonnement qu'elle se sentait beaucoup mieux. Soulagée, en quelque sorte. Il valait peut-être mieux qu'Oscar soit mort, se dit-elle. Il n'aurait pas aimé être marié à elles deux, à Agnes et au fantôme de cette autre femme, la mère de cette pauvre fillette qui s'était noyée.

« C'est la seule façon », se dit Agnes. Elle ramassa

un petit morceau de terre cuite noire, le tint entre ses doigts et le laissa absorber la lumière rougeoyante du soleil brûlant de l'après-midi.

C'était la seule façon de les libérer tous les trois.

L'EMBOUCHURE

Lia Matera

Du temps de Wilkie Collins, nombre d'auteurs de romans policiers étaient avocats. Mais, ces vingt dernières années, beaucoup de juges ont voulu imiter le succès de John Grisham et de Scott Turow. La fiction juridique fut d'abord le domaine réservé des hommes. Depuis quelques années, les choses ont changé.

Lia Matera est née en 1952, au Canada, dans une famille italo-américaine. Elle est diplômée en droit, a été rédactrice en chef du *Hasting Constitutional Law Quarterly* et, plus tard, professeur associé à la Stanford Law School. Auteur de deux séries de romans mettant en scène des détectives, Lia Matera est l'un des meilleurs auteurs parmi les avocats ayant embrassé la carrière littéraire. Sa première série, qui débute par *Where Lawyers Fear to Tread* (1987) et qui se déroule dans le milieu judiciaire, met en scène Willa Jansson, une fille dont les parents sont de féroces gauchistes. Ces antécédents familiaux donnent aux romans une charge politique ayant souvent entraîné de vives réactions de la part des critiques. *Contemporary Authors* (volume 110, 1999) rapporte qu'un débat a eu lieu autour de *Hidden Agenda* (1987) : « Même si un critique du *Publisher's Weekly* a trouvé que ce roman vibrant de colère était dépourvu d'humour ou de sentiments autres que la haine, un critique du *Booklist* a vanté les mérites d'un roman "cocasse et très drôle". » *The Smart Money* (1988), premier récit de la seconde série, a pour principale protagoniste Laura DiPalma, une avocate talentueuse au profil aiguisé.

Lia Matera a écrit peu de nouvelles. Plusieurs d'entre elles étaient originellement prévues pour être des romans. Toutes ses nouvelles sont parues dans le recueil *Counsel for the Defence and Other Stories* (2000). « L'embouchure », récit d'une menace grandissante, est considéré par son auteur comme « une pause bienvenue dans l'écriture des histoires d'avocats ».

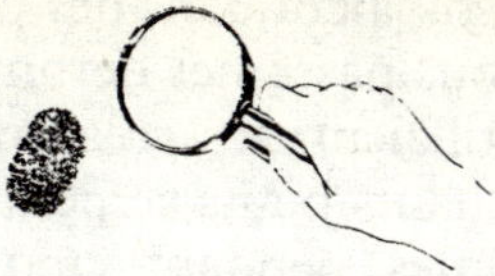

Pour atteindre l'embouchure du Klamath, vous prenez la 101, en direction de l'ouest et de la frontière sud de l'Oregon. Vous traversez à pied l'ancien lieu de rassemblement des Yurok et une clairière, des panneaux vous enjoignent de respecter les esprits des Indiens et de ne pas vous approcher des fours enterrés et de la crevasse de l'amphithéâtre. Le sentier s'arrête sur une falaise de grès. De là, vous pouvez admirer le Klamath qui se jette dans la mer avec une violence inouïe, luttant contre la marée. Les vagues se fracassent, l'écume s'envole tel un fantôme. Par dizaines, des phoques dansent sur la houle et se nourrissent d'anguilles qui descendent le fleuve.

Mon ami et moi nous dirigions vers la plage de glaise humide. Le ciel possédait tous les tons de gris, et le Pacifique ressemblait à du mercure. Nous étions seuls, à l'exception de cinq Yurok qui portaient des bottes en caoutchouc et des pantalons de flanelle à carreaux. Ils pêchaient dans le ressac. Nous les regardions donner de petits coups rapides et répétés avec des pointes aiguisées, montées sur des manches de pioche. Des anguilles s'empalaient sur les bouts tranchants quand ils fouettaient les vagues. D'un geste rapide, ils faisaient sauter les lances poissonneuses par-dessus leurs épaules, et les poissons atterrissaient dans des poches creusées dans le sable. Nous passâmes devant des trous peu profonds où frétillaient des créatures qui ressemblaient à de méchants petits serpents.

Nous marchâmes pendant cinq cents mètres environ, après l'embouchure. Nous escaladâmes des rochers pour avoir une bonne vue, à mi-chemin entre le rivage et la falaise. De là, nous pouvions voir les pêcheurs sans que notre conversation leur parvienne.

Le sujet du jour — nous étions venus à la plage pour en discuter ferme — était de savoir si nous allions nous marier. C'était un sujet important et intimidant, nous avions fait plus de cinq cents kilomètres pour trouver la bonne plage. Nous avions passé la nuit dans un motel miteux, mais ici, c'était l'endroit idéal. Pas de doute.

Patrick déboucha le champagne — nous en avions deux bouteilles : une longue discussion en perspective. Je servis le saumon et les crackers dans les assiettes en carton que j'avais disposées sur un vieux plaid bleu. Je retirai mes chaussures pour pouvoir croiser les jambes. Je regardai Pat tandis qu'il versait le champagne, me demandant comment cette discussion allait se terminer.

Il me tendit un gobelet rempli de petites bulles. Je trinquai avec lui.

— Au mariage !

— Au mariage, acquiesça-t-il.

L'air sentait la plage froide, le ciel mouillé, les rochers glissants et les tempêtes à venir. Chez nous, la plage puait le poisson et les algues, où vrombissaient de petites mouches. Que des gens prennent un bain de soleil, et des relents de bière et d'huile de coco venaient vous chatouiller les narines.

— Alors, Pat ?

Je le regardais, essayant de m'imaginer mariée avec lui. D'origine écossaise, il avait un visage poupin, couvert de taches de rousseur, et des cheveux étranges. Et il n'y avait pas beaucoup de viande sur la bête. Tandis que moi, l'imbécile à la tignasse noire, j'avais tendance à gonfler l'hiver et à me reprendre en main l'été. Mais les régimes devenaient de plus en plus difficiles. Je connaissais des femmes fortes qui ne parvenaient plus à maigrir. Je me disais qu'il était temps de s'engager. Et de s'inquiéter que ce soit une raison indigne.

— Peut-être qu'on est bien comme on est maintenant.

Il fronça aussitôt les sourcils.

— Je veux dire que la manière dont nous vivons me convient.

— Parce que tu as été mariée à M. Parfait. Comment pourrais-je le remplacer ?

— Plaisantin.

M. Parfait, c'est-à-dire mon ex-mari, était plein aux as et bien habillé. Pat, lui, n'en avait pas les moyens. Il venait de se faire licencier. Des milliers d'autres informaticiens répondaient aux mêmes annonces que lui.

— Je suppose qu'il ne faisait pas l'enfant, lui, ajouta Pat.

Ah ! Ah ! Notre querelle de la veille reprenait.

— Vous ne vous disputiez jamais, avec M. Parfait. Il savait quand s'arrêter.

Pat et moi, nous avons des disputes qui tiennent la distance. Je dis des choses que je ne pense pas forcément. Trop tôt pour appeler le traiteur, je suppose.

Je tendis mon gobelet pour qu'il me resserve.

— Tout ce que je voulais dire, c'est qu'il avait plus d'expérience que...

— Bien sûr, il va sans dire !

Il me servit si vite que la mousse déborda.

— Je suis un pauvre enfant. Presque aussi dégrossi qu'un adolescent et aussi avancé dans mes analyses politiques qu'un bizut à la fac.

— Qu'est-ce que tu nous fais ? Une rétrospective de nos discussions passées ? D'accord. Vivre en couple demande des concessions. J'ai dit des choses dans un moment d'égarement. Sur la route...

— Un moment d'égarement, toi ? Non ! Tu es une artiste.

Enlevez le dédain du monde et il continuera à distiller la raillerie.

— Pour toi, la réalité est plus compliquée.

— J'ai horreur de ça, Patrick, dis-je en plissant les yeux.

— Voyez-vous ça ! Elle m'appelle Patrick.

En colère, je suis plus cérémonieuse.

— Quand j'écris, je suis d'une humeur massacrante. Si tu pouvais simplement apprendre à me laisser seule, dans ces moments-là.

C'est ce que je lui avais déjà dit dans la voiture.

Il fronça ses sourcils clairs en étalant le saumon sur le cracker. Je fis semblant d'abriter mes yeux. Je regardais une Yurok qui se dirigeait vers nous. Lorsqu'elle arriva à la hauteur de notre rocher, elle nous héla :

— Vous n'auriez pas un verre pour moi ?

D'ordinaire, nous étions plutôt asociaux. C'est pourquoi nous préférions prendre un verre sur la plage plutôt que dans les bars. Mais la conversation n'allait pas s'arranger. Une diversion, quelques minutes pour décompresser... Pourquoi pas ?

— Bien sûr ! répondis-je.

Pat me lança un regard de taureau furieux, les sourcils menaçants, les narines frémissantes. Alors qu'elle escaladait bruyamment les rochers, il marmonna :

— Je croyais qu'on était venus ici pour être seuls.

— Salut, la compagnie ! dit-elle en arrivant près de nous.

Elle était mince, la quarantaine, avec de longs cheveux châtains, le nez légèrement épaté et une peau mate où apparaissaient quelques taches de rousseur. Elle avait un joli sourire mais de vilaines dents. Elle portait un chapeau noir, un peu comme ceux des cow-boys. Elle s'assit sur un endroit humide des rochers pour épargner à notre plaid son jean crasseux (comme si nous en avions quelque chose à faire).

— Pique-nique, hein ? Bel endroit.

— Oui, répondis-je, Pat restant assis dans un silence méprisant.

— Peu de gens connaissent cette plage. Vous attendez des amis ?

— Non. Nous sommes assez loin de chez nous.

— C'est hors des sentiers battus, bien sûr...

Elle jeta un coup d'œil par-dessus son épaule et fit un signe de la main à ses amis.

— Nous avons dû traverser la terre des Yurok pour arriver ici, admis-je. Le chemin était assez plat. Et ce magnifique petit amphithéâtre...

J'étais embarrassée, car je ne savais comment la convaincre que nous n'avions pas manqué de respect à la terre de ses ancêtres. J'avais bien été obligée de me soulager derrière un buisson, mais nous n'avions pas poussé de cris de guerre ni commis d'indélicatesses.

— J'espère que nous ne sommes pas dans une propriété privée.

— Non ! Cela aurait été un crime contre la nature, n'est-ce pas ? répondit-elle en souriant. Il y a un village de mobile homes, après l'autre chemin. Là, c'est privé. Mais, tant que vous suivrez le chemin que vous avez emprunté, pas de problème.

— Merci. C'est bon à savoir. Nous avons entendu parler de cette plage, lors de notre dernier voyage dans le Nord, mais nous n'avons pas eu la possibilité de nous y arrêter. Nous ne nous attendions pas à voir tous ces phoques.

— La meilleure période de l'année. Les anguilles descendent le fleuve pour frayer dans l'océan. Certaines parcourent plus de quatre cents kilomètres, expliqua-t-elle. L'embouchure est le lieu sacré des Yurok.

Les nuages se déchirèrent et un rayon de soleil tomba sur les bords de son chapeau, dévoilant des lignes parcheminées autour de ses yeux.

— Cet endroit concerne les bouches, vraiment. L'anguille est la reine de l'embouchure. Elle se cache, attend et frappe rapidement. Mais le moment arrive où elle tient compte de l'urgence. Et elle se jette dans la gueule du phoque, ouais.

Elle fit signe derrière elle.

— Ici et maintenant, le jour du jugement dernier est arrivé pour les anguilles.

Pat me lançait des regards revêches qui me demandaient de nous débarrasser de cette femme. Je l'ignorai. D'accord, nous devions discuter. Mais en quoi était-ce mal qu'une vraie Yurok nous explique la signification de la plage ?

Elle s'allongea sur le plaid, tendit son gobelet pour qu'on la serve et fourra du saumon dans sa bouche.

— Le saumon, c'est le renouveau. Ça continue le cycle de la vie, et tout ça. Vous devriez essayer celui du ranch.

Pat hésita avant de la resservir. Je le laissai me servir.

— La reine de l'embouchure, c'est l'anguille, répéta-t-elle. Bien sûr, la rivière des anguilles a été baptisée après. Mais c'est le Klamath qui est son royaume. Elles restent vivantes hors de l'eau plus longtemps qu'aucun autre poisson, à ma connaissance. Vous voyez briller leur sale reflet gris-vert dans le ressac. Un coup sec de lance, et hop ! vous les envoyez sur le tas. Vous faites ça un moment, vous savez, vous en attrapez une quinzaine et, quand vous retournez les mettre dans le seau, peut-être huit de ces petits monstres ont réussi à sauter hors du trou et glissent sur le sable. Vous voyez la distance qu'elles ont parcourue et vous pensez qu'elles sont restées en vie hors de l'eau une bonne demi-heure. Comment c'est possible ?

Je m'allongeai moi aussi. Je buvais mon champagne, j'écoutais et regardais derrière elle le splendide spectacle. Les phoques dansaient sur l'eau et plongeaient. Le fleuve se jetait avec fracas dans la mer. Les vagues se heurtaient comme des claquements de mains. Ses copains yurok ne pêchaient plus. Ils discutaient. L'un d'entre eux désigna notre rocher. J'espérais qu'ils nous rejoindraient. Pat aurait vraiment été sur les nerfs.

Peut-être étais-je allée trop loin, dans la voiture. Mais je voulais qu'il se lâche.

— Donc c'est pas vraiment une surprise qu'elles soient les reines de la rivière, continua-t-elle. Elles sont vicieuses et fortes. Elles ont des dents comme des clous. Si elles étaient plus grandes, les requins n'auraient aucune chance. Les phoques non plus.

Elle me lorgna en buvant.

— Parce qu'elles peuvent se cacher dehors. Avec leur couleur de vase à gerber, elles peuvent se planquer devant un rocher et se faire oublier. Elles peuvent faire partie du décor. Vous nagez prudemment et, qui que vous soyez — peut-être un petit poisson qui nage à contre-courant —, crac, vous êtes le casse-croûte des anguilles. Mais les cours d'eau s'arrêtent toujours quelque part. Vous voyez ce que je veux dire ? Chaque fleuve a son embouchure. Il y a toujours cette grande bouche dans les parages qui attend pour vous rejeter sur le rivage, peu importe que vous soyez rusé et méchant à la maison. Vous tenez compte de l'urgence, vous quittez votre territoire et vous êtes le dîner.

Pat me donnait de petits coups sur la plante du pied. Il tapait, tapait avec insistance, comme si je devais faire quelque chose.

C'est à ce moment-là que cela m'est venu à l'esprit : laisser tomber le mariage. Il était trop jeune. Il n'avait pas envie d'écouter cette Yurok et il me donnait de petits coups, l'air de dire : « Fais-la partir, maman. » J'avais déjà deux enfants. Ils étaient grands, ils avaient quitté la maison. Peu de temps après, leur père en avait fait autant. Il ne me manquait pas. Ce n'était pas comme les enfants. Du moins, parfois. Je n'avais pas besoin de quelqu'un de quinze ans plus jeune que moi qui voulait que je m'occupe de tout. Je payais la plupart des factures. On faisait les courses ensemble. Il ne cuisinait pas, mais connaissait mes plats préférés. Je lui disais ce qu'il devait lire, car les informaticiens n'y connaissent rien en littérature ou en histoire. Chaque fois qu'il fallait se débarrasser de quelqu'un ou taper une lettre, c'était toujours : « Toc,

toc, toc, Maggie, s'il te plaît, tu ne pourrais pas... ? »

Je repoussai le pied de Pat. S'il voulait être asocial, il n'avait qu'à trouver tout seul un moyen de la faire partir. Nous avions tout le temps que nous voulions pour parler tous les deux. Je ne voulais pas qu'elle s'en aille.

— Je peux en avoir encore ?

Je sortis la seconde bouteille de notre vieux sac à dos et l'ouvris. J'essayais de ne pas le regarder car je savais qu'il devait être de très mauvaise humeur.

— Vous pique-niquez souvent comme ça ?

— Oui. On a toujours de quoi manger dans le coffre : du vin, du saumon, des crackers. Ça nous laisse le choix.

D'un autre côté, il était drôle et me laissait diriger. Si je disais : « On y va », il répondait : « D'accord. » Quel soulagement quand on a passé vingt ans avec un sclérosé !

— Vous venez souvent ici ?

— Non. C'est une excursion un peu particulière.

— Ça devait l'être, persifla Pat.

— Nous avons de jolies plages du côté de Santa Cruz et de Monterey. Mais nous y sommes allés des milliers de fois, ajoutai-je précipitamment.

Elle me laissa la resservir. J'en fis autant. Pat semblait ne pas boire.

— Le phoque, c'est un drôle de coco. Mais ce n'est pas un fourbe. Il nage et casse la graine quand il peut. Il ne se cache pas et n'essaie pas de vous jouer des tours. C'est un paresseux. S'il trouve un endroit pour se gaver, il va le faire et oublier de chasser. On dirait qu'il n'a pas l'instinct de chasse. Il veut juste manger, nager et s'amuser.

Elle prit un autre morceau de saumon avec les doigts. Sous ses ongles, il y avait de la vase et du sable.

— Tandis que l'anguille est toujours en train de rôder, même si elle a mangé. Elle ne prend jamais de bon temps. Elle est toujours à cogiter, comme un grippe-sou qui se demande comment avoir plus.

— Jusqu'à ce qu'elle quitte son territoire et finisse dans la gueule d'un phoque, dis-je en concluant son propos.

— Ce qu'il leur faudrait, aux anguilles, reprit-elle en se redressant, c'est un moyen de dire non. Voilà la créature la plus petite et la plus furtive. Et que fait la nature, sinon retourner son instinct contre elle-même ? Elle favorise un truc gros et paresseux qui n'est même pas un poisson. C'est un mammifère qui vit dans l'eau, qui n'est pas vraiment à sa place et qui a la nourriture qui coule à flots dans son gosier, simplement parce qu'il est au bon endroit.

Elle pointa du doigt la tête des phoques qui dansaient sur les vagues.

— Regardez-les ! C'est leur soupe populaire. Ils ne font rien d'autre qu'ouvrir la bouche.

— On pourrait dire que vous êtes comme les phoques, glissa Pat. Vous êtes dans le coin avec vos lances, à transpercer les anguilles.

J'avais envie de le frapper. C'était impoli de dire une chose comme ça.

— Les Yurok sont comme les anguilles.

Elle enleva son chapeau. Sa chevelure noire, plaquée au sommet de son crane, commençait à voleter dans le vent du large.

— Les Yurok étaient des rois parce qu'ils savaient comment se cacher. Les Yurok ont toujours pensé à la nourriture du lendemain, parce que leurs cauchemars étaient pleins des famines d'hier. Les Yurok font partie du lit majeur de l'histoire de la rivière, silencieux et prêts. Et ils sont allés se jeter dans de plus grandes bouches qui attendaient sans mérite.

Elle se leva d'un bond. Elle était majestueuse, avec ses cheveux dans le vent. Elle se détachait sur un fond de nuages gris clair. Ses bras et son menton montaient jusqu'au ciel.

— C'est ici que l'ancien fleuve rencontre la chose qui est si grande, la chose que l'anguille ne peut arriver à comprendre parce que la connaissance est trop cruelle.

— C'est étrange. Regarde ses amis, chuchota Pat derrière moi.

Sur la plage, les Yurok levaient eux aussi les bras. Ils se tenaient debout exactement comme elle. Peut-être l'imitaient-ils pour la taquiner, peut-être était-ce une coïncidence.

— C'est ici que l'ancien fleuve rencontre la chose qui est si grande, et l'anguille ne peut arriver à comprendre parce que la connaissance est trop cruelle, répéta-t-elle en direction du ciel.

Pat me donnait à nouveau de petits coups. Il devait être vraiment inquiet pour murmurer :

— Je n'aime pas ça. Elle agit comme une folle.

Je lui envoyai un baiser d'une main distraite derrière mon dos, comme un cheval écrasant une mouche d'un coup de queue. Peut-être était-ce trop pour un informaticien. Comment avais-je pu penser me marier avec quelqu'un d'aussi peu lyrique ? Mais c'était le rêve de tout écrivain. La connaissance des coutumes des Yurok. Si elle nous avait quittés à cause de lui, j'aurais poussé ce sacré gros cul de Pat en bas des rochers.

Elle secouait la tête, ses cheveux fouettant ses joues.

— A l'embouchure du fleuve, vous apprenez la vérité : suivez vos obsessions et le courant vous emportera vers des centaines de bouches qui attendent. Mais, si vous restez tranquille (elle se pencha en avant et je pus voir ses yeux noirs briller) et que vous pensez passionnément que votre proie est tombée dans votre piège, si une grande faim vous ronge de l'intérieur, vous immobilisant jusqu'au moment où vous devenez une fusée pleine d'appétit prête à dévorer ce qui nage près...

— Qu'est-ce qu'ils veulent ?

L'ombre de Pat tomba en travers du rocher. Je me tournai et vis qu'il était debout, observant les Yurok sur la plage.

Ils avaient fait plusieurs pas dans notre direction. Ils semblaient regarder la femme.

Elle avait le vent en poupe et elle ne l'avait pas remarqué.

— Alors vous ne descendez pas le fleuve vers l'embouchure dormante, l'appétit sans intelligence, la faim qui arrive sans le savoir elle-même.

Pat tendit son bras par-dessus moi et lui retira le gobelet des mains.

— Maintenant, vous feriez mieux de partir.

— Quel est ton problème, Patrick ?

Je bondis. Foutu môme, nom de Dieu ! Effrayé par des légendes, par une conversation au champagne sur la plage.

— Calme-toi !

Mes mots effacèrent l'air martial de son visage. Une merveilleuse révélation le remplaça.

— Tu te crois si intelligente, Maggie. Tu crois que tu sais tout. Mais, en vérité, tu n'es rien d'autre qu'une petite femme au foyer surprotégée.

J'étais trop en colère pour parler. Je n'avais peut-être pas gagné beaucoup d'argent au cours des dernières années, mais j'étais un écrivain.

Il serra les lèvres, plissa les yeux, son visage d'Ecossais plein de taches de rousseur reflétant toute sa frustration.

— Mais je suppose que la Nature en a vu bien plus qu'un enfant comme moi. Je suppose qu'il faut être un artiste pour bien connaître la vie.

— Pour l'amour de Dieu ! Es-tu un tel bébé, conventionnel et ennuyeux, que tu ne puisses écouter une métaphore yurok sans piquer une crise ?

Il se retourna et commença à descendre les rochers. Il marmonnait. J'entendis les mots « princesse » et « sait tout », qui résonnèrent comme de vrais jurons.

Je me retournai. La femme Yurok était assise sur le plaid, buvant tranquillement, dans une position dont elle n'avait pas honte. Je restai debout quelques instants, regardant Patrick arpenter nerveusement la plage, les poings enfouis dans ses poches.

— Il ne veut pas que mes amis nous rejoignent, conclut-elle avec justesse.

A le voir, il marchait pour aller le leur dire.

Les hommes attendaient debout. A cent mètres derrière eux, les anguilles prêtes à tout frétillaient dans les trous de sable comme des rayons de soleil.

J'eus une vision : je mangeais des anguilles grillées avec les Yurok en apprenant leurs légendes pendant que les vagues se fracassaient devant nous. Quel enfant faisait Pat ! Simplement parce que nous nous étions querellés dans la voiture.

— Je sais pourquoi il dit que je suis folle.

Je m'assis en soupirant. Je sortis du sac à dos un

autre gobelet et le remplis. Je le lui tendis. Je me sentais nulle. Qu'est-ce que cela pouvait faire si les hommes voulaient nous rejoindre quelques instants ? Patrick et moi avions le reste de l'après-midi pour nous battre. Le restant de nos vies, peut-être.

— Nous sommes venus ici pour décider si nous allions nous marier.

Je sentais les larmes me brûler les yeux.

— Mais le problème, c'est qu'il est très jeune. Il a seulement sept ans de plus que ma fille aînée. Sa carrière n'est pas encore assurée, il vient de se faire licencier. Il a passé tout le mois à traîner son ennui dans mes basques. Il est informaticien. Je l'ai rencontré quand je faisais des recherches pour une nouvelle de science-fiction. Tout ce qu'il sait sur la politique et la littérature, c'est moi qui le lui ai fait lire.

J'essuyai mes larmes.

— Il a grandi un peu depuis que nous sommes ensemble, mais ce n'est pas comme partager sa vie avec un homme de son âge. Nous passons de bons moments, sauf quand nous commençons à parler d'un sujet en particulier. Je dois alors supporter ses idées d'étudiant mal dégrossi. Il faut que je lui donne des articles à lire et lui dise comment regarder les choses. Il est intelligent et il apprend vite. Mais quinze ans, vous savez...

Elle mangea un morceau de saumon.

— Il a sans doute vu la fourgonnette descendre, sur la route.

— Quelle fourgonnette ?

— Notre groupe.

— Les Yurok ?

Elle fronça le nez.

— Non. Ils sont là-haut, à Hoopa, dans la

réserve. Enfin, ce qu'il en reste. Ils ont pratiquement disparu.

— Nous pensions que vous étiez des Yurok. Vous êtes tous si mats. Vous savez comment faire les lances ?

— Oui, nous avons tous les cheveux foncés, dit-elle en roulant des yeux. Mais, bon Dieu, nous ne sommes que cinq. Vous aussi, vous avez les cheveux foncés. Et vous n'êtes pas yurok.

Son regard brillait.

— Mais la lance est yurok, vous avez raison. Notre chef, dit-elle en désignant les non-Yurok sur la plage, les a confectionnées. Nous avons une pratique des cultures minoritaires, comme vous diriez.

Les poings toujours enfouis dans les poches et les épaules remontées jusqu'aux oreilles, Patrick avait maintenant rejoint le groupe.

— Comment se fait-il que vous sachiez si bien les manier ?

— Les manier ? demanda-t-elle en riant. Le ressac grouille d'anguilles. Si nous savions vraiment les manier, nous en aurions attrapé des centaines.

— C'est quoi, votre groupe ?

Patrick avait sorti les mains de ses poches. Il les avait levées devant lui, alors qu'il commençait à s'écarter des quatre hommes.

— Vous n'avez pas vu la fourgonnette, vraiment ?

— Pat, peut-être. Moi, je lisais la carte.

Je me mis sur les genoux pour le voir. Patrick continuait à revenir, pressant le pas.

Sur les rochers, sa crainte devant une femme qui déclamait m'avait paru ridicule. Sur la plage, poursuivi par quatre hommes aux cheveux longs, sa peur n'était pas sans fondements. Que lui avaient-ils dit ?

— La fourgonnette effraie les gens, dit-elle en hochant la tête. Les slogans que nous y avons peints...

— Qui êtes-vous ? lui demandai-je, les yeux toujours rivés sur Patrick.

— J'allais vous le dire avant que votre fiancé râle. Et les phoques ? Ils grossissent sans effort, se gavant de petites anguilles asservies. Et ils s'en sortent ?

Le ciel commençait à s'assombrir. La mer devenait grise, avec une bande argentée à l'horizon. Patrick courait vers nous sur la plage.

Deux des hommes s'étaient lancés à sa poursuite.

J'essayai de me mettre debout, mais la femme serra ma cheville.

— Non, dit-elle. Les phoques ne sont pas heureux très longtemps. Dans la chaîne alimentaire, il y a encore un autre gros morceau. Au large, on trouve plein de requins. De tous les prédateurs, c'est le plus puissant. C'est l'endroit qu'ils préfèrent pour déguster des sushis de phoque.

— Que font-ils ? Que veulent vos amis ?

Ma voix était aussi stridente que le sifflement du vent dans les rochers.

— Le Yurok, c'était l'anguille, reine de la rivière, furtive, rapide, affamée. Mais l'histoire l'a poussé dans les mâchoires de l'homme blanc, qui jouait et se gavait dans le ressac. Les fleuves anciens rencontrent des choses qui sont bien plus grandes, la chose que l'anguille ne peut arriver à comprendre parce que la connaissance est trop cruelle.

Elle répéta cette phrase plusieurs fois, presque de la même manière. C'était peut-être ce qui avait effrayé Pat. Ses paroles ressemblaient à une litanie, à une incantation, à un chant cultuel. Plus bas, les hommes avaient reproduit ses gestes.

Je repoussai sa main de ma cheville et reculai sur le rocher. Tout ce qu'elle avait fait, c'était parler de prédation. Elle avait appris que nous étions seuls, que nous n'attendions personne. Elle avait fait des signes aux hommes sur la plage, qui poursuivaient désormais Patrick.

Apeurée par la compréhension soudaine de ce que cela signifiait, trop déconcertée pour remettre mes chaussures, je fis un pas dans une lézarde glissante. Je perdis l'équilibre et glissai. Je tombai lourdement sur les aspérités des rochers que nous avions utilisés comme escalier. Je pouvais entendre Patrick hurler mon nom. Je sentis des brûlures douloureuses sur mes côtes, ma hanche, ma cheville. Du sang coulait sous ma chemise.

Je tentai de reprendre ma respiration pour me relever tandis que la femme descendait précautionneusement à l'endroit où j'étais allongée.

— Il y a une autre sorte de chasseur, Maggie.

Je pouvais entendre le sourire dans sa voix.

— Il n'y a pas que les anguilles qui attendent et frappent. Il n'y a pas que le phoque qui trouve l'abondance et la nourriture. Il y a le requin, qui ne pense à rien d'autre qu'à trouver sa nourriture, qui ne se cache pas comme l'anguille et qui n'attend pas comme le phoque. Il quête et cherche voracement un autre...

Patrick hurla, mais ce n'était pas mon nom, cette fois-ci.

— ... un autre traînard.

A nouveau, elle leva les bras et le menton vers le ciel, laissant ses cheveux noirs voler autour d'elle. Patrick avait raison, elle avait l'air d'une folle.

Elle sauta. Patrick criait à nouveau. Nous hurlions tous les deux, enfin d'accord.

J'entendis soudain une détonation. Je sus qu'il s'agissait d'un coup de feu. Je regardai la femme accroupie, ses cheveux en vrilles sauvages, comme des anguilles s'échappant des trous dans le sable.

Oh ! Patrick. Laisse-moi revenir en arrière et m'excuser.

Je regardai la femme en pensant : « Trop tard, trop tard, je descends le fleuve dans tes mâchoires. »

Un autre coup de feu. Avaient-ils touché Pat ?

— Allez-vous-en ! cria une voix venue de la falaise de grès.

La femme regarda et se mit à rire. Elle leva à nouveau les bras, rejetant sa tête en arrière.

Un troisième coup la fit détaler sur les petits rochers. En courant, elle laissa des empreintes sur le sable. Elle faisait des gestes avec ses bras, comme si elle disait au revoir.

Je m'assis avec difficulté. J'avais une côte cassée, la peau éraflée. Je le sentais. Je me tournai néanmoins pour voir le visage sur la falaise.

Devant moi, dans les herbes mouvantes, un homme trapu aux longs cheveux noirs tira un coup de feu en l'air.

Un vrai Yurok, comme Pat et moi l'apprîmes plus tard.

SCANDALE EN HIVER

Gillian Linscott

Gillian Linscott est née en 1944 à Windsor en Angleterre. Après des études à Oxford, où elle a décroché une licence de langue et littérature anglaises, elle a travaillé comme journaliste entre 1967 et 1972 à Liverpool et à Birmingham dans la presse écrite, avant de rejoindre le *Guardian* à Manchester puis à Londres, où elle est restée jusqu'en 1979. Elle s'est ensuite tournée vers la radio et la BBC, rendant compte des débats au Parlement et écrivant des pièces radiophoniques. Son premier roman, *A Healthy Grave* (1984), qui se déroule dans un camp de nudistes, lui a permis de donner naissance, dans une série qui n'a pas fait long feu, au personnage de Birdie Linnet, un ancien policier dont elle dit elle-même dans *Contemporary Authors* (volume 128, 1990) que ce n'est pas une lumière. « Ce qui le distingue des autres, c'est qu'il est toujours le dernier à comprendre ce qui se passe. Il est animé par le désir de bien faire, mais ce n'est pas un foudre de guerre et il prend des coups sur la tête plus souvent qu'il n'en donne. »

On le voit, Linscott ne prend pas le roman policier très au sérieux. Si elle aime le genre, c'est parce que ce n'est pas « prétentieux » : « A mon avis, il y a peu de livres qui ne gagneraient pas à ce qu'on fourre dedans un cadavre. Le roman à énigme est une forme très artificielle et je ne m'intéresse pas particulièrement au réalisme. »

Gillian Linscott connaît la notoriété et se réconcilie avec le réalisme lorsqu'elle abandonne le *whodunnit* contemporain pour les romans policiers historiques. D'abord avec *Murder, I Presume* (1990), dont l'action se passe dans les années 1870, puis avec la série mettant en scène une suffragette nommée Nell Bray et dont le premier roman s'intitule *Sister Beneath the Sheets* (1991).

Sous-catégorie non négligeable de la littérature policière historique, le pastiche de Sherlock Holmes est le plus souvent écrit par des hommes. Ces dernières années, à la suite du succès remporté par *La Solution à sept pour cent* de Nicholas Meyer (1974), l'écriture de romans ayant Holmes pour héros est devenue un artisanat florissant, et plusieurs anthologies rassemblant des aventures plus ou moins longues du limier de Baker Street ont été publiées. Certaines de ces histoires, et non des moindres, ont été composées par des femmes, dont L.B. Greenwood et June Thompson. Avec sa connaissance approfondie des époques victorienne et édouardienne, Gillian Linscott était toute désignée pour écrire un pastiche de Holmes. L'originalité de « Scandale en hiver », l'une des meilleures nouvelles de l'anthologie intitulée *Holmes for the Holidays* (1996), vient du fait que l'auteur a pris comme narrateur un personnage autre que le Dr Watson.

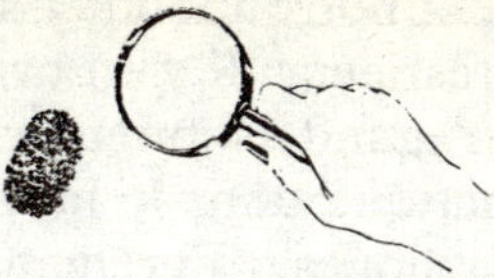

Au début, Silver Stick et Square Bear n'étaient pour nous que des sujets de distraction occasionnels à l'hôtel Edelweiss. A Noël, l'Edelweiss ressemblait à une île déserte étincelante ou à un très luxueux transatlantique voguant sur la neige au lieu de voguer sur les eaux. C'est là que nous étions installés, une centaine de personnes environ coupées du reste du monde et même du reste de la Suisse, et nous n'avions que nous-mêmes pour toutes compagnie et distraction.

L'Edelweiss était l'un des seuls hôtels convenables où l'on pouvait séjourner en 1910, lorsque commença la mode des sports d'hiver. Le Berghaus, plus petit, de l'autre côté de la rue, n'était pas considéré comme un établissement suffisamment correct, et le peu de visiteurs qu'il recevait ne comptaient guère. Quant aux villageois, retranchés dans leurs chalets au-dessus de leurs vaches qui couchaient au rez-de-chaussée, ils ne comptaient pas du tout. De temps en temps, lors de nos promenades, Amanda et moi les voyions rentrer des bûches ou sortir de pleines fourchées de paille souillée encore tiède d'où s'échappaient des colonnes de vapeur. Ils faisaient partie de la vallée au même titre que les rochers et les pins, mais, comme ils ne skiaient ni ne patinaient, ils n'avaient aucune place dans notre monde ; seuls leurs traîneaux nous intéressaient. Il y en avait deux au village. L'un, d'une grande sobriété, était tiré par un cheval bai flegmatique dont le harnais s'ornait de clochettes symboliques. Purement utilitaire, il ramenait les clients et leurs bagages de la gare la plus proche. L'autre, celui qui nous intéressait le plus, Amanda et moi, était noir et écarlate, rapide comme le vent, tintant de toutes ses clochettes, tiré par un petit Haflinger couleur miel à la crinière et à la queue argentées assorties aux clochettes. C'était un traîneau de plaisir qui n'avait d'autre prétention que d'amuser les hôtes de l'Edelweiss. Il nous arrivait de le voir arrêté dans la neige, pendant que son jeune et séduisant propriétaire, long fouet et moustache blonde, attendait patiemment. On nous laissait parfois nous attarder et le regarder tandis qu'il aidait une dame et un monsieur à monter et disposait sur leurs genoux la couverture de fourrure blanche. Puis il filait, sifflant et tintant dans la neige, sur la piste qui traversait la forêt de pins. On nous avait promis pour le Nouvel An de nous emmener faire une promenade dans le traîneau. Nous attendions cela avec plus d'impatience que Noël.

Seulement nous avions encore dix jours à attendre, et il nous fallait trouver de quoi nous distraire. Nous patinions sur la patinoire derrière l'hôtel. Nous faisions de grands signes d'adieu à papa lorsqu'il partait le matin avec ses skis et son guide. Nous nous asseyions sur la terrasse de l'hôtel pour boire du chocolat chaud avec de la crème pendant que maman écrivait et lisait des lettres. Quand on s'imaginait que maman ne nous regardait pas,

Amanda et moi, on faisait un concours pour voir si on allait réussir à boire notre chocolat sans toucher à la crème qui restait au fond de la tasse et qu'on dégustait bruyamment à grands coups de cuillère comme des malpolies. Lorsque par hasard, levant les yeux de son courrier, maman surprenait notre manège, elle nous disait de cesser nos enfantillages. Mais n'étions-nous pas des enfants ? Amanda avait onze ans, après tout, et moi presque treize. Il fallait bien faire durer le plaisir, et les distractions n'étaient pas si nombreuses. A dire vrai, les trois quarts du temps nous étions tous morts d'ennui à l'hôtel. C'est pourquoi nous nous intéressions tant aux affaires des autres et pourquoi Amanda et moi tendions en permanence l'oreille, à l'affût des petits drames qui émaillaient la conversation des adultes.

— Je n'arrive toujours pas à le croire.

— Eh bien, c'est pourtant ce que le maître d'hôtel nous a dit, et il est bien placé pour le savoir. Elle a réservé la table d'angle qui donne sur la terrasse et réclamé du tokay.

— La même table que l'an dernier.

— Et le même vin.

Nos parents se regardèrent par-dessus les croissants, prenant bien soin d'ignorer la serveuse qui nous servait notre café. (« On ne prête pas attention aux domestiques, mon petit, cela les rend maladroits. »)

— Je suis sûr que ce n'est pas vrai. Une femme dotée d'une once de sentiment...

— Qu'est-ce qui te fait croire que c'est le cas ?

Silence. Les parents continuaient d'échanger des signaux au-dessus de nos têtes. Je savais ce que signifiaient ces signaux, tout comme j'avais compris de quoi ils parlaient en surprenant des bribes de conversation entre eux à l'heure du coucher, la nuit de notre arrivée : « ... l'effet que ça pourrait avoir sur Jessica... »

Mon prénom. Je m'étais arrachée très vite à mon demi-sommeil et, sans ouvrir les yeux, j'avais écouté.

« Je ne crois pas que nous devions nous faire du souci pour cela. Jessica est plus forte que tu ne le crois. »

Voix de ma mère. Ça l'arrangeait de se dire que nous étions fortes, cela lui évitait de se faire du mauvais sang pour nous.

« Tout de même, elle doit s'en souvenir. Ça remonte à un an seulement. Ce genre d'expérience peut marquer un enfant pour la vie.

— Chéri, les enfants ne réagissent pas comme nous. Ils sont beaucoup plus insensibles à cet âge. »

Même les yeux fermés, j'avais compris au silence particulier de mon père qu'il n'était pas convaincu ; mais il était inutile de discuter avec maman. Ils avaient éteint la lumière et fermé la porte. L'espace d'une minute ou deux, j'étais restée éveillée dans le noir, me demandant si j'étais marquée à vie par ce que j'avais vu et comment cela se manifesterait, puis je m'étais demandé si je serais jamais capable de faire des pirouettes sur la glace comme la petite fille qui venait de Paris. Je m'étais enfin endormie, rêvant de clochettes et du crissement des patins sur la glace.

La conversation de nos parents au petit déjeuner à propos de leur emploi du temps de la journée fut interrompue par le discret remue-ménage que provoqua l'arrivée de deux clients que l'on conduisait à leur table. Amanda me regarda.

— Silver Stick et Square Bear vont faire du ski.

Les deux messieurs, d'un âge avancé selon nous mais qui ne devaient probablement pas avoir plus d'une cinquantaine d'années, portaient de gros pull-overs de laine, des culottes en tweed, d'épaisses chaussettes, tout comme papa. Celui-ci leur adressa un signe de tête à travers les tables en leur souhaitant le bonjour et reçut signes de tête et bonjours en retour. La lourde tenue de sport du plus grand des deux hommes ne pouvait lui ôter son étrangeté ni sa distinction. C'était, il me semble, la personne la plus mince que j'aie jamais vue, et il ne se tenait pas voûté comme beaucoup de personnes de sa taille. Au contraire, il marchait en se tenant droit comme un I.

Son visage avec son nez en bec d'aigle était hâlé comme celui de certains villageois ; mais, contrairement à eux, il n'était pas ridé, il n'avait que deux sillons allant du nez au coin de la bouche. Sa chevelure était ce qui nous avait le plus frappées chez lui. Elle lui épousait le crâne en une casquette d'argent poli, telle la poignée d'une canne élégante et coûteuse. Costaud, carré d'épaules, son compagnon paraissait encore plus massif dans sa tenue de ski. Il avançait en traînant les pieds et se cognait parfois contre les chaises. Il avait un visage rond, avenant, des yeux très clairs, presque délavés, une petite moustache grise coupée court, mais il ne restait sur son crâne luisant qu'une petite frange de cheveux. Il nous souriait toujours quand nous nous croisions sur la terrasse ou dans les couloirs, et il avait l'air très gentil. Nous avions remarqué qu'il rendait toujours de petits services à Silver Stick, lui servant son café, mettant ses lettres à la poste. Et pour cette raison nous nous étions mis dans la tête que Square Bear était en quelque sorte l'homme de confiance de Silver Stick. Amanda dit que Silver Stick devait perdre la boule au moment de la pleine lune et que Square Bear devait l'enfermer à clé et chanter à tue-tête de façon que les gens n'entendent pas ses hurlements. Elle n'arrêtait pas de demander quand serait la prochaine pleine lune, mais personne ne le savait. Moi je croyais qu'il était peut-être venu en Suisse parce qu'il se mourait de consomption, ce qui expliquait sa maigreur, et je me disais que Square Bear était son médecin particulier. Je guettais une quinte de toux pour en avoir confirmation, mais jusque-là j'en avais été pour mes frais. Tandis qu'ils s'installaient à la table du petit déjeuner, nous nous efforcions de les observer autant qu'on peut le faire sans que les parents réprimandent. Square Bear ouvrit le journal qu'on avait posé près de son assiette et se mit à faire la lecture à Silver Stick, qui hochait de temps en temps la tête comme s'il était déjà au courant de ce que l'autre lui racontait. C'était le *Times* de Londres, un *Times* vieux de deux jours parce qu'il était arrivé de la gare avec le traîneau.

Amanda chuchota :

— Il mange.

Le serveur avait apporté des toasts et de la marmelade d'orange au lieu des croissants. Silver Stick mangeait des toasts comme une personne parfaitement normale.

— Qui mange ? demanda papa.

Nous le lui désignâmes des yeux.

— Eh bien, pourquoi ne mangerait-il pas ? Il faut prendre des forces pour skier.

S'intéressant pour une fois à ce qui se passait, maman dit qu'ils avaient l'air un peu âgés pour ce genre de sport.

— Détrompe-toi. Le Dr Watson se défend et l'autre... Il m'a dépassé, et sur une piste tellement pentue que même le guide n'a pas voulu s'y risquer. Arrivé en bas, il est resté debout comme un I, alors que la plupart d'entre nous auraient atterri les quatre fers en l'air dans la neige. Cet homme ignore la peur : il n'écoute que sa raison. C'est la peur qui vous démolit lorsqu'on fait du ski. Quand on atteint un endroit difficile, on se dit qu'on va tomber, et neuf fois sur dix on tombe. Holmes, lui, arrive au même endroit, il ne voit pas pourquoi il n'y arriverait pas, et il passe, comme une fleur.

Ma mère dit que, s'il avait vraiment l'esprit si rationnel que cela, il ne skierait pas, pour commencer. Mon attention avait été retenue par un mot.

— Square Bear est médecin ? Est-ce que Silver Stick est malade ?

— Pas à ma connaissance. Y aurait-il encore un peu de café ?

Nous en restâmes là. Vous allez peut-être vous dire qu'Amanda et moi aurions dû savoir tout de suite qui étaient ces deux personnages, et j'imagine que les trois quarts des enfants d'Europe l'auraient su. Mais nous avions mené une vie peu banale, à cause de maman principalement, et, bien que connaissant des tas de choses qu'ignoraient la plupart des fillettes de notre âge, nous en ignorions des tas d'autres qui étaient de notoriété publique.

Nous fîmes au revoir à papa et à son guide tandis qu'ils s'éloignaient dans la neige épaisse à travers les pins, skis sur l'épaule, puis nous prîmes nos patins. Nous fîmes halte pour laisser passer le traîneau noir, celui qui allait chercher les gens à la gare. Il n'y avait personne derrière, mais les couvertures étaient soigneusement pliées.

— Ah, il va y avoir des nouveaux, dit Amanda.

Je savais que maman me regardait, mais elle ne souffla mot. Amanda et moi lisions dans notre chambre quand le traîneau revint. Nous ne vîmes donc pas qui était dedans, mais, lorsque nous descendîmes, un peu plus tard, nous constatâmes qu'il y avait une sorte de tension bourdonnante dans l'hôtel. Nous n'étions qu'au milieu de l'après-midi, mais le crépuscule tombait déjà sur la vallée. On nous autorisait à faire une dernière promenade avant la nuit et, comme d'habitude, nous nous dirigeâmes vers la patinoire. Les ampoules de toutes les couleurs jetaient des taches de jaune, de rouge et de bleu sur la surface sombre. L'estropié à l'accordéon jouait une valse de Strauss, et deux ou trois couples patinaient mais pas très bien. La plupart des gens étaient agglutinés autour du brasero, au bord de la patinoire, où un serveur versait de petits verres de vin chaud. L'homme à l'accordéon, comprenant sans doute que les danseurs se fatiguaient ou voulant lui-même rentrer, se mit à jouer quelque chose d'enlevé et de beaucoup plus difficile à danser. Les couples sur la glace firent quelques pas avant de renoncer en riant et de rejoindre les autres autour du brasero. L'espace d'un moment, la patinoire fut déserte, et l'accordéoniste joua pour le seul crépuscule et les montagnes noires.

Puis une silhouette glissa sur la glace. Avec une sûreté de mouvements qui la distingua tout de suite des autres. Les patineurs s'étaient lancés sur la glace en titubant ou en plastronnant, selon qu'ils débutaient ou qu'ils se prenaient pour des experts, mais, débutants ou experts, ils avaient tous un air gêné, conscients de ne pas être dans leur élément.

Elle, en revanche, s'élança sur la glace tel un cygne sur l'eau ou une hirondelle dans l'air. Les rires s'éteignirent, on cessa de boire, et nous la regardâmes tous tourner seule au son de la musique tsigane. Elle ne faisait pas de pirouettes comme la fille de Paris, elle ne distribuait pas de sourires satisfaits. Il est possible qu'elle n'ait même pas été une patineuse experte, mais ce qui était remarquable dans sa façon de faire, c'était son désir de s'emparer de la patinoire, de la musique, comme si elle était chez elle. Elle n'était même pas habillée pour patiner. Sa jupe noire frôlait le bord de ses patins, sa veste de vison noir et son bonnet étaient vraisemblablement sa tenue de voyage, qu'elle n'avait pas jugé bon d'ôter. Mais elle s'était préparée, elle avait prévu d'annoncer son retour exactement de cette façon.

Son retour. Au début, fascinée par sa prestation, je ne l'avais pas reconnue. J'avais remarqué que ce n'était pas une jeune femme et qu'elle était élégante. C'est quand je reportai les yeux sur ma mère que je compris. Elle était là, raide, hérissée, regardant fixement la silhouette ; mais ce n'était pas de l'admiration qu'on pouvait lire sur son visage, plutôt une sorte d'horreur. Tous les spectateurs arboraient la même expression, tous les adultes, comme s'ils étaient en présence de la messagère du danger. Puis une voix de femme qui n'était pas celle de maman demanda :

— Comment a-t-elle pu ? Comment a-t-elle pu ?

Il y eut un murmure d'acquiescement, et je sentis que l'horreur se transformait en quelque chose de plus banal qui était de la désapprobation. Lorsque les premiers mots eurent été prononcés, d'autres suivirent ; il y eut un entremêlement de petites phrases acides :

« Un an après seulement... Revenir ici... Aucun respect... Elle a de la chance après ce qui s'est passé... »

Maman nous prit par les épaules.

— C'est l'heure du thé.

En temps normal nous aurions protesté, nous l'aurions suppliée de rester encore quelques minutes, mais nous sentions que là, c'était sérieux. Pour regagner l'hôtel, quand on vient de la patinoire, on monte quelques marches qui mènent à la terrasse de derrière et on franchit les grandes portes vitrées qui donnent sur la salle à manger. Il y avait deux hommes sur la terrasse. De là on voyait la patinoire, et ils observaient ce qui se passait. Silver Stick et Square Bear. Je distinguai les yeux de l'homme maigre à la lumière de la salle à manger. Ils étaient plus durs et déterminés que tout ce que j'avais pu voir jusqu'alors, plus durs que la glace elle-même.

Normalement, en jeunes filles bien élevées, nous leur aurions dit bonsoir en les dépassant, mais maman nous entraîna à l'intérieur sans un mot. Dès qu'elle nous eut installées à table, elle s'en alla chercher papa, qui devait être rentré de sa promenade. Je savais qu'ils parleraient de moi, et cela me gonflait d'un sentiment d'importance même si, par ailleurs, j'avais peur de ne pas pouvoir être à la hauteur. Après tout, ce que j'avais vu n'avait duré que quelques secondes, et je n'avais rien éprouvé de ce que j'étais censée avoir éprouvé. Je ne le connaissais pas avant les faits, je l'avais juste vu à deux ou trois reprises dans la salle à manger, et j'ignorais qu'il était mort, je ne le sus que lorsqu'on me le dit après coup.

Ce qui arriva au dîner ce soir-là ressembla à ce

qui s'était passé sur la patinoire, mais sans la musique. Cette année-là, Amanda et moi avions la permission de descendre à la salle à manger pour prendre le potage avec nos parents. Après le potage, nous devions dire bonsoir poliment, remonter et nous mettre au lit. Les gens qui avaient patiné et skié toute la journée avaient une faim de loup, le soir. Aussi, généralement, tous les yeux étaient-ils discrètement braqués sur les doubles portes de la cuisine et la procession des serveurs portant les soupières en argent. Ce soir-là, toutefois, il n'en alla pas de même. Le point de mire général était une petite table d'angle près de la fenêtre. Une table dressée comme les autres, avec une nappe blanche, de l'argenterie, des assiettes à bord doré et une petite escouade de verres en cristal. Une table pour une personne. Une table vide.

— On dirait qu'elle a eu la trouille, dit mon père. Je ne la critique pas.

Ma mère lui décocha un de ses regards qui disaient « Tais-toi », annonça que ce soir nous parlerions français et me demanda dans cette langue de lui passer le pain. Je tournais le dos à la porte, j'avais la main sur la corbeille. Tout ce que je sais, c'est que la salle devint silencieuse.

— Ne te retourne pas, siffla ma mère en anglais.

Je me retournai et je la vis, vêtue de velours noir avec ses diamants. Ses cheveux, striés de gris, étaient relevés à l'aide d'un peigne en perles et diamants. L'année précédente, ma mère avait remarqué qu'elle était étonnamment mince pour une chanteuse d'opéra à la retraite. Cette année, elle était maigre, ses pommettes et ses salières étaient impressionnantes tant elles saillaient. Elle se tenait la tête inclinée vers le maître d'hôtel, l'écoutant probablement lui souhaiter la bienvenue. Il souriait, mais cela ne voulait rien dire car il souriait à tout le monde. Personne d'autre ne sourit tandis qu'elle le suivait jusqu'à la table d'angle à l'autre bout de la salle. On entendait presque les craquements des vertèbres cervicales de tous ceux qui se détournaient à son approche. Aucune entrée ne dut être aussi éprouvante que cette longue marche sur le parquet de l'hôtel. En dépit des ordres silencieux que me lançait ma mère, je n'aurais absolument pas pu détourner les yeux de cette femme. Ma désobéissance fut récompensée, comme cela arrive souvent, car je fus témoin de ce qui se passa. Au milieu de la salle à manger silencieuse et de cette centaine de personnes qui faisaient mine de ne pas la remarquer, je vis Silver Stick se mettre debout. A côté de tous ces gens assis, il semblait encore plus grand que d'habitude, sa chevelure d'argent luisant telle la neige sur le Matterhorn au-dessus de son nez en bec d'aigle qui surmontait le blanc et le noir de sa tenue de soirée. Square Bear hésita un instant puis l'imita. Alors qu'elle arrivait à la hauteur de leur table, Silver Stick s'inclina avec toute la dignité d'un homme qui ne s'incline pas souvent ; Square Bear fit de même, encore qu'avec moins d'élégance. Le visage de Square Bear était rouge et troublé, mais pas celui de son compagnon. Elle s'arrêta, leur rendit gravement leur salut en penchant la tête, puis poursuivit son chemin. Le silence dura jusqu'à ce que le maître d'hôtel tire sa chaise et qu'elle s'assoie à sa table. Alors, comme à un signal, serveurs et soupières franchirent les doubles portes, et le brouhaha des conversations et le cliquetis des couverts retentirent de nouveau.

Au petit déjeuner, je ne pus m'empêcher de demander à maman :

— Pourquoi ne l'ont-ils pas saluée ?

Je savais que c'était un sujet tabou, mais je savais aussi que j'étais bizarrement dans une position privilégiée, étant donné l'effet que tout cela était supposé avoir sur moi. Je me demandais quand j'aurais le fin mot de l'histoire. A quatorze ans, dix-huit ans ?

— Ne pose pas de questions idiotes. Et inutile de mettre deux morceaux de sucre dans ton café au lait.

Papa nous proposa de faire un tour en ville, en bas de la vallée, après le déjeuner pour acheter les cadeaux de Noël. Histoire de se distraire. Toutefois, je n'arrivais pas à la chasser de mon esprit. Un peu plus tard dans la matinée, alors que j'étais censée faire une bataille de boules de neige avec des enfants assommants, je gagnai la terrasse de derrière qui surplombait la patinoire. J'espérais l'y voir. Malheureusement, elle était occupée par des débutants bruyants qui ne cessaient de glisser et de hurler. Je les méprisais tant je les trouvais ordinaires.

Je m'étais tournée et je regardais la façade arrière de l'hôtel, ne songeant à rien en particulier, lorsque j'entendis des pas derrière moi et une voix qui disait :

— Est-ce là que vous vous trouviez quand cela s'est passé ?

C'était la première fois que j'entendais la voix de Silver Stick de si près. C'était une voix agréable, profonde mais claire, comme la mer dans une grotte. Il était là, vêtu de sa veste de tweed rugueux et coiffé de sa casquette à oreillettes, à quelques mètres de moi. Square Bear se tenait derrière lui, l'air inquiet, le cou emmitouflé dans une écharpe de laine. Je réfléchis, regardai de nouveau le toit puis le bout de mes pieds.

— Oui, ça doit être ça.

— Holmes, ne croyez-vous pas que nous devrions demander à la mère de cette petite fille... ?

— Ma mère n'était pas là. Mais moi, oui.

Peut-être possédais-je déjà des rudiments de l'art d'occuper le devant de la scène. Il me vint à l'esprit que ce serait formidable s'ils me saluaient comme ils l'avaient saluée.

— Effectivement.

Il ne s'inclina pas, mais parut satisfait.

— Vous voyez bien, Watson, Mlle Jessica ne se conduit pas comme une hystérique.

Je compris que c'était un compliment, aussi le gratifiai-je d'une petite inclinaison de la tête, fruit d'un entraînement patient devant la glace quand Amanda avait le dos tourné. Il sourit, et il y avait plus de chaleur dans ce sourire qu'on n'aurait pu en attendre de la part d'un homme aussi grand et aussi mince.

— Vous ne voyez pas d'inconvénient, j'imagine, à me parler de ce que vous avez vu.

— Pas le moins du monde, dis-je d'un ton affable.

Puis l'honnêteté me poussa à ajouter :

— Seulement je n'ai pas vu grand-chose.

— Ce qui compte, ce n'est pas tellement ce que vous avez vu, mais la netteté avec laquelle vous l'avez vu. Je me demande si vous pourriez raconter au Dr Watson et à moi-même ce que vous avez vu de la façon la plus détaillée possible.

Il s'exprimait d'une voix douce, mais il n'y avait pas de douceur dans les yeux sombres qui étaient rivés sur moi. Je ne veux pas dire qu'ils étaient durs ou cruels, simplement qu'ils contenaient autant d'émotion qu'en aurait contenu l'objectif d'un appareil photo ou d'un télescope. Ses yeux me donnaient une impression bizarre, ce n'était pas de la peur, mais j'avais la sensation d'être devenue réelle comme jamais auparavant. Je savais que raconter avec clarté ce que j'avais vu ce jour-là, un an plus tôt, comptait plus que tout ce que j'avais pu faire jusqu'ici. Aussi fermai-je les yeux et me concentrai-je.

— J'étais juste à cet endroit-là. J'attendais maman et Amanda, nous allions nous promener, et Amanda avait perdu une de ses moufles, comme d'habitude. Je l'ai vu tomber, puis il a heurté le toit au-dessus de la salle à manger et a glissé le long du toit. La neige s'est mise à glisser aussi et il est tombé avec elle. Il a atterri juste là où il y a cette chaise, et la neige lui est tombée dessus à tel point qu'on ne voyait que son bras qui dépassait. Le bras ne bougeait pas, mais je ne savais pas s'il était mort. Des gens sont arrivés en courant, ils ont commencé à repousser la neige, puis quelqu'un a dit que je ne devrais pas être là, alors on m'a emmenée, on m'a ramenée auprès de maman, ce qui fait que je n'étais pas là lorsqu'ils ont déblayé la neige.

Je m'arrêtai, j'étais à bout de souffle. Square Bear avait l'air mal à l'aise, mais les yeux de Silver Stick n'avaient pas changé.

— Lorsque vous attendiez votre mère et votre sœur, vous regardiez de quel côté ?

— Du côté de la patinoire. J'observais les patineurs.

— En effet, cela veut dire que vous tourniez le dos à l'hôtel.

— Oui.

— Et pourtant vous avez vu cet homme tomber ?

— Oui.

— Qu'est-ce qui vous a fait vous retourner ?

Je n'avais pas le moindre doute à ce sujet. C'était l'aspect de mon histoire sur lequel les gens s'étaient focalisés à l'époque.

— Un cri. Il a crié.

— Qu'a-t-il crié ?

— Il a crié : « Pas. »

— Quand ?

J'hésitai. Personne ne m'avait posé cette question auparavant, car la réponse était évidente.

— Quand il est tombé.

— Certes, mais à quel moment de la chute ? Sans doute avant de heurter le toit de la salle à manger, sinon vous ne vous seriez pas retournée à temps pour le voir.

— Oui.

— Or vous vous êtes retournée à temps pour le voir en l'air et tomber ?

— Holmes, je ne crois pas que vous devriez...

— Oh, taisez-vous, Watson. Eh bien, mademoiselle Jessica ?

— Oui. Il était dans l'air et il tombait.

— Et il avait déjà crié. Alors, à quel moment a-t-il crié ?

Je voulais paraître intelligente, me comporter en adulte pour qu'il ait une bonne opinion de moi.

— Je suppose que c'est quand elle l'a poussé par la fenêtre.

Ce fut le visage de Square Bear qui se montra le

plus ému. Il plissa les yeux, devint tout rouge et se mit à faire de petits signes implorants avec ses mains gantées de fourrure, ce qui lui donnait plus que jamais l'air d'un ours. Cette fois, les protestations ne s'adressaient pas à son ami mais à moi. Silver Stick leva la main pour l'empêcher de dire quoi que ce soit, mais son visage avait changé lui aussi ; des rides s'étaient formées sur son front, sa voix était un peu moins douce.

— Qui l'a poussé par la fenêtre ?

— Sa femme, Mme McEvoy.

Je me demandai un instant si je n'allais pas ajouter : « La femme que vous avez saluée hier soir », mais je décidai de me taire.

— Vous l'avez vue le pousser ?

— Non.

— Vous avez vu Mme McEvoy à la fenêtre ?

— Non.

— Et pourtant vous me dites que Mme McEvoy a poussé son mari par la fenêtre. Pourquoi ?

— Parce que tout le monde sait qu'elle l'a fait.

A l'expression qui se peignit sur le visage de Square Bear, je compris que je m'étais complètement trompée. Lui, le brave homme, commença à essayer de me donner des explications.

— Vous voyez, mon petit, après toutes ces années passées avec mon ami Holmes...

De nouveau, on lui fit signe de se taire.

— Mademoiselle Jessica, je suis sûr que cela part d'une bonne intention, mais j'espère que le Dr Watson me laissera m'exprimer moi-même. C'est une erreur de croire que l'âge vous apporte la sagesse ; il y a en revanche une chose que les années vous apportent à coup sûr : c'est l'expérience. Voulez-vous me permettre, au nom de l'expérience sinon de la sagesse, de vous donner un petit conseil ?

Je hochai la tête, son amabilité avait disparu, j'étais terrifiée.

— Mon conseil est le suivant : souvenez-vous que ce que tout le monde sait, personne ne le sait. Vous dites que tout le monde sait que Mme McEvoy a poussé son mari par la fenêtre. Pour autant que je le sache, vous êtes la seule au monde à avoir vu tomber M. McEvoy. Et pourtant, comme vous me l'avez dit, vous n'avez pas vu Mme McEvoy le pousser. Alors qui est ce « tout le monde » prétendant être sûr d'un événement auquel personne n'a assisté ?

On se sent mal quand on ne connaît pas les réponses. J'aurais voulu me montrer à la hauteur, mais inconsciemment il avait appuyé sur le bouton qui, en classe, déclenchait la panique.

— Il était très riche et elle ne l'aimait pas, et maintenant elle est très riche et elle peut faire ce qu'elle veut.

De nouveau, les gants de fourrure de l'ours s'agitèrent. Mais on n'en tint pas compte.

— Donc Mme McEvoy est riche et elle peut faire ce qu'elle veut ? Trouvez-vous qu'elle soit heureuse ?

— Holmes, comment voulez-vous qu'une enfant sache...

Je songeai à la musique, à la fourrure noire qui brillait, aux perles dans ses cheveux. Je secouai lentement la tête.

— Non. Et pourtant elle revient ici, un an jour pour jour après la mort de son mari, à l'endroit dont on pourrait penser qu'elle voudrait l'éviter à tout prix. Elle revient ici sachant ce que les gens disent d'elle, prenant bien soin que tout le monde la voie, gardant la tête haute. Vous imaginez ce qu'elle doit ressentir ?

Cette fois, Square Bear protesta. Comment pouvait-il s'attendre qu'une petite fille comprenne les réactions d'une adulte ? Comment pouvait-on m'en vouloir de répéter les ragots de mes aînés ? « Franchement, Holmes, vous exagérez... » Cette fois, Silver Stick parut d'accord avec lui. Il s'excusa, puis :

— Revenons plutôt à ce que vous avez vu, c'est un terrain plus sûr. Je présume que l'hôtel n'a pas subi de travaux depuis l'année dernière ?

Je me tournai de nouveau pour regarder l'arrière de l'hôtel. Il était exactement comme l'année précédente, les portes vitrées menant de la salle à manger à la terrasse, un toit de tuiles en pente les surplombant. Puis les trois étages réservés aux clients. Les deux étages du haut étaient ceux qui avaient la préférence des visiteurs parce qu'ils étaient dotés de balcons en fer forgé où, par beau temps, on pouvait se tenir pour admirer les montagnes. En dessous se trouvaient les chambres plus petites. Elles avaient moins de succès car, comme elles étaient directement au-dessus de la cuisine et de la salle à manger, elles étaient bruyantes, il y avait des odeurs intempestives et elles n'avaient pas de balcon. Silver Stick dit à Square Bear :

— C'est la chambre qu'ils avaient l'an dernier, au dernier étage, la deuxième à partir de la droite. Si on l'a poussé, il a fallu qu'on le pousse par-dessus le balcon, pas seulement par la fenêtre. Ce qui nécessitait une certaine force.

Il me demanda si j'avais vu M. McEvoy avant qu'il tombe, et je lui répondis que oui, deux ou trois fois.

— Il était petit ?

— Non, au contraire.

— De la même taille que le Dr Watson ici présent ?

Square Bear redressa ses larges épaules comme si on allait l'inspecter.

— Il était plus corpulent.

— Plus jeune ou plus âgé ?

— Oh, très âgé. Aussi âgé que lui.

Square Bear fit un drôle de bruit, et ses épaules s'affaissèrent légèrement.

— Bien, nous avons donc un homme du même âge environ que notre ami Watson, mais plus costaud. Cela a dû être difficile pour une femme de le pousser contre son gré, non ?

— Peut-être qu'elle l'a pris par surprise, qu'elle lui a dit de se pencher, de regarder quelque chose et qu'ensuite elle lui a soulevé les jambes du sol.

Cette théorie ne m'était pas venue toute seule. L'événement avait bien entendu été analysé dans tous ses détails l'année précédente, et mes parents avaient eu beau faire très attention, les rumeurs ne m'avaient pas échappé.

— Voilà qui est surprenant. Et si nous revenions à des choses dont on peut dire qu'elles sont avérées ? La neige, par exemple. Il y avait autant de neige que cette année ?

— Je crois, oui. L'année dernière, elle m'arrivait aux genoux. Cette année, ce n'est pas tout à fait le cas, mais bien sûr j'ai grandi.

Square Bear murmura :

— Ce genre de détail doit être consigné quelque part.

— Certes, mais je n'en remercie pas moins Mlle Jessica de ses précisions. Puis-je vous poser encore une autre question ?

J'acceptai, mais avec méfiance.

— Vous nous avez dit qu'avant de vous retourner et de le voir tomber vous l'aviez entendu crier « Pas ». Sa voix, comment était-elle quand il a crié ?

J'étais intriguée car personne ne m'avait posé cette question auparavant.

— Etait-il en colère ? Est-ce qu'il protestait ? Croyez-vous que c'est comme cela qu'il aurait crié si on l'avait poussé par-dessus le balcon ?

Square Bear parut à deux doigts de protester de nouveau, mais il garda le silence. Les yeux de Silver Stick avaient une fixité telle qu'ils auraient gelé un ruisseau. Voyant que je ne répondais pas immédiatement, il s'obligea à se détendre et à adoucir sa voix.

— Difficile de se rappeler ce genre de chose, n'est-ce pas ? Tout le monde était tellement sûr qu'il s'agissait d'un timbre particulier de voix que cette interprétation s'est imposée à votre esprit. Je voudrais que vous fassiez quelque chose pour moi, si vous le voulez bien. Je veux que vous oubliiez que nous sommes là, le Dr Watson et moi, que vous regardiez la patinoire comme vous le faisiez l'année dernière. Je veux que vous fassiez le vide dans votre esprit, que vous vous imaginiez être l'an dernier.

Je leur tournai le dos. Je regardai les patineurs, puis je fermai les yeux en essayant de me souvenir. Je sentis l'écharpe rugueuse autour de mon cou, le froid qui me mordait les doigts et les orteils. J'entendis le cri et je dus faire un gros effort pour ne pas me retourner et assister à la chute du corps. Lorsque j'ouvris les yeux, je constatai qu'ils attendaient patiemment.

— Je crois que je viens de me souvenir.

— Et que dites-vous du timbre de sa voix ?

Dans ma tête, c'était clair, quoique difficile à exprimer.

— On aurait dit qu'il allait ajouter quelque chose quand il a crié « Pas ».

— « Pas » quoi ?

Silence de nouveau, tandis que je réfléchissais. Puis Square Bear souffla :

— Est-ce que cela aurait pu être un prénom, mon petit ?

— Cessez de lui fourrer des idées dans la tête. Vous avez eu l'impression qu'il allait ajouter quelque chose, mais vous ne savez pas quoi ?

— Oui. Un truc comme « Pas de gâteaux », peut-être.

— Des gâteaux, c'est peu probable. Mais il est très possible qu'il ait dit : « Pas de... » Ah, je vois votre mère et votre sœur qui arrivent. Il va nous falloir mettre un terme à cette fructueuse conversation, j'en ai peur. Je vous félicite de vos dons d'observation. Vous me laisserez vous poser d'autres questions si jamais j'en ai ?

Je fis oui de la tête.

— C'est un secret ?

— Vous tenez à ce que cela en soit un ?

— Holmes, je ne suis pas certain que vous deviez encourager cette jeune fille...

— Mon cher Watson, croyez-en mon expérience, il n'y a rien de plus précieux qu'on puisse confier à un enfant qu'un secret.

Ma mère traversa la terrasse avec Amanda. Silver Stick et Square Bear la saluèrent et nous souhaitèrent une bonne promenade. Lorsqu'elle me demanda de quoi nous avions parlé, je lui dis qu'ils avaient voulu savoir s'il y avait autant de neige l'année dernière et me cramponnai à mon secret, me gardant bien de lui dire que désormais je faisais en quelque sorte équipe avec Holmes. Je m'imaginai lui servant de petit rapporteur.

A la fête donnée pour les enfants la veille de Noël à l'heure du thé, les parents parlaient bas, persuadés que nous étions absorbés par les cadeaux au pied de l'arbre. Mais rien n'aurait pu me distraire de la tâche qu'il m'avait confiée. J'ouvris l'oreille et emmagasinai les moindres paroles en prévision du moment où il me poserait de nouveau des questions. Et j'observai Mme McEvoy alors qu'elle déambulait à travers l'hôtel, la veille et le jour de Noël. Très pâle, très droite dans sa robe noire avec ses bijoux, traînant le silence après elle comme une longue traîne.

Ce fut le lendemain de Noël qu'il refit appel à mes services. Une autre bataille de boules de neige était prévue au programme. Cette fois, les parents y participaient également. Je me tins à l'écart, me postai près d'un petit bouquet de bouleaux, et Silver Stick et Square Bear s'approchèrent de moi.

— J'ai découvert un tas de choses la concernant, dis-je.

— Vraiment ?

— C'était son second mari. Elle en avait eu un autre qu'elle aimait davantage, mais il est mort d'une fièvre. C'était il y a longtemps, ils visitaient l'Egypte.

— Il y a dix ans.

La voix de Silver Stick était lointaine. Il ne me regardait même pas.

— Elle a épousé M. McEvoy il y a trois ans. La plupart des gens ont prétendu que c'était pour son argent, mais une Américaine a dit que M. McEvoy était un homme charmant qui s'intéressait beaucoup à la musique et aux chanteurs. Alors c'était peut-être un de ces mariages où les gens s'aiment bien sans pour autant être amoureux l'un de l'autre, vous voyez ce que je veux dire ?

J'étais assez fière de moi, persuadée de m'en être bien tirée. Je m'étais efforcée d'imiter ma mère parlant à ses amies, je m'étais trouvée plutôt convaincante. C'est pourquoi, déçue par leur absence de réactions, je décidai de faire donner la grosse artillerie :

— Seulement, après leur mariage, ses sentiments à elle se sont un peu refroidis quand elle a découvert qu'il avait un problème d'œil.

— D'œil ?

Une réaction, mais de la part de Square Bear, pas de Silver Stick. Je cherchai le mot juste.

— Oui, il avait l'œil baladeur. Il n'arrêtait pas de reluquer les filles, et elle, ça ne lui plaisait pas du tout.

J'espérais qu'ils comprendraient ce que cela voulait dire. Je ne le savais pas moi-même exactement, mais il est certain que les adultes qui papotaient pendant la petite fête comprenaient, eux. Apparemment, j'avais surestimé ces deux-là : ils restèrent plantés devant moi à me dévisager. Peut-être que Silver Stick n'était pas aussi malin que je le pensais. Je leur offris le dernier petit détail que j'avais récolté, un truc à la portée de tout un chacun :

— J'ai découvert son prénom. Irène.

Square Bear s'éclaircit la gorge. Silver Stick ne souffla mot. Ils regardaient par-dessus ma tête la bataille de boules de neige.

— Holmes, je crois que nous devrions laisser Jessica jouer avec ses amis.

— Pas encore. Il y a une chose que je voudrais

lui demander. Vous souvenez-vous du personnel qui travaillait à l'hôtel à Noël dernier ?

Ce fut pour moi un rude coup et une sévère déception. Je lui parlais d'amour, d'argent et de mariages, et lui me posait des questions sur les domestiques. La déception qu'exprimait mon visage devait ressembler à de la stupidité, car il dit en s'impatientant :

— Mais oui, les gens qui s'occupaient de vous, les bagagistes, les serveurs, les bonnes... Les bonnes, en particulier.

— Ce sont les mêmes, je pense.

Je les passai mentalement en revue. Il y avait Petra, avec ses grosses nattes, qui nous apportait notre chocolat ; la grosse Renata, qui faisait les lits ; Ulrike, aux cheveux gris, qui boitillait.

— Aucun domestique n'a quitté l'établissement ?

— Je ne crois pas.

C'est alors que je me rappelai les boucles blondes s'échappant de sous un petit bonnet de bonne et la voix claire, gaie, qui chantait tout en balayant les couloirs.

— Il y avait Eva, mais elle s'est mariée.

— Avec qui ?

— Franz, le propriétaire du traîneau.

Juste au moment où je prononçais ces mots, le traîneau, ses clochettes d'argent tintinnabulant, filait le long de l'allée avec son petit cheval qui semblait doré au soleil.

— Un bon mariage, pour une bonne.

— Oh, il n'avait pas de traîneau l'an dernier. Il n'était que portier.

— Watson, je crois qu'il va nous falloir faire un tour en traîneau. Vous voulez bien arranger ça avec le concierge ?

J'espérais qu'il m'inviterait à les accompagner, mais il n'en fut pas question. Il avait pourtant l'air d'être de nouveau de bonne humeur, même si je n'en étais pas la cause.

— Mademoiselle Jessica, je vous remercie infiniment. Il se peut que j'aie encore un petit service à vous demander, mais chaque chose en son temps.

J'allai rejoindre à regret la bataille de boules de neige, pendant qu'ils regagnaient l'hôtel.

Cet après-midi-là, tandis que nous nous promenions, ils nous dépassèrent dans le traîneau de Franz. Cette excursion n'avait pas l'air d'être une partie de plaisir. Le beau visage de Franz était grave, et Holmes regardait droit devant lui. Au lieu de se diriger vers la forêt, ils prirent à gauche, au bout de l'allée, pour gagner le village. Notre promenade nous entraîna également vers le village, papa voulant voir un vieil homme qui devait lui sculpter une canne. Lorsque nous descendîmes la petite rue principale, nous vîmes le traîneau et le cheval arrêtés devant un pimpant petit chalet aux volets verts, à deux pas de l'église. Je savais que c'était là que demeurait Franz, et je me demandai ce qu'étaient devenus ses passagers. Une demi-heure plus tard, quand papa en eut terminé avec sa canne, nous remontâmes la rue et nous vîmes Holmes et Watson sur le balcon en compagnie d'Eva, la bonne de l'an dernier. Ses cheveux blonds étaient plus mousseux que jamais, mais elle baissait la tête. Elle semblait écouter attentivement ce que Holmes lui disait et, à sa façon de voûter les épaules, je compris qu'il y avait quelque chose qui n'allait pas.

— Pourquoi Silver Stick lui parle ?

Comme il fallait s'y attendre, Amanda fut grondée : cela ne se faisait pas d'observer les gens et de se mêler des affaires des autres. Etant plus âgée et plus sage, je ne soufflai mot et gardai mon secret enfermé dans mon cœur. Etait-ce Eva qui l'avait poussé ? Allait-il la mettre en prison ? Un sentiment de culpabilité m'animait, mêlé d'une certaine satisfaction, car comment aurait-il su au sujet d'Eva si je ne le lui avais pas dit ? Un peu plus tard, je me postai à la fenêtre dans l'espoir de voir revenir le traîneau, mais il ne revint pas ce jour-là. Au lieu de cela, juste avant qu'il fasse nuit, Holmes et Watson rentrèrent à pied, marchant très vite, ne disant pas un mot.

Le lendemain matin, Square Bear vint trouver maman à l'heure du café.

— Je me demandais si vous laisseriez Mlle Jessica faire une petite promenade avec moi sur la terrasse.

Maman hésita, mais Square Bear paraissait si respectable... Et, de toute façon, on voyait la terrasse de la salle du petit déjeuner. Je mis mon bonnet, ma cape et mes gants, et franchis les portes vitrées pour sortir avec lui dans l'air glacial. Nous restâmes à regarder la patinoire de l'endroit où je me trouvais lorsqu'ils m'avaient adressé la parole pour la première fois. Je savais bien que ce n'était pas par hasard. L'agitation de Square Bear, la tension que je percevais dans sa voix et qu'il n'arrivait pas à dissimuler ne laissaient planer aucun doute là-dessus. Il y avait quelque chose de bizarre sur la terrasse, beaucoup plus de monde que d'habitude, surtout par ce temps. Il devait y avoir peut-être deux douzaines de personnes qui étaient là, en petits groupes, se parlant, attendant.

— Où est M. Holmes ?

Square Bear me regarda ; le froid lui avait fait venir des larmes dans les yeux.

— Eh bien, ma chère petite, en vérité je ne sais pas où il est ni ce qu'il fait. Il m'a donné ses instructions au petit déjeuner et je ne l'ai plus revu depuis.

— Des instructions me concernant ?

Avant qu'il pût répondre, un cri retentit. Un cri d'homme déchirant l'air comme la lame d'une scie et, dans ce cri, un mot : « Pas. » Je me détournai, le souffle coupé, et, comme l'année précédente, je vis quelque chose de sombre dans l'air avec des vêtements qui battaient tout autour. Un hoquet jaillit de la foule massée sur la terrasse, puis on entendit un bruit sourd tandis que la chose heurtait la neige du toit du restaurant et commençait à glisser. J'entendis de nouveau « Pas », et cette fois ce fut ma propre voix car, pour avoir déjà vécu cette scène, je savais ce qui allait suivre : la glissade le long du toit, la chute sur la terrasse à quelques mètres de l'endroit où je me tenais, et le bras qui dépasserait du tas de neige.

Au début, le souvenir fut si fort que je fus persuadée que c'était ce que je voyais. Il me fallut quelques secondes pour me rendre compte que les choses ne se passaient pas comme la première fois. La forme était tombée un petit peu de côté et, au lieu de glisser directement du toit, elle était allée se bloquer contre une petite rambarde, à l'endroit où le bâtiment principal de l'hôtel jouxtait l'annexe. Puis quelqu'un dit d'un ton stupéfait : « Il ne bouge plus. » La forme s'était en effet arrêtée. Elle n'avait pas plongé par-dessus le toit vers la terrasse, mais avait été emportée contre la rambarde et s'était immobilisée à un mètre du bord, formant une énorme boule de neige. Puis elle s'assit, se cramponnant d'une main à la balustrade, couverte de neige de la taille aux pieds. Si cet individu portait un chapeau quand il avait jailli par la fenêtre, il l'avait perdu pendant sa chute, parce que ses cheveux trempés luisaient, argentés, au-dessus de son visage hâlé et souriant. C'était un sourire intérieur, comme si lui seul pouvait apprécier ce qu'il venait de faire.

Alors les remarques fusèrent. Certains réclamaient une échelle, d'autres se mirent à courir, d'autres encore se demandaient ce qui s'était passé. Puis quelqu'un repéra la fenêtre grande ouverte, trois étages au-dessus.

— C'est sa fenêtre. La fenêtre de Mme McEvoy.

— Il est tombé du balcon de Mme McEvoy, comme l'an dernier.

— Mais il n'a pas...

A un moment donné, Square Bear avait dû me poser une main sur l'épaule. Il se pencha, me regarda, me disant que nous devrions rentrer et rejoindre maman. J'aurais voulu qu'il se pousse car je voulais voir Silver Stick sur le toit. Mais maman arriva, enveloppée dans un nuage de parfum et de drame. Il fallut que je rentre, évidemment, mais j'eus juste le temps de voir arriver l'échelle et Silver Stick en descendre les premiers barreaux, un peu raide mais très digne. Et encore une chose. Juste comme il arrivait en bas de l'échelle, les portes vitrées donnant sur la terrasse s'ouvrirent, et elle apparut. Elle n'avait pas été là quand cela s'était produit mais maintenant, dans sa veste de fourrure noire, elle se frayait un chemin à travers la foule comme s'il n'y avait personne. Elle lui tendit la main et le remercia.

Au dîner ce soir-là, elle dîna seule à sa table comme les autres soirs, mais il lui fallut plus longtemps pour l'atteindre. Sa longue traversée de la salle à manger fut encore ralentie par les gens qui voulaient lui parler, lui demander des nouvelles de sa santé, lui dire combien ils étaient contents de la revoir. C'était comme si elle était arrivée cet après-midi-là alors qu'elle était là depuis déjà cinq jours. Il y avait plusieurs bouquets de fleurs sur sa table et du champagne dans un seau en argent. Lorsqu'elle passa devant leur table, Silver Stick et Square Bear s'inclinèrent, se contentant de lui adresser de petits signes de tête polis. Le sourire qu'elle leur adressa faisait penser à un lever de soleil.

On nous expédia au lit aussitôt le potage avalé. Amanda s'endormit immédiatement ; je restai éveillée, furieuse d'être tenue à l'écart. Le salon de nos parents était mitoyen avec notre chambre, et je les entendis rentrer tout animés. Puis, peu de temps après, on frappa à la porte de notre suite, il y eut un murmure de voix, et mon père, un peu interloqué, répondit :

— Mais oui, entrez, bien sûr.

J'entendis alors leurs voix, celle de Square Bear, qui se confondait en excuses, et celle de Silver Stick l'interrompant :

— Nous vous devons une explication, ou plus exactement c'est à votre fille que nous la devons. Le Dr Watson m'a suggéré de vous la fournir, à vous. Vous la transmettrez à Jessica quand vous le jugerez bon. Peut-être quand elle sera un peu plus grande.

Je n'aurais pas été plus furieuse si on avait jeté à tous les vents le contenu d'un coffre m'appartenant : mon secret allait être dévoilé.

Ma première idée fut de me précipiter dans la pièce voisine, en chemise de nuit, pieds nus, et de réclamer des explications. Puis, la prudence l'emportant, je me contentai d'aller entrebâiller la porte de façon à pouvoir mieux entendre et je retournai me coucher sur la pointe des pieds. J'entendis des bruits de chaise, et la voix de Silver Stick :

— Je devrais commencer par vous dire que, pour des raisons sur lesquelles je ne m'étendrai pas, le Dr Watson et moi-même n'avons pas douté un instant de l'innocence d'Irène McEvoy. Seulement, il nous fallait la prouver. Et c'est là que le témoignage de votre fille a eu toute son importance. C'est elle, et elle seule, qui a vu tomber M. McEvoy, et elle seule qui a entendu ce qu'il criait. Avec l'ouïe incroyablement fine de l'enfance, elle a enregistré ce cri de façon aussi précise qu'un phonographe ; elle a compris qu'il ne s'agissait que de la moitié d'un cri et que M. McEvoy, s'il en avait eu le temps, aurait ajouté quelque chose d'autre.

Il y eut un silence. Je m'assis sur mon lit, le couvre-pied ramené autour du cou, m'efforçant de ne pas en perdre une miette.

— « Pas de... » Mais quoi ? M. McEvoy s'attendait à trouver quelque chose, et sa dernière pensée sur terre a été la stupéfaction en constatant l'absence de cette chose, une surprise si violente qu'il a essayé de la crier en même temps qu'il émettait son dernier souffle. Mais c'était quoi, cette chose ? Toute la question est là.

Silence. Il attendit une réponse. Personne ne souffla mot.

— Si vous examinez la façade arrière de l'hôtel depuis la terrasse, vous remarquerez une chose évidente. Les deuxième et troisième étages sont dotés de balcons. Mais pas le premier. Or la chambre occupée par M. et Mme McEvoy avait un balcon. Détail qui ne pouvait échapper au client qui résidait dans cette suite. En revanche, ce qu'il ne savait pas nécessairement, à moins d'être particulièrement observateur, c'est que les chambres du premier étage n'ont pas de balcon. Avant qu'il soit trop tard. J'ai alors échafaudé la théorie suivante : je me suis dit que M. McEvoy n'était pas tombé de la fenêtre de sa chambre mais de celle d'une chambre située plus bas, où logeait quelqu'un d'autre, ce qui expliquerait son cri resté inachevé : « Pas... de balcon. »

Ma mère eut un hoquet. Mon père dit « Bon sang... ».

— Une fois que je fus parvenu à cette conclusion, il restait à savoir ce que M. McEvoy fabriquait dans la chambre de quelqu'un d'autre. Je doute qu'il ait été en train de la cambrioler, c'était quelqu'un de fort riche. C'est donc qu'il était allé voir quelqu'un. Qui ? Et là votre fille m'a rendu service sans le faire exprès. Elle nous a confié en toute innocence une rumeur qu'elle avait entendue circuler, selon laquelle M. McEvoy avait, je cite, « l'œil baladeur ».

Mon père, qui commençait à rire, s'arrêta net. Ma mère se contenta de dire « Vraiment... », d'un ton qui ne présageait rien de bon pour moi.

— Une fois mon attention focalisée là-dessus, la réponse me parut évidente : M. McEvoy était dans la chambre d'hôtel de quelqu'un pour une histoire de galanterie. Mais l'accident s'était produit en milieu de matinée. Une dame a-t-elle jamais donné un rendez-vous amoureux à une heure pareille ? Ce n'était donc pas une dame. Je me demandai alors quel genre de personnes on rencontre dans les chambres d'hôtel en milieu de matinée, et la réponse...

— Juste ciel, la femme de chambre !

La voix de ma mère. Holmes ne parut pas très content d'être interrompu.

— Exactement. M. McEvoy était allé retrouver une femme de chambre. J'interrogeai les uns et les autres afin de savoir s'il n'y avait pas eu une jeune et séduisante femme de chambre qui aurait quitté l'hôtel. Il y en avait une, prénommée Eva. Elle avait épousé le portier en second et lui avait apporté en dot suffisamment d'argent pour qu'il achète ce joli petit traîneau. Une femme de chambre avisée et économe peut se constituer une modeste dot en mettant de côté l'argent de ses pourboires, mais il suffit de regarder ce véhicule pour se rendre compte que la dot d'Eva était loin d'être modeste...

Nouveau rire de mon père, coupé net, probablement par un coup d'œil de ma mère.

— Le Dr Watson et moi sommes allés voir Eva. Je lui ai fait part de mes déductions, et la pauvre petite a confirmé en ajoutant quelques détails : la voix de la gouvernante résonnant dehors, l'habitude de M. McEvoy de se réfugier sur le balcon. Vous allez me dire que la jeune Eva aurait mieux fait d'avouer tout de suite ce qui s'était passé...

— En effet.

— Mais imaginez ce qu'elle risquait. Non seulement elle perdait son travail, mais elle risquait de voir ses fiançailles avec Franz rompues. Et il n'était même pas question que quiconque finisse devant un tribunal. Tout ce petit monde aurait été très heureux d'accepter la version selon laquelle M. McEvoy était tombé accidentellement de sa fenêtre tout en condamnant intérieurement une femme innocente.

Ma mère dit d'un ton nettement moins agressif :

— Mais Mme McEvoy devait savoir la vérité. Pourquoi n'a-t-elle rien dit ?

— Ah, pour répondre à cette question il faut en savoir un peu plus long sur Mme McEvoy. Il se trouve que le Dr Watson et moi-même savons des choses sur elle. Il y a longtemps, avant son premier mariage heureux, Mme McEvoy fut aimée par un prince. Pas un prince particulièrement admirable, mais un prince tout de même. Vous vous imaginez ce que cela a dû être pour une femme comme elle de se voir trompée avec une femme de chambre par un homme qui avait fait fortune en vendant des appareils sanitaires ? Une femme, quand elle est orgueilleuse, préfère passer pour une meurtrière plutôt que de subir une telle humiliation, ne croyez-vous pas ?

Un autre silence, puis ma mère souffla :

— Oui, je crois que je comprends, pauvre femme.

— Irène McEvoy ne voulait pas de la pitié d'autrui. Voilà toute l'histoire. Maintenant, à vous de voir ce que vous voulez révéler à Jessica.

Il y eut des bruits de gens qui se lèvent, puis mon père demanda :

— Et votre petite démonstration de ce matin ?

— Ah, cette mascarade ? Je savais ce qui s'était passé, mais, pour le bien de Mme McEvoy, il fallait prouver au monde qu'elle était innocente. Je ne pouvais demander à Eva de témoigner, car je lui avais donné ma parole que je me tairais. J'avais étudié la pente du toit et l'épaisseur de la neige, et j'étais scientifiquement persuadé qu'un homme tombant du balcon de Mme McEvoy ne pouvait atterrir sur la terrasse. Le résultat, vous le connaissez.

Des bonsoirs furent échangés en sourdine. On les raccompagna jusqu'à la porte. Je les observai par le battant entrouvert. Alors qu'ils arrivaient à la hauteur de l'entrebâillement, Silver Stick, généralement si adroit, fit tomber sa pipe et dut se pencher pour la ramasser. Lorsqu'il se baissa, ses yeux brillants rencontrèrent les miens ; il m'adressa un sourire que je fus la seule à apercevoir. Il savait depuis le début que j'écoutais la conversation.

Quand ils furent partis, papa et maman restèrent assis silencieusement un long moment.

— S'il s'était trompé, il se serait tué, dit enfin papa.

— Oui, c'est comme pour le ski.

— Il a dû beaucoup l'aimer.

— C'est sa logique qu'il aime.

Ma mère, voyez-vous, a toujours eu l'esprit terre à terre.

HOMICIDE INVOLONTAIRE

Joyce Carol Oates

Dans la pièce de John Guare *Bosoms and Neglect*, deux personnages gravement névrosés parlent des auteurs oubliés ou laissés de côté. Lorsque l'un avance le nom de Joyce Carol Oates, l'autre lui demande comment elle peut être oubliée alors qu'elle écrit un livre par semaine. Depuis la publication de son premier roman, *By the North Gate* (1963), Joyce Carol Oates, qui est née en 1938, a été le plus prolifique des écrivains américains importants, produisant en un flot incessant romans, nouvelles, critiques, essais et pièces aussi remarquables sur le plan qualitatif que sur le plan quantitatif. Les écrivains prolifiques risquent souvent de ne pas être pris au sérieux autant qu'ils devraient l'être : quand on écrit aussi vite, quelle valeur cela peut-il avoir ? Joyce Carol Oates a évité cet écueil, et même son intérêt croissant pour le roman policier, à une époque où ce genre littéraire attire bon nombre d'auteurs, n'a pas nui à sa réputation d'écrivain important.

Nombreuses sont les œuvres de Oates qui renferment des éléments empruntés à la littérature policière et au roman à énigme. Citons *Them* (1970), qui a remporté le National Book Award, *Black Water* (1992), version romancée de Chappaquiddick, *Zombie* (1995), histoire d'un tueur en série inspiré de Jeffrey Dahmer, *Blonde* (2000), biographie romancée de Marilyn Monroe. La composante « énigme » est particulièrement présente dans les enquêtes du limier amateur Xavier Kilgaravan dans *The Mysteries of Winterthurn* (1984), qui est, comme l'auteur l'explique dans une postface à l'édition de poche de 1985, « le troisième d'une série de cinq romans expérimentaux qui traitent de l'Amérique du dix-neuvième et du début du vingtième siècle en l'abordant sous l'angle de la littérature de genre ». Pourquoi un écrivain littéraire, un écrivain sérieux comme Oates, choisit-il de s'enfermer dans des structures aussi contraignantes ? Parce que « la discipline formelle qu'impose le *genre*[1] nous conduit inévitablement à une re-vision du monde et de l'art de la fiction ».

Oates, qui entre autres récompenses et dans un autre genre s'est vu décerner le Bram Stoker Award, ne s'est aventurée sur le terrain de la littérature policière que lorsque *Lives of The Twins* (1987), qui parut en Angleterre sous le titre *Kindred Passions*, fut publié sous le pseudonyme de Rosamund Smith. L'identité de Smith, qui devait être un secret, fut révélée presque immédiatement, et les romans ultérieurs furent signés Joyce Carol Oates (gros caractères) écrivant sous le nom de Rosamund Smith (petits caractères).

L'une des plus grandes qualités de Joyce Carol Oates, outre sa prodigieuse capacité à aborder tous

1. Le roman policier et plus particulièrement le roman à énigme. *(N.d.T.)*

les sujets, est la justesse du regard qu'elle porte sur les adolescents gravement perturbés, qualité évidente dans « Homicide involontaire », à quoi il faut ajouter une vivacité de description éblouissante et une véritable originalité dans l'utilisation d'une situation typique de la littérature policière.

Voici ce qu'il affirma.

Il avait regagné l'hôtel particulier de l'East End Avenue après onze heures du soir, trouvé la porte ouverte et, à l'intérieur, sa mère gisant dans une flaque d'encre de calmar sur le parquet au pied de l'escalier. Le haut de son corps, tout tordu, donnait à penser qu'elle avait fait une chute dans l'escalier et s'était rompu le cou. En outre, elle avait été matraquée à mort, l'arrière de son crâne avait été défoncé avec l'un de ses clubs de golf, un fer deux, mais ça, il ne l'avait pas vu, du moins pas tout de suite.

De l'encre de calmar ? Ma foi, oui, le sang lui avait paru noir à la faible lumière du vestibule. C'était un tour que lui jouaient parfois ses yeux quand il était resté trop longtemps sur ses livres ou qu'il n'avait pas suffisamment dormi. Un effet d'optique. On voit quelque chose, mais ce quelque chose s'imprime de façon surréaliste sous une autre forme dans votre cerveau. C'est comme s'il y avait un raté dans votre programme neurologique.

Dans le cas de Derek Peck Junior, mis soudain en présence du corps démantibulé et sans vie de sa mère, c'était un symptôme évident de traumatisme. Le choc, l'immobilité viscérale qui bloque les circuits du chagrin — l'indicible, l'inconnaissable. La dernière fois qu'il avait vu sa mère dans cette robe de chambre matelassée en satin bouton d'or qui lui donnait l'air d'un jouet de Pâques surdimensionné, c'était en tout début de matinée, avant de partir pour l'école. Il était resté absent toute la journée. Et cette transition abrupte, incongrue — ce passage du calcul différentiel à la découverte du corps sur le parquet, des plaisanteries gênées de ses copains du club de maths qui se réunissaient après les cours en fin de semaine pour préparer le SAT[1] au profond et terrible silence de la maison qui lui avait paru, alors même qu'il poussait la porte d'entrée restée mystérieusement ouverte, être un silence hostile, un silence vibrant de terreur.

Il s'était penché au-dessus du corps, l'œil figé d'incrédulité. « Maman ? Maman ! »

Comme si c'était lui, Derek, qui avait fait quelque chose de mal, lui qui devait être puni.

Impossible de respirer normalement. Il était en hyperventilation. Son cœur battait avec tant de violence qu'il faillit s'évanouir. Il était trop éberlué pour se dire : « Peut-être qu'ils sont encore en haut ? » Car, dans l'état de stupeur où il se trouvait, il avait perdu jusqu'à l'instinct de conservation de l'animal.

Oui, et d'une certaine façon il se sentait responsable. Ne lui avait-elle pas instillé un réflexe de culpabilité ? Dès que quelque chose clochait à la maison, c'était sa faute. Depuis qu'il avait fêté ses treize ans — c'était l'âge qu'il avait quand son père, Derek Senior, avait divorcé de sa mère, Lucille —,

1. Scholastic Aptitude Test : test de valeur nationale permettant d'évaluer l'aptitude de l'étudiant à suivre des études supérieures. *(N.d.T.)*

sa mère attendait de lui qu'il se conduise en adulte. Comme impatient de répondre à cette attente, il avait poussé telle une grande asperge, son corps s'était couvert d'un duvet couleur sable, ses yeux avaient pris une expression farouche et fiévreuse. Cinquante-trois pour cent des condisciples, garçons et filles, de Derek à Mayhew Academy étaient issus de « familles de divorcés », et la plupart étaient d'accord pour dire que ce qu'il y avait de pire dans cette situation était qu'il leur fallait apprendre à se comporter comme des adultes, mais des adultes d'une forme mineure, qui ne jouiraient pas de tous leurs droits civiques. Cela n'était pas facile, même pour un stoïque comme Derek Peck, qui avait une certaine expérience de la rue et un QI de... combien déjà ? 158 à l'âge de quinze ans. (Il en avait dix-sept aujourd'hui.) Aussi l'idée fragile qu'il avait de son ego adolescent était-elle sérieusement perturbée : pas seulement l'image de son corps (sa mère l'avait laissé devenir obèse dans sa petite enfance, et l'on dit que cette caractéristique reste irrémédiablement gravée dans les cellules primitives du cerveau), mais également, ce qui était plus embêtant, son identité sociale. Car, s'il lui arrivait de le traiter comme un enfant en bas âge, de lui donner du « Bébé » et du « Mon tout petit », l'instant d'après elle se montrait blessée, elle l'accablait de reproches, l'accusant d'être, comme son père, incapable d'assumer ses « responsabilités morales » envers elle.

Ces responsabilités morales pesaient autant qu'un sac à dos rempli de pierres. Elles lui pesaient dessus, putain de merde, dès le matin, avant même qu'il ait posé le pied par terre.

Penché au-dessus d'elle, tremblant comme une

feuille, secoué de frissons comme sous les assauts d'un vent glacial, il chuchotait : « Maman ? Tu peux pas te réveiller ? Maman, t'es pas... » Impossible de prononcer le mot « morte », qui blesserait Lucille et la mettrait hors d'elle autant que le mot « vieille ». Non que cette femme ait été vaniteuse ou frivole — Lucille Peck était tout sauf cela —, c'était une personne pleine de dignité, comme le disaient avec admiration des femmes qui n'auraient pour rien au monde voulu être à sa place et des hommes qui s'étaient bien gardés de l'épouser. « Maman, je veux pas que tu sois vieille ! » Derek n'aurait jamais marmonné cela tout haut, évidemment. Il se serait contenté de se le murmurer, et fréquemment au cours de l'année écoulée, en voyant le visage de sa mère à l'ossature solide, blême et courageux à la clarté crue du soleil matinal lorsqu'il leur arrivait de descendre ensemble les marches du perron ou lorsqu'elle était dans la cuisine, où la lumière du plafonnier plaquait des ombres cruelles sur sa physionomie, creusant ses orbites et les plis doucement rebondis de ses joues. Deux étés plus tôt, alors qu'il était allé passer six semaines au bord du lac Placide et qu'elle était venue le chercher en voiture à Kennedy, si impatiente de le retrouver, il avait regardé fixement, atterré, les rides impitoyables qui lui faisaient une bouche de brochet et son sourire extatique, et il avait été pris d'un sentiment de pitié auquel avait immédiatement succédé la culpabilité. « Ça se fait pas d'avoir pitié de sa mère, ducon. »

S'il était rentré chez lui aussitôt après les cours. A seize heures. Au lieu de passer un coup de fil en vitesse de chez son copain Andy, qui habitait de l'autre côté du parc, et de laisser sur le répondeur des excuses marmonnées qui sentaient leur coupable à plein nez. « Maman ? Désolé, je crois pas pouvoir rentrer à temps pour dîner ce soir, ça t'embête pas trop ? Le club de maths... groupe... calcul. M'attends pas, c'est pas la peine. » Quel soulagement il avait éprouvé, au milieu de son message elle n'avait toujours pas décroché.

Etait-elle en vie lorsqu'il avait appelé ? Ou déjà... morte ?

« La dernière fois que tu as vu ta mère en vie, Derek ? » lui demanderaient-ils. Et il lui faudrait inventer car il ne l'avait pas vue, pas exactement. Leurs regards ne s'étaient même pas croisés.

Et qu'avait-il dit ? C'était un jeudi, un matin de cours ordinaire, il était à la bourre. Rien de spécial. Pas la moindre prémonition ! Vent glacial d'hiver, il était pressé de quitter la maison, il avait raflé au passage un Coca light dans le réfrigérateur, tellement froid que ça lui avait fait mal aux dents. Regard de reproche flou de sa mère, la robe de chambre matelassée bouton d'or toute virevoltante dans la cuisine, tandis qu'il s'éclipsait sur un sourire doublé d'un « Au revoir, m'man ! ».

Sûr qu'elle avait dû être peinée, son fils unique qui l'évitait. Elle avait toujours été seule, même si elle ne voulait pas en convenir. Même avec toutes les activités qu'elle avait et qui comptaient tellement pour elle : Institut d'art féminin, association de parents de l'East Side, club de remise en forme, tennis et golf à East Hampton en été, abonnements au Lincoln Center. Et avec ses amies : pour la plupart, des divorcées entre deux âges comme elle, avec des enfants en cours d'études secondaires ou supérieures. Lucille était seule, mais en quoi était-il responsable de cette solitude ? Comme si, élève en dernière année de prépa, il était devenu un obsédé des notes et de l'admission à Harvard, Yale,

Brown ou Berkeley, uniquement pour éviter sa mère, à cette heure incertaine et peu chrétienne entre toutes qu'était celle du petit déjeuner.

Mais, mon Dieu, comme il l'avait aimée ! Ça, oui, il l'aimait. Il lui revaudrait ça, une fois ses examens obtenus avec des notes mirobolantes ; il l'emmènerait au Stanhope fêter cela au champagne, puis ils traverseraient la rue pour aller au musée, ils s'offriraient une excursion dominicale mère-fils comme ils n'en avaient pas eu depuis des années.

Comme elle était immobile. Il n'osait pas la toucher. Il respirait par à-coups brefs. Le liquide d'un noir d'encre de calmar sous sa tête avait imprégné les fentes du parquet et s'y était coagulé. Son bras gauche était tendu en un geste de supplication désespéré, la manche maculée de rouge, la main reposait paume en l'air, les doigts crispés telles des griffes acérées. Il aurait pu remarquer que sa montre Movado avait disparu ainsi que ses bagues, à l'exception de l'opale de grand-mère dans sa monture en or — le ou les voleurs n'avaient pas réussi à l'arracher de son doigt gonflé ? Il aurait pu remarquer qu'elle avait les yeux révulsés de façon asymétrique, l'iris droit ayant pratiquement disparu et le gauche brillant tel un croissant de lune ivre. Il aurait pu remarquer que l'arrière de son crâne avait été réduit en bouillie tel un melon éclaté, mais il y a des choses concernant sa mère que, par tact et par délicatesse, on préfère ne pas voir. Les cheveux de maman, pourtant — ce qui lui restait de mieux, disait-elle. Châtain argenté plutôt clair, un peu rêches, d'une teinte naturelle évoquant les Wheaties. Les mères de ses condisciples espéraient toutes se rajeunir, se donner un air glamour avec des cheveux teints ou décolorés, mais pas Lucille Peck, ce n'était pas son genre. On s'attendait que ses joues soient roses sans maquillage, et, dans ses bons jours, elles l'étaient.

A cette heure-ci, les cheveux de Lucille auraient dû être secs depuis longtemps, car sa douche, il y avait belle lurette qu'elle l'avait prise, Derek se souvenait vaguement de la salle de bains du premier pleine de buée. Des miroirs. Billets pour un concert ou un ballet ce soir-là au Lincoln Center ? Lucille et une amie. Derek n'était pas au courant. Ou alors il avait oublié. Comme pour le club de golf, le fer deux. Dans quel placard ? En haut ou en bas ? Les tiroirs de la commode de la chambre de Lucille saccagés, son propre Macintosh tout neuf enlevé de son bureau, abandonné par terre près de la porte comme si... quoi ?... comme s'ils avaient changé d'avis à la dernière minute, décidé de ne pas l'emporter. Ils devaient chercher du liquide pour s'acheter de la drogue. Voilà le mobile !

« Qu'est-ce qu'il va faire, Booger, maintenant ? Qu'est-ce qu'il va faire, hein ? »

Il se décida enfin à la toucher. Tâtonnant à la recherche de la grosse artère le long du cou — catéroïde ? cartoïde ? Elle aurait dû battre sous son doigt, mais non. Et sa peau moite et froide. Il retira vivement sa main comme s'il s'était brûlé.

Bordel de Dieu, était-ce possible ? Lucille était morte ?

Et c'est lui qu'on tiendrait pour responsable ?

« Putain, ce Booger ! Un allumé de la tête, ce mec. »

Narines frémissantes. Larmes aux yeux. La panique s'emparait de lui, il lui fallait demander de l'aide. Il était temps ! Mais il n'aurait pas fait attention à l'heure, n'est-ce pas ? 23 h 48. Sa montre était une élégante Omega à cadran noir qu'il avait achetée avec ses sous, mais il n'aurait pas été conscient de l'heure exacte. Il aurait dû composer le 911, mais... Et si les fils du téléphone avaient été arrachés ? (Le téléphone avait-il été mis hors service ?) Ou alors si l'un des tueurs de sa mère attendait dans la cuisine obscure près du combiné, s'apprêtant à le tuer, lui ?

Il fut pris de panique et perdit les pédales. Courut jusqu'à la porte d'entrée, trébuchant et criant dans la rue où un taxi ralentissait pour laisser descendre un couple d'un certain âge qui habitait l'hôtel particulier mitoyen. Le chauffeur et ses clients regardèrent cet adolescent éperdu au visage crayeux dans un duffel-coat non boutonné, tête nue, qui courait dans la rue en hurlant : « Au secours ! Au secours ! On a tué ma mère ! »

UNE HABITANTE DE L'EAST SIDE ASSASSINÉE
LE VOL SEMBLE ÊTRE LE MOBILE DU CRIME

Dans une édition du soir du *New York Times* du vendredi, la mort par matraquage à l'aide d'un club de golf de Lucille Peck, que Marina Dyer avait jadis connue sous le nom de Lucy Siddons, figurait en première page de la rubrique « Métro ». L'œil de Marina balaya rapidement la page et se fixa sur le visage, plus tout jeune, un peu bouffi mais parfaitement reconnaissable, de son ancienne camarade de Finch.

— Lucy ! Non.

On comprenait tout de suite que c'était la photo d'une morte : l'emplacement en haut, au centre de la page, la célébration d'une personne sans importance culturelle ou civique particulière, comme sans beauté. Pour les lecteurs du *Times*, tout l'intérêt journalistique de l'événement résidait dans l'adresse de la victime, laquelle avait habité non loin de chez le maire. Le message en filigrane était : « Même chez les riches, qui pourtant restent entre eux, pareil sort et pareille violence sont possibles. »

Choquée mais poussée par un intérêt tout professionnel, elle était avocate, Marina lut l'article qui se poursuivait à l'intérieur du journal avec une brièveté décevante. C'était tellement familier qu'on aurait dit une ballade. « L'une d'entre nous », blanche, entre deux âges, respectueuse de la loi, non armée, avait été surprise et sauvagement assassinée au sein de sa demeure ; un objet signant l'appartenance à une classe de privilégiés, un club de golf, avait été utilisé par le tueur comme arme du crime. Le ou les intrus, selon la police, cherchaient probablement de l'argent liquide pour se procurer de la drogue. C'était un crime sauvage, bâclé, primitif ; un crime « absurde » ; l'une de ces affaires de cambriolage dans l'East Side restées non élucidées depuis le mois de septembre précédent, la première toutefois à se conclure par un meurtre. Le fils adolescent de Lucille Peck avait, en rentrant chez lui vers vingt-trois heures, trouvé la porte ouverte et sa mère décédée vraisemblablement depuis cinq bonnes heures. Interrogés, les voisins avaient déclaré n'avoir rien entendu de suspect venant de chez les Peck, mais plusieurs avaient ajouté qu'ils avaient vu des inconnus « louches » dans le quartier. La police « menait son enquête ».

Pauvre Lucy !

Marina nota que son ancienne condisciple avait quarante-quatre ans, soit un an de plus qu'elle ; qu'elle avait divorcé en 1991 d'avec Derek Peck, cadre dans les assurances, qui résidait actuellement à Boston ; qu'elle ne laissait qu'un enfant, Derek Peck Junior, une sœur et deux frères. Quelle fin pour Lucy Siddons, qui, dans le souvenir de Marina, brillait d'une vitalité débordante : Lucy qu'on ne pouvait arrêter, l'infatigable Lucy, Lucy au grand cœur. Lucy, qui, à deux reprises, avait été présidente de la promotion 1970 de Finch, dont elle était une ancienne élève active. Lucy, que toutes les filles avaient admirée quand elles ne l'avaient pas adorée. Lucy, qui avait été si gentille avec la timide Marina Dyer, qui bégayait et louchait.

Elles avaient beau avoir vécu toutes les deux à Manhattan pendant toutes ces années, Marina dans une maison à elle sur la 76e Ouest, à deux pas de Central Park, cinq ans s'étaient pourtant écoulés depuis la dernière fois où Marina avait vu Lucy, à l'occasion des vingt ans de leur promotion ; et plus longtemps encore depuis qu'elles avaient eu une conversation suivie. A moins qu'elles n'aient jamais eu ce genre de conversation.

« C'est le fils qui a fait le coup », songea Marina en repliant le journal. Elle ne disait pas cela très sérieusement, mais cette idée collait avec son scepticisme professionnel.

« Boogerman ! Merde, fan-tas-ti-que. »

D'où était-il venu ? Du cœur en fusion de l'Univers. A l'instant du Big Bang. Avant ça il n'y avait rien, et après il y avait tout : du foutre cosmique. Car tous les êtres pensants sont issus d'une seule et même source, source depuis longtemps disparue et tarie.

Plus on réfléchissait aux origines, moins on savait

de choses. Il avait étudié Wittgenstein — « Ce dont on ne peut parler, il faut le taire. » (Document photocopié pour le cours sur les arts de la communication ; le prof, un type jeune et cool, avec un doctorat de Princeton.) Il croyait pourtant se rappeler les circonstances de sa naissance. En 1978, à la Barbade, où ses parents étaient allés passer une semaine fin décembre. Prématuré de cinq semaines, il avait beaucoup de chance d'être encore en vie. Bien que la Barbade fût un accident, dix-sept ans plus tard il voyait dans ses rêves un ciel cobalt, des rangées de palmiers perdant leur écorce telles des écailles, des oiseaux tropicaux au plumage pétant de couleur ; une grosse lune blanche qui pendait dans le ciel comme le gros ventre de sa mère, les nageoires dorsales des requins formant une crête au-dessus des vagues comme dans le jeu vidéo des Death Raiders auquel il avait été accro au lycée. Les ouragans affolés l'empêchaient de dormir normalement la nuit. Un tintamarre de voix, telles des âmes qui se noient sur une plage.

Il était à fond dans Metallica, Urge Overkill, Soul Asylum. Ses héros étaient des mecs qui faisaient dans le heavy metal et n'avaient jamais réussi à figurer au Top Ten ou, s'ils y étaient parvenus, en étaient ressortis aussi sec. Il admirait les losers qui se supprimaient à coups d'overdose comme si la mort n'était qu'une vaste blague, un dernier « Va te faire foutre ! » à la face du monde. Mais il était innocent, il n'avait pas fait à sa mère ce qu'ils prétendaient, sacré bon sang. Absolument incroyable, bordel de merde, ahurissant, lui, Derek Peck Junior, avait été arrêté et allait être jugé pour un crime perpétré contre sa mère qu'il avait tellement aimée ! Perpétré par des animaux (la couleur de leur peau, il n'avait pas de mal à la deviner) qui lui auraient défoncé le crâne à lui aussi, comme on casse un œuf, s'il avait franchi cette porte cinq heures plus tôt.

Elle ne s'attendait pas à tomber amoureuse, elle n'était pas du genre à s'éprendre d'un client. Voilà pourtant ce qui se passa : il lui suffit de le voir, de voir ses yeux implorants couleur porto levés vers elle, « Au secours ! Sauvez-moi ! », pour craquer.

Derek Peck Junior ressemblait à un ange de Botticelli en partie effacé, sur lequel serait repassé le pinceau sans délicatesse d'Eric Fischl. Ses épais cheveux pas lavés et raides de gel formaient deux ailes symétriques et encadraient un visage allongé à l'ossature élégante. Ses membres d'une longueur presque simiesque étaient agités de tics. Ses épaules étaient hautes et étroites, son torse décidément concave. On lui aurait donné quatorze ans comme vingt-cinq. Il était d'une génération tellement éloignée de celle de Marina Dyer qu'il aurait pu appartenir à une autre espèce. Il portait un tee-shirt SOUL ASYLUM sous une veste Armani froissée couleur limaille, un pantalon à rayures Ralph Lauren taché à l'entrejambe et des Nike. De petites veines bleues battaient follement à ses tempes. C'était un petit jeune homme qui sniffait de la coke et qui avait réussi jusqu'à présent à éviter les ennuis, à en croire Derek Peck Senior, lequel, sur les discrètes instances de Marina, avait organisé une entrevue entre l'avocate et son fils : probablement un matricide doublé d'un psychopathe, qui, non content de clamer son innocence, semblait également en être persuadé. Il se dégageait de sa personne une odeur riche et complexe, mi-organique, mi-chimique. Il avait le teint chaud, une peau de la couleur et de la texture de la farine d'avoine roussie. Ses narines étaient ourlées de rouge, d'un rouge de feu qui couve, et ses yeux, d'un vert-jaune pâle proche de l'acétylène, semblaient inflammables. On n'avait pas envie d'approcher une allumette de ces yeux-là, et encore moins d'y plonger son regard.

Lorsque Marina Dyer fut mise en présence de Derek Peck, le jeune homme l'observa d'un air avide. Sans pour autant se lever, comme les autres hommes présents dans la pièce. Il se pencha en avant sur sa chaise, faisant saillir les tendons de son cou, et l'effort qu'il faisait pour voir, réfléchir, se lisait à l'œil nu sur son jeune visage. Sa poignée de main commença par être hésitante puis devint soudain ferme, décidée, comme celle d'un adulte, douloureuse. Sans sourire, l'adolescent rejeta en arrière les cheveux qui lui mangeaient les yeux tel un cheval redressant sa belle tête, et Marina Dyer eut l'impression d'être traversée par un courant électrique. Cette sensation, il y avait longtemps qu'elle ne l'avait pas éprouvée.

De sa douce voix de contralto qui ne trahissait aucune émotion, Marina dit :

— Bonjour, Derek.

C'est dans les années 1980, époque riche en scandales et en procès de célébrités, que Marina Dyer s'était taillé une réputation de brillante avocate ; parce qu'elle était brillante effectivement, qu'elle travaillait d'arrache-pied et que, malgré son physique, elle réussissait à en imposer. Il y avait de l'audace et un sens certain de la mise en scène dans sa façon de se positionner devant une salle d'audience, lieu majoritairement peuplé d'hommes.

Physiquement, elle sidérait : elle avait l'air effacé et timide d'une femme qu'il est facile d'ignorer mais qu'on avait tout intérêt à ne pas sous-estimer. Elle s'arrangeait avec une précision méticuleuse et une absence totale de charme trahissant une souveraine indifférence pour la mode et un goût de l'intemporel. Elle relevait ses cheveux couleur moineau en un chignon de ballerine ; ses tailleurs préférés étaient des Chanel dans des tons éteints de moisson et de souples cachemires foncés, les vestes donnant du volume à sa carrure étroite, les jupes toujours sagement à mi-mollet. Ses chaussures, ses sacs, ses porte-documents en cuir italien d'une finesse exquise étaient coûteux mais discrets. Lorsque l'un de ces articles commençait à donner des signes de fatigue, Marina le remplaçait par un article identique qu'elle achetait toujours dans le même magasin de Madison Avenue. Son œil gauche, qui louchait légèrement, ce que d'aucuns avaient trouvé charmant, elle l'avait fait opérer depuis longtemps. Ses yeux maintenant bien dans l'axe se braquaient sur vous farouchement. D'un marron perpétuellement humide et luisant, ils brillaient parfois d'une lueur de fanatisme, mais d'un fanatisme exclusivement professionnel, d'un fanatisme mis au service des intérêts de ses clients, qu'elle défendait avec une ferveur légendaire. Petite, Marina gagnait en stature et en autorité dans les lieux publics. Dans une salle d'audience, sa voix normalement ténue gagnait en volume, changeait de timbre. Plus un client était difficile à présenter comme non coupable devant des jurés, plus son enthousiasme croissait, et à certains moments (ses confrères, admiratifs, en avaient fait un sujet de plaisanterie) son visage ascétique et sans grâce brillait de l'éclat de la sainte Thérèse du Bernin en extase. Ses clients étaient des martyrs, les avocats de l'accusation des persécuteurs. Il y avait dans les plaidoiries de Marina Dyer une force, un élan spirituel que les jurés étaient incapables d'expliquer après coup quand leurs verdicts venaient à être contestés. « Il aurait fallu que vous soyez sur place, que vous l'entendiez, pour comprendre. »

Le premier des succès de Marina à avoir été largement répercuté dans les médias avait été la défense d'un membre du Congrès résidant à Manhattan qui avait été accusé d'extorsion et de subordination de témoins ; le deuxième avait été la défense, discutable, d'un artiste noir accusé de viol et de voies de fait sur la personne d'une groupie droguée qui s'était introduite dans sa suite au Four Seasons. Elle avait également eu pour clients un important « trader » de Wall Street, très photogénique au demeurant, accusé de détournement de fonds, d'escroquerie et d'entrave au cours de la justice ; une journaliste inculpée de tentative de meurtre sur la personne d'un amant marié qu'elle avait blessé par balle ; des citoyens moins en vue mais tout aussi dignes d'intérêt, et dont la défense représentait un véritable défi. Les clients de Marina n'étaient pas systématiquement acquittés mais leurs peines, compte tenu de la forte probabilité de leur culpabilité, étaient considérées comme légères. Parfois ils n'allaient même pas en prison, ils faisaient seulement un séjour dans un centre de réadaptation ; ils payaient des amendes, effectuaient des travaux d'intérêt général. Marina Dyer avait beau éviter la publicité, elle récoltait des compliments de tous les côtés. Après chaque victoire, ses honoraires grimpaient. Elle n'était pourtant ni cupide ni même ambitieuse. Sa vie était son travail et son travail sa vie. Evidemment, elle avait connu quelques échecs, au début de sa carrière, lorsqu'il lui était arrivé de défendre des innocents ou des presque innocents pour une somme modique. Avec les innocents, on court le risque qu'ils extériorisent leurs émotions, qu'ils craquent, bafouillent au moment crucial à la barre des témoins. Le risque qu'ils explosent sous l'empire de la colère ou du désespoir. Avec des menteurs accomplis, on sait où on va, on peut compter sur eux pour fournir une prestation satisfaisante. Les meilleurs, ce sont les psychopathes : ils mentent comme ils respirent et, de plus, ils croient dur comme fer à ce qu'ils racontent.

Le premier entretien de Marina Dyer avec Derek Peck Junior dura plusieurs heures et fut tendu, épuisant. Si elle se chargeait de sa défense, ce serait la première fois qu'elle plaiderait dans une affaire de meurtre ; cet adolescent de dix-sept ans serait son premier client accusé de meurtre. Et quel meurtre : un matricide. Jamais elle ne s'était entretenue de si près avec un client comme Derek Peck. Jamais elle n'avait pendant de longs moments silencieux plongé son regard dans des yeux comme les siens. La véhémence avec laquelle il se proclamait innocent était impressionnante. Sa rage à l'idée qu'on pût douter de son innocence était fascinante. Ce jeune homme avait-il tué de cette façon ? « Transgressé » ? Violé la loi qui était la raison de vivre de Marina Dyer, comme si cela avait aussi peu d'importance que de froisser entre ses mains un sac en papier avant de le jeter ? L'arrière du crâne de Lucille Peck avait été défoncé d'au moins vingt coups de club de golf. Sous sa robe de chambre, son corps nu et flasque avait été roué de coups, battu jusqu'au sang ; ses organes génitaux avaient été sauvagement lacérés. Un crime odieux, un crime violant un tabou. Un crime de tabloïd, qui ne pouvait que titiller le public.

Dans son tailleur Chanel tout neuf en laine d'un lie-de-vin évoquant le noir d'un habit de religieuse, avec son chignon sans concession qui donnait à son profil l'âpreté d'un lupin vu par Avedon, Marina Dyer contemplait l'adolescent qui était le fils de Lucy Siddons. Ça l'excitait plus qu'elle n'aurait souhaité l'admettre. Songeant : « Je suis intouchable. Je suis intacte. » C'était la vengeance parfaite.

Lucy Siddons. Ma meilleure amie, je l'avais tellement aimée. J'avais déposé dans son casier, pour son anniversaire, une petite carte et un foulard de soie rouge, et des jours s'étaient écoulés avant qu'elle pense à me dire merci, un merci chaleureux malgré tout, assorti d'un vibrant sourire tout en dents. Lucy Siddons si populaire, si à l'aise au milieu des snobinardes de Finch, qui passaient leur temps à l'imiter. Malgré son teint brouillé, ses dents de cheval, ses cuisses lourdes et sa démarche dandinante de canard dont on se moquait, mais tellement affectueusement. Le secret de Lucy, c'est qu'elle avait de la personnalité. Ce facteur mystérieux qu'il est impossible d'acquérir. On l'a ou on ne l'a pas. Se demander en quoi il consiste est signe qu'on n'en aura jamais. En plus, Lucy était bonne, elle avait bon cœur. C'était une chrétienne pratiquante issue d'une riche famille épicospalienne de Manhattan célèbre pour ses bonnes œuvres. Elle faisait signe à Marina Dyer de venir se mettre près d'elle et de ses amies à la cafétéria, tandis que ces dernières restaient assises sans bouger, un sourire figé aux lèvres ; elle prenait la squelettique Marina Dyer dans son équipe de basket en cours de gymnastique, alors que les autres râlaient. Mais Lucy était bonne, si bonne. Les laissées-pour-compte de Finch avaient automatiquement droit à sa pitié, qui coulait telle de la menue monnaie de ses poches.

« Est-ce que j'ai aimé Lucy Siddons pendant ces trois ans ? Oui, j'ai aimé Lucy Siddons comme je n'ai jamais aimé personne depuis. Mais d'un amour chaste et pur. Un amour à sens unique. »

Le montant de la caution avait été fixé à trois cent cinquante mille dollars, caution que son père affolé avait bien sûr payée. Depuis le récent raz-de-marée républicain aux élections, il était question de rétablir la peine capitale dans l'Etat de New York. Pour le moment, toutefois, aucune condamnation pour meurtre n'avait été prononcée, seulement pour homicide involontaire, et cela même pour les plus extrêmes et les plus prémédités des crimes. Comme celui de Lucille Peck, qui suscitait hélas tellement de publicité dans les journaux, les magazines, à la télévision et à la radio que Marina Dyer commençait à se demander si son client pourrait avoir droit à un procès équitable à New York. Derek était blessé, indigné : « Pourquoi l'aurais-je tuée ? Si quelqu'un l'aimait, c'était moi ! geignait-il d'une voix enfantine tout en extirpant une autre cigarette de son paquet de Camel écrabouillé. Putain, j'étais le seul qui l'aimait dans ce bon dieu d'univers ! » Chaque fois que Derek voyait Marina, il lui servait ce couplet sous cette forme ou sous une autre. Ses yeux luisaient de larmes d'indignation, il était outré. Des inconnus s'étaient introduits chez lui, ils avaient tué sa mère, et c'était à lui qu'on voulait faire porter le chapeau ! Non mais vous vous rendez compte ! Sa vie et celle de son père avaient été bouleversées, ravagées comme par une tornade ! Derek pleurait de colère, s'ouvrant à Marina comme il se serait ouvert le sternum pour mettre à nu son pauvre cœur palpitant de fureur.

Instants d'une grande intensité dramatique, qui laissaient Marina pantelante des heures durant.

Marina notait cependant que Derek ne disait jamais « ma mère » ou « maman », mais toujours « elle » pour parler de Lucille Peck. Lorsqu'elle lui avait dit en passant qu'elle avait connu Lucille au collège des années plus tôt, le jeune homme n'avait pas semblé y prêter attention. Sourcils froncés, il était occupé à se gratter le cou. Marina avait répété doucement : « Lucille était quelqu'un d'important à Finch. Une amie chère. » Mais Derek n'avait pas paru l'entendre davantage.

Le fils de Lucy Siddons, qui ne lui ressemblait pratiquement pas. Ses yeux de feu, son visage anguleux, sa bouche comme ciselée. Et qui puait la sexualité comme puaient ses cheveux sales, son tee-shirt et son jean. Pour autant que Marina pût en juger, il ne ressemblait pas non plus à Derek Peck Senior.

Dans l'annuaire de Finch de 1970, il y avait de nombreuses photos de Lucy Siddons et des autres filles de la classe qui étaient populaires, et, sous leurs visages souriants, la liste impressionnante des multiples activités auxquelles elles s'adonnaient. Sous l'unique portrait de Marina Dyer, la légende était brève. Elle avait certes été bonne élève, mais populaire, cela jamais, malgré ses efforts. Elle se consolait avec des « J'attends mon heure, mon tour viendra ».

Et c'est effectivement ce qui s'était produit, comme dans un conte de fées où récompenses et châtiments sont distribués à qui de droit.

Le regard atone, Derek Peck récitait rapidement son histoire, son « alibi », comme il l'avait récitée à maintes reprises aux autorités. Sa voix ressemblait à une voix d'ordinateur. Les heures ; les adresses précises ; les noms des camarades qui jureraient qu'il ne les avait pas quittés d'une semelle ; le trajet en taxi à travers Central Park pour regagner East End Avenue ; le choc de la découverte du corps au pied de l'escalier, à deux pas de l'entrée. Marina l'écoutait, fascinée. Elle se refusait à penser que c'était un récit inventé sous l'empire de la cocaïne et qui se serait imprimé de façon indélébile sur le cerveau reptilien de l'adolescent. Ce récit, il n'en démordait pas. Il ne réussissait pas à rendre compte des détails embarrassants figurant dans le rapport des enquêteurs : chaussettes de Derek maculées du sang de Lucille Peck jetées au sale, sous-vêtements en bouchon retrouvés sur le carrelage de la salle de bains de Derek, encore humides à minuit de la douche qu'il prétendait avoir prise à sept heures du matin, mais qu'il avait dû prendre à sept heures du soir, avant de se tartiner les cheveux de gel et de s'habiller en punk de chez Gap pour une soirée dingue et branchée avec ses potes heavy metal. Et les taches de sang de Lucille Peck sur les carreaux de la douche de Derek, qu'il n'avait pas remarquées ni effacées. Et le coup de fil sur le répondeur de Lucille, expliquant qu'il ne pourrait pas être à la maison pour dîner, qu'il prétendait avoir passé vers quatre heures de l'après-midi mais avait vraisemblablement dû donner vers dix heures du soir d'un club de SoHo.

Ces contradictions, et d'autres, mettaient Derek en rage au lieu de le troubler, comme si elles constituaient des défauts dans le tissu de l'univers dont il ne pouvait guère être tenu pour responsable. Il était convaincu comme peut l'être un enfant que tout devait plier devant ses désirs, son insistance. Ce à quoi il croyait dur comme fer, comment cela pouvait-il ne pas exister ? Certes, argumentait Marina Dyer, il était possible que le véritable meurtrier de Lucille Peck ait délibérément taché de sang les chaussettes de Derek et les ait mises au sale pour le compromettre ; que le ou les tueurs aient pris la peine de se doucher dans la salle de bains de Derek et aient laissé bien en évidence ses sous-vêtements humides et bouchonnés. Et il était absolument impossible de tirer le moindre enseignement du fait que le répondeur enregistrait toujours les messages dans leur ordre exact d'arrivée. (Il y avait eu cinq appels sur le répondeur de Lucille le jour de sa mort, répartis sur toute la journée ; celui de Derek était le dernier.)

L'adjoint du district attorney chargé de l'affaire déclara que Derek Peck Junior avait un mobile fort simple pour tuer sa mère : l'argent. Ses cinq cents dollars d'argent de poche mensuel n'avaient manifestement pas suffi à couvrir ses dépenses. Mme Peck avait retiré à son fils sa carte Visa en janvier, après qu'il eut dépensé plus de six mille dollars ; des proches firent état de tensions entre la mère et le fils ; des camarades de classe de Derek déclarèrent que le bruit courait qu'il devait de l'argent à des dealers et qu'il craignait de se faire descendre. Et Derek avait, selon des copains, manifesté le désir de se faire offrir une Jeep Wrangler pour son dix-huitième anniversaire. En supprimant sa mère, il pouvait compter empocher la bagatelle de quatre millions de dollars, il était en outre le bénéficiaire d'une police d'assurance vie d'un montant de cent mille dollars, l'héritier du bel hôtel particulier de trois étages de l'East End estimé à deux millions et demi de dollars, d'une propriété à East Hampton et de biens de valeur. Pendant les cinq jours qui s'étaient écoulés entre la mort de Lucille Peck et l'arrestation de Derek, ce dernier avait dépensé plus de deux mille dollars, pris d'une frénésie d'achats qui avait été mise sur le compte du chagrin. Derek était loin par ailleurs d'être l'étudiant modèle de classe préparatoire qu'il prétendait être : il avait été renvoyé de Mayhew Academy deux semaines en janvier pour s'être conduit en « perturbateur », et tout le monde savait que lui et un autre garçon avaient au cours de leur scolarité triché à une batterie d'examens. Il obtenait des résultats déplorables dans toutes les matières sauf en esthétique postmoderne, cours où films et bandes dessinées de Superman, Batman, Dracula et Star Trek étaient méticuleusement déconstruits sous la houlette d'un enseignant formé à Princeton. Il y avait un club de maths aux réunions duquel Derek avait assisté de façon sporadique, mais il ne s'y était pas rendu le soir de la mort de sa mère.

Pourquoi ses camarades de classe racontaient-ils des mensonges à son propos ? Derek était triste, blessé. Son meilleur ami, Andy, s'était retourné contre lui !

Marina ne pouvait s'empêcher d'admirer les réactions de son jeune client face au rapport accablant des policiers : il niait simplement tout en bloc. Ses yeux flamboyants s'embuaient de larmes d'innocence et d'incrédulité. Le ministère public était l'ennemi, et l'ennemi avait monté un dossier contre lui pour lui faire endosser un meurtre non élucidé parce qu'il était un adolescent vulnérable. D'accord, il aimait le heavy metal, il avait goûté à la drogue, mais comme tous ses copains, merde ! Il n'avait pas assassiné sa mère et il ne savait pas qui l'avait assassinée.

Marina s'efforçait d'être objective, détachée. Elle était certaine que personne, et assurément pas Derek, n'était au courant de ses sentiments pour lui. Son comportement était résolument professionnel et il le resterait. Elle pensait pourtant constamment à lui, cela tournait à l'obsession ; il était devenu le pivot émotionnel de sa vie, c'était comme si elle était enceinte de lui et portait son esprit angoissé et révolté. « Au secours ! Sauvez-moi ! » Elle en était venue à oublier les moyens subtils et détournés qu'elle avait utilisés pour s'imposer à l'attention de Derek Peck Senior, et commençait à se dire que c'était Derek Junior qui l'avait lui-même choisie. Sans doute Lucille avait-elle parlé d'elle à son fils : son ancienne camarade de classe et amie Marina Dyer, devenue une avocate de renom. Peut-être avait-il vu sa photographie quelque part. C'était sûrement plus qu'une coïncidence.

Elle interrogea les proches, les voisins, les amis de Lucille Peck. Aidée de deux assistantes, elle rassembla les éléments d'un volumineux dossier ; elle frissonnait de plaisir à la perspective du procès imminent au cours duquel, telle une Jeanne d'Arc en armes, elle piloterait son client harcelé. La presse disséquerait l'affaire, la presse ferait d'eux des martyrs. Malgré tout ils triompheraient, cela ne faisait aucun doute.

Derek était-il coupable ? Et, si oui, de quoi ? S'il ne pouvait se rappeler ses faits et gestes, était-il coupable ? « Si je le fais venir à la barre, qu'il se présente devant la cour comme il se présente devant moi... comment le jury pourrait-il ne pas le croire ? » se disait Marina.

Cinq, six, dix semaines s'étaient écoulées depuis la mort de Lucille Peck, et cette mort, comme toutes les morts, sombrait rapidement dans l'oubli. Le procès qui devait commencer à la fin de l'été se profilait à l'horizon, lancinant, torturant, telle la première d'une pièce en cours de répétition. Marina plaiderait bien entendu non coupable pour le compte de son client, lequel avait refusé d'envisager tout autre système de défense. Du fait qu'il était innocent, il ne pouvait pas plaider coupable d'un chef d'inculpation moins grave — homicide involontaire ou par imprudence, par exemple. A Manhattan, dans le milieu juridique, tout le monde pensait que dans cette affaire l'avocate commettait une erreur monumentale en allant au procès, mais Marina ne voulait pas entendre parler d'une autre solution ; aussi inflexible que son client, elle ne négocierait sous aucun prétexte. Sa défense serait fondée sur une réfutation systématique des arguments présentés par l'accusation, une dénégation point par point des « preuves » ; des réitérations enflammées de l'absolue innocence de Derek Peck, que ce dernier viendrait corroborer à la barre ; une accusation de sabotage et d'incompétence à l'encontre des policiers, qui n'avaient pas réussi à appréhender le ou les tueurs qui s'étaient introduits par effraction dans d'autres résidences de l'East

Side ; l'espoir de susciter la sympathie des jurés. Car Marina savait par expérience et depuis fort longtemps que la sympathie des jurés est un puits sans fond. Non que ces Américains moyens fussent à proprement parler des imbéciles, mais ils étaient incroyablement, presque miraculeusement, influençables ; parfois même aussi impressionnables que des enfants. C'étaient des gens bien ou qui auraient voulu l'être ; de braves gens, bons, généreux, qui avaient le cœur et le pardon sur la main ; et non des gens cruels, prompts à condamner. A Manhattan surtout, où la réputation de la police était ternie, ils cherchaient des raisons de ne pas condamner, et un avocat de la défense digne de ce nom devait être capable de les leur fournir. Ils ne voudraient surtout pas condamner un jeune et bel adolescent comme Derek Peck Junior, qui se retrouvait désormais orphelin de mère.

Les jurés se laissent facilement embrouiller, et Marina Dyer avait assez de génie pour les embrouiller à son profit. Car le désir d'être bon, fût-ce au détriment de la justice, est l'une des plus grandes faiblesses de l'humanité.

— Vous ne me croyez pas, hein ?

Il avait cessé d'arpenter frénétiquement son cabinet, une cigarette au bout des doigts. Il la regardait fixement, l'air soupçonneux.

Marina leva les yeux, saisie de voir Derek si près de son bureau, exhalant son odeur de citron et d'acétylène. Elle prenait des notes alors même que le magnétophone marchait.

— Peu importe ce que je crois, Derek. Je suis votre avocate, je parle en votre nom. Votre meilleur système de...

— Non ! dit Derek avec mauvaise humeur. Il faut me croire. Je ne l'ai pas tuée.

Ce fut un moment délicat, un moment d'exquise tension riche de possibilités narratives. Marina Dyer et le fils de sa vieille amie aujourd'hui décédée, Lucy Siddons, enfermés dans le cabinet de Marina en cette fin d'après-midi lourd d'orage ; avec pour tout témoin cette cassette qui tournait. Marina avait des raisons de savoir que le jeune homme buvait pour tuer les journées interminables d'avant le procès ; il vivait dans l'hôtel particulier avec son père, libre parce qu'il avait payé une caution mais pas « libre ». Il lui avait confié qu'il ne touchait plus à la drogue, plus du tout. Il suivait son avis, il suivait ses directives. Mais le croyait-elle ?

Croisant le regard flamboyant de l'adolescent, Marina répondit en pesant ses mots, comme si c'était la chose la plus naturelle du monde et qu'il avait fait preuve de naïveté en en doutant :

— Bien sûr que je vous crois, Derek. Maintenant, asseyez-vous et poursuivons. Vous me parliez du divorce de vos parents...

— Parce que, si vous ne me croyez pas, dit Derek, avançant sa lèvre inférieure jusqu'à lui donner l'aspect rouge et charnu d'une tomate sans peau, je m'arrangerai pour trouver un putain d'avocat qui me croira.

— Je vous crois. Maintenant, asseyez-vous, je vous prie.

— Vraiment ? Vous croyez... ?

— Voyons, Derek, qu'est-ce que je viens de vous dire ! Asseyez-vous !

Le jeune homme était penché au-dessus d'elle. L'espace d'un instant, il la regarda avec une expression de peur. Puis il recula en tâtonnant jusqu'à son siège. Son jeune visage était rouge d'émotion, il braquait sur elle ses yeux couleur porto pleins de désir et d'adoration.

« Ne me touche pas ! murmura Marina dans son sommeil, au paroxysme de l'émotion. Je ne pourrais pas le supporter. »

Marina Dyer. Les gens la dévisageaient dans les lieux publics. Les gens chuchotaient, les gens la montraient du doigt. Son nom puis son visage étaient devenus ceux d'une icône consacrée par les médias. Dans les restaurants, les halls d'hôtel, dans les réunions professionnelles. Au New York City Ballet, par exemple, où Marina s'était rendue avec une amie... car c'était à une représentation de cette troupe que Lucille Peck devait assister la nuit de sa mort. « C'est elle, l'avocate ? Celle qui... ? L'adolescent qui a tué sa mère avec un club de golf... Peck ? »

Ils devenaient célèbres ensemble.

Son pseudonyme chez les loubards, son surnom dans les clubs comme Fez, Duke's, Mandible, était Booger. « Connard. » Au début ça l'avait mis en rogne, puis il s'était dit que c'était une marque d'affection, pas de moquerie. Un mignon petit jeune homme blanc des quartiers huppés devait payer sa cotisation pour entrer dans la bande. Il lui fallait acheter le respect, l'autorité. C'était un sacré ramassis de durs et, bon dieu de merde, il leur en fallait pour être impressionnés — de l'argent, mais pas seulement. Une certaine attitude. Ils le mettaient en boîte : « Oh, Boogerman ! Putain, ce mec, il est allumé de la tête. » Mais maintenant ils étaient réellement impressionnés. « Il a filé une branlée à sa vieille ? Sans déconner ! Sacré Booger, complètement allumé, le mec. »

Il n'en avait jamais rêvé. Ni de sa mère, qui avait quitté la maison comme si elle était partie en voyage. A ceci près qu'elle ne le harcelait plus de coups de fil pour savoir ce qu'il fabriquait. Il ne décevrait plus maman.

Il n'avait jamais rêvé de violence, ça n'était pas son truc. Il croyait au passivisme. Comme le grand leader indien, un saint. Gandhi. Il enseignait le passivisme, il avait triomphé des racistes anglais, ses ennemis. Seulement, le film était trop long.

Il ne dormait pas la nuit mais pendant la journée, et en pointillé. La nuit, il regardait la télé, jouait sur son ordinateur ; il pouvait passer des heures sur Myst, un jeu de logique, son préféré. Les jeux violents, il les évitait, ça le retournait. Il évitait tout ce qui pouvait avoir un rapport avec le calcul, ça lui rappelait la trahison. Car il n'avait pas réussi ses examens ; la promotion de 95, si ; sans lui, les fumiers. Ses camarades n'étaient jamais chez eux quand il appelait. Même les filles qui avaient été dingues de lui, jamais chez elles. Lui, Derek Peck ! Boooogerman. C'était comme si on lui avait implanté une puce électronique dans le cerveau tellement ses réactions étaient pathologiques. Il restait sans dormir pendant quarante-huit heures. Puis il s'effondrait, mort. Il se réveillait des heures plus tard, la bouche sèche, le cœur cognant à grands coups, allongé en travers du lit en champ de bataille, la tête pendant par-dessus le bord, les pieds chaussés de ses grosses Doc Martens. Il se réveille, ruant comme un dingue, quelqu'un ou quelque chose lui maintient les chevilles, et il tient à deux mains un bâton, une batte de base-ball ou un club invisible — il le brandit dans son sommeil, ses muscles se crispent, ses muscles sont agités de spasmes, ses veines saillent à se rompre dans sa tête. Il avait frappé, frappé, frappé ! Et dans son pantalon, dans son caleçon Calvin Klein, il avait déchargé.

Quand il sortait, il avait des lunettes noires très foncées, même la nuit. Il portait ses cheveux longs noués en queue de rat et, sur la tête, une casquette des Mets qu'il mettait devant derrière. Il se ferait couper les cheveux pour le procès mais pas tout de suite, n'aurait-ce pas été une façon de... céder, de se rendre... ? Dans la pizzeria du coin, dans un resto de la Deuxième Avenue où il s'était engouffré seul, il dédicaçait des serviettes à des gamines qui pouffaient, une fois à un père et à son fils de huit ans, une autre fois à deux vieilles de quarante, cinquante ans qui le dévisageaient comme s'il était le fils de Sam[1]. « Bien sûr que c'est moi ! » Il signait *Derek Peck Junior* et mettait la date. Sa signature, un invraisemblable gribouillage à l'encre rouge. « Merci ! » Il sait qu'elles le suivent des yeux tandis qu'il s'éloigne, elles sont tout émoustillées. Leur unique contact avec la célébrité.

Son père et son avocate lui secoueraient drôlement les puces s'ils savaient ça, mais ils n'étaient pas obligés de tout savoir. Il était en liberté sous caution, bordel de merde, pas vrai ?

1. Serial killer qui sévit à New York dans les années 1970. *(N.d.T.)*

A l'issue d'une liaison, la dernière de sa vie, qui avait tourné court alors qu'elle avait la trentaine, Marina Dyer était partie faire un voyage « écologique » éreintant aux îles Galápagos ; un de ces voyages qu'on entreprend sous le coup du désespoir à des époques cruciales de sa vie en se disant que l'expérience cautérisera la plaie émotionnelle, transformera la douleur en quelque chose de trivial, de négligeable. Le voyage s'était effectivement révélé éreintant et cautérisant. Au cœur des Galápagos de mauvaise réputation, de l'océan Pacifique, à quelque quinze kilomètres au sud de l'Equateur et à l'ouest de la république du même nom, Marina avait tiré certaines conclusions. Pour commencer, elle avait décidé de ne pas se tuer. Car pourquoi se tuer quand la nature était si désireuse de s'en charger et de ne faire de vous qu'une bouchée ? Les îles étaient cernées de rochers, battues par les tempêtes, arides. Habitées par des reptiles, des tortues géantes. La végétation y était rare. Les oiseaux de mer y criaient comme des âmes damnées, à ceci près qu'en ces lieux croire aux âmes était impossible. « Pareilles terres ne se peuvent rencontrer qu'en un monde d'après la chute », a écrit Herman Melville à propos des Galápagos qu'il appelle également « les îles enchantées ».

De retour de son voyage d'une semaine en enfer, comme elle disait affectueusement, Marina Dyer s'était consacrée encore plus passionnément, encore plus obsessionnellement qu'avant à son métier d'avocate. L'exercice de sa profession serait la grande affaire de sa vie et elle était bien décidée à faire de sa vie une réussite quantifiable et éclatante. Les aspects de son existence qui ne seraient pas consumés par le droit seraient considérés comme inexistants. Le droit n'était qu'un jeu, bien sûr ; il n'avait que peu de rapport avec la justice ou la moralité ; le bien ou le mal ; le bon sens. Mais le droit était le seul sport que Marina Dyer pouvait pratiquer sérieusement. Le seul auquel elle pût de temps à autre gagner.

Marina avait un beau-frère qui ne l'avait jamais trouvée sympathique mais s'était jusque-là montré cordial, respectueux. Il la dévisageait comme s'il la voyait pour la première fois.

— Comment diable peux-tu défendre ce sale petit voyou ? Comment justifies-tu cela moralement ? Il a tué sa mère, nom de Dieu !

Cette agression inattendue fut un rude choc pour Marina, c'était comme si on l'avait frappée au visage. Dans la pièce, les autres, y compris sa sœur, observaient la scène, atterrés. S'efforçant de contrôler sa voix, Marina dit en pesant ses mots :

— Mais, Ben, tu ne crois tout de même pas que seuls les gens dont l'innocence est évidente ont le droit d'être défendus, si ?

Cette réponse, ce n'était pas la première fois qu'elle la faisait quand on lui posait pareille question ; c'était la réponse que font tous les avocats, une réponse raisonnable, convaincante.

— Bien sûr que non. Mais les gens comme toi vont trop loin.

— Trop loin ? Les gens comme moi ?

— Tu sais très bien ce que je veux dire. Ne fais pas l'idiote.

— Non, justement. Je ne sais pas ce que tu veux dire.

Son beau-frère était un homme courtois même s'il avait des opinions tranchées. Mais là, il lui tourna carrément le dos. Marina le rappela, chagrinée :

— Ben, je ne sais pas ce que tu veux dire. Derek est innocent, j'en suis sûre. Les éléments retenus contre lui ne sont que des présomptions. Les médias...

Sa phrase commencée sur le ton de la plaidoirie demeura en suspens, car il était sorti de la pièce. Jamais elle n'avait été aussi profondément blessée, embarrassée. Son propre beau-frère !

Quelle intolérance ! Sale donneur de leçons. Jamais Marina n'accepterait de revoir cet individu.

« Marina ? Ne pleure pas. Ce n'est pas de la méchanceté, Marina. Faut pas te mettre dans cet état-là, voyons ! »

Elle s'était cachée dans les toilettes des vestiaires après l'humiliation du cours de gym. Combien de fois était-ce arrivé ? Même Lucy, capitaine d'équipe, ne voulait pas d'elle : c'était évident. Marina Dyer et celles qu'on choisissait en dernier, une grosse ou deux, des myopes, les asthmatiques à la coordination motrice déplorable, celles qu'on casait tant bien que mal dans l'équipe rouge ou l'équipe or. Le match lui-même, un cauchemar. Essayer d'éviter de se faire piétiner par les sabots triomphants, les corps lancés à pleine vitesse. Hurlements, rires perçants. Bras fouettant l'air, cuisses musculeuses. Le parquet luisant était tellement dur quand on tombait... Les géantes (et parmi elles, farouche, l'œil brillant, Lucy Siddons) lui marchaient dessus quand elle ne s'écartait pas assez vite, elle n'existait pas à leurs yeux. Marina, que la prof de gym faisait, idée grotesque, jouer « arrière ». « Il faut jouer, Marina. Il faut essayer. Ne soyez pas stupide. Ce n'est qu'un sport. Tout ça n'est que du sport. Allez rejoindre votre équipe ! » Mais si on lui lançait directement le ballon il lui heurtait la poitrine, lui échappait des mains pour atterrir dans les mains d'une autre. Si le ballon filait vers sa tête, elle était incapable d'esquiver et restait bêtement plantée là, paralysée. Ses lunettes volaient. Son cri, celui d'un enfant, était risible. Tout ça était risible. Pourtant c'était sa vie.

Lucy au grand cœur, Lucy repentante allait la débusquer dans les toilettes où elle se cachait, sanglotant de rage, un mouchoir en papier plaqué contre le nez. « Marina ? Ne pleure pas. C'est pas méchant, elles t'aiment bien, reviens, qu'est-ce qui ne va pas ? » Lucy Siddons au grand cœur, celle qu'elle avait le plus haïe.

Dans l'après-midi du vendredi précédant le lundi où devait commencer son procès, Derek Peck Junior fit irruption dans le cabinet de Marina Dyer.

Celle-ci avait tout de suite compris que quelque chose clochait, l'adolescent empestait l'alcool. Il était arrivé avec son père mais lui avait demandé d'attendre dehors ; il avait tenu à ce que l'assistante de Marina quitte la pièce.

Il se mit à pleurer et à bredouiller. A la grande stupeur de Marina, il tomba rudement à genoux sur sa moquette lie-de-vin et commença à se frapper le front contre le bord du plateau de verre de son bureau. Il riait, il pleurait. D'une voix rauque d'angoisse, il disait combien il était désolé d'avoir oublié le dernier anniversaire de sa mère ; il ne savait pas que ce serait le dernier et elle, ça l'avait profondément blessée, comme s'il l'avait fait exprès pour la contrarier, et ce n'était pas vrai, Dieu sait qu'il l'aimait ! Il était le seul dans ce putain d'univers à l'aimer ! Et à Thanksgiving, cette scène incroyable, elle s'était fâchée avec la famille si bien qu'ils s'étaient retrouvés en tête à tête, elle et lui ; elle avait insisté pour préparer un dîner de fête traditionnel rien que pour eux deux, il avait eu beau lui dire que c'était de la folie, elle n'avait pas voulu en démordre ; quand elle s'était mis une chose en tête on ne pouvait pas l'arrêter, et il avait tout de suite su que ça finirait mal, ce matin-là dans la cuisine elle avait commencé à boire de bonne heure et lui était dans sa chambre à fumer du shit, son Walkman vissé sur la tête, sachant qu'il n'y couperait pas. Et ce n'était même pas une dinde qu'elle avait préparée pour eux deux. Les dindes, il fallait que ça pèse au moins dix kilos, sinon la viande séchait à la cuisson, alors elle avait acheté deux canards, oui, deux canards morts à la boutique au coin de Lexington et de la 66e, et ç'aurait pu être très bien, seulement elle buvait du vin rouge et elle riait comme une hystérique tout en parlant au téléphone et en préparant la farce compliquée qu'elle servait tous les ans, riz sauvage et champignons, olives, faisant également cuire des patates douces, de la sauce aux pruneaux, du pain à la farine de maïs et le dessert tout tapioca et chocolat, censé être l'un de ses desserts préférés quand il était petit, un truc dont rien que l'odeur lui donnait envie de vomir. Il était resté en haut jusqu'à ce que finalement elle l'appelle vers quatre heures de l'après-midi, et il était descendu en sachant que ça n'allait pas être une partie de plaisir, mais loin de se douter que ce serait à ce point-là. Elle, elle tanguait sous l'effet de la boisson, ses yeux étaient rouges, et ils mangeaient dans la salle à manger sous le lustre étincelant de lumières, avec le joli linge de table irlandais, la porcelaine et l'argenterie anciennes de grand-mère, et elle avait insisté pour qu'il découpe les canards, il n'avait pas réussi à se défiler et, bon sang, que se passe-t-il ? Il plante son couteau dans la poitrine du canard et le sang jaillit ! Un gros et gluant caillot de sang, alors il avait laissé échapper le couteau et il était sorti de la pièce en courant, étouffant, ça lui avait foutu une pétoche pas possible, déjà qu'il était stone, là, franchement, ç'avait été le bouquet, il s'était précipité dans la rue, il avait failli se faire renverser par une voiture et elle criait dans son dos : « Derek, reviens ! Reviens, Derek, ne me laisse pas ! » Mais lui s'était barré et il avait laissé passer un jour et demi avant de se repointer. Après ça, elle s'était mise à boire de plus en plus et à lui raconter des choses bizarres, qu'il était son bébé, qu'elle l'avait senti lui donner des coups de pied et trembler dans son ventre des mois avant sa naissance ; elle s'allongeait sur le lit et le caressait, lui caressait la tête, il sentait sa peau, et ils se parlaient, jamais elle n'avait été aussi proche d'une autre créature vivante, et lui, gêné, ne savait que répondre si ce n'est qu'il ne se souvenait de rien, que ça faisait un sacré bout de temps tout ça, et elle de lui rétorquer : « Si, oh, mais si, dans ton cœur tu t'en souviens, tu es toujours mon tout petit garçon, tu t'en souviens. » Et lui, s'énervant : putain, non, il ne se souvenait de rien. Alors il avait commencé à comprendre qu'il n'y avait qu'un moyen de l'empêcher de l'aimer, il lui avait demandé s'il ne pouvait pas s'inscrire dans un collège de Boston ou vivre avec son père mais elle était devenue hystérique, non, non, non, c'était hors de question, jamais elle ne le laisserait faire ça ; comme elle essayait de le prendre dans ses bras et de l'embrasser, il lui avait fallu fermer sa porte et se barricader dans sa chambre. Elle l'attendait à demi nue en sortant de sa salle de bains, prétendant qu'elle venait de prendre une douche et s'agrippant à lui, et ce soir-là il avait dû finir par péter les plombs, il avait craqué et il était allé chercher le club, elle n'avait même pas eu le temps de crier tant cela s'était passé vite dieu merci, il l'avait frappée alors qu'elle avait le dos tourné et ainsi elle ne l'avait pas vu venir. « C'était la seule façon de l'empêcher de m'aimer. »

Marina observait le visage baigné de larmes du jeune homme. Un inquiétant filet de morve lui dégoulinait du nez. Qu'avait-il dit ? Il avait dit... quoi ?

Pourtant, même maintenant, Marina restait partiellement détachée, calculant. Elle était choquée par la confession de Derek, mais surprise ? Une avocate n'est jamais surprise.

Elle dit très vite :

— Votre mère Lucille était une femme forte et dominatrice. Je sais de quoi je parle, je l'ai connue. Il y a vingt-cinq ans, jeune fille, il lui suffisait de faire irruption dans une pièce pour en absorber aussitôt tout l'oxygène. Elle entrait en trombe quelque part et c'était comme si une tornade avait soufflé toutes les vitres !

Marina était à peine consciente de ce qu'elle disait, les mots se bousculaient sur ses lèvres ; son visage était en feu.

— Lucille a été une présence étouffante dans votre vie. Ce n'était pas une mère normale. Ce que vous m'avez dit ne fait que renforcer mes soupçons. J'ai rencontré d'autres victimes d'inceste psychique — je sais ce que c'est ! Elle vous avait hypnotisé, vous vous battiez pour survivre. C'était votre vie que vous défendiez.

Derek restait à genoux sur la moquette, regardant Marina d'un œil vide. De petites gouttes de sang perlaient à son front rougi, ses cheveux graisseux lui tombaient en serpentant sur les yeux. Il n'avait plus une once d'énergie. Marina eut l'impression d'avoir en face d'elle un animal qui entend non des mots de sa maîtresse mais des sons : consolation de certaines cadences, réconfort de certains rythmes. Marina poursuivit, d'un ton pénétré :

— Cette nuit-là, vous avez perdu le contrôle. Quoi qu'il se soit passé, Derek, ce n'est pas vous le responsable. Vous êtes la victime. Elle vous y a poussé ! De son côté, votre père vous a mis ses responsabilités sur le dos, vous laissant avec elle, seul avec elle à l'âge de treize ans. Treize ans ! Voilà ce que vous vous êtes efforcé de nier pendant tout ce temps. Le secret que vous avez refusé de regarder en face. Pas un instant vous n'avez eu de pensées à vous, n'est-ce pas ? Cela a duré des années ! Vos pensées étaient les siennes, formulées par sa voix.

Derek hocha la tête en silence. Marina avait pris un mouchoir en papier dans la boîte en cuir patiné sur son bureau et lui essuyait tendrement le front. Il leva le visage vers elle, fermant les yeux. Comme si cette soudaine proximité, cette intimité n'était pas pour eux une nouveauté mais une chose familière. Marina vit l'adolescent entrer dans la salle d'audience, son Derek : métamorphosé ; le visage rasé de frais, les cheveux coupés de façon stricte, resplendissant de santé ; il se tenait la tête droite, sans ruse ni subterfuge. « C'était la seule façon de l'empêcher de m'aimer. » Il arborait un blazer marine orné du monogramme discrètement élégant de Mayhew Academy. Une chemise blanche, une cravate rayée bleue. Les mains croisées dans une attitude de calme bouddhique. Un adolescent immature. Emotif, sensible. Non coupable à la suite d'une crise de folie passagère. C'était une vision transcendante et Marina savait qu'elle réussirait à la faire partager à tous ceux qui regardaient Derek Peck Junior et écoutaient son témoignage.

Derek s'appuya contre Marina, qui était penchée au-dessus de lui, il avait mis son visage cramoisi et trempé contre ses jambes tandis qu'elle le réconfortait. Il émanait de lui une chaleur crue, animale, il tremblait d'une terreur animale. Il sanglotait, bredouillait de façon incohérente :

— ... me sauver ? Ne les laissez pas me faire du mal. Si j'avoue, j'ai droit à l'immunité ? Si je dis ce qui s'est passé, si je dis la vérité...

Marina le serra, nouant ses doigts sur sa nuque. Elle dit :

— Bien sûr que je vais vous sauver, Derek. C'est pour ça que vous êtes venu me trouver.

AUTOMNE ANGLAIS

Minette Walters

Minette Walters est née en 1949 en Angleterre. Titulaire d'une licence de français, elle a d'abord été journaliste à Londres avant d'entamer sa carrière d'écrivain.

Elle fait partie des auteurs ayant fait leurs débuts dans les années 1990 les mieux accueillis par la critique. Ses trois premiers romans ont été couronnés : *Chambre froide* (1990) a reçu le prix John Creasey de l'Association des écrivains britanniques pour le meilleur premier roman ; *Cuisine sanglante* (1993) a remporté l'Edgar du meilleur roman décerné par les Auteurs de romans à énigme américains ; et *La Muselière* (1994) a obtenu la Dague d'Or du meilleur roman de l'Association des auteurs de romans policiers. Très souvent comparée à Ruth Rendell, dont la réussite lui a donné, estime-t-elle, la possibilité d'être publiée, Walters est traditionaliste mais différente. Elle met l'accent sur les relations familiales et l'importance de l'énigme mais rejette, dénonce, même, les atmosphères « cosy », de coin du feu.

Walters a écrit peu de nouvelles, si l'on excepte

quelques courtes histoires d'amour publiées alors qu'elle était journaliste sous divers pseudonymes non révélés. « Automne anglais » est un exemple de nouvelle courte montrant tout ce qu'on peut mettre de caractère et de suggestion dans une forme très brève.

Je me rappelle avoir pensé que le problème de Mme Newberg n'était pas tant l'alcoolisme chronique de son mari que ses sinistres efforts afin de le faire passer pour un homme de modération. Ils formaient un beau couple, grands et minces avec de longues ondulations de cheveux blancs comme neige, toujours vêtus de cachemire et de tweed coûteux. Pour rendre justice à Mme Newberg, son mari n'avait pas l'air d'un ivrogne et ne se comportait pas comme tel, mais je ne me souviens pas de l'avoir vu une seule fois à jeun pendant les deux semaines où je les fréquentai. Sa femme l'excusait par des clichés. Elle faisait allusion à l'insomnie, à une mort dans la famille ou même à une jambe estropiée — souvenir de la guerre, bien sûr — qui lui rendait la marche difficile. De temps à autre, un sourire amusé passait sur le visage du mari, comme si ce que sa femme venait de dire avait titillé son sens de l'humour, mais, le plus souvent, il regardait fixement un point devant lui, de peur de perdre un équilibre précaire.

Je leur donnais pas loin de quatre-vingts ans et je me demandais ce qui avait pu les attirer aussi loin de chez eux au cœur d'un automne anglais frisquet. Mme Newberg demeurait évasive à ce sujet. « De petites vacances », gazouilla-t-elle un jour de sa voix d'oiseau, avec une trace d'accent d'Europe du Nord dans la dureté de ses consonnes. En parlant, elle jetait des regards nerveux à son mari, comme pour le défier de la contredire. C'était peut-être vrai, mais un hôtel désert dans une station balnéaire du Lincolnshire battue par le vent en octobre semblait un choix improbable pour deux Américains âgés. Elle savait que je ne la croyais pas, mais elle était trop fine pour donner d'autres explications. Peut-être avait-elle perçu que la bonne volonté que je mettais à lui parler reposait sur une curiosité persistante.

« C'est M. Newberg qui a voulu venir », dit-elle tout bas, comme si cela réglait le problème.

C'était une station très peu courue hors saison et Mme Newberg se sentait manifestement seule. Qui ne l'eût pas été avec un alcoolique taciturne pour toute compagnie ? Il arrivait parfois qu'un représentant de commerce fasse une brève apparition dans la salle à manger, le soir, pour remplir son estomac en silence avant de se mettre au lit, mais, la plupart du temps, ma conversation était son unique source de distraction. D'une façon décousue, nous devînmes amies. Evidemment, elle voulut savoir pourquoi j'étais là, mais moi aussi je pouvais être évasive.

« Je cherche un endroit où vivre, lui répondis-je.

— Comme c'est charmant, dit-elle sans le penser. Mais vous tenez donc à être si loin de Londres ? »

C'était un reproche. Pour elle comme pour beaucoup d'autres, les capitales étaient synonymes de vie.

« Je n'aime pas le bruit », avouai-je.

Elle regarda en direction des fenêtres, où la pluie cinglait furieusement les carreaux.

« C'est peut-être les gens que vous n'aimez pas », suggéra-t-elle.

Je marquai un temps d'hésitation, par politesse.

« Je n'ai aucun problème avec les individus, dis-je en posant un regard songeur sur M. Newberg. C'est l'humanité dans son ensemble qui m'insupporte.

— Oui, acquiesça-t-elle. Je crois que je préfère les animaux, moi aussi. »

Elle avait l'habitude de passer du coq à l'âne et je me demandai une ou deux fois si elle n'était pas un peu « fêlée ». Mais si c'était le cas, raisonnai-je, comment seraient-ils arrivés à trouver leur chemin jusqu'à cette station lointaine alors que M. Newberg avait des difficultés à passer entre les tables du bar ? La réponse était simple : l'hôtel avait envoyé une voiture les prendre à l'aéroport.

« Cela ne vous a pas coûté trop cher ? m'enquis-je.

— C'était gratuit, dit Mme Newberg avec dignité. Un geste de courtoisie. Le directeur est venu en personne. »

Elle eut une exclamation désapprobatrice devant mon air ébahi.

« C'est ce qu'on est en droit d'attendre quand on paie plein tarif.

— Je paie plein tarif, fis-je valoir.

— J'en doute. Les Américains se font rouler partout où ils vont », soupira-t-elle.

Pendant la première semaine de leur séjour, je ne les vis qu'une fois hors des limites de l'hôtel. Je les rencontrai sur la plage. Emmitouflés dans d'épais manteaux et écharpes en laine, ils étaient assis dans des transats, regardant fixement une mer turbulente qui peinait sous le fouet d'un âpre vent d'est soufflant de Sibérie. Comme j'exprimais ma surprise de les voir là, Mme Newberg, attribuant mon étonnement à leurs transats, m'expliqua que l'hôtel fournissait tout ce que l'on voulait pour une somme modique.

« Vous venez ici tous les matins ? » demandai-je.

Elle acquiesça de la tête.

« Ça nous rappelle chez nous.

— Je croyais que vous viviez en Floride ?

— Oui », répondit-elle d'un ton prudent, comme si elle tentait de se rappeler ce qu'elle avait déjà divulgué.

M. Newberg et moi échangeâmes un sourire de conspirateurs. Il parlait rarement, et toujours avec ironie.

« La Floride est connue pour ses ouragans », me dit-il avant d'offrir son visage au vent glacé.

Après cette rencontre, j'évitai la plage pour ne pas m'empêtrer davantage dans mes rapports avec eux. Ils ne me déplaisaient pourtant pas. En fait, j'appréciais leur compagnie. C'était le couple le moins inquisiteur que j'eusse rencontré, et les longs silences qui s'installaient entre nous ne posaient jamais de problème. Mais je n'avais aucune envie de passer mes journées à être sociable avec des inconnus.

Un soir, Mme Newberg me fit une remarque à se sujet :

« Je m'étonne que vous ne soyez pas allée en Ecosse. Il paraît qu'on peut marcher des kilomètres sans rencontrer âme qui vive.

— Je ne pourrais pas vivre en Ecosse, répondis-je.

— Ah oui, j'avais oublié ! » dit-elle.

Je crus déceler dans son ton du sarcasme.

« Vous cherchez une maison.

— Un endroit où vivre, la corrigeai-je.

— Un appartement, alors. C'est important ?

— Je crois. »

M. Newberg plongea son regard dans son verre de whisky.

« *"Das Geheimniss, um die grösste Fruchtbarkeit und den grössten Genuss vom Dasein einzuernten, heisst : gefährlich leben"* , murmura-t-il dans un allemand parfait. "Le secret pour récolter toute la fécondité de la vie et en tirer le plus de plaisir, c'est de vivre dangereusement..." Friedrich Nietzsche.

— Ça marche ? » demandai-je.

Je le vis sourire d'un air secret.

« Uniquement si vous versez le sang.

— Pardon ? »

Mais il avait les yeux noyés d'alcool et il ne répondit pas.

« Il est fatigué, dit sa femme. Il a eu une longue journée. »

Nous devînmes silencieux et je regardai le visage de Mme Newberg passer d'une anxiété aiguë à son expression plus naturelle d'acceptation résignée des cartes que le destin lui avait distribuées. Cinq bonnes minutes s'écoulèrent avant qu'elle propose une explication.

« Il a aimé la guerre, me dit-elle à mi-voix. Comme tant d'hommes.

— La camaraderie, commentai-je, me rappelant la nostalgie avec laquelle ma mère évoquait toujours les années de guerre. L'adversité fait sortir ce qu'il y a de meilleur en nous.

— Ou ce qu'il y a de pire, enchaîna-t-elle en regardant son mari, qui, prenant la bouteille de whisky qu'on plaçait chaque soir, pleine, sur leur table, se servit un verre. Cela dépend de quel camp on est, je suppose.

— Vous voulez dire qu'il vaut mieux gagner ?

— Ça aide », dit-elle distraitement.

Le lendemain, Mme Newberg apparut au petit déjeuner avec un œil poché. Elle prétendit être tombée du lit et s'être cognée à la table de chevet. Il n'y avait aucune raison de ne pas la croire, sauf que son mari ne cessait de se masser les jointures de la main droite. Comme elle avait le teint pâle et l'air déprimée, je l'invitai à faire une promenade.

« Je suis sûre que M. Newberg saura s'occuper une heure ou deux », ajoutai-je en lançant au bonhomme un regard désapprobateur.

Nous descendîmes l'esplanade en regardant les mouettes tournoyer dans le ciel comme des chiffons poussés par le vent. Mme Newberg avait tenu à mettre des lunettes noires qui la faisaient ressembler à une aveugle. Elle marchait lentement, s'arrêtant régulièrement pour reprendre sa respiration ; je lui offris mon bras, et elle s'appuya lourdement dessus. Pour la première fois, je pensai à elle comme à une vieille femme.

« Vous ne devriez pas le laisser vous frapper », la grondai-je.

Elle eut un petit rire mais ne répondit pas.

« Vous devriez le dénoncer.

— A qui ?

— A la police. »

Elle s'écarta de moi pour s'appuyer au parapet qui dominait la plage.

« Et après ? Un procès ? La prison ? »

Je la rejoignis, me penchai à côté d'elle.

« Plus vraisemblablement, le tribunal lui enjoindrait de changer de conduite.

— On ne change pas à cet âge.

— Il verrait peut-être les choses sous un autre angle s'il arrêtait de boire.

— Il boit pour oublier », dit-elle en regardant par-delà la mer, en direction des côtes lointaines de l'Europe du Nord.

A partir de ce jour-là, je battis froid à M. Newberg, mais cela ne changea pas grand-chose à nos rapports. En fait, ma compassion pour Mme Newberg resserra les liens entre le couple et moi. Je pris l'habitude de les accompagner à leur chambre, soulignant en termes dépourvus d'ambiguïté que je prenais un intérêt personnel au bien-être de Mme Newberg. Son mari semblait trouver ma sollicitude amusante. « Elle n'a pas de conscience pour la tourmenter », dit-il un soir. Et un autre : « J'ai plus à craindre qu'elle. »

La deuxième semaine, il trébucha en haut de l'escalier alors qu'il s'apprêtait à descendre prendre le petit déjeuner et mourut avant d'arriver en bas. Il n'y eut pas de témoin de l'accident, mais une serveuse, entendant le bruit de la chute, se précipita hors de la salle à manger et découvrit le magnifique vieillard gisant sur le dos au pied des marches, les yeux grands ouverts, un sourire aux lèvres. Personne ne fut particulièrement étonné, même s'il était curieux, comme le fit observer le directeur, qu'il fût tombé le matin, moment de la journée où il était le moins ivre. Quelques heures plus tard, un policier vint poser des questions, non qu'il y eût quoi que ce soit de louche mais parce que M. Newberg était de nationalité étrangère et qu'il fallait faire un rapport.

Je restai auprès de Mme Newberg, dans sa

chambre, pendant qu'elle se tamponnait doucement les yeux en expliquant à l'agent qu'elle était assise à sa coiffeuse et finissait de se maquiller quand M. Newberg avait quitté la pièce pour descendre.

« Il partait toujours en premier. Il aimait le café frais. »

Le policier hocha la tête comme si la remarque avait un sens, puis s'informa avec tact des habitudes du mari en matière de boisson. On avait retrouvé un taux élevé d'alcool dans le sang de M. Newberg, expliqua-t-il. Elle esquissa un sourire, répondit qu'elle ne pensait pas que la consommation modérée de whisky de son mari avait quelque chose à voir avec sa chute. L'hôtel n'avait pas d'ascenseur, fit-elle remarquer, et son mari souffrait des jambes depuis des années.

« Les Américains n'ont pas l'habitude des escaliers », conclut-elle, comme si cette explication suffisait.

Le policier renonça et se tourna vers moi. Il croyait savoir que j'étais une amie du couple. Avais-je quoi que ce soit à ajouter qui pourrait éclairer les circonstances de l'accident ? J'évitai de regarder Mme Newberg, qui avait habilement fait disparaître sous une couche de fond de teint le bleu entourant son œil.

« Pas vraiment, répondis-je en me demandant pourquoi je n'avais pas remarqué jusque-là cette cicatrice sur sa pommette qui pouvait provenir d'une estafilade faite par le coin aigu d'une table de chevet. Il m'avait dit un jour que le secret pour s'accomplir était de vivre dangereusement, alors il ne faisait peut-être pas aussi attention à lui qu'il aurait dû. »

Après un coup d'œil gêné à Mme Newberg, le policier demanda :

« Vous voulez dire qu'il buvait trop ? »

Je haussai légèrement les épaules, ce qu'il interpréta comme un acquiescement. J'aurais pu répondre que l'imprudence de M. Newberg consistait plutôt à ne pas regarder par-dessus son épaule, mais je ne voyais pas où cela aurait conduit. Personne ne doutait que sa femme fût dans leur chambre au moment de l'accident.

Elle s'inclina avec grâce quand il prit congé.

« Les policiers anglais sont toujours aussi charmants ? me demanda-t-elle en s'asseyant devant sa coiffeuse pour poudrer son joli visage.

— Toujours, assurai-je, tant qu'ils n'ont aucune raison de vous soupçonner de quoi que ce soit. »

Son image me regarda fixement un moment.

« Qu'est-ce qu'il y a à soupçonner ? » demanda-t-elle.

REMERCIEMENTS

Introduction d'Elizabeth George ; traduction de Dominique Wattwiller. © 2001 Elizabeth George.

A Jury of Her Peers de Susan Glaspell ; « Un jury de bonne composition », traduction de Dominique Wattwiller. © 1917 Susan Glaspell, renouvelé. Publié pour la première fois dans *Every Week*, 1917. Réimprimé avec l'autorisation de l'agent de l'auteur, Curtis Brown Ltd.

The Man Who Knew How de Dorothy L. Sayers ; « L'homme qui savait comment faire », traduction de Jacques Martinache. © 1932 Dorothy L. Sayers, renouvelé. Publié pour la première fois dans *Harpers Bazaar*, février 1932. Réimprimé avec l'autorisation de l'agent de l'auteur, David Higham Associates.

I Can Find My Way Out de Ngaio Marsh ; « Je connais le chemin », traduction de Jacques Martinache. © 1946 Ngaio Marsh, renouvelé. Publié pour la première fois dans le numéro d'août 1946 d'*Alfred Hitchcock's Mystery Magazine*. Réimprimé avec l'autorisation de l'éditeur, HarperCollins Publishers Ltd., et de l'agent de l'auteur, Gillon Aitken Associates Ltd.

The Summer People de Shirley Jackson ; « Les estivants », traduction de Yann Charlès-Farou. © 1950 Shirley Jackson. Publié pour la première fois dans

Charm, 1950. Réimprimé avec l'autorisation de l'agent de l'auteur, the Linda Allen Literary Agency.

St Patrick's Day in the Morning de Charlotte Armstrong ; « Le matin de la Saint-Patrick », traduction de Dominique Wattwiller. © 1959 Charlotte Armstrong. Renouvelé en 1987 par Jeremy B. Lewi, Peter M. Lewi et Jacqueline Lewi Byngata. Publié pour la première fois dans le numéro d'avril 1960 d'*Ellery Queen's Mystery Magazine*. Réimprimé avec l'autorisation de l'agent de l'auteur, Brandt & Brandt Literary Agents, Inc.

The Purple Is Everything de Dorothy Salisbury Davis ; « C'est le pourpre l'important », traduction de Jean Charles Provost. © 1963 Dorothy Salisbury Davis. Publié pour la première fois dans le numéro de juin 1964 d'*Ellery Queen's Mystery Magazine*. Réimprimé avec la permission de l'auteur.

Money to Burn de Margery Allingham ; « Histoire de billets », traduction de Dominique Wattwiller. © 1969 P. & M. Youngman Carter Ltd. Publié pour la première fois dans le numéro d'avril 1957 d'*Ellery Queen's Mystery Magazine*. Réimprimé avec l'autorisation de l'agent de l'auteur, P. & M. Youngman Carter Ltd.

A Nice Place to Stay de Nedra Tyre ; « Un coin à moi », traduction de Dominique Wattwiller. © 1970 Davis Publications, Inc. Publié pour la première fois dans le numéro de juin 1970 d'*Ellery Queen's Mystery Magazine*. Réimprimé avec l'autorisation de l'agent de l'auteur, Scott Meredith Literary Agency Inc.

Clever and Quick de Christianna Brand ; « Une femme intelligente et vive », traduction de Jacques Martinache. © 1974 Christianna Brand. Publié pour la première fois dans le numéro de mars 1974 d'*Ellery Queen's Mystery Magazine*. Réimprimé avec l'autorisation de l'agent de l'auteur, A.M. Heath & Co. Ltd.

Country Lovers de Nadine Gordimer ; « Amours

campagnardes », traduction de Dominique Wattwiller. © 1975 Nadine Gordimer, extrait de *Soldier's Embrace* de Nadine Gordimer. Réimprimé avec l'autorisation de Viking Penguin, un département de Penguin Putnam Inc, A.P. Watt Ltd, et Russell & Volkening, Inc. pour Nadine Gordimer.

The Irony of Hate de Ruth Rendell ; « L'ironie du sort », traduction de Jacques Martinache. © 1977 Kingsmarkham Enterprises Ltd. Publié pour la première fois dans *Winter's Crime*. Réimprimé avec la permission de l'auteur.

Sweet Baby Jenny de Joyce Harrington ; « Sweet Baby Jenny », traduction de Yann Charlès-Farou. © 1981 Joyce Harrington. Publié pour la première fois dans le numéro de mai 1981 d'*Ellery Queen's Mystery Magazine*. Réimprimé avec la permission de l'auteur.

Wild Mustard de Marcia Muller ; « La moutarde sauvage », traduction de Jean Charles Provost. © 1984 The Pronzini-Muller Family Trust. Publié pour la première fois dans *The Eyes Have It*. Réimprimé avec la permission de l'auteur.

Jemima Shore at the Sunny Grave d'Antonia Fraser ; « Jemima Shore et la tombe au soleil », traduction de Jean Charles Provost. © 1988 Antonia Fraser. Publié pour la première fois dans le numéro de juin 1988 d'*Ellery Queen's Mystery Magazine*. Réimprimé avec la permission de l'auteur.

The Case of the Pietro Andromache de Sara Paretsky ; « L'affaire de l'Andromaque », traduction de Dominique Wattwiller. © 1988 Sara Paretsky. Publié pour la première fois dans le numéro de décembre 1988 d'*Alfred Hitchcock's Mystery Magazine*. Réimprimé avec l'autorisation de l'auteur et de ses agents, Dominick Abel Literary Agency Inc.

Afraid all the Time de Nancy Pickard ; « Une peur

de tous les instants », traduction de Dominique Wattwiller. © 1989 Nancy J. Pickard. Publié pour la première fois dans *Sisters in Crime*. Réimprimé avec la permission de l'auteur.

The Young Shall See Visions, and the Old Dream Dreams de Kristine Kathryn Rusch ; « Des visions pour les jeunes... Des rêves pour les vieux », traduction de Yann Charlès-Farou. © 1989 Kristine Kathryn Rusch. Publié pour la première fois dans le numéro de juillet 1989 d'*Alfred Hitchcock's Mystery Magazine*. Réimprimé avec la permission de l'auteur.

A Predatory Woman de Sharyn McCrumb ; « Une prédatrice », traduction de Yann Charlès-Farou. © 1991 Sharyn McCrumb. Publié pour la première fois dans le numéro 4 de *Sisters in Crime*. Réimprimé avec la permission de l'auteur.

Jack Be Quick de Barbara Paul ; « Jack, si rapide », traduction de Jean Charles Provost. © 1991 Barbara Paul. Publié pour la première fois dans *Solved*. Réimprimé avec la permission de l'auteur.

Ghost Station de Carolyn Wheat ; « La station fantôme », traduction de Jean Charles Provost. © 1992 Carolyn Wheat. Publié pour la première fois dans *A Woman's Eye*. Réimprimé avec la permission de l'auteur.

New Moon and Rattlesnakes de Wendy Hornsby ; « Les serpents à sonnette par les nuits sans lune », traduction de Jean Charles Provost. © 1994 Wendy Hornsby. Publié pour la première fois dans *The Mysterious West*. Réimprimé avec la permission de l'auteur.

Death of a Snowbird de J.A. Jance ; « La mort d'un retraité », traduction de Jean Charles Provost. © 1994 J.A Jance. Publié pour la première fois dans *The Mysterious West*. Réimprimé avec la permission de l'auteur.

The River Mouth de Lia Matera ; « L'embouchure »,

traduction de Yann Charlès-Farou. © 1994 Lia Matera. Publié pour la première fois dans *The Mysterious West*. Réimprimé avec la permission de l'auteur.

A Scandal in Winter de Gillian Linscott ; « Scandale en hiver », traduction de Dominique Wattwiller. © 1996 Gillian Linscott. Publié pour la première fois dans *Holmes for the Holidays*. Réimprimé avec la permission de l'auteur.

Murder-Two de Joyce Carol Oates ; « Homicide involontaire », traduction de Dominique Wattwiller. © 1998 The Ontario Review Press. Publié pour la première fois dans *Murder for Revenge*. Réimprimé avec la permission de l'auteur.

English Autumn — American Fall de Minette Walters ; « Automne anglais », traduction de Jacques Martinache. © 1999 Minette Walters. Réimprimé avec l'autorisation de l'auteur et de ses agents, Gregory and Radice.

Le plus innocent des coupables

(Pocket n° 4472)

Elena Weaver, jeune fille atteinte de surdité, menait de brillantes études à Cambridge. En revanche, sa vie sexuelle, parfois dangereuse, était loin d'être exemplaire.
Un jour, son cadavre mutilé est découvert sur une île mal famée en bordure de la ville.
Une mort atroce pour la belle étudiante, fille d'un professeur respecté du collège St Stephen.
Il faudra beaucoup de subtilité etdecourage aux inspecteurs Havers et Lynley pour identifier le plus stupéfiant, le plus invraisemblable des coupables…

Il y a toujours un Pocket à découvrir

www.pocket.fr
Le site qui se lit comme un bon livre
Informer
Toute l'actualité de Pocket, les dernières parutions collection par collection, les auteurs, des articles, des interviews, des exclusivités.
Découvrir
Des 1ers chapitres et extraits à lire.
Choisissez vos livres selon vos envies :
thriller, policier, roman, terroir, science-fiction...
POCKET
Il y a toujours un Pocket à découvrir sur www.pocket.fr

Composition et mise en page

NORD COMPO
multimédia

Impression réalisée sur Presse Offset par

BRODARD & TAUPIN

GROUPE CPI

35036 – La Flèche (Sarthe), le 24-04-2006

Dépôt légal : avril 2006

POCKET – 12, avenue d'Italie - 75627 Paris cedex 13

Imprimé en France